AtV

ADELHEID VAN BEUNINGEN, geboren 1932, studierte Geschichte am University College London. »Ich, Terentia« ist ihr erster Roman.

Von etwa 80 bis 46 v. Chr. dauerte die Ehe des berühmten Konsuls und Redners Marcus Tullius Cicero mit seiner Frau Terentia. Eine der bewegtesten Epochen der römischen Geschichte durchlebten sie Seite an Seite; Zeiten des Ruhms, der Niederlage bis hin zur Verbannung und schließlich Rehabilitierung – um sich dann, nach beinahe 35 Jahren Ehe, zu trennen. Adelheid van Beuningen läßt vor den Augen ihrer Leser nicht nur eine große Epoche erstehen, sie wagt darüber hinaus, basierend auf eingehendem Quellenstudium, einen Blick hinter die Kulissen. Mit viel psychologischem Gespür zeigt sie uns eine überaus charakterstarke Frau, die lange Zeit vergeblich um die Achtung und Zärtlichkeit ihres im Senat brillierenden, im Privaten aber egozentrischen, larmoyanten, auf zwischenmenschlicher Ebene immer wieder versagenden Ehemanns ringt.

Adelheid van Beuningen

Ich, Terentia

Historischer Roman

Aus dem Niederländischen
von Arne Braun

Aufbau Taschenbuch Verlag

Die Originalausgabe erschien 1999 unter dem Titel
Terentia. Roman over een klassiek huwelijk
bei Uitgeverij Podium in Amsterdam.

Die Arbeit am vorliegenden Text wurde
durch das Sächsische Staatsministerium
für Wissenschaft und Kunst gefördert.

ISBN 3-7466-2099-6

1. Auflage 2005

Einbandgestaltung Torsten Lemme
unter Verwendung des Gemäldes
»Kreuzabnahme« (Ausschnitt) 1542–1545
von Angelo Bronzino
Satz LVD GmbH, Berlin
Druck Druckerei C. H. Beck, Nördlingen
Printed in Germany

www.aufbau-taschenbuch.de

Inhalt

Um dem Leser die zeitliche Orientierung zu erleichtern, wurde die uns vertraute Ausrichtung der Jahreszahlen an Christi Geburt als dem Jahr Null gewählt, statt der römischen Zählweise, die von der Gründung Roms ausgeht. Auch die Tage des Monats werden nach der heute üblichen Datierung angegeben und nicht nach der römischen, die auf Iden und Kalenden beruht.

Für Sam, Eef, Adelheid und Jan
und meine Enkelkinder
und für Mathilde

Dies ist meine Geschichte, die Geschichte von Terentia, die einmal die Ehefrau von Marcus Tullius Cicero gewesen ist.

Ich widme sie Titus Pomponius Atticus, der wollte, daß ich sie aufschreibe; Atticus, der Ciceros teuerster Freund und Vertrauter war, der mir einst ein treuer Freund gewesen ist, mehr als zwanzig Jahre lang, und der nicht alles verstanden hat.

Ich widme sie Marcus, Sohn des Marcus Tullius Cicero, der überhaupt nichts verstanden hat.

Eine Todesnachricht

Sein Kopf ist an die Rostra genagelt. Und seine rechte Hand daneben.

Wie nagelt man einen Kopf fest? An den Ohren? Die seinen waren groß genug.

Und eine Hand? Das ist leichter, ein Nagel durch die Handfläche reicht aus.

Es regnet stark, seit Tagen schon.

Wasser trieft ihm von der Stirn. Es rinnt von seinen Brauen, über die kleinen weißen Kugeln seiner geschlossenen Augen und in schmalen Bächen die Wangen hinunter.

Seine toten Augen weinen Regenwasser.

Das Haar klebt ihm am Kopf. Es ist aschgrau und so dünn, daß der Schädel überall durchscheint.

Sein Gesicht ist fast farblos. Nein, es ist bläulich, fahl, genau wie das Antlitz der toten Tullia.

Das Regenwasser fällt senkrecht nach unten. Der Nakken endet in rohem, violettem Fleisch mit ausgefransten Rändern. Wie die Wunde im Nacken des Clodius. Aber Clodius' Kopf hing noch an seinem Körper, wenn auch nur an einem einzigen Fetzen Fleisch.

Es gibt keinen Leichnam zum Anfassen. Keinen Leichnam, um den man einen großen Bogen machen könnte.

Denn unter dem Nacken ist Leere, diese schreiende Leere.

Ich kann dieses Bild nicht in Stücke reißen oder in die Flammen werfen.

Bin ich dazu verdammt, es in mir zu tragen, solange ich lebe, oder auf ewig, selbst nach meinem Tod? War das vielleicht Deine Absicht, Atticus, als Du es mir erzähltest? Ist das Deine Art, ihn zu rächen?

Ich kann nur um einen frühen Tod beten und hoffen, daß die Seele nicht unsterblich ist oder, falls sie es doch ist, die Last der Erinnerungen und Bilder über Bord wirft und so Deinen Plan vereitelt.

Aber vielleicht ist der Tod eine große Leere.

Ich hoffe es für ihn. Das will ich noch für ihn tun, hoffen. Obwohl er einmal geschrieben hat, daß er Angst vor dieser großen Leere habe.

Warum, Atticus, bist Du gekommen, um mir zu sagen, daß Cicero tot ist? Warum konntest Du mich nicht einfach vergessen?

Ehe Du kamst, Atticus, und das Leben so abrupt trenntest in das Licht des Davor und das Dunkel des Danach, war dieser Tag ein Tag wie alle anderen gewesen.

Im Morgengrauen erwachte ich und blieb ruhig liegen. Ein vertikaler Lichtstreifen lief über die schwarzen Vorhänge vor dem Eingang meines Zimmers, der schmale Spalt, wo sie nicht ganz schlossen. An der Farbe dieses Streifens konnte ich immer erkennen, was für Wetter es war. Heute war er bleigrau, aber auch so hätte ich gewußt, daß es regnete, durch das leise, unregelmäßige Ticken des Wassers, das vom Dach tropfte. Die Sklaven waren schon bei der Arbeit. Draußen waren hastige Schritte und flüsternde Stimmen zu hören.

Mühsam erhob ich mich von meinem Lager. Morgens schmerzen meine Gelenke immer. Ich wartete auf meine Sklavin, die mir eine saubere Tunika bringen und mich frisieren würde. Als sie kam, lauschte ich schweigend ihrem fröhlichen Geplapper, auf das ich nie reagiere. Ich nahm den warmen Trunk zu mir, den sie mitgebracht hatte, ein Kräutergebräu, das dieser Dummkopf von Doktor erfunden hat; es soll mein Rheuma lindern, was es aber nicht tut. Ich verließ mein Zimmer.

Es goß, als ich durch das Peristyl zum Haupthaus lief. Ich zog mein Tuch fest um mich und krümmte die Schultern. Der Regen peitschte über meinen Rücken, doch ich beschleunigte meinen Schritt nicht. Sollte der Regen mich nur geißeln, Wasser trocknet wenigstens und hinterläßt keine Spuren.

Der Maior domus erwartete mich im Atrium wie jeden Morgen. Während ich ihm die Aufträge für diesen Tag erteilte, merkte ich, daß er nicht ganz bei der Sache war. Immer wieder schweiften seine Augen ab zum Eingang. Der Wächter saß nicht in seinem Häuschen, sondern stand an der Tür. Ich hielt einen Moment inne und hörte ein undeutliches Geräusch, das ich nicht zuordnen konnte. Es kam von draußen. Ich ignorierte es und sprach weiter mit dem Maior domus, und als ich fast fertig war mit meiner Auftragsliste, kam mein Ehemann Sallust aus seiner Bibliothek. Er grüßte mich höflich, und ich nickte schweigend. Denn wir mögen zwar unter einem Dach wohnen und hin und wieder zusammen bei Tisch sitzen, aber wir haben uns nicht viel zu sagen und suchen nur selten die Gesellschaft des anderen. Er lief durch das Atrium zur Tür, leichtfüßig, trotz seines zunehmenden Gewichts. Bei jedem Schritt hob er die Füße hoch und setzte sie mit äußerster Präzision wieder ab, wie Kinder, wenn sie Nicht-auf-die-Risse-im-Fußboden-Treten spielen. Sein Gang ärgert mich, wie mich alles an ihm ärgert, ich mag meinen Ehemann nicht. Ich hatte ihn dazu überredet, mich zu heiraten, hatte mich ihm geradezu aufgedrangt. Oft frage ich mich, warum er sich darauf eingelassen hat. Er war Witwer, hatte sich aus dem öffentlichen Leben – und aus

Caesars Dienst – zurückgezogen, kompromittiert durch diverse Skandale, über die ich kaum etwas wußte. Ich wußte nur, daß er als Statthalter einer Provinz der Korruption beschuldigt worden war, aber das kümmerte mich alles wenig. Seitdem geht er völlig im Schreiben seiner *Historiae* auf, er interessiert sich für nichts anderes mehr. Die Probleme des täglichen Lebens streift er ab wie seinen Mantel, und wahrscheinlich hatte er meinen dringenden Wunsch, ihn zu heiraten, als eine weitere unwillkommene Ablenkung betrachtet, und es war ihm leichter erschienen, nachzugeben als abzulehnen.

Er sagte etwas zum Wächter, der öffnete die Türen, und Sallust trat in den Portikus hinaus. Unser Haus, mehr eine Villa als ein Stadthaus, liegt abgelegen inmitten ausgedehnter Gärten an den Hängen des Pincio, und normalerweise hören wir wenig vom Lärm der Stadt. Doch nun drang ein dumpfes Gebrüll zu mir durch, wie das Knurren eines gereizten Tieres. Ich lief zu den offenen Türen und sah meinen Ehemann dort erstarrt stehen und lauschen, aber ich rief ihn nicht. Kurz darauf drehte er sich um und ging ohne jede Eile zurück. Als er fast bei mir war, fragte ich: »Was ist los?« Er blieb stehen und sah mich an. Seine Augen, rund und blutunterlaufen, waren ausdrucksleer.

»Unruhen«, sagte er kurz angebunden und lief, peinlich auf Abstand bedacht, vorbei, als ob selbst eine flüchtige Berührung unserer Körper ihm zuwider wäre. Ich drehte mich um und ging wieder hinein. Unruhen waren schon seit geraumer Zeit ein normaler Zustand in der Stadt. In diesem unseligen Jahr 43 brauchte nur das Geringste zu geschehen, und die Spannungen in Rom wuchsen an.

Träge verlief der Morgen. Ziellos schweifte ich durch das Haus, so groß, so verschwenderisch eingerichtet, so ausgestorben. Nicht einmal Sallusts Reichtum hatte noch einen Reiz für mich. Nicht die Marmorstatuen und die Säulen aus glänzendem Gold und Elfenbein und auch nicht die minutiösen Fresken oder die korinthischen Bronzegefäße. Weder die Springbrunnen mit den sich aufbäumenden Seeschlangen, die Wasser in Muschelbassins spuckten, noch die exotischen Pflanzen und Bäume in den prächtig angelegten Gärten oder die Karpfen in den Fischteichen. Nichts schenkte mir Freude – schon lange nicht mehr. Ich suchte auch nicht danach, weil ich nicht mehr erwartete, Freude zu finden.

Bis auf ein Mal – die Freude der Rache. Ich hatte Sallust geheiratet, weil ich glaubte, daß er Marcus Cicero verabscheute. Ich hatte ein Pamphlet gelesen, das er angeblich geschrieben haben sollte, in dem mein früherer Ehemann nahezu jeden Übels unter der Sonne beschuldigt wurde – bis hin zu einer »perversen Zuneigung für seine Tochter«. Durch die Heirat mit Sallust wollte ich den Mann, der mich nach dreißig Jahren Ehe weggeworfen hatte wie einen alten Schuh, verletzen und öffentlich demütigen. Doch selbst diese Freude war mir nicht vergönnt. In dem erbitterten Kampf, von dem Rom zerrissen wurde, hatte niemand meinen kleinen Racheakt bemerkt, wahrscheinlich nicht einmal Cicero selbst. Die Menschen hatten viel dringlichere Dinge im Kopf. Und am zweiten Tag unserer Ehe – die nicht durch den Beischlaf vollzogen wurde, und so wird es wohl auch bleiben – hatte Sallust erklärt, daß er nicht nur dieses Pamphlet nicht geschrieben habe, sondern daß er, weit davon entfernt, Cicero zu verabscheuen, sogar einige Bewunderung für ihn empfinde. Dieses Bekenntnis hatte ihn offenbar ebenso vergnügt, wie es mich rasend gemacht hatte. Ich war meiner eigenen Engstirnigkeit in die Falle gegangen.

Noch immer im Haus umherschweifend, war ich in den großen Empfangssaal gelangt. Die Möbel waren zur Seite geschoben, um das prächtige Fußbodenmosaik voll zur Geltung kommen zu lassen. In der Mitte fuhr Phaethon den Wagen seines Vaters, des Sonnengottes. Aber einen stolzen Wagenlenker, der gekonnt die Zügel führt, sah man hier nicht. Im Gegenteil, ein junger Bursche, vollkommen in Panik, schaut wild um sich, seine Haare wehen, und seine Hände sind zu einer hilflosen Flehgebärde erhoben. Die Zügel, die er losgelassen hat, gleiten in einem Wirrwarr von Knoten unter die Hufe der vier bockenden, sich aufbäumenden Pferde mit wogenden Mähnen und Schwänzen. Rund um diese aus der Sonnenbahn geschleuderte Equipage hatte der Künstler die Folgen von Phaethons Hochmut abgebildet, seiner dreisten Überzeugung, daß er den Sonnenwagen ebenso versiert lenken könne wie sein Vater.

Da erhob sich Neptun aus einer tobenden See, wüst seinen Dreizack schwenkend. Und Ceres, die Göttin der Erde, das Haupt gesenkt, schaute betrübt über den Wald verkohlter Stümpfe und versengter Felder zu ihren Füßen. Eine Stadt ging in einem Meer flammender orangefarbener Schlangen auf. Und auch das Firmament brannte lichterloh, der Mond eine rauchende Masse, die Sterne formlose schmelzende Klumpen. Chaos und Vernichtung. Lange starrte ich diese Szene an.

Das war mit Rom geschehen, zerrissen durch den maßlosen Ehrgeiz von ein paar Männern, Ambitionen, die nicht einmal durch den Tod aufzuhalten waren. Gaius Caesar hatte Rom den ersten Stoß versetzt und damit nicht nur den Untergang seines Rivalen Pompeius bewirkt, sondern auch all dessen, was noch von der Republik übrig gewesen war. Die Anhänger der sterbenden Republik hatten wiederum Caesar ermordet, aber die Iden des März hatten nichts gelöst. Sie waren nur der Anfang eines erneuten Machtkampfs gewesen, von noch mehr Blutvergießen, noch mehr zügellosen, unverantwortlichen Ambitionen. Die Gewalt des Schauspiels zu meinen Füßen gab mir ein unerklärliches Gefühl der Genugtuung. Sollte die Welt doch in Flammen aufgehen. Die ganze Welt hatte mich abgewiesen und verachtet. Sollte sie doch in den Orkus hinabfahren.

Ich lief aus dem Saal und spazierte ins Atrium zurück. Dort stand ich eine Weile und schaute in den Regen, der in dicken Tropfen durch das Compluvium fiel und kleine Dellen in das Wasser des darunterliegenden Bekkens schlug. Ins Wasser zu schauen hat etwas Beruhigendes, es reinigt den Geist. Aber nicht für lange. Ich sehne mich nach der Serenität des Nicht-Denkens, doch sie entgleitet mir. Wie sehr ich auch kämpfe, die Erinnerung besiegt mich immer wieder. Ich hasse sie, und ich fürchte sie.

Während ich da stand, kam der Wächter auf mich zu. Doch noch ehe er seine Botschaft überbringen konnte, erblickte ich eine Gestalt, die hinter ihm herlief, jemand, der nicht gewartet hatte, bis er gemeldet worden war. Eine Person, die ich sofort erkannte.

Und so sahst Du mich wieder, Atticus, zum erstenmal seit zwei Jahren, wie ich abwesend auf das Wasser in dem Becken starrte. Für einen Moment warst Du verlegen, das war an Deinem Gesicht abzulesen und an Deiner Stimme zu hören, als Du mich begrüßtest, etwas unbeholfen, zögernd förmlich, als ob Dir die Höflichkeitsfloskel gerade entfallen und erst in letzter Sekunde wieder in den Sinn gekommen wäre. Hatte ich mich in den zwei Jahren mehr verändert, als Du erwartet hattest? Oder wurde Dir auf einmal bewußt, daß ich eine Fremde für Dich geworden war? Aber darüber konntest Du doch kaum erstaunt sein – Du warst es schließlich gewesen, der mich aus Deinem Leben verstoßen hatte.

Ein Dunstschleier hing über Deinem Wollmantel, Wasser tropfte Dir von der Kapuze. Nach einem ersten erschrockenen Blick wanderten meine Augen zu Deinen schlammigen Stiefeln, während mein Geist fieberhaft nach den richtigen Worten für eine Begrüßung suchte. Ein zärtlicher Kuß auf die Wange wie früher war jetzt undenkbar. Glücklicherweise hatte ich mich mit dem Finden der Worte auch sofort selbst wieder unter Kontrolle. Dein Kommen war eine unangenehme Überraschung. Aber ich würde mir meine Seelenruhe dadurch nicht stören lassen. Gleichgültigkeit war mir zur zweiten Natur geworden.

Ich bedeutete einem Diener, Dir den Mantel abzunehmen. Dann ging ich Dir wortlos voraus in mein Zimmer und bot Dir die üblichen Erfrischungen an. Du warst schließlich ein Gast. Aber Du danktest mit einer vagen, ablehnenden Gebärde. Kerzengerade und reserviert saß ich Dir gegenüber. Für einen Moment hing eine Stille im Raum, so dicht wie ein Vorhang, den man aufreißen konnte. Ohne jede Zuneigung bemerkte ich, wie blaß, hohläugig und müde Du aussahst.

»Wo kommst du her?« fragte ich schließlich.

Du zucktest mit den Schultern – es spielte keine Rolle. »Sie haben ihn ermordet«, sagtest Du brüsk. Und das, obwohl Du schlechte Nachrichten immer so schonend und in kleinen Dosen überbrachtest. Nach einer kurzen Pause: »Sie haben Marcus Tullius Cicero ermordet.«

Als ob Du ihn, indem Du seinen Namen vollständig aussprachst, offiziell für tot erklären würdest.

Ich sagte nichts, wartete auf meine Reaktion. Es kam keine, mir war ein Tod gemeldet worden, mehr nicht. »Willst du, daß ich erzähle, wie er gestorben ist?« unterbrachst Du endlich die Stille. Was tat das noch zur Sache? Er war tot, das war alles. Ich nickte, je eher Du sagtest, was Du zu sagen hattest, desto schneller würdest Du wieder gehen.

Und so nahmst Du mich Schritt für Schritt mit auf dem Weg zu seiner Hinrichtung, und ich folgte Dir, folgte Cicero, der einst mein Ehemann gewesen war. Ich hörte ungerührt zu, unterbrach Dich dann und wann und wartete noch immer auf eine Reaktion. Ich folgte ihm von Rom zu der Villa in Tusculum – doch an diesen Ort wollte ich nicht denken, ich hatte ihn zu sehr geliebt. Dort habe er von den Proskriptionen gehört, so erzähltest Du, habe er erfahren, daß er und sein Bruder Quintus ganz oben auf der Racheliste der Sieger stünden.

Und dann von Tusculum zu seiner Villa in Astura.

Quintus sei bei ihm gewesen in jenen letzten Tagen in Tusculum, berichtetest Du, und habe sich zusammen mit ihm auf den Weg nach Astura gemacht.

Ich lachte. Die Gesellschaft seines Bruders hatte ihn gewiß nicht fröhlicher gestimmt. Wenn einen jemand trübsinnig machen oder aus der Fassung bringen konnte, dann Quintus, wenn er besorgt oder ängstlich war; wie er sich dann im Kreis drehte, ständig mit einem neuen Plan ankam, sich dauernd widersprach. »Bloß gut«, sagte ich, noch immer lachend, »daß er da schon von Pomponia geschieden war. Die hätte sich sicher auch im Kreis gedreht, nur in entgegengesetzter Richtung, schreiend wie ein gestörtes Pfauenweibchen.« Nein, das war nicht sehr taktvoll von mir, sie ist schließlich Deine Schwester, und Du wolltest nie ein böses Wort über sie hören.

Warst Du schockiert, daß ich lachen konnte? Warum nicht lachen, wenn man doch keinerlei andere Gefühlsregung spürt? Aber vielleicht wäre es netter gewesen, wenn ich entsetzt und betrübt reagiert hätte. Und vielleicht auch einfacher.

Du erzähltest weiter, tonlos. Auf dem Weg von Tusculum nach Astura habe Quintus seinen Bruder verlassen. Manche sagten, daß er nach Hause zurückgegangen sei, um Geld zu holen, andere, daß er versucht habe, einen neuen Fluchtweg zum Meer zu finden.

»Wohin wollten sie fliehen?« fragte ich.

»Nach Griechenland«, antwortetest Du, »um sich Marcus Brutus anzuschließen.«

»Noch so ein Held«, bemerkte ich trocken, »noch so ein Verteidiger einer verlorenen Sache, wie weiland mein Ehemann. Oder dachtest du, daß es ihm besser ergehen würde als Gnaeus Pompeius? Der kämpfte wenigstens für ein erreichbares Ziel, Macht, seine eigene Macht, und nicht für irgendein altmodisches Ideal, an das fast niemand mehr glaubt.«

»Brutus ist ein guter Mensch, integer, vielleicht einer der wenigen, die sich noch Römer nennen dürfen. Sein Ideal ist nicht verwerflich, er nennt es Republik.«

Ich lachte höhnisch. Du schautest abrupt hoch. Ich wußte, daß ich Dich verärgert hatte, und das gefiel mir. »Du glaubst nicht mehr so an dieses berühmte Ideal, nicht wahr, Atticus, an diese teure Republik, diesen Mythos, von dem Cicero so gern erzählte. Ich frage mich, wie lange es her ist, daß du noch wirklich daran glaubtest. Denn wenn du noch daran glauben würdest, könntest du dich öffentlich Brutus anschließen. Aber ach, ich vergaß, du hast dich ja nie wirklich für etwas entschieden, oder etwa doch, Atticus? Du hast ein beneidenswertes Talent, mit deiner Meinung hinter dem Berg zu halten.«

Du schautest mich lange an, die Fingerspitzen aneinandergelegt unter dem Kinn, die Augen ausdruckslos. Wo war Deine Wut geblieben? Hatte ich mir die nur eingebildet? Diese kühle Distanz machte mir auf einmal Angst. Mir war klar, daß es kein beherrschtes Unterdrücken von

Empörung oder Verletztheit war. Das hätte ich verkraftet. Offenbar verdiente ich nicht einmal mehr Geringschätzung. Ich hätte einen Rückzieher machen können, aber ich wollte unverhohlene Wut auf Deinem Gesicht sehen. Du warst mir noch Deinen Kummer schuldig, ich wollte wenigstens die Zinsen dafür.

»Wie soll ich dich sonst beschreiben?« fuhr ich fort. »Du freutest dich über den Mord an Caesar, aber saßt mit seinen Anhängern an einem Tisch. Du nanntest Pompeius ›das kleinere von zwei Übeln‹, aber botst trotzdem denen, die sich ihm anschlossen, deine Dienste als Bankier an, oder etwa nicht? Und so könnte ich fortfahren. Schade, daß du nicht mehr als zwei Beine hast, Atticus, eins für jedes Lager, und noch ein Paar in Reserve.«

»Cicero hat mich nicht so gesehen. Hätte er mir sonst vertraut und sich in jeder Situation auf mich verlassen?«

Deine Stimme war tonlos, und noch immer war keine Regung auf Deinem Gesicht zu entdecken.

Ich lächelte und stichelte weiter: »Er konnte nicht ohne seinen Atticus, er brauchte dich, er brauchte jemanden, der seine Finanzen regelte, ihm Geld borgte, seine Schriften publizierte, ihm eine Lobby verschaffte. Mach dir keine Illusionen, Atticus, du warst ihm von Nutzen, sonst nichts. Und du hast ihm den letzten, den allerwichtigsten Dienst nicht erwiesen, oder? Er ist tot.«

Du hobst die Hände, die Handflächen nach oben. Du hattest die Augen geschlossen, Deine Lider waren von einem zarten Weiß, vage durchscheinend, mit tiefen violetten Ringen vor Müdigkeit darunter. Dann ließest Du Deine Hände wieder schlaff in den Schoß zurückfallen. Es war genug, nun konnte ich schweigen.

Eine ganze Weile sagtest Du nichts, die Augen noch immer geschlossen. Schließlich öffnetest Du sie und fragtest ruhig: »Möchtest du, daß ich weitererzähle?«

Ich wußte nicht mehr, was ich wollte, und Du nahmst mein Schweigen für Zustimmung und fuhrst fort: »Also zog er allein nach Astura, wo er an Bord ging und in See stach. Doch nach einiger Zeit, als sie schon an der Küste entlang nach Süden fuhren, wollte er wieder an Land gesetzt werden. Zu Fuß ging er nach Rom zurück.«

Warum? Aber das konntest Du mir nicht sagen, nur daß er nach ein paar Kilometern auf der Via Appia wieder umkehrte.

Und ich, ich lief hinter ihm her, war gezwungen, hinter ihm herzulaufen, paßte meinen Schritt dem seinen an, beobachtete, wie sein schwerer, dunkelbrauner Reisemantel hin und her schwang, während er vor sich hin trottete, und wie der lange Stock, den er von seinem Vater geerbt hatte, den Rhythmus seiner Schritte angab. Ich sah, wie er wankte, müde und alt, fast vierundsechzig, und ängstlich natürlich auch. Sah, wie er einige Zeit unschlüssig stehenblieb, ehe er wieder weiterging. Ich wartete, ob die Erinnerung seine Gesichtszüge in mir wachrufen würde. Doch diesmal wurde ich verschont. Unter der Kapuze seines Mantels war kein Gesicht, nur eine Leere in Form eines Antlitzes.

Und so, wie ein aufgescheuchtes Wild, kehrte er nach Astura zurück, um dort eine furchtbare Nacht zu verbringen, allein und in Todesangst.

»Woher willst du das denn wissen, das phantasierst du doch nur«, sagte ich bissig. Dennoch konnte ich es nicht lassen, gleich darauf hinzuzufügen: »Aber es ist mehr als Phantasie, nicht? Niemand weiß besser als du, wie sehr er in der Lage war, einen Alptraum für Wirklichkeit anzusehen und auch noch daran zu glauben. Selbst wenn seine Ängste begründet waren, machte er es immer noch schlimmer, indem er sich zu lange dabei aufhielt.«

Du nicktest, mit einem Lächeln, und zum erstenmal

glühte so etwas wie Wärme zwischen uns auf. Ich war nicht darauf ausgewesen. Es hatte eine gewisse Wertschätzung für Dich in diesen Worten durchgeklungen, die mir entlockt worden waren und die ich sofort bereute. Aber ich unternahm keinen Versuch, ihre Wirkung aufzuheben.

Und da lief ich wieder, hinter ihm her, als er erneut an Bord ging und an der Küste entlang nach Formiae fuhr, wo er sich in seine Villa begab und sich zur Ruhe legte. Wo? In seinem Schlafzimmer mit dem glänzenden Mosaikfußboden in Ocker und Blau? Oder auf der Liege in seiner Bibliothek, der mit den goldenen Löwenfüßen? Betrachtete er mit Freuden die Statuen aus Megara, die Du ihm einst mitgebracht hattest, wie er es immer tat, wenn er sie nach seiner Abwesenheit wiedersah. Oder drehte er sein Gesicht zur Wand, wie ich es so oft bei ihm beobachtet hatte, wenn er ängstlich war?

Du erzähltest weiter: »Als die Sklaven bemerkten, daß Gefahr drohte und die Mörder nicht mehr weit waren, gingen sie zu ihm. Er war nicht bereit, sich von der Stelle zu rühren, sagte, daß er nicht mehr wisse, wo er hinsolle; also haben sie ihn mit Gewalt weggeführt.«

»Ja«, sagte ich, ernst nickend und noch immer mit distanziertem Interesse, meine Stimme flach und beherrscht, »seine Unentschlossenheit hat ihn immer gelähmt.«

Und dann folgte ich der Sänfte, in der die Sklaven ihn über den Waldweg nach Caieta trugen, zu dem wartenden Schiff, zu dem Entkommen, auf das er so gehofft hatte, den Pfad entlang, den ich so gut kannte, durch einen Tunnel von Grün, wo hier und da das Sonnenlicht auf dem sandigen Weg tanzte. Ach nein, es war Winter, der Weg würde von blattlosen Zweigen überdacht gewesen sein, kahl wie ausgebleichte Knochen, ächzend, wenn sie im

Wind hin und her peitschten. Die Sänfte schaukelte, als die Sklaven ans Meer eilten, mit den Verfolgern auf den Fersen.

»Sie haben es nicht geschafft«, sagtest Du, »auf halbem Wege wurden sie eingeholt. Bis auf ein paar Sklaven, die ihn nicht allein lassen wollten, liefen sie um ihr Leben und zerstreuten sich in den Wäldern. Er leistete keinen Widerstand. Zu den Sklaven, die noch bei ihm standen, sagte er, daß sie ihn lassen, an ihr eigenes Leben denken sollten, daß das seine vorbei sei. Dann streckte er seinen Kopf aus der Sänfte und sah seine Henker starr an.

Herennius, ein Zenturio, ließ sein Schwert niedergehen. Dafür haben sie ihn natürlich bezahlt. Cicero muß auf der Stelle tot gewesen sein.«

»Sie, sie«, wiederholte ich höhnisch, »hast du Angst, die Mörder beim Namen zu nennen? Hier gibt es keine Spione, ich werde dich nicht verraten, auch wenn sogar du und Cicero mich einst dazu für fähig gehalten habt. Ich werde sie für dich nennen: Marcus Antonius, Octavianus und dieser Lepidus, den sie mit in Kauf nehmen mußten. Drei Hunde, die zerrissen haben, was von der Republik noch übrig war, und das war bitter wenig. Und nun jagen sie dasselbe Wild, aber denk an meine Worte, innerhalb kürzester Zeit werden sie sich um die Knochen streiten.«

»Octavianus hat alles versucht, Antonius davon abzuhalten, Cicero zu töten. Aber schließlich hat er nachgeben müssen.«

»Natürlich«, sagte ich, und ich sah mich dort sitzen, kerzengerade, die Füße fein säuberlich nebeneinander, die Hände locker im Schoß gefaltet, eine ehrwürdige alte Dame, die sich höflich eine Geschichte anhörte, die kaum etwas mit ihr zu tun hatte. Meine Gesichtszüge konnte ich nicht sehen, aber ich hoffte, daß ich sie ebensogut unter Kontrolle hatte wie meinen Körper. Auf einmal hatte ich Angst, daß meine Augen mich verraten könnten. Ich schloß sie halb.

»Antonius blieb unerbittlich, der hätte ihn in der Luft zerreißen können.«

»Natürlich«, wiederholte ich, noch immer hinter meinen halbgeschlossenen Augen verborgen, »wundert dich das? Cicero hat in seinen Philippiken kein gutes Haar an ihm gelassen. Hast du wirklich von Antonius erwartet, daß er ihm auf die Schulter klopfen und sagen würde: ›Komm, komm, lieber Freund, drei Cäsaren sind aufgestanden, um zu vollenden, was der erste begonnen hat. Aber kümmere dich nicht darum, geh nach Hause und schreib deine gelehrten Schriften, während wir tun, was getan werden muß.‹«

»Er ist mutig gestorben. Er ist gestorben, weil er den Tod einem Leben in Tyrannei vorgezogen hat, dem Leben in einem Staat, wo Männer nicht länger auf dem Wege der Vernunft regieren«, sagtest Du, ganz ruhig und betrübt.

Ich zuckte mit den Achseln: »Worte, Worte, nichts als Worte. Er lebte in einem Dunst von Worten. Die starken Leute machten Pläne und kämpften und nickten ihm dann und wann freundlich zu oder gaben ihm einen kräftigen Stoß, wenn er ihnen im Weg war. Er hätte entkommen können, stimmt's oder nicht? Er mußte schon seit Wochen eingesehen haben, wie hoffnungslos die Situation war. Unentschlossenheit hat ihn den Kopf gekostet. Vielleicht sogar Eitelkeit – immer nur zu denken, daß er unverzichtbar für Rom sei. Er wartete wahrscheinlich darauf, daß sie ihn zurückrufen und mit Glanz und Gloria empfangen würden. Er war schließlich nicht gerade ein Realist. Und wann wurde Rom zuletzt von der Vernunft regiert? Armer Cicero.«

Du erwidertest nichts, schautest auf Deine Hände, betrachtetest die Nägel, wie um zu sehen, ob sie auch sauber wären. Deine ganze Haltung machte auf mich den Eindruck beherrschter, herablassender Geduld; Du behandeltest mich wie ein kleines Kind, das erst seine Meinung sagen darf und dann in die Schranken gewiesen wird.

Ich erhob mich und rief den Sklaven, der vor dem Eingang meines Zimmers Wache hielt. »Titus Atticus will gehen, sag es seinem Diener und begleite ihn hinaus.«

Der Sklave kam ins Zimmer, aber Du standst nicht auf. Du schautest hoch und sagtest leise: »Es ist sinnlos, Terentia, wie sehr du dich auch von Bitterkeit beherrschen läßt, gegen die Erinnerung kann man nicht kämpfen, die siegt immer. Sogar jetzt, denn auch wenn du glaubst, daß du mich haßt, kannst du nicht vergessen, daß wir einmal teure Freunde gewesen sind, nicht wahr?«

Deine Worte trafen mich so unerwartet hart und schmerzlich, daß ich einen Schritt zurück machte. Ich hörte mich Sätze aussprechen, die ich nicht bewußt formuliert hatte. »Aber selbst wenn wir es wollten, könnten wir doch nicht mehr zurück? Die Vergangenheit versperrt uns den Weg und wird ihn uns immer versperren. Nur das Ende zählt, nur das Ende.«

»Nein«, antwortetest Du leise, »nicht das Ende, sondern der Anfang.«

Der Sklave stand noch an der Tür. Du drehtest Dich um und bedeutetest ihm zu gehen, Du schicktest meinen Diener weg in meinem Haus, ohne meine Zustimmung. Ich starrte Dich an, überrumpelt durch diese Ungehörigkeit, begangen von dem Mann mit den geschliffensten Umgangsformen in ganz Rom. Selbst als Du ein teurer und vertrauter Gast in unserem Haus gewesen warst, hättest Du so etwas nie getan. Du nutztest mein Erstaunen aus, durch das ich für einen Moment die Fassung verlor.

Du standst auf und kamst auf mich zu. Ich wandte den Kopf ab, lief aber nicht weg. Du sprachst mir ins Ohr, so nah, daß ich Deinen Atem spüren konnte. »Erlöse dich von dieser Bitterkeit, Terentia, bevor du daran zugrunde gehst. Du bist davon überzeugt, daß du ungerecht behandelt worden bist, vielleicht hast du recht – siehst du, ich habe den Mut, das zuzugeben –, aber du wirst von Mißgunst verzehrt. Darum befreie dich, schreib deine Geschichte auf, Terentia, schreib deine Verteidigung. Du beklagst dich, daß ich nicht auf dich gehört habe, daß ich letztlich nicht mehr gewesen bin als Ciceros Sprachrohr, daß ich immer für wahr gehalten habe, was er mir über dich erzählt hat. Aber wie hätte es denn auch anders sein können – ich habe seine Version der Geschichte so viel öfter gehört als deine. Erzähl mir also, wie es aus deiner Sicht gewesen ist. Selbst wenn du dir einredest, daß du mich haßt, wirst du doch wohl so menschlich sein, mir mein Unrecht beweisen zu wollen. Fang beim Anfang an. Du bist mutig genug – das weiß ich –, der Wahrheit ins Auge zu sehen, auch wenn du zu der Entdeckung kommen solltest, daß die Wahrheit, paradoxerweise, subjektiv sein kann. Tu es, ich flehe dich an, um unserer alten Freundschaft willen.«

Ich schaute Dich an, wider meinen Willen interessiert. Selbstrechtfertigung ist eine starke Triebfeder.

»Was soll ich sein«, fragte ich, »mein eigener Anwalt und Ankläger zugleich?«

»Und Richter und Geschworenenkollegium dazu.«

Da machtest Du einen Fehler, ganz ungewöhnlich für Dich, denn Du bist ein scharfsinniger und intuitiver Mann.

»Du bist es nicht nur dir selbst schuldig, sondern auch ihm«, sagtest Du. »Du hast die Geschichte als seine Frau erlebt, schreib sie so auf, wie du sie erfahren hast. Und schreibend wirst du sie erneut durchleben, und dadurch wirst du Cicero vielleicht in einem anderen Licht sehen, als Opfer seiner Zeit, aber auch als ihr Gestalter. Und es waren, gelinde gesagt, interessante Zeiten. Ein gewisses Verständnis bist du ihm ja wohl schuldig, er war schließlich dreißig Jahre lang dein Ehemann, und die waren doch nicht alle lieblos. Ich weiß, daß sie das nicht waren.«

Ich lief von Dir weg. »Nein«, schrie ich, »ich bin ihm nichts schuldig. Und was haben diese interessanten Zeiten mir denn gebracht? Nichts. Ich konnte ihnen nicht entfliehen wie du, Atticus, ich mußte schlucken, was das öffentliche Leben mir zuwarf, ich hatte keine Wahl. Und was ist davon übrig? Erkaltete Asche. Selbst die Erinnerung an alten Ruhm hat ihren Glanz verloren.«

Du machtest abrupt einen Schritt zurück. Für einen Moment warst Du verunsichert, und ich sah, wie Du fieberhaft nach einem stichhaltigeren Argument suchtest.

»Dann tu es nur für dich«, drängtest Du, »oder besser noch: für deinen Sohn. Er muß deine Version der Geschichte hören, um urteilen zu können. Du willst doch sicher, daß er Achtung vor dir hat?«

»Nein, warum sollte ich? Cicero hat ihn gegen mich aufgehetzt. Marcus ist ein verwöhnter Schwächling; er war immer unbesehen mit allem einverstanden, was Cicero über mich sagte, wenn er nur seine monatlichen Zuwendungen bekam.«

Du versuchtest, meine Verbitterung zu dämpfen. »Du weißt, wie schwierig es war, gegen Ciceros Überzeugungskraft anzugehen, für jeden, und erst recht für so einen schwachen jungen Mann wie ihn.«

»Was spielt das noch für eine Rolle? Es ist zu spät. Mein Sohn will mich nie mehr sehen, das hat er mir deutlich zu verstehen gegeben, und ich ihn auch nicht.«

Ich drehte mich um, aus Angst, daß Du die Tränen in

meinen Augen sehen könntest, gegen die ich offenbar machtlos bin, sobald ich an meinen Sohn denke – also versuche ich, nicht an ihn zu denken.

»Arme Terentia«, sagtest Du leise.

Doch der Moment der Schwäche war vorbei, und ich wandte mich wieder zu Dir um. »Du brauchst kein Mitleid mit mir zu haben«, sagte ich kühl, »ich hasse Mitleid, und vor allem von dir.« Ich schwieg einen Augenblick, und mehr zu mir selbst fügte ich hinzu: »Aber du hast natürlich recht. Denn genau wie du hat mein Sohn mich zu Unrecht verurteilt. Es wird Zeit, daß er meine Sicht der Dinge kennenlernt. Er ist mir zumindest Respekt schuldig, das ist das einzige, was ich noch von ihm verlangen kann.« Wieder schwieg ich und versuchte das Gefühl der Hoffnung, das plötzlich in mir aufstieg, zu unterdrükken – wer weiß, wenn er meine Geschichte gelesen hat …

Törichte, eitle Hoffnung – nicht daran denken. Also fuhr ich nüchtern, jedoch noch immer als ob es um etwas äußerst Unwahrscheinliches ginge, fort: »Aber sag, wenn ich mich nun entschließen sollte, meine Geschichte aufzuschreiben, was mache ich, wenn mich mein Gedächtnis im Stich läßt?«

»Tu, was dein Ehemann, der Historiker, dir raten würde«, antwortetest Du, ebenso nüchtern, »geh zurück zu den Quellen. Ich werde dir Kopien von Ciceros Briefen an mich schicken, und du hast selbst Kopien deiner eigenen Korrespondenz. Das sei das einzige Nützliche gewesen, was dein Stiefvater Fabius für dich getan habe, hast du immer gesagt, dir beizubringen, Abschriften von den Briefen aufzubewahren, die du verschicktest, ebenso wie die Briefe, die du empfingst.«

Du setztest dich wieder. Eigentlich wollte ich, daß Du gehst, aber doch nicht mehr so dringlich. Irgendwie hatte das Reden über praktische Dinge den Himmel etwas aufgehellt. Wir würden jetzt auf eine weniger unerquickliche Weise auseinandergehen können.

»Warum bist du gekommen, um mir zu sagen, daß Cicero tot ist?« fragte ich. »Du hättest einen Boten schicken können oder warten, bis die Nachricht zu mir durchgesickert wäre, wie es mit derartigen Neuigkeiten früher oder später immer geschieht. Warst du vielleicht neugierig, wie ich es aufnehmen würde?« Aus einem vagen Gefühl der Scham darüber, daß ich unfreundlicher war als nötig, fügte ich noch hinzu: »Aber wie auch immer, danke.«

Ich konnte nicht verhindern, daß in meiner Stimme eine gewisse Ironie mitschwang.

Nach einiger Zeit sagtest Du: »Ich bin gekommen, weil du die Frau meines teuren Freundes gewesen bist. Weil du selbst eine teure Freundin gewesen bist. Einstmals.«

Ich zuckte mit den Schultern. Sentimentales Getue, leichte Worte. Cicero war auch so gut darin gewesen. Und dann platztest Du heraus: »Nein, ich bin gekommen, um mich zu rechtfertigen, weil ich meinem Freund gegenüber versagt habe. Ich bin zu dir gekommen, weil er dein Ehemann gewesen ist und der Vater deiner Kinder. Ich habe ihn nicht retten können. Aber ich habe getan, was ich konnte, Terentia, ich schwöre es dir, ich habe sie angefleht, einen alten Mann zu verschonen, habe versucht, sie zu bestechen, zu erpressen, es gab nichts, wofür ich mir zu schade gewesen wäre. Sie haben es abgelehnt, mir auch nur zuzuhören.«

Deine Stimme schlug auf einmal um, es klang wie ein Schluchzen.

Ich rief meinen Diener, der wieder auf seinem Posten vor der Tür stand. »Bring Titus Atticus einen Becher Wasser.«

»Ich brauche kein Wasser«, sagtest Du matt.

Wir warteten schweigend, bis mein Diener zurückkam. Als er Dir den Becher reichen wollte, schütteltest Du den Kopf. Der Mann schaute mich fragend an. »Nimm ihn wieder mit«, sagte ich.

Du saßt da, mit gesenktem Haupt, ein Bein nach vorn gestreckt. Schlamm hing an Deiner Sohle, und Du hattest eine Schramme am Bein, direkt über dem Rand des Stiefels, die Haare waren festgeklumpt in einer rostigen Schmiere aus geronnenem Blut. Du sagtest noch immer nichts, und ich begann, mich unbehaglich zu fühlen. Es war offensichtlich, daß Du mir noch mehr zu berichten hattest und daß es schlimmer sein würde als das, was ich bereits gehört hatte. Ich lief zum Eingang des Zimmers in einem Versuch, Dich wegzuschicken.

Du setztest Dich anders hin, schautest mich nicht an, und schließlich sagtest Du ernst: »Ich habe mich gefragt, ob ich es dir erzählen soll. Aber es muß sein, du mußt es von mir erfahren. Heute haben sie seinen Kopf und seine rechte Hand an die Rostra genagelt. Auf Wunsch von Marcus Antonius. So etwas Barbarisches hätte ich ihm nie zugetraut. Der Beweis, wozu alles verzehrender Haß in der Lage ist, wenn es überhaupt eines Beweises bedurfte. Ich habe versucht herauszufinden, wo der Körper ist, aber niemand konnte oder wollte es mir sagen.«

Ich hörte die Worte und schob sie sofort von mir. Ich blieb stehen, wo ich stand.

»Quintus und sein Sohn? Sind die auch tot?«

»Alle beide, gleichzeitig umgebracht.«

Ich schlang die Arme um meinen Körper, hielt mich ganz fest. Die nackten Tatsachen waren mir berichtet worden, ich mußte mehr wissen. Nicht weil ich entsetzlich neugierig gewesen wäre, dafür war die Grausamkeit gar zu offenkundig. Sondern weil ich die leise Ahnung hatte, daß ich mir, wenn Du das Drama beschreiben würdest, ein Bild davon machen könnte, ein einziges Mal, um es dann für immer auszulöschen. So wie man eine bittere Medizin in einem Zug herunterschlucken muß, um keinen Nachgeschmack zu behalten.

»Bist du auf dem Forum gewesen? Hast du seinen Kopf und seine Hand gesehen, Atticus?«

Du blicktest mich nicht an, als Du die Worte aussprachst, als ob Du sie auswendig gelernt hättest: »Ja, ich stand in der Menge und schaute. Es regnete. Das Haar klebte ihm an der Stirn. Es war ungepflegt, als hätte er schon lange nicht mehr daran gedacht, es sich schneiden zu lassen. An der linken Schläfe war ein blauer Fleck. Seine Augen waren geschlossen, dieses letzte bißchen Respekt hatten sie ihm noch erwiesen. Die rechte Hand war neben seinen Kopf genagelt, die Finger gespreizt. Seinen Ring konnte ich nicht entdecken, den werden sie ihm wohl heruntergerissen haben. Sein Gesicht war vollkommen ausdruckslos, eine Totenmaske.«

»Warum seine rechte Hand?«

»Weil sie die Feder gehalten hatte, mit der er die Philippiken gegen Marcus Antonius schrieb.«

Dein Mund ging auf und wieder zu, als ob Du an Deinen Worten ersticktest. Nun mußtest Du weg, sofort, mehr wollte ich nicht hören, denn dieses Mehr würde unerträglich sein, das sah ich an dem Ausdruck des Grauens und Unglaubens auf Deinem Gesicht. Mein Panzer war durchbrochen, das Schild der Gleichgültigkeit war mir genommen, und ich war wehrlos und verletzlich zurückgeblieben. Aber Du erzähltest weiter.

»Als ich dort in der Menge stand, kam Fulvia auf die Rostra zugerannt. Sie stellte sich auf die Zehenspitzen, der Schleier glitt ihr vom Kopf, und hob die Arme. Das goldene Armband an ihrem rechten Handgelenk rutschte herunter bis zum Ellenbogen. Sie nahm eine lange Nadel aus ihrem Haar, zerrte seinen Mund auf, roh, wie man das Maul eines Fisches aufreißt, um den Haken zu entfernen, zog seine Zunge heraus und stach die Nadel hindurch. Dann drehte sie sich um, und ihr Gesicht werde ich nie vergessen – soviel Haß, triumphierender, unversöhnlicher Haß.« Ein Schauder überlief Dich.

Es kostete mich die größte Mühe, meiner Stimme nichts anmerken zu lassen, keine Regung, ich mußte mich wieder wappnen, würde Dir meine Verletzlichkeit nicht zeigen. »Was willst du, sie ist die Frau von Marcus Antonius, und davor war sie die Frau von Clodius. Beide haben Cicero gehaßt. Grund genug für Fulvia, sie zu rächen.«

Du schautest mich bestürzt an. »Grund genug für solch perverse Grausamkeit? Grund genug, einen Leichnam in aller Öffentlichkeit zu schänden?«

Deine Worte hatten die Szene heraufbeschworen, als ob Du mir eine Abbildung davon gezeigt hättest. Ich sah seinen Kopf vor mir, sah die Zunge heraushängen wie die eines hechelnden Hundes, von einer Nadel durchstochen. Ich hatte Dich selbst gebeten, es mir zu erzählen, doch nun fürchtete ich, daß dieses Bild in meinem Geist nicht mehr auszulöschen war, vielleicht nie mehr. Aber ich fühlte kein Mitleid, nichts, was den Abscheu, das Entsetzen hätte lindern können. Ich wollte auch kein Mitleid für ihn empfinden. Warum sollte ich? Er hatte doch schließlich auch kaum Mitleid mit mir gehabt. Und das Ende ist es, was zählt, Atticus, denn wie sehr Du auch auf dem Gegenteil beharrst, das Ende wischt stets alles andere aus. Und das ist gut so.

Aber seine Zunge – das hatte er nicht verdient.

Ich preßte die Kiefer aufeinander, wie um eine physische Barriere zu schaffen gegen Worte, die mich verraten könnten. Du starrtest mich noch immer an, nahmst mein erschüttertes Schweigen für grausame Gleichgültigkeit. Du hast mich verachtet, und Du verachtest mich nach wie vor, dachte ich, Du verachtest mich und Fulvia, die eine ist in Deinen Augen vielleicht etwas weniger schlecht als die andere. Aber Deinen Haß habe ich ebensowenig verdient wie mein Ehemann diese Verstümmelung. Ich streckte Dir die Hand entgegen, doch Du nahmst sie nicht an.

Steif erhobst Du Dich aus Deinem Sessel. Dann wandtest Du Dich von mir ab und gingst, ohne ein einziges weiteres Wort.

Als Du an mir vorbeiliefst, sah ich, daß Du weintest.

Ich ging ins Atrium zurück und starrte lange in den Regen, der kleine Dellen in das Wasser des Beckens schlug.

Es ist jetzt einen Tag später.

Den größten Teil der Nacht habe ich der Beschreibung Deines Besuchs gewidmet, um nichts Wichtiges zu vergessen.

Das Bild geht mir nicht aus dem Sinn. Wie könnte es auch anders sein?

Aber man kann sich an fast alles gewöhnen. Ich habe mir beigebracht, das Grauen zu überwinden und Mitleid zu verbannen, und es ist mir einigermaßen gelungen. Ich habe es oft genug tun müssen.

Ich habe noch einmal gelesen, was ich gerade geschrieben habe, und meine Entscheidung getroffen.

Ich werde Deinen Rat befolgen, Atticus. Unzählige Gründe, das zu tun, und zugleich kein einziger. Oder vielleicht, und das würde mir gefallen, ist mein Entschluß mir nur durch verletzte Eitelkeit eingegeben worden, durch den Wunsch, mich zu rechtfertigen, weil ich in Deinen Augen nicht mit diesem Weib, Fulvia, auf einer Stufe stehen will.

Also werde ich meine Geschichte erzählen, Atticus, und ich werde sie erzählen, als wäre es die Geschichte von jemand anderem. Das ist sie in gewissem Sinne auch. Die Terentia, die Ciceros Frau gewesen ist, gibt es nicht mehr. Aber werde ich in der Lage sein, sie klar zu sehen? Könnten wir uns nur selbst wahrnehmen, wie wir wirklich sind. Und das Chaos aus unserem Innersten verbannen und ersetzen durch Ruhe, durch Frieden. Könnten wir das Glück von einst nur verweben mit dem Elend von heute.

Ich bin müde, todmüde, und ich will, daß es vorbei ist. Ich will wieder mit der Erinnerung in Frieden leben. Und wenn die Erinnerung sich nicht zwingen läßt und nicht heilen mag, dann will ich, daß meine Geschichte sie für immer auslöscht.

Ich werde Dir meine Geschichte erzählen, Atticus. Du wirst mein oberstes Berufungsgericht sein.

Der Mann aus Arpinum

Und hier sitze ich nun, Atticus, an meinem Tisch, und kaue auf meiner Feder. Die Sklaven, die kamen, um die Lichter anzuzünden, habe ich weggeschickt, ich will noch kein Licht. Ich starre auf das unbeschriebene Blatt, es entmutigt mich und nagt an meinem Entschluß. Hätte meine Feder nur einen eigenen Willen, füllte sie das Papier nur mit Worten, riefe sie die Erinnerungen nur für mich wach.

Ich fürchte mich vor diesem leeren Blatt, vor der Erinnerung. Früher hatte ich Mut, Mut für zehn, das mußte sogar er zugeben. Aber woher soll ich jetzt den Mut nehmen?

Schließ dein Gefühl aus, gewinn Abstand, schreib. Die Gegenwart kann nicht ohne Vergangenheit leben. Oder akzeptier deine Niederlage, leg die Feder aus der Hand, laß Papier und Tinte, vergiß die Erinnerung.

Ich habe in der Vergangenheit so oft gekämpft und gewonnen, nur war ich damals jünger und stärker. Rückschläge, Erniedrigung und Kummer haben meine Kraft und meinen Mut untergraben. Doch meinen Stolz habe ich noch. Ich bin nicht allein verantwortlich für all das Elend und Mißgeschick, das über uns gekommen ist. Teilweise vielleicht, niemand ist ganz ohne Schuld. Aber ist die Welt nicht häufiger ungerecht zu mir gewesen als ich zur Welt? Warum fürchte ich mich vor einem unbeschriebenen Blatt?

Mich treibt noch etwas um: Woher weiß ich, ob die Terentia aus der Vergangenheit, so wie ich mich jetzt an sie erinnere, die echte Terentia ist? Wie viele meiner Erinnerungen werden gefärbt sein von den Auffassungen der Frau, die ich heute bin? Und wenn die Wahrheit subjektiv ist, wie Du sagtest, Atticus, wie soll ich dann in der Lage sein, meine Wahrheit aus dem Knäuel der Wahrheiten anderer zu entwirren?

Nicht mehr zögern, keine Ausflüchte mehr, nicht so feige sein. Mein Stolz muß mir Mut geben. Ich werde tun, was ich zu tun habe. Es gibt kein Zurück.

An jenem Nachmittag, an dem man mich rufen ließ, war ich gerade im Peristyl und spielte ein Kinderspiel. Im Zickzack rannte ich zwischen den Säulen hindurch, auf denen das überhängende Dach des Seitenflügels ruht, und im Vorbeigehen tippte ich sie an. Der Marmor fühlte sich feucht und kalt an, es war März, und es hatte geregnet. Niemand konnte mich sehen, nur ein Sklave, der das Wasserbecken reinigte, seine Tunika bis weit über die Knie hochgezogen, die Beine blau vor Kälte. Er stand bis zu den Waden im Wasser und war voller Energie dabei, mit einem Reisigbesen zu schrubben, Kopf und Schultern gesenkt. Der Springbrunnen war abgestellt, das Maul des Delphins, aus dem sonst in einem kleinen Bogen Wasser spritzte, war ein leeres Grinsen. Dieser Sklave störte mich nicht. Wenn er sich schon wunderte, daß die Tochter des Hauses sich wie ein Kind benahm, dann durfte er es sich nicht anmerken lassen.

Es war ein Spiel, das Aemilia und ich gespielt hatten, als wir klein waren. Aemilia, meine beste Freundin, war tot. Das Spiel war ein Trauerritual geworden.

Als ich den Maior domus kommen sah, hielt ich inne.

Es war ein dicker, hinterhältiger und unverschämter Sklave; ich haßte ihn wie die Pest und traute ihm nicht. In zwei Schritten Entfernung blieb er stehen und sagte sehr gewichtig: »Meine Herrin bittet die Tochter des Hauses, unverzüglich zu ihr in das große Empfangszimmer zu kommen.«

Meine Mutter, Memmia, bestellte mich zu sich. Nicht indem sie mich, wie gewöhnlich, rief, mit einer hohen, angespannten Stimme, die bedeutete: Komm sofort her und nicht so trödeln. Oder indem sie ihre Sklavin mit einem Befehl schickte. Diesmal sandte sie also den obersten Haussklaven, um den Ernst der Angelegenheit zu unterstreichen.

Ich wußte gleich, was das zu bedeuten hatte. Im Zimmer meiner Mutter hatten diverse geheime Beratungen stattgefunden. Matronen kamen und gingen, die Gewichtigkeit in Person, nickten mir vage und freundlich zu, wenn ich zufällig in der Nähe war. Mein Vormund, der älteste Bruder meines Vaters, der kurz nach meiner Geburt gestorben war, hatte auch mehrere Unterredungen mit meiner Mutter geführt. Einmal hatte er etwas zu mir gesagt, förmlich und ohne jede Wärme: daß über einen Ehemann für mich verhandelt werde, daß ich es zu gegebener Zeit schon erfahren würde. Seine Augen waren kalt und schwarz wie die Marmorstückchen im Kopf des jagenden Tigers auf dem Mosaik im Eßzimmer. Ich hatte mich gefragt, ob mein Vater genauso barsch und unfreundlich gewesen war wie mein Onkel. Niemand hatte es mir sagen können. Meine Mutter sprach selten über ihn.

Ich folgte dem Maior domus. Er hatte einen merkwürdig watschelnden Gang, da er sich in den Hüften wiegte. Kurz über dem Saum seiner Tunika war ein Fleck, auf den ich ihn sonst natürlich gern hingewiesen hätte, doch jetzt hatte ich andere Dinge im Kopf. Meine Kehle war zugeschnürt. Ich war aufgeregt, nicht ängstlich, aber neugierig. Ich hielt den Kopf erhoben, den Rücken gestreckt, die Arme über der Brust gekreuzt und lief mit kurzen, schlurfenden Schritten, den Gang einer Matrone imitierend.

Meine Mutter saß in ihrem Sessel im Empfangsraum, an jeder Seite zwei große Kandelaber mit jeweils sechs Kerzen. Alle Kerzen brannten, was ungewöhnlich war, selbst an einem dunklen Tag wie diesem. Sie war tadellos frisiert und gekleidet, jede Falte ihrer feinen Wolltunika ebenso unter Kontrolle wie der Ausdruck ihres Gesichts, der nur einem Zweck diente: Autorität auszustrahlen. Kerzenlicht funkelte auf ihrem goldenen Halsring, und lange Gehänge aus kleinen goldenen Kugeln mit großen grünen Steinen dazwischen hingen reglos an ihren Ohren.

Auf der Schwelle des Zimmers blieb ich stehen, direkt zwischen den schweren Vorhängen am Eingang.

Sie bestätigte meine Anwesenheit mit einem kurzen Nicken. »Wir haben einen Ehemann für dich gefunden«, sagte sie.

Ich blieb trotzig bei den Vorhängen stehen. Sie brauchte nicht zu wissen, daß ich neugierig war, denn das würde sie sicher ausnutzen.

Meine Mutter musterte mich aufmerksam und verkündete dann: »Es ist Marcus Tullius Cicero.«

Ich hörte den Namen und weigerte mich, ihn zu verstehen. »Wer?«

»Du hast mich verstanden.«

Ich wiederholte die Frage nicht.

Und während meine Mutter ein Bild vom Leben dieses Unbekannten skizzierte, stärkte ich meinen Willen und wetzte die Waffen.

Ich hörte, was ich erfahren wollte: geboren in Arpinum, Sohn eines Ritters, ein Provinziale. Eine unmögliche Wahl, lächerlich, meiner unwürdig. Er gehörte nicht zum höchsten Adel, der reichen Elite, der ich so gern angehören wollte.

Ich wußte nur allzu gut, wie diese adligen jungen Damen einen ausschließen und erniedrigen konnten, und doch suchte ich, trotz meiner stolzen und kratzbürstigen Art, schweigend und demütig ihre Freundschaft. Meine Mutter hatte mich immer dazu ermuntert, war ständig am Kungeln, damit ich bei ihnen eingeladen wurde, oder lud sie zu uns ein, was häufiger ausgeschlagen als angenommen wurde; sie nutzte schamlos alle Kontakte, die sie hatte, um der Sache zu dienen, die die ihre war und auch die meine. Sie selbst war nicht von patrizischer Abstammung, anders als mein Vater und ihr zweiter Gemahl Fabius, und daher kannte ihr Ehrgeiz für mich und meine viel jüngere Halbschwester Fabia keine Grenzen. Ihre übertriebene Einschätzung unserer relativ bescheidenen Position in der strengen sozialen Hierarchie Roms war auf mich übergeschlagen. Und doch war mir bewußt, daß die Familie meines Vaters nie mit der vornehmsten Clique, den Hortensii, den Claudii, den Cornelii oder den Metelli würde konkurrieren können. Aber wie nüchtern ich von Natur auch war, ich konnte es nicht lassen, mit aller Leidenschaft einer Heranwachsenden zu hoffen, daß ich eines Tages zu diesem magischen Kreis zugelassen würde.

Der Ritterssohn aus Arpinum würde mich für immer davon ausschließen.

Meine Mutter hatte ausgeredet. Der Kampf begann, ich focht verbissen, ihr Wille und meiner stießen aufeinander, wie Stahl auf Stahl. Mein Schatten schob sich rastlos über die Wand, der ihre blieb unbeweglich. Sie hielt mir eine Angel vor, mit einem Köder. Der junge Mann sei begabt, klug, brillant gar, sei bei den größten Geistern Roms in die Lehre gegangen. Seine Familie sei wohlhabend. Sein Vater spiele wegen seiner Gesundheit zwar keine Rolle im öffentlichen Leben, habe aber sehr gute Beziehungen, und sowohl Vater als auch Sohn dürften viele aus den höchsten Kreisen zu ihren Gastgebern und Freunden rechnen. Ein Haus in Rom, Land und eine Villa in Arpinum.

Ich schlug die Angel weg, rümpfte die Nase über den Köder.

Aber da kam er wieder, noch saftiger. Ciceros Karriere würde gewiß glänzend sein. Von maßgebender Seite habe sie erfahren, daß er sicher Prätor werden würde, so sicher wie die Sonne im Westen untergeht und der Tag auf die Nacht folgt. Und in verschwörerischem Flüsterton: man sage, und auch dies aus zuverlässiger Quelle, daß er es mit so ausgeprägten Talenten und Ambitionen bestimmt einmal zum Konsul bringen werde.

Ich sträubte mich noch immer, aber mehr zum Schein. Der Köder war unwiderstehlich. Konsul zu sein, der höchste Magistrat im Staate, war der absolute Gipfel in der Laufbahn eines Mannes. Es war auch das einzige Amt, durch das die Familie dieses Mannes automatisch in den Adelsstand erhoben wurde. Es war das einzige Tor zu jener magischen Welt, auf die ich so hoffte, nach der mich so sehr verlangte. Das wußte ich, aber niemand hatte mir gesagt, daß nur einige wenige von nichtadliger Herkunft, nicht mehr, als man an den Fingern einer Hand abzählen konnte, dieses hohe Amt jemals erreicht hatten.

Meine Mutter hielt mir den Köder noch einmal vor. »Für den jungen Mann bist du eine sehr gute Partie. Mit deinem Namen und Vermögen wird er seine Ambitionen verwirklichen können. Deine Mitgift wird groß sein, dafür ist das Erbe bestimmt, das dir dein Vater hinterlassen hat.«

Ich hing an der Angel, ein behende gefangener und aus dem Wasser gezogener Fisch.

Aber es war eine ehrenvolle Kapitulation. Meine Mutter drückte mich an sich und gab mir einen Kuß.

Kühl, ohne Gefühl, ein Kuß, um ein Abkommen zu besiegeln.

Die Unterhaltung war beendet.

Mit schleppenden Schritten und gesenktem Blick ging ich zurück ins Peristyl. Eine fahle Sonne war durch die Wolken gebrochen. Der Sklave war verschwunden. Der Springbrunnen lief wieder, und der Marmordelphin spuckte Wasser. Ich hob ein Stück Marmor auf und warf damit nach dem Delphin, ich wollte dieses blöde Grinsen von seinem Maul wischen. Der Brocken plumpste in das Becken.

Aus einem Raum im Seitenflügel des Hauses hörte ich die monotone Stimme meines Stiefvaters. Er redete mit sich selbst, allein in der Bibliothek, in der er all seine Tage verbrachte. Er ging nur selten aus. Schämte sich sicher, daß seine Toga keinen Purpursaum hatte. Denn er war kein Magistrat, er war nichts, war nie etwas gewesen. Was würde er tun, wenn ich zu ihm ginge und ihn fragte, was er von dieser Verlobung hielt? Erstaunt mit den Augen zwinkern, etwas murmeln und das Haupt senken? Er wußte es wahrscheinlich nicht einmal. Meine Mutter besprach wenig mit ihm.

Ich starrte auf meine Füße. Irgendwo in meinem Hinterkopf spukte eine Frage herum, bohrend wie Zahnschmerz. Ich blickte auf, lauschte dem Singsang der Stimme meines Stiefvaters und versuchte, die Worte zu verstehen. Wenn ich mich genug auf etwas anderes konzentrierte, würde die Frage schon verschwinden. Und das mußte sie, denn wenn ich ihr auch nur ein wenig Raum gäbe, würde sie hochkommen, unvermeidlich gefolgt von einer Antwort, und diese Antwort würde die Wahrheit sein, die ich sorgfältig in einer kleinen, dunklen Ecke meines Geistes verschlossen hatte. Aber ich sah Frage und Antwort vor mir, als ob sie geschrieben stünden.

Warum willigte meine Mutter in diese Hochzeit ein, warum verpfändete sie ihre gesellschaftlichen Ambitionen für unsichere Zukunftserwartungen? Ich mochte zwar naiv genug sein, an diese Erwartungen zu glauben, aber ich war nicht verrückt. Ich wußte, daß man die Zukunft nicht in der Hand hat. Ganz abgesehen von allerlei anderen Unwägbarkeiten konnte man auch zu früh sterben. Marcus Tullius Cicero also.

Und da war die gefürchtete Antwort: das einzig Wertvolle an mir war das Vermögen, das mein Vater mir hinterlassen hatte. Aber es waren bestimmt noch reichere Mädchen zu bekommen. Ich war zwar von Adel, doch meine Familie konnte sich nicht mit der höchsten Aristokratie messen. Kurzum, ich war sicher nicht die erste Wahl auf dem Heiratsmarkt. Aber ich war fünfzehn, und wenn sie noch lange wartete, würde meine Mutter mit einer unverheirateten Tochter sitzenbleiben, eine gesellschaftliche Schande ohnegleichen. Und ich würde zum Tode bei lebendigem Leibe verurteilt sein, dem Leben einer unverheirateten, unfruchtbaren Frau.

Für einen Moment sah ich der Wahrheit und der Unsicherheit ins Auge, aber ich verdrängte sie sofort wieder. Ich mußte glauben, was meine Mutter mir erzählt hatte, denn es gab keine Alternative. Und dieser Glaube mußte aufrichtig sein und bedingungslos, weil Zweifel unerträglich wäre.

Trotzdem war ich verwirrt durch diese kurze Konfrontation mit der Wirklichkeit. Mein Leben würde sich verändern, ich wußte, was von mir erwartet wurde, jedoch nicht, wie leicht oder schwer es sein würde, den Erwartungen zu entsprechen. Ich hatte davon geträumt, das Kleid einer verheirateten Frau zu tragen, konnte mich aber nicht von meiner Mädchentunika trennen. Ich wollte verheiratet sein, fürchtete mich aber vor der Ehe, sah mich zwar als Braut, konnte mir aber den Bräutigam noch nicht vorstellen.

Ich streifte weiter durch das Peristyl, und ohne es zu

wollen, lief ich wieder im Zickzack zwischen den Säulen hindurch, doch diesmal langsam.

Wäre Aemilia nur hier, wir hatten von klein auf alles geteilt.

Aber Aemilia, eine der beiden einzigen echten Freundinnen, die ich je gehabt hatte – die andere war Fabia –, die ich bedingungslos lieben konnte, war tot.

Es war inzwischen wieder ganz bewölkt und fing an zu regnen. Ich trat unter dem überhängenden Dach hervor. Ein plötzliches Gefühl der Traurigkeit überfiel mich, der Einsamkeit durch den Verlust, eine verzweifelte Sehnsucht nach Aemilia und Angst vor dem Unbekannten. Wenn ich nur weinen könnte, aber ich haßte Weinen. Ich hob das Gesicht und spürte ein paar Tropfen über meine Stirn und die Wangen herunterrollen. Ich biß mir auf die Lippen und schluckte. Sollte doch der Himmel für mich weinen.

Es war meine Mutter gewesen, die mir vor ein paar Monaten, einfach so aus dem Nichts, erzählt hatte, daß Aemilia tot war.

Wir waren in ihrem Zimmer dabei, frisch gesponnene Wolle auf hölzerne Spulen zu winden, als sie sagte: »Zieh den Faden doch nicht so straff, du mußt ihn locker halten und dann gleichmäßig aufwickeln.« Und direkt hinterher: »Aemilia ist gestern gestorben.«

Ich hörte die Worte, verstand die Bedeutung und sagte sofort: »Nein.«

»Was – nein? Ich sage es dir doch gerade. Sie ist bei der Geburt ihres Kindes gestorben, ein Sohn. Der ist auch gestorben, ist vielleicht besser so.«

»Sie kann nicht tot sein, nicht einfach so. Das kann nicht sein.« Mit geballten Fäusten schaute ich meine Mutter wütend an.

»Es ist aber so. Ich habe es heute morgen erfahren.«

Ich nahm den Wollfaden in beide Hände und zog ihn straff und immer straffer, bis er riß. Meine Mutter gab ein verärgertes glucksendes Geräusch von sich. »Nun guck mal, was du gemacht hast. Warum bist du nur so ungeschickt?«

»Er hat sie umgebracht.« Ich schluchzte halb vor Wut.

»Was meinst du, er hat sie umgebracht? Niemand hat das getan. Sie ist im Kindbett gestorben. Das passiert vielen Frauen.« Behende versuchte sie, die gerissenen Enden zu verspleißen.

»Sulla hat sie umgebracht.«

Sie blickte im Zimmer umher. Zwei ihrer Sklaven saßen in einer entfernten Ecke des Raumes und webten. Der Webstuhl klapperte laut. Sie hatten bestimmt nichts gehört.

Trotzdem schickte sie sie in scharfem Ton weg.

Zu mir sagte sie kühl: »Red keinen Unsinn. Niemand hat sie umgebracht. Sie ist einfach gestorben.«

Ich schrie sie an, warf ihr die Worte zu wie Steine: »Hat er doch. Durch ihn ist sie gestorben, er war ihr Stiefvater und hat sie von ihrem Ehemann scheiden lassen, um sie mit Pompeius zu verheiraten. Sie liebte ihren Mann, sie wollte sich nicht von ihm trennen. Und das Kind hätten sie ihr weggenommen, das sollte zur Familie des leiblichen Vaters. Vielleicht wollte sie deshalb sterben. Und ihre Mutter hätte ihr nicht geholfen. Das weiß ich. Aemilia hat mir alles erzählt.«

Das letzte Mal, als wir zusammen waren. Aemilia saß auf einer Bank in einem der Gärten am Haus ihres Stiefvaters Sulla, mit ihrer Katze auf dem Schoß, unter der Rundung ihres schwangeren Bauchs. Ich hatte den Arm um die Schultern meiner Freundin gelegt und drückte sie unbeholfen an mich. Ihr Körper zuckte, so sehr schluchzte sie, ihr Kummer machte mir Angst, und der physische Kontakt machte mich verlegen.

Aemilia erzählte mir flüsternd Dinge, die ich nicht wissen wollte. Wie Diktator Sulla, der Sieger des Bürgerkriegs, seine Gegner ermordete oder enteignete oder verbannte, sogar ihre Söhne.

Und ich ertappte mich dabei, daß ich mich verstohlen umschaute, mir zum erstenmal einer unsichtbaren Bedrohung bewußt, der Verletzlichkeit und Hilflosigkeit gegenüber zügelloser Macht. Aemilia schluchzte nicht mehr, sondern sagte mit dumpfer Verzweiflung: »Zu mir ist er genauso grausam. Sie werden mir mein Kind wegnehmen, denn das Kind geschiedener Eltern gehört zur Familie des Vaters. So ist es Gesetz oder Brauch, ich weiß nicht, was. Es spielt auch keine Rolle. Ich werde mein Kind verlieren.«

Ich streckte die Hand aus und wischte ihr sacht die Tränen von den Wangen. Und auf einmal wurde durch Aemilias Tränen aus etwas, das so vollkommen selbstverständlich gewesen war – daß die Ehe ein Abkommen ist, das aus dynastischen und Besitzgründen von anderen geschlossen wird –, etwas Beklagenswertes und Trauriges. Ein für allemal kam ich dahinter, daß Frauen Figuren in einem Spiel sind, dessen Regeln Männer bestimmen. Daß Tränen von Frauen daran nichts ändern und ohnmächtige Wut noch weniger.

»Halt den Mund!« Der eisige Befehl meiner Mutter brachte mich augenblicklich zum Schweigen. Selbst in meinen rebellischsten Anfällen hatte ich diesen Befehl nie zu ignorieren gewagt.

Ich entspannte meine Fäuste. »Warum mußte sich Aemilia von ihrem Mann scheiden lassen und Pompeius heiraten? Warum?« fragte ich, etwas besänftigt.

»Weil Sulla Pompeius brauchte. Sie brauchten einander.« Sie klang jetzt freundlicher. Meine Gehorsamkeit stimmte sie milder, und diese Art von Informationen, aus dem Tratsch ihrer Freundinnen zusammengetragen, teilte sie gern.

»Pompeius brauchte eine Frau. Außerdem wünschte er einen Triumphzug, er betrachtete sich als Sullas segensreichen Heerführer. In seinen Augen hatte er sie verdient, den goldenen Triumphwagen, die Lorbeerkränze, den ganzen Pomp des Ruhmes. Aber Sulla wollte nichts davon hören, er war davon überzeugt, daß Pompeius dann noch arroganter werden würde, als er schon war. Also beschloß er, seine Stieftochter mit Pompeius zu verheiraten, in der Überzeugung, daß sein General dann schon den Mund halten und den Triumphzug vergessen würde.«

Sie war fertig mit dem Aufwickeln der Wolle und ließ die Spule in ihren Schoß fallen. »Pompeius hatte natürlich das letzte Wort. Er bekam sowohl seine Frau als auch seinen Triumphzug.«

Ohne sie zu unterbrechen, hatte ich ihrer Erläuterung gelauscht. Es war eine Welt, die ich nicht kannte, voller Intrigen. Aber ihre letzten Worte klangen in meinen Ohren nach.

»Jetzt hat er doch trotzdem keine Frau? Aemilia ist tot. Das geschieht ihm ganz recht. Ich hoffe, daß er daran krepiert – sie haben sie alle zusammen umgebracht«, schrie ich.

Meine Mutter richtete sich auf, rasend. Die Spule fiel ihr vom Schoß. »Untersteh dich, jemals wieder so etwas zu sagen. Es schickt sich nicht und …«

Ich hob die Spule auf und warf sie weg, sie rollte in eine Ecke des Zimmers. Dann drehte ich mich um und rannte hinaus.

»Komm sofort zurück«, hörte ich sie rufen.

Diesmal gehorchte ich nicht.

Es regnete inzwischen sehr stark.

Mein Kummer war nun nicht mehr so brennend. So lief das. Das Leben hatte die Wunde zugedeckt, manchmal blutete sie noch kurz, und dann schloß sie sich wieder.

Ich mußte mich auf dieses neue Leben vorbereiten. Meine Mutter würde mich unterrichten, es gab Regeln und Gebräuche, die mir den Weg weisen würden. Irgendwo im Hintergrund war dieser unbekannte Faktor, der Ehemann. Wie er auch sein mochte, er konnte unmöglich sein wie mein Stiefvater Fabius.

Einigermaßen beruhigt durch diesen Gedanken lief ich zurück zum Haus, diesmal auf geradem Wege.

Toga und Stola

Im kühlen Licht des frühen Morgens schaute ich zu, wie der Sklave die Toga um meinen Mann herumdrapierte: wie er sorgfältig den Halbkreis Stoff so verteilte, daß ein Drittel, nicht mehr und nicht weniger, über den linken Arm fiel, wie er darauf achtete, daß die Falten vorn symmetrisch herabfielen, mit genau der richtigen Tiefe. Mein Ehemann, immer so entsetzlich geschniegelt, daß er mitunter für einen Gecken gehalten wurde, dirigierte dieses Drapieren seiner Toga wie ein feierliches Morgenritual.

Reglos und schweigend stand er da, die Arme gespreizt. Nur ein einziges Mal sprach er mit seinem Diener. Höflich bat er ihn, den Stoff über dem Rücken etwas straffer zu ziehen. Ich war keinen halben Meter entfernt, aber Cicero schien sich meiner Anwesenheit nicht bewußt zu sein. Er wußte, daß ich da war, denn ich war mit ihm mitgegangen in die Bibliothek, wo er immer seine Toga anlegte. Wie um zu zeigen, daß das Forum dort begann und nicht in unserem Schlafzimmer – aber meine Anwesenheit bei diesem Ritual war nicht üblich. Er bereitete sich vor auf eine Männerwelt, seine wahre Welt. Wenn er fort war, würde ich in meine Welt gehen, die der Frau des Hauses, Matrone, Hüterin des Herds, Dienerin der Hausgötter. Der Sklave trat einen Schritt zurück und betrachtete sein Werk. Mein Ehemann entließ ihn mit einem Nicken. Er selbst blieb noch einen Moment stehen, die Stirn gerunzelt. Er zupfte an einer Falte seiner Toga und bewegte die Schultern, fühlte, ob der Stoff direkt unter den Schulterblättern straff genug saß. Dann verschwand die Furche von seiner Stirn, und seine Lippen kräuselten sich zu einem Lächeln. Zufrieden? Amüsiert? Dafür kannte ich seinen Gesichtsausdruck und seine Gesten noch nicht gut genug.

In einem anderen Zimmer hörte ich eine Frau rufen, und ich fragte mich, wer sie war. Ich kannte noch nicht alle Angestellten beim Namen. Ich war eine Fremde in einem fremden Haus, lebte mit einem Mann, der mein Ehemann war, und wenngleich ich keine Jungfrau mehr war, als Ehefrau fühlte ich mich auch nicht.

Ich ging zu ihm, wollte meine Hand auf seinen Arm legen, ihn meine Anwesenheit spüren lassen. Doch der Raum schien auf einmal wie eine Mauer zwischen uns zu stehen. Ein paar Schritte von ihm entfernt hielt ich so abrupt inne, daß ich fast das Gleichgewicht verlor.

Er wandte mir den Blick zu. »Vorsicht«, sagte er freundlich. Dann lächelte er und sagte mir Lebewohl. Der Tag hatte begonnen.

Mit raschen Schritten sah ich ihn durch das Atrium zu den Außentüren laufen. Ich rief ihm nach: »Komm bald zurück.«

Er hob die Hand, drehte sich aber nicht um. Hinter ihm schloß der Wächter die Türen, mit einem dumpfen Schlag, der ebenso traurig in dem verlassenen Atrium widerhallte wie mein Lebewohl in meinem Kopf.

Ich wußte nicht, ob ich glücklich war oder nicht, konnte mit meinen Gefühlen ebensowenig anfangen wie mit der langen, unhandlichen Stola einer Matrone. Aber ansonsten war ich zufrieden mit meiner neuen Existenz. Das Haus, das mein Schwiegervater für uns an der Subura gekauft hatte, war nicht zu groß und nicht zu klein, und ich liebte es. Ciceros Karriere lief sehr gut: an dem Strom der Klienten, der jeden Morgen unser Vestibulum zur obligatorischen Begrüßung überspülte, konnte man sehen, wie schnell er sich einen Namen als Anwalt machte. Er ging ganz in seiner Arbeit auf, aber das war mir nur recht, es war wichtig für uns beide.

Und dennoch hatte ich das Gefühl, nirgends dazuzugehören, nicht zu ihm und nicht zu mir selbst. Wir waren zwei Monate verheiratet, doch er bedeutete mir noch immer nicht mehr als der Mann, der auserwählt worden war, mein Ehemann zu sein. Und ich spielte noch immer Theater: im Haus sehr selbstbewußt die Rolle der effizienten Hausfrau und in der Intimität unseres Schlafzimmers die der pflichttreuen Ehegattin. Er war mir in seiner Tunika ebensowenig vertraut wie in seiner Toga, und immer verbarg das Dunkel der Nacht seine Nacktheit.

Was ich über ihn wußte, hatten mir andere erzählt.

»Er wird ein guter Ehemann sein«, hatte sein Vater gesagt. »Er ist ein hingebungsvoller Sohn, er ist ehrgeizig, aber aufrichtig. Ich denke, daß er imstande ist, jemanden zu lieben.«

Seine strenge, sauertöpfische Mutter hatte hinzugefügt: »Er hat einen schwachen Magen. Er darf nicht zu schwer essen, vor allem nicht zu viele Krustentiere, auf die er so wild ist. Von dir erwartet er, daß du eine gute Ehefrau bist, keusch und fleißig, bescheiden in Kleidung und Manieren. Er mag keine faulen, geschwätzigen Frauen. Er erwartet von dir, daß du den Haushalt gut und gewissenhaft führst und für sein Wohlergehen sorgst.«

Und sein Bruder Quintus provozierte mich: »Er ist ein liebender Bruder. Wir sind immer zusammen gewesen und werden es immer bleiben. Er ist es wert. Und er ist gewiß nicht immer ernst, er kann einen zum Lachen bringen. Aber er gehört nicht zu der Sorte von Männern, die an einer oberflächlichen sozialen Existenz Gefallen finden. Er arbeitet hart, läßt seine Kerze von beiden Enden abbrennen. Darum braucht er dringend den Frieden und die Ruhe eines liebevollen Familienlebens.«

Cicero war freundlich, sanftmütig, fürsorglich. Wir waren höflich zueinander, doch aus Mangel an echten Gefühlen sprang kein Funke über. Ich fragte mich, ob eine derartige zuvorkommende Art und Weise des Zusammenlebens das war, was man unter einer guten Ehe verstand. Die Erfahrung, um zu wissen, ob es auch anders sein konnte, hatte ich noch nicht, und nach und nach fand ich mich mit dem Gedanken ab, daß vielleicht immer eine gewisse Distanz zwischen uns bleiben würde.

Bis unser erster Zusammenstoß die Mauer einriß, hinter der jeder von uns sein eigenes Leben geführt hatte, und wir, in Freud und Leid, lernten, was wir aneinander hatten. Das Jahr 80 wurde für mich das Jahr des Falles Roscius.

Ich saß am Tisch in dem kleinen Eßzimmer und wartete auf meinen Ehemann. Er war viel später dran als sonst, doch ich wartete geduldig. Mit Freuden schaute ich mich um, stolz auf die Einrichtung. Ein herausragender Künstler hatte die Fresken gemalt, Girlanden aus Blumen und belaubten Zweigen, auf denen bunte Vögel saßen, Springbrunnen und tanzende Nymphen, um den Garten ins Haus übergehen zu lassen und es an dunklen Tagen freundlicher zu machen – Cicero war mit meinem Geschmack einverstanden gewesen. Ich betrachtete seine Liege, die prächtige Farbe des Überwurfs und der Kissen, tiefblau mit weißen Streifen; dürften sich Frauen bei Tisch doch nur auch so bequem lagern, statt auf diesen harten Schemeln sitzen zu müssen. Als er hereinkam, sah ich sofort, daß er mit seinen Gedanken woanders war. Er begrüßte mich freundlich und streckte sich auf seiner Liege aus. Schweigend begannen wir zu essen, ich wußte inzwischen, daß ich ihn bei seinen Grübeleien, wie er es nannte, nicht stören durfte.

Als ich fand, daß die Stille lange genug gedauert hatte, fragte ich: »Was ist los, Marcus?«

Brüsk antwortete er: »Ich übernehme die Verteidigung von Sextus Roscius.«

Der Name sagte mir nichts. Ich gab dem Sklaven ein Zeichen, den nächsten Gang zu servieren, Krustentiere in einer mit Kümmel und Honig gewürzten Sauce. Cicero machte sich nichts aus Essen, nahm zur Hauptmahlzeit selten etwas zu sich, höchstens ein Stückchen Käse oder Obst, aber ich wußte, daß er dieses Gericht leidenschaftlich gern aß.

Ich griff sofort zu, er rührte keinen Bissen an, sondern wandte sich zu den Sklaven um und bedeutete ihnen zu gehen. Sie zögerten einen Moment und verschwanden dann. Erstaunt hob ich an: »Warum hast du ...«

»Weil das, was ich dir erzählen will, vertraulich ist. Ich muß mit dir über diesen Fall reden.«

»Was ist so außergewöhnlich daran, daß es beim Essen sein muß?«

»Laß mich versuchen, es zu erklären. Ein Mann, Sextus Roscius genannt, ein hart arbeitender Grundbesitzer aus Ameria, ist vor kurzem in Rom auf der Straße erstochen worden. Niemand hat es gesehen, außer drei Sklaven, die ihn begleiteten, und die können nicht als Zeugen aufgerufen werden.«

»Warum nicht?«

Ungeduldig sagte er: »Weil es nicht üblich ist, in einem Fall wie diesem Sklaven zu verhören. Und unterbrich mich bitte nicht. Ein paar Stunden nach seinem Tod haben zwei Verwandte seinen Besitz auf die Liste konfiszierter Güter gesetzt, damit er öffentlich versteigert werden konnte. Und das obwohl Sulla diese Liste schon vor einiger Zeit geschlossen hat – er ist offenbar der Meinung, daß dieser äußerst anfechtbare und ungerechte Zustand ein Ende haben muß. Diese Verwandten nun waren Strohmänner eines gewissen Chrysogonus, Sullas freigelassener Sklave und großer Liebling und daher sehr mächtig. Chrysogonus hat den Besitz dann für einen Apfel und ein Ei gekauft und mit den anderen beiden geteilt. Als den dreien der Verdacht kam, daß der Sohn von Roscius, der ebenfalls Sextus heißt, versuchen könnte, sich den Besitz seines Vaters, sein Erbe also, zurückzuholen, haben sie einen neuen Plan ersonnen. Sie würden den Sohn des Mordes an seinem Vater beschuldigen und sich seiner so entledigen. Das ist es, kurz gesagt.«

»Glaubst du, daß sie Roscius umgebracht haben?«

»Ja. Oder sie haben den Auftrag dazu erteilt.«

»Warum willst du seinen Sohn verteidigen?« In diesem Moment war es noch einfach so dahingefragt.

»Es gibt sonst niemanden, der es tun will. Der Vater hatte einflußreiche Gönner in Rom – die Metelli und die Scipionen –, aber die wollen sich aus der Sache heraushalten. Was ich dir erzähle, ist also streng vertraulich, denn, politisch gesehen, ist es ein heißes Eisen.«

Ich schob meinen Teller zur Seite und beugte mich über den Tisch. »Warum tust du es dann, Marcus?« Ein Gefühl nahenden Unheils beschlich mich, meine Stimme klang angespannt. Erst jetzt wurde mir richtig bewußt, was er gesagt hatte.

»Das habe ich doch gerade gesagt, weil niemand anderes es tut. Diese Adligen, so arrogant, so erfüllt von den heroischen Taten ihrer Familien, sie sind alle nicht um eine Entschuldigung verlegen.«

Er schwieg einen Moment und fuhr dann bitter fort: »Die Übersetzung all ihrer prächtig formulierten Ausflüchte läuft, kurz gesagt, darauf hinaus: ›Wir haben nicht vor, Sullas Liebling welcher Sache auch immer zu bezichtigen, denn wir fürchten Sullas Rache.‹«

Ich rutschte so plötzlich zurück, daß ich beinahe vom Schemel gefallen wäre, ich konnte mich gerade noch am Tisch festhalten. Dann sagte ich: »Also heuern sie dich an, um die Sache zu erledigen. Und sie sehen unbeteiligt zu, wie du deinen Hals riskierst und dir von Sulla den Kopf abschlagen läßt.«

»Es wird mich schon nicht gleich den Kopf kosten.«

»Bist du dir da wirklich so sicher? Tu es bitte nicht, Marcus, laß dich nicht darauf ein.«

»Ich habe keine Wahl.«

»Natürlich hast du eine, es gibt mehr als genug Anwälte, die diesen Mann verteidigen könnten.«

»Ich bin der beste.«

Das konnte ich nicht leugnen. Er war damals schon berühmt für seine Redegewandtheit, seine Gabe, das Publikum mitzureißen durch den Ton seiner Stimme, seine Mimik und Gestik, die Fähigkeit, ein Argument messerscharf zu formulieren.

»Warum verdient dieser Roscius den besten?« fragte ich, noch immer rational. »Woher weißt du, daß er seinen Vater nicht umgebracht hat?«

»Er war zu dieser Zeit nicht in Rom. Er hat ein unanfechtbares Alibi.«

»Er könnte andere dafür gedungen haben. Vielleicht hat er seinen Vater ja gehaßt. Wie auch immer, wenn er unschuldig ist, hat er doch nichts zu befürchten? Soll er sich selbst verteidigen oder sich einen anderen suchen. Warum solltest du so viel aufs Spiel setzen für einen Mann, den du nicht einmal kennst – du bist nicht sein Beschützer, du bist ihm zu nichts verpflichtet.«

»Ich habe den Mann getroffen und bin davon überzeugt, daß er unschuldig ist.«

»Überzeugt – es braucht offensichtlich nicht viel, um dich zu überzeugen. Tu's nicht, Marcus, das ist es nicht wert. Es ist zu gefährlich, du riskierst zu viel.«

Ich schrie. Er lehnte sich zurück und sah mich an, gab sich alle Mühe, ruhig zu bleiben. Ganz gefaßt sagte er: »Hör mir zu, versuch es zu verstehen ohne Wut oder Angst.«

Ich lauschte seiner Erklärung nur halb, denn inzwischen war ich dabei, meine Truppen für den Kampf zu sammeln. Er würde mich gewiß nicht mit vernünftigen Argumenten überzeugen können, ich hatte viel zuviel Angst. Denn auf einmal sah ich mit erschreckender Klarheit wieder jenen Moment im Garten des Diktators Sulla vor mir, da ich zum erstenmal die bedrohliche Anwesenheit von Grausamkeit und Macht spürte.

All diese Worte, Recht, Unschuld, Korruption, grenzenlose Habgier, Doppelzüngigkeit, Schande, ehrliche Regierung, Achtung vor dem Gesetz und dessen richtige Anwendung, Integrität, für mich ergaben sie keinen Zusammenhang, als ob ich einer Aufzählung seelenloser Dinge lauschte.

Er schwieg, sah mich nicht an, aber ich wußte, daß er irgendeine Reaktion erwartete. Ich ließ die Stille andauern, suchte nach Worten, um ihm weh zu tun, Worten, die ihn an seiner empfindlichsten Stelle treffen und seine Entschlossenheit brechen würden.

»Eitelkeit, deshalb tust du es doch? Du bist so eitel. Du bist der beste, und du wirst es ihnen zeigen. Deine Eitelkeit wird noch mal dein Untergang sein. Und meiner, obwohl du daran offenbar überhaupt nicht gedacht hast. Du hast nicht einmal erwogen, mit mir zu besprechen, ob du den Fall übernehmen sollst. Ach nein, dein dummes, ungebildetes Frauchen würde es doch nicht verstehen, also warum solltest du?«

Er verzog keine Miene. »Ich habe diesen Fall übernommen aus all den Gründen, die ich dir gerade genannt habe, obwohl ich bezweifele, daß du auch nur ein Wort davon verstanden hast. Aber hinzu kommt: Wenn ich gewinne, werde ich mir einen Namen gemacht haben, und ich werde ein politisches Wohlwollen erzeugt haben, das mir zugute kommen kann, wenn ich es einmal brauchen sollte. Leute wie die Metelli, die Scipionen und andere von ihrer Partei, der Kern der Macht, werden bei mir in der Kreide stehen.«

»Politik – das interessiert mich nicht und …«

»Das sollte es aber«, sagte er, »Politik ist die Grundlage meiner Karriere. Vielleicht wird es Zeit, daß du etwas mehr lernst als das, was dir deine Mutter mitgegeben hat – denn das reicht nicht sehr weit, verzeih mir, und du hast es offenbar auch nie in Frage gestellt.«

Er hatte recht. Ich hatte die Interpretation meiner Mutter vom politischen Leben in Rom genauso unbesehen übernommen wie zwei mal zwei ist vier. Es gab die Guten, die sich Optimaten nannten, die Metelli zum Beispiel, und die Bösen, die sich Popularen nannten. Die Guten, die herrschende Clique von Adligen, schützten Namen und Besitz der Familien Terentius und Fabius, versuchten die Macht des Senats aufrechtzuerhalten und wollten die alten Traditionen und die gefestigte Ordnung wahren. Die Bösen versprachen den Armen freies Getreide, Bürgerrecht für alle Italiker, Schuldenerlaß, Bodenreform; um Stimmen zu gewinnen, bestachen sie die Leute und gaben den Volkstribunen zuviel Macht, und das waren meiner Mutter zufolge ohnehin gefährliche Elemente. Die Guten und die Bösen wechselten häufig das Lager, obwohl beide Seiten dem Namen nach gleich blieben und die Hauptdarsteller bei beiden derselben privilegierten Gruppe entstammten, was das Ganze noch komplizierter machte.

Niemand hatte es für nötig gehalten, daß ich mehr erfuhr, meine Erziehung war nur auf einen Aspekt ausgerichtet gewesen, eine gute Hausfrau und Gattin aus mir zu machen, und ich war zufrieden mit dem, was ich wußte. Und doch hatte ich in der kurzen Zeit, seit ich verheiratet war, das vage Gefühl bekommen, daß meine Kenntnisse auf anderen Gebieten vielleicht zu wünschen übrigließen, aber ich hatte nicht versucht, etwas dagegen zu unternehmen.

Jetzt war ich schlichtweg beleidigt über den Ton meines Mannes. Er behandelte mich wie ein Kind; und empört rief ich aus: »Und was wird aus mir, wenn du zufällig – äußerst unwahrscheinlich natürlich – diesen Fall verlieren solltest? Opferst du mich der Politik?«

Er starrte mich an, nicht wütend, aber mit kalter Verachtung. So hatte er mich noch nie angesehen. Ein Gefühl der Scham überkam mich. »Dir wird nichts geschehen«, sagte er kühl, »du brauchst dir keine Sorgen um deine finanzielle Situation zu machen. Wir führen eine freie Ehe, also stehst du laut Gesetz nicht unter meiner Vormundschaft. Dein Vermögen gehört dir. Im Falle meines Todes bekommst du den vollen Wert deiner Mitgift zurück. Und sollte ich enteignet werden oder verbannt, so nehme ich nicht an, daß dein Vermögen gefährdet ist. Aber da bin ich mir, ehrlich gesagt, nicht ganz sicher, die Rechtsprechung ist in diesem Punkt widersprüchlich.«

Das Wort Tod war zum erstenmal gefallen.

Erschrocken sah ich ihn über den Tisch hinweg an.

»Wenn sie also beschließen, dich zu verbannen oder dir alles wegzunehmen, besteht die Gefahr, daß sie auch meinen Besitz beschlagnahmen. Und was soll ich dann tun? Meine Familie anbetteln?«

Er schaute kurz hoch, sein Gesichtsausdruck machte

mir Angst, warnte mich, nicht weiter zu gehen, aber ich konnte nicht anders. Ich war voller Angst und Wut.

»Bist du bereit, deine Frau an den Bettelstab zu bringen für Recht und Ehre und all so etwas?«

»Ja, all so etwas«, sagte er tonlos.

»Aber das sind nur Worte. Du kannst doch nicht alles aufgeben für Worte, deine Karriere aufs Spiel setzen, deinen Besitz verlieren und meinen vielleicht auch«, jammerte ich. Ich haßte mich dafür, daß ich mich so gehenließ. »Sie bedeuten überhaupt nichts, diese großen Worte, die Menschen nehmen sie nur in den Mund, um sich wichtig zu machen. Unsere Zukunft, darum geht es, es geht um uns.«

»Irgendwann wirst du dahinterkommen, daß das Abstrakte sehr wohl von Belang ist, daß Ursache und Wirkung nicht immer materieller Art zu sein brauchen, es nicht sein müßten. Das hoffe ich zumindest«, fügte er hinzu.

»Irgendwann, wenn ich älter bin, meinst du sicher. Aber ich bin alt und klug genug, um zu wissen, was wirklich wichtig ist, für uns. Ich mag zwar erst sechzehn sein, aber ich bin jetzt eine verheiratete Frau ...«

»Du magst zwar die Stola einer Matrone tragen«, unterbrach er mich kühl, »aber es bedarf weit mehr als eines Kleidungsstücks, um einer Frau Weisheit und Verständnis zu geben.«

Meine Kehle war wie zugeschnürt von den Tränen, die ich unterdrücken wollte, Tränen der Wut, Angst und Frustration. Für einen Moment fiel ein Vorhang aus Stille zwischen uns. Dann riß er ihn heftig auseinander.

»Weißt du denn nicht, welche Strafe auf Vatermord steht?« Und er erzählte es mir bis ins Detail, seine Stimme wieder vollkommen ausdruckslos, ganz ungewöhnlich für ihn. Er erzählte, wie der Verurteilte mit einem Wolfsfell über dem Kopf und hölzernen Schuhen an den Füßen in einen Sack eingenäht würde, zusammen mit einem Hahn, einem Affen, einem Hund und einer Schlange, und anschließend in den Tiber geworfen würde. »Und so«, endete er, »wird er schließlich all dessen beraubt sein, was auf Erden Gemeingut ist, die Luft für die Lebenden, die Erde für die Toten, das Meer für die Umhertreibenden, das Ufer für die Schiffbrüchigen. Sie sterben so, daß die Erde ihre Gebeine nicht berührt, und sie werden so von den Wellen umhergeworfen, daß sie niemals von ihnen berührt werden.«

Diese letzten Worte waren zu dramatisch für eine normale Unterhaltung, er sprach sie mit seiner »Gerichtsstimme«, wie ich es nannte. Es war offensichtlich, daß er zitierte aus dem, was er bereits in seinem Plädoyer aufgeschrieben oder im Geiste formuliert hatte. Aber ich hatte keinen Bedarf an Reden, ich war seine Frau und kein Richter oder Gericht.

Und dennoch – ich spürte den letzten Hauch von frischer Luft auf meinem Gesicht, bevor der Sack zugenäht wurde, roch den Übelkeit erregenden Gestank des Wolfsfells, spürte das Gewicht der Holzschuhe an meinen Füßen, fühlte, wie sich kalte Schuppen um mich wanden, haarige Pfoten an mir zerrten, spitze Klauen kratzten, messerscharfe Zähne bissen. Spürte das Holpern des Karrens, der mich und meine widerlichen Gesellen zum Fluß brachte, spürte, wie mir plötzlich das kalte Wasser in Mund und Nase schnitt, sie füllte und mich erstickte.

Ich nahm einen Happen und kaute sorgfältig. Als ich ihn heruntergeschluckt hatte, sagte ich mit kühlem Nachdruck: »Wenn dieser Roscius seinen Vater umgebracht hat, verdient er diese Strafe. Wenn du ihn verteidigst, bist du ein Tor – du ruinierst deine Zukunft.«

Von diesem Moment an bis zum Ende des Prozesses kämpfte ich weiter, aber ich hatte keinen Gegner. Cicero ignorierte mein Murren, war taub für meine Wutausbrüche und verließ das Zimmer, sobald ich wieder mit meiner Litanei von Bedenken anzufangen drohte. Es war ein Kampf gegen einen Schatten.

Aber mein Ehemann war nun kein Fremder mehr für mich, er war ein Feind geworden.

Es war in diesen Tagen böser Spannungen, daß ich seinen Sekretär, den ich ohnehin nicht mochte, zu verabscheuen begann. Tiro, überall anwesend, glatt und übereifrig, behandelte mich mit einer Herablassung, die ich unerträglich fand, zumal er ein Sklave war. Er war in Ciceros Elternhaus geboren, von meinem Mann erzogen worden und wurde von diesem auf Händen getragen, was mich sehr verärgerte. Tiro wiederum wählte die Seite seines Herrn und ließ mich überdeutlich spüren, wem seine Loyalität galt, auf fast schon beleidigende Art.

Tiro war es, der mir die Nachricht überbrachte, daß Cicero den Fall gewonnen hatte.

Ich hörte seinem atemlosen Bericht über den glänzenden Erfolg seines Herrn mit hochmütiger Gleichgültigkeit zu.

»Der Angeklagte ist mit großer Mehrheit freigesprochen worden«, sagte er, seine schwarzen Augen auf mich gerichtet.

Ich sagte nichts.

»Mein Herr ist auf dem Weg nach Hause. Ihr müßtet die Menschenmenge sehen – er wird wie ein Held geleitet.«

»Mag sein«, sagte ich voller Geringschätzung.

»Geht Ihr ihm entgegen, Herrin?«

Ich antwortete nicht. Er sah mich unverwandt an, und

ich erwiderte seinen Blick, bis er die Augen senken mußte. Er drehte sich um und ließ mich allein.

Lärm und lautes Lachen waren zu hören. Ich hatte nicht vorgehabt, mein Zimmer zu verlassen, gab mir alle Mühe, sitzen zu bleiben, klammerte mich an meinen Stuhl, als ob ich daran festkleben würde. Aber schließlich stand ich doch auf, und meine Füße trugen mich ins Atrium.

Es drängten sich so viele Leute um Cicero, daß ich ihn nicht sofort sah, und ich unternahm auch keinen Versuch, ihn zu begrüßen. Doch er bahnte sich einen Weg durch die Menge und kam auf mich zu, mit roten Wangen wie ein fröhliches Kind, ausgelassen wie jemand, der zuviel getrunken hat. Dieses eine Mal störte er sich nicht an seiner zerknitterten Toga und seinem zerzausten Haar. Ein hastig und schludrig geflochtener Lorbeerkranz saß schief auf seinem Kopf.

Er streckte mir die Hand entgegen, aber ich machte einen Schritt zurück, und die Hand fiel an seiner Seite herunter. Ich spürte all die Augen auf mich gerichtet und sagte kühl: »Gratuliere.«

Er erstarrte, griff sich an den Kopf, riß den Kranz herunter und ließ ihn ostentativ zu Boden fallen, er sah ihn an und stieß ihn dann zur Seite. Wir standen einander gegenüber, in einem Kokon der Stille, obwohl die Geräusche um uns herum nicht verstummt sein konnten. Dann brachen sie erneut über mich herein.

Wieder kamen Leute auf ihn zu, und in der freudigen Verwirrung trat jemand auf den Kranz und zermalmte ihn. Ich drehte mich um und lief weg.

Jetzt sitze ich an meinem Tisch und starre in die Flamme einer Lampe.

Wir haben nie mehr über diesen Fall gesprochen. Ich scheute vor dem Namen Roscius zurück wie ein nervöses

Pferd vor etwas auf seinem Weg. Andere hatten mir erzählt, wie brillant und wirkungsvoll er mit der klagenden Partei ins Gericht gegangen war. Ich hatte zugehört und nichts gesagt.

Aber ich konnte die Stimme in meinem Inneren nicht zum Schweigen bringen, die Stimme, die unmißverständlich rief: Er hat den Mut gehabt, sich gegen Korruption und Unrecht auszusprechen, die Nebenwirkungen von Sullas Regime, er hat nicht geschwiegen. Und ich hatte nichts getan, um ihn zu unterstützen. Ich hatte ihn der Eitelkeit bezichtigt und, was viel schlimmer war, mich selbst der Feigheit schuldig gemacht.

Doch ich hatte nicht die Größe, das offen zuzugeben, mein Stolz hielt mich davon ab. Die Worte blieben mir im Halse stecken, bis die Zeit sie aus meinem Bewußtsein gelöscht hatte.

Jetzt schäme ich mich, wie ich mich damals hätte schämen sollen, trotz meiner Jugend und Unerfahrenheit. Und die Scham ist nicht weniger bitter. Aber es ist zu spät, um es wiedergutzumachen, Atticus. Es ist immer zu spät.

Ich murrte noch immer, konnte und wollte meine Bedenken nicht herunterschlucken. Mein Mann war höflich und distanziert und ignorierte, wie zuvor, meine Launen. Wir schliefen inzwischen getrennt. Ohne Erklärung oder Entschuldigung hatte er sein Bett in ein anderes Zimmer geräumt. Ich war einsamer denn je und fühlte mich seltsam gedemütigt. Er schien mich nicht mehr als Ehefrau zu wollen. Vor allem aber war ich beunruhigt. Wenn wir das Bett nicht wieder teilen würden, würde ich nie Kinder bekommen, und die Welt würde mich als unfruchtbare Frau mit Mißachtung strafen.

Zwei Monate später, im April jenes Jahres, nahm Cicero mich zum erstenmal mit in sein Geburtshaus in Arpinum. Ich hatte keine Lust darauf, aber er ließ mir keine Wahl. Ich fürchtete, daß sein Vater, den ich gern mochte, von meinem Verhalten gehört haben könnte und es mir übelnähme. Und meine Schwiegermutter konnte ich, gelinde gesagt, nicht ausstehen.

Doch wie sehr mir auch vor dieser Reise gegraut hatte, ich merkte, daß ich sie genoß. Ich war noch nicht sehr viel gereist. Mich faszinierte alles, was sich auf der Straße fortbewegte. Die rumpelnden, schweren Karren, auf denen alles mögliche transportiert wurde; die schnellen zweirädrigen Fahrzeuge wie das unsere, von schönen Pferden gezogen; die Maulesel, mit Säcken oder Ledertaschen bepackt, und obendrauf die Reiter, die ihre Tiere gutmütig mit den Füßen anspornten; die Reisenden in derben Mänteln und schweren Stiefeln, die zu Fuß vorwärtseilten; die wechselnde Landschaft auf unserer Fahrt über die Via Latina durch die Albaner Berge, an Tusculum vorbei, wo Cicero mir ein paar große Villen zeigte (war unsere spätere Villa dabei?), und weiter nach Süden durch die lieblichen Hügel von Latium. Doch als wir an den Fluß Liris kamen, nicht weit von Fregellae, wo wir die Hauptstraße verließen, und Cicero sagte, daß wir fast da wären, wollte ich nur noch nach Hause zurück.

Vom Tal des Liris aus sah ich Arpinum liegen, auf einem Paß zwischen zwei Hügeln. Umschlossen von dem breiten Gürtel seiner Stadtmauern, wirkte es so viel kleiner als Rom. Eine echte Provinzstadt. Mein Ehemann seufzte zufrieden. »Zu Hause«, sagte er. Das war nicht das, was ich hören wollte. »Unser Zuhause ist in Rom«, entgegnete ich bissig. Den Blick noch immer auf die Stadt gerichtet, antwortete er: »Auch das ist mein Zuhause, das andere ist Rom selbst.«

Ich hatte erwartet, das Haus unter meinem Stand zu finden, ein Bauernhof ohne jeglichen Komfort, ein einfaches Landhaus. Das war es natürlich auch gewesen, aber Ciceros Vater hatte es zu einem hübschen Herrenhaus umbauen lassen, und das überraschte mich. Es war anders als die Stadthäuser, die ich kannte, hier gelangte man direkt vom Vestibulum ins Peristyl. Aber vom Stil her war es vergleichbar. Es hatte ebensolche Eßzimmer und Empfangsräume, genauso einen umschlossenen Garten, nur standen weniger Statuen darin, und der Springbrunnen war schlichter. An der Rückseite des Hauses befand sich noch ein Garten, größer und mit einem Säulengang umgeben und einem Fischteich in der Mitte. Es war ein Gemüsegarten, etwas, das ich nicht kannte. Überall roch man den Duft von Kräutern, hörte das Summen von Insekten, die von der Frühlingssonne geweckt worden waren, das leise Gurren von Tauben und das liebliche Geräusch fließenden Wassers; das Haus lag nämlich ein paar Kilometer außerhalb der Stadt zwischen zwei Armen des Flusses Fibrenus, der dort ein Delta bildet, bevor er in den Liris mündet. Es war ein Ort, um in Ruhe und Frieden zu verweilen. Aber ich war nicht in Frieden mit mir selbst. Es war, als ob ich eine Schicht Stacheln um mich hätte, so reizbar war ich. Wenn wir in Gesellschaft waren, war ich überaus höflich zu meinem Ehemann, aber ansonsten ging ich ihm aus dem Weg. Sie hatten uns getrennte Schlafzimmer gegeben, wenn auch nebeneinander. Ich wußte nicht, ob das auf Bitten Ciceros hin geschehen war oder ob es im Hause so üblich war. Meine Schwiegermutter behandelte mich streng und abfällig, aber das war mir egal. Sie hatte nie versucht, mich zu lieben. Mein Schwiegervater benahm sich wie immer, mit einer gewissen höflichen Reserve, in der jedoch seine Zuneigung deutlich spürbar war, und er gab sich alle Mühe, es mir recht zu machen. Ich ging mit ihm spazieren über die mit graugrünblättrigen Olivenbäumen bestandenen Hänge, durch Obstgärten mit Mandel- und Apfelbäumen, durch Weinberge mit sorgfältig angebundenen und beschnittenen Rebstöcken, an gepflügten Äckern vorbei, wo die Sommersaat bereits in Reihen blaßgrüner Triebe zu sprießen begann, Weizen, Dinkel, Gerste und Flachs. Er nahm mich mit zu den Ölpressen, die nun leer waren, aber noch nach Öl rochen, ein warmer, muffiger Geruch; zu den Weinkeltern, die wieder ganz anders rochen, betäubender, und er erzählte mir von den verschiedenen Rebsorten, wodurch ein Wein süßer oder herber ist als der andere. Vom mamertinischen aus Messina, der hell ist und sich wie Wasser trinkt, vom rätischen Wein aus dem Norden, herb und kräftig im Geschmack, vom süßen Wein aus Rhodos, den man am besten zum Dessert trinken kann. Er führte mich zur Tenne, wo die festgestampfte Erde glatt und rutschig war; zeigte mir den gebogenen Pflug mit dem schweren Joch und die Ochsen, die ihn zogen, erklärte mir, wie die Hippen, die Dreschschlitten, die Schaufeln, Hacken und Sägen gebraucht werden und wie man den Pferden Halfter und Geschirr anlegt.

Er genoß mein Interesse und antwortete geduldig auf all meine Fragen.

Eines Tages begegnete ich Cicero, als ich am Fluß Steine ins Wasser warf, und ehe ich mich's versah, ging ich neben ihm her, widerwillig, aber wie hätte ich seine überraschende Einladung, ihn zu begleiten, ausschlagen sollen? Wir spazierten schweigend weiter. Ich wußte nicht, wie ich die Stille unterbrechen könnte. Es war das erstemal, daß wir allein waren seit unserer Ankunft in Arpinum. Nach einer Weile kamen wir an einen Wasserfall. Ich hatte noch nie einen gesehen und betrachtete fasziniert diesen Vorhang aus Wasser, der vom Felsrand glatt herunterfiel und Strudel auf der Flußoberfläche entstehen ließ. Das Geräusch niederprasselnden Wassers füllte das kleine Amphitheater aus Bäumen und Felswänden, und der Wind blies mir einen Schleier von Nebeltröpfchen ins Gesicht. Spontan drehte ich mich zu meinem Mann um, mit einem entzückten Lächeln. Zum erstenmal seit Wochen verlor ich die Haltung. Er sah mich nicht an, irgend etwas oben in den Bäumen hatte sein Interesse geweckt. Ich ergriff seinen Arm, bat um seine Aufmerksamkeit. »Wonach schaust du?«

Er blickte sich um und zeigte nach oben. »Ein Bienenfresser«, sagte er, »guck, da, auf einem der obersten Zweige des höchsten Baumes.«

Ich schaute, sah aber nichts.

»Da sitzt er. Guck.«

In diesem Moment flog ein bunter Blitz auf.

»Weg war er!« rief ich und zog an seinem Arm. »Ich habe ihn davonfliegen sehen!« Ich lachte.

Er zog den Arm nicht weg, und kurz darauf gingen wir weiter. Auf einmal merkte ich, daß ich seinen Arm noch immer festhielt. Ich erstarrte, ließ aber nicht los. Er nahm meine Hand und legte sie in seine Armbeuge, als sei es die normalste Sache der Welt. Plötzlich blieb er stehen, neigte sich über mich und küßte mich sacht auf die Wange. Durch diesen Kuß entspannten sich meine Muskeln. Wir setzten unseren Weg fort, meine Schritte gleichauf mit seinen. Und der Ärger und die Frustration, die die ganze Zeit an mir genagt hatten, schmolzen dahin wie Schnee an der Sonne. Eben war ich noch aus dem Reich seiner Zuneigung verbannt gewesen, und jetzt durfte ich wieder dort wohnen. So empfand ich es und war dankbar dafür.

Wir liefen weiter, zufrieden. Wir sagten nicht viel, aber das war auch nicht nötig. An diesem Abend kam er zu mir, und wir liebten uns wie nie zuvor, in einer Stille der

Zärtlichkeit und Vergebung. Als es vorbei war, zündete er eine Lampe an, und wir sahen einander nackt. Es machte uns nicht verlegen.

»Er denkt daran, nach Griechenland zu gehen«, verkündete meine Schwiegermutter Helvia, »wie du bestimmt schon weißt.«

Ich blieb stocksteif stehen, den Wachsstab in der Hand. Wir waren dabei, leere Weinkrüge zu verschließen. Er hatte Griechenland tatsächlich beiläufig erwähnt, aber nicht weiter mit mir darüber gesprochen.

»Natürlich geht er«, sagte Helvia, als würde sie das entscheiden. »Es ist das Vernünftigste, was er tun kann, in Griechenland wird er sicher sein.«

»Er ist jetzt auch sicher«, sagte ich, »es ist nichts passiert.«

Und wirklich, es hatte keinerlei Reaktion von Sulla gegeben, keinen einzigen Racheakt. Sulla hatte seine Diktatur niedergelegt und nannte sich nun Konsul, aber kaum jemand ließ sich durch diese Änderung des Titels irreführen, auch wenn es eine gewisse Hoffnung gab, daß er die Rechtsordnung wiederherstellen würde.

Trotzdem hatte ich noch Angst, und ich wußte, daß auch Cicero nicht unbesorgt war, nachdem die Euphorie einmal verklungen war. So gut kannte ich ihn inzwischen schon. Vielleicht war es besser, wenn er eine Weile von der Bildfläche verschwinden würde, bis die Ruhe wieder eingekehrt wäre. Aber warum hatte er es dann nicht mit mir besprochen?

»Vielleicht hat Marcus recht«, fuhr ich ernst fort, »vielleicht wäre es ja klug. Doch als wir darüber sprachen, sagte er, daß er erst wissen wolle, was ich davon halte, ich bin mir nur noch nicht ganz sicher.«

Helvia schaute mich durchdringend an und schnaubte.

»Er fürchtet, daß seine Abwesenheit vom Forum seiner Karriere schaden könnte. Aus den Augen, aus dem Sinn, so läuft das.« Ich improvisierte drauflos, hängte mich an Informationsfetzen auf und Dingen, über die ich nur halb Bescheid wußte.

»Unsinn, wenn er wiederkommt, kann er sich zur Wahl stellen für sein erstes öffentliches Amt und mit seiner Karriere beginnen. Sie werden ihn nicht vergessen haben, denk an meine Worte.«

»Er weiß, wovon er spricht, kennt das Forum, weiß, wie es dort zugeht.«

Und du nicht – soviel war aus meinem Ton herauszuhören.

»Die Abwesenheit wird ihm guttun, wird ihm mehr Verantwortungsgefühl geben. Es müssen nicht noch mehr von diesen tollkühnen Abenteuern folgen.« Helvia schaute mich mit durchdringendem Blick an: »Es war außerordentlich dumm von ihm, den Fall Roscius zu übernehmen.«

»Er hatte völlig recht«, antwortete ich frech, »es war eine Frage der Gerechtigkeit. Und Ihr und ich können das nicht beurteilen.«

Helvias Wutschrei war meine Belohnung.

Als wir endlich darüber sprachen, war er sehr lieb, und ich gab mir alle Mühe, es zu verstehen. Er würde als Grund angeben, daß er erschöpft sei. Seine Gesundheit hatte in der Tat gelitten. Er war immer schon schmächtig gewesen, aber jetzt war er nur noch ein Strich. Er schlief auch sehr schlecht.

Außerdem müsse er seine Stimme üben, sagte er, denn er habe mitunter die Neigung, seine Reden etwas zu nervös und eintönig herunterzuleiern. In Griechenland und Asien gebe es gute Lehrmeister. Mit seiner Stimme verdiene er schließlich seinen Lebensunterhalt, sie sei das Instrument für eine glänzende Laufbahn.

Ich war einverstanden. Natürlich konnte ich sehr gut allein für Haus und Herd sorgen. Das war nun einmal das Los der Frau, daß sie ein Jahr oder manchmal länger ohne Ehemann dasaß, denn Magistrate nahmen ihre Frauen nicht mit, wenn sie ihre Provinzposten bezogen.

Eines Abends, als ich an ihn geschmiegt in unserem Bett lag, sagte ich ihm, daß ich schwanger sei. Er stieß einen Schrei aus vor Freude und Stolz.

Im Frühsommer, an einem Tag, an dem die Zeichen günstig standen, reiste er ab, zusammen mit seinem Bruder Quintus und seinem Cousin Lucius, und natürlich seinem treuen Schatten Tiro – wofür ich äußerst dankbar war.

Ich versprach, während seiner Abwesenheit gut für Haus und Herd zu sorgen, und rief die Götter um Hilfe an, daß die Reise sicher verlaufen möge.

Wir sagten einander Lebewohl, sehr ruhig und ohne Tränen, aber voller Zuneigung, und ich hoffte, daß er mein Schweigen in Worte übersetzen würde, die ich sagen wollte, doch nicht finden konnte.

Die Erinnerung ist süß, Atticus, wenn man ihr Raum gibt. Aber wieviel Raum soll man ihr geben? Sie ruft zwar dann und wann dieses süße Gefühl hervor, das das Gemüt berührt, aber wahrscheinlicher ist, daß die Erinnerung Kummer bringt und Gefühle der Schuld und der Scham.

Doch es ist gerade etwas mit mir passiert, etwas Unerwartetes, und Unerwünschtes. Sein Gesicht ist kein leerer Fleck mehr. Als ich beschrieb, wie er vor mir stand, der siegreiche Anwalt, einen Lorbeerkranz schief auf dem Kopf, sah ich sein Gesicht ebenso deutlich vor mir wie an jenem Tage, nach dem Abschluß des Falles Roscius. Und auch als ich mich erinnerte, wie er sich am Wasserfall nach mir umdrehte und mir den Bienenfresser auf dem Baum zeigte, sah ich es vor mir, bis ins Detail, sogar, wie ihm der Wind durchs Haar blies. Aber ich muß dieses Bild verdrängen – ich muß meinen Ehemann auf das reduzieren, was er bis heute in meiner »Geschichte« gewesen ist. Nicht mehr als ein Schatten. Dann kann ich mir sagen, daß meine Feder diese Figur erschaffen hat, nicht die Erinnerung. Mehr kann ich in meinem Inneren nicht zulassen. Nicht dieses schreckliche, plötzliche Gefühl der Traurigkeit, das mich überfiel, als ich über die Tage in Arpinum schrieb und jene zärtlichen Momente in unserem Bett aufs neue durchlebte, und wie diese Nacht der Liebe mich zum erstenmal zur Frau gemacht hatte.

Ich werde der Erinnerung nicht erlauben, mich an einen Punkt zu führen, wo ich nicht hinwill.

Aber was soll ich tun, wenn sie nicht gehorcht?

Catilina und die Vestalinnen

Einmal, vor langer Zeit, beobachtete ich im Garten, wie eine Katze einen Vogel beschlich. Das Tier pickte emsig auf dem Boden herum, durchschaute nicht, welches Schicksal es erwartete, wußte nicht, wie verwundbar es war. Die Katze saß zusammengeduckt da und lauerte, und plötzlich sprang sie.

So sprang mich das Schicksal im Jahre 73 an. Genau wie bei dem Vöglein waren meine Unverletzbarkeit und Arglosigkeit nur Schein gewesen. Mein Leben plätscherte ruhig dahin. Ich hatte mit meinen simplen Pflichten alle Hände voll zu tun und war zufrieden und erfüllt. Die vier Jahre seit Ciceros Rückkehr aus Griechenland bis zu dem Moment, da der Skandal ausbrach, waren die ruhigsten meines Ehelebens. Unsere Tochter Tullia war 79 geboren worden, ein gesundes und fröhliches Kind, und das Muttersein bereitete mir mehr Genugtuung, als ich erwartet hatte. Cicero stand noch ganz unten auf der Leiter zum Magistrat, aber sein Ruhm war seit dem Fall Roscius weit verbreitet, wie er es vorausgesagt hatte. Politik interessierte mich nicht so sehr, aber ich kannte die Namen, die am häufigsten fielen, Pompeius, Crassus. Ich wußte, daß sie mächtig waren, hatte aber keine Ahnung, wie vernichtend diese Macht sein konnte. Auch die Namen der Konsuln kannte ich, doch zu welcher Partei sie gehörten, wußte ich nicht. Die Namen der führenden Politiker, dieser kleinen adeligen Clique, waren mir auch bekannt, aber ich verspürte nicht mehr den Wunsch dazuzugehören. Ich war erschrocken über die Wirkung, die der Fall Roscius auf unsere Beziehung gehabt hatte: Ich war vollkommen zufrieden damit, nur die Mutter unseres Kindes und Hausherrin zu sein, die Außenwelt überließ ich ihm.

Nichts störte meine Gemütsruhe, außer diesem einen, etwas zu rasch vergessenen Zwischenfall. Meine Halbschwester Fabia, damals zehn Jahre alt, wurde auserwählt, Vestalische Jungfrau zu werden. Die Reaktion meiner Mutter war vorhersehbar – die Brust schwoll ihr vor Stolz über die Ehre, die ihrer Familie erwiesen wurde, und diesmal konnte ich das sogar verstehen. Die Vestalinnen standen in hohem Ansehen. Ihre Aufgabe, das Bewachen des Heiligen Feuers im Tempel der Vesta, war von existentieller Bedeutung für die Sicherheit und den Wohlstand Roms. Mein Stiefvater Fabius, den ich verachtete, war der einzige, der warnte. Er bestellte mich zu sich. Das war an sich schon eigenartig, denn er schien sich meiner Existenz kaum bewußt zu sein und sprach nur selten mit mir. Was er zu sagen hatte, fand ich widerlich.

Ich sah ihn an, wie er da vor mir stand, mit seinen Triefaugen, die Tunika zu straff gegürtet und zerknittert, darunter haarlose Spinnenbeine, und wartete, während er nach Worten suchte. Ungeduldig hörte ich seinem zögernden Gemurmel zu, und schließlich gelang es mir, etwas daraus zu entnehmen: er machte sich Sorgen um seine Tochter.

»Warum?« fragte ich, in der Hoffnung, daß auf meine kurze Frage eine kurze und vernünftige Antwort folgen würde. Doch es folgte noch mehr Gemurmel und Gestotter. Als er schwieg, versuchte ich zusammenzufassen, was er gesagt hatte.

»Ihr glaubt, daß das Leben einer Vestalin nicht zu Fabia paßt, weil Keuschheit nichts für sie ist. Ihr werft ihr also vor, daß sie Männer liebt – das ist lächerlich, sie ist erst zehn. Sie ist noch nicht einmal in der Pubertät, sonst hätte der Pontifex sie nicht auserwählt. Ihr bildet Euch das nur ein. Sie findet es großartig und ist stolz darauf.«

Seine Antwort war energischer, als ich ihn je erlebt hatte: »Natürlich. Aber woher soll sie wissen, was dreißig Jahre Keuschheit bedeuten? Wenn sie ihre Aufgabe erfüllt hat, wird sie zu alt sein, um zu heiraten und Kinder zu bekommen. Und ich sage dir nochmals: Sie wird sich nach Liebe und körperlicher Erfüllung sehnen, und ich habe Angst vor der Wirkung, die das auf sie haben wird. Du denkst, daß ich halb verrückt bin, und vielleicht bin ich das auch. Aber ich kenne meine Tochter, und um so mehr, da ich sie liebe. Doch du kennst deine eigene Schwester offenbar nicht, du hast die Zeichen nicht verstanden.«

Die ungewohnte Kohärenz seiner Äußerung erstaunte mich. Ich fühlte mich unbehaglich. Welche Zeichen hatte ich übersehen? Das Kind war hübsch anzuschauen: große Augen, Haare von einer außergewöhnlichen Kupferfarbe, die Bewegungen graziös und präzise. Sie liebte Tand und Süßigkeiten. Sie war anhänglich, verlangte aber nicht ständig nach Aufmerksamkeit. Was noch? Ich hatte einmal beobachtet, wie sie sich an einen unserer Cousins lehnte, ihm verstohlene Blicke zuwarf und ihm mit den Fingern durchs Haar fuhr. Das hatte nichts zu bedeuten, es war einfach nur die Art, wie ein kleines Mädchen seine Zuneigung äußert. Kurzum, es gab keine Zeichen.

»Warum kommt Ihr eigentlich zu mir mit diesem ganzen Unsinn?« fragte ich kühl.

Er reagierte nicht auf meine Frechheit, sondern sagte: »Weil ich will, daß du hilfst, Fabia von dieser Pflicht zu entbinden. Es ist noch nicht zu spät. Du könntest versuchen, deine Mutter zu überzeugen, und dein Ehemann könnte an die Pontifices appellieren ...«

Ohne jeden Skrupel unterbrach ich ihn: »Dafür ist es zu

spät, selbst wenn ich tun würde, was Ihr wollt. Aber ich habe nicht die Absicht, Euch zu helfen. Fabia wird Vestalin werden, eine brave, keusche und fromme Vestalische Jungfrau.«

Und ich ließ ihn hilflos in seiner Bibliothek zurück, verabschiedete mich nicht einmal.

Fabia wurde Vestalin, und meine Mutter und ich waren bei der Weihe anwesend. Ich sah zu, wie die oberste Vestalin meiner Schwester das lange Haar abschnitt und an einen Baum nagelte, sah, wie man ihr den geweihten Schleier und das Kleid anlegte, das gewöhnlich von Bräuten getragen wird. Danach nahm die Priesterin meine Schwester an die Hand, um sie zu den verborgenen Heiligtümern zu führen. Nur die Vestalinnen und der Pontifex Maximus durften diese Gegenstände sehen, und Fabia würde sie nun zum erstenmal erschauen. In diesem Moment drehte sie sich um, lüftete ihren Schleier und blickte uns an.

Plötzlich hallten Fabius' Worte in meinem Kopf wider, und ich machte einen Schritt nach vorn und streckte die Hand aus.

Sie bewegte sich nicht.

»Fabia, bist du sicher, wirklich sicher?« rief ich ihr zu.

Die Priesterin runzelte die Brauen. Meine Mutter griff nach meiner Stola, um mich zurückzuziehen. Fabia und ich sahen uns lange an. Vielleicht bemerkte nur ich die kaum spürbaren Zeichen der Erregung, das leichte Zittern ihrer Lippen, die Röte auf ihrem sonst so blassen Gesicht, ihre unnatürlichen Bewegungen.

Sie antwortete nicht, sondern hob die Hand in einer theatralischen Gebärde, wie um Lebewohl zu sagen, und ließ dann den Schleier wieder über ihr Gesicht fallen. Ich sah, daß sie Theater spielte und daß die ganze Zeremonie für sie nicht mehr bedeutete, als daß sie der Mittelpunkt war, die Heldin des Augenblicks. Nicht einmal die fünf Vestalinnen, die sie weihten, existierten für sie.

Als sie hinter den Kulissen verschwand, überkam mich ein banges Vorgefühl. Mit beklommener Stimme sagte ich zu meiner Mutter: »Ich hoffe, daß sie glücklich sein wird in diesem Leben, ich hoffe, daß sie weiß, was sie tut, und daß du weißt, was du getan hast.«

Aber meine Mutter schaute noch immer auf die Wand, hinter der ihre Tochter verschwunden war, und hörte mich nicht. Oder wollte mich nicht hören. Ihre höchsten sozialen Ambitionen hatten sich erfüllt, das war das einzige, was zählte. Ich ließ mich durch ihr Schweigen beruhigen.

So plätscherte mein Leben ruhig dahin, bis mir drei Jahre später die ersten Gerüchte zu Ohren kamen. Noch ehe ich die Gelegenheit hatte, etwas dagegen zu unternehmen, sie zu leugnen, mir selbst und anderen gegenüber, waren es bereits keine Gerüchte mehr.

Postumia war es, die herbeigeeilt kam, mit dem gewichtigen Gebaren einer Unheilsbotin. Sie genoß es sichtlich. Ich hatte sie nie gemocht, diese einfältige, kokette, klatschsüchtige Frau des Servius Sulpicius Rufus, eines guten Freundes von Cicero. Wir waren Freundinnen, so hieß es jedenfalls, weil unsere Männer es wollten, und sie dachten auch, daß es so sei. Es war ein außergewöhnlich kalter Tag, dieser dritte Januar, ein Datum, an das ich mich erinnere, da die neuen Konsuln gerade ihr Amt angetreten hatten, und einer der beiden, Marcus Terentius Varro, war ein entfernter Verwandter.

Postumia, mit ihrer spitzen Nase und den stechenden Augen, dünn wie eine Bohnenstange, schnatterte aufgeregt drauflos. »Ach, du Arme, wie furchtbar, wie schrecklich. Fabia, deine Halbschwester, die Vestalin – nein, daß so etwas passieren mußte …«

»Was? Sprich langsamer, so verstehe ich gar nichts.« Postumias zusammenhangloses Geplapper machte mich rasend, und ich packte sie so fest am Arm, daß sich der Abdruck meiner Finger weiß auf ihrer rosigen Haut abzeichnete, als sie sich losriß. Eigentlich wäre es mir am liebsten gewesen, wenn Postumia gegangen wäre, bevor sie ihre Geschichte erzählen konnte. Aber sie hatte sich inzwischen gesetzt, unaufgefordert, und ich mußte zuhören.

»Du weißt es doch bestimmt schon«, schrie Postumia, »du mußt es gehört haben. Fabia und Lucius Catilina. Wie kann sie nur, noch dazu in ihrem Alter! Sie ist kaum vierzehn! Und mit diesem Kerl! Wie kann sie sich zu ihm hingezogen fühlen, einem Mann mit so einem üblen Ruf. Und Äußeren, kann man wohl sagen. Und sie eine Vestalin! Und was trieb Catilina mit drei Vestalinnen, drei, wohlgemerkt, als ob eine nicht schlimm genug wäre, denn Fabia war nicht allein, mußt du wissen, es waren in dieser Nacht drei bei ihm zu Hause, stell dir das mal vor, Catilina mit drei Vestalischen Jungfrauen ...«

Und während dieser Wasserfall von Worten aus Postumias Mund strömte, waren ihre Augen auf mich gerichtet. Ruhig wartete sie auf meine Reaktion, bereit, jedes Zeichen von Panik zu registrieren, es anschließend aller Welt zu erzählen und die Flamme unter dem Skandal anzufachen.

Es gelang mir, gefaßt zu bleiben, Postumia würde nicht bekommen, worauf sie gehofft hatte. »Glaubst du jeden Tratsch, den du zufällig aufschnappst?« fragte ich, gestärkt durch den Stolz, der sich weigert, Angst zu zeigen. Ich lauschte meiner eigenen Stimme: Sie klang normal, sie mußte normal klingen.

»Es ist kein Tratsch. Wer würde es wagen, über so etwas zu tratschen? Fabia ist erwischt worden, zusammen mit zwei anderen Vestalinnen, als sie mitten in der Nacht aus Catilinas Haus kamen. Wirklich wahr. Was machte sie dort, was machten sie dort? Es ist ihnen, wie du weißt, verboten, das Atrium nach Sonnenuntergang noch zu verlassen.«

Ich hob die Hand, sie zitterte nicht. »Wer hat sie ... aus dem Haus kommen sehen?«

»Ein gewisser Publius Sittius.«

»Und was machte dieser Sittius um diese Zeit auf der Straße? Sicher war er auf dem Heimweg von irgendeinem Besäufnis. Und du glaubst, was er behauptet? Hast du es ihn selbst sagen hören?«

»Natürlich nicht, aber inzwischen hat es so ziemlich jeder mitbekommen. Du weißt, wie sich so etwas herumspricht in unseren Kreisen.«

»Ich weiß es. Aber ich weiß auch, daß viel Tratsch nur Tratsch ist und mehr nicht.«

Postumia zuckte mit den Schultern. »Nun ja, wenn du lieber glaubst, daß wir über so etwas tratschen würden, über so etwas Schreckliches, so etwas Schockierendes. Wenn sie für schuldig befunden wird, bedeutet das, daß sie den Heiligen Herd besudelt hat, daß sie Rom, uns alle, in Gefahr gebracht hat. Es ist ein Skandal, unglaublich.« Sie kreischte fast. Dagegen klang meine Stimme sehr ruhig, als ich fragte: »Wann soll das passiert sein?«

»Gestern nacht. Das Kollegium der Pontifices tagt jetzt, während ich dir das erzähle. Die oberste Vestalin hat sie heute morgen informiert, so dringend ist es. Sie beraten über die Frage, ob es einen Prozeß gegen Fabia und die beiden anderen geben soll. Sie werden Sittius verhören und Junia, eine Vestalin, die sie kurz vor Sonnenaufgang ins Atrium hat schleichen sehen. Junia hat sie erkannt, alle drei, und ich kenne Junia, du natürlich auch, die denkt sich so eine Geschichte nicht aus. Sie werden ihr sicher glauben.«

Plötzlich wurde mir kalt. Ich mußte die Kiefer aufeinanderpressen, um nicht mit den Zähnen zu klappern, und ich hatte Gänsehaut. Sie durfte auf keinen Fall diese verräterischen Pusteln sehen, also schlug ich die Arme fest übereinander. Irgendwo hörte ich die Stimme meines Kindes, hoch und zart, und dazwischen die tiefere Stimme der Kinderfrau.

»Meine Schwester ist unschuldig!« rief ich aus.

»Natürlich«, gab Postumia mir mit perversem Vergnügen recht. »Aber Catilina und Fabia haben sich regelmäßig getroffen, wußtest du das nicht? Er ging oft ins Atrium, das ist allgemein bekannt.«

»Es ist genausogut möglich, daß er eine der anderen Vestalinnen besuchte, vielleicht kam er ja in vollkommen guter Absicht. Vielleicht ging er sogar zur Oberpriesterin, hatte er etwas mit ihr zu besprechen.«

»Was kann ein Mann wie Catilina denn mit einer Oberpriesterin zu besprechen haben? Nein, nein, worauf die anderen beiden in jener Nacht auch ausgewesen sein mögen, es war Fabia, wegen der Catilina das Atrium besuchte, das habe ich aus zuverlässiger Quelle.«

Wut kam mir zu Hilfe, zu meiner großen Genugtuung.

»Raus!« rief ich. »Raus! Du hast genug gesagt, du hast genug Unheil angerichtet. Verschwinde aus meinem Haus.« Postumia zuckte mit den Schultern. Erst als sie an der Tür war, drehte sie sich um und sagte mit öliger Stimme: »Ich finde es so schrecklich für dich. Und auch für deine Eltern, obwohl man sagt, daß Fabius ...«

Ich stürzte mich auf sie. Postumias Abgang war deutlich übereilter als ihre Ankunft.

Wie lange ich nach Postumias Besuch reglos in meinem Zimmer saß und langsam bis auf die Knochen erstarrte, weiß ich nicht mehr. Ich kann mich auch nicht erinnern, irgend etwas gedacht zu haben: Mein Geist arbeitete nicht mehr. Es wurde still im Haus, oder waren auch alle Geräusche von draußen verstummt? Ein paarmal schrak ich hoch aus diesem Zustand des Wachschlafs und dachte: Wird es von nun an immer so sein, so beängstigend abgesondert von allen anderen, von der normalen Welt, eine stille Dunkelheit, wo niemand mich erreichen kann oder will? Und dann wurden diese Gedanken wieder ausgeschlossen, genau wie die Geräusche.

Langsam wurde mir bewußt, daß die Muskeln in meinem Rücken und Nacken völlig verkrampft waren, so lange hatte ich in derselben Haltung gesessen. Der Schmerz beendete meine Apathie.

Wo war mein Mann? Ich brauchte ihn, jetzt sofort, er mußte meine Angst beschwören mit rein rationalen Erklärungen, mich beruhigen, daß, was Postumia erzählt hatte, nur boshafter Klatsch war und Fabia eine keusche, pflichttreue Vestalin. Natürlich war sie das, meine Mutter hatte es doch so oft gesagt, wenn sie von all den Komplimenten der Oberpriesterin erzählt hatte. Aber meine Mutter konnte auch gelogen oder sich selbst zum Narren gehalten haben.

Zu warten, bis Cicero nach Hause kam, das würde zu lange dauern, ich mußte den Beweis jetzt haben, auf der Stelle. Nicht für Fabias Schuld, sondern für ihre Unschuld. Und nur sie konnte ihn mir geben.

Ich lief aus meinem Zimmer und rief Minucia, Musa, irgendeine meiner Sklavinnen. Meine Stimme klang schrill. Musa kam erschrocken herbeigeeilt. Sie hielt mir den Mantel auf, und ich schlug ihn um mich, legte mir einen Schleier über den Kopf und zog ihn bis zu den Augen über mein Gesicht. Dann rannte ich durch das Atrium, am Pförtner vorbei, durch das Vestibulum, und erst von den schweren hölzernen Haustüren wurde ich in meinem Lauf gestoppt.

»Mach auf! Beeil dich!« rief ich. »Wie lange soll ich hier noch warten, bis du deine Pflicht tust?«

Als der Wächter, der lahme, freundliche alte Trypho endlich kam, tat ich etwas, was ich noch nie getan hatte: Ich schlug einen Sklaven. Ich gab ihm eine kräftige Ohrfeige und schämte mich nicht einmal. Draußen benahm mir die eisigkalte Luft fast den Atem.

»Eure Sänfte! Wartet, Eure Sänfte!« rief Musa, die hinter mir her rannte. Aber dafür war keine Zeit.

Schon bald mußte ich meinen Schritt verlangsamen, ich war außer Atem, schnappte nach Luft. Die Menschen sahen mich an, erstaunt über den Anblick einer Matrone, die durch die Straßen eilte, als ob sie von einer Räuberbande verfolgt würde. Ich stieß mit Leuten zusammen, die nicht schnell genug zur Seite gingen, manche riefen mir nach, aber ich wußte nicht, wer sie waren, und auch nicht, was sie riefen. Auf meinem Weg zum Vesta-Tempel und dem Haus der Vestalinnen kam ich über das Forum, an der Kurie vorbei, wo der Senat sicher noch tagte, denn die Sonne war noch nicht untergegangen. Ob Cicero dort war und all die neugierigen Blicke und das Getuschel abzuwehren hatte? Vor mir erhob sich der runde Vesta-Tempel und gleich daneben die Regia, die offizielle Residenz des Pontifex Maximus. Ich schaute zur anderen Seite.

Um zum Haus der Vestalinnen zu gelangen, brauchte ich nicht durch den Tempel. Würde ich jemals wieder einen Fuß dort hineinsetzen, jemals wieder mit allen Frauen das Fest der Göttin feiern? Durch den Verdacht, der sich gegen meine Halbschwester erhoben hatte, war auch ich besudelt, und würde es noch mehr sein, wenn Fabia für schuldig befunden würde; in unseren Adern floß schließlich dasselbe Blut. Nicht einmal mehr das Heilige Feuer dürfte ich ansehen, mein Blick könnte es entweihen, es löschen; oder vor der Abschirmung entlanglaufen, hinter der sich der geheime Bereich befand, nicht einmal mein Schatten dürfte darauf fallen. Die Göttin war erzürnt oder zumindest verstimmt durch die bloße Vermutung der Unkeuschheit, die gegen eine ihrer Dienerinnen aufgekommen war.

Niemand hielt mich zurück. Ich sah ein paar Vestalinnen, blieb aber nicht stehen, um zu hören, was sie sagten.

Fabia saß in ihrer schmalen Zelle auf dem Bett, reglos, so still und kalt und weiß wie eine Marmorstatue. Eine Lampe hing über ihrem gesenkten Kopf. Die Flamme und Fabias Haar, das in dem schwachen Schein glänzte, waren die einzigen Farben in der Zelle. Sie schaute kurz hoch, als ich hereinkam. Sie sagte nichts.

Ich kniete mich vor Fabia hin. Ihr Gesicht konnte ich nicht sehen. Sacht berührte ich ihren gesenkten Kopf, strich über ihre seidigen Flechten. »Was ist passiert, Fabia? Warum warst du in jener Nacht unterwegs? Bist du im Haus dieses Mannes gewesen? Was bedeutet er dir? Sag es mir, bitte.«

Fabia antwortete nicht. Sie blickte nicht auf, rührte sich nicht.

»Sag es mir, ich flehe dich an, ich muß erfahren, was passiert ist, von dir. Ich kann dir nicht helfen, wenn du es mir nicht erzählst.«

Wieder keine Antwort.

Ich wiederholte meine Fragen, hörte, wie meine Stimme von den kahlen Wänden der Zelle zurückgeworfen wurde.

Fabia stöhnte auf – dann erneut Stille.

Immer wieder versuchte ich, sie zum Reden zu bringen,

erst ruhig, dann mit erhobener Stimme, bis meine Worte in einen langen Schrei übergingen. Schließlich gab ich es auf, die Stille tat meinen Ohren weh.

Wieder stöhnte Fabia, wie ein kleines Tier in Not.

In einer Aufwallung hilflosen Mitleids streichelte ich ihre Hände. Sie lagen wie zwei tote Vögelchen in ihrem Schoß und fühlten sich eiskalt und schlaff an. Ich beugte mich vor und gab ihr einen Kuß auf die Wange, nahm ihr Kinn in die Hand und drehte ihren Kopf zu mir. Aber Fabias Augen bewegten sich nicht mit, sie blieben auf einen Punkt irgendwo über dem Eingang der Zelle fixiert. Ihre Pupillen waren nicht zu sehen, nur das Weiße in ihren Augen war sichtbar. Als ob sie blind wäre, als ob selbst ihre Augen versteinert wären. Zutiefst erschüttert über diesen starren Blick legte ich meine Hände auf ihre Schultern und schüttelte sie leicht hin und her. Halb schluchzend rief ich: »Sag was, Fabia, sag, daß du unschuldig bist. Das ist alles, was ich hören will, nur ein paar Worte: ›Ich habe es nicht getan.‹ Sag es, für deine Mutter und deinen Vater. Für mich.«

Fabia schaute hoch, ihre Hände bewegten sich in ihrem Schoß. Ich hielt den Atem an.

»Ich darf meine Zelle nicht verlassen«, sagte sie langsam, jedes Wort unnatürlich deutlich, wie ein Tauber, der seine Stimme nicht hören kann.

Dann erstarrte ihr Körper wieder.

Noch immer kniete ich vor ihr, reglos. Das einzig Lebendige in der Zelle war die Flamme der Lampe. Sie flakkerte, irgendwo zog es, doch ich spürte es nicht. Kälte stieg aus dem Steinfußboden auf, kroch über meine Knie in mein Herz.

Es war sinnlos, ich würde sie nicht hören, die Worte, nach denen ich so verlangte: »Ich bin unschuldig.« Wenn sie die aussprechen würde, so würde ich keinen Moment daran zweifeln. Ich wollte nur von meiner Angst erlöst werden, aber Fabia würde die erlösenden Worte nicht sagen. Trotzdem wartete ich weiter, reglos, sobald ich mich bewegen würde, wäre es um meine Selbstbeherrschung geschehen. In diesem Moment haßte ich meine Schwester.

Ohnmächtige Wut übermannte mich, und ich packte Fabia an den Schultern und schüttelte sie noch einmal hin und her. Diesmal nicht sacht, sondern so heftig, daß ihre Zähne klapperten, und ich hörte erst auf, als Fabia mir wie eine Stoffpuppe in die Hände fiel.

Wir waren in Ciceros Bibliothek, mein Mann und ich, später an diesem Tag. Es war Abend geworden, ich hatte nichts gegessen, hatte nicht einmal mein Bad genommen. Und ob Cicero seine Mahlzeit bekommen hatte und ob mein Kind versorgt worden war, wußte ich auch nicht. Die Diener waren mir aus dem Weg gegangen – sie witterten Unheil, wie nur Diener es können. Cicero hatte mich geholt und mich sanft in seine Bibliothek geführt.

Nun saß er mir gegenüber und hielt meine Hände in seinen, ein tröstliches Gefühl. Seine Augen glitten über mein Gesicht, freundlich. Er wollte mir etwas sagen, und was immer es auch war, gute Nachrichten würden es nicht sein. »Die Pontifices haben beschlossen, daß Fabia und die anderen beiden Vestalinnen sich vor Gericht verantworten müssen. Es wird einen Prozeß geben, so schnell wie möglich.«

Ich zitterte und versuchte, meine Hände wegzuziehen, aber er hielt sie fest.

»Hör mir zu, Terentia«, sagte er, »hör zu und versuch, es zu verstehen.«

Er wartete, bis die Panikwelle verebbt war, er kannte die Gezeiten meiner Ängste. Sehr sorgfältig wählte er seine

Worte, und ich hörte zu, die Augen starr auf den Fußboden hinter ihm gerichtet. Nicht weil ich ihn nicht ansehen wollte, sondern weil ich mich konzentrieren mußte. Die Mosaikfiguren verschwammen und lösten sich in den ständig wechselnden Schatten der Lampen auf. »Die fünfzehn Pontifices werden die Vestalinnen Fabia, Fannia und Valeria, und auch Lucius Sergius Catilina, verhören wegen des Verdachts auf *incestum* – Unkeuschheit. Es wird ein religiöser Prozeß sein, kein Zivilverfahren. Die Vestalinnen und Catilina dürfen aussagen, aber sie dürfen keinen Anwalt haben.«

»Aber ...«

»Nein, Terentia, laß mich ausreden und stell dann deine Fragen. Die Pontifices sind Senatoren, Magistrate, Männer von Welt, und nicht einfach nur Priester im Dienste der Staatsreligion. Sie sind ebenso vertraut mit den heiligen Gesetzen, oder sollten es sein, wie mit der Politik. Unterschiedliche politische Auffassungen gibt es in diesem Kollegium genau wie in jedem anderen. Manche werden für Catilina sein, andere gegen ihn. Gaius Caesar, zum Beispiel, wird ihn unterstützen. Und Caesar ist ein vielversprechender Mann, er wird jede Gelegenheit nutzen, seine Karriere voranzubringen. Dieser ...«

»Marcus«, unterbrach ich ihn, aus Angst, daß er wieder ins Reich der Theorie abschweifen würde. »Was hat sie denn eigentlich getan? Ich kenne die Geschichte lediglich von Postumia, und die war nur darauf aus, mir einen Schreck einzujagen. Fabia selbst wollte nicht reden, wollte nicht einmal sagen, daß sie nichts Unrechtes getan hat. Sie war ... sie war wie versteinert.«

»Das muß nichts heißen. Fabia steht unter Schock, sie wird bestimmt bald wieder sprechen und uns erzählen, was wir wissen müssen. Aber wie die Dinge jetzt stehen, lautet die Anklage, daß jemand sie und die beiden anderen mitten in der Nacht aus Catilinas Haus hat kommen sehen und daß jemand beobachtet hat, wie sie wieder ins Atrium hineingegangen sind. Mehr hat man mir nicht gesagt – die Beratungen und Verhandlungen der Pontifices sind nicht öffentlich –, außer daß die drei Vestalinnen ihre Zellen bis zum Prozeß nicht verlassen dürfen, daß sie das Kleid und die Ehrenzeichen ihres Amtes nicht mehr tragen dürfen und daß sie von allen Rechten und Pflichten der Vestalischen Jungfrauen ausgeschlossen sind.«

Er schwieg einen Moment und fügte dann ernst hinzu: »Die Schuld oder Unschuld der Vestalinnen ist von größter Bedeutung für Rom. Wenn sie für schuldig befunden würden, wäre das eine Katastrophe. Sie sind schließlich die Hüterinnen von Roms Sicherheit.«

Ich sah ihm direkt in die Augen, und er schaute mich an.

»Marcus, glauben sie, glauben die Pontifices, daß Fabia schuldig ist?«

»Glaubst du es?« gab er zurück.

»Sie wollte nicht reden, das habe ich doch schon gesagt. Woher soll ich es wissen, wenn sie nichts sagt?«

»Das ist keine Antwort auf meine Frage.«

»Wie soll ich denn antworten«, rief ich aus, »ich weiß es nicht.«

Für einen Moment war es still. »Dann müssen wir einfach annehmen, daß sie unschuldig ist«, sagte er ruhig.

»Dieser Catilina, was ist das für ein Mensch?« fragte ich.

»Ein Schurke, ein Schürzenjäger, schmeißt mit Geld um sich. Er ist knallhart, wie man sagt, schreckt vor nichts zurück, obwohl selbst die, die ihn verunglimpfen, zugeben, daß er mutig und fähig ist. Und außerdem wird erzählt, daß er damit prahlt, nichts spannender zu finden, als Jungfrauen zu verführen.«

»Gibt er zu, daß ... er Fabia verführt hat?«

»Nein.« Er legte seine Hände auf meine Schultern und sagte gefaßt: »Wenn die Pontifices sie schuldig sprechen, die drei Vestalinnen und Catilina, werden sie vor einem Zivilgericht erscheinen müssen.«

»Nein!« schrie ich. »Nein!«

Seine Hände packten mich noch fester. »Es geht nicht anders, Terentia. Incestum ist ein Kapitalverbrechen – wer dessen beschuldigt wird, muß sich nicht nur vor den Priestern des Staates verantworten, sondern auch vor dem Staat selbst.« Ich legte meinen Kopf an seine Schulter und lehnte mich an ihn, ließ mich durch die Wärme seines Körpers trösten.

»Marcus ... die Strafe ... sie ist so schrecklich. Das können sie nicht tun, sie lebendig begraben, meine ich. Das geht doch nicht.«

Er streichelte meinen Kopf. »Soweit braucht es nicht zu kommen, nicht einmal wenn sie schuldig gesprochen wird. Als das letzte Mal eine Vestalische Jungfrau auf diese Weise bestraft wurde, hat es viel Kritik gegeben. Aber wie auch immer, wir wollen den Dingen nicht vorgreifen. Und verlier bloß nicht den Mut. Du darfst die Hoffnung nicht aufgeben, das ist das einzige, was du für deine Schwester tun kannst.«

Aber das konnte ich nicht, wollte ich nicht akzeptieren. Ich mußte etwas tun, auch wenn es vielleicht nichts nützen würde. Ich mußte am Prozeß der Wahrheitsfindung teilhaben, und die Wahrheit sollte natürlich sein, daß Fabia unschuldig war. Ich mußte also beim Anfang beginnen, und das war Catilina.

Das Verhör Catilinas und der Vestalinnen wurde vom Kollegium der Pontifices für Anfang Februar angesetzt, auf einen Tag, der den Auguren günstig schien. Kurz davor ging ich zu Catilina. Ich sagte meinem Mann nichts davon, aus Angst, daß er es mir verbieten würde.

Ich schickte einen Sklaven mit einer Nachricht zu Catilina, in der ich ihn um ein Gespräch bat. Die Antwort, unordentlich und ohne die üblichen Höflichkeiten auf dieselbe Tafel geschrieben, war kurz, um nicht zu sagen grob. Ja, er würde mich empfangen, wenn es sein müsse, aber er sehe keinen Sinn darin.

Catilina wohnte in einem Mietshaus am Caelius, einem Viertel, das damals schon genauso dicht besiedelt war wie heute und nicht vornehm.

Sobald meine Sänfte auf dem Boden stand, stieg ich aus und schickte meinen Sklaven zu Catilinas Türhüter, um mich anzukündigen. Ich betrachtete das Gebäude. Es sah recht gepflegt aus, drei Stockwerke hoch. Meine Sänfte stand direkt vor einer Taverne in einem der Räume im Erdgeschoß. Forschend schaute ich hinein und ließ die Einrichtung der Taverne auf mich wirken. Es lenkte mich einen Moment ab von der Spannung, die ich verspürte. Der Gestank von ranzigem Fett und gelegentlich eine Wolke öligen Rauchs trieben heraus, und mir wurde noch übler, als mir ohnehin schon war. Auf der einen Seite des Wirtshauses, ein Stück von der Rückwand entfernt, erblickte ich ein steinernes Podest. Auf diesem befanden sich ein paar große Schüsseln, aus denen der Wirt eine Art Eintopf löffelte. Darunter brannte wahrscheinlich Holzkohle, durch die Rauchabzüge an den Seiten sah ich Glut. Auf einem Brett an der Wand standen Flaschen und Becher; Würste und Käse in allen Sorten und Größen hingen an Nägeln darüber. Hinter der Kochstelle führte eine Holztreppe zu einem Hängeboden. Auf der anderen Seite waren Tische und Stühle aufgestellt, an denen rüde Gesellen in schmuddligen Tuniken aßen und tranken. Es wurde gerülpst, laut und roh gelacht, man rief sich gegenseitig zu und der Bedienung, die von Tisch zu Tisch ging. Als sie mich bemerkten, schwiegen sie und gafften mich an. Ich machte einen Schritt zurück und zog den Schleier fester um meinen Kopf. War dies vielleicht die Umgebung, in der Catilina sich für gewöhnlich aufhielt?

Ich wartete ungeduldig auf die Rückkehr meines Sklaven. Wo blieb er nur? Es war voll auf der Straße. Meine Träger wollten, daß ich mich wieder in die Sänfte setzte, aber ich lehnte ab. Überall um mich herum drängten sich Menschen, und mir schauderte vor der Berührung ihrer Körper in der engen Straße. Als mein Sklave zurückkam, hielt ich ihm eine Standpauke, weil er mich so lange hatte warten lassen. Der Mann sah mich bestürzt an: Er sei, sagte er, doch nur einen Moment weggewesen.

Ich war noch nie in einem Wohnblock gewesen. Ich wußte, daß es oft Mietskasernen voller schmutziger Behausungen für arme Schlucker waren, aber daß es in manchen auch sehr teure Unterkünfte gab. Obwohl ich angespannt war, schaute ich mich neugierig um.

Catilinas Wohnung hatte kein Vestibulum und auch kein Atrium. Man trat direkt in einen großen Raum, eine Art Flur, gut beleuchtet durch die Fenster in der Fassade des Gebäudes. Mehrere Türen gingen davon ab, dazwischen stand hier und da eine Statue in einer Nische. Der Fußboden war mit einem einfachen, aber hübschen Mosaik bedeckt, einer Jagdszene, eingefaßt mit einem blaugrünen Rand. Ein Sklave ging mir voraus zu einer Tür links im Flur und öffnete sie. Das Zimmer war heller als viele in meinem Haus. Durch zwei große Fenster auf der Straßenseite strömte das klare, kühle Licht der Wintersonne herein. Anfangs dachte ich, daß niemand da sei, bis ich, blinzelnd wegen des grellen Lichts, Catilina aus dem Schatten hervortreten sah.

Unwillkürlich machte ich einen Schritt zurück, der

Mann sah noch furchterregender aus, als ich erwartet hatte.

Er war nicht groß, aber breit und stämmig, sein Nacken saß wie ein Baumstamm auf seinen Schultern; sein Kopf war rund und sein Haar kurzgeschnitten wie das eines Soldaten; der Anflug eines Barts lag auf seinem Gesicht, obwohl er frisch rasiert war; er hatte kleine hellblaue Schweinsaugen und einen dunklen Teint. Er war mit einer zerknitterten, nicht allzu frischen Tunika bekleidet, und an den Füßen trug er Sandalen aus grobem Leder. Sein Alter war schwer zu schätzen. Er gehörte zu der Kategorie von Männern, die man sich nicht als Kind vorstellen kann und auch nicht als alten Mann; die Zeit scheint ihnen nichts anzuhaben oder wird durch ihre starke Persönlichkeit besiegt.

Er musterte mich schweigend, ohne zu zwinkern, wartete darauf, daß ich etwas sagen würde. Ich fürchtete mich vor seiner rohen Männlichkeit und vor der rücksichtslosen Energie, die er ausstrahlte.

»Ich wollte Euch wegen meiner Halbschwester Fabia sprechen«, flüsterte ich.

Er nickte, sagte aber nichts, bot mir auch keinen Platz an, obwohl ich mich nur gar zu gern gesetzt hätte, weil mir vor Angst die Knie zitterten.

»Ich möchte wissen, was passiert ist«, sagte ich noch immer flüsternd. Warum sprach ich nicht einfach laut?

Endlich machte er den Mund auf, seine Stimme war so rauh, daß ich noch einen Schritt zurücktrat. »Ihr wollt wissen, was passiert ist? Nichts.«

»Aber ...«

»Wie ich es sage, nichts. Überhaupt nichts.«

»Warum wird meine Schwester dann der ... Unkeuschheit beschuldigt ... mit Euch ..., wenn nichts passiert ist?«

Er zuckte mit den Schultern, antwortete jedoch nicht. Gedämpfte Straßengeräusche drangen zu mir durch, das Rattern von Karren, Geschrei, das Miauen einer Katze. Eine elegante bronzene Lampe stand im Raum, und ich mußte zugeben, daß der Mann, trotz seiner rohen Erscheinung, doch Geschmack hatte. Ich starrte auf das Ding aus Furcht, Catilina ansehen zu müssen. Ich befeuchtete meine Lippen, irgend etwas würde ich sagen müssen, ich konnte dort nicht wie eine Taubstumme stehenbleiben.

»War meine Schwester in jener Nacht in Eurem Haus? Mit den anderen beiden?«

»Nein.« Er war kalt und hart wie Eisen. Also mußte ich kämpfen wie ein Soldat und ihm eisern die Stirn bieten. Auf einmal wurde mir bewußt, daß ich mit hängenden Schultern dastand. Ich streckte den Rücken und schaute ihn an. Für einen Moment fing ich ein amüsiertes Blitzen in seinen Augen auf.

»Aber Ihr könnt nicht leugnen, daß Ihr meine Schwester im Atrium besucht habt.« Ich flüsterte nicht mehr.

»Ich habe mehrfach die Gelegenheit gehabt, das Atrium zu besuchen.«

»Um meine Schwester zu treffen.«

»Sie ist nicht die einzige Vestalin.«

»Man wird behaupten, daß Ihr sie aufgesucht habt, weil – daß Ihr sie mit unmoralischen Absichten besucht habt. Daß sie Euch mit unmoralischen Absichten besucht hat.«

»Was meint Ihr mit ›unmoralisch‹?«

»Ich … ich weiß es nicht.«

Er lächelte, unangenehm. »Ich schon, verehrte Dame, ich schon. Euer ehrenwerter Matronengeist wird gleich das Schlimmste denken. Oder das Entzückendste.« Er verzog den Mund. »Es ist typisch für tugendhafte Matronen, daß sie indirekte Wollust genießen. Nie echte sinnliche Begierde, natürlich. Für Euch ist das Bett kein Ort zum Verweilen, nicht ein mit Blumen übersätes Lager, sondern nur der Platz, wo man seine ehelichen Pflichten erfüllt, wenn's denn sein muß. Und glaubt mir eins«, wieder lächelte er, aber seine Augen waren nicht beteiligt, »ich weiß es aus trauriger Erfahrung. Und doch sind Eure Phantasien ebenso leidenschaftlich und erfinderisch wie die Umarmung einer Hure. Aber ich kann Euch beruhigen, Eure Schwester und ich hatten keine, wie Ihr es so prüde nennt, unmoralische Beziehung.«

Ich errötete, spürte, wie die Hitzewelle aus meinem Nacken aufstieg und meine Wangen färbte. Der Mann war schamlos, unangreifbar. War ihm nicht bewußt, daß auch ihn ein grausamer Tod erwartete, wenn er schuldig gesprochen wurde, daß er wie ein Sklave zu Tode gepeitscht werden würde?

Wieder lächelte er: »Die Tugend errötet.«

Wütend rief ich aus: »Ihr seid ordinär, widerlich! Ihr werdet Eurer Strafe nicht entgehen!«

»Nur wenn ich schuldig gesprochen werde. Sagt mir doch, bloß interessehalber, habt Ihr mich schon verhört und verurteilt vor dem Gericht Eurer frommen Tugendhaftigkeit?«

Ich schluckte, hatte aber keine Antwort. Ich mußte weg, auf der Stelle, dieser Mann ekelte mich an. Er versuchte nicht, mich aufzuhalten, wartete, bis ich an der Tür war, und sagte dann: »Natürlich habt Ihr mich nicht verurteilt und für schuldig befunden. Wie könntet Ihr auch? Denn wenn Ihr das tun würdet, müßtet Ihr Eure Schwester ebenfalls für schuldig befinden. Das hat eine gewisse Logik, nicht wahr, Schwester von Fabia? Aber ich will Euch beruhigen: Ich werde alles abstreiten, und auch dabei bleiben.«

Ich sah mich nicht mehr um, doch ich hörte ihn kichern, und das war schlimmer, als wenn er laut gelacht hätte. »Wenn ich auch nicht getan habe, was man mir vorwirft, gewollt hätte ich es gewiß. O ja, ich hätte es nur allzu gern gewollt. Sie ist die geborene Verführerin, Eure Schwester Fabia, die Vestalische Jungfrau. Und nichts ist so erregend wie die sinnliche Begierde der Keuschen. Denkt darüber, was Ihr wollt.«

Er kicherte noch immer, als ich zur Tür hinausstolperte.

Ciceros Äußerung »Caesar wird Catilina unterstützen, und Caesar ist ein vielversprechender Mann« war mir im Gedächtnis haftengeblieben.

Von dem Moment an, da sich die Tür von Catilinas Wohnung hinter mir geschlossen hatte, wußte ich, tief in meinem Herzen, daß Fabia sich in irgendeiner Weise schuldig gemacht hatte, aber ich weigerte mich zu glauben, daß es mehr als Indiskretion und Ungehorsam gewesen sein könnte. Doch ich mußte andere überzeugen, und zwar schnell.

Was sollte ich als nächstes unternehmen? Caesar schien mir am naheliegendsten. Viel wußte ich nicht über ihn, außer daß er der jüngste Pontifex war und man daher vielleicht am leichtesten an ihn herankommen konnte.

»Was ist das für einer, dieser Gaius Caesar?« fragte ich meinen Ehemann, der dabei war, sich auf den Tag vorzubereiten. Er hatte seine Toga schon an und aß hastig das in Öl getauchte Brot, mit dem er den Morgen gern begann.

»Hochintelligent, charmant, sehr talentiert und überaus ehrgeizig, obwohl er zu jung ist, um Magistrat zu werden, und ansonsten von deutlich patrizischer Herkunft, ohne sich damit großzutun. Gute Gesellschaft, wenn man ein nettes, unterhaltsames Gespräch liebt.«

»Was hat er gemacht?«

»Wie meinst du das?«

»Nun, was hat er bisher in seinem Leben gemacht? Du sagst, daß er zu jung ist für einen Magistraten, aber er muß doch irgend etwas gemacht haben, wenn er all das ist, was du über ihn sagst.«

»Etwas, das wäre untertrieben. Er hat einige schaurige Abenteuer im Ausland erlebt, hat gekämpft und ist für seine Tapferkeit ausgezeichnet worden; er hat sich geweigert, sich von seiner Frau Cornelia scheiden zu lassen, als Sulla ihm das befahl, und dazu brauchte es Mut. Aber ich habe den Eindruck, daß es im Fall von Caesar nicht so sehr darum geht, was er getan hat, als darum, was er noch tun wird.« Er wischte sich den Mund ab und rief nach Tiro.

»Aber wie ist er wirklich?«

»Warum um alles in der Welt willst du das wissen?«

»Einfach so.«

Tiro kam ins Zimmer und überreichte seinem Herrn ein paar Rollen.

»Nun?« insistierte ich.

Cicero ging zur Tür und öffnete dabei eine der Rollen.

»Wie er ist? Notorisch extravagant, elegant und geistreich.« Er kicherte. »Und verrückt nach schönen Frauen. Eine kurze Beschreibung seines Charakters, die jede Frau ansprechen dürfte.«

Er war verschwunden, ehe ich protestieren konnte.

Mit einer höflichen Antwort auf meine Bitte willigte Caesar ein, mich zu empfangen. Und so machte ich mich diesmal mit etwas mehr Selbstvertrauen auf den Weg. Wieder sagte ich meinem Ehemann nichts davon.

Man war dabei, die Via Sacra für die Lupercalia zu schmücken. Früher, in einem anderen Leben, hatte ich mich immer auf diesen Festtag im Februar gefreut, hatte es genossen, zusammen mit all den anderen Frauen am Straßenrand zu stehen und auf die jungen Männer zu warten, die bald an uns vorbeilaufen würden. Mit argloser Bewunderung hatte ich deren Körper betrachtet, nackt bis auf einen Lendenschurz, und mich schnell vor den Ziegenfellen, die die Jungen wild umherschwenkten, geduckt, um nur ja nicht getroffen und dadurch fruchtbarer zu werden. Und ich hatte mich über all die unfruchtbaren und jungverheirateten Frauen amüsiert, die darum kämpften, sich den Läufern in den Weg zu werfen. Nun sagte mir das alles nichts mehr, es war nur ungewöhnlich voll in der Stadt, und meine Träger brauchten länger, um mich ans Ziel zu bringen.

Caesars Haus war größer als das unsere und reicher verziert, aber nicht so luxuriös, wie ich nach Ciceros Beschreibung »notorisch extravagant« angenommen hatte. Während ich im Atrium wartete, bis ich gemeldet wurde, betrachtete ich die Masken von Caesars Vorfahren, die sofort ins Auge fielen, und ich bedauerte es – mit was für Belanglosigkeiten sich der menschliche Geist doch selbst in Momenten ängstlicher Anspannung beschäftigen kann –, daß Cicero kein Patrizier war und daher auch nie Ahnenmasken in seinem Atrium haben würde. Mein Blick war noch immer darauf gerichtet, als der Sklave zurückkam, um mich zu seinem Herrn zu geleiten.

Er führte mich zu einem Zimmer, aus dem das Kichern von Frauen zu hören war. Der Sklave öffnete die Tür, und ich blieb wie angewurzelt auf der Schwelle stehen. Caesar kam mir entgegen, um mich zu begrüßen. Hinter ihm sah ich zwei Frauen, von denen ich eine gut kannte: Postumia. Die andere, der ich nie begegnet war, die ich aber trotzdem sofort erkannte, war Clodia. Ich hatte so viel von ihr gehört, Worte der Bewunderung oder der Kritik, daß es war, als ob ich sie sehr gut kennen würde, was natürlich unmöglich war; wir lebten in verschiedenen Welten, und nicht nur in sozialer Hinsicht.

Ich konnte es nicht lassen, diese Frau anzusehen, achtzehn Jahre alt damals, von der es hieß, daß sie alle Männer faszinierte, selbst diejenigen, die ihr Entzücken unter dem Mantel moralischer Kritik verbargen. Diese Frau, die sich, obwohl frisch mit Metellus verheiratet, Liebhaber nahm, wo und wann immer es ihr gefiel, in aller Öffentlichkeit, ohne sich um Klatsch und Tratsch zu scheren, gleichgültig, ob sie jemanden damit verletzte. So sagte man jedenfalls. Sie war mittelgroß, nicht zu dünn und nicht zu dick, und ihr Haar war beneidenswert honigblond; ein vollkommen ovales Gesicht, das von breiten Jochbeinen schmal auf ein energisches Kinn zulief; große braune Augen mit langen Wimpern, nicht umsonst nannte Cicero sie »Kuhauge«; ihr Teint blaß und von Natur aus makellos, damals zumindest noch; ein Mund, der eigentlich zu breit war, um wirklich schön zu sein, aber mit wohlgeformten, feucht-roten Lippen; ein Mund, der berühmt war für sein Lächeln, die Lippen leicht geöffnet, so daß nur die Spitzen der weißen Zähne sichtbar waren, die Mundwinkel in zwei Grübchen verschwindend. Dieses Lächeln war ihr Bravourstück, es wäre interessant zu wissen, wie lange sie geübt hatte, um es zu perfektionieren.

Doch dies ist nur die trockene Aufzählung der Teile, die das Ganze bildeten, und das Ganze war weit mehr als die Summe der Teile, wie mir viel später klarwerden würde.

Während Caesar mich begrüßte, starrte ich Clodia an, und ich war verlegen – und beschämt. Sie hatten über mich geredet, ohne Frage, alle redeten wahrscheinlich über mich. Über Fabia, über die Schande meiner Schwester, unsere Schande.

»Meine Gäste wollten gerade gehen«, sagte Caesar.

Aber die machten keine Anstalten aufzustehen. Clodias Augen waren auf mich gerichtet, kühl, abschätzend.

Postumia sah mich so übertrieben besorgt an, daß es schlichtweg beleidigend war.

Was machten diese Frauen hier? Und wo war Caesars Frau?

Postumia sagte: »Ach, du Ärmste, wie schlecht du aussiehst.«

»Ich fühle mich ausgezeichnet.«

»Wie tapfer von dir, das zu sagen. Aber du bist so blaß, du bist bestimmt schrecklich besorgt. Das sind wir alle, um deine Schwester, um dich.«

Ich sagte nichts.

»Ich wäre bestimmt noch bei dir vorbeigekommen«, fuhr Postumia unerschütterlich fort, »doch ich wollte dich nicht belästigen in diesen Tagen, in denen du zweifellos von Angst zerrissen wirst, und erst recht jetzt, so kurz vor dem Prozeß.«

Mir war bewußt, daß Caesar neben mir stand. Ich glühte vor Scham, Clodias kühler Blick brannte wie Feuer. Sie stand auf und ging mit einem kurzen Nicken an mir vorbei. Sie legte eine Hand auf Caesars Arm, und er legte seine Hand auf ihre. »Leb wohl. Wir sehen uns bald wieder, nehme ich an«, sagte Clodia. Ihre Stimme war tief und ein wenig heiser, und die erotische Spannung war hörbar, wie sie auch aus dem Blick sprach, mit dem Caesar sie betrachtete. Ich mochte vielleicht naiv sein und nicht vertraut mit dem Verhalten aristokratischer Kurtisanen wie Clodia und Postumia, aber das erkannte ich sofort, und ich verabscheute es.

Als Clodia das Zimmer verlassen hatte, stand Postumia auf. Sie mußte nun gehen, aber sie hatte einen taktischen Sieg errungen, das war ihrem selbstzufriedenen Grinsen anzusehen.

Auch sie legte eine Hand auf Caesars Arm, und er wiederholte seine Geste und den Blick, der dazugehörte.

Sie hatten ein Spiel gespielt, ein Dreieck gebildet, der Mann und die beiden Frauen, und Caesar war die Spitze gewesen. Das spürte ich.

Caesar musterte mich einigermaßen amüsiert. Er ließ seine Augen über mein Gesicht gleiten und dann über meinen Körper, ließ sie einen Moment auf meinen Brüsten und meinen Hüften ruhen, ehe er den Blick abwandte. Noch nie hatte mein Ehemann mich so angesehen, nicht einmal in den ersten Tagen unserer Ehe. Das hatte ich auch nicht von ihm erwartet, es wäre sogar ungehörig gewesen.

Es war lächerlich, aber trotz meiner Sorge und Verlegenheit verspürte ich ein heftiges Gefühl der Scham, nicht über Fabias Schande oder die Freizügigkeit, mit der Caesar mich musterte, sondern darüber, daß er mich so unverhohlen mit den anderen beiden verglich, die gerade gegangen waren, meine Reize wog und offenbar für zu leicht befand. Auf einmal machte es mir sehr wohl etwas aus, daß ein Mann mich nicht attraktiv oder faszinierend fand oder wenigstens nett anzusehen. Die Art und Weise, wie Caesar seinen Blick höflich von mir abwandte, sagte mehr als genug.

Zum erstenmal in meinem Leben war ich mir meines unauffälligen und nicht sehr anziehenden Äußeren zutiefst bewußt, dem ich normalerweise wenig Bedeutung beimaß. Schönheit sei keine Tugend, hatte man mir erzählt, es sei ein nicht selbst verdientes und daher zweifelhaftes Gut. Ehrbare Matronen bräuchten keine Schönheit, um ihren Männern ihren Wert zu beweisen, und es sei auch kein Maßstab, nach dem Ehegatten ihre besseren Hälften beurteilten.

Selbst in meiner Verwirrung wußte ich, daß ich dieses Gefühl der Unvollkommenheit so schmerzlich empfand, weil es nicht allgemein, sondern von einem bestimmten Mann hervorgerufen worden war. Ich schämte mich meiner Scham.

»Ich nehme an, ich weiß, warum Ihr hier seid, obwohl Ihr den Grund für Euer Kommen nicht in Eurer Nachricht erwähnt habt«, sagte er, als ich mich gesetzt hatte.

»Meine Schwester ist unschuldig«, fiel ich mit der Tür ins Haus.

»Sprecht Ihr für alle drei Vestalinnen oder nur für Eure Schwester?«

»Ich kann nur für meine Schwester sprechen.«

»Warum seid Ihr so von der Unschuld Eurer Schwester überzeugt?«

»Ich kenne sie.«

Er schaute auf seine Hände, die gefaltet in seinem Schoß lagen. So bekam ich die Gelegenheit, ihn aus der Nähe zu betrachten. Sein Gesicht war hager, und seine Wangen waren eingefallen, obwohl er noch ziemlich jung war. Furchen liefen von seiner Nase zu den Mundwinkeln, und er hatte tiefliegende Augen und schwere Lider. Es war nicht nur das Gesicht eines sehr intelligenten Mannes, was Ciceros Beschreibung entsprach, sondern auch das eines sensiblen Mannes – oder sah ich das nur so in einer plötzlichen Aufwallung weiblicher Empfänglichkeit? Es war ein strenges Gesicht, doch wenn er sprach, war es expressiv und beweglich, und wenn er lächelte, war klar, wo all die Geschichten über seinen legendären Charme herrührten. Er wurde schon kahl, und das gefiel ihm offenbar nicht, denn sein spärliches Haar war sorgfältig über seinen Schädel drapiert.

Er schaute hoch und ertappte mich. Ich errötete, genierte mich fürchterlich. Aber auch wenn ich seine Autorität anerkannte, so flößte er mir doch keine Furcht ein wie Catilina.

»Ihr sagt, daß Ihr sie kennt«, sagte er ruhig, »aber ich frage mich, wie gut.«

Nach kurzem Zögern antwortete ich: »Sie ist meine Schwester – meine Halbschwester, und ich liebe sie. Ich halte sie nicht für fähig, das zu tun, was man ihr vorwirft. Sie war immer ein gutes und braves Kind.«

»Aber jetzt ist sie doch kein Kind mehr?«

»Nein. Nein, natürlich nicht. Aber sie war immer gehorsam, es gab nie Schwierigkeiten mit ihr.«

Er nickte, meldete keinen Zweifel an. »Leider darf ich mich nicht über den Fall äußern, bevor der Prozeß der Pontifices stattgefunden hat. Aber sagt, glaubt Ihr, daß Lucius Catilina schuldig ist, schuldig sein könnte?«

»Ich weiß es nicht. Ich kenne Catilina nicht.« Ich schwieg einen Moment, und dann platzte ich heraus: »Ich bin ihm nur ein einziges Mal begegnet.«

»Aha, und war das bevor oder nachdem Eure Schwester dieses Vergehens beschuldigt wurde?«

»Danach.«

»Warum habt Ihr ihn aufgesucht?«

»Ich weiß nicht, ich glaube, daß ich von ihm hören wollte, daß er nicht schuldig ist, daß er es nicht getan hat. Daß er, nun ja – daß er ...«

»Er hat natürlich geleugnet.«

»Ja.«

»Und Ihr habt ihm geglaubt?«

Wieder steckte ich in einem Dilemma, demselben, auf das Catilina schon den Finger gelegt hatte. Wenn ich die Wahrheit sagen würde, daß ich Catilina nicht traute, würde ich indirekt Fabia verdächtigen. Catilina war mir egal, aber Fabia nicht.

»Ja.«

Er lachte, doch es klang kein Spott in seinem Lachen. »An Eurer Stelle würde ich meiner Stimme etwas mehr

Überzeugung verleihen. Aber ich akzeptiere Eure Version: Ihr meint, daß Catilina unschuldig ist.«

»Ja«, sagte ich laut.

»Und warum seid Ihr Euch da so sicher?«

»Er hat es geleugnet.«

Wieder ein Lachen, er schien wirklich amüsiert. »Hattet Ihr vielleicht erwartet, daß er Euch gestehen würde, was er allen anderen gegenüber abgestritten hat?«

Darauf mußte ich die Antwort schuldig bleiben. Und so erwiderte ich, nun etwas weniger befangen: »Ihr werdet Catilina unterstützen, nicht wahr?«

»Wer hat das gesagt?«

»Mein Mann.«

Er antwortete nicht sofort, und ich fragte mich, ob ich zu direkt gewesen war und ihn verärgert hatte.

Er kratzte sich mit einem Finger am Kopf, vorsichtig, um die paar Strähnen nicht in Unordnung zu bringen. Dann lächelte er freundlich. »Seid Ihr gekommen, um mich zu bitten, einem fairen Prozeß nicht zugunsten eines möglichen politischen Vorteils im Weg zu stehen?« Er schwieg einen Moment. »Oder um mich davon zu überzeugen, daß ich die Unschuld Eurer Schwester verteidigen soll? Ist das nicht der Grund, warum Ihr wirklich gekommen seid, Terentia?«

Ich errötete und senkte den Kopf.

»Ich werde Euch jetzt etwas erzählen, das Ihr vielleicht nicht wißt. Einmal, als ich mir den Zorn Sullas zugezogen hatte, bin ich von einer seiner Patrouillen gefangengenommen und in die Sabiner Berge gebracht worden, wo ich eine schlimme Zeit gehabt habe. Meine Verwandten am Hofe des Diktators haben sich für mich eingesetzt. Aber vor allem die Vestalischen Jungfrauen sind meine Fürsprecher bei Sulla gewesen. Sie haben ihn angefleht, mich freizulassen, und er hat ihrer Bitte entsprochen.«

Ich richtete mich auf. Voller Hoffnung. »Ihr werdet ihnen also einen Gegendienst erweisen? Ihr werdet meiner Schwester helfen?«

Er lächelte nicht mehr. »Ich werde tun, was ich kann, um dem Kollegium der Vestalischen Jungfrauen zu helfen. Ich werde dafür sorgen, daß es einen fairen Prozeß gibt, nach dem die drei, wenn sie schuldig gesprochen werden, bestraft werden und der Vesta-Tempel von jeglichem Makel befreit sein wird, damit die unschuldigen Vestalinnen ihre Pflichten gebührlich erfüllen können. Mehr kann ich nicht tun, und auch nicht weniger.«

Ich hatte inzwischen großen Respekt vor ihm, und das sah er, als er mich anschaute.

»Versucht, keine Angst zu haben, Terentia«, sagte er, »ich bewundere Euren Mut, zu mir zu kommen, denn das wird nicht leicht gewesen sein, und ich bewundere Eure Liebe zu Eurer Schwester. Was auch geschehen möge, vergeßt das nicht. Geht nun nach Hause, bevor Euer Ehemann Euch vermißt, denn ich bin sicher, daß Ihr ihm nicht gesagt habt, wo Ihr hingeht.«

Noch ehe ich antworten konnte, hatte er einem Diener bedeutet, mich aus dem Zimmer zu geleiten.

Der Prozeß

Das Verhör der Vestalischen Jungfrauen Fabia, Fannia und Valeria fand Anfang Februar vor dem Kollegium der Pontifices statt.

Sie wurden angeklagt, das Atrium Vestae ohne Zustimmung zwischen Sonnenuntergang und Sonnenaufgang verlassen zu haben und darüber hinaus in dieser Zeit Lucius Sergius Catilina in seinem Haus besucht und sich mit ihm unzüchtigen Verhaltens schuldig gemacht zu haben. Alle drei leugneten die Vorwürfe. Das einzige, was sie zugaben, war, daß sie verabredet hätten, einmal auszuprobieren, ob es gelänge, unbemerkt das Atrium zu verlassen und wieder hineinzukommen, einfach so aus Spaß; und daß sie sich eine Weile draußen aufgehalten hätten, wie lange, wüßten sie nicht genau, und dann wieder hineingeschlüpft seien. Zeugen, die sie in jener Nacht gesehen hatten, gebe es nicht. Alle drei hielten an dieser Geschichte fest.

Catilina, dem vorgeworfen wurde, die Vestalinnen mit unmoralischen Absichten empfangen zu haben, wies die Beschuldigung zurück.

Die Entscheidung lautete in allen vier Fällen auf schuldig, mit einer Mehrheit von zwölf Stimmen. Wenn auch das Strafgericht sie schuldig sprechen würde, wäre das Urteil für die Vestalinnen: bei lebendigem Leibe begraben zu werden, und für Catilina: zu Tode gepeitscht zu werden.

Das alles erzählte Cicero mir, auf meiner Bettkante sitzend, am Abend der Urteilsverkündung. Ich war an diesem

Tag nicht aufgestanden, ich fieberte, und mir war übel. Und im Bett fühlte ich mich sicher, als ob Sorgen und Angst nicht wagen würden, unter meine Decke zu kriechen.

Seine Stimme war ruhig und beherrscht, und als er schwieg, drehte ich meinen Kopf zur Wand. Ich lag ganz still und wartete darauf, daß die Angst zuschlagen würde. Das Bett wackelte ein wenig, als mein Ehemann sich zu mir legte. Ich begann fürchterlich zu zittern, seine Arme schlossen sich um mich, und sein Körper schmiegte sich an meinen. Lange lagen wir so da, einander näher, als wir jemals waren, wenn er mit mir schlief, und ich wartete, bis der Sturm meines Kummers sich legen würde.

Nach einer Weile drehte ich mich zu ihm um. Den Kopf ganz nah an seinem, fragte ich: »Ist das alles, was Catilina sagte, daß er die Beschuldigungen leugnet?«

Er zog seinen Arm unter mir weg und legte sich auf den Rücken. »Nein. Er war schamlos genug zu erklären, daß er die Vestalinnen zu ihrem Streich ermuntert habe, ja, daß er es gar als eine Art Wette vorgeschlagen habe. Ich bitte dich, wetten mit Vestalischen Jungfrauen! Leider sagte er auch, daß er anfangs nur mit Fabia gewettet habe und daß sie die anderen dazu angestiftet haben müsse, aber daß er nie gedacht hätte, daß sie es wirklich ernst nehmen würde. Und daß er schließlich nichts mit der Sache zu tun habe, er sei in jener Nacht zu Hause gewesen, unschuldig in seinem Bett, und keine Vestalin habe seinen Schlummer gestört. Die Mehrheit der Pontifices scheint ziemlich verärgert gewesen zu sein über sein arrogantes und freches Auftreten, und das wundert mich nicht. Was mich schon wundert, ist, daß er kein glaubhafteres Alibi aufgetischt hat. Aber vielleicht auch gerade nicht, der Mann ist dreist genug zu denken, daß er sich alles erlauben kann.«

»Marcus, wie war Fabia?«

»Sehr aufgeregt, offensichtlich. Die anderen beiden wirkten ziemlich ruhig.« Er zögerte, seine Hand fand die meine und drückte sie fest. »Fabia war völlig aufgelöst. Man sagt, daß sie schuldig und ängstlich aussah. Armes Kind – sie hat zugeben müssen, daß Catilina sie mehrfach im Atrium besucht hat. Eine Zeugin, eine andere Vestalin, sagte, daß sie gesehen habe, wie Catilina Fabia liebkoste. Nur ein Arm um ihre Schultern«, fügte er hinzu, als ich nach Luft schnappte, »mehr nicht, natürlich. Aber sie konnte es nicht leugnen. Piso wird sie gut auf die öffentliche Verhandlung vorbereiten müssen.«

»Aber warum kannst du sie nicht verteidigen? Warum muß Piso es tun?« Ich hatte die Frage schon ein paarmal gestellt, flehend oder wütend, je nach meiner Stimmung, und immer hatte er geduldig geantwortet, so wie auch jetzt: »Weil sie deine Schwester ist und meine Verteidigung nicht so überzeugend wäre wie die eines Anwalts, der nicht zur Familie gehört. Hinzu kommt, daß ich nicht in einen Fall verwickelt werden möchte, der mir politisch nichts bringt oder mir gar Verlegenheiten bereiten könnte, politisch gesehen. Da bin ich ganz ehrlich, Terentia. Aber ich würde Fabias Verteidigung sofort übernehmen, wenn ich nicht wüßte, daß Piso einer der allerbesten Anwälte Roms ist und den Prozeß brillant führen wird.«

Ich war hin und her gerissen. Ich liebte Fabia und machte mir Sorgen um sie, doch ich war auch wütend auf sie, denn ich wollte nicht, daß mein Mann seine Karriere – und meine Ambitionen – für meine Schwester aufs Spiel setzte.

Die nächsten Tage verbrachte ich in Panik und ohnmächtiger Wut. Panik, weil ich davon überzeugt war, daß nach dem Spruch der Pontifices das Strafgericht zweifellos zu einem vergleichbaren Urteil kommen würde, und die

Strafe, die darauf folgen würde, war zu schrecklich, um auch nur daran zu denken.

Und Wut, weil diese, im günstigsten Fall, dumme Unbesonnenheit meiner Halbschwester der Grund für all die Ängste war, die mich zerrissen.

Tagsüber gab es genug Ablenkungen, um das Schlimmste fernzuhalten. Aber nachts nahmen meine Ängste groteske Dimensionen an. Ich hielt es in der Einsamkeit meines Zimmers nicht mehr aus und schlief nun bei meinem Ehemann im Bett. Jeden Abend baute ich einen Wall aus Decken und Kissen und verkroch mich dahinter wie ein Tier in seiner Höhle, und jedesmal riß mein Mann den Wall ein und zog mich an sich.

Unsere Beziehung hatte sich verändert, wir waren nicht mehr Mann und Frau, sondern Vater und ängstliches Kind. Er war mir Trost und Zuflucht. Er ließ mich nicht im Stich.

Nach langem Bitten und Flehen durfte ich endlich zu Fabia.

Die drei Vestalinnen befanden sich nicht mehr im Atrium, sondern waren der Obhut angesehener Bürger anvertraut worden, die garantieren sollten, daß die Frauen nicht fortlaufen konnten.

Fabia wohnte im Haus von Lucius Cornelius Lentulus Niger, einem Priester, der mit dem Mars-Kult betraut war und, wie Cicero sagte, »ein guter Mensch«. Was das betraf, hatte Fabia wenigstens Glück gehabt.

Meine Mutter ging nicht mit, als ich meine Schwester besuchte.

»Du mußt mitkommen«, drängte ich. »Fabia braucht dich, du bist ihre Mutter. Nun komm schon mit, du kannst deine Tochter doch in so einer Situation nicht im Stich lassen.«

Voller Abscheu sah ich sie an. Sie lag auf dem Sofa in ihrem Zimmer, das Gesicht zur Wand gedreht, den Kopf in ihren Armen vergraben, die Knie angezogen. Ihren Dienerinnen zufolge hatte sie bereits den ganzen Tag und die ganze Nacht seit dem Urteil so dagelegen und sich geweigert zu essen, ins Bett zu gehen oder auch nur zu baden. Ihr Haar war ungekämmt, ein Wirrwarr grauer Strähnen, durch das hier und da der Schädel obszön rosa durchschimmerte. Sie hatte offenbar die ganze Zeit dieselbe Tunika angehabt, die nun zerknittert und schmutzig und ihr bis über die Knie hochgerutscht war. Ich betrachtete die Rückseite ihrer nackten Beine, die Knoten der violetten Adern, die trockene, schuppige Haut; das hängende Fleisch ihrer Arme. Ein heftiges Schamgefühl überkam mich. Ein ranziger Geruch hing im Raum, der mich an schmutzige Säuglingswindeln erinnerte.

Ich berührte ihre Schulter. »Na los, steh auf, du kannst mich doch nicht allein gehen lassen, es ist deine Pflicht, deine Tochter aufzusuchen. Wie kannst du da nur einfach so liegenbleiben?«

Sie ließ die Arme sinken, drehte sich auf den Rücken und starrte mit irrem Blick an die Decke.

Ich wiederholte meine Worte, beugte mich zu meiner Mutter hinunter und schüttelte sie. Ihr Körper schlenkerte hin und her.

Dann brach sie zu meiner großen Bestürzung in ein hohes, schrilles Wehklagen aus. Ihre Hände schlugen auf ihre Brust und zerrten an ihrer Tunika.

»Hör auf!« rief ich. »Hör auf damit! Fabia ist nicht tot. Sie ist nicht tot, hörst du?«

Aber das schreckliche Geräusch hörte nicht auf. Ich zog an ihren Armen, und es gelang mir, meine Mutter aufzurichten, doch sobald ich sie losließ, fiel sie wieder zurück und ihr Kopf schlug auf die Liege.

Wieder beugte ich mich vor und packte sie an den Schultern, schüttelte sie noch einmal roh hin und her, ich wollte ihr weh tun. »Fabia ist nicht tot. Warum tust du das, warum trauerst du um sie, obwohl sie noch lebt? Hör auf, hör auf …«

Ich hörte mich schreien, aber mein Schreien konnte das unbändige Wehklagen nicht übertönen. Dann brach das Lamentieren ebenso plötzlich ab, wie es angefangen hatte. Meine Mutter setzte sich auf.

»Sie ist so gut wie tot«, sagte sie kalt und ruhig. »Ich bin die Mutter einer unreinen Vestalin, einer kriminellen Priesterin. Sie hat ihren Namen entehrt, sie hat mir Schande gemacht, sie hat uns allen Schande gemacht. Dir auch«, fügte sie rachsüchtig hinzu.

Schockiert und wütend, die Hand erhoben, als wollte ich meine Mutter schlagen, sagte ich: »Wir waren gewarnt, du kannst nicht behaupten, daß du es nicht warst. Auch wenn du dir selbst nicht eingestehen mochtest, wie deine Tochter ist, hat Fabius sicher mit dir darüber gesprochen. Er hat mich gewarnt, aber ich wollte nicht auf ihn hören – ich war dumm, genauso unverantwortlich dumm wie du.«

Der Blick meiner Mutter trübte sich. Wenn sie mich gehört hatte, so war es ihr nicht anzumerken. Sie ließ sich wieder auf ihre Liege zurückfallen.

Als ich aus dem Zimmer lief, begann das schrille Wehklagen aufs neue. Vor ihrer Tür blieb ich stehen. Ich erwartete, daß das Geräusch aufhören würde, wenn ich weg wäre, aber es hörte nicht auf.

Als ich das Atrium durchquerte, hielt ich bei dem kleinen Altar inne, wo normalerweise die Laren unseres Hauses verehrt wurden. Er war leer und verstaubt – keine Speiseopfer, keine Blumen, kein Weihrauch, nichts. Meine Mutter kam ihren Haushaltspflichten nicht mehr nach.

Für einen Moment erwog ich, mich auf die Suche nach den Opfergaben zu machen, die den Göttern zustanden, tat schon einen Schritt in Richtung Innenhof, erstarrte dann aber. Nein, ich konnte mich den Laren nicht nähern, konnte mich keiner einzigen Gottheit nähern. Seit ich erfahren hatte, daß Fabia möglicherweise schuldig war, hatte ich mich wieder und wieder gefragt, warum gerade ich so gedemütigt wurde, warum gerade ich eine solche Schmach erleiden mußte wegen meiner Schwester. Welche Gottheit hatte ich gekränkt, welche Rituale hatte ich versäumt, welche Worte hatte ich in meinen Gebeten nicht gesprochen, welchen Gott hatte ich beleidigt, weil ich seinen Namen nicht genannt hatte? Während ich da stand im Haus meiner Jugend, ging ich ihre Namen noch einmal durch, von Diana – ich war sogar in Aricia gewesen, war mitgelaufen in der feierlichen Prozession von Frauen auf dem Weg zum Heiligtum der Göttin an den Ufern des Nemi-Sees – bis zu Juno Regina, die sich das Kapitol mit Jupiter und Minerva teilt; auch Junos Fest, die Matronalia, hatte ich immer besucht.

Es gab keine Antwort. Die Götter straften mich für etwas, aber ließen mich nicht wissen, wofür. Obwohl nie ein Gott direkt zu mir gesprochen hatte und ich auch keine genaue Vorstellung davon hatte, wie Götter und Sterbliche miteinander kommunizieren, war ihr Schweigen jetzt dennoch beunruhigend. Doch wenn sie wütend waren, ich war es auch. Und ich ballte die Fäuste, sollten sie nur schmollen, wie ungerecht es auch war. Für den Altar in meinem eigenen Haus würde ich sorgen, das wurde nun einmal von mir erwartet. Aber an irgendeinem Altar in einem Tempel beten, Opfer bringen, Götter anflehen, nein, das nicht. Sie würden sich ja doch abwenden – durch Fabias Schande war auch ich besudelt. Selbst wenn es nicht ihre Absicht war, mich durch Fabia zu strafen, würden sie die Bittgebete der

Schwester einer verdächtigten Vestalin sicher nicht erhören. Die Röcke meiner Stola bewegten sich in einem Luftzug, mich schauderte. Ein Gefühl der Verlassenheit, einer Einsamkeit, die viel beängstigender war als die Einsamkeit jedes Menschen für sich, übermannte mich, und ich zitterte. Mein Leben lang waren die Götter für mich real gewesen, war ich unbesehen davon ausgegangen, daß sie mich behüten würden, solange ich sie ehrte, wie es von mir erwartet wurde, aber es war mir nie in den Sinn gekommen, daß ich mir jemals etwas zuschulden kommen lassen könnte, das ihren Zorn erregte. Meine eigene Wut machte mir Angst, vielleicht würden sie mir die nie vergeben.

Man führte mich in ein großes Empfangszimmer im Haus des Lentulus, und ich wartete geduldig, während Fabia geholt wurde.

Die Hände fest im Schoß verschränkt, saß ich da und nahm all meine Kraft zusammen, um Fabia trösten zu können, sie durch meine Ruhe zu besänftigen. Aber im Grunde war ich nicht ruhig und fürchtete, nicht stark genug zu sein. Also verbarg ich mein Antlitz hinter einer Maske gelassener Zuversicht, in der Hoffnung, daß mein Mund aufhören würde zu zucken und die Maske nicht herunterrutschen würde. Fabia kam schüchtern ins Zimmer geschlichen, drückte sich an der Wand entlang, mit gesenktem Kopf.

Ich war entsetzt über ihren Anblick: Ihr Haar war stumpf und hing in Strähnen herunter. Es war nicht mehr zu den sechs Zöpfen einer Vestalin geflochten, sondern wurde von einem verblichenen Band im Nacken zusammengehalten. Ihr Gesicht war leichenblaß, wächsern, wie eine Pflanze an einem Ort ohne Licht. Sie trug eine schlichte Tunika aus rauher Wolle, und es sah aus, als ob sie diese einfach nur übergestreift hätte, sie, die ihre Kleidung sonst immer so elegant um sich herum drapierte. Sie bewegte sich wie eine Schlafwandlerin, und ihr Gesicht und ihre Augen waren vollkommen ausdruckslos.

Ich lief auf sie zu und umarmte sie, aber sie schaute nicht auf, zeigte keinerlei Reaktion.

»Wie blaß du bist, du brauchst frische Luft«, sagte ich und berührte sacht ihr Gesicht. »Komm mit ins Peristyl, wir gehen ein paar Schritte. Bist du warm genug angezogen?«

»Ich muß um Erlaubnis bitten, wenn ich hinauswill«, sagte sie stumpf.

»Das ist jetzt nicht nötig, ich bin bei dir.«

Ich nahm mein armes Schwesterchen bei der Hand und führte sie in den Innenhof. Die Frau, die offenbar Fabia zu mir gebracht hatte und nun vor der Tür stand, ließ uns ohne ein Wort durch, folgte uns aber, in diskretem Abstand. Wir gingen auf und ab, drehten Runden um das Peristyl und sprachen nicht. Es war milder als in den letzten Wochen, und die frische Luft schien Fabia gutzutun. Sie atmete ein paarmal tief durch und hob den Kopf. Doch kein einziges Mal schaute sie mich richtig an.

Ich ließ sie in Ruhe, hoffte, daß meine bloße Anwesenheit sie trösten würde. Ich war dankbar für die Stille, denn ich hatte Angst zu sprechen, die Illusion zu zerstören, daß wir einfach nur einen Spaziergang machten. Die Worte waren zwar da, doch sie waren hinter meinen Lippen und Zähnen gefangen, und dort sollten sie auch bleiben.

Schließlich war es Fabia, die zuerst sprach, ihre Stimme ebenso ausdruckslos wie ihr Gesicht.

»Piso ist bei mir gewesen.«

»Ich weiß.«

»Er wird mich verteidigen. Uns.«

»Ja.«

»Er hat mich gefragt, ob ich unschuldig bin.«

»Und du hast ja gesagt, natürlich.«

»Ich weiß nicht, ob er mir geglaubt hat.«

»Er muß dir glauben. Und selbst ... nun ja, selbst ... wenn er dir nicht glaubt, muß er dich verteidigen, als ob er von deiner Unschuld überzeugt wäre.«

Stille. Ein Sklave mit zwei Eimern lief auf der anderen Seite des Peristyls vorbei. Er wandte die Augen ab. Aus einem Zimmer irgendwo in der Nähe ertönte das Geplauder und Lachen von Frauen.

Nun mußte es heraus. »Du bist doch unschuldig, Fabia? Es war doch nur ein unbesonnener Streich? Für den du natürlich bestraft werden mußt.« Ich versuchte ein Lachen, es klang wie ein heiseres Krächzen. »Eine ordentliche Tracht Prügel, wie deine Kinderfrau immer sagte.«

Stille. Fabia lutschte am Daumen, eine kindliche Geste, etwas, was ich sie noch nie hatte tun sehen, nicht einmal als kleines Kind. Ich war erschrocken darüber, aber auch verärgert. Ich ergriff ihren Arm und zog ihre Hand weg, roher, als es meine Absicht gewesen war, doch Fabias Daumen wanderte geradewegs wieder zurück in ihren Mund.

Ich ging mit ihr zu dem Springbrunnen in der Mitte des Peristyls. Aus dem Maul einer Seeschlange oder eines Drachens rann ein dünner Strahl, der die Wasseroberfläche kaum kräuselte. Wir setzten uns auf den Beckenrand. Der Stein war kalt und hart.

»Du mußt es mir sagen, Fabia, ich kann dir nicht helfen, wenn du dich weigerst, mit mir zu reden. Warum hast du es getan? Ich meine, warum hast du das Atrium in der Nacht verlassen?«

Fabia nahm den Daumen aus dem Mund, aber behielt die Hand im Gesicht. Kurz darauf flüsterte sie: »Ich habe mich gelangweilt.«

»Aber du hattest doch sicher mehr als genug zu tun – die Pflichten einer Vestalin füllen doch den ganzen Tag?«

Sie zuckte mit den Schultern. »Pflichten, ja, die gab es.«

»Also?«

Wieder Stille. Irgendwo in der Nähe lachte schrill eine Frau.

»Was hast du vermißt? Warum hast du dich gelangweilt?«

Aber was ich Fabia sagen wollte, war: Du vermißtest die Freuden des normalen Frauenlebens, mit hübschem Flitter, Festen, Tratsch, den unschuldigen kleinen Intrigen, war es das? Nein, sei ehrlich, du vermißtest etwas viel Zwingenderes, körperliche Liebe, wie dein Vater es schon prophezeit hatte. Aber ich sagte nichts und Fabia auch nicht. Wieder erschien ein Sklave am anderen Ende des Peristyls, diesmal mit einem Besen aus Birkenreisig, und fing an, den Weg zu fegen. Das rhythmische Peitschen des Besens über die festgestampfte Erde, die regelmäßigen Bewegungen des Mannes, der den Besen in einem Halbkreis von rechts nach links, von links nach rechts schwang, es hatte etwas Beruhigendes.

Plötzlich schlug Fabia mit beiden Händen wütend ins Wasser, Tropfen spritzten auf, und kleine Wellen schaukelten an den Beckenrand. »Du weißt, was passiert, wenn ich schuldig gesprochen werde. Sie werden mich in einer Prozession zu einem Grab außerhalb der Stadtmauern bringen, langsam, Schritt für Schritt.« Ihre Stimme wurde schleppender bis zum Tempo einer rituellen Prozession. »Sie wird ewig dauern, ein Leben lang, diese Prozession zu meiner Hinrichtung. Die Vorhänge meiner Sänfte werden geschlossen sein, um meine Schreie zu dämpfen und damit die Leute nur ja nicht das Gesicht einer verurteilten Vestalin sehen können. Wenn wir beim Grab angekommen sind, werden sie mich hineinwerfen, und ich werde kämpfen. Dann werden sie eine Lampe, ein Schälchen Milch und ein Stück Brot herunterlassen. Und dann werden sie die Öffnung mit einem schweren Stein verschließen. Die Lampe wird ein paar Stunden brennen, dann flackern und erlöschen. Ich werde nach dem Schälchen Milch tasten und es austrinken, und ich werde das Brot essen. Das wird die letzte Nahrung sein, die über meine Lippen kommt. Es wird dort kalt sein und feucht. Und stockdunkel, dunkel, dunkel, dunkler als meine Zelle im Atrium, wenn ich die Lampe ausblase, viel dunkler als mein Zimmer zu Hause, kein Fünkchen Licht wird es geben. Es wird nie mehr Licht geben. Dann wird die Luft ausgehen, und ich werde langsam ersticken, langsam, langsam ...« Ihre Stimme ging in einen Schrei über, der die Stille des Gartens zerriß. Und die ganze Zeit schlugen ihre Hände auf das Wasser. Ich spürte die kalten Spritzer, und mich schauderte. Ich ergriff Fabias Hände und hielt sie fest, mit all meiner Kraft. Das Kichern und Schwatzen der Frauen war plötzlich verstummt. Aus der Ecke des Peristyls, wo sie gewartet hatte, kam Fabias Gefängniswärterin – denn das war sie schließlich – auf uns zu. Mit einer kurzen Kopfbewegung schickte ich sie weg.

»Ruhig, ganz ruhig«, sagte ich, während ich Fabias Hände weiterhin festhielt. »Es wird nicht geschehen. Piso ist ein guter Anwalt, einer der besten. Sagt Marcus. Er wird dafür sorgen, daß du freigesprochen wirst.«

Fabia war etwas beruhigt. Noch immer brachen sich kleine Wellen am Rand des Beckens.

Ich fürchtete, daß Fabia wieder in Panik geraten könnte, aber ich mußte mehr wissen. »Und Catilina? Ist dir egal, was mit ihm passieren würde? Wenn er schuldig gesprochen wird, werden die Pontifices ihn zu Tode peitschen lassen.«

Fabia wandte den Kopf und blickte mich zum erstenmal an. »Catilina«, wiederholte sie vage, als müsse sie seinen Namen aus der hintersten Ecke ihres Gedächtnisses hervorholen. »Ja, Catilina.«

Dann schaute sie wieder in die andere Richtung. »Man wird mich lebendig begraben«, sagte sie, vor sich hin starrend, die Augen weit geöffnet. »Nein, ich bringe mich selbst um, und du mußt mir dabei helfen. Sie werden dir bestimmt erlauben, mich vor dem Ende zu besuchen, und wenn nicht, dann mußt du dir etwas einfallen lassen, um zu mir zu kommen. Du mußt mir Gift besorgen, in der Stadt gibt es Frauen, bei denen man welches bekommen kann, das weiß ich. Du mußt es mir versprechen. Versprich es mir, Terentia, versprich es mir.«

Und ich versprach es, obwohl ich genau wußte, daß es verboten war. Ich würde meiner Schwester helfen, der Strafe zu entgehen, die der Staat ihr zu Recht auferlegen würde, und damit auch die Göttin um ihre Rache bringen, die sie dann gegen mich richten könnte, und sogar noch grausamer, weil ich die Götter schon einmal herausgefordert hatte.

In den Tagen, die folgten, redete ich mir ein, daß ich es Fabia nicht hätte abschlagen können, sie war so bemitleidenswert, so hilflos gewesen. Aber ich wollte nicht in Worte fassen, wovon ich insgeheim überzeugt war: daß ich es versprochen hatte, um für die Wut zu büßen, die meine Schwester in mir hervorrief, eine Wut, die sich als stärker erwiesen hatte als meine Ehrfurcht vor den Göttern.

Die einzige Beruhigung war, daß Fabia mich nicht gezwungen hatte, unter Eid zu schwören, daß ich ihr helfen würde, und ich machte mir vor, daß sie es nicht getan hatte, weil sie wußte, wie gottesfürchtig und abergläubisch ich war. Ich hoffte, daß Dankbarkeit gegenüber Fabia meine Wut überwinden würde.

Meinem Mann konnte ich nichts von dem Gift erzählen,

das nun unter den Dielenbrettern der Latrine versteckt war. Und auch nichts davon, wie ich meiner Dienerin Musa aufgetragen hatte, es für mich zu besorgen, mit allem, was ich an Autorität aufbringen konnte, um ihre Neugier im Keim zu ersticken. Mir war klar, daß sie jede Giftmischerin in der Stadt kannte, wie oft hatte sie nicht damit geprahlt, daß jede Sklavin solche Dinge wisse. Es war das einzige, was ich ihm nicht erzählte, und obwohl seine Unterstützung und sein Trost unvermindert anhielten, wurden sie doch von dem Geheimnis überschattet, das ich nicht mit ihm teilen konnte. Und auch daran gab ich Fabia die Schuld.

Der Prozeß wurde für Anfang März anberaumt. Ich hatte das Gefühl, daß es noch ein Leben lang dauern würde, bevor es soweit war. Den größten Teil dieser Zeit beinahe unerträglicher Unsicherheit war ich krank. Der Schmerz in meinen Armen und Beinen, vor allem in den Knie- und Ellenbogengelenken, war heftig, und ich hatte Fieber. Außerdem wurde ich von Alpträumen verfolgt, in denen ich in einem kleinen, erstickenden Raum ohne Luft eingesperrt war. Träume, in denen ich meine eigene Stimme schreien hörte und erwachte, um festzustellen, daß ich tatsächlich schrie, bis mein Ehemann mich wieder besänftigte. Dann strich er mir über den Kopf, wischte mir den Schweiß vom Gesicht, sprach flüsternd auf mich ein, Worte, die ich nicht zu verstehen brauchte, weil der sanfte Klang seiner leisen Stimme ausreichte, um mich zu beruhigen. Seine Nächte waren ebenso zerrissen und unruhig wie meine.

Ich zwang mich zu essen, aber ich bekam die zerkauten Bissen kaum herunter. Ich wollte niemanden sehen, selbst mein Kind war mir zuviel. Stille wollte ich, nur Stille, um meine Angst wachzuhalten, zu nähren und zu hegen, denn Angst war das Bindeglied zur Wirklichkeit, Angst garantierte, daß das Schicksal mich nicht überraschen würde.

Cicero riet mir, nicht zum Prozeß zu gehen, aber ich bestand darauf. Ich mußte dasein, Fabia mußte mich sehen.

Vieles vom Prozeß hat die Zeit gnädig verwischt, aber einige Vorkommnisse und Eindrücke sind mir unauslöschlich geblieben.

Der Richter und das Gericht auf einem hölzernen Podium sitzend, das auf dem Forum errichtet worden war. Der vorsitzende Magistrat streng und ruhig; die Geschworenen – wie viele waren es, zwanzig, dreißig, vierzig? Es schien eine ganze Legion zu sein –, die in den Prozeßpausen miteinander sprachen. Piso und sein Kollege Catulus, die Verteidiger, beide umringt von einer Menge Anhänger. Der Ankläger, ein gewisser Cassius, mit seinen eigenen Claqueuren. Catilina, unrasiert, ungekämmt, seine Toga schäbig, alles, wie es sich für einen Angeklagten gehört, seine Arroganz hingegen ungebrochen, umgeben von einer Schar von Freunden und Mitstreitern. Die Vestalinnen, Fannia und Valeria bleich, aber beherrscht, nicht in ihrer Amtskleidung und dennoch adrett und gepflegt in ihren einfachen Tuniken. Und Fabia, die arme Fabia. Sie wirkte wie betäubt, als ob sie ihre Umgebung nur halb wahrnehmen würde, ihr Antlitz erstarrt wie bei unserer letzten Begegnung. Ein paarmal verirrte sich ihr Daumen an ihren Mund, aber sie saugte nicht richtig daran. Piso hatte sie bestimmt gewarnt. Ihre Tunika war ordentlich und ihr Haar sorgfältig frisiert. Die drei Angeklagten saßen allein, keine andere Vestalin war bei der Verhandlung zu sehen, außer denjenigen, die als Zeugen aussagen mußten, und die verschwanden, sobald das Verhör abgelaufen war.

Rund um das Podium drängten sich die Leute und schauten neugierig zu. Sie lachten, schwatzten, waren auf Sensationen aus, genossen das Spektakel wie einen Gladiatorenkampf oder eine rohe, volkstümliche Komödie.

Cicero, der während des Prozesses in Pisos Nähe blieb, kam häufig zu mir, um mir mit ein paar Worten Mut zu machen. Quintus wich nicht von meiner Seite, und obwohl er meistens sehr dominant war, sagte er jetzt nur wenig und war ganz ruhig.

Meine Mutter war nicht da. Ich hatte nicht versucht, sie zu überreden, der Verhandlung beizuwohnen. Manchmal schweiften meine Gedanken ab zu Fabius. War ihm bewußt, daß seine größte Angst Wirklichkeit geworden war, oder hatte meine Mutter alles vor ihm verborgen halten können?

Die Verteidigung hob sich ihren besten Trumpf bis zum Schluß auf, als ob die ganze Sache ein Spiel wäre, das einen spannenden Höhepunkt erreichen mußte.

Catulus, Catilinas Anwalt, verhörte eine kleine, hübsche Frau namens Vettia.

»Ihr seid Vettia, freigelassene Sklavin von Publius Vettius?«

»Ja.«

»Ihr seid die Geliebte von Lucius Sergius Catilina?«

»Ja.«

Die Menge witterte neue sensationelle Enthüllungen und drängte nach vorn. Ich erinnere mich noch an die plötzliche Stille, und auch daran, daß die Frau vollkommen unbefangen war.

»Wo war Catilina in der fraglichen Nacht?«

»In meinem Bett.«

»Warum hat er, Catilina, diese Information bisher verschwiegen?«

»Um meinen guten Namen zu schützen.«

Anerkennendes Gejohle der Menge. Vettia lächelte entzückt.

»Catilina kann also in der fraglichen Nacht nicht in seinem Haus gewesen sein?«

»Nein, das habe ich doch gerade gesagt. Er lag in meinem Bett, in meinen Armen, um genau zu sein. Die ganze Nacht.«

»Er kann also an dem fraglichen Datum zur fraglichen Zeit unmöglich unsittlichen und verbotenen Umgang mit drei Vestalischen Jungfrauen gehabt haben.«

»Nein, so ein Lüstling ist nicht einmal er.« Erneut dröhnendes Gelächter. Vettia wandte der Menge ihr fröhliches Gesicht mit der Stupsnase zu und lachte mit. Wie ein erfahrener Schauspieler wartete sie, bis das Lachen verstummte, und fuhr dann fort: »Catilina zieht es vor, immer nur mit einer seiner Geliebten zu schlafen. Er sagt, einen guten Wein müsse man allein genießen und nicht alles durcheinander trinken. Und ich bin ein guter Wein.« Ein selbstgefälliges Lächeln. »Wie er Euch bestätigen wird, wenn Ihr ihn fragt.«

Alle Augen waren auf Catilina gerichtet. Seine Anhänger grinsten breit, aber er stand unerschütterlich und arrogant da.

Dann nahm der Ankläger Vettia ins Kreuzverhör.

»Warum hat Catilina das nicht während des Prozesses vor den Pontifices ausgesagt?«

»Wie ich bereits erwähnte, um meinen Namen zu schützen.«

»Gibt es da denn viel zu beschützen?« Gelächter, in das Vettia unschuldig einstimmte.

»Oder war es, weil es ihn mehr Zeit kostete, als er gedacht hatte, einen Zeugen zu finden, der bereit war, ihm ein Alibi zu verschaffen?«

»Nein.«

»Oder vielleicht weil es ihn mehr Zeit kostete, als er erwartet hatte, das Geld zusammenzubekommen, um Euch zu bezahlen?«

»Nein.«

»Wieviel habt Ihr für diese Aussage bekommen?«

»Nichts.«

»Nicht einmal eine schöne Kette und ein paar Ohrringe?«

»Nein.«

»Es wart also nicht Ihr, die in der Straße der Goldschmiede dabei gesehen wurde, wie sie sich eine sehr kostbare Kette aussuchte und ein paar prächtige Ohrringe, ebenso kostbar, und mit barer Münze bezahlte?«

»Ich bin tatsächlich dort gewesen und habe mir eine Kette und Ohrringe ausgesucht. Jemand anders hat mir das Geld dafür gegeben, es war ein Geschenk.«

»Wer war dieser jemand?«

»Ich habe viele Liebhaber.«

»Ihr braucht nur den Namen dieses Liebhabers zu nennen.«

»Titus Flaccus.«

»Warum sollte Titus Flaccus Euch solche kostbaren Juwelen schenken, kostbarere, als die meisten Männer ihren Mätressen schenken. Seid Ihr schon viele Jahre seine Geliebte?«

»Nein.«

»Wie lange seid Ihr schon seine Geliebte?«

»Er hat das Bett einige Male mit mir geteilt.«

»Und diese wenigen Male waren für ihn genug, Euch so ein teures Geschenk zu machen?«

Vettia ließ sich nicht einschüchtern und lächelte den Ankläger strahlend an. »Ich sei etwas ganz Besonderes, sagte er. Ich gebe ihm das Gefühl, ein Mann in der Blüte seiner Jahre zu sein. Er sagte, daß durch mich seine Säfte wieder fließen würden. Hättet Ihr mich nicht so reichlich beschenkt, wenn ich Euch dieses Gefühl gegeben hätte?«

Das Gelächter und Gejohle der Menge erreichte seinen Höhepunkt. Und das muß man ihm lassen, der Ankläger lächelte spontan und amüsiert, aber er hatte sich auch sofort wieder unter Kontrolle, zog die Mundwinkel nach unten und runzelte die Brauen.

»Und Flaccus wird, nehme ich an, Eure Geschichte bestätigen?«

»Natürlich.« Vettia wies in die Menschenmenge und rief: »Sag es ihnen, Flaccus.«

Alle Köpfe wandten sich nun einem bejahrten, gebeugten grauhaarigen Mann zu. Er rief mit einer verblüffend kräftigen Stimme zurück: »Es ist, wie sie sagt. Ich habe ihr die Kette und die Ohrringe geschenkt.«

Dann drehte er sich um, und seine Augen suchten Catilina. Der blickte starr geradeaus.

Wie sehr Cassius Vettia auch unter Druck setzte, wie oft er auch andeutete oder gar offen behauptete, er wisse, daß Catilina sie bestochen habe oder Flaccus, oder beide, wie gewieft er auch anführte, daß Flaccus bankrott sei und überall Schulden habe, sie ließ sich nicht erschüttern. Sie blieb bei ihrer Aussage, bewundernswert ruhig und heiter.

Die Verhandlung wurde bis zum nächsten Tag unterbrochen. Der zweite Teil des Prozesses begann wie der erste, mit langen Ausführungen des Anklägers und der Anwälte der Verteidigung. An vieles kann ich mich nicht mehr erinnern, nur noch, wortwörtlich, an den Schluß von Pisos Rede: »Geschworene, Ihr, die Ihr alle ehrenwerte Männer seid, rechtschaffene Bürger, Ihr, die Ihr, zumindest viele von Euch, Väter junger Töchter seid. Ist es Euer Wille, drei junge Frauen aufgrund äußerst spärlicher Beweise zu verurteilen zu den unsagbaren Schrecken, bei lebendigem Leibe begraben zu werden, drei Dienerinnen der Vesta, für die der bloße Gedanke an Unkeuschheit schon unvorstellbar sein muß? Mögen sie bestraft werden für das, was sie zugegeben haben, mögen sie bestraft werden für einen unbesonnenen, kindischen Streich, den sie aus Übermut begangen haben, aber auch, wie ich unterstellen möchte, aus einem Mangel an Disziplin, für den ich das Kollegium der Vestalischen Jungfrauen selbst verantwortlich mache. Möge der Pontifex sie auspeitschen lassen, eine Strafe, die an sich schon grausam genug ist. Aber verurteilt sie nicht, ich flehe Euch an, zum langsamen Ersticken in einer dunklen Grube, wo sie sich die Fäuste kaputthämmern werden an dem harten, unnachgiebigen Stein und zusehen müssen, wie das einzige Licht, das ihre Augen noch jemals erblikken werden, flackert, schwächer wird, wieder aufflackert und schließlich erlischt, während auch ihr Leben in immer kleiner werdenden Atemzügen flackert, bis es noch ein Mal aufglüht und dann erlischt wie die Flamme der Lampe.«

Ich stand neben meinem Ehemann, als die Geschworenen ihre Wachstafeln nahmen, in die auf der einen Seite das *A* von absolvo, ich spreche frei, geritzt war und auf der anderen das *C* von condemno, ich verurteile. Ich stand neben ihm, als sie einen der beiden Buchstaben auswischten und die Tafeln an sich preßten, um die Geheimhaltung der Abstimmung zu garantieren; ich schaute zu, wie sie ihre Tafeln in die dafür bestimmten Urnen einwarfen.

Könnte die Zeit nur ausgelöscht werden, könnte die Sonne nur stillstehen auf ihrer Bahn über das Firmament. Dann würde Fabia nicht schuldig oder unschuldig sein, dann würden wir beide, meine Schwester und ich, für ewig in dieser Minute unerträglicher Spannung verharren, die zumindest besser war als schreckliche Gewißheit. Meine Hände hätten die Zeit am liebsten am Schlafittchen gepackt und zum Abdanken gezwungen.

Das Päckchen mit Gift drückte ich nicht mehr an meinen Körper wie in den vorangegangenen Tagen, als ich es an einem Band um meine Taille trug, unter meiner Tunika, unter meiner Stola. Es lag wieder unter den Dielenbrettern der Latrine und wartete auf seine Vernichtung. Cicero war wichtiger für mich als Fabia. Ohne jeden bewußten Denkprozeß war ich zu dieser Schlußfolgerung gekommen. Das war der Grund, den ich mir selbst für meinen Entschluß gab, und ich habe ihn nie in Frage gestellt. Mein Mut oder gerade mein Mangel an Mut spielten dabei keine Rolle. Und vor allem nicht meine Wut auf Fabia. Es ging nur um meinen Ehemann.

Die Tafeln wurden aus der Urne geholt und dem Magistrat, der die Verhandlung leitete, vorgelegt. Bedächtig begutachtete er sie, eine nach der anderen, und las das Urteil vor, das darin eingeritzt war. Langsam wuchs der eine Stapel und schwand der andere.

Mein Mann stand neben mir, ich hielt seinen Arm fest und spürte, wie der sich versteifte. Der Magistrat räusperte sich. Die Menge murmelte unruhig und drängte gegen das Podium. Ich schloß die Augen, Flecken tanzten mir vor den Lidern. Aber die Worte verstand ich klar und deutlich: »Die Vestalischen Jungfrauen Fabia, Fannia und Valeria sind mit einer Mehrheit von zwanzig Stimmen des Incestum für unschuldig befunden worden. Lucius Sergius Catilina ist des Vergehens einer widerrechtlichen Beziehung mit den drei genannten Vestalinnen für unschuldig befunden worden. Ebenfalls mit einer Mehrheit von zwanzig Stimmen. Nach eigenem Bekenntnis sind die drei Vestalinnen schuldig, die Regel mißachtet zu haben, die besagt, daß Vestalische Jungfrauen das Atrium zwischen Sonnenuntergang und Sonnenaufgang nicht ohne ausdrückliche Genehmigung verlassen dürfen. Sie werden auf Befehl des Pontifex Maximus ausgepeitscht werden, wie es die Tradition und das heilige Gesetz bestimmen.«

Die Menge brüllte. Zustimmend, nicht zustimmend?

Ich lehnte mich an meinen Mann, unfähig, irgend etwas zu fühlen. Ich hatte nicht den Mut, Fabia anzusehen.

»Ich glaube, ich trage mein Haar doch lieber im Nacken zusammengebunden und nicht geflochten«, sagte Fabia, während sie sich über den Kopf strich. »Es ist soviel weniger Arbeit. Und meine Dienerin ziept mich immer so, wenn sie mir die Zöpfe flicht, auch wenn ich jedesmal mit ihr schimpfe.«

Wir waren im Atrium, saßen auf Schemeln an den offenen Türen und betrachteten die Leute, die auf dem Weg zum Forum waren oder von dort kamen. Es war heiß. Schwalben stickten komplizierte Muster in das strahlend blaue Kleid eines hohen Sommerhimmels. Fliegen summten dösig um uns herum.

Ich beobachtete Fabia genau, wie bei jeder Begegnung seit der Strafe, über die wir nie mehr gesprochen hatten. Fabia trug wieder das Kleid der Vestalinnen, ihr Haar glänzte, ihre Wangen waren rosig, und ihre Augen leuchteten wie zuvor. Aber ich fragte mich, ob die ganze Angelegenheit denn keine einzige Narbe bei ihr hinterlassen hatte.

»In der letzten Zeit tun mir oft die Gelenke weh, eigentlich seit dem Prozeß.«

Fabia blickte mich an. »Man sagt, daß warme Kompressen helfen sollen.«

»Habe ich versucht, es hat nichts gebracht.«

»Hast du deinen Arzt – Alexis, nicht wahr – konsultiert?«

»Er hat mir Kräutertränke verschrieben, Salben, eine ganze Liste – es hilft alles nichts.«

Fabia fing an, unmelodisch zu summen, und spielte an ihren Haarbändern.

»Fabia, bist du jetzt glücklicher? Nicht mehr so ruhelos?«

»Ich bin nie ruhelos gewesen.«

»Sind die anderen Vestalinnen nett zu dir?«

»Sehr nett.«

»Ist da kein ... nun ja, kein Gefühl der Scham mehr?«

»Warum sollte es? Es ist vorbei, inzwischen werden es alle vergessen haben.«

»Hast du es vergessen?«

»Warum sollte ich mir mein Leben von Erinnerungen vergällen lassen? Es ist aus und vorbei.«

»Unsere Mutter hat es nicht vergessen. Sie ist ein anderer Mensch geworden. Es ist kein Fünkchen Leben mehr in ihr.«

»Sie wird sich schon wieder erholen.«

Wir schwiegen. Fabia fing wieder an zu summen.

Sie hatte mir nie gedankt, nie gefragt, wie ich diese Wochen lähmender Angst überstanden hatte. Auch Cicero hatte sie nie gedankt. Er hatte sie einmal besucht, aber kein Wort darüber verlieren wollen.

Wieviel Undankbarkeit ist Liebe oder Zuneigung gewachsen? Etwas in mir zerriß. Ich dachte wieder an das Gift, in der Latrine versteckt und längst vernichtet.

»Ich hoffe, es wird dir eine Lehre sein«, sagte ich kühl. »Du bist sehr dumm gewesen. Diesmal bist du glimpflich davongekommen, beim nächsten Mal wäre es das Ende.«

Fabia hörte auf zu summen. »Ich habe nicht vor, das Atrium jemals wieder nachts zu verlassen.«

Sie sah mich an. Der Ausdruck ihrer Augen hatte etwas Verschwörerisches und zugleich auch etwas Schelmisches. »Aber es war natürlich, wie du es ausdrückst, nur ein unbesonnener Streich.«

Und das ist alles, was ich über die Affäre, wie ich es nannte, sagen will.

Bis auf eines, Atticus, vom ersten Moment an, da ich gezwungen war, über diesen Teil meiner Geschichte nachzudenken, ist mir etwas Ungewöhnliches klargeworden, das ich nicht verstehe: An jenes schreckliche Jahr zurückzudenken ist nicht so schmerzlich wie die Erinnerung an spätere Ereignisse. Noch immer werde ich zwar beim Gedanken daran von Entsetzen ergriffen – wie könnte es auch anders sein? –, aber ich schrecke nicht davor zurück. Ich habe nach der Antwort gesucht, und sie ist mir immer wieder entglitten, wie die Schmetterlinge, die ich versuchte zu fangen, als ich klein war. Sie winkte mir aus dem äußersten Winkel meines Blickfelds zu, doch sobald ich mich umdrehte, um sie zu fassen, war sie verschwunden.

Jetzt weiß ich die Antwort. Sie war auf einmal da, in dem Moment, als ich die Feder niederlegte.

Es ist, weil der Schrecken der Erinnerung an diesen Skandal schwächer geworden ist, gemildert, wie auch immer man es nennen will, durch die allesbeherrschende Erinnerung an Ciceros Unterstützung, an seine Zärtlichkeit, sein instinktives Verständnis. Wir waren Kameraden in dieser schrecklichen Zeit, wie wir es nie zuvor gewesen waren und danach auch nie mehr wurden.

Und jetzt weine ich, Atticus. Denn ich hatte es vergessen, weil ich es vergessen wollte.

Tusculum und Rom – Harmonie und Zwietracht

Wir gingen einen von Linden gesäumten Weg entlang. Das Hochsommerlicht, gefiltert durch die Blätter der Bäume, tauchte alles in ein frisches Gelbgrün, und eine sanfte Brise strich uns wie ein Tüllschleier über das Gesicht. Wir verbrachten ein paar Wochen in unserer Villa in Tusculum, die wir im Jahr zuvor, 69, gekauft hatten. Rom war eine heiße, verschwitzte Erinnerung.

Wir liefen nebeneinander, Cicero und ich, in freundschaftlichem Schweigen, hielten gleichen Schritt. Als wir den Punkt erreichten, von wo aus man weit über die welligen bewaldeten Hügel schauen konnte, setzten wir uns auf die Bank, die dort stand, als hätten wir es wortlos abgesprochen. Schwalben strichen hinunter in das kleine Tal zu unseren Füßen, zeichneten ihre komplizierten Tänze in die Luft, und plötzlich schlugen sie dann wieder kräftig mit den Flügeln und flogen die nächste Anhöhe hinauf. Irgendwo links, ganz in der Nähe, erklang der melodische Protest eines Flüßchens, das sich einen sanften Felshang hinunterstürzte.

Mein Ehemann lehnte sich auf der Bank zurück, legte seine Arme über die Rückenlehne. Eine Fliege ließ sich auf seiner Nase nieder, und er schielte danach. Mit einem behaglichen Seufzer streckte ich die Beine aus. Die Fliege flog auf und landete auf meinem Bein, kitzelnd lief sie über meinen Knöchel. Meine Seele war zur Ruhe gekommen, und mein Körper war entspannt. Verschwunden waren die Magenkrämpfe und Darmverstimmungen, unter denen ich in Rom immer litt. Cicero wandte mir den

Kopf zu. Meine Augen trafen seine, zusammengekniffen wegen der Sonne, und ich erwiderte sein Lächeln.

»Warum liebst du diesen Ort so?« fragte er.

Ich antwortete nicht sofort, dachte nach. Den Komfort und den Frieden unseres Hauses in Tusculum hatte ich für selbstverständlich erachtet, doch nun mußte ich die Art und die Ursache meiner Gefühle zu erklären versuchen, den Grund für meine Freude und mein Wohlbefinden.

Da war die Villa selbst, natürlich, die mußte man einfach lieben. Sie war komfortabel, aber nicht übertrieben luxuriös, sie war nicht imposant, hatte aber etwas Behütendes. Es war, als ob sogar die Elemente auf die Ruhe, die das Haus ausstrahlte, reagieren würden. Der Wind wurde zu einer Brise, die Hitze war fast nie drückend, die Kälte war prickelnd und selten unangenehm. Die beiden Laubengänge, die vom Haupthaus in die Gärten führten, waren wie Arme, die einen willkommen hießen. Die Terrassen, von an Spalieren gezogenen Weinreben überdacht, boten Zuflucht vor der Sommersonne. Auch im Winter waren die Zimmer warm, denn die Villa lag herrlich geschützt in einem Tal, umgeben von sanften Hügeln. Es gab ein Winterspeisezimmer an der Südseite mit großen Fenstern, um alles Licht, das aus dem dunklen Himmel zu gewinnen war, hereinzulassen, und ein Sommerspeisezimmer draußen unter den Weinranken, an denen im Herbst dicke Trauben hingen. In dem rechteckigen Bassin, das sich über die volle Länge des größten Peristyls erstreckte, schwammen im Sommer rosa schimmernde Seerosen, und im Winter war das Wasser nie düster oder bedrohlich, sondern bestätigte nur, daß die Natur ruhte. Die Gärten waren nicht künstlich in die umgebende Landschaft gehackt worden, sondern so angelegt, daß sie darin übergingen. Bäche durften sich ihren eigenen Weg suchen, Lichtungen waren mit Springbrunnen und Bänken versehen, und es war nur eine einzige, schnurgerade Reihe Zypressen angepflanzt worden, entlang der Zufahrt zur Villa. Und gewiß, die lokalen Schutzgeister herrschten sehr wohlwollend und sorgsam über diesen Ort, aber das erklärte noch nicht die Friedlichkeit.

Da war mehr, etwas Ungreifbares.

»Du bist hier so viel ruhiger«, sagte ich und wählte meine Worte mit Bedacht. »Du bist zwar immer beschäftigt, weil noch soviel am Haus zu tun ist, der Bau der Nebengebäude, die Erneuerung der älteren Teile, und du verbringst viel Zeit damit zu schreiben. Und trotzdem, du bist entspannt, nicht so gehetzt, und glücklicher als in Rom. Also bin ich auch glücklicher.«

»Und in Rom bist du nicht immer glücklich. Ist es das?«

Ich dachte an die letzten beiden Jahre zurück. Es hatte wieder eine lange Periode spürbarer Spannung und Feindseligkeit zwischen ihm und mir gegeben. Er hatte beschlossen, Verres zu verfolgen, einen berüchtigten Statthalter von Sizilien, der der Erpressung, Korruption und Grausamkeit beschuldigt wurde. Der Fall war politisch ebenso gefährlich gewesen wie der andere, im Grunde eine Wiederholung des Falles Roscius. Aber ich mochte rasen, toben oder schmollen, soviel ich wollte, es kümmerte ihn nicht. Er gewann den Fall, doch ich konnte ihm nicht wirklich verzeihen. Und als wir endlich einigermaßen versöhnt waren, war es eher ein Waffenstillstand als Frieden.

»Hier kann ich das alles vergessen«, sagte ich, und ich wußte, daß er verstehen würde, was ich damit meinte. Wenn Harmonie und Sympathie zwischen uns herrschten, was nur allzu selten vorkam, war seine Intuition unfehlbar, und er konnte das Unausgesprochene übersetzen, als sei es eine Fremdsprache, die er sich bis in die kleinste Nuance zu eigen gemacht hatte.

»Ist unsere gemeinsame Liebe zu diesem Ort eines der wenigen Dinge, die uns noch verbinden?« fragte er traurig.

Ich legte meine Hand auf sein Knie. Er kannte die Antwort genausogut wie ich, und meine Geste sollte ihn über eine Wahrheit hinwegtrösten, die wir beide nicht leugnen konnten.

»Meine Arbeit ist wichtig, für mich, für Rom«, sagte er. »Sie macht einen großen Teil meiner Existenz aus. Dem Staat zu dienen, dazu bin ich von frühester Jugend an erzogen worden, das sind wir alle. Wer nicht mithalten kann oder überhaupt keine Rolle im öffentlichen Leben spielt, ist abgeschrieben. Wie dein Stiefvater Fabius. Das brauche ich dir doch nicht zu erzählen, Terentia.«

Wahrhaftig nicht. Natürlich wußte ich das. Ebensogut wie ich meinen Platz in seinem Leben kannte, denn auch ich war ausgebildet worden: nämlich in den Konventionen des Ehelebens. Nicht die Tatsache, daß er in seiner Arbeit aufging, störte mich, sondern daß er so viel riskierte. Ich hatte noch nicht gelernt, meine Meinung für mich zu behalten, und würde es vielleicht nie lernen. Aber andere Frauen in meiner Position mischten sich auch in die Angelegenheiten ihrer Männer, Postumia, zum Beispiel, und Mucia, die Frau von Pompeius. Und Caesars Geliebte Servilia war darin, wie man hörte, unübertrefflich. Warum durfte ich mich dann nicht einmischen?

»Warum verläßt du dich nicht einfach darauf, daß ich deine Ambitionen für mich verwirklichen werde?« fragte er.

»Das will ich ja, aber ich möchte die Dinge unter Kontrolle haben, das ist offenbar meine Natur.«

Er schmunzelte, erwiderte jedoch nichts, schloß die Augen und hob das Gesicht zur Sonne.

»Ich wünschte, Tullia wäre hier«, sagte er träge. »Die frische Luft würde ihr guttun. Ihr Lehrer hätte ihr erlauben sollen herzukommen. Vielleicht lasse ich sie doch holen.«

Meine Hand lag noch auf seinem Knie. Ich zog sie weg. Er öffnete die Augen nicht.

Ich dachte an eine Szene zurück, die sich ein paar Tage vor unserer Abreise nach Tusculum abgespielt hatte. Ich suchte Tullia. Sie hatte irgendeine Aufgabe im Haushalt nicht erfüllt. Als ich an Ciceros Bibliothek vorbeikam, hörte ich ihre Stimme, die sich in regelmäßigem Rhythmus hob und senkte, als ob sie laut lesen oder rezitieren würde. Ich betrat das Zimmer, und da stand Tullia, vor ihrem Vater, die Hände auf dem Rücken, den Kopf erhoben, und Cicero betrachtete seine Tochter mit stummer Bewunderung. Sie hatten mich nicht hereinkommen hören. Einen Moment blieb ich schweigend stehen, fühlte Wut in mir aufsteigen. Was trug das Kind vor? Fließend Griechisch, soviel konnte ich erkennen.

Kein Klagelaut! Kein Freund! Kein Hochzeitslied!
So arm tret ich den Weg ins Elend an.
Darf dies heilige Auge, von dem uns Licht kommt,
nie mehr sehen, ich Ärmste!
Niemand weint
Tränen um mein Geschick …

»Tullia«, sagte ich laut. Sie hielt abrupt inne und fuhr dann ebenso ruhig mit ihrem Vortrag fort, als wäre sie nicht unterbrochen worden.

»Tullia«, rief ich noch lauter, »hast du mich nicht gehört?«

Sie drehte sich um und sagte höflich: »Doch, Mutter, aber ich mußte es erst noch zu Ende bringen.«

»Was machst du hier, obwohl du deine Haushaltspflichten noch nicht erledigt hast? Geh auf der Stelle und tu, was dir aufgetragen worden ist.«

Cicero kam auf mich zu. »Tullia hat mir vorgeführt, was für gewaltige Fortschritte sie im Griechischen gemacht hat«, sagte er.

»Es interessiert mich nicht, was sie dir vorgeführt hat. Wenn ich ihr auftrage, etwas zu tun, dann erwarte ich, daß sie es tut, und zwar sofort.«

»Wenn sie dich hat warten lassen, ist es meine Schuld. Verzeih mir! Ich habe sie gebeten, etwas vorzutragen. Sie hat Stunden damit zugebracht, diese Passage auswendig zu lernen. Und sie hat ein Gefühl für Tragödien, so jung sie noch ist. Die meisten zehnjährigen Mädchen würden mit diesem Monolog von Antigone nichts anfangen können.«

»Es interessiert mich nicht, was sie dir vorgetragen hat, und wenn sie das Alphabet rückwärts aufgesagt hätte. Es geht darum, daß sie hier ist, obwohl ich ihre Hilfe brauche.«

»Hilfe wobei?«

»Beim Versiegeln und Beschriften von Ölkrügen, wenn du es unbedingt wissen willst. Du denkst sicher, daß so eine Arbeit weniger wert ist, als ein paar griechische Verse herunterzurasseln. Nun, dann will ich dir mal was erzählen ...«

»Terentia ...«, begann Cicero, doch wütend fuhr ich ihn an.

»Du läßt zu, daß dieser Lehrer ihr den Kopf mit lauter griechischen Reimereien vollstopft, während sie die einfachsten Haushaltsdinge lernen müßte, denn viel mehr bringt sie doch nicht zustande. Du ermutigst sie, anzugeben und sich einzubilden, daß sie wunder wie gescheit sei. Eine verwöhnte Göre, die Worte nachplappert und glaubt, etwas von Tragödien zu verstehen. So wird sie noch eine von diesen dummen, pseudogelehrten Frauen werden, die jeder sterbenslangweilig findet, und weiß der Himmel, wer bereit sein wird, eine nutzlose Frau zu heiraten.«

»Laß uns allein, Tullia«, sagte ihr Vater. Sie drehte sich um und verließ das Zimmer, die Augen gesenkt, ein, wie es schien, sittsames und selbstgefälliges Lächeln auf den Lippen.

Cicero wollte etwas sagen, doch ich kam ihm zuvor. »Du läßt dich von der kleinen Hexe um den Finger wikkeln. Du hast fast nie Zeit für mich, aber ihren griechischen Versen kannst du stundenlang zuhören – äußerst unpassenden Versen, übrigens.«

»Es war nur ganz kurz, nicht stundenlang. Und ich sehe sie so selten, du weißt, wieviel ich zu tun habe. Mißgönn mir diese wenigen Momente mit meiner Tochter nicht, Terentia.«

»Es ist zufällig auch meine Tochter. Und sie täte besser daran, sich mit den Haushaltspflichten zu beschäftigen, um eine gute und tüchtige Ehefrau zu werden. Du siehst sie als brillante Schülerin, als zukünftige Philosophin. Wie kannst du nur so blind sein, so töricht? Ich sehe sie, wie sie ist, ein verwöhntes, naives, frühreifes Kind.«

Ehe er antworten konnte, war ich aus dem Zimmer gelaufen. Er war mir nicht gefolgt.

Ich wandte mich wieder Cicero zu, wollte sagen: Laß sie nicht holen. Aber ich brachte die Worte nicht über die Lippen. Nicht hier in Tusculum.

Sollte sie doch kommen. Nicht einmal meine Tochter würde den Zauber dieses Ortes zerstören können. Genausowenig wie ich ihn für ihren Vater zerstören wollte.

»Atticus kommt uns besuchen«, sagte mein Mann. Er nahm meine Hand und legte sie wieder auf sein Knie.

Erinnerst Du Dich an das erste Mal, als Du bei uns in Tusculum warst, Atticus?

Es war ein wolkenloser, heißer Mittsommertag, und wir verbrachten ihn faulenzend in den Gärten. Wir plauderten, dösten, schlenderten umher, pflückten Blumen. Wir wateten sogar durch das Flüßchen, barfuß wie kleine Kinder, auf den Steinen ausrutschend, mit ausgebreiteten Armen, um das Gleichgewicht nicht zu verlieren. Cicero fiel hinein, und wir zogen ihn heraus, klatschnaß, lachend, seine Würde unangetastet. Rom, das Forum, die Probleme und Intrigen der Politik, die Ambitionen, die Machtkämpfe, das alles gehörte zu einer Welt, die viel weiter entfernt zu sein schien als die relativ kleine Distanz, die uns von der Stadt trennte. Hier trugen die Männer keine Toga. In ihren einfachen Tuniken wirkten sie gleich viel weniger unnahbar. Hier wagte ich, in Gesellschaft von Gästen Dinge zu sagen, die mir in Rom nicht in den Sinn gekommen wären.

Als die Sonne unterging, aßen wir in unserem Sommerspeisezimmer. Es gab keine Serviertische, die Diener brachten das Essen direkt aus der Küche an den Tisch, und wir schnitten unser Fleisch selbst, genossen die Einfachheit wie ein seltenes Vergnügen.

Nach dem Essen blieben wir noch gemütlich am Tisch sitzen. Cicero und Du auf Euren Liegesofas zurückgelehnt, ich auf einem hölzernen Klappstuhl gegenüber. Dann und wann fülltet Ihr Eure Becher nach, selbst Cicero schien der Wein an diesem Abend zu munden. Das milde Licht der untergehenden Sonne schimmerte durch das Weinlaub und warf tanzende Schatten auf den Tisch.

»Hast du vor, lange zu bleiben?« fragte Cicero.

»In Tusculum?« Du lachtest leise. »Hast du jetzt schon genug von meiner Gesellschaft?«

»Nein, natürlich nicht, so ein Unsinn, ich meine in Rom.«

Mit Heimweh in der Stimme antwortetest Du: »Ich vermisse mein griechisches Landgut – und auch Athen. Dort gehöre ich hin, die Griechen haben mich nicht umsonst Atticus getauft. Und was hält mich denn hier?«

Ich lächelte Dich an. »Marcus und ich, vielleicht.«

Du erwidertest das Lächeln. »Manchmal wünschte ich, ich könnte euch beide mit zurücknehmen. Ein eitler Wunsch, natürlich.«

»Warum kaufst du dir nicht hier eine Villa, bei uns in der Nähe, und genießt das Land wie wir? Du wärst dann auch schnell in Rom, wenn du lieber nicht in der Stadt selbst wohnen willst. Die Entfernung ist wirklich nicht groß.«

»Das turbulente Leben in Rom ist nichts für mich, ich brauche Ruhe. Und du weißt, daß ich wegen der ganzen Tumulte in den Achtzigern weggegangen bin, als es immer schwieriger wurde für einen kühlen Epikureer wie mich. Und daran hat sich nichts geändert. Kultivierter Seelenfrieden und literarische Betätigung, das ist mein Leben.«

Cicero lachte leise. »Und ab und zu ein paar schlaue Geschäfte. Gelegentlich ein Essen mit deinen vornehmen Freunden, wenn du wieder mal in Rom bist. Und hinter den Kulissen hier und da ein wohlbedachtes Wort.«

»Willst du dich über meine kleinen Klüngeleien für dich beklagen?« fragte er mit gespielter Strenge.

»Nein, ich brauche dich, aus vielerlei Gründen, und ich bin dir dankbar.« Er blickte flüchtig zu mir. »Terentia und ich brauchen dich.«

Spontan sagte ich: »Er hat recht, Titus, wir brauchen dich beide.«

Du legtest die Fingerspitzen unter dem Kinn aneinander und schautest mich fragend an. »Du auch, Terentia? Du machst auf mich den Eindruck einer äußerst unabhängigen jungen Matrone.«

Der Schein kann trügen, wollte ich sagen, aber als sich unsere Augen trafen, sah ich, daß es nicht nötig war. Deine

Bemerkung sollte eine Provokation sein. Du kanntest mich inzwischen gut genug.

Eifrig suchte ich nach den richtigen Worten. »Weil ich deine Gesellschaft schätze. Und weil du die Dinge relativierst. Wenn ich mir unnötig Sorgen mache – du kennst mich –, dann brauchst du nur etwas zu sagen, auf deine ruhige Art, und es ist, als ob alles gleich nur noch halb so schlimm wäre.«

»Darum geht es nicht, es geht darum zu unterscheiden, was wichtig ist und was nicht. Diese ganze Jagd nach überflüssigen Dingen, all die unerfüllten Sehnsüchte, das bringt bloß Schmerz, und Schmerz muß man vermeiden. Also strebe nur nach Dingen, die wesentlich sind, leicht erreichbar, und die keinen Schmerz verursachen. Denn wie Epikur uns lehrt: Lust ist das A und O eines glücklichen Lebens.«

»Eine ziemlich simple Philosophie«, sagte ich, »nur Essen, Trinken und Fröhlichsein. Ist das alles?«

»Nein, das ist es nicht. Es gibt noch einen moralischen Aspekt. Das Streben nach dem Guten bringt auch Lust, vielleicht die größte Freude überhaupt.«

Ich rutschte auf meinem Stuhl hin und her. Wir schweiften ab auf unbekanntes Gebiet, und solch abstraktes Gerede langweilte mich in der Regel.

Du spürtest meine kaum verhohlene Ungeduld und gabst dem Gespräch schnell eine andere Wendung. »Hast du Quintus und Pomponia in letzter Zeit mal gesehen?« fragtest Du Cicero.

»Nein«, antwortete der, »die sind in Arcanum. Er ist dabei, den alten Bauernhof dort umzubauen, nach dem Vorbild unseres Elternhauses in Arpinum.«

Du wandtest Dich an mich: »Du verstehst dich gut mit deiner neuen Schwägerin, glaube ich.«

War es eine Frage, erwartetest Du eine Reaktion?

Ich hätte Deine Bemerkung überhören können oder lügen, aber unsere Freundschaft gebot mir, ehrlich zu sein. »Nicht wirklich, sie kann manchmal recht schwierig sein.«

Du runzeltest die Stirn. »Wieso?«

»Na ja, die wenigen Male, die wir uns gesehen haben – so gut kenne ich sie noch nicht –, schien sie mir ziemlich launisch zu sein. Quintus gegenüber, mir gegenüber, einfach mit allem unzufrieden.«

Cicero hob warnend die Hand. »Terentia, es reicht.«

Ich wollte noch etwas sagen, hielt aber wohlweislich den Mund. Wie unterschiedlich Bruder und Schwester sein können, dachte ich nur. Eure Züge zeigten unverkennbar Ähnlichkeit, doch die von Pomponia wurden nicht durch Fraulichkeit weicher gemacht. Beide dieselben schweren Augenbrauen, nur die Deiner Schwester waren immer launisch gerunzelt und bildeten einen schwarzen Strich quer über ihre Stirn. Dein kräftiges Kinn war zu markant für das Gesicht einer Frau und Deine rote Hautfarbe zu derb. Sie war genauso groß wie Du, also zu groß, einen halben Kopf größer als ihr Mann. Dein Gesicht war energisch und lebendig; sie lächelte selten und lachte nie, und wenn sie nicht unzufrieden herumjammerte, dann schimpfte sie. Manchmal hatte ich Mitleid mit Quintus, aber nicht lange. Er hatte sie geheiratet, weil er nicht gegen seinen älteren Bruder ankam, der meinte, daß diese Ehe die Bindung zwischen ihm und Dir verstärken würde. Es schien, als ob mein Mann Dich immer nötiger brauchen würde, je tiefer Eure Freundschaft wurde. Trotzdem war ich nie eifersüchtig auf Dich, Atticus.

»Jede Ehe ist am Anfang schwierig«, sagtest Du reserviert. »Wenn du sie besser kennenlernst, wirst du sehen, daß hinter der rauhen Schale doch ein weicher Kern steckt. Sie ist eine gute Frau, und ich bin davon überzeugt, daß sie eine hingebungsvolle Gattin sein wird.«

Eine reiche, dachte ich, wenigstens das sprach für sie. Und Quintus liebte Geld, gab immer mehr aus, als er hatte. Vielleicht würde ihr Vermögen ihm die bittere Pille versüßen.

»Du hast uns noch nicht erzählt, Titus, wann du nach Griechenland zurückgehst«, sagte Cicero ruhig.

Dein Gesicht entspannte sich. »Bald, aber ich lasse euch nicht im Stich. Ich bin rechtzeitig zu den Prätorwahlen zurück und werde tun, was ich kann, um dir zu helfen.« Lächelnd fügtest Du hinzu: »Mit dem richtigen Wort hier und da hinter den Kulissen, versteht sich.«

Du langtest über den Tisch und berührtest meine Hand: »Und ich werde mein Bestes geben, dir solche unnötigen Sorgen zu nehmen, Terentia.«

Deine Hand ruhte einen Moment auf meiner, und ich wußte, daß mir vergeben war. Wir sprachen noch über dieses und jenes, scherzten und lachten. Ich genoß unsere Freundschaft, wie ich sie nicht mehr gekannt hatte seit dem Tod von Aemilia. Damals glaubte ich noch, daß nichts diese Freundschaft je zerstören könnte.

Das Jahr 68 war geprägt von zwei Todesfällen in unserer nächsten Verwandtschaft, die auch mich prägten, auf ganz unterschiedliche Weise.

Mein Schwiegervater fühlte sich schon seit einiger Zeit nicht wohl, aber da er immer eine schwache Gesundheit gehabt hatte, war niemand auf sein Ende vorbereitet, als es kam.

Weißt Du noch, wie Cicero Dir die Nachricht vom Tode seines Vaters überbrachte, Atticus, in einem Brief, der ein paar Tage später datiert war? Ein einziger Satz. »Unser Vater ist am 23. November von uns gegangen«, versteckt zwischen der Information, daß das Rabirius-

Haus in Neapel für 130 000 Sesterze verkauft worden war, und der Bitte, daß Du nach passenden Kunstgegenständen für die Bibliothek unserer Villa in Tusculum Ausschau halten mögest.

Ich war allein in meinem Zimmer, als Cicero kam, um es mir zu sagen. Tullia und ich waren in den Thermen gewesen und sehr vergnügt zurückgekehrt. Sie hatte einige Mädchen ihres Alters getroffen, und ich hatte gemütlich mit ein paar Freundinnen geplaudert. Normalerweise war ich nicht so gesellig, aber das Baden nahm mir offenbar die Hemmungen, und vielen anderen Frauen wohl auch – nirgendwo hatte man Gelegenheit, mehr Klatschgeschichten aufzuschnappen, und nicht nur über Frauensachen. Unsere Männer hätten sich gewundert, wenn sie gewußt hätten, wieviel politischer Tratsch dort ausgetauscht wurde, wie gut die Frauen meines Standes auf dem laufenden waren, wie viele Informationen durch Ehefrau oder Schwester an die Herren zurückgelangten. Aber auch die Männer spielten einander über ihre Frauen bewußt die Informationen zu, die sie loswerden wollten.

Cicero stand in der Tür zu meinem Zimmer und sagte: »Ich habe gerade die Nachricht erhalten, daß mein Vater heute nacht gestorben ist. Friedlich.«

Er sprach ohne jede Emotion, und kaum hatte er ausgeredet, wollte er schon wieder gehen, doch ich lief zu ihm und ergriff seinen Arm.

»Das tut mir leid«, sagte ich nur, »ich habe deinen Vater sehr gemocht.«

»Ja«, sagte er kurz angebunden.

»Wie ist es passiert, so plötzlich?«

»Er ist im Schlaf gestorben.«

Er blieb stehen, meine Hand auf seinem Arm, das Gesicht abgewandt. Ich dachte, er versuche, seine Gefühle zu bezwingen, aber als ich ihn forschend anschaute, sah ich, daß sein Gesicht starr war, ausdruckslos. Ich wußte nicht, was ich sagen sollte.

»Du wirst ihn vermissen. Und Quintus auch.« Und nach einer Pause: »Und deine Mutter, natürlich.«

Er antwortete nicht, löste sich sacht aus meinem Griff und verließ das Zimmer. Von diesem Augenblick bis zum Begräbnis sagte er nur noch wenig und ging nicht auf meine unbeholfenen, aber gutgemeinten Versuche, ihn zu trösten, ein. Seine kühle Distanz begann mich schließlich zu ärgern, machte mir Angst. Wenn das seine Reaktion auf den Tod eines nahen Angehörigen war, wie würde er dann reagieren, wenn ich stürbe? War er überhaupt in der Lage, echte Zuneigung zu empfinden? Er liebte Tullia, natürlich, auf eine geradezu obsessive Weise, die mich meistens rasend machte. Und er war zu wahrer Freundschaft fähig, war unzähligen Menschen, jungen wie alten, ein herzlicher Freund. Oft konnte ich mich davon überzeugen, daß er ein liebevoller Ehemann war, obwohl Zuneigungs- und Zärtlichkeitsbezeigungen zwischen uns immer seltener wurden, außer manchmal in Tusculum. Ich gehörte nicht zu den Frauen, die selbst die Initiative ergriffen. Ich war mir dessen bewußt, erachtete es aber nicht für nötig, meine Gewohnheiten zu ändern, selbst wenn ich es gekonnt hätte. Ich hielt mich für eine gute, kompetente Ehefrau, und im großen und ganzen war ich zufrieden mit meiner Rolle und der Art und Weise, wie ich sie ausfüllte. Wenn Cicero Gelegenheit hatte, Zeit mit mir zu verbringen, schien er das friedliche häusliche Leben zu genießen. Und im Gegensatz zu den meisten anderen Männern teilte er das Bett nicht mit Sklavinnen oder Kurtisanen, das wußte ich. Ich hätte es als normal akzeptiert, aber ich wäre darüber nicht erfreut gewesen. Alles in allem hatte ich also wenig zu klagen. Doch daß er nun keinerlei normale Reaktion zeigte, konnte ich nicht verstehen, und ich fühlte mich ausgeschlossen, ignoriert. Und das führte, typisch für mich, dazu, daß ich unnötig in die Defensive ging.

Am Abend nach der Beerdigung, die in Rom stattgefunden hatte und würdig und schlicht gewesen war, beobachtete ich, wie mein Ehemann im Peristyl auf und ab ging, die Hände auf dem Rücken verschränkt. Ich gesellte mich zu ihm und lief eine Weile neben ihm her. Dann sagte ich: »Ich habe dich keine Träne weinen sehen um deinen Vater. Quintus hat mehr Gefühle gezeigt.«

»Quintus reagiert immer schnell emotional.«

»Schnell? Der Tod seines Vaters ist doch wohl Grund genug zum Weinen?«

»Hmm.«

»Bist du denn nicht traurig? Wirst du ihn denn überhaupt nicht vermissen?«

»Natürlich werde ich ihn vermissen. Ich achtete ihn und legte Wert auf seine Meinung. Er war ein rechtschaffener, ehrbarer Mann und ein guter Vater. Auf seine Weise.«

»Wie, auf seine Weise?«

»Er sorgte dafür, daß seine Söhne die beste Ausbildung bekamen, und nutzte seine vielen Kontakte in Rom, um uns den Weg zu ebnen. Er war stolz auf uns, immer bereit, uns von seiner Weisheit und seinem nüchternen Verstand profitieren zu lassen. Er hat vielleicht sehr viel von uns verlangt, aber er war immer großzügig, sorgte dafür, daß wir über ausreichende finanzielle Mittel verfügten, mehr als ausreichende.« Es war eine merkwürdig objektive Beurteilung, und es war keinerlei Wärme in seinen Worten.

»Du meinst, er war nützlich für euch? Ist das alles?« Ich wußte, daß ich ihn zu Unrecht provozierte, aber ich konnte nicht anders.

»Nein, das habe ich nicht gemeint. Nützlich ist in diesem Zusammenhang ein lächerliches Wort, geradezu verletzend, obwohl ich davon ausgehe, daß es nicht deine Absicht war, mich zu verletzen.«

»Warum mußt du dich immer so geschwollen ausdrükken, du bist hier nicht im Gerichtssaal oder im Senat, du sprichst mit deiner Frau. Hast du deinen Vater nicht geliebt?«

»Ich will nicht darüber reden, Terentia, das Verhältnis zu meinem Vater ist meine Sache.«

»Ich habe nur versucht, dich zu verstehen und zu trösten, aber offenbar brauchst du meinen Trost nicht.«

Er antwortete nicht.

»Ich wußte nicht, daß du so kalt sein kannst, so herzlos.«

»Ich bin weder das eine noch das andere.«

Ich machte ein paar schnelle Schritte und stellte mich vor ihn hin. Er blieb stehen und sah mich an. Sein Gesicht war noch ebenso ausdruckslos wie kurz nach dem Tode seines Vaters.

»Und ob du das bist. Es würde mich nicht wundern, wenn du sagen würdest, daß der Tod deines Vaters dir gelegen kam. Du erbst seine Häuser in Rom und Arpinum und bist nun das Familienoberhaupt. Vielleicht wird mein Tod dir auch willkommen sein, eines Tages. Du bekommst einen Teil meiner Mitgift, nicht wahr? Und vielleicht hoffst du ja, daß ich dir in meinem Testament etwas hinterlasse.«

Ich hatte mir auf die Lippen gebissen, versucht, die Worte herunterzuschlucken. In dem Moment, da ich sie aussprach, wußte ich, daß es sinnlose Waffen waren, die sich leicht gegen mich selbst kehren konnten, weil sie töricht waren und unbeherrscht. Ich schämte mich und haßte mich, aber ich konnte sie nicht zurücknehmen. Und wie immer würde ich meine Scham verbergen und meine

Ohren vor dieser kleinen Stimme verschließen, die mir sagte, daß ich eines Tages einmal zuviel auf die Langmut meines Ehemanns vertrauen würde.

Ich sah, wie sich sein Mund vor Wut verzerrte. Es war die erste Gefühlsregung, die er mir gegenüber erkennen ließ. »Das ist eine ungeheuerliche Behauptung.«

»Nein, das ist es nicht. Du zeigst keinerlei Anzeichen von Kummer, also was soll ich sonst denken?«

»Ich habe das Recht, meinen Kummer, in welcher Form auch immer, für mich zu behalten. Wer bist du, um beurteilen zu können, ob ich um meinen Vater trauere oder nicht?«

»Ich bin deine Frau.«

»Aber das gibt dir noch lange nicht das Recht, über mich oder meine Gefühle zu richten. Du kannst mich nicht zwingen, Dinge mit dir zu teilen, die ich nicht teilen will.«

»Dafür bin ich nicht gut genug, das meinst du doch, oder etwa nicht? Als Frau des Hauses bin ich zu gebrauchen, manchmal weihst du mich sogar in deine öffentlichen Aktivitäten ein, aber deine privaten Gedanken gehen mich nichts an. Habe ich recht?«

»Denk, was du willst, auch wenn es nicht wahr ist. Oder zumindest nicht so, wie du es darstellst. Ich habe Respekt vor dir, habe dich immer geachtet für das, was du bist, Terentia, eine gute Ehegattin und eine gute und ehrbare Frau.«

Ich blieb vor ihm stehen, zu wütend, um zu antworten. Er schob mich sanft zur Seite.

An jenem Abend sah ich ihn bei Einbruch der Dunkelheit wieder im Peristyl herumlaufen. Diesmal mit Tullia. Ihre Hand lag in seiner, und sie redete ernst mit ihm, das Gesicht zu ihm erhoben. Von Zeit zu Zeit antwortete ihr Vater, einmal legte er ihr den Arm um die Schultern und blieb stehen, während er sehr lebhaft mit ihr sprach.

Als sie weitergingen, machten sie kehrt und kamen in meine Richtung. Ich stand in einer Tür, die direkt ins Peristyl führte, und konnte sie von dort aus gut sehen, doch sie bemerkten meine Anwesenheit nicht. Ciceros Gesicht war nicht mehr ausdruckslos. Es war unverhohlen verletzlich, und es hätte mich nicht gewundert, wenn seine Augen feucht gewesen wären von Tränen. Aber es war zu dunkel.

Ich wurde durch diesen Tod bleibender und stärker geprägt, als ich hätte vorhersehen können, Atticus.

Als ich mit Marcus Cicero verheiratet wurde, hoffte ich auf alles mögliche, aber nicht in erster Linie auf gegenseitige Zuneigung oder eine Verbindung, die weiter ging, als nur gelegentlich das Bett miteinander zu teilen. Die Ehe war ein Abkommen, von dem beide Familien profitierten, was hätte sie auch sonst sein sollen? Es war mir nie in den Sinn gekommen, daß ich mich nach einer Vertrautheit sehnen würde, die ich nie habe umschreiben können, und daß ich mich zunehmend einsam fühlen würde in der Ehe.

War ich die einzige? Oder gab es auch andere Frauen, die das Bedürfnis nach einer größeren, wärmeren Kameradschaft mit ihren Ehemännern verspürten? Woher sollte ich – soll ich – das wissen? Wir Frauen, zumindest die meines Standes, sprechen nicht über unsere persönliche Beziehung zu unseren Männern. Zwar über Scheidungen – an der Tagesordnung heutzutage –, aber dabei geht es dann nur um den Skandal oder dynastische Politik, nie um die Frage, ob es irgendeine Zuneigung zwischen Mann und Frau gegeben hat. Wir erfüllten gegenüber unseren Ehemännern unsere Pflicht als Frau des Hauses und Mutter ihrer Kinder und im Ehebett. Um die Lüste des Mannes zu befriedigen, gab es Huren, Sklavinnen und leichte Mädchen, und für seine sonstigen emotionalen Bedürfnisse – sollte er diese haben – hatte er seine Kinder, seine Freunde und das öffentliche Leben. Das legitime Verlangen einer Frauenseele – und warum sollte es das nicht sein, sind wir Frauen denn so streng und genügsam, daß wir niemanden brauchen würden? – spielt keine Rolle. Andere, weniger legitime, beschämendere Begierden sind uns schon gar nicht gestattet, und wir dürfen uns glücklich schätzen, wenn wir sie nie erfahren.

Das weiß ich jetzt alles, und noch viel mehr, Atticus, jetzt, wo es natürlich zu spät ist.

Aber ich bin nun mal, wie ich bin, oder besser gesagt, war, wie ich war. Und aus dem Mangel an Zuneigung, nach der ich mich so sehnte, die ich aber offenbar nicht hervorrief und auch nicht schenken konnte, erwuchs in mir die Überzeugung, daß mein Ehemann ein kalter, egozentrischer Mann sei. Die Schärfe dieser Überzeugung wurde von der Zeit abgeschwächt, aber sie verschwand nie ganz. Seitdem konnte ich meinem Ehemann nicht mehr unbefangen begegnen, denn ich hatte Angst, abgewiesen zu werden.

Mein Stiefvater Fabius hat Selbstmord begangen. Er hat sich die Pulsadern aufgeschnitten und sich in ein warmes Bad gelegt, während das Blut aus ihm entwich. Seine Sklaven haben seine Weisung befolgt und es vor meiner Mutter verborgen gehalten, bis es vorbei war und sie seinen Leichnam aus dem rotgefärbten Wasser gehoben und auf sein Bett gelegt hatten.

Ich bin sofort hingegangen, als meine Mutter mich rufen ließ.

Fabius war schon im Atrium aufgebahrt. Die Frauen hatten ihn gewaschen und gesalbt, und sie hatten Blumensträußchen um seinen Körper gelegt. Lampen und Kerzen standen um die Bahre herum, aber das Feuer des Herds war gelöscht worden. Das Atrium war warm und drückend und roch nach Öl und Talg. Ein paar Sklavinnen standen um die Bahre herum, jammernd und klagend, den Mund weit geöffnet, die Augen glänzend vor Erregung, aber nicht von Kummer ergriffen.

Meine Mutter war ruhig, schlug sich nicht auf die Brust und zerriß nicht ihre Kleider. Sie schien nicht geneigt zu sein, zumindest im Moment nicht, auf konventionelle Weise um ihren Ehemann zu trauern. Es war mir nie klargeworden, ob sie ihn geliebt hatte. Ich fragte mich, was sie nun fühlte.

»Ist vielleicht besser so«, sagte sie, während sie mich an die Bahre führte.

Ich betrachtete meinen Stiefvater. Sie hatten ihm seine Toga angezogen, eine Toga ohne Purpursaum, und die Falten um seinen Kopf drapiert. Der gräuliche Wollstoff umgab sein Gesicht, das wachsfarben war und seltsam violett gefleckt, die Wangen hohl, die Lippen eingefallen. Seine Hände lagen gefaltet auf seiner Brust, die Oberseite seiner Handgelenke war unversehrt.

Ich wandte mich an meine Mutter: »Wie ging es ihm in der letzten Zeit?«

Sie starrte auf den leblosen Körper. Obwohl sie gefaßt war und nicht weinte, schien sie doch durcheinander zu sein, als ob ihr etwas zu schaffen machen würde.

»Besser als seit langem, dachte ich. Er hat sogar ein paarmal mit mir gesprochen, obwohl er, wie du weißt, in den letzten beiden Jahren nicht mehr viel gesagt hat. Er ließ sich von seinen Dienern waschen und ankleiden, und manchmal, wenn er zu verwirrt war, mußten sie ihn sogar füttern. Du weißt, wie er war.«

Ja, ich wußte es. Das letztemal, daß ich Fabius gesehen hatte, saß er reglos in seinem Sessel und starrte wie tot vor sich hin. Ich grüßte ihn höflich, redete ein paar Worte mit der Luft über seinem Kopf und verließ schnell wieder das

Zimmer. Kein Blick, keine Geste bestätigte, daß meine Anwesenheit bemerkt worden war. Es hatte keinerlei Form von Kommunikation mehr zwischen uns gegeben, seit er mich an dem Tag, als Fabia auserwählt worden war, Vestalin zu werden, zu sich bestellt hatte.

»Was hat er zu dir gesagt, Mutter?«

»Etwas über schlummernden Mut, der endlich erwacht sei. Ich verstand es nicht, dachte, daß er irgendeinen Schriftsteller zitierte.« Sie schwieg einen Moment, fügte dann leise hinzu: »Aber vielleicht habe ich es ja verstanden, vielleicht habe ich ja gehofft, daß er es tun würde. Armer Mann.«

Ich hatte sie nie so mild über ihren Mann reden hören.

»Wirst du ihn vermissen?« fragte ich.

»Nein.« Sie schwächte ihre Verneinung nicht ab und erläuterte sie auch nicht.

»Warum hast du ihn geheiratet?«

»Mein Vater wollte es so. Fabius war reich. Mein Vater hatte Schulden.«

»Wußtest du etwas über ihn, als du ihn geheiratet hast?«

»Nein. Fabius nahm nicht am öffentlichen Leben teil. Ich dachte, er sei ein Gelehrter oder Schriftsteller oder so was. Eine solche Form von Müßiggang ist ehrenhaft. Er verbarg vor mir, daß er geisteskrank war. Vielleicht vermutete mein Vater es ja, doch er hat mich nicht gewarnt. Als ich dahinterkam, war es zu spät. Es war kein Scheidungsgrund. Am Anfang erfüllte mich seine Krankheit mit Abscheu, aber ich gewöhnte mich daran, und am Ende hatte ich Mitleid mit ihm.«

»Und warum wollte er eigentlich heiraten?«

»Er brauchte eine Frau, fürs Bett. Er war zu wählerisch, vielleicht auch zu schüchtern, um mit einer Sklavin zu schlafen, geschweige denn mit einer Kurtisane. Also mußte es eine Ehefrau sein.«

Ich schaute sie ungläubig an.

»Du brauchst mich nicht so anzustarren«, sagte sie. »Er war sehr männlich in dieser Hinsicht. Vielleicht weil es die einzige Aktivität war, zu der er imstande war. Aber auch das ging mit der Zeit vorbei, dann war da nichts mehr. Also zog er sich völlig in sich selbst zurück.«

Ich betrachtete den Leichnam meines Stiefvaters. Ruhte er endlich in Frieden? Es war nichts zu lesen auf diesem toten Gesicht, die geschlossenen Augen verweigerten den Zugang. Im Leben hatte er der Welt das ausdruckslose Antlitz derer gezeigt, die die Hoffnung auf Verständnis aufgegeben haben, derer, die in den schattenhaften Winkeln des menschlichen Daseins existieren. Tot bot sein Gesicht keinen anderen Anblick, nur die Farbe hatte sich verändert.

Ich hatte nicht versucht, ihn zu verstehen, denn ich liebte ihn nicht. Und ich konnte ihn nicht lieben, weil ich ihn nicht verstand. Nicht einmal Mitleid hatte ich gefühlt.

Als ich mich von der Bahre abwandte, fiel mein Blick auf Fabius' nackte Füße, die unter der Toga herausragten, knotig, steif aufgerichtet, die Zehennägel runzlig und schwarz vom Alter. Ich berührte einen Fuß, das Fleisch war kalt wie Marmor, die Füße waren toter als das Gesicht.

Ein starkes Gefühl des Mitleids durchschoß mich, das erste, was ich je für meinen Stiefvater empfunden hatte. Diese Füße hatten wenigstens eine Funktion gehabt, jetzt lagen sie für immer still. Aber ich hatte auch Angst. Das also geschah am Ende mit allem Fleisch, dieser kurze Moment stummer Erstarrung vor dem langen Prozeß der Verwesung. Und wenn das Fleisch zerfallen war, wo war dann der geistige Kern von Fabius, seine Seele, oder wie auch immer man es nennen wollte? Und wenn auch die gestorben war, was war dann noch übrig?

Zum erstenmal wurde mir bewußt, daß der Tod die vollständige und unwiderrufliche Vernichtung dessen bedeuten konnte, wodurch ich für mich selbst erkennbar war. Und daß Leben und Tod, diese äußersten Paradoxe, diese einzigartige, endlose Wiederholung, die wesenhafte Einsamkeit eines jeden Menschen bestätigten.

Ich schnappte nach Luft und schaute schnell zu meiner Mutter, befürchtete, daß sie es gesehen haben könnte, aber sie starrte auf die Bahre.

»Die Blumen sind heute abend verwelkt, es ist viel zu warm hier«, sagte ich.

Der Tod war nun nichts Abstraktes mehr, Atticus. Von diesem Moment an hatte ich Angst davor und habe sie heute noch. Einsamkeit war etwas Bedrohliches geworden, denn sie war unser Schicksal, unabwendbar. Und weil sie so unabwendbar war, würde ich fortan darunter leiden und mich vor der Trostlosigkeit fürchten, mit der diese Einsamkeit im täglichen Leben einherging.

Verschwörung und die Frau des Konsuls

Seltsame Dinge geschahen im Spätsommer des Jahres 63. Manchmal glühte der westliche Abendhimmel beängstigend auf in einem stets wechselnden, flirrenden Licht. Der Tempel des Jupiter auf dem Kapitol wurde vom Blitz getroffen, aber, das schlimmste Vorzeichen, nur die Statue von Jupiter selbst, dem Beschützer Roms, wurde zerstört. Mehrere Leute sahen eine Gestalt, halb Wolf, halb Mensch, in den Sabiner Bergen umherstreifen, und viele hörten ihr unheilverkündendes Heulen. Es kursierte das Gerücht, Säuglinge seien aus ihren Wiegen geraubt worden und die teilweise verschlungenen Körper seien nicht weit von ihren Häusern entfernt gefunden worden. Der Blitz traf auch die Tempelmauer, an der die Zwölf Tafeln befestigt waren, wodurch diese zu Boden geworfen wurden und die Bronze schmolz. Damit waren die Worte unserer frühesten geschriebenen Gesetze ausgelöscht.

Als ich mir der gefährlichen unterschwelligen Strömung im Leben unserer Stadt bewußt wurde, war es bereits September 63, das Jahr von Ciceros Konsulat, und die Atmosphäre in Rom war gespannt und bedrohlich.

In den letzten vier, fünf Jahren hatte ich voller Stolz den glatten Verlauf der Karriere meines Mannes verfolgt und nicht die Intrigen und Klüngeleien auf dem Forum. Die waren ohnehin so kompliziert und wechselhaft, daß sie für einen Außenstehenden nicht zu begreifen waren. Es waren die Jahre des Aufstiegs von Pompeius, des Höhepunktes seiner außergewöhnlichen, nicht immer verfassungskonformen Laufbahn. Persönlich mochte ich Pompeius nicht. Er hatte weder den Charme noch die angeborene Autorität von Caesar, und mein Gefühl sagte mir, daß er unzuverlässig war und schwach. Daß mein Ehemann ihm nach dem Munde redete und schmeichelte, um sich seines politischen Beistands zu versichern, war mir bekannt, und wenn der Große uns von Nutzen sein konnte, war ich gern bereit, meine Zweifel für mich zu behalten. Pompeius' Ambitionen, die Macht, die ihm von einem gefügigen Senat gegeben worden war, und die Unterstützung einer Armee, die eher ihm gegenüber loyal war als dem Staat, bedeuteten eine Gefahr für die Republik. Es war das Zeitalter des Aufstiegs und der Macht einzelner, die außerhalb der Staatsstruktur operierten. Ich hätte es kommen sehen müssen, doch in meiner Lebenssituation war die unmittelbare Zukunft zu vielversprechend und die Gegenwart zu befriedigend. Und ich war nicht die einzige. Viele andere, besser informiert als ich, zogen es vor, nichts zu sehen.

Unser Sohn Marcus war im Jahre 65 geboren worden, ein prächtiges, gesundes Kind, und ich hatte das Wochenbett ohne Komplikationen überstanden. Ciceros Dankbarkeit und Freude kannten keine Grenzen, er verwöhnte mich wie nie zuvor, und ich genoß seine zärtliche Aufmerksamkeit, hoffte, daß dies andauern würde. Das war natürlich nicht so, es ließ mit der Zeit nach, aber unser Verhältnis war zumindest einigermaßen entspannt. Tullia hatte einen netten jungen Mann aus guter Familie geheiratet, Gaius Piso, den ich vorbehaltlos mochte, und mit ihrem Weggang in den eigenen Haushalt war der unsere von einer steten Quelle des Ärgers befreit, zumindest für mich.

Mein Mann war Konsul. Seine Ambitionen und meine hatten sich endlich erfüllt, und der Geschmack des Triumphs war süß. Das prunkvolle Leben eines Konsuls war neu und aufregend, und als seine Frau hatte ich daran teil. Nun mußten selbst Clodia, Postumia und die anderen ihren ganzen Anstand zusammennehmen und zugeben, daß ich ihnen im Rang überlegen war. Und obwohl Cicero mehr zu tun hatte als sonst und selten zu Hause war und, wenn er da war, nur wenig Zeit für mich hatte, verstanden wir uns besser denn je. Aber vielleicht wäre es richtiger zu sagen, daß ich mich mehr auf ihn zu entwickelte, mich durch die Ausstrahlung, die von Macht und Autorität ausgeht, mehr zu einem Konsul als Ehemann hingezogen fühlte. Ich war aufrichtig stolz auf ihn und wirklich nicht nur, weil er ganz oben angekommen war, sondern darauf, wie er sein Amt versah. Vor allem wenn ich ihn mit seinem Mit-Konsul verglich, diesem traurigen Betrüger Antonius. Viele – darunter Atticus – sagten mir, daß Cicero ein guter Konsul sei, stark, aber flexibel, ehrlich und gewieft, fähig und mutig. Das war er vom ersten Tag seiner Amtszeit an, als er im Senat dröhnte – es ist so oft zitiert worden – »Wenn hier jemand die Illusion hat, die Macht mit Hilfe von Gewalt und Revolution ansteuern zu können, so sollte er diese Illusion fahrenlassen, solange ich Konsul bin.«

Und dann tauchte auf einmal Lucius Sergius Catilina wieder in meinem Leben auf.

Es kursierten Gerüchte: Catilina wolle einen Staatsstreich vorbereiten, falls er nicht zum Konsul gewählt würde; sein Ehrgeiz schrecke vor nichts zurück. Mord, Brandstiftung und Aufruhr würden seine Waffen sein. Doch ich brauche mir keine allzu großen Sorgen zu machen, beruhigte mich mein Ehemann, und ich glaubte ihm und war davon überzeugt, daß er wußte, wovon er sprach. Ja, gab er zu, es habe Gerüchte über Verschwörungen gegeben, aber er nehme diese nicht so ernst, es seien größtenteils

Erfindungen, viel wichtiger und wesentlicher seien die radikalen Maßnahmen, die die Popularen erwogen, die seien Realität und keine Hirngespinste, und deshalb könne man etwas dagegen tun; ja, Lucius Catilina sei von ihm, Marcus Cicero, bei den letzten Wahlen besiegt worden und versuche nun aufs neue sein Glück; und ja, natürlich sei Catilina verbittert über seine Niederlage; und, nochmals ja, er stoße Drohungen aus, und es sei sicher wahr, daß es unter der Bevölkerung in Rom und in Italien größere Gruppen unzufriedener Leute gebe. Doch er, Cicero, habe die Hand am Puls Roms, wisse, was er wissen müsse, um die Sicherheit des Staates zu garantieren, es gebe also keinen Grund zur Panik. Trotzdem war ich besorgt, denn er sah so blaß und abgespannt aus. Hinzu kam, daß »Gruppen unzufriedener Leute« seit einigen Wochen, zumindest für mich, nichts Abstraktes mehr waren, sondern eine widerwärtige und beängstigende Realität.

Wie so vieles begann es ganz einfach und endete auf eine Weise, die ich nicht beabsichtigt und auch nicht vorhergesehen hatte.

Als Teil meines Erbes besaß ich einige Wohnblöcke im Viertel Argiletum, einem äußerst ungesunden Teil der Stadt. Ein Verwalter kümmerte sich darum, der sich Zeit ließ beim Bezahlen der Mieten, und wenn er sie bezahlte, war es immer zu wenig.

Ich ließ mir die Bücher zeigen. Was ich sah, gefiel mir nicht, also bestellte ich den Verwalter zu mir. Auf meine Frage, warum die Mieten im Rückstand waren und nur teilweise bezahlt wurden, sagte er nur: »Die Mieter sind arm.«

Ich war empört über diese Antwort, beschuldigte ihn des Betrugs und erklärte, daß ich meinen Besitz persönlich inspizieren und die Mieter selbst fragen würde.

Der Mann hatte meine Vorwürfe ruhig über sich ergehen lassen, doch als er das hörte, hatte er die Frechheit zu behaupten, daß sich dies für eine Matrone nicht schickte, schon gar nicht für die Ehefrau eines Konsuls und in diesem Viertel.

Er hatte natürlich recht. Matronen wie ich mochten zwar Immobilien besitzen und verwalten, aber soviel ich wußte, hatte keine meiner Bekannten ihr Eigentum jemals persönlich in Augenschein genommen. Warum tat ich es dann?

Zum Teil vielleicht, weil meine gehobene Position als Frau des Konsuls mir zu Kopfe gestiegen war, mich in gewissem Maße von meinen sozialen Hemmungen befreit hatte und mir das Gefühl gab, mir nun irgendeine Art von exzentrischem Verhalten erlauben zu können. Ich hatte keine Liebhaber, gab keine ausschweifenden Feste und besuchte auch keine solchen, ich trug keine auffälligen Juwelen und ging nie nach Baiae, dieser Brutstätte von Intrigen und Zügellosigkeit. Doch ich interessierte mich für Geschäfte und Finanzen, hatte auch Talent dazu, ich war praktisch veranlagt und von Natur aus sparsam und genügsam. Wie hätte ich das anders umsetzen können als dadurch, mich aktiv mit meinem Besitz zu beschäftigen, selbst wenn ich damit etwas tat, was nur wenige respektable Matronen tun würden? Es war nicht meine Absicht, mich zu beweisen. Ich würde natürlich umsichtig vorgehen und meinen Mann nicht in Verlegenheit bringen. Es ging mir nicht um Publikum, sondern lediglich um die Genugtuung, daß ich zumindest auf diesem Gebiet mein eigener Herr war.

Also machte ich mich eines Morgens auf den Weg nach Argiletum, begleitet von meinen stärksten Trägern und Musa. Ich war schlicht gekleidet, nahm meine unauffälligste Sänfte mit den einfachsten Vorhängen und glaubte sehr naiv, daß kein Mensch mich beachten würde.

Das Viertel entsprach meinen Erwartungen, mein Besitz nicht: Es war schlimmer, als ich befürchtet hatte, viel schlimmer.

Der Verwalter stand schon an der Tür, als ich aus der Sänfte stieg, grüßte mich höflich, sagte aber ansonsten nichts. Die Tür vor mir war der einzige Eingang des Häuserblocks, der vier Stockwerke hoch war. Das Gebäude schien sich ein wenig zur Straße hin zu neigen, die ohnehin schon so eng war, daß die Bewohner der obersten Etage den Bewohnern des gegenüberliegenden Hauses die Hand reichen konnten. Die Fenster auf der Straßenseite waren klein und unregelmäßig über die Fassade verteilt, hier und da sah man breite Risse im Mauerwerk. Auf der Schwelle zögerte ich. Musa kam auf mich zu, doch ich schickte sie weg, ich würde allein hineingehen.

Drinnen war es so dunkel, daß es einige Zeit dauerte, ehe ich die enge, steile, wacklige Treppe entdeckte, die direkt hinter der Tür begann. Es gab nicht den winzigsten Flur. Der Verwalter zündete eine Lampe an, und ich stieg hinauf. Der Halbkreis schwachen Lichts erleuchtete höchstens ein oder zwei Stufen, die so schmal waren, und das Holz so ausgetreten und rutschig, daß ich ein paarmal ausglitt. Endlich lichtete sich das Dunkel. Ein Gestank, so durchdringend, daß ich würgen mußte, schlug mir entgegen. Oben blieb ich einen Moment stehen. Aus unzähligen Türen kamen Menschen hervor und gesellten sich zu anderen, die dort bereits in diversen Haltungen herumlungerten. Der Verwalter folgte mir.

»Wie viele Leute leben hier?« fragte ich. Ich flüsterte, warum? Etwas lauter wiederholte ich die Frage.

Der Verwalter antwortete: »Ihr meint registrierte Mieter? An die dreißig nach der letzten Zählung.«

Ich schluckte. »Wie viele unregistrierte wohnen denn hier?«

Er zuckte mit den Schultern. »Fünfzig, hundert, mehr, weniger? Sie kommen, sie gehen, sie sterben und werden geboren. Wer soll da den Überblick behalten? Wenn es die Mieter vorziehen, ihre Zimmer mit einer ganzen Horde von Verwandten vollzustopfen, ist das ihre Sache.«

Zwei oder drei Lampen hingen an der Wand des Flurs, sie rauchten und tropften. Der Gestank billigen Öls war eines der Ingredienzien, die ich in diesem widerlichen Gebräu von Gerüchen identifizieren konnte, obwohl ich mir alle Mühe gab, durch den Mund zu atmen, den Schleier straff über den unteren Teil meines Gesichts gezogen.

Ich spürte, wie ich angestarrt wurde, also straffte ich mich und begann meinen Weg den schmalen Gang entlang. Diese erste Etage – und ich nahm an, daß für die anderen dasselbe galt – war ein Labyrinth von Zimmern, keines größer als ein winziges Kabuff, keines, das mehr Mobiliar aufzuweisen hatte als ein oder zwei Betten, beladen mit schmutzigen, verschlissenen Decken, einen Schemel, eine Kerze oder Lampe und einen Nachttopf. Die Kammern waren schlecht beleuchtet, manche teilten sich ein Fenster mit dem Nachbarzimmer, andere hatten gar keines. Ich spähte in jeden Raum, versuchte, mir nichts aus den unverschämten Blicken der Bewohner zu machen. Ich sah ausgemergelte Frauen, einige hochschwanger, alle in eine Art Lumpen gekleidet, alle mit fahlgrauen Gesichtern, stumpfen Augen, hohlen Wangen; zahnlose Hutzelweiblein; vor sich hin stierende alte Männer; mürrische junge Kerle, teilweise lustlos auf den Betten herumliegend; überall zerlumpte Kinder mit dürren Beinen und Rotznasen, viele von ihnen mit unnatürlich runden Bäuchen und grindigen Mündern und Augen. In einem der größeren, eine Spur saubereren Zimmer saß eine Frau in der farbigen Toga einer Prostituierten auf einem Hocker, die Beine gespreizt, so daß der rauhe Stoff der Toga einen tiefen Sack zwischen ihren Knien bildete. Sie war nicht jung, sie war schmutzig und häßlich, aber sie sah zumindest etwas besser genährt aus als der Rest.

Und all diese Menschen, die ebensogut aus einer gänzlich anderen Welt hätten kommen können, blickten mich an, sagten jedoch nichts. Ihr Schweigen fing an, mich nervös zu machen. Es war kein gleichgültiges Schweigen und die Stille auch lediglich ein Fehlen von Worten, denn das Haus war von Geräuschen erfüllt. Stöhnen und Grunzen, mißmutiges Gekreisch, Fetzen unverständlicher Zurufe, das Weinen und Jammern von Kindern, das Klirren von Töpfen. Und merkwürdigerweise klang der Straßenlärm innerhalb des Gebäudes noch ohrenbetäubender als draußen. Und dann dieser Gestank überall. Mal überwog der Geruch von Urin, mal der von Erbrochenem oder altem Schweiß.

Ich hatte Angst. Fühlte mich wie ein in die Enge getriebenes Tier, eingesperrt, bedroht. Sie waren zu nah, diese Armen, es waren keine Mieter mehr, die ihre Miete nicht oder nicht pünktlich bezahlten, sondern feindliche Fremde. Ich roch sie, hörte sie, spürte ihre Blicke. Und obwohl ich diejenige war, die sich auf ihr Terrain begab, hatte ich das Gefühl, daß sie die Eindringlinge wären, meine Privatsphäre verletzten, die Luft um mich herum verschmutzten. Ich war von einem fremden Volksstamm umgeben, mit abstoßenden Gebräuchen und einer Sprache, die ich nicht verstand.

Ich drehte mich um und kehrte zur Treppe zurück, zwang mich, langsam zu gehen und so würdevoll wie möglich. Ich war nicht mehr die Person, die ihre finanziellen Angelegenheiten so perfekt regelte, sondern eine ängstliche und verwirrte Frau.

Der Verwalter trat zur Seite. Er sagte nichts, doch ich fühlte seine Verachtung. Blind stolperte ich die Treppe hinunter. Auf der letzten Stufe verlor ich fast das Gleichgewicht, mit einer Hand an der Wand konnte ich mich gerade noch halten. Die Wand fühlte sich feucht und klebrig an.

Meine Sänfte stand noch an derselben Stelle. Ich ließ mich hineinfallen, zog die Vorhänge zu und befahl meinen Trägern, mich nach Hause zu bringen. Schnell. Ich betrachtete meine Hand. Sie war dreckverschmiert. Dann den Saum meiner Stola. Auch voller Flecken. Ich fühlte mich besudelt und beschmutzt.

Sobald ich zu Hause angekommen war, nahm ich ein Bad. Klares, sauberes Wasser sollte den Schmutz wegwaschen. In eine frische Stola aus feinem Leinen gekleidet, lief ich im Peristyl umher, sog die reine Luft ein, genoß die Ruhe und Stille, den Duft der Blumen, die Wärme der Sonne, das strahlende Licht. Doch ich wußte, daß kein Wasser ausreichen würde, um den Eindruck dessen auszuwischen, was ich gesehen und gehört hatte.

Dort existierte ein anderes Rom, etwas, dessen ich mir theoretisch durchaus bewußt gewesen war. Eine Welt, die keinerlei Berührungspunkte mit der meinen hatte. Die Mieter hatten mir Miete eingebracht, und das war alles, was sie mir bedeuteten. Ich hatte sie noch nie zuvor gesehen. Sie waren die Armen, die in den engen Straßen gegen meine Sänfte stießen, jenes Element von Gewalt, das manchmal das öffentliche Leben in der Stadt störte, mir aber nie – zumindest bisher – wirklich etwas zuleide getan hatte und immer außerhalb der sicheren Mauern meines Hauses geblieben war. Ich hatte mich nicht gefragt, wie sie lebten, es interessierte mich nicht im geringsten, solange sie keine Bedrohung für mein Leben oder meinen Besitz darstellten. Es waren menschliche Wesen, soviel war erkennbar, aber von einer vollkommen anderen Spezies. Unsere Sklaven waren mir vertrauter, sie waren auch verläßlicher, als diese Leute es je würden sein können.

Ihre Wirklichkeit erfüllte mich mit Abscheu und Angst. Doch ich mußte den wahren Grund für meinen Abscheu und meine Angst finden, für meine Flucht, besser gesagt, oder mir eingestehen, daß ich einfach nur ein Feigling war. Wenn ich auch nicht erzählen konnte, was ich getan hatte, so mußte ich doch darüber reden.

Ich wählte einen Zeitpunkt, zu dem Cicero so entspannt wie möglich war: nach dem Bad, als sein Leibdiener dabei war, ihn mit duftenden Ölen zu massieren. Nur selten störte ich bei diesem Ritual und mußte daher irgendeine Entschuldigung für mein Eintreten anführen. Was ich gesagt habe, weiß ich nicht mehr, aber es war offenbar überzeugend, denn er schickte seinen Diener weg, setzte sich auf und hörte mir geduldig zu.

Als ich meinen Bericht beendet hatte und das Zimmer verlassen wollte, fragte ich ganz beiläufig, als ob es mir gerade in den Sinn käme: »Sag mal, Marcus, wen meinst du, wenn du von unzufriedenen Elementen in der Bevölkerung sprichst, die, wie du sagst, Catilina unterstützen? Wer ist das genau? Sind es die Leute, die in den Mietskasernen wohnen?«

Er lächelte mich an. »Was für eine seltsame Frage? Warum interessiert dich das?«

»Ich weiß nicht – ich habe es mich nur gefragt. Ich habe in der letzten Zeit über so viele Dinge nachgedacht.«

»Na gut, mit den Unzufriedenen meine ich vor allem, aber nicht ausschließlich, die Armen, die Menschen ohne Land und ohne Arbeit. Auch in unseren eigenen Kreisen gibt es unzufriedene Leute, leider, aus diversen anderen Gründen, obwohl Armut als Folge eines ausschweifenden Lebens einer davon sein kann. Ja, in der Tat, die Armen leben in Mietskasernen, wie Kaninchen in ihren Ställen. Sie haben keine Wahl, es herrscht ein großer Mangel an Wohnraum in Rom.«

»Aber warum gibt es so viele Arme und Besitzlose? Warum können sie nicht aufs Land zurück oder in Rom Arbeit finden?«

Er seufzte. »Schon seit langem ist Grund und Boden eine gute Investition. Das meiste wurde von Leuten aufgekauft, die ein Landgut errichten wollten, Weingärten, Äcker und Weiden kultivieren. Das führte dazu, daß kleine Bauern enteignet wurden. Viele von ihnen mußten zum Militär, und ihre Frauen und Kinder blieben zurück und bestellten das Land, zehn Jahre, zwanzig Jahre, solange ihr Mann im Dienst war. Weil sie es nicht schafften, die Ernten schlecht waren oder die Preise zu niedrig, waren sie gezwungen, das Land für ein Spottgeld zu verkaufen, und als die Soldaten zurückkamen, war ihr Besitz verfallen und sie hatten nur noch Schulden. Ihr einziger Ausweg war, nach Rom zu ziehen, in der Hoffnung, dort Arbeit zu finden und darauf, daß irgendein verantwortungsloser Volksverführer Schuldenerlaß versprechen würde und freies Getreide, Land oder wonach sie sonst auch rufen mochten.« Cicero legte sich wieder hin. Ich stand noch immer an der Tür.

»Was ist?« fragte er. Er klang ein wenig verärgert.

»Warum können all diese Leute in Rom keine Arbeit finden? Sind sie zu faul und zu träge?«

»Manche schon, natürlich, aber andere finden einfach keine feste Anstellung. Es gibt genug Sklaven für die unqualifizierte Arbeit, sie kosten weniger, und häufig kommen sie aus dem Osten, wo sie für das feine Handwerk besser ausgebildet sind. Wie wird ein Bauer Lederarbeiter, Kupfer- oder Silberschmied, und wer soll es ihm beibringen, wenn es genug Sklaven gibt, die es tun können? Ist das eine Antwort auf deine Fragen?«

Ich schwieg einen Moment, dann platzte ich heraus: »Sie sind gefährlich, Marcus. Sie sind faul, gewalttätig, schmutzig.«

»Allerdings«, sagte er trocken. »Ein gefundenes Fressen für Catilina. Aber es sind römische Bürger, ihre Stimmen zählen, und wenn sie in der Volksversammlung nicht bekommen, was sie haben wollen, werden sie jedem Führer folgen, der verspricht, mit Gewalt für ihre Sache einzutreten. Würdest du beim Hinausgehen so freundlich sein, meinen Sklaven zurückzurufen?«

Langsam ging ich in meine Gemächer zurück. Römische Bürger, hatte er gesagt. Aber wenn Staatsbürgerschaft ein Band war, das ich mit manchen oder all diesen togalosen, vermutlich analphabetischen, faulen Landstreichern gemein hatte, denen ich in Argiletum begegnet war, dann war das ein Band, das ich nicht akzeptieren wollte.

Meine Angst und mein Abscheu waren berechtigt gewesen. Doch ich hätte meinen Besitz lieber nicht inspizieren sollen. Dieses andere Rom, dieser fremde Ort, von fremden Menschen bevölkert, war nun nicht länger anonym und immateriell. Es stand fortan für die Höhle eines unberechenbaren, raubgierigen wilden Tieres und erfüllte mich mit Grausen. Ich wollte es nur noch vergessen. Aber dazu erhielt ich nicht die Gelegenheit.

Unser Haus summte in letzter Zeit wie ein Bienenkorb vor lauter Geschäftigkeit, von früh bis spät, jeden Tag und fast jeden Abend. Aber es war kein fröhliches Haus. Nur wenige meiner Freunde besuchten mich, und sie kamen nicht auf einen gemütlichen Plausch, sondern mit weitschweifigen Geschichten über alarmierende Gerüchte.

Seit dem Frühsommer wohnte Ciceros Schüler, Marcus Rufus Caelius, nicht mehr bei uns. Ohne jegliche Erklärung war er ausgezogen, ja selbst ohne ein Wort des Abschieds, noch bevor seine beiden Lehrjahre vorbei waren. Seine Anwesenheit hatte etwas Frohsinn in mein Leben gebracht, und ich vermißte ihn. Er mochte vielleicht

Feste und Frauen zu sehr lieben, zuviel Geld ausgeben und mit einer Gruppe von jungen Männern verkehren, die keinen allzu guten Ruf hatten, aber wer hätte ihm widerstehen können? Wie er durch das Atrium tanzte, den Zipfel seiner Toga um seinen Kopf wirbelnd, ausgelassen, weil die eine oder andere Schöne ein Auge auf ihn geworfen hatte; wie er unser Abendmahl mit seinen leicht boshaften Witzen und Tratschereien aufheiterte; wie er im Peristyl auf und ab schritt und sich in der Redekunst übte, im Ton und in der Gestik ganz sein Lehrmeister, oder vor mir herumstolzierte, um mir eine neue seidene Abendtunika vorzuführen, das rote Haar pomadisiert und gelockt, das hübsche Gesicht vor Aufregung gerötet, wodurch der Sommersprossenregen auf seinen Wangenknochen verblaßte.

Aber er konnte auch lustlos umherschleichen, weil die berüchtigte Clodia ihn in der einen Nacht das Bett mit ihr hatte teilen lassen und ihn in der nächsten mit einem anderen betrogen hatte – er erzählte es uns ohne Scham, schlug unsere Warnungen in den Wind, daß sie ihm weh tun würde, wie sie es schon mit so vielen anderen getan hatte. Und ich sehe noch vor mir, wie er seinem Meister Cicero zuhörte, ganz aufmerksam, die klugen Augen zusammengekniffen, um nur ja nichts zu verpassen. Er war außerordentlich begabt und, für sein Alter, beunruhigend zynisch, was Menschen und ihre Motive betraf, und Cicero liebte ihn wie einen Sohn. Daß Caelius weg war, hatte ich erst erfahren, als er eines Abends nicht zu Tisch erschienen war, ohne sich wie sonst entschuldigt zu haben. Auf meine Frage, warum, hatte mein Mann ausweichend geantwortet, und als ich insistierte, hatte er mich ungeduldig unterbrochen, doch sein Gesicht hatte einen unverkennbar traurigen Ausdruck gehabt.

Es war Caelius selbst, der mir seine Gründe erläuterte.

Wir trafen uns zufällig, als ich wegen irgendeiner Besorgung in meiner Sänfte durch die Stadt getragen wurde. Ich sah ihn durch einen Spalt in den Vorhängen und rief ihn. Er blieb stehen und schaute sich um, versuchte herauszufinden, woher die Stimme kam. Ich zog die Vorhänge auf und rief noch einmal. Er blickte mir direkt ins Gesicht und machte auf dem Absatz kehrt. Verblüfft und wütend über diesen Mangel an Manieren bei einem jungen Mann, der sonst so höflich war, rief ich erneut seinen Namen, so laut, daß Passanten innehielten und mich angafften. Einen Moment stand er reglos da, dann drehte er sich um und kam zögernd auf mich zu.

»Warum gehst du mir aus dem Weg?«

Er antwortete nicht, und ich sah ihn forschend an. Er hatte sich sehr verändert. Ein harter Zug lag um seinen Mund, und er wich meinem Blick aus.

»Komm mit nach Hause und erzähl mir, wie es dir geht«, drängte ich.

»Nein.«

»Warum nicht?«

»Es würde Marcus Cicero nicht recht sein.«

Erstaunt starrte ich ihn an. Passanten liefen auf ihn auf, er strauchelte und stieß gegen meine Sänfte. In einem Impuls streckte ich die Hand aus und ergriff seinen Arm.

»Wieso?«

»Weil er meinen Umgang nicht mag. Ich meine Catilina, ich habe mich ihm angeschlossen, und dein Mann ist damit nicht einverstanden.«

Ich schnappte nach Luft.

»Du wolltest es wissen«, fuhr er fort.

Ich suchte nach Worten. »Warum, Marcus, warum Catilina? Warum gerade er, warum seine Sache?«

»Warum nicht? Ich bin gewiß nicht der einzige sogenannte ehrbare Römer, der Catilina unterstützt, ich bin vielleicht nur etwas ehrlicher, was meine Interessen und Motive betrifft.«

»Und was sollen das für Motive sein?«

»Daß er eine neue Epoche einzuläuten scheint, eine, in der es für verstaubte alte Herren und aufgeblasene Adlige mit erhobenen Nasen keinen Platz mehr geben wird. Eine Zeit für ambitionierte junge Leute, das Regime zu zerschlagen. Du wirst von mir nichts über Bodenreform hören oder sonstige radikale Maßnahmen, das überlasse ich anderen. Kannst du es denn nicht verstehen, Terentia, sie blockieren alles, diese hinfälligen alten Männer, und diese Blockierung aufzubrechen ist genauso schwierig wie eine Auster mit einem stumpfen Werkzeug zu öffnen. Catilina soll das scharfe Werkzeug sein, er hat den Mut und die Entschlossenheit, er ist nicht engstirnig, er erstickt nicht vor Überheblichkeit wie diese Fischliebhaber, wie dein Mann sie nennt, die Superreichen, die sich die Zeit damit vertreiben, die Karpfen in ihren kunstvollen Teichen zu ärgern, und doch alle Fäden in der Hand haben.«

»Da spricht die unbesonnene Jugend. Catilina ist schlecht, machtgierig, verkommen, ein Schuft …«

»Schlecht?« unterbrach er mich. »Was ist schlecht in dieser korrupten Welt? Es geht nur um die Macht, und ich stelle mich dorthin, wo die Macht ist, wo ich die Gelegenheit erhalte, meine Ambitionen zu verwirklichen. Catilina könnte die Quelle dieser Macht sein, darum unterstütze ich ihn.«

»Verschwörungen und Intrigen unterstützen, um die Regierung zu stürzen?«

»Was für Verschwörungen? Das sind Gerüchte, die von Catilinas Gegnern ausgestreut werden. Catilina kandidiert für das Amt des Konsuls, öffentlich und ehrlich, und es ist eine vollkommen ehrenwerte Sache, einen Kandidaten für das Konsulat zu unterstützen. Oder wäre es dir vielleicht lieber, wenn ich diesen Schurken Murena unterstützen würde, der nur so mit Geld um sich schmeißt, als ob Bestechung in diesem Umfang weniger verwerflich wäre?«

»Das sind bloß Ausreden«, sagte ich kühl.

Er zuckte mit den Schultern und lief ein Stück weg, und ich rief ihm nach: »Komm mit, Marcus, ich will ...« Aber er war schon in der Menschenmenge verschwunden.

Die Wahlen sollten in vier Tagen stattfinden, und in der Stadt herrschte eine hektische Atmosphäre. Kandidaten in ihren weißgebleichten Togen, am dominantesten Catilina, liefen mit ihren Schlägertrupps herum, ihren Anhängern, den Leitern ihres Wahlkampfes und neugierigen Zuschauern. Cicero war bewußt, daß er als Konsul besonders angreifbar war, und verließ das Haus nie ohne seine inoffizielle Leibwache aus treuen Freigelassenen oder Klienten. Hinter geschlossenen Türen raunte man sich Catilinas Namen schockiert zu, das Volk aber posaunte ihn voller Freude heraus, wenn sein Favorit irgendwo auftauchte. Denn es war nicht zu leugnen: Catilina beherrschte die Kunst, auf die Hoffnungen und Ängste der Masse einzugehen, auf ihre Sorgen und ihren Neid, wie ein erfahrener Musiker die Laute spielt und ihr die Töne entlockt, die er hören will. Ich wußte, daß die Mieter meines Wohnblocks in Argiletum seinen Ruf hören würden.

Eine sanfte Hand schüttelte mich an der Schulter. Ich drehte mich in meinem Bett um, mochte noch nicht wach werden, doch die Hand ließ nicht locker. Ich öffnete die Augen und sah im schwachen Schein einer Lampe Musas Gesicht über mich gebeugt.

Musa sagte drängend: »Aufwachen, Herrin, aufwachen, da ist eine Frau, die den Herrn sprechen will.«

Mühsam richtete ich mich auf, versuchte, zu mir zu kommen.

»Mitten in der Nacht? Wer ist es, was will sie?«

»Das möchte sie nicht sagen – weder, wer sie ist, noch, was sie will. Ich soll nur ausrichten, daß es dringend ist. Ich hielt es für besser, zuerst Euch zu informieren.«

»Gut so, laß sie herein.«

Als meine Dienerin weg war, fragte ich mich, ob das so klug gewesen war. Vielleicht war die Frau ja ein verkleideter Mann, der uns im Bett ermorden wollte. Die vergiftete Atmosphäre in der Stadt, all das, was unausgesprochen blieb und suggeriert wurde, hatte auch auf mich ihre Wirkung gehabt. Doch die Gestalt, die jetzt vor mir stand, tief verschleiert und mit einem großen Umschlagtuch, war klein und zierlich, und die Füße in den eleganten Sandalen waren winzig. Kein Zweifel, daß dies eine Frau war. Musa hatte ihre Lampe auf ein Tischchen gestellt und am Eingang Posten bezogen, offenbar um die Sache im Auge zu behalten. Nach kurzem Zögern zog die Frau ihren Schleier herunter und enthüllte ein markantes, scharf geschnittenes Gesicht, gepflegt, nicht unattraktiv, aber ohne Wärme. Ein Gesicht, das ich nicht zuordnen konnte. Auffällig waren die hohen Wangenknochen, die Augenbrauen, anmutige, dunkle Bögen, die mich an Schwalben im Flug erinnerten, und die dünnen Lippen, die die Form der Brauen wiederholten.

»Wer seid Ihr?« fragte ich.

»Euer Mann kennt mich, ich bin Fulvia. Ich habe ihn in letzter Zeit ein paarmal besucht. Jetzt komme ich, um ihn zu warnen.« Ihre Stimme war angespannt und beherrscht.

Ich schwang meine Beine über die Bettkante. »Ich lasse Euch nicht zu meinem Ehemann hinein, bevor Ihr mir nicht genau erzählt habt, wer Ihr seid und wovor Ihr ihn warnen wollt.«

Fulvia machte eine ungeduldige Gebärde und sagte kurz: »Euer Mann bedarf meiner Warnung, nicht Ihr.«

Nun wurde ich ungeduldig. »Die Sicherheit meines Mannes geht auch mich etwas an. Wie gesagt, ich lasse Euch nicht zu ihm hinein, bevor ich nicht genau weiß, warum Ihr hier seid.«

Einen Moment starrte die Frau mich an. Dann zuckte sie mit den Schultern. »Ich bin Fulvia, die Frau von Lucius Numestius, aber was wichtiger ist, auch die Geliebte von Quintus Curius.« Sie schwieg, wartete vielleicht auf ein Zeichen des Erkennens, doch als sie das nicht bekam, fuhr sie fort: »Mein Mann ist etwas älter und gut zu mir, aber er ist nicht besonders großzügig. Ich liebe Geld und Luxus und mache daher manchmal Schulden. Darum suche ich mir Liebhaber aus, die meine Ausgaben finanzieren können. Curius war so einer. Mir war bekannt, daß er ein Schurke ist und auch daß er ein Trink- und Spielkumpan von Lucius Catilina ist. Über Catilina hatte ich genug gehört, um zu wissen, daß er ein noch größerer Schurke ist als Curius. Curius übernahm all meine Schulden und machte mir teure Geschenke, aber ich fragte mich schon, woher das ganze Geld kam. Curius ist ziemlich wohlhabend, doch so reich nun auch wieder nicht. Eines Abends, als er noch mehr getrunken hatte als sonst, fragte ich ihn danach, und er erzählte mir, daß Catilina ihn bezahlt. Auf meine Frage, wofür, machte er eine Andeutung über eine Verschwörung und Aufstände, und er sagte, daß Catilina dahinterstecke und daß der ihn bezahle, um sich seine Unterstützung zu erkaufen. Ich wollte nichts damit zu tun haben und hatte Angst. Deshalb zog ich einen Freund ins Vertrauen, der mir riet, zu einem der Konsuln zu gehen. Nicht zu Antonius, sondern zu Marcus Cicero. Das habe ich getan, diesen Sommer, aber da konnte ich noch nicht viel mehr an ihn weitergeben als ein paar zusammenhanglose Geschichten. Euer Mann kannte den Ruf von Curius und sagte, daß ich ihn bestechen solle, Informant zu werden. Es war nicht schwer – Curius ist nur zu gern bereit, das, was er seine ›Ehre‹ nennt, an den Meistbietenden zu verkaufen.« Sie kam auf das Bett zu und sagte eindringlich: »Ich habe Euch alles berichtet, was Ihr wissen müßt, bringt mich jetzt zu Eurem Mann. Es ist schon fast Tag, und ich darf nicht auf der Straße gesehen werden, das ist gefährlich.«

Das flackernde Lampenlicht schien auf Fulvias Gesicht. Es war keine Angst darin zu lesen, nur kühle Entschlossenheit.

Ich stand von meinem Bett auf, und Fulvia trat einen Schritt zur Seite.

»Wartet hier«, sagte ich und legte mir ein Schultertuch über das dünne Nachthemd, »ich werde meinen Mann wecken.« Ich nahm die Lampe von dem Tischchen und befahl Musa, an der Tür stehenzubleiben.

Ciceros Schlafzimmer lag am Atrium, ein Stück von meinem entfernt, das sich in einem der Flügel befand, die den Garten umschlossen. Ich hatte mir nicht die Mühe gemacht, Sandalen anzuziehen, und die Steine der Galerie fühlten sich unter meinen bloßen Füßen kalt und feucht an. Es war mitten in der Nacht, und doch hörte ich das Dröhnen der Stadt – ein tiefes, dunkles, grollendes Geräusch. Die Meute war offenbar noch auf den Beinen – ein tausendköpfiges Tier, aufgestachelt und angetrieben von gewissenlosen Wärtern. Die schwache Flamme der Lampe machte die Dunkelheit nur intensiver; glücklicherweise hatte der Türposten eine Fackel im Atrium angezündet.

Mein Mann lag auf dem Rücken, ein Arm um seinen Kopf, der andere über die Bettkante hängend. Sein Mund stand offen, es gab seinem Gesicht etwas beängstigend Leeres. Sein Atem pfiff beim Einatmen und gurgelte. Die Decke hatte er weggeschoben, ich sah ein nacktes Bein bis zum Saum seines Nachthemds. Er wirkte so verletzlich, daß ich eine ungewohnte Regung von Zärtlichkeit verspürte.

Er war sofort hellwach. Ehe ich etwas gesagt hatte, war er schon aus dem Bett. Dieser unmittelbare Übergang vom Schlaf zu äußerster Wachsamkeit warnte mich mehr als alles, was er in den letzten Wochen geäußert oder getan hatte, daß Gefahr drohte.

»Was ist los?« fragte er.

»Da ist eine Frau, die dich sprechen will.«

»Fulvia«, sagte er gleich und ging vor mir her aus dem Zimmer, wie er war, mit zerknittertem Nachthemd und zerzaustem Haar.

»Curius hat mich geschickt«, sagte Fulvia ohne Umschweife, als ich Musa entlassen hatte. »Ihr Plan steht, sie haben gerade ein letztes Treffen gehabt. Sie wollen Euch und die übrigen Kandidaten auf dem Marsfeld ermorden, während der Wahlen. Danach wollen sie in Etrurien und an anderen Orten zum Aufstand blasen, auch in Rom, und in dem Chaos, das folgt, wollen sie die Macht ergreifen.«

Cicero hatte sich aufs Bett gesetzt, Fulvia blieb stehen.

»Woher wißt Ihr das alles – oder besser gesagt, woher weiß Curius das? War er nüchtern, als er es erzählte?«

Musa hatte eine große Lampe an der Decke angezündet, die noch hin und her pendelte. Fulvia sprach langsam und nachdrücklich: »Er war nüchtern diesmal, kam gerade von dem Treffen in Catilinas Haus zurück, wohin dieser seine Bandenführer bestellt hatte, Ihr wißt, wer alles dazugehört.«

Cicero nickte. »Lentulus, der Prätor, als Mitglied des überaus aristokratischen Cornelius-Clans die ehrenwerte Fassade der Verschwörung, der leider ganz unehrenwert in der Schuldenfalle sitzt; Cassius Longinus, Laeca … Ach was, einfach alle zügellosen, verschwenderischen und unverantwortlichen Leute in der Stadt.« Er schwieg einen Moment. »Und mit Verlaub, ich glaube, daß auch einige sehr hochgestellte Personen das Feuer schüren.«

Fulvia fuhr ungeduldig fort: »Wie auch immer, Catilina hat stundenlang auf sie eingeredet, über die Notwendigkeit von Loyalität und Mut und Entschlossenheit, und gesagt, daß sie sich von der Herrschaft der wenigen befreien müßten, die allen Wohlstand und alle Macht besäßen, während sie dagegen hochverschuldet seien. Und daß er Menschen in Not helfen wolle, den Armen, den Besitzlosen, den Unterdrückten. Er habe schließlich nichts zu verlieren als sein Leben – ich nehme an, er meinte, daß er Außenstände bei fast jedem Pfandleiher in der Stadt hat – und sei gern bereit, für die Sache zu sterben, daher sei er der einzige, der sie anführen könne. Aber auch weil er den Mut und die Unerschrockenheit habe, über die ein Führer verfügen müsse. Sie jubelten ihm alle zu und versprachen, ihm bis ans Ende der Welt zu folgen. Dann ließ Catilina eine Schale herumgehen, in der sich, wie er sagte, ein Gemisch aus Wein und Blut befand, davon sollten sie trinken und ihm Treue schwören.« Die Lampe warf kein Licht mehr auf Fulvias Gesicht. Ich konnte nicht sehen, welchen Ausdruck es hatte, doch ihre Stimme war vollkommen sachlich. Ich saß auf dem Bett neben Cicero, und obwohl meine Füße den Boden nicht berührten, kroch die Kälte über meine Beine nach oben. Catilina hatte in meiner Vorstellung eine furchterregende Form angenommen – ich dachte an die Geschichten über den Wolfsmenschen, sah vor mir, wie er mit messerscharfen Zähnen geifernd um ein rituelles Feuer lief, und mich schauderte.

»Ich denke, wir können wohl davon ausgehen, daß dieser letzte Teil der Geschichte, wenn er denn wahr ist, lediglich Catilinas inszenatorisches Geschick zeigt«, bemerkte Cicero trocken.

»Wie Ihr schon sagt, wenn es wahr ist, Curius ist ebenso gutgläubig wie dumm. Aber seid vorsichtig, ich habe Euch gewarnt. Nun muß ich gehen, meine Dienerin wartet im Vestibulum. Doch bevor ich gehe – das Geld bitte, Curius muß für alles bezahlt werden.«

Cicero verließ das Zimmer, gefolgt von Fulvia und von mir, ihr dicht auf den Fersen. Wir liefen durch das Atrium zu dem kleinen Raum, halb Schrank, halb Kammer, wo die große eiserne Geldtruhe stand. Es hätte eine Szene aus einer Posse sein können. Cicero in seinem Nachthemd, das ihm kaum bis zu den Knien reichte, hinter ihm eine mysteriöse tief verschleierte Gestalt und dahinter wieder eine Frau, barfuß und ebenfalls im Nachthemd.

Aber ich fand es überhaupt nicht lustig. Fulvias Worte klangen in meinen Ohren nach.

Der Wärter trat aus seinem Häuschen, in Begleitung eines stämmigen Mannes, den ich als einen der treuen Leibwächter erkannte. Der Wärter flüsterte Cicero etwas ins Ohr, die Augen auf Fulvia gerichtet. Cicero schüttelte den Kopf, und der Mann zog sich zurück.

Die Eisentruhe war mit ein paar großen Vorhängeschlössern verriegelt. Es dauerte etwas, bis Cicero sie aufbekommen hatte. Er hob einen schweren Beutel heraus, der sichtbar mit Münzen gefüllt war, und Fulvia nahm ihn entgegen, ohne ihn zu öffnen oder zu fragen, wieviel er enthielt. Es hatte anscheinend vorher Absprachen darüber gegeben.

»Ich werde es Curius sofort überbringen. Er wartet sicher schon sehnsüchtig darauf.« Es klang nicht geringschätzig, sie konstatierte nur.

Cicero nickte wortlos.

»Und für Euch keinen Beutel?« fragte ich. Es war nicht unfreundlich gemeint, aber Fulvias Motive waren mir immer noch nicht ganz klar.

Fulvia erstarrte, und lange Zeit sprach niemand von uns. Schließlich zog sie sich den Schleier übers Gesicht und sagte ausdruckslos: »Ich mag vielleicht meinen Körper an den Meistbietenden verkaufen, doch Rom braucht meine Dienste nicht zu bezahlen.«

Das Knarren der schweren Außentüren, die sich hinter Fulvia schlossen, hallte klagend durch das Atrium.

»Ist sie auch nicht in Gefahr?« fragte ich.

»Sie ist unmoralisch, wie sie selbst zugibt, aber du kannst davon ausgehen, daß es eine intelligente, mutige und entschlossene Frau ist«, antwortete Cicero.

»Geh wieder schlafen«, sagte er, als wir sein Zimmer erreicht hatten, »es ist noch zu früh zum Aufstehen.«

»Was wirst du tun?« fragte ich, als er sich auf sein Bett setzte.

»Nichts.«

»Wie meinst du das – nichts? Du mußt Catilina töten, Marcus, jetzt, bevor er noch mehr Unheil anrichten kann.«

»Nein.«

»Sollen wir denn alle umgebracht werden, du und ich und Marcus und Tullia?« platzte ich heraus. »Denn sie werden bestimmt nicht nur dich umbringen. Laß den Mann aus dem Weg räumen, noch heute nacht.«

Er lehnte sich in sein Kissen zurück und sah mich an.

»Ruhig, Terentia, es gibt keinen Grund, sich so aufzuregen.«

»Keinen Grund? Laß ihn töten, bitte.«

Er seufzte. »Das ist ausgeschlossen. Ein Konsul läßt keinen Bürger ohne Prozeß hinrichten, es sei denn, der Bürger ist zum Verräter und Staatsfeind erklärt worden, und auch dann nur mit Zustimmung des Senats. Und außerdem, ich habe keinen Beweis.«

»Und ob du den hast. Was Fulvia dir erzählt hat. Du glaubst ihr doch?«

»Ja, aber das ist nur eine mündliche Aussage, mehr nicht. Ich muß warten, bis Catilina sich in die Karten schauen läßt. Es gibt im Senat noch zu viele Leute, die bereit sind, ihn zu verteidigen, die sich von seinen radikalen Ideen angesprochen fühlen. Sie müssen einen unwiderlegbaren Beweis bekommen, und den müssen Catilinas Taten erbringen.« Er schwieg einen Moment und sagte dann bitter: »Und dann ist da auch noch etwas anderes. Das Volk glaubt an die Luftschlösser, die Catilina ihm verspricht und hat kein Vertrauen zu mir. Viele sehen mich nach wie vor als den Emporkömmling, der nur als Gegengift gegen Catilina zum Konsul gewählt worden ist. Ich brauche Zeit, um alle guten Bürger zu mobilisieren und ein starkes Bündnis zu bilden, ob es nun Aristokraten sind oder Leute aus dem Volk. Und das kann ich nur, wenn sie mir vertrauen, und das werden sie erst tun, wenn ich ihnen den vollständigen und unwiderlegbaren Beweis liefere.«

»Wir müssen also erst alle im Bett ermordet werden«, jammerte ich.

»Nein, ich weiß, wer Catilinas Anhänger sind, ich weiß, was sie vorhaben, in jedem Moment eines jeden Tages. Dafür habe ich meine Spitzel, Fulvia ist eine von ihnen. Hab keine Angst, ich weiß, was ich tue, glaub mir.«

»Und was genau tust du?«

Er lächelte. »Einen Nervenkrieg führen. Wer die stärksten Nerven hat, gewinnt. Catilina oder ich. Und ich bin fest entschlossen, daß ich es sein werde. Ich erhöhe den Druck, so daß Catilina gezwungen sein wird, Rom zu verlassen, sich seiner sogenannten Armee anzuschließen und endlich die Karten auf den Tisch zu legen.«

Ich kniete neben dem Bett. »Marcus, bist du sicher, daß das der richtige Weg ist?«

»Es gibt keinen anderen.«

»Hast du keine Angst?«

»Nur Toren haben nie Angst. Natürlich habe ich Angst, manchmal, aber ich versuche, mein Urteil nicht dadurch beeinflussen zu lassen. Und das ist, denke ich, eine genauso gute Definition von Mut wie jede andere.« Er streckte die Hand aus und streichelte meine Wange. »Du bist auch mutig, Terentia, das weiß ich, du kannst diesen Nervenkrieg ebensogut führen wie ich. Ich weiß, daß ich Rom retten kann. Vertrau mir.«

Ich gab mich geschlagen. »Niemand wird sagen können, daß die Frau des Konsuls ein Feigling ist. Ich werde diesen Nervenkrieg, wie du es nennst, gemeinsam mit dir führen.«

Er sah mich an, und ich wußte, daß er mit mir zufrieden war und mich bewunderte. Ohne jeden Vorbehalt würde ich an seiner Seite kämpfen können, denn ich haßte Catilina. Und ich wollte sein, wie mein Ehemann es sich wünschte, wollte seinen Ruhm teilen, wenn er gewann, und hinter ihm stehen, wenn er verlor. Er zog mich an sich und küßte mich sacht auf die Stirn.

Zwei Tage später wurden die Wahlen abgehalten. Sie verliefen ohne Gewalt. Der Staatsstreich wurde vereitelt. Die Verschwörer, durch Ciceros Machtdemonstration verunsichert, hatten ihre Pläne aufgegeben. Catilina verlor wieder, wenn auch knapp. Silanus und Murena wurden die neuen Konsuln für das kommende Jahr 62.

Rom hielt den Atem an. Was würde Catilina tun?

Wie er versprochen hatte, wurde Cicero von seinem Netzwerk von Spitzeln auf dem laufenden gehalten.

Nach den Wahlen und dem gescheiterten Staatsstreich war Catilina vom Marsfeld geflohen und direkt nach Hause gegangen. Die ihn gesehen hatten, berichteten, er habe einen wilden und gewalttätigen Blick gehabt. Er bestellte seine Anführer zu sich, unter ihnen nach wie vor Curius – sein Verrat war noch nicht ans Licht gekommen –, und es wurde ein neuer Plan geschmiedet. Catilina würde in Rom bleiben, um keinen Verdacht zu erregen. Sein Heerführer, ein gewisser Manlius, erhielt den Auftrag, die Armee, die er in Etrurien angeworben hatte, in Reichweite Roms zusammenzuziehen. Am achtundzwanzigsten Oktober, in weniger als zehn Tagen, sollte er die Stadt angreifen. In Rom würden Catilinas Anhänger, darunter zahlreiche gedungene Gladiatoren, Cicero und viele Senatoren und führende Magistrate aus dem Weg räumen und anschließend die Macht ergreifen.

Kurz darauf berief Cicero den Senat ein, enthüllte, was er über die Pläne der Verschwörer wußte, und es gelang ihm, den Senat davon zu überzeugen, daß wirklich Gefahr drohte. Dieser verabschiedete ein Dekret, in dem die Konsuln angewiesen wurden, dafür zu sorgen, daß dem Staat kein Schaden zugefügt wurde, und das ihnen freie Hand gab, ihre Macht auszuüben.

Die Schauspieler standen am Beginn der letzten Szenen der Tragödie.

Kampfgefährten

Panik griff in der Stadt um sich.

Ich hatte behauptet, daß ich keine Angst hätte. Ich hatte schon welche, aber ich beherrschte sie. Zehnmal am Tag sagte ich mir, daß es keinen Mut geben könne ohne überwundene Angst, und dann war ich stolz. Unser Haus wurde inzwischen von offiziellen, bewaffneten Posten bewacht. Um das Haus herum ließ ich Eimer aufstellen. Meine Sklaven mußten lernen, wie man einen Brand löscht. Und ich behielt sie genau im Auge. Sie durften nicht tratschen – aber wie sollte man das verhindern? – und keine Grüppchen bilden, denn ich traute niemandem mehr, nicht einmal Musa. Jeder konnte ein Verräter sein, von den Verschwörern bestochen. Ich gewöhnte mir an, immer dort aufzutauchen, wo sie mich am wenigsten erwarteten, änderte ständig die Reihenfolge meiner Verrichtungen, so daß meine Aktivitäten nicht vorhersehbar waren. Alles im Haus kontrollierte ich. Ich überprüfte, ob die Außentüren verriegelt waren, ob die Hintertüren, die für die Angestellten und Kaufleute, stets verschlossen gehalten wurden, sorgte dafür, daß wir genügend Vorräte hatten, und versteckte, was an Wertgegenständen versteckt werden konnte.

Doch ich wagte mich nicht aus dem Haus – ich hatte auch nicht das Bedürfnis danach. Die Stadt war mehr als unruhig, sie war in Aufruhr. Tiro berichtete, daß sich auf dem Forum eine Menschenmenge drängte, daß ihre Stimmung gefährlich explosiv war, daß viele noch nach Catilina riefen, dessen Schlägertrupps in der Menge auf und ab marschierten und sie mit wilden Gerüchten aufhetzten.

Bürgerwehren, bewaffnet und wachsam, patrouillierten durch die Straßen. Wenn ich abends im Bett lag, hörte ich das schwere Stampfen ihrer Füße und die geschrienen Befehle ihrer Kommandeure, und ich war dankbar dafür. Brandwachen machten regelmäßig ihre Runden, warnten, daß man auf verdächtige Bewegungen um die Häuser herum achten solle. Wagen und Karren ratterten vorbei, versperrten den Durchgang, und die schrillen, ungeduldigen Rufe der Fuhrleute zerrissen die Luft. Die Reichen, oder zumindest viele von ihnen, flohen aus der Stadt und nahmen alles mit, was sie an beweglichen Gütern transportieren konnten.

Aber der siebenundzwanzigste und der achtundzwanzigste Tag des Monats kamen und gingen, und noch immer war nichts geschehen.

In der Nacht des 6. November kam Fulvia zum letzten Mal.

Sie weckten mich nicht, sondern brachten sie gleich zu Cicero. Am frühen Morgen betrat er mein Zimmer, als meine Dienerin mich gerade frisierte. Ich schickte sie weg, drehte mich auf meinem Hocker um und sah ihn an.

»Was ist los, Marcus?«

»Fulvia ist kurz vor Sonnenaufgang bei mir gewesen. Sie sagte, daß Catilina seine Anhänger in Laecas Haus in der Straße der Sichelmacher zusammengerufen hat. Er hat beschlossen, Rom zu verlassen und sich an die Spitze seiner sogenannten Armee zu stellen. Sie wollen in verschiedenen Teilen Italiens zum Aufstand blasen. Die anderen, unter Führung von Lentulus, sollen in Rom bleiben und hier Krawalle anzetteln. Brandstiftung, Plünderung, Mord. Kurzum, Chaos und Blutvergießen.«

Ich ergriff seine Hände, sie waren trocken und warm. »Du mußt sie aufhalten.«

»Das geht nicht, Catilina ist noch in Rom. Ich muß ihn aus der Reserve locken, er muß den ersten Zug machen. Erst wenn er sich wirklich seinen Truppen anschließt, kann ich ihn zum Landesverräter erklären. Das ist das letzte Geplänkel in diesem Nervenkrieg, Terentia. Es ist wie das Spiel, wer dem anderen am längsten in die Augen schauen kann. Er wird der erste sein, der zwinkert.«

»Es ist so riskant, Marcus. Ich habe Angst, daß du vielleicht als erster zwinkern könntest.«

»Es ist nicht nur eine Frage von Schauen und Zwinkern. Ich habe die nötigen Vorkehrungen getroffen. Zwei ehemalige Konsuln werben überall im Land Truppen an, und die Gladiatoren aus Rom werden auf andere Städte verteilt, denn man weiß nie, ob sie nicht von den Verschwörern eingesetzt werden.« Er beugte sich vor und küßte meine Stirn. »Wir werden das zusammen durchstehen, wir werden uns gegenseitig Mut zusprechen.«

Ich nickte, mein Herz war zu schwer für Worte.

Er lief zur Tür, und schon fast auf der Schwelle sagte er beiläufig: »Ach ja, Fulvia hat mir auch erzählt, daß sie vorhaben, mich heute zu ermorden.« Zu meiner Verwunderung schmunzelte er. »Leider werden sie mich nicht finden.«

»Marcus, komm zurück«, rief ich. Ich stand auf und rannte ihm hinterher, aber als ich das Atrium erreichte, hatte der Posten die Tore bereits geöffnet, und ich konnte Cicero nur noch nachschauen, während er, von seiner treuen Leibwache begleitet, die Straße hinunterging und verschwand.

Wo er an diesem Tag gewesen ist, habe ich nie erfahren, doch ich verbrachte ihn in banger Einsamkeit. Als die Angst unerträglich wurde, ging ich zu dem kleinen Hausaltar der Penaten im Atrium. Ich verbrannte Weihrauch in einer Schale und sah zu, wie ein Kringel duftenden blauen Rauchs spiralförmig aufstieg.

Steht uns bei, göttliche Geister unserer Ahnen, die ihr das Schicksal unserer Familie bestimmt, betete ich lautlos. Wenn ihr Marcus Cicero beschützt, werde ich euch reich belohnen, und ich werde euch ehren, solange ich lebe.

Es waren hohle Phrasen, aber ich wünschte nichts sehnlicher, als wirklich so zu empfinden, wieder die Terentia sein zu können, die so fest daran glaubte, daß die Götter sie beschützen würden, wenn sie sie ehrte. Wenn mein Gebet mir schon so wenig bedeutete, dann würden die Götter es bestimmt nicht erhören. Meine Angst wuchs. Ich starrte auf die Statuetten, wollte, daß die Götter wieder real für mich existierten, doch es geschah nichts. Es war wie auf ein Feuer zuzugehen, wenn man eiskalt ist, und darauf zu warten, daß einem die Wärme ins Mark dringt, nur um zu entdecken, daß das Feuer nicht echt ist. Ich lief weg, noch ängstlicher und einsamer als zuvor.

Langsam verging der Tag. Bei Einbruch der Nacht war Cicero noch nicht zurück. Ich legte mich ins Bett, schlief aber nicht, und als es endlich Morgen war, machte ich mich auf die Suche nach Tiro.

»Ist dein Herr schon zurück?«

»Nein, bisher nicht.«

»Weißt du, wo er ist?«

Sein besorgter Blick sagte mir genug.

Die einzige Beruhigung war, daß mein Mann offenbar noch nicht ermordet worden war, das hätte die Stadt längst in Aufruhr versetzt.

Pomponia kam vorbei, sie trug einen derben Reisemantel, einen breitkrempigen Hut und schwere Stiefel. Sie verlasse die Stadt, sagte sie, ehe wir alle in unseren Betten verbrannt oder beim Abendessen niedergemetzelt würden, und sie nehme ihren Sohn mit. Ihren Ehemann Quintus erwähnte sie nicht. Ihre lächerliche Ausrüstung amüsierte mich und lenkte mich für ein paar Minuten ab.

Auch Tullia kam, aber ihr Besuch war nur ärgerlich. Sie war hysterisch vor Angst und hatte weder Zeit noch Mitgefühl für mich. Sie ging sofort wieder, als sie hörte, daß ihr Vater nicht zu Hause sei und ich nicht wisse, wo er sich aufhielt.

Als es dunkel wurde und mir wieder eine Nacht der Ungewißheit bevorstand, kam Tiro endlich in mein Zimmer gestürmt.

»Er hat eine Nachricht geschickt, durch einen Boten. Er hat den Senat einberufen, sie beenden gerade ihre Beratung.« Er war atemlos vor Erregung, seine Worte überschlugen sich.

»Er hat es getan, er hat Catilina des Verrats beschuldigt, ihn darüber informiert, daß alles ans Licht gekommen ist. Catilina verläßt Rom, mit etwa dreihundert seiner Anhänger. Er hat es getan, Herrin.«

Ich war aufgestanden, mußte mich aber wieder hinsetzen, ich fühlte mich leer und flau vor Erleichterung, meine Beine versagten. Catilina hatte als erster gezwinkert.

»Es ist also vorbei.«

»Ja«, sagte er. Es klang nicht sehr überzeugend, doch ich war in diesem Moment zu aufgeregt, um mich zu fragen, warum.

Später am Abend suchte ich Cicero in seiner Bibliothek auf. Er wirkte niedergeschlagen und erschöpft, zeigte keinerlei Zeichen von Euphorie. Ich schob es auf das Nachlassen der Spannung und versuchte ihn aufzuheitern. Schweigend hörte er meinem Geplapper zu. Als meine Stimme langsam verklang, schaute er von dem leichten

Mahl auf, das vor ihm stand und das er kaum angerührt hatte.

»Ja, Catilina ist weg, ich habe getan, was ich vorhatte«, sagte er tonlos.

»Warum bist du dann so deprimiert?«

»Wegen der Reaktion des Senats auf meine Rede. Oh, gewiß, sie haben alle Catilina den Rücken gekehrt, ihn allein sitzen lassen in einer Wüste von leeren Bänken. Und sie sehen ein, wie gefährlich die Situation ist, das konnte niemand leugnen. Aber sie haben mir nicht applaudiert, nicht den Mund aufgemacht, als Catilina mich beleidigte, sie haben sogar seine Bemerkung, ich sei kein römischer Bürger, durchgehen lassen, als ob jemand, der in Arpinum geboren ist, kein Bürger wäre! Niemand stand auf, um dem Schuft zu sagen, daß er verderblichen Unsinn verzapft. Für sie bin ich noch immer der Emporkömmling aus der Provinz, noch immer rümpfen sie ihre adligen Nasen über mich. Die Dreckarbeit darf ich für sie tun, doch sie mißgönnen mir jeglichen Ruhm. Mich werden sie nicht einladen, um mit ihnen zu speisen. Manche von ihnen nennen mich höhnisch den ›General in Toga‹.«

Ich ging um den Tisch herum und blickte ihm ins Gesicht. Es war grau vor Erschöpfung, die Haut hing in schlaffen Falten herunter, als ob sie jede Elastizität verloren hätte, und sein Mund zitterte. Ich beugte mich vor und legte einen Finger auf seine Lippen.

»Still«, sagte ich, »wo ist dein Mut geblieben, du läßt dich doch nicht von einem Haufen eifersüchtiger Senatoren aus dem Feld schlagen? Was tun die denn jetzt zur Sache? Das Volk wird dir zujubeln, wenn bekannt wird, daß du Rom gerettet hast.«

»Es ist noch nicht vorbei, Lentulus und seine Kumpane sind nach wie vor in der Stadt.«

Angst überkam mich. Es lag mir auf der Zunge zu sagen:

Räum sie aus dem Weg, jetzt gleich. Aber es war nicht der Moment, mit ihm zu diskutieren, er war viel zu müde.

Er hob den Kopf, ein wenig Leben kehrte in sein Gesicht zurück. »Es hat sich gelohnt zu warten. Wie Catilina da saß, gegenüber all diesen überfüllten Bänken auf der anderen Seite. Als er merkte, daß nur wenige seinen Unschuldsbeteuerungen glaubten, verlor er die Selbstbeherrschung. Er stürmte aus der Kurie und rief, es sei eine Schande, daß er, ein Patrizier, verfolgt würde wie der erstbeste Verbrecher, schrie, daß er sich an Rom rächen, die Stadt in Brand stecken werde und noch alles mögliche, was wir nicht verstehen konnten, weil er schäumte vor Wut.«

»Und das hast du geschafft, du allein«, sagte ich. »Denk nur daran, vergiß alles andere, es ist nicht wichtig.« Ich zeigte auf das Mahl vor ihm. »Komm, iß etwas und dann ruh dich aus.«

»Wenn ich dich nicht hätte«, sagte er, als ich mich umwandte, um den Raum zu verlassen.

Noch Tage später durchströmte mich ein Glücksgefühl, wenn ich an seine Worte dachte. Selbst meine Angst wurde davon verjagt, manchmal.

Aber er war ein quecksilbriger Mann, und seine Spannkraft erstaunte mich immer wieder. Als er am nächsten Tag von seiner Ansprache an das Volk zurückkam, seiner zweiten Rede gegen Catilina, war er in Hochstimmung, triumphierend und voller Energie.

»Ich konnte sie überzeugen, sie glaubten mir, waren entsetzt über das, was ich ihnen erzählte, seine Pläne für Mord, Vergewaltigung und Brandstiftung. Sie schrien Beschimpfungen gegen Catilina und riefen mir zu, daß ich sie retten solle.«

Es beruhigte mich nicht, doch ich ließ mir meine Angst nicht anmerken. Ich ging auf ihn zu, schlang die Arme um ihn und legte meine Wange an seine. So blieben wir eine Weile stehen und schöpften Trost aus der Wärme unserer Körper.

Es war noch nichts entschieden. Gut, das Volk hatte ihm zugejubelt, aber das Volk, das war der Pöbel, das waren die Mieter meiner Wohnblocks, die Armen, die Schwachen. Der Einfachheit halber warf ich sie alle in einen Topf, ein verhaßtes Ganzes, und ich vergaß die vielen Anständigen unter ihnen, die hart arbeitenden Handwerker, Ladenbesitzer, Händler.

Und die Verschwörer waren noch in der Stadt. Mehrfach war ich drauf und dran, Cicero zum Handeln zu drängen, bevor sie zuschlagen würden. Aber er hatte gesagt, daß ich mutig sei, und das mußte ich beweisen. Und um ehrlich zu sein, ich wußte, daß ich ihn nicht würde überzeugen können. Er war der General, der seine Strategie absteckte, und damit gab ich mich zufrieden.

Doch ich fragte mich, ob er der Anspannung des Wartens gewachsen sein würde und ob ich sie würde ertragen können.

Tage vergingen, wie viele weiß ich nicht mehr. Die Zeit war träge und zäh. Irgendwann Mitte November wurde bekannt, daß Catilina das Feldlager von Manilius erreicht hatte. Diesmal reagierte der Senat schnell. Er erklärte Manilius und Catilina für vogelfrei, Antonius wurde mit einem Heer gegen Catilina geschickt, und Cicero bekam die Verantwortung für die Sicherheit in Rom.

Und noch immer warteten wir, obwohl wir nicht wußten, worauf, blickten uns scheu um aus Furcht, verfolgt zu werden, schraken vor Schatten zurück und fuhren bei jedem unbekannten Geräusch hoch. Ich war des Wartens auf die Katastrophe müde, hatte genug davon, die Mutige zu spielen, während ich mit jedem Tag, jeder Stunde ängstlicher wurde. Ich schlief wenig, und wenn ich schlief, träumte ich von Catilina, von Feuer und Blut.

Cicero hatte seine alte Entschlossenheit und Beharrlichkeit wiedergewonnen.

Aber er konnte wenigstens etwas tun, Maßnahmen ergreifen, sich davon überzeugen, daß diese Warterei Teil einer Strategie war. Frauen können nur abseits stehen und den Kämpfenden dienen. Es war einsam und frustrierend, und je länger es dauerte, desto schwieriger war es, den Mut zu bewahren. Langsam aber sicher wurde er von der Angst untergraben. Würde Lentulus zuerst zwinkern oder ich?

Trotz der Verschwörungen und Gefahren konnten die jährlichen Dezemberfeierlichkeiten zu Ehren von Bona Dea nicht verschoben werden. Dieses Jahr sollten sie bei uns stattfinden, denn als Frau eines höheren Magistrats war ich an der Reihe, sie auszurichten. Während der Vorbereitungen und vor allem während der Rituale selbst durfte kein Mann sich im oder um das Haus herum zeigen.

Dies war ein Kult der Frauen Roms. Den ganzen Tag lang herrschte im Haus ein emsiges Treiben. Opfertiere wurden hereingebracht, Wein, Kräuter, Efeu, Weihrauch und auch die geheimnisvolleren Utensilien des Kults. Ich hatte alle Hände voll damit zu tun, die Sklaven zu beaufsichtigen, zu kontrollieren, was benötigt wurde und was vorhanden war, die Gästeliste durchzugehen. Die Ehefrauen der angesehensten Bürger würden mit ihren Sklavinnen kommen, das Haus würde bis oben hin voll sein. Die Vestalischen Jungfrauen sollten die Rituale leiten. Monatelang hatte ich diesen Tag herbeigesehnt, an dem ich mich in meinem Ansehen als Gastgeberin einer solch erlesenen Gesellschaft würde sonnen können. Endlich einmal eine Gelegenheit, mein Organisationstalent zu beweisen, mit meinem Haus zu protzen und meine gehobene Stellung zu genießen.

Aber ich war nicht aufgeregt, ich war angespannt, verärgert, frustriert und unglücklich.

Die Vestalinnen trafen als erste ein, und so konnte ich kurz mit Fabia sprechen. Noch Jahre nach dem Prozeß war ich böse auf sie gewesen. Durch sie hatte ich gelitten. Ein Wort des Dankes hatte es nie gegeben, nicht für mich und nicht für Cicero. Ich hatte mir vorgemacht, daß ich sie nie mehr sehen wolle. Doch nach und nach war mein Ärger abgeklungen, sie war schließlich meine einzige Schwester, einen Bruder hatte ich nicht, und ich vermißte ihre amüsanten Plaudereien. Vielleicht war ich zu streng gewesen, sie konnte schließlich nichts dafür, wie sie war, und im Grunde war meine Mutter genauso schuld wie sie. Nach einigem Zögern hatte ich sie besucht. Sie sah glücklich aus, zufrieden, als ob ihre Ruhelosigkeit und ihre Sehnsüchte durch die Erfüllung eines religiösen Lebens überwunden worden wären. Aber ich kannte sie zu gut. Stolz auf ihre Position als eine der älteren Vestalinnen war die Quelle ihrer Befriedigung. Ich freute mich für sie, daß es ihr gelungen war, eine Kompensation für das zu finden, was sie einst so bitter vermißt hatte. Sie empfing mich, als wäre nichts geschehen, als hätten wir uns erst tags zuvor gesehen, und ich merkte, daß ich wieder ebenso ungezwungen mit ihr plauderte wie früher. Ich habe es nie bereut, daß ich zu ihr gegangen bin.

An diesem Tag führte ich sie in Ciceros Bibliothek, dem einzigen ruhigen Ort im ganzen Haus. Ich setzte mich an seinen Tisch, und Fabia nahm mir gegenüber Platz.

»Du siehst müde aus«, sagte Fabia, »mehr als müde, niedergeschlagen. Ich hatte erwartet, daß du in Hochstimmung sein würdest.«

»Warum sollte ich?«

Sie schaute mich erstaunt an. »Warum? Weil Lentulus und seine Kumpane im Morgengrauen verhaftet worden sind, aus ihren Betten gezerrt, um genau zu sein. Man hat mir erzählt, daß diese Schwachköpfe ein paar gallische Führer, die gerade in Rom waren, bestochen haben, damit sie Catilina mit ihren Stämmen unterstützen. Genaueres weiß ich nicht. Nur daß diese Gallier mit einer Nachricht losgeschickt worden sind, nicht unterzeichnet, aber mit Lentulus' Siegel, um Catilina mitzuteilen, daß die Vorbereitungen in der Stadt abgeschlossen seien. Wie es heißt, haben Spitzel deinem Mann eine Kopie dieser Nachricht überbracht, woraufhin er die Gallier und Catilinas Leute in einen Hinterhalt gelockt und verhaftet hat, als sie die Stadt verlassen wollten. So sind also Lentulus und seine Spießgesellen durch ihre eigene Dummheit in die Falle gegangen. Das ist es, kurz zusammengefaßt.«

»Kurz zusammengefaßt«, sagte ich.

»Also warum diese Stirnfalte und dieser düstere Blick, oder hattest du vielleicht Streit mit deinem Mann?«

Ich antwortete nicht.

»Nun, worüber habt ihr euch gestritten?«

Ich gab mich geschlagen. »Ich habe zu ihm gesagt, daß er Lentulus und die anderen sofort töten lassen soll. Er war so aufgeregt gestern abend, als er mir erzählte, daß sie verhaftet werden würden. Ich hatte mir alle Mühe gegeben, das Warten zu ertragen so wie er. Aber meine Nerven versagten schließlich, im falschen Moment, und es rutschte mir heraus, ehe ich mich's versah. Er beharrte darauf, daß er sie erst im Senat entlarven müsse und daß dieser dann, nachdem sie gestanden hätten, seine Zustimmung für die Exekution geben müsse. Er wiederholte immer wieder, daß ein Konsul keinen römischen Bürger ohne Prozeß hinrichten lassen könne, es sei denn, der Senat stimmt zu, weil jeder Römer das Recht auf Berufung habe. Doch wenn der Senat nicht zustimmt, kommen die Schurken ungeschoren davon oder werden höchstens verbannt, um bei der nächsten Gelegenheit erneut zuzuschlagen. Und Cicero ist dann natürlich schuld. Er hält nur deshalb am Buchstaben des Gesetzes fest, weil er nicht die Verantwortung übernehmen will. Das habe ich zu ihm gesagt, und da wurde er zornig, schrie mich an und befahl mir, sein Zimmer zu verlassen. Er ist unschlüssig, schwankt. Das macht mich rasend.«

»Das sollte es nicht. Er hat recht, meine Liebe, und das weißt du. Was hast du nach diesem Streit getan? Dich in dein Schneckenhaus zurückgezogen und geschmollt? Denn ganz offensichtlich hast du dich noch nicht wieder mit ihm versöhnt.«

»Ich bin ins Bett gegangen.« Und habe eine furchtbare Nacht gehabt, dachte ich. Nicht aus Wut oder Frustration hatte ich nicht schlafen können, sondern weil mir klar war, daß ich ihn enttäuscht hatte, zum erstenmal in all diesen endlosen Tagen der Angst und Ungewißheit. Und mich selbst auch, ich litt akut an gekränkter Eitelkeit.

»Und doch liegt die Verantwortung letztlich bei ihm«, sagte Fabia. »Der Senat ist kein Gerichtshof, sondern hat nur beratende Funktion, das weißt du genausogut wie ich. Ich darf gar nicht daran denken, eine solche Verantwortung tragen zu müssen, und du auch nicht. Du hättest vielleicht etwas mehr Verständnis zeigen können.«

Er hatte es mir erklärt, anfangs geduldig, dann immer ungehaltener. Ich hatte Fabia gesagt, daß er mich angeschrien habe, dabei hatte ich zuerst geschrien.

Fabia sah mich forschend an, sie durchschaute mich.

Verärgert über diesen Blick, sagte ich: »Catilina ist nun tatsächlich vogelfrei. Sie werden ihn vermutlich töten. Macht dir das etwas aus?« Es war eine gemeine Frage, und ich bereute sie sofort. Seit dem Prozeß hatte ich Catilinas Namen nicht mehr in Fabias Anwesenheit erwähnt.

»Nicht im geringsten«, erwiderte sie ruhig. »Selbst meine Rache wäre zuviel der Ehre. Dieser Mann ist ein Monster. Ich erspare dir die Bemerkung: Das habe ich doch gesagt. Übrigens, dein Mann hat heute ziemlichen Erfolg auf dem Forum gehabt. Wußtest du das?«

»Wie könnte ich das wissen? Kein Mann durfte in die Nähe unseres Hauses kommen, den ganzen Tag nicht, wer sollte mir das also erzählt haben?«

Fabia ging nicht darauf ein. »Wie es scheint, hat er im Senat nicht aufgehört, gegen die Verschwörer vom Leder zu ziehen, mit belastenden Briefen herumgefuchtelt, die Gallier angeschleppt, um seinen Beweis zu erhärten, bis Lentulus und seine Kumpane buchstäblich in die Knie gegangen sind. Dann haben sie ein Dankesvotum angenommen, in dem dein Mann in den höchsten Tönen gelobt wird. Er ist nun der Retter der Republik und der mutigste General, der je eine Toga getragen hat. Es muß ihm runtergegangen sein wie Öl.« Sie lachte ein wenig boshaft. »Wie auch immer, danach hat er eine flammende Rede an das Volk gehalten, den Leuten eine saftige Geschichte über Brand, Waffengewalt und Blut aufgetischt, bis sie Catilina auf der Stelle abgeschworen haben. Anschließend haben sie ihn aus der Kurie und über das Forum geleitet. Ich habe sie vorbeikommen sehen, der arme Mann schaute aus wie ein Schaf, das von einer Horde geistesgestörter Hirten gehütet wird, aber ich nehme an, er hat es ungemein genossen.«

»Weißt du, wo er jetzt ist?«

»Wieso? Willst du ihm ein Glückwunschschreiben schicken? Etwas spät, nicht wahr?«

»Ich ... ich hatte unrecht ...«, stammelte ich, »ich hätte nicht ...«

»Nein, in der Tat nicht, aber mach dir keine Sorgen,

morgen ist es noch früh genug, heute abend ist er sowieso viel zu beschäftigt, um es zu lesen. Er ist bei Sulpicius Rufus zu Hause, wo er sich berät, was er dem Senat empfehlen soll, wenn dieser morgen zusammentritt, Milde oder harte Gerechtigkeit.«

Erstaunt darüber, wie gut sie informiert war, fragte ich: »Woher weißt du das alles, Fabia?«

»Wir leben auf der Schwelle des Forums, liebe Schwester, daher entgeht uns nicht viel von dem, was sich dort abspielt, und für das, was uns entgeht, haben wir unsere Leute. Wir sind schließlich die Beschützerinnen Roms.«

»Wenn er nur den Mut aufbringen könnte, wenn er den Senat zum Handeln anspornen könnte, jetzt sofort. Wenn er die Sache nur einfach zu Ende führen könnte, ohne all diese Gewissenzweifel ...«

»Wenn nur, wenn nur.« Fabia war dabei, eines ihrer Haarbänder, das sich gelöst hatte, zu befestigen. Als sie die Arme wieder fallenlassen wollte, versteinerte sie, die Hände noch in der Luft. Ihre Augen waren starr an die Decke gerichtet mit dem vagen, nichtssehenden Blick von jemandem, dem gerade ein überraschender Gedanke gekommen ist.

»Was ist, Fabia?«

Nach einer ganzen Weile senkte Fabia die Hände und sah mich an. »Nichts«, sagte sie, »oder besser gesagt, nichts, was ich dir jetzt erzählen könnte.«

Die Zeremonie begann. Das Haus füllte sich mit dem Rauch der Feuer, die im Herd und auf dem Altar im Peristyl entzündet wurden. Überall brannten Fackeln, und der Duft von schwelendem Weihrauch, Wein, Blut und Kräutern benebelte uns. Das Geräusch von Flöten und Trommeln klang durch die Nacht, und mein Herz klopfte im Rhythmus mit. Die Außenwelt, die Welt der konkreten Wirklichkeit, wich in die äußersten Winkel meines Bewußtseins zurück. Und schließlich konnte ich mich, zu meiner Verwunderung, dieser religiösen Glut hingeben, durch Gebet und Jubel mit der Göttin verbunden und mit allen anwesenden Matronen, mit allen Frauen Roms, deren Vertreterinnen wir in gewissem Sinne waren. Ein Bund von Frauen, der die Männer ausschloß und uns für diesen einen Moment, diesen einen Abend mächtig machte und zur dominierenden Kraft.

Die Vestalinnen drängten sich um den Altar, Fabia in der vordersten Reihe. Das Feuer war erloschen, die geheimen Rituale gingen ihrem Ende entgegen. Plötzlich war ein lautes Zischen zu hören, und zu meiner Verblüffung sah ich helle Flammen aus der kalten, grauen Asche auflodern, wo nur noch hier und da ein paar Kohlen glühten. Höher und höher schlugen die Flammen, orange Blitze zuckten über die Statuen an den Wegen des Peristyls. Das Zischen, wie von einer Grube voller Schlangen, wurde lauter, und Fabias Stimme erschallte: »Bona Dea hat gesprochen. Sie sagt: Catilina und sein Heer müssen durch die Schwerter seiner Mitbürger zerschlagen werden. Die Verräter in dieser Stadt müssen die Höchststrafe bekommen und hingerichtet werden, ohne Ansehen ihrer Stellung oder ihres Ranges. Dies ist nicht die Zeit für Weichherzigkeit oder Unentschlossenheit. Terentia soll meine Nachricht ihrem Mann, dem Konsul, überbringen. Möge er handeln, wie ich es verlange, möge er den Mut eines Löwen haben und die Schläue eines Fuchses. Möge er die Verräter zur Höchststrafe verurteilen, um des Vaterlands willen, denn ich werde ihm leuchtend vorangehen auf dem Weg zu Sicherheit und Ruhm.«

Fabia sprach mit hoher, durchdringender und monotoner Stimme. Sie hatte die Augen geschlossen und die Hände auf steif ausgestreckten Armen über ihren Kopf erhoben.

Sie wiegte sich hin und her, und die Flammen warfen eine feurige Glut auf ihr Gesicht, das zu einer ausdruckslosen Maske erstarrt war. Erstaunt blickte ich sie an, nicht meine Schwester sah ich, sondern eine Imitation der Göttin. Mich schauderte, obwohl die Hitze des Feuers so groß war, daß die anderen Frauen zurückwichen. Die Flammen wanden sich in die Höhe wie Schlangen, Bona Deas Schlangen, glühende Schlangen. Frauen schluchzten, und von Zeit zu Zeit unterbrach ein gellender Angstruf das Zischen der Flammen. Tullia, die neben mir stand, schrie laut auf und klammerte sich an meinen Arm, aber ich riß mich los. Wieder erscholl Fabias Stimme: »Geh, Terentia, geh. Ich, Bona Dea, gebiete dir, sofort deinen Ehemann aufzusuchen und ihm meine Befehle zu überbringen, die befolgt werden müssen.«

Ich fühlte, wie etwas fest meine Hand ergriff, mich wegzog vom Feuer, durch die Frauen hindurch, die auseinanderwichen, und durch das Atrium. Die Außentüren öffneten sich, und die Göttin geleitete mich hinaus auf die Straße.

Ich rannte durch die Nacht zu Sulpicius' Haus. Es war nicht weit. Was immer mich führte, es war dicht hinter mir, ich spürte seine Anwesenheit, die mich antrieb.

Außer Atem warf ich mich an die Türen von Sulpicius' Haus und hämmerte dagegen. Als sie schließlich aufgingen, wäre ich fast ins Vestibulum gestürzt. Der Wächter sprach mich an, doch obwohl ich sah, wie sich seine Lippen bewegten, hörte ich nichts. Die Worte der Göttin hallten noch in meinem Kopf nach und übertönten, was er sagte.

Blindlings fand ich das Zimmer, in dem sich mein Ehemann aufhielt. Cicero stand in der Mitte, von einigen Männern umgeben. Sie starrten mich mit offenem Mund an, und ich starrte sprachlos zurück.

Ich war wieder in der Wirklichkeit. Ich hatte nicht mehr

das Gefühl, daß eine göttliche Macht mich leitete, sondern ich hatte Seitenstiche und schnappte nach Luft. Ein Gefühl großer Einsamkeit überfiel mich. Ich fühlte mich plötzlich meinem Schicksal überlassen, wie ein Kind, das sich verlaufen hat.

Cicero kam auf mich zu. Er schaute erschrocken, war bleich, seine Lippen zitterten. »Terentia, was ist los? Ist etwas mit den Kindern?«

Ich schüttelte den Kopf, meine Augen unverwandt auf sein Gesicht gerichtet. Einer der Männer – Sulpicius? – forderte mich auf, Platz zu nehmen, aber ich ignorierte ihn. Ich öffnete den Mund, doch meine Zunge klebte an meinem Gaumen. Als es mir endlich gelang, etwas herauszubringen, war es das atemlose Stammeln einer sterblichen Frau.

»Bona Dea hat gesprochen. Das Feuer auf dem Altar war ausgegangen, da war nur noch Asche, ich habe es selbst gesehen. Dann gab es auf einmal ein lautes Zischen und Flammen schossen hoch. Und die Göttin sprach und sagte … sie sagte: Richte deinem Ehemann aus …«

Was hatte sie genau gesagt? Ihre Worte waren nun so weit weg, kaum hörbar, sie verklangen in der Ferne. Ich spürte, wie mir der Schweiß auf dem Leib trocknete, und mir war kalt. Es kostete mich die größte Mühe, meine Gedanken zusammenzunehmen: »Sie, Bona Dea, sagte: Richte deinem Ehemann aus, daß er die Verräter zur Höchststrafe verurteilen soll. Sag ihm, daß ich ihm ein großes Licht gegeben habe, das ihm Sicherheit und Ruhm verspricht. Um Roms willen. Sag ihm, daß meine Wünsche befolgt werden müssen.«

Mein Mann schaute jetzt nicht mehr erschrocken. Freundlich fragte er: »Wann ist das passiert?«

»Gerade eben, ich bin den ganzen Weg von zu Hause gerannt.«

»Mit wessen Stimme sprach die Göttin?«

»Fabia sprach, aber es war nicht ihre Stimme, es war ...«

»Die Göttin?« ergänzte er ruhig.

»Ja.« Was bedeutete dieser Ausdruck auf seinem Gesicht?

»Erzähl mal, hörtest du das Zischen im selben Moment, in dem du die Flammen wahrnahmst?«

Ich schaute von einem der Männer zum anderen, die im Halbkreis hinter Cicero standen. Quintus war auch da und sah mich ängstlich und erstaunt an. Dachte er vielleicht, daß ich verrückt geworden war? Dachten sie das vielleicht alle? Sie schienen sich nicht gerade wohl zu fühlen in ihrer Haut, scharrten mit den Füßen und wichen meinem Blick aus.

Ich antwortete: »Ja, das Zischen und die Flammen kamen gleichzeitig.«

Da trat Sulpicius vor und fragte ruhig: »Haben die anderen Matronen – hat meine Frau Postumia, zum Beispiel – dieses, äh, Phänomen auch gesehen?«

»Ja, alle, wir standen um den Altar herum, als es geschah.«

Und Cicero, noch immer freundlich: »War Fabia dem Altar am nächsten? Hast du mit ihr gesprochen, bevor die Rituale begannen?«

Jetzt erkannte ich den Ausdruck auf seinem Gesicht. Amüsiert.

»Glaubst du mir nicht?« rief ich, verständnislos.

Er ergriff meine Hand und sagte ernst: »Natürlich glaube ich dir, Terentia, ich weiß, daß du gesehen und gehört hast, was du berichtest.«

»Wirst du tun, was sie dir gebietet?«

»Ich glaube, daß du Worte gehört hast, die von dir und den anderen als Worte der Göttin interpretiert worden sind. Und ich werde mein Bestes geben, ihre Befehle zu beherzigen.«

Wütend rief ich aus: »Dein Bestes? Ist das alles? Heißt das, daß du nicht tun wirst, was die Göttin verlangt?«

»Es heißt genau das, was ich sage: mein Bestes. Nicht jeder wird die Worte der Göttin vernommen haben, und viele werden es, wenn sie davon hören, nur für abergläubischen Unsinn halten.«

Quintus trat auf mich zu. »Ich bring dich nach Hause, Terentia.«

»Nein.«

»Na komm, sei vernünftig, du hast uns die Botschaft überbracht, du frierst und bist durcheinander. Du mußt zu den anderen Frauen zurück.« Er hielt meine Hand und sprach mit mir wie mit einem kleinen Kind, das müde und überdreht ist. Ich riß mich los, schaute die Männer an, die um Cicero herumstanden und sagte: »Ja, ich habe die Botschaft überbracht, die Bona Dea uns mitgeteilt hat, uns, den Frauen Roms. Es ist nun an euch, ihr zu gehorchen. Wenn ihr, die Männer Roms, dies nicht tut, müßt ihr es selbst wissen. Aber sie hat uns auserwählt, euch ihren Willen zu verkünden – und ihr Wille ist Gesetz.«

Meine Stimme klang streng und autoritär, als ob ich eine Priesterin wäre. Sprach die Göttin noch immer, und diesmal durch mich?

Die Männer starrten mich fassungslos an, bis auf Cicero, der sich abgewandt hatte. Ich öffnete den Mund, um noch mehr göttlichen Rat von mir zu geben, aber mein Kopf war vollkommen leer. Auf einmal wurde ich mir meines zerzausten Haars und meiner kalten Füße in den dünnen Schuhen bewußt. Cicero drehte sich wieder zu mir um und sagte: »Bitte, Terentia, geh jetzt mit Quintus. Ich habe die Botschaft vernommen, die Bona Dea uns freundlicherweise durch Fabia geschickt hat, und ich werde tun, was ich kann.«

Seine Worte waren eine förmliche Bestätigung meiner

Nachricht. Aber er sah mich nicht an wie eine Prophetin oder Priesterin, es war keine Ehrfurcht in seinen Augen zu lesen, kein anerkennendes Staunen, daß ich auserwählt worden war, göttliche Worte zu übermitteln. Er sah mich an wie seine Ehefrau, die hin und wieder an ihm herumnörgelte, seine Ehefrau, die er in vielen häuslichen, mitunter nicht sehr würdigen, mitunter gar ausgesprochen lächerlichen Situationen erlebt hatte. Ich war einfach seine Frau. Ich war ihm nicht böse. Im festen Glauben an das, was ich gesehen und gehört hatte, aber nicht mehr in der Eigenschaft als Götterbotin verließ ich mit Quintus das Zimmer.

Wenn ich jetzt bei einer Wiederholung der Ereignisse dieses Abends zugegen wäre, Atticus, würde ich sofort nach einer rationalen Erklärung suchen – einverstanden, Du alter Epikureer? Ich würde nach einem geheimen Vorrat Baumrinde suchen, nach einer Flasche leicht entzündlichen Öls und probieren zu rekonstruieren, mit welchem Trick das Feuer wieder entfacht worden war vor den Augen all dieser Frauen. Und ich würde mich an Fabias Miene erinnern, als sie sich das Haarband befestigte.

Der Senat beschloß, daß die Verschwörer hingerichtet werden sollten.

Ich kann mich nicht mehr erinnern, wer dafür oder dagegen stimmte – möglicherweise habe ich es nie gewußt, war es mir auch gleichgültig. Nur das Ergebnis zählte. Wenn es anders gekommen wäre, wenn der Senat die Todesstrafe abgelehnt hätte, dann hätte ich mich vielleicht bemüht herauszufinden, wer die Senatoren in diese Richtung gelenkt hatte. Aber als Quintus herbeieilte, um es mir zu berichten, war ich so erleichtert, daß ich nicht weiterfragte.

»Komm mit, sofort, du mußt unbedingt das Ende sehen. Marcus und ein paar Prätoren holen gerade die Gefangenen, um sie zur Hinrichtung zu führen. Marcus selbst holt Lentulus vom Palatin – danach wird er ihn über die Via Sacra zum Kerker bringen, wo sie alle erdrosselt werden. Wenn wir uns an die Via Sacra stellen, können wir sie gut sehen – und vielleicht sogar hinterherlaufen.«

Ich protestierte, dies war kein Moment für eine Matrone, sich auf der Straße zu zeigen, schon gar nicht für die Frau des Konsuls. Marcus würde es bestimmt nicht gutheißen, aber Quintus hörte nicht zu, und ich hatte nicht die Kraft, ihm zu widerstehen.

Das Tageslicht verblaßte, die Dämmerung der langen Dezembernacht brach an. Die Menge am Straßenrand war unruhig, jedoch nicht aggressiv. Es herrschte eine festliche Stimmung, das Gefühl, daß der Alptraum nun ein Ende haben würde. Die Menschen plauderten und lachten, schubsten und drängelten einander gutmütig zur Seite. Hatten sie Catilinas Verheißungen schon wieder vergessen? Wo waren die Leute, die nach ihm geschrien hatten, die ihm auf dem Forum und in den Senatsversammlungen laut rufend ihre Unterstützung zugesagt hatten? Gab es niemanden, der versuchen würde, die Verräter auf ihrem Weg in den Tod zu retten? Ich bemerkte bewaffnete Posten entlang der Route. Die Autoritäten waren also auf der Hut vor Verzweiflungstaten in letzter Minute. Aber ich spürte keine Gefahr, nicht einmal Erleichterung. Ich war nur erschöpft, so erschöpft, daß mich alles kaltließ, ich war wie betäubt.

Meine Begleiter hatten sich einen Weg durch die Menge gebahnt. Quintus folgte ihnen auf dem Fuße, er hielt mich an der Hand, zog mich mit, und in seiner Erregung drückte er meine Hand so fest, daß sich ein Ring in meine Finger grub.

Wir liefen am äußersten Straßenrand entlang. Die Pflastersteine glänzten vom Regen, der gerade erst aufgehört hatte. Hier und da spiegelte sich ein Stück rosa oder grauer Himmel in den flachen Rinnen, welche die Räder von Karren und Kutschen seit undenklichen Zeiten in die Kopfsteine geschnitten hatten.

Eine Welle der Stille, unheimlicher als unsere eigene kleine Insel der Ruhe in all dem Tumult, rollte auf uns zu. Ich sah, wie sich eine Schar Männer langsam näherte. Fakkeln leuchteten und rauchten über ihren Köpfen und tanzten zwischen ihnen auf und ab. Als sie vorbeikamen, wich die Menschenmenge zurück und schwieg.

Mein Mann schritt an der Spitze des Zuges, davor einige bewaffnete Männer, die Schwerter gezückt. Er hielt Lentulus an der Hand. Als sie mich fast erreicht hatten, fiel mein Blick das erstemal auf den Gefangenen.

Er lief langsam und gleichmäßig, doch mir schien, daß er nicht unbewußt einen Fuß vor den anderen setzte, wie wir es normalerweise tun, sondern durch eine fortwährende Willensanstrengung. Er hatte immer einen krummen Rükken gehabt, aber jetzt hatte er sich so weit aufgerichtet, wie er konnte. Dennoch saß sein Kopf eher auf seinen Schultern, als daß er stolz auf seinem Hals stehen würde. Sein sichtbar schmerzhafter Versuch, sich eine edle Haltung zu geben, trotz seines körperlichen Handicaps, erfüllte mich mit Mitleid. Einer der Liktoren hielt eine Fackel über die Häupter von Cicero und Lentulus. Im flackernden Licht der Flamme sah ich, daß das Gesicht des verurteilten Mannes aschgrau war vor Anstrengung, der Schweiß perlte ihm auf der Stirn. Er starrte vor sich hin, war sich der Menge nicht bewußt oder tat zumindest so. Es ließ sich nicht leugnen, daß er eine gewisse Würde ausstrahlte, sein Habitus hatte nichts Niedriges, nichts Feiges oder Kriecherisches. Er war ein Mann, der dem Tod entgegenging, bevor dieser ihn im natürlichen Lauf der Dinge ereilen konnte. Ein römischer Magistrat auf dem Weg zu seiner Exekution, in einer schäbigen Toga ohne Purpursaum; ein Patrizier, der Inbegriff des Stolzes, von einem Konsul zu seiner Hinrichtung geleitet, der ein Mann aus Arpinum war. Er konnte sich nicht an das Volk richten, aber seine Haltung sprach für ihn, unmißverständlich: er fand sich mit der Tatsache ab, daß das Schicksal sich gegen ihn gewandt hatte, doch er war kein gewöhnlicher Verbrecher.

Ich schaute zu meinem Ehemann, dem siegreichen Konsul. Was hatte ich erwartet? Daß er ausgelassen sein würde und triumphierend? Was ich sah, war ein trauriger Mann mit einem ernsten Gesicht voller Mitleid, das er nicht zu verbergen suchte. Auch er starrte vor sich hin, ohne auf die Menge zu achten. Seine rechte Hand umfaßte Lentulus' Linke, als hielte er ein kleines Kind fest, das weggelaufen war, wiedergefunden wurde und nun nach Hause zurückgebracht wurde.

Als der Zug in Sicht gekommen war, hatte sich plötzlich ein gewisser Unmut in mir breitgemacht. Cicero hätte ein triumphierender General sein müssen, der an der Spitze seiner siegreichen Legionen und einer Horde Gefangener durch die Straßen Roms zieht und der jubelnden Menschenmenge zuwinkt, die ihm ihre Verehrung zubrüllt, ein sonnenbeschienener Pompeius, mit Lorbeerkranz und dem schweren Purpurmantel, der von seinen Schultern wallt. Und nicht ein Konsul in Toga, der an einem feuchten Dezembertag einen verurteilten Verräter zu Fuß eine nasse Straße entlangführt, an der Spitze einer bunten Schar von Bewaffneten, Gefangenen und Magistraten. Doch als ich sein Gesicht sah, voller Mitleid, sehnte ich mich nicht länger nach großem Pomp. Ich war stolz auf seine Menschlichkeit und froh über meinen Stolz, über meine Gefühle für meinen Mann.

Die Menge um mich herum war nun vollkommen still, wurde von einer Art kollektivem Schauder ergriffen. Hinter Lentulus und Cicero sah ich die anderen Gefangenen, aber ich kannte sie nicht. Quintus zeigte auf einen Mann, der zwischen zwei Prätoren lief. Der Mann weinte, sein Gesicht war von Angst oder Reue, ich weiß nicht was, verzerrt, und seine Toga, ebenso ungesäumt und schäbig wie die von Lentulus, war zerrissen und voller Schmutz. Einmal glitt er auf dem nassen Pflaster aus, der Mann neben ihm zog ihn unsanft hoch.

»Cethegus«, sagte Quintus, »das größte Großmaul der ganzen Bande. Nicht mehr viel Mumm übrig, was?«

Er genoß es sichtlich, war aufgeregt, als ob er einem Gladiatorenkampf beiwohnen würde, darauf wartete, daß Blut floß, wobei er sich selbst von Grausamkeit freisprach, denn es handelte sich hier natürlich um ein verdientes Blutvergießen, nicht grausamer als ein Gladiatorenkampf. In diesem Moment widerte er mich an, ich haßte die Verräter, aber ihre Strafe war schrecklich. Dies waren keine Männer, die dazu ausgebildet worden waren, in einer Arena ein blutiges Spektakel aufzuführen, zur öffentlichen Belustigung einen gewaltsamen Tod zu riskieren. Dies waren Männer, die ihre letzten Schritte machten, ihre letzten Atemzüge, entehrt, vielleicht gar in den Augen ihrer Kinder. Sie riskierten ihr Leben nicht, ihr Ende stand fest.

Ehrfürchtig angesichts der Nähe von Tod und Gewalt, schloß ich die Augen, und als ich sie wieder öffnete, war der Zug vorbei, hatte Quintus meine Hand ergriffen und zog mich mit.

»Wir folgen ihnen«, rief er. Ich versuchte, ihm meine Hand zu entwinden, aber er war zu stark, und ich wußte eigentlich nicht, ob ich mitwollte oder nicht.

Und so liefen wir dem Zug hinterher, von der Menge

umringt, die wuchs, je weiter er vorankam. Die Menschen schwiegen, paßten sich dem feierlichen Tempo an, das der Konsul und sein Gefangener vorgaben. Wir überquerten das Forum, das von Fackeln illuminiert war, die in der nun vollständigen Dunkelheit hell leuchteten. In regelmäßigen Abständen sah man bewaffnete Männer, ihre blanken Schwerter glänzten im Licht der Fackeln.

Flüsternd fragte ich Quintus: »Wohin werden sie gebracht?«

»Ins Tullianum.«

Mich schauderte, das Tullianum – ein Kerker, etwa vier Meter unter der Erdoberfläche, ein dunkles, schmutziges Verlies voller Ratten.

Der Zug war in der nordwestlichen Ecke des Forums zum Stehen gekommen. Quintus hatte wieder meine Hand ergriffen und zog mich mit nach vorn. Es war gar nicht so leicht, sich durch die Menschenmenge hindurchzudrängen. Ich sah, wie Cicero Lentulus' Hand losließ und vortrat, hörte ihn laut die Scharfrichter rufen. Dann wandte er sich zu Lentulus um, faßte ihn an den Schultern und schaute ihn lange an. Seine Lippen bewegten sich, aber ich konnte nicht hören, was er sagte. Lentulus' Mund blieb verschlossen, die Lippen nach innen gezogen. Die Henker, an jeder Seite einer, packten Lentulus an den Armen, aber er riß sich los mit einer Gebärde tiefer Geringschätzung und ging dann mit festem Schritt, im selben bedächtigen Tempo, in das kleine Gebäude hinein.

»Jetzt lassen sie ihn in den Kerker hinunter, wo sie ihn sofort erdrosseln werden«, sagte Quintus flüsternd – er war also auch voller Ehrfurcht vor dem, was unten in diesem dunklen Verlies passierte, oder war es beleuchtet? Wahrscheinlich schon, wie sollten die Henker sonst den Hals ihres Opfers sehen? Ob sie sein Genick schon gebrochen hatten; gab es ein Geräusch, wenn man es brach?

Oder preßten sie einfach nur den Atem aus ihm heraus?

Es herrschte tiefe Stille, wie bei einem Opferdienst, von einer geradezu religiösen Intensität. Ich fixierte die Fakkel eines Mannes neben mir. Vielleicht würde sie mich, wenn ich nur lange genug in die Flamme starrte, in einen Zustand des Nicht-Hörens, Nicht-Denkens, Nicht-Sehens versetzen. Aber das geschah nicht.

Die Henker traten wieder aus dem Gebäude heraus und ergriffen Cethegus. Wie eine Stoffpuppe hing er zwischen ihnen, den Kopf gesenkt, die Füße hinter sich her schleifend. Eine einzelne Stimme erhob sich aus der Menge, beängstigend, da es nur diese eine war, und zerriß lästerlich die Stille: »Kopf hoch, Cethegus, blick dem Tod mutig ins Auge. Du bist ein römischer Bürger, auch wenn du keinen Prozeß bekommen hast, wie es sich gehört. Stirb wie ein Römer, gönn ihnen nicht die Genugtuung, Furcht in deiner Haltung zu sehen.«

Für einen Moment hob Cethegus den Kopf, aber es hatte nichts Würdiges – es war die verzweifelte Bewegung eines in die Falle gegangenen Tiers, das nach einem Ausweg sucht. So wurde er doppelt entehrt in den Raum geführt. Nacheinander folgten die anderen.

Als es vorbei war und alle Verräter durch die Tür des Gebäudes in den Tod gegangen waren, wandte sich Cicero zu der Menge um. Menschen drängten nach vorn, und kurzzeitig steckte ich in einem Knäuel von Männern fest, die größer waren als ich.

Ich konnte Cicero nicht sehen, hörte ihn aber ausrufen: »Sie haben gelebt.«

Da löste sich die Spannung, der Beifall brach los, die Leute strömten auf den Konsul zu, überrannten ihn fast, und als die Menge sich einmal teilte, sah ich, wie mein Mann von dieser menschlichen Welle getragen wurde.

Jetzt erblickte ich auch sein Gesicht. Es war ausgelassen, triumphierend. Das Definitive des Todes, des Endes, der Entscheidung, die getroffen und ausgeführt worden war, hatten sein Mitgefühl und seine Traurigkeit in den Hintergrund gedrängt.

Sofort vergaß ich meine Erschöpfung, mein Mitleid, meinen Abscheu, vergaß mich selbst, und ich hörte mich mit den anderen jubeln in einem Ausbruch von Dankbarkeit und Erregung. Quintus war an meiner Seite, und die Leute, die uns nun erkannten, ließen uns vor. Ich lief ein paar Schritte hinter meinem Mann und seiner Eskorte, nicht neben ihm, dort war in diesem Augenblick nicht mein Platz.

Und so gingen wir denselben Weg zurück, ein ruhmreicher Zug diesmal. Die Menschen bezeigten lauthals ihre Dankbarkeit, nannten den Konsul ihren Retter, den Retter des Vaterlands. Die Straßen waren hell erleuchtet, man hatte Lampen und Fackeln vor die Türen gestellt und sogar auf die Dächer. Frauen standen vor ihren Häusern, um Cicero zu lobpreisen, und ich hatte das Gefühl, daß sie auch mich meinten. Denn ich war eine von ihnen, hatte ihre Ängste geteilt, hatte geholfen, sie zu beschützen, und hatte die Befehle der Göttin überbracht.

Als wir unser Haus erreichten, kam Tiro herausgerannt, um uns zu begrüßen. Er umarmte seinen Herrn und weinte so hemmungslos, daß ihm die Tränen vom Kinn tropften. Er küßte ihn auf beide Wangen. Aber ich störte mich nicht an seiner Vertraulichkeit, er durfte am Ruhm teilhaben – es war mehr als genug für uns alle. Ich war trunken davon, außer mir.

Tullia bahnte sich einen Weg zu ihrem Vater, fiel ihm theatralisch in die Arme, und für einen Moment standen Vater und Tochter eng umschlungen da. Die Menge brach wieder in Beifall aus, und Tullias Mann Piso schaute mit breitem Grinsen zu. Sofort war mein Ärger geweckt. Tullia eignete sich wie gewöhnlich meinen Platz an. Ich kämpfte mich zu meinem Mann durch, rief laut seinen Namen. Er ließ Tullia los und streckte mir seine Hand entgegen. Ich ergriff sie. Hinter den Schultern ihres Vaters hervor sah ich, daß Tullia mich voller Verachtung anblickte. Ich war empört. Wie kam sie dazu, ihre eigene Mutter zu verachten? Deren Platz war an der Seite des Konsuls, sie hatte es verdient, dort zu stehen. Die Menge johlte erneut, und ich vergaß Tullia. Der Ruhm wehte uns zu wie eine Wolke Weihrauch. Am Ende war es ein Triumph, der ebenso groß war wie der eines jeden Generals.

Cicero hob die Hand, und die Masse verstummte: »Bürger, ich habe euch vor einer ernsten Gefahr bewahrt. Ich habe den größten Umsturz aller Zeiten im Keim erstickt und unnötiges Blutvergießen verhindert. Nun bleibt uns nur noch, Catilina auf dem Schlachtfeld zu besiegen, und das werden wir. Unser Heer, das in den Kampf zieht, ist genauso stark wie das Heer unserer Bürger hier – Bürger, welche die Traditionen Roms in Ehren halten. Das einzige, worum ich euch bitte, ist, daß die Taten meines Konsulats sich in euer Gedächtnis eingraben mögen. Solange ich darauf zählen kann, werde ich so sicher sein, als wäre ich von der dicksten Mauer umgeben.« Beifall brandete auf.

Cicero hob abermals die Hand. Stille. Doch es war nicht Cicero, der sie unterbrach. Wieder ertönte eine einzelne Stimme mitten aus der Menschenmenge. War es dieselbe Stimme, die Cethegus zugerufen hatte?

»Es könnte sein, daß du irgendwann dringend Schutz benötigst, Marcus Cicero. Was du heute abend getan hast, könnte sich eines Tages gegen dich kehren, vielleicht sogar in naher Zukunft. Diejenigen, die du hast hinrichten lassen, ohne den Prozeß, der ihnen zustand, werden gerächt werden.«

Ich hörte es und vergaß es nicht.

Es ist vorbei, Atticus, das Erzählen und Wiedererleben dieser Episode. Ich habe meine Feder niedergelegt. Nichts würde danach jemals mehr so sein wie früher.

Aber ich war zumindest wieder stolz auf ihn, und das bereitete mir ein wenig Freude.

Es dauerte leider nicht lange, bis die Gefühle der Mächtigen umschlugen in Eifersucht und Groll gegen den Mann, den sie zum Retter Roms ausgerufen hatten. Sie mißgönnten ihm den Ruhm. Er wurde wieder der Mann aus Arpinum, der größenwahnsinnig war und widerrechtlich römische Bürger hatte hinrichten lassen. Und ich war nun die Frau eines Ex-Konsuls, dessen Eitelkeit und Großtuerei selbst diejenigen verärgerte, die ihm noch einigermaßen wohlgesonnen waren.

Vielleicht hatte Epikur doch recht. Ehrgeiz und Erfolg in weltlichen Dingen führen unvermeidlich zu Ernüchterung, Verrat und Schmerz. Aber hat Epikur, frage ich mich, sich jemals Gedanken über die Frauen der Männer gemacht, die sich in den Kampf stürzen? Wir müssen schließlich alles tatenlos erdulden, wir haben keine Wahl, und die Philosophie, fürchte ich, bezieht uns nicht mit ein.

Vielleicht etwas zum Nachdenken, Atticus.

Der innere Feind

Wir standen um den Altar herum, Seite an Seite, die Hände nach den glühenden Kohlen ausgestreckt. Wir wiegten uns zu den Tönen der Flöten und Leiern und unseres eigenen Gesangs hin und her, die Arme zum Gebet erhoben, über uns war ein kleines Stück des klaren, sternenübersäten Dezemberhimmels zu sehen, begrenzt von den Flügeln des Hauses rund um das Peristyl. Der schwere Duft von Kräutern, Weihrauch und Qualm hing in der kühlen Abendluft.

Stinkende Dämpfe stiegen von dem frischen Blut auf, das aus dem Opfertier strömte. Die Flammen der Fackeln tanzten in der Brise, die durch das Peristyl wehte und in den Weinblättern spielte, die den Altar schmückten, und in den Girlanden und Bändern, die um die Säulen gewunden waren. Wir, die Matronen Roms, ehrten Bona Dea, genau ein Jahr nach der Feier in meinem Haus. Diesmal waren wir bei Gaius Caesar, Prätor und Pontifex Maximus, versammelt, und seine Mutter Aurelia und seine Frau Pompeia waren unsere Gastgeberinnen.

Als Frau eines Ex-Konsuls war ich nun nur eine von vielen, und obwohl ich Schulter an Schulter mit den Frauen neben mir stand und in meinem Nacken den Atem der Frauen hinter mir spürte, empfand ich mich als Außenseiterin. Ohne jede Inbrunst oder religiöses Gefühl und ohne Freude nahm ich an den Ritualen teil, bewegte meine Lippen, sang aber nicht mit. Ich ärgerte mich über die Frauen, über ihre bedingungslose Hingabe, doch ich beneidete sie auch um ihre aufrichtige Frömmigkeit.

Mein Blick schweifte über die erhobenen Gesichter. Pompeia, Caesars Frau, sang aus vollem Halse, die Augen fest geschlossen, den Mund weit aufgerissen, in ihrem Unterkiefer fehlten drei Backenzähne. Mucia, die Frau von Pompeius, hatte die Augen offen, aber was sie sah, war anscheinend nicht von dieser Welt. Ein Ausdruck tiefen Glücks lag auf ihrem gewöhnlich unbeweglichen Gesicht. Postumias Gebete waren ebenso überschwenglich wie alle anderen Dinge, die sie tat, sie schwenkte die Arme über ihrem Kopf, als wollte sie die Sterne vom Firmament pflücken. Clodia stand dicht am Altar und betete auch, aber ihre Schönheit war völlig unberührt von Ekstase. Vor dem Altar sah ich Aurelia, ernst und ruhig, umringt von den Vestalischen Jungfrauen. Sie sprach ihre Gebete mit hochmütiger Würde, als hätte sie einen persönlichen Anspruch auf etwaige Gunstbezeigungen der Göttin und als wäre jedwede Gunst, welche die Göttin Rom erweisen könnte, ganz Aurelias Vermittlung zu verdanken. Welche Art von Gunst auch immer, sie erwartete sie eher, als daß sie darauf hoffte. Sie war eine Frau von unerbittlicher Tugendhaftigkeit, ihr Benehmen war kühl und förmlich, und ihre Autorität, selten verhüllt, duldete keine Widerrede. Sie hatte nichts von der liebenswürdigen Höflichkeit ihres Sohnes. Wir hatten alle Respekt vor ihr.

Ich ließ die Arme sinken, sie waren steif geworden. Meine Füße waren kalt, meine Knie schmerzten wie gewöhnlich, und ich langweilte mich zu Tode. Diese ganze Feier war mir zu vertraut, würde gewiß nie mehr so dramatisch sein wie im letzten Jahr. Bona Dea war eine Abstraktion, weit weg und schweigend, auch wenn ich mir einmal eingebildet hatte, sie habe zu mir gesprochen. Das Leben war überhaupt langweilig, und die kleinen Freuden, die es noch bereithielt, wurden einem vergällt, weil man sie mit niemandem teilen konnte.

Die Rituale erreichten ihren Höhepunkt. Ich stand näher am Haus als am Altar, und so hörte ich als eine der ersten den Tumult. Ein schriller Schrei ertönte, das Hallen von Schritten, Stimmengewirr. Erschrocken und verblüfft schaute ich mich zu den Gemächern um, aus denen der Tumult kam, und sah eine Frau aus dem Haus stürzen und zum Altar rennen. Sie schob die Feiernden ohne Entschuldigung zur Seite und fuchtelte wild mit den Armen, als ob sie ertrinken würde.

Als sie bei Aurelia war, ließ sie sich auf die Knie fallen. Sofort wurde alles still, der Gesang erstarb, die Flötentöne verklangen, die Saiten der Leier stockten, vibrierten noch kurz nach und verstummten, Ekstase und religiöse Inbrunst wurden abrupt erstickt. Die Stimme der Frau zerriß die plötzliche Stille. »Ein Mann ist im Haus, Herrin, ein Mann in Frauenkleidern.«

Ein entsetztes Gemurmel zischte durch den dicht zusammengedrängten Kreis der Frauen, aber ehe es anschwellen konnte, hob Aurelia die Hand. Das Gemurmel hörte sofort auf, und mit ruhiger, deutlicher Stimme fragte Aurelia: »Wo ist dieser Mann? Was macht er hier, und wer ist es?«

Die Sklavin kniete noch immer, das Gesicht Aurelia zugewandt, sie holte tief Luft und gab sich alle Mühe, sich von dem Schreck zu erholen.

»Ich weiß nicht, wer es ist, Herrin. Ich begegnete ihm, ihr, auf dem Gang zu unseren Zimmern. Ich dachte, daß es eine der Musikantinnen sei, er – es – hatte eine Laute in der Hand und war wie eine Lautenspielerin gekleidet. Es – es sagte, daß es sich im Haus verlaufen habe und auf der Suche nach Abra sei, der Dienerin von Herrin Pompeia, daß – es – mit ihr verabredet sei. Aber diese Stimme – es war nicht die Stimme eines Mädchens, sie war viel zu tief. Ich trat näher an – es – heran und hob die Lampe, die ich dabeihatte, und da entdeckte ich, daß es ein Mann war. Ich irre mich nicht, ich konnte ganz deutlich seine Bartstoppeln sehen. Er packte meinen Arm und kniff mich. Und er sagte, daß ich nicht schreien dürfe, daß ich ihn verstecken und Abra holen solle. Aber ich hatte Angst und rannte weg, um Euch zu rufen.«

Aurelia blickte das Mädchen an, machte jedoch keine Anstalten, sie aufstehen zu lassen, und sagte ruhig: »Sehr vernünftig. Was tat der Mann, als du wegranntest?«

»Nichts. Ich glaube, er blieb, wo er war. Ich habe mich nicht umgeschaut, ich war so erschrocken.«

»Geh schon mal zurück und sag den anderen Sklavinnen, daß sie alle Außentüren verschließen sollen. Ich komme gleich nach.«

Das Mädchen erhob sich und lief zwischen uns hindurch, während Aurelia sich an die Vestalinnen wandte und sagte: »Wenn das wahr ist, dann ist unser Kult auf schändlichste Weise entweiht worden. Wir müssen zuerst den Eindringling finden, dann entscheiden wir, was wir tun wollen.« Langsam und würdevoll schritt sie zum Haus, mit geradem Rücken, trotz ihres fortgeschrittenen Alters. Nach kurzem Zögern stürmten wir alle hinter ihr her und drängten uns erregt vor dem Eingang des Atriums. Weil ich der Tür am nächsten stand, war ich eine der ersten, die hinter Aurelia das Haus betraten. Selbst ich war aufgeregt – noch nie war so etwas geschehen, jedenfalls nicht zu meinen Lebzeiten, soviel ich wußte, ein Mann, der das heilige Fest der Bona Dea schändete. Ich hätte schockiert sein müssen. Aber da ich keinerlei Verzückung gespürt hatte, traf es mich nicht so sehr, daß die Stimmung frommer Ekstase abrupt zerstört worden war. In Aurelias Kielwasser durchquerte ich das hell erleuchtete Atrium. Neben mir trippelte enthusiastisch Caesars Frau Pompeia, ihre Stola mit einer Hand hochhaltend. Auch sie wirkte eher erregt als entsetzt. Aber nun ja, Pompeia war, das war allgemein bekannt, eine leichtherzige Frau, fröhlich, frech, unbeschwert. Sie war mehr komisch als witzig, nicht auffallend schön oder elegant, jedoch ungeheuer attraktiv für Männer. Nicht einmal die boshaftesten Tratschereien konnten sie der Zügellosigkeit bezichtigen, und dennoch mußte man hinter ihre Keuschheit ein Fragezeichen setzen.

Wir bogen in den Gang ein, der zu den Zimmern der Sklavinnen führte. Sie standen in einem Grüppchen zusammen und drückten sich an die Wand. Aurelia beachtete sie nicht. Sie spähte in jede Kammer. Bei der dritten erstarrte sie, und kühl erklang ihre Stimme: »Komm heraus, wer auch immer du bist.«

Pompeia und ich waren direkt hinter Aurelia. Die trat ein paar Schritte zurück und wir also ebenso. Der Gang war ordentlich beleuchtet, und wir konnten die Gestalt, die nun zum Vorschein kam, gut sehen.

Sie war wie eine Musikantin in eine hellrote Tunika gekleidet und hielt eine Laute in der Hand. Die Tunika war lang, aber nicht lang genug, um die Füße zu verbergen, breit und groß, und in Männerschuhen. Kopf und Schultern waren in ein dickes Umschlagtuch gehüllt, wodurch das Gesicht teilweise überschattet wurde. Aurelia streckte den Arm aus und riß das Tuch mit einem Ruck herunter. Vor uns stand ein Mann, schmächtig und mittelgroß, jung, aber deutlich kein Kind mehr, nicht verlegen und anscheinend auch nicht ängstlich. Ohne mit der Wimper zu zukken, blickte er Aurelia an. Er war hübsch, um nicht zu sagen schön, und seine Schönheit hatte etwas eigentümlich Weibliches. Er hatte ein perfekt ovales Gesicht und große, glänzende braune Augen. Er lächelte – seine Lippen zogen sich langsam in die Breite, bis die Mundwinkel Grübchen in seinen Wangen bildeten, und gingen ebenso langsam wieder zusammen, so daß das Lächeln noch lieblich nachzuklingen schien. Es war Clodias Lächeln. Natürlich, das mußte ihr Bruder sein, Publius Clodius, der eleganteste der neuen jungen Leute, dieser Lebemänner, und derjenige, über den am meisten geredet wurde.

Er sprach als erster. »Ich grüße Euch, Pompeia«, sagte er über Aurelias Schulter hinwegschauend.

Sein Ton war leicht, nonchalant und aufgeräumt. Das war an sich schon unerhört, er hätte in Panik sein müssen, daß er in einem Haus ertappt worden war, aus dem alle Männer verbannt waren und das vor Sonnenuntergang auch von keinem betreten werden durfte bei Strafe, eines Sakrilegs beschuldigt zu werden, was streng geahndet wurde. Und woher nahm der Mann die bodenlose Frechheit, Aurelia, die ältere Matrone, einfach zu übergehen? Aber das Empörendste war, daß diese Begrüßung bereits eine unmißverständliche Anspielung enthalten hatte. Pompeia wurde dadurch in etwas Ungesetzliches hineingezogen, noch ehe ein weiteres Wort gefallen war.

Alles erstarrte, Bewegungen, Gespräche – eisige Stille. Dann schnappte Pompeia laut nach Luft. Nein, es war kein Luftschnappen, kein Schrei, kein unhörbares Wort, es war ein tierischer Laut, ein tiefes, langes Wehklagen, das von den Wänden und der Decke zurückgeworfen zu werden schien. Ihr Gesicht war starr vor Angst, der Mund aufgesperrt, die dunklen Augen wie Löcher, in ein totenweißes Leichentuch gestochen. In diesem Augenblick war sie abstoßend häßlich.

Aurelia hatte sich umgedreht und sah sie an, wußte offenbar nicht, was sie tun sollte, und als sie endlich etwas sagte, war ihre Stimme laut und heiser: »Was weißt du darüber?«

Pompeias Lippen bewegten sich, aber es kam kein Ton heraus. Flehend streckte sie die Hände aus.

Aurelia wiederholte ihre Frage.

»Nichts«, flüsterte Pompeia, »nichts, ich schwöre es Euch und den unsterblichen Göttern, nichts.«

»Warum ist Publius Clodius dann hier, in deinem Haus, dem Haus meines Sohnes?«

Pompeia ergriff den Arm ihrer Schwiegermutter. »Ich weiß es nicht, ich schwöre es. Wirklich, ich habe ihn nicht gebeten herzukommen, das würde ich nie wagen. Es ist eine Schande. Er bedeutet mir nichts, nichts, hört Ihr, überhaupt nichts.«

Das war dumm, sie hatte zuviel gesagt.

Aurelia riß ihren Arm los und wandte sich an Clodius: »Warum bist du hier?«

Clodius blickte ihr direkt in die Augen, unverfroren. Angst und Scham schien er nicht zu verspüren.

»Es war ein Streich«, sagte er, es schwang sogar ein leises Lachen in seiner Stimme mit, »nichts weiter, einfach nur ein Streich, nicht böse gemeint.«

Gütige Götter, es war, als ob ich wieder Fabia hören würde. Ich schaute, ob ich meine Schwester irgendwo in dem vollen Flur ausmachen könnte, aber die Vestalinnen waren nirgends zu entdecken, sie hielten sich von dem ganzen Tumult fern.

Aurelia war auf Clodius zugegangen. »Ein Streich? So wagst du also dein ruchloses Verhalten zu nennen?« Sie spie ihm die Worte fast ins Gesicht, aber Clodius wich keinen Schritt zurück, verharrte ebenso gelassen und unverschämt.

Jemand bahnte sich einen Weg zwischen den Frauen hindurch. Es war Clodia. Sie lief zu ihrem Bruder und stellte sich neben ihn. Seite an Seite standen sie Aurelia gegenüber. Wenn man sie so nebeneinander sah, war die Ähnlichkeit geradezu unheimlich, die männliche und weibliche Verkörperung derselben kühlen Arroganz, dasselbe bewußte Zurschaustellen körperlicher Schönheit.

Was Clodia dann sagte, war so absurd und unerwartet, daß wir einen ungläubigen Schrei ausstießen und selbst Aurelia erbleichte.

»Das ist überhaupt nicht mein Bruder Publius, ihr seid alle hinters Licht geführt worden. Dieser junge Mann ist sein Doppelgänger, ein Schauspieler, der eine Rolle spielt. Es ist allgemein bekannt, daß mein Bruder einen Doppelgänger hat. Diesmal ist er jedoch viel zu weit gegangen, indem er diesen Mann einer schrecklichen Strafe ausgesetzt hat. Aber er hat das Sakrileg nicht selbst begangen. Er ist hier nicht persönlich anwesend, ist vielleicht nicht einmal in Rom. Eigentlich bin ich sicher, daß er nicht in Rom ist.«

»Du lügst«, sagte Aurelia, »das ist dein Bruder, und das weißt du genau. Von einem berühmten Doppelgänger habe ich noch nie etwas gehört, und ich bin davon überzeugt, keine von uns hat das.« Ein lautes, zustimmendes Gemurmel bestätigte ihre Worte.

Clodia zuckte mit den Schultern. »Ich kann es auch nicht ändern, wenn niemand von euch davon gehört hat. Fragt doch Eure Schwiegertochter, sie soll diesen jungen Mann mal aus der Nähe betrachten – sie wird ganz gewiß dasselbe sagen. Das ist nicht mein Bruder, sondern sein fast identischer Doppelgänger. Wenn jemand es wissen kann, dann ist es Pompeia.«

War sie wirklich so boshaft oder um jeden Preis entschlossen, ihrem Bruder zu helfen? War sie sich über die Folgen ihrer Worte tatsächlich nicht im klaren? Uns entgingen sie nicht.

Clodia winkte Pompeia. »Komm näher und sag es uns. Ist das mein Bruder?«

Aber Pompeia rührte sich nicht von der Stelle. Clodia wartete eine Weile und ging dann, sichtlich verärgert und ungeduldig, auf Pompeia zu und zerrte sie vor, damit sie sich den echten oder vermeintlichen Clodius ansehen konnte.

Es schien, als würden sie einander dort stundenlang gegenüberstehen. Pompeia mit dem Rücken zu uns, Clodius mit dem Gesicht. Er lächelte die Frau, die wie ein eingeschüchtertes Kind vor ihm stand, mit gesenktem Kopf und hängenden Schultern, freundlich und entspannt an und sagte: »Keine Angst. Sagt es ihnen. Ihr kennt mich nicht, ich kenne Euch nicht, nur vom Sehen. Das ist alles, was Ihr sagen müßt.«

Sie zitterte am ganzen Leib. Schließlich blickte sie auf, und die Worte schossen heraus, als ob sie sie erbrechen würde: »Ich kenne Euch nicht, Ihr seid nicht Publius Clodius.«

Clodia erhob die Stimme und rief triumphierend: »Ihr seid alle Zeugen, sie sagte: ›Ich kenne Euch nicht, Ihr seid nicht Publius Clodius.‹«

Die Lüge hallte mit einem unheilvollen Echo wider. Keine von uns hatte die Geistesgegenwart, den Betrug aufzudecken, bevor Clodius seine letzte Unverschämtheit beging. Ohne ein weiteres Wort schob er Pompeia zur Seite, versetzte Caesars Mutter einen Stoß und brach durch die Menge.

Niemand machte Anstalten, ihm zu folgen, niemand gab den Befehl, ihn aufzuhalten, wir waren alle wie gelähmt durch diese unglaubliche Frechheit. Mit der Laute über dem Kopf bahnte sich Clodius einen Weg zwischen den Frauen hindurch, die wie Schafe auseinanderwichen, und war verschwunden, ehe jemand etwas tun konnte. Er hinterließ den schweren, süßen Geruch von Moschus.

Keine von uns rührte sich, bis Aurelia ausrief: »Lauft ihm hinterher, laßt ihn nicht entwischen.«

Sofort erwachten wir aus unserer kollektiven Trance

und drängten alle gleichzeitig vorwärts. Aber der Flur war eng, und diese plötzliche Welle von Frauen versperrte den Durchgang. Zufällig befand ich mich ganz vorn, und es gelang mir durchzukommen. Hinter mir hörte ich eine Stimme: »Renn, Terentia, schneid ihm den Weg ab, renn.« Ich hob meine Stola an und rannte.

Ich kannte den Grundriß des Hauses nicht, bog auf gut Glück rechts ab, als der Gang einen anderen kreuzte. Ich hatte richtig geraten, der Gang lief an der Seite des Hauses entlang, und auf halber Strecke sah ich, was ich zu finden gehofft hatte: Eine schmale Tür, die direkt auf die Straße führte, stand offen. Das heißt, genau in diesem Augenblick machte eine Frau, vermutlich eine Sklavin, sie hastig zu. Ihre unsicheren Bewegungen verrieten ihre Panik, und als sie das Geräusch herbeieilender Füße hörte, versteinerte sie, mit dem Schlüssel in der Hand. Eine Weile standen wir reglos da und starrten einander an. Das Gesicht der Sklavin war eine Maske der Angst.

»Laßt mich gehen, Herrin, bitte laßt mich gehen«, flüsterte sie.

Doch es war zu spät, hinter mir hörte ich Aurelias Stimme: »Du hast diesen Mann also hereingelassen, Abra. Dafür wirst du hart bestraft werden.«

Ein paar Frauen ergriffen die Sklavin, zerrten sie mit und schrien, daß sie sagen solle, wo der Missetäter sei. Aber wieder ertönte Aurelias Stimme: »Das ist nicht nötig, laßt sie los, sie wird zu gegebener Zeit ihre Strafe bekommen. Und Publius Clodius zu suchen, ist sinnlos, der ist entwischt.«

Sie ging zur Tür und verschloß sie.

Der Skandal war spektakulär, erregend, mit genau dem Hauch von Verbrechen und ungeheuerlicher Ruchlosigkeit, der die Geschichte für diejenigen, die nicht direkt betroffen waren, um so ergötzlicher machte. Wo immer Frauen zusammenkamen, wurde scheinheilig darüber getuschelt, und ich tuschelte mit und genoß es genau wie die anderen. Denn auch ich war nicht direkt betroffen. Noch nicht. Daß die Vestalischen Jungfrauen die Bona-Dea-Rituale hatten wiederholen müssen, wußte ich, aber ich war nicht hingegangen. Ich wußte auch, daß die Vestalinnen und das Kollegium der Pontifices entschieden hatten, daß der Mann an jenem Abend in Caesars Haus Publius Clodius gewesen sei und daß er des Sakrilegs beschuldigt werde und vor dem Richter erscheinen müsse; und daß Clodius einerseits alles leugnete und andererseits versuchte, Unterstützung zu bekommen, um eine Gerichtsverhandlung zu verhindern. Doch schon bald beteiligte ich mich nicht mehr an dem ganzen Klatsch und Tratsch, es erinnerte mich alles zu sehr an Fabias Prozeß, rief Erinnerungen an Angst und Scham wach. Ich wollte einfach nichts damit zu tun haben.

Cicero hat einmal in meiner Anwesenheit über die Ereignisse gesprochen, am Tag danach. Er hielt es für einen bedauerlichen Vorfall, für geradezu skandalös, aber es schien ihn nicht weiter zu beschäftigen.

Für eine Person, vielleicht zwei, bedeutete der Clodius-Skandal die Zerrüttung ihres Privatlebens. Gaius Caesar schickte seiner Frau einen Scheidungsbrief. Doch selbst diese aufsehenerregende Neuigkeit berührte mich nicht. Ich hatte andere Dinge im Kopf – unser neues Haus auf dem Palatin.

Atticus an Terentia.

... Ich muß Euch also dazu gratulieren, daß Ihr Euer Ziel erreicht habt, ein Haus auf dem Palatin. Möget Ihr darin ein langes und glückliches Leben haben. Noch vor Ende des Jahres komme ich nach Rom und hoffe, Dich dann in Dei-

ner neuen Rolle als Frau des Hauses im begehrtesten Domizil Roms bewundern zu können.
Ende August 62, Griechenland.

Aber wir waren nicht glücklich. Das Haus war in der Tat das schönste Roms, und Cicero mußte sich viel Geld leihen, um es bezahlen zu können. Er kaufte es, weil es, wie er prahlte, nicht mehr als angemessen sei für den Retter der Republik. Ich ermunterte ihn nicht dazu, fühlte mich unbehaglich wegen dieser Verschwendung und warnte ihn, daß es nur Neid erregen würde, doch er hörte nicht auf mich. Seine Angeberei wurde lauter und öffentlicher, je virulenter die Kritik an der Hinrichtung der Verschwörer wurde. Er verärgerte selbst seine Freunde und diejenigen, die es gut mit ihm meinten, und mich machte er ganz und gar rasend, denn der Hohn und Spott über ihn galten natürlich auch mir, zumindest empfand ich es so. Und obwohl mir bewußt war, wie dünnhäutig und unsicher er war, hatte ich nicht vor, darauf Rücksicht zu nehmen. Wir waren gereizt und ungeduldig miteinander. Er hatte offenbar meinen Mut und meine Unterstützung vergessen, nahm es mir übel, daß ich seinen Stolz nicht teilte, und während die trüben Tage sich dahinschleppten, wurde ich immer bitterer. Das Haus wurde unser privates Schlachtfeld.

Wann begann ich, Verdacht zu schöpfen?

War es an jenem Tag irgendwann im Januar 61, nach dem Bona-Dea-Drama? Jenem Tag, an dem ich Cicero fragte, wer der Mann sei, dem ich manchmal zufällig begegnete, wenn er die Bibliothek betrat oder verließ, mitunter zu höchst ungewöhnlichen Zeiten? Am Abend zuvor hatte ich ihn gesehen, als der Wächter ihn hinausließ, zu spät für einen normalen Besuch.

»Wer ist dieser Mann?« fragte ich.

»Welcher Mann?« Er war auf dem Weg zum Senat, zog noch einmal seine Toga zurecht, und ich fing ihn ab, als er gerade das Haus verlassen wollte.

»Dieser Mann, der ein bißchen hinkt, mit dem Lockenkopf und den Schielaugen. Du weißt genau, wen ich meine.«

»Tullus«, antwortete er kurz.

»Wer ist dieser Tullus, und was will er, daß er dich so spätabends besucht?«

»Ein Bekannter, er war geschäftlich hier. Machst du neuerdings einen Rundgang durch das Haus, kontrollierst du meine Besucher?« Er schaute mich nicht an, während er sprach.

Ich hätte es dabei belassen, hatte nur so dahingefragt. Aber sein Ton und seine Worte waren so unerwartet. Selten war er wirklich grob zu mir, und seine Reaktion erstaunte und alarmierte mich.

»Was sind das für Geschäfte?«

Cicero lief zur Außentür. »Geschäfte eben.«

Ich folgte ihm durch das Atrium. »Ist er ein Geldgeber?«

»Nein.« Er bedeutete dem Wächter zu öffnen.

»Was dann?«

Er drehte sich zu mir um. »Ist das vielleicht ein Kreuzverhör?« fragte er kühl.

»Nein, natürlich nicht. Aber ...«

»Dann sei so gut und laß mich zur Arbeit gehen, ich bin sowieso schon zu spät.«

Und ohne sich zu verabschieden, verschwand er durch die Tür.

Ein unbedeutender Vorfall, auf den ersten Blick, doch er blieb mir im Gedächtnis haften.

Der nächste gab mir mehr zu denken und war unendlich viel beunruhigender. Getratsche, das ich zufällig aufschnappte, nicht für meine Ohren bestimmt, das glaubte ich damals jedenfalls. Aber vielleicht war das ein Irrtum – vielleicht sollte ich es ja hören. Cornelia hatte uns zur Verlobungsfeier ihrer Tochter eingeladen, und obwohl ich mich von solchen Zusammenkünften lieber fernhielt, ging ich doch hin, elegant gekleidet und mit meinen schönsten Juwelen – ich erinnere mich noch, diese langen Ohrringe aus Gold und Perlen, ich konnte es nie lassen, damit zu spielen.

Es war ein Geplapper und Geschnatter, daß es eine Art hatte. Die meisten Frauen kannte ich. Postumia war da und Metella und ein paar Frauen aus den höchsten Kreisen, unter ihnen Mucia, erhobenen Hauptes. Denn obwohl Pompeius sich kürzlich von ihr hatte scheiden lassen, mied sie die Gesellschaft anderer nicht; im Gegenteil, sie schien ganz Rom herausfordern zu wollen, an ihr herumzukritisieren. Oder sie zu bemitleiden.

Ich unterhielt mich mit jemandem, aber sehr spannend kann es nicht gewesen sein, denn ich ertappte mich dabei, daß ich dem Gespräch einer Gruppe Frauen hinter mir lauschte. Sie sprachen wieder über den Bona-Dea-Skandal – wie immer, wenn Clodia nicht dabei war. Und Clodia glänzte an diesem Tag durch Abwesenheit.

Jemand sagte: »Die Mehrheit des Senats ist ziemlich vehement gegen Clodius, obwohl es so aussieht, als seien manche Senatoren durchaus offen für seinen pathetischen Appell, das Volk zu überreden, den Antrag nicht anzunehmen.«

»Welchen Antrag?« fragte jemand.

»Den auf eine Gerichtsverhandlung, natürlich, in der er sich wegen des Sakrilegs verantworten muß.« Eine andere Stimme sagte kichernd: »Unser rechtschaffener und ruhmreicher Ex-Konsul, unser Retter der Republik, wird sicherlich nicht zu denen gehören, die nachgeben. Clodius ist der Inbegriff all dessen, was Cicero verabscheut: ein ausschweifender Jüngling, verantwortungslos, moralisch verdorben und so weiter. Wie hat Cicero bei der Panik um Catilina auf diesen Dingen herumgeritten.«

Ich blickte mich um, das Grüppchen von Frauen stand direkt hinter mir. Postumia war dabei und Mucia, doch die letzte Sprecherin konnte ich nicht identifizieren. Jemand berührte meinen Arm, eine Dienerin mit einer Schale Süßigkeiten, achtlos nahm ich eine. Das Gespräch ging weiter, und ich erkannte Postumias kühle, schrille Stimme, ohne mich umzusehen: »Aber er wird immer milder, sagt man jedenfalls. Kein einziger moralisierender Ton mehr in letzter Zeit, wenn es um Clodius geht. Kein Wunder, so wie sie ihn bearbeitet.«

Jemand kicherte: »Ich nehme an, du meinst Clodia.«

»Wen sonst? Ich weiß, daß sie ihm einen Liebesbrief nach dem anderen schickt, ihn anfleht, nett zu ihrem kleinen Bruder zu sein, und vermutlich noch um einiges anderes.«

»Woher weißt du das?«

»Ich kenne zufällig den Mann, den sie sich als Boten auserwählt hat, diesen übereifrigen Wichtigtuer Tullus, das größte Schwatzmaul von ganz Rom.«

»Es wundert mich, daß sie nicht selbst hingeht, oder vertraut sie nicht mehr auf die magische Wirkung ihrer Kuhaugen?«

»Nicht nötig, es heißt, daß er regelmäßig bei unserer Schönen vor der Tür steht.«

Wieder Gekicher. »Nicht doch, nicht unser tugendhafter Cicero. Er ist nicht der Typ, der hinter verheirateten Frauen her ist, schon gar nicht hinter Frauen wie Clodia. Sie würde ihn bei lebendigem Leibe verschlingen, und sich dabei noch die Lippen lecken.«

»Meine Liebe, Männer, die über ihre besten Jahre hinaus sind, fliegen auf solche Frauen, wenn sie auf einmal späte Lustgefühle überkommen. Die versuchen, das Feuer der Jugend wiederzufinden oder zu genießen, was sie in ihrer Jugend verpaßt haben oder verpaßt zu haben glauben. Vielleicht auch nur, um zu sehen, ob sie es noch können. Sie sind verrückt auf Frauen, die ihren abgestumpften Appetit anregen, wollen keine Sklavin, die im Bett nur tut, was man ihr sagt, oder ein unerfahrenes junges Ding, dem man erst noch alles beibringen muß. Dann kann man genausogut mit seiner langweiligen, alten Ehefrau schlafen. Warum sollte Marcus Cicero da eine Ausnahme sein?«

Ich wußte nicht, wohin mit meinen Händen, und fing an, an einem Ohrring zu zupfen, mein Ohrläppchen schmerzte. Die Süßigkeit war ein zuckriger, klebriger Klumpen in meinem Mund, sie schmeckte nach Feigen. Ich bekam sie nicht herunter, was ich auch versuchte, ich erstickte fast daran, würgte mit der Hand vor dem Mund.

Eine plötzliche Stille summte in meinem Kopf, die Frauen hinter mir waren verstummt. Oder hatte der Schock alle Geräusche ausgelöscht?

Da hörte ich Mucia, unverkennbar ihre Stimme, tief und heiser, mit einem merkwürdigen, kaum wahrnehmbaren Stottern.

»Du scheinst zu vergessen, daß Cicero Clodius noch etwas schuldig ist. Clodius war schließlich einer der Freiwilligen von Ciceros Leibwache, als es in der Catilina-Krise auf Messers Schneide stand. Und Cicero ist ein Ehrenmann, der die Unterstützung eines anderen nicht vergißt. Das ist der einzige Grund, also hör auf, solche üblen Gerüchte zu verbreiten.«

»Du willst uns doch nicht weismachen, daß Clodia sich nicht alle Mühe gibt, ihn zu verführen?« sagte Postumia katzenfreundlich. »Es klingt im übrigen nicht sehr überzeugend aus deinem Munde, als Clodias Schwägerin. Wir wissen, daß du diese Frau verabscheust, weil sie deinen Bruder immer wieder betrügt.«

Mucia antwortete, ebenso katzenfreundlich: »Ich sprach nicht über Clodia, sondern über Marcus Cicero. Seine Frau steht keine zwei Schritte von uns entfernt, oder ist dir das vielleicht entgangen?« Dann kam sie zu mir und stellte sich neben mich; glücklicherweise beging sie nicht den Fehler, ein Wort über das eben Geschehene zu verlieren. Sie redete über unbedeutende Dinge und zog mich weg in eine andere Ecke des Raumes.

Ich hörte zu, zupfte weiterhin an meinem Ohrring, fühlte, wie sich das Ohrläppchen schmerzhaft dehnte. Sanft nahm Mucia meine Hand herunter. »Du tust dir weh, und dieser Ohrring ist zu schön, um ihn kaputtzumachen.«

Ich brachte kein Wort heraus, starrte Mucia an. Ich hatte sie immer für eine harte Frau gehalten, genauso hart wie ihre scharfen Gesichtszüge, eine schmale Nase, dünne Lippen, kleine kalte Augen unter klar umrissenen Brauen. Mucia hatte nie versucht, sich zu rechtfertigen, als Pompeius sich wegen Ehebruchs von ihr hatte scheiden lassen, sprach nie über diese Angelegenheit oder über ihren Mann. Sie war einfach ins Haus ihrer Mutter zurückgegangen und hatte sich hochmütig in Schweigen gehüllt. Die meisten Leute mochten sie nicht – wahrscheinlich, weil sie keine Nachsicht kannte und jede Annäherung abwies, zumindest von Frauen. Und auch jetzt sah sie nicht anders aus, keine unerwartete Sanftheit lag in ihrem Ausdruck, und das machte das, was sie sagte, um so erstaunlicher.

»Wie wenig die Menschen sich doch vergegenwärtigen, wie weh Tratsch tun kann. Törichte Frauen reden Worte daher, die sie nichts kosten – ihre Opfer sind es, die bezahlen müssen. Verbirg deinen Kummer, Terentia, bevor er ihnen Genugtuung verschaffen kann oder ihnen beweist, daß an ihrem boshaften Geschwätz etwas Wahres dran ist. Aber vor allem, verbirg ihn vor deinem Mann.«

Ich konnte meinen Kummer verbergen, denn ich hatte noch keinen. Und doch zweifelte ich nicht einen Moment daran, daß das, was ich gehört hatte, der Wahrheit entsprach. Wieso? Ich hatte meinen Ehemann nie verdächtigt, andere Frauen zu begehren, das war nicht seine Art, zumindest wie ich ihn kannte oder zu kennen glaubte. Hatte er nicht immer gesagt, daß Eros in seinem Leben keinen Platz habe?

Und selbst wenn es stimmte, warum sollte mir das etwas ausmachen? Eros hatte in einer anständigen Ehe nichts zu suchen. Ich kam nicht zu kurz. Ich war Ciceros Frau, Herrin seines Hauses, Mutter seiner Kinder, die Gattin eines Ex-Konsuls. Das war meine Position im Leben und in seinem Leben. Es war eine Bedingung, die ich akzeptiert hatte, manchmal widerwillig, meistens jedoch, so glaubte ich, bereitwillig, und er hatte sie respektiert.

Nein, ich verspürte noch keinen Kummer, dafür etwas anderes. Eine merkwürdige, perverse, distanzierte Neugier, so distanziert, daß ich mich nicht einmal dafür schämte.

Wie würde mein Mann sich bei einer Frau verhalten, die er begehrte? (»Würde verhalten«, nicht »verhielt«, ein feiner Unterschied. Es war die Wahrheit, doch zugleich war es bislang nur eine bloße Vermutung. Der menschliche Geist funktioniert auf sonderbare und widersprüchliche Weise.) Meine Phantasie, fieberhaft und fruchtbar, konnte sich die Szene bis ins Detail ausmalen, aber die Darsteller waren stumm und leblos. Ich hatte zu wenig Erfahrung, aus der ich schöpfen konnte. Ich nahm an, daß Liebende herrliche Dinge miteinander taten, wußte indes nicht, was ich mir darunter vorstellen sollte. Ich ging sämtlichen Klatsch durch, der mir zu Ohren gekommen war, doch selbst in den obszönsten Tratschereien wird die körperliche Liebe nicht explizit beschrieben. Und ich dachte an die Geschichten von Flora, einer berühmten Kurtisane und einst die Mätresse von Pompeius, die voller Stolz die Knutschflecke in ihrem Nacken gezeigt hatte, Pompeius' Beitrag zu ihrer Leidenschaft. Mein Körper ließ Gefühle erahnen, die zu intim waren, um sie zuzugeben, aber diese Ahnung beunruhigte mich nur, ohne meinen Wissensdurst zu stillen. Ich erinnerte mich an Catilinas höhnische Bemerkung über mit Blumen übersäte Sofas und versuchte, mir meinen Mann und mich als leidenschaftliches Liebespaar vorzustellen, doch die Realität unseres Verhaltens im Bett verurteilte diesen Versuch zum Scheitern. Pflichttreue Zuneigung, anders konnte ich es nicht beschreiben, obwohl es auch Zärtlichkeit gegeben hatte, hin und wieder. Für Lust und Leidenschaft war in unserem Ehebett allerdings kein Platz gewesen, daher konnte ich weder das eine noch das andere in eine körperliche Erfahrung übersetzen. Trotzdem war ich mir sicher, daß ich sie sofort erkennen würde, wenn ich sie einmal erleben sollte. Es würde sein, so glaubte ich, wie ein dunkles Zimmer zu betreten und instinktiv zu wissen, daß dort bereits etwas oder jemand ist, aber erst feststellen zu können, was oder wer, wenn eine Lampe angezündet wird.

Ich begann meinen Ehemann zu beobachten. Ich spionierte ihm nicht nach – das kam erst später –, ich behielt ihn einfach nur im Auge, mit derselben distanzierten Neugier. Er wirkte nicht anders als sonst, sah nicht müder aus, hatte nicht die Blässe, von der es heißt, daß sie die Folge übermäßiger Hurerei sei. Er behandelte mich wie immer, reserviert und höflich, und wenn wir uns sahen, redete er über banale häusliche Dinge und wandte den

Blick nicht ab wie damals, als ich ihn nach Tullus fragte. Wenn er Zeit hatte, spielte er mit dem kleinen Marcus und sprach mit mir über die Entwicklung des Kindes, voller Sorge und Zuneigung. Tullia kam und ging wie gewöhnlich. Ich war davon überzeugt, daß sie mir nichts sagen würde, selbst wenn sie etwas wüßte, aber es war unwahrscheinlich, daß ich nicht irgendeine Veränderung in ihrem Verhalten mir gegenüber entdecken würde, wenn sie die Tratschereien gehört hätte und ihnen Glauben schenkte. Auch Tiro benahm sich nicht anders als sonst, und der würde sich sicher ins Fäustchen lachen, subtil, aber unmißverständlich, wenn ihn die Gerüchte erreicht hätten.

Einige Wochen lang geschah nichts.

Bis ich die Nachricht abfing, irgendwann im März. Ich riß Tullus die Schreibtafel aus der Hand, als er auf dem Weg in die Bibliothek durch das Atrium lief. In diesen Tagen geisterte ich oft im Atrium und im Vestibulum herum, erfand allerlei Vorwände, mir der neugierigen Blicke des Wächters wohl bewußt, ohne mir jedoch etwas daraus zu machen. Ich wartete auf Tullus und auf einen Beweis, aber warum ich einen Beweis wollte, wußte ich nicht.

Tullus war zu überrascht, um reagieren zu können, starrte mich mit offenem Mund an. Dann sagte er: »Ihr habt kein Recht, das zu tun, die Nachricht ist nicht für Euch bestimmt. Gebt sie mir bitte zurück.«

»Nein«, sagte ich schroff, »es sei denn, du hast vor, sie mir mit Gewalt wegzunehmen.«

Ehe er antworten konnte, verschwand ich schnell in meinem Teil des Hauses. Dorthin würde er mir nicht zu folgen wagen.

Eine ganze Weile stand ich mit der Tafel in den Händen da und fingerte am Band herum. Ich hielt sie mir unter die

Nase, hoffte den Hauch irgendeines Duftes zu erhaschen, roch aber nichts. Ich legte sie auf den Tisch und starrte sie an. Es war nichts Ungewöhnliches daran, eine Tafel wie jede andere. Ich nahm sie wieder hoch, drehte sie hin und her, öffnete sie schließlich klopfenden Herzens und las: »Komm heute abend, zur selben Zeit. Meine Dienerin wird dich erwarten, um dich einzulassen. Wir müssen uns sehen, unsere letzte Begegnung war zu kurz. Es gibt viel zu besprechen.«

Es war nicht unterzeichnet. Das war auch nicht nötig.

Und auf einmal war ich rasend eifersüchtig.

Ich bin davon überzeugt – ich weiß nicht, warum, Intuition, nehme ich an, oder das Bewußtsein, daß Du Dich nie von irgendeiner Leidenschaft mitreißen lassen würdest, das paßt nicht zu einem Epikureer –, daß Du nie Eifersucht gekannt hast, Atticus, zumindest keine derartige. Darum will ich Dir sagen: Eifersucht, und ich spreche von der Eifersucht einer verheirateten Frau, hat nichts mit Liebe oder Zuneigung zu tun, sondern mit Stolz und Eitelkeit und Angst in all ihren Abstufungen. Angst vor dem Verlassenwerden und sozialer Isolation, vor dem Verlust der Kinder, vor Spott und Mitleid, und Stolz und Eitelkeit sind verletzt, weil eine andere Frau bevorzugt worden ist. Aber Eifersucht hat auch noch mit etwas anderem zu tun, etwas Geheimem, mit Gefühlen, zu denen sich vielleicht nur wenige von uns für fähig halten. Denn sie weckt eine perverse sexuelle – um es unumwunden zu sagen – Neugier, das dringende Bedürfnis, genau zu wissen, was der Ehemann mit dieser anderen tut, was er nicht mit einem selbst getan hat, und führt zu einer heftigen Wut gegen den Mann und die Geliebte, die er begehrt.

Warum, wirst Du fragen, haben Frauen diese Gefühle nicht, wenn ihr Mann mit einer Sklavin das Bett teilt, wie es so viele tun? Ich werde es Dir erklären, Atticus: Meistens hat eine Sklavin nicht die Bildung, die Kultur, die Erfahrung, um das ganze Wesen des Mannes in Besitz zu nehmen, sein Herz und seine Seele, wenn Du so willst. Sie vermag ihn nicht vollkommen zu fesseln, sie gehorcht nur ihrem Herrn. Nicht wie eine Frau seines Standes, aus seiner eigenen Welt, eine Frau, die schön und begehrt ist, die niemandem gehört, die mit ihm über Dinge reden kann, die ihn interessieren, die geistreich ist und elegant, die Leidenschaft mit Leidenschaft beantworten kann. Eine Frau, die weiß, was die keusche Matrone und Gattin nicht wissen kann, weil sie nie die Gelegenheit hatte, etwas zu bekommen, das der Ehemann nicht verpflichtet ist, ihr zu geben, und die nicht einmal das Recht hat, dies zu erwarten.

Diese rasende Eifersucht ist an sich schon eine Leidenschaft, ja, aber eine sterile Leidenschaft, die nicht geteilt werden kann. Genau wie Geburt und Tod ist es eine einsame Erfahrung. Ihr, alle römischen Männer, habt diese andere Leidenschaft in uns unterdrückt, doch ihr habt sie nicht gänzlich erstickt. In vielen von uns ist sie noch lebendig genug, um ihre eigene Frucht zu tragen, Eifersucht.

Überrascht Dich diese bittere Einschätzung, Atticus? Wenn ja, dann vielleicht, weil Du sie, wie wahrscheinlich die meisten Ehemänner, nie öffentlich hast aussprechen hören. Ihr seid nicht taub gewesen, sondern wir, die Frauen, haben geschwiegen.

Noch immer sagte ich nichts, tat ich nichts.

Ich verbarg die Tafel, wo ich einst das Gift verborgen hatte, unter den Dielenbrettern der Latrine. Ich wartete darauf, daß Cicero mich fragen würde, warum ich die Tafel entwendet hatte, daß er sie zurückverlangen würde. Tullus hatte ihm zweifellos erzählt, was passiert war, doch

Cicero fragte nichts. Ein Beweis mehr, wenn es dessen noch bedurfte.

Da fing ich an, meinem Mann ernsthaft nachzuspionieren. Ich zog Musa ins Vertrauen, mir blieb nichts anderes übrig. Aber ich wußte, daß sie loyal war, und selbst wenn sie es nicht wäre, würde sie aus Angst vor den Folgen schweigen. Musa war intelligent, einfallsreich und gerissen. Sie freundete sich mit einer von Clodias Sklavinnen an, der sie gelegentlich auf dem Markt oder in einem Laden begegnet war, und entlockte ihr die Information, daß Clodia, die nun, da ihr Mann Statthalter in Norditalien war, tun und lassen könne, was sie wolle, mehrere Geliebte habe, darunter einen Dichter, einen gewissen Catull. Der sei allerdings kürzlich durch einen anderen ersetzt worden, durch Caelius. Als Musa mir das berichtete, mußte ich auf einmal voller Zuneigung an den früheren Schüler meines Mannes denken, den fröhlichen, frechen Caelius, den ich so gemocht hatte und noch immer mochte, obwohl unsere Wege sich nur mehr selten kreuzten. Traurig fragte ich mich, wie lange es dauern würde, bis auch er Clodias Gunst wieder verlieren würde.

Nach und nach schlich sich Musa in das Vertrauen von Clodias Sklavin. Das war nicht schwer, denn die Frau war sehr gesprächig und so dumm, daß sie sich gar nicht zu fragen schien, warum sie ständig ausgehorcht wurde, es vielleicht nicht einmal bemerkte. Und so erfuhr Musa, daß der Ex-Konsul Marcus Cicero momentan ein häufiger Gast sei, mitunter zu ungewöhnlichen Zeiten. Die Frau habe Cicero selbst manchmal eingelassen, obwohl dies meistens Clodias eigene Dienerin übernahm. Doch wie listig Musa ihre Fragen auch stellte, Auskünfte darüber, was der Ex-Konsul dort genau machte, erbrachten sie nicht. Die Sklavin hatte ihn in die Gemächer ihrer Herrin hineingehen sehen, aber nicht wirklich in deren

Schlafzimmer. Wie oft war er gekommen? Sehr oft, aber genau wisse sie es nicht. Hatte er heimlichgetan? Nicht mehr als die anderen Besucher. War er kürzlich noch dagewesen? Ja, in der letzten Nacht, oder besser gesagt: am späten Abend. Eines Tages kam die Frau plötzlich nicht mehr auf den Markt, und als Musa sie besuchen wollte und am Eingang zu den Sklavenunterkünften in Clodias Haus nach ihr fragte, wurde ihr unmißverständlich zu verstehen gegeben, daß sie sich um ihre eigenen Angelegenheiten kümmern solle. Jemand hatte diese Klatschbase von einer Sklavin wirksam zum Schweigen gebracht.

Ich machte mir heimlich Notizen über alle Informationen, ohne vorläufig genau zu wissen, wie ich sie am sinnvollsten nutzen könnte, wie ich Cicero am härtesten treffen würde. Und ich hielt an meiner eifersüchtigen Wut fest, klammerte mich daran, als ob sie mir jemand wegnehmen wollte. Mein Mann und ich gingen uns aus dem Weg. Wir aßen nicht mehr zusammen und gaben uns auch nicht mehr den Anschein, dies zu wünschen. Cicero war wieder der Fremde, der er einst gewesen war.

Es gab niemanden, dem ich mein Herz hätte ausschütten wollen. Ich brauchte keine Vertrauten, ich brauchte Wissen, mußte das Wesen dieser Leidenschaft kennenlernen, von der Männer und Frauen besessen sein konnten. Meine Eifersucht war ein hungriges Ungeheuer, das mit diesem Wissen gefüttert werden mußte.

Caelius würde es mir erklären können.

Er kam sofort, als ich ihn zu mir bestellte. Er war relativ ungeschoren aus der Catilina-Affäre hervorgegangen, und der Bruch mit Cicero war einigermaßen gekittet, aber ihre Freundschaft hatte an Wärme verloren, und er besuchte uns nur selten.

Die Verzweiflung ließ mich ehrlich sein, und ich sprach ohne jede Zurückhaltung, schob mein Schamgefühl gleichsam beiseite. Vielleicht machte ich mich damit lächerlich, aber ich wußte, daß Caelius mich auch noch immer mochte, und ich vertraute ihm. Er enttäuschte mich nicht, hörte zu, ohne mich zu unterbrechen, die Augen auf mich gerichtet.

»Es tut mir leid, daß ich dir das sagen muß«, schloß ich. »Ich weiß, daß Clodia deine Geliebte ist, du hast es mir vor langer Zeit einmal erzählt.«

Ganz ruhig erwiderte er »Ich habe dir damals erzählt, daß mein Herz Clodia gehört, vielleicht habe ich gesagt, mein Körper auch. Doch das war nicht so, jedenfalls nicht buchstäblich, das kam erst später, viel später, als sie mir endlich erlaubte, mit ihr zu schlafen.«

»Aber wie kannst du so ... so, nun ja, ungerührt dasitzen, während ich dir berichte, daß sie dabei ist, meinen Mann zu verführen.«

»Weil ich davon überzeugt bin, daß sie ihn nur benutzt. Sie wird ihn fallenlassen, sobald er ihrem Zweck gedient hat. Und ich bezweifle, daß diese Verführung sehr weit gegangen ist. Er mag ein paarmal ihr Bett geteilt haben, doch das bedeutet Clodia nichts. Er ist nicht das Objekt ihrer Leidenschaft, glaub mir.«

Etwas in seiner Stimme brachte mich dazu zu fragen: »Bist du es, Marcus?«

Eine Weile sagte er nichts. Ich betrachtete ihn genauer, vergaß für einen Moment meine eigene Geschichte. Er war älter geworden, hatte Falten im Gesicht, die ich noch nie wahrgenommen hatte. Er schien auch etwas von der Ausgelassenheit und schalkhaften Vitalität verloren zu haben, die mich immer so amüsiert hatten. Selbst seine Haarfarbe war stumpfer geworden, sein Kopf sah nicht mehr aus, als ob er in Brand stünde.

»Manchmal denke ich, ich bin es, und dann ist das ganze Leben Musik und Tanz. Doch es gibt auch Zeiten, wo ich vermute, daß ich es nicht bin, obwohl sie es mir nicht offen zeigt, und diese Zeiten sind grau und trübe. Aber immer noch leichter zu ertragen als die, in denen ich weiß, daß sie andere Liebhaber hat, neue, oder alte, die ihre Gunst wiedererlangt haben, denn das erzählt sie mir, daraus macht sie nie einen Hehl, das muß ich ihr lassen. Und dann ist alles Nacht und Dunkelheit«, antwortete Caelius schließlich.

»Bist du eifersüchtig?«

»Ja«, erwiderte er einfach. »Für alle, die Clodia lieben, ist Eifersucht eine ewige Qual. Aber es gibt verschiedene Grade – die lernt man zu unterscheiden und die niedrigeren Grade, wenn ich es so sagen darf, zu ignorieren.«

Ich schaute auf meine Hände. »Ich kenne nur einen Grad von Eifersucht«, und dann rief ich aus: »Marcus, was ist das, diese Leidenschaft? Was macht sie mit Männern und Frauen? Lach mich nicht aus. Ich ... ich muß es wissen.«

Er lachte mich nicht aus. »Es ist zwecklos zu fragen, Terentia«, sagte er, fast mitleidig. »Du wirst es nie erfahren. Zumindest nicht ohne die Konventionen und Traditionen, nach denen du erzogen worden bist, zu verleugnen, und das kannst du nicht, ohne jede Selbstachtung zu verlieren. Du müßtest dich gegen die Ehe auflehnen, wie sie in unserer Gesellschaft definiert ist. Du würdest nicht mehr die gehorsame Ehefrau sein, du würdest unkeusch sein, untreu, besudelt, nach deinen eigenen Maßstäben vor allem. Und dein Mann würde sich von dir scheiden lassen. Und wenn du diese Leidenschaft von ihm als Recht einfordern wolltest, dann müßte dein Ehevertrag neu aufgesetzt werden. Und selbst wenn dir das gelänge, wärst du noch nicht in der Lage, die Barrieren abgestumpfter Gewohnheiten zu durchbrechen, die im Laufe der Zeit jede Ehe versauern, soweit mir bekannt ist. Aber, was das größte Problem ist, Leidenschaft ist nicht auf Abruf zu bekommen. Arme Terentia, es gibt keinen Ausweg, für dich nicht und für keine einzige tugendhafte Ehefrau.«

Ich dachte eine Weile nach, wußte, daß er die Wahrheit sprach. Und doch ... »Kannst du denn nicht versuchen, es mir zu erklären, Marcus? Diese – diese, nun ja, Sache, die ich nicht wissen darf ...« Ich erniedrigte mich selbst, ich flehte.

Er seufzte. »Warum, Terentia? Warum kannst du die Konvention und Tradition nicht akzeptieren und sein, wozu du bestimmt bist, eine gute Ehefrau? Warum bist du nicht einfach vernünftig? Selbst wenn er verführt worden ist, wird es nicht lange währen. Er wird schnell genug zur Besinnung kommen, denn das Allerwichtigste sind für ihn letztlich die Politik und seine Karriere. Und seine Familie, natürlich«, fügte er eilig hinzu.

»Und wenn er nun nicht zur Besinnung kommt? Wirklich, ich muß verstehen, was das für eine Leidenschaft ist.«

»Du willst das wissen, weil du erfahren willst, was dir fehlt, weil du glaubst, daß es spannend ist, aufregend, die definitive Huldigung der Anmut und der Weiblichkeit, oder etwa nicht?« Seine Worte waren scharf.

Ich machte mir nichts daraus und rief: »Ich muß es wissen, denn auch wenn du sagst, daß diese – diese Affäre Clodia nichts bedeutet, kann sie doch meinem Mann sehr viel bedeuten. Ich muß verstehen, was er fühlt, damit ich dagegen kämpfen kann, und gegen ihn, und gegen sie. Ich lasse mir das nicht einfach so gefallen, brav, unterwürfig, heuchlerisch. Ich kann nicht tun, als ob nichts wäre, bloß um seine Zuneigung zu behalten. So bin ich nicht.«

»Wärst du es nur«, sagte er traurig. »Ich kann dir dieses Gefühl wirklich nicht beschreiben«, fuhr er nach einiger

Zeit fort. »Nicht weil es unschicklich wäre, mit dir über solche Dinge zu sprechen ... Nein, es ist, weil ich es nicht mit Worten auszudrücken vermag. Das einzige, was ich dir sagen kann, ist, daß es keine reine Freude ist, es ist mehr Schmerz als Freude. Es hat nichts von der Sanftheit echter Zuneigung, es ist nicht einmal ganz uneigennützig. Es läßt dich nicht los – ein Suchtmittel, nach dem du desto heftiger verlangst, je mehr du davon bekommst. Es ist körperlich, doch nie ganz durch körperliche Liebe zu befriedigen, weil stets das nagende Gefühl bleibt, daß du den anderen, die Geliebte, nie vollständig besitzen kannst. Immer ist da der kleine wesentliche Teil von ihr, der dir entgleitet, und es ist um so schmerzlicher, weil du weißt, daß er da ist, unantastbar – du kannst ihn gleichsam aus den Augenwinkeln sehen. Aber es gibt einen Mann, der dir beschreiben kann, was Leidenschaft ist, Gaius Catull, der Dichter.«

Ich erinnerte mich, daß Musa erzählt hatte, Catull sei Clodias Liebhaber gewesen. »Er war einer von Clodias Liebhabern, nicht wahr?«

»Du bist gut informiert. War, ist es vielleicht noch. Wir sind wie zwei Bienen, die dieselbe Blume umschwärmen, inmitten vieler anderer, um ehrlich zu sein. Er weiß, was Leidenschaft ist, und vermag sie in Worte zu fassen, im Gegensatz zu mir.«

»Aber wie kann ich einen Mann so etwas fragen, dem ich überhaupt noch nie begegnet bin?«

»Du brauchst ihn nicht persönlich zu fragen. Ich werde dir Kopien von Gedichten schicken, die er für und über Clodia geschrieben hat, obwohl er sie in seinen Versen Lesbia nennt. Wenn es jemanden gibt, der es dir erklären kann, dann ist er es.«

Er stand auf und kam auf mich zu, beugte sich vor und ergriff meine Hand. »Aber vielleicht sollte ich das besser nicht tun. Bleib lieber unschuldig, Terentia. Leidenschaft ist bittersüß und viel häufiger bitter als süß für diejenigen, die sich ihr hingeben, wenn ›hingeben‹ denn das richtige Wort ist, auch wenn sie noch so verlockend scheint.«

Ich senkte den Kopf, beschämt. Er hatte recht.

Aber offenbar hatte Caelius Mitleid mit mir, denn er schickte mir einige Gedichte von Catull. Und ich las sie.

Beim Schreiben dieser letzten Worte verspürte ich plötzlich das dringende Bedürfnis, die Gedichte wiederzulesen, noch einmal zu durchleben, was ich fühlte, als ich sie zum erstenmal las. Also wartete ich, bis ich mir sicher war, daß Sallust nicht in seiner Bibliothek war, und machte mich auf die Suche danach. Ich wußte, daß er Kopien von Catulls Werk besaß, das hatte er mir einmal erzählt.

Ich übersprang alle Verse, die nichts zur Sache taten, konzentrierte mich bloß auf jene, die von seiner Leidenschaft für Lesbia handelten, aber ich hätte ebensogut eine Abhandlung über Kriegsführung lesen können, so wenig verstand ich davon. Zu weit sind sie von der Realität meines heutigen Lebens entfernt. Ich bin eine langweilige alte Frau, Leidenschaft ist nur noch ein Wort wie jedes andere. Daher kostete es mich eine enorme geistige Anstrengung, mir die Schockwirkung jenes ersten Mals ins Gedächtnis zurückzurufen.

Ich saß in meinem Zimmer, auf einem Schemel in der Ecke zusammengekauert, als ob ich versuchen würde, mich zu verstecken, obwohl niemand da war, vor dem ich mich hätte verstecken können. Die Rollen, die Caelius mir gegeben hatte, lagen in meinem Schoß. Meine Wangen glühten, doch meine Hände und Füße waren eiskalt.

»Bleib unschuldig, Terentia«, hatte Caelius gesagt.

Aber meine Unschuld war dahin. Ich wußte nun, was

Leidenschaft ist, das heißt, ich hatte einen Schimmer davon erhascht. Doch dieses dürftige Wissen genügte, um den Gärungsprozeß in meinem Geist und Körper in Gang zu setzen, den Caelius prophezeit hatte. Und es tat mir nicht gut, überhaupt nicht.

Es war dort alles beschrieben, wie Caelius gesagt hatte. Der Kummer und das Entzücken, die Zärtlichkeit, die Verspieltheit, der Abscheu vor sich selbst und der Geliebten, die Euphorie der Hoffnung und die Verzweiflung der Enttäuschung. Es hatte ebensowenig mit der vertrauten häuslichen, selten spontanen, höchstens gelegentlich zärtlichen und mittlerweile raren ehelichen Liebe zu tun, die ich mit Marcus Cicero gekannt hatte, wie ein milder Frühlingsregen mit einem wilden Herbststurm. Ich las von Küssen, spürte sie in meiner Vorstellung auf den Wangen und Lippen und wußte, daß ich nie so geküßt worden war oder jemals geküßt werden würde:

... Gib mir tausend und gib mir hundert Küsse
und noch tausend und wieder hundert Küsse
und zum drittenmal tausend und auch hundert!
So genießen wir viele tausend, bis sich
dieser zärtlichen Küsse Zahl verwirrt und
unser Glück niemand neidisch mehr beredet:
keiner weiß, wieviel Küsse wir uns schenkten.

Ich las von der Macht, welche die Geliebte über den Liebhaber hat, und wußte, daß ich diese Macht nie besitzen würde:

Wie ein Gott kommt jener mir vor, ja wär's kein
Frevel, würd den Mann über jeden Gott ich
stellen, der gelassen dir gegenüber
sitzen und deinem

süßen Lachen lauschen kann. Mir raubt's alle Sinne gleich, wenn ich dich nur ansehe, meine Lesbia. Ach, ich Armer! Ich weiß dann nichts zu sagen mehr, meine

Lesbia, denn es stockt mir die Zunge, in mir lohen Feuersflammen, im Ohre dröhnt und braust es, und das Zwillingspaar meiner Augen, tief sinkt's ins Dunkel. –

Ich las von einer Leidenschaft, die so weh tat, daß der Geliebte die Götter anflehte, ihn davon zu erlösen:

... blickt auf mich Armen herab. Und, wie ich lebte, gefiel's euch,
dann vertreibt diese Pest, nehmt meine Liebe von mir.
Denn so wie Fieber die Glieder beschleichen und langsam sie lähmen,
saugt sie mir aus dem Gemüt aller Empfindungen Gefühl.

In einem Gedicht, das nur aus einer Handvoll Wörtern bestand, las ich von einer Leidenschaft mit zwei Gesichtern, die ich, genau wie der Dichter, zu verstehen suchte:

Hassen und lieben zugleich. Warum? Du fragst mich vergebens.
Denn nur, daß es so ist, fühl ich und martre mich ab.

Und ich las das Gedicht, das mich am tiefsten traf, so tief, daß mein Leib vor Schmerz zitterte. Denn ich wußte, daß der Bund, von dem der Dichter sprach, der Ehevertrag war, ein trockener, formalistischer Kontrakt, die Frucht von Tradition und erstarrten Gebräuchen, und daß ich darin gefangen war:

Nie mit reicherer Liebe fand eine Frau sich beschenkt als,
Lesbia, du, der ich ganz meine Seele geweiht.
Nie trugen Bund und Versprechen das Siegel echterer Treue.
In der Liebe zu dir ward sie beschlossen in mir

Und in meinem Geist setzte sich der Gedanke fest, daß Cicero selbst die Worte geschrieben haben könnte, die fortan in mein Gedächtnis gegraben waren. In meiner Obsession wurde er der Verfasser des Gedichts, nicht Catull. Meine Wut und Eifersucht hatten endlich den Nährboden gefunden, auf dem sie gedeihen konnten.

Ja, Caelius, du hattest recht, diese Verse sind nichts für tugendhafte Ehefrauen und Mütter. Clodia wurde geschenkt, was uns immer versagt bleiben würde. Sie nahm sich, was ihr rechtmäßig nie zugestanden hätte. Sie war eine schöne, leichtsinnige Verführerin, aber auch eine mutige Frau, die Freiheit und Unabhängigkeit mit beiden Händen ergriff und sich an dem Feuer zu wärmen wagte, das andere verzehrte.

Ich verneige mich vor dir, Clodia.

Ein Feuer wird gelöscht

Das Bild der ersten Konfrontation mit meinem Ehemann habe ich noch klar vor Augen. Ich war in meinem Zimmer und hatte ihn rufen lassen, denn er kam nie mehr von sich aus in meine Gemächer. Er trug seine Tunika, mußte also schon eine Weile zu Hause sein, oder vielleicht hatte an diesem Tag auch gar keine Senatsversammlung oder Gerichtsverhandlung stattgefunden. Es war noch nicht dunkel, denn ich kann mich nicht an Lampenlicht oder Schatten erinnern, wohl aber daran, daß ein Sklave gerade im Nebenzimmer die Fliesen schrubbte, an das Klatschen von Wasser und das harte, peitschende Geräusch des Besens auf Stein. Doch meine Worte sind ausgelöscht und Ciceros ebenfalls. In meiner Erinnerung ist die ganze Szene wie ein Stück mit stummen Schauspielern. Was entgegnete er auf meine Beschuldigungen? Er wird sie nicht zugegeben haben, denn bei der zweiten Konfrontation tat er es auch nicht, und davon ist mir noch jedes Wort präsent, als wäre es gestern gewesen.

Die Szene spielte sich im kleineren unserer beiden Peristylgärten ab. Ich saß an einem klaren Tag Ende April auf einer Bank träge in der Sonne und versuchte, die Wut und das unglückliche Gefühl von mir abzuschütteln. Es war zwar noch nicht Sommer, aber die Sonne hatte schon Kraft und wärmte meine Knochen. Ich starrte auf ein Beet mit Veilchen, ein fröhlicher Farbtupfer vor dem Dunkelgrün der Buchsbaumhecke, von der es umgeben war, und zwang mich, nicht zu denken.

Da nahm ich eine Bewegung wahr. Ich sah Cicero herannahen, und plötzlich befiel mich Beklemmung. Ich fühlte mich in die Enge getrieben, sah keine Möglichkeit, der unvermeidlichen Konfrontation zu entgehen. Er trat auf mich zu, blieb vor mir stehen, zwang mich dadurch, zu ihm aufzuschauen. Er war blaß, aber ruhig.

»Wie sollen wir weiter unter einem Dach leben, Terentia, mit so schweren Vorwürfen zwischen uns?« fragte er.

Ich antwortete nicht, wußte nicht, was.

»Willst du mich verlassen? Willst du dich von mir scheiden lassen? Wenn es das ist, was du willst, werde ich dafür sorgen, daß du deine Mitgift unverzüglich zurückerhältst, zumindest den Teil, den ich dir laut unserem Ehevertrag zurückgeben muß. Sag, was du von mir erwartest.«

Ruhig und besonnen erwiderte ich: »Ich erwarte, daß du mir beweist, daß meine Beschuldigungen unbegründet sind.«

»Das brauche ich nicht zu beweisen.«

»Doch. Und wenn du dich weigerst, dann ... werde ich dich verlassen.« Ich hatte eigentlich vorgehabt zu sagen: »mich scheiden lassen«, aber die Worte waren mir in der Kehle steckengeblieben.

Er zuckte mit den Schultern. »So sei es. Wenn das dein Entschluß ist, werde ich dafür sorgen, daß unsere Angelegenheiten so schnell wie möglich geregelt werden.«

Aber das war nicht das, was ich wollte, nicht diese Gleichgültigkeit, dieses beiläufige, unpersönliche Beenden einer Ehe, ausgedrückt in Kategorien des Besitzes. Ich wollte ihn verletzen, um seinen Schmerz zu sehen, wollte Clodia verletzen, die Leidenschaft zwischen ihnen zerstören. Was ich für die Wahrheit hielt, war die Wahrheit, da gab es für mich keinen Zweifel.

Auf einmal wußte ich, wie ich ihn treffen konnte. Die Worte kamen mir wie von selbst in den Kopf und wurden sofort in Laute umgesetzt. »Wenn du es nicht beweisen kannst oder willst, wenn du meine Ehre als deine Ehefrau in den Augen der Welt nicht wiederherstellen kannst, dann erzähle ich Tullia, wie sich ihr Vater verhält«, sagte ich kalt. »Ich nehme an, sie weiß noch nichts.«

Er zuckte zusammen, und die Farbe wich aus seinem Gesicht, aber was hatte das zu bedeuten? Hatte er Angst, oder war er nur erschrocken über meine Worte?

»Natürlich nicht«, fuhr ich fort, »wer würde denn so niederträchtig sein, in Anwesenheit einer derart liebenden Tochter zu tratschen? Doch ich werde ihr erzählen, daß ihr Vater eine berüchtigte, verdorbene Frau begehrt, die auch noch verheiratet ist. Daß er nach ihrer Pfeife tanzt und ihr zuliebe bereit ist, ihrem genauso verdorbenen frevelhaften Bruder zu helfen. Ob dein Liebling Tulliola dich dann immer noch bewundert und rühmt und dir schmeichelt in ihrer gewinnenden Art? Ich bezweifle es.«

»Meine Tochter wird dir nicht glauben«, sagte er mit heiserer Stimme.

Ich lachte, höhnte, provozierte ihn. »Mein werter Gatte, selbst wenn du dich weigerst, ganz Rom klarzumachen, daß Kuhauge dir nichts bedeutet und nie etwas bedeutet hat, ich habe den Beweis. Eine kleine Schreibtafel, die ich Tullus abgenommen habe – weißt du noch? – wird genügen.«

Er trat einen Schritt zurück. »Du drohst mir. Was habe ich dir getan, Terentia, daß du mir drohst?«

»Du hast mich lächerlich gemacht, mich, deine Ehefrau«, schrie ich. »Womit habe ich das verdient?«

Er stand reglos da, starrte mich mit offenem Mund an. Schließlich sagte er: »Du bist ja völlig von diesem Gedanken besessen. Du leidest unter Wahnvorstellungen. Arme Terentia.«

Ich erhob mich, wütend. »Ist das deine Rechtfertigung,

daß ich verrückt bin? Glaub mir, ich bin vollkommen bei Sinnen. Ich weiß genau, was ich tue, was ich sage.« Er antwortete nicht. Warum wollte er mir nicht helfen, tun, worum ich ihn bat? Warum ließ er mich allein in diesem Gewirr von Eifersucht und Wut?

Auf einmal begann ich zu schluchzen, und das obwohl ich Weinen haßte und mich immer geweigert hatte, mich zu dieser Form der Schwäche zu erniedrigen. Die Tränen kullerten mir über die Wangen und tropften von meinem Kinn. Ich konnte nicht an mich halten, die Tränenflut war nicht zu stoppen. Meine Beine waren schwach, und mir knickten die Knie ein. Als ich mich ohne hinzusehen setzte, schätzte ich den Abstand zur Bank falsch ein. Ich landete hart vor Ciceros Füßen. Ein Schmerz durchfuhr meinen Rücken. Vor Schreck hörte ich sofort auf zu weinen. Einen Moment war ich nicht in der Lage, mich zu bewegen. Die festgestampfte Erde des Weges fühlte sich feuchtkalt an. Während ich wenig anmutig am Boden lag, starrte ich auf Ciceros Füße, so nah, einfache Sandalen, die Zehennägel sauber und ordentlich geschnitten. Ungeschickt versuchte ich aufzustehen. Er bückte sich, faßte mich am Ellenbogen und half mir auf. Als ich wieder Platz genommen hatte, setzte er sich neben mich, seine Hand auf meinem Arm. Ich machte keine Anstalten, mich zu befreien.

Eine ganze Weile sagten wir nichts. Ich weinte nicht mehr, aber meine Nase lief noch immer. Mit dem Handrücken wischte ich sie ab. Cicero beugte sich zu mir, ergriff den Saum meiner Tunika und trocknete mir damit das Gesicht ab.

Ich mühte mich, meinen Vorsprung wiederzugewinnen, erneut Wut und Aggression aufzurühren, doch irgendwo mußte ich sie verloren haben, sie hatten sich offenbar in meinen Tränen aufgelöst. Ich fühlte mich schwach und leer, als ob eine Krankheit, ein Gift aus mir weggeströmt wäre, ich fühlte mich wie ein ausgespültes hohles Gefäß.

Ein Vogel hüpfte vor uns über den Weg. Er hatte uns offenbar nicht bemerkt, oder er hatte einfach keine Angst. Ich sah zu, wie sich sein Köpfchen schnell auf und ab bewegte, während er in der Erde pickte, und diese rhythmische Bewegung brachte meinen Geist zur Ruhe. Ich hatte keinerlei Gedanken oder Gefühle mehr, schwebte in einem Nichts, das weder Anfang noch Ende zu haben schien.

Cicero bewegte sich neben mir auf der Bank, und ich wurde mir seiner Anwesenheit wieder bewußt, wünschte, er würde gehen, damit dieser Zustand gnädigen Vergessens fortdauern könnte.

»Du brauchst nicht mehr zu weinen, Terentia. Wir müssen einen Schlußstrich unter die ganze Sache ziehen, wir müssen das alles vergessen.« Er schwieg einen Moment. »Ich möchte mich nicht von dir scheiden lassen, ich möchte auch nicht, daß du dich von mir scheiden läßt. Du bist immer eine gute Ehefrau gewesen.«

Ich wollte fragen:«Was – alles?«, wollte ihn zwingen, dieses »nicht mehr« zu erläutern, seine Schuld zu leugnen, zuzugeben, daß meine Drohungen ihm Angst gemacht hatten. Aber ich brachte kein Wort heraus.

Leise fuhr er fort: »Wir sind alle einmal das Opfer ungesunder Obsessionen, eines gewissen Wahnsinns, Terentia. Aber es geht vorbei, und dann sind wir kuriert. Manchmal heilen wir uns selbst, manchmal heilen uns andere. Mit sanfter oder mit harter Hand.«

Meinte er mich oder sich? Wenn er sich meinte, hatte Clodia ihn dann schließlich geheilt, mit harter Hand; oder hatte ich ihn gerade geheilt, und gewiß nicht sanfter; oder hatte er sich selbst geheilt, ohne daß ich es gemerkt hätte? Wieder konnte ich nichts fragen.

Er stand auf. »Hast du dich ein bißchen beruhigt? Soll ich eine deiner Dienerinnen rufen, damit sie dir hilft?«

Ich schaute zu ihm hoch und schüttelte den Kopf. Er sah mich ernst an, aber nicht voller Mitleid, das hätte ich in diesem Moment auch nicht ertragen. Empfand er keines, oder war er klug genug, es sich nicht anmerken zu lassen?

Plötzlich beugte er sich vor, und ich spürte seine Lippen auf meiner Stirn. Spontan nahm ich seine Hand, sie war warm und trocken und lag schlaff in der meinen. Ich hielt sie ganz fest, fühlte, wie sie den Druck erwiderte.

Lange verharrten wir so, Hand in Hand. Er stand, ich saß auf der Bank. Als ich wieder zu ihm hochblickte, war das einzige, was ich in seinem Ausdruck lesen konnte, Traurigkeit und Bedauern.

Was es noch an Banden zwischen uns gegeben hatte, war zerrissen. Vielleicht konnten sie wieder zusammengeknüpft werden. Ich hoffte es.

Er hat nie etwas zugegeben, damals nicht und später nicht.

Seit jener Begegnung im Garten war meine Überzeugung ins Wanken geraten. Mal war ich mir ganz sicher, mal zweifelte ich, und manchmal auch beides zugleich. Doch für den Augenblick war ich von der schlimmsten Eifersucht erlöst. Für mein Empfinden hatten wir ein Abkommen geschlossen, als wir einander die Hände drückten. Er würde meine Drohungen ernst nehmen, und ich würde eine loyale Ehefrau sein.

Das Leben ging weiter. Äußerlich hatte sich wenig geändert. Wir gingen uns noch immer aus dem Weg, wenn auch nicht mehr so krampfhaft wie zuvor, und behandelten einander mit distanzierter Höflichkeit. Aber es gab keine Feindseligkeit zwischen uns. Unbeholfenheit, Verlegenheit von meiner Seite, und von seiner Besorgtheit, vielleicht, doch keine Feindseligkeit. Ich lebte in einem emotionalen Vakuum, und weil ich nicht wußte, was ich denken sollte, gewöhnte ich mir an, überhaupt nicht zu denken. Und wenn es sich einmal nicht vermeiden ließ, biß ich die Zähne zusammen und ertrug meine wechselnden Stimmungen, von Zweifel zu Gewißheit und wieder zurück.

Caelius warnte mich in einem Brief. »Ich habe gehört, daß Cicero vorhat, Clodius' Alibi zu entkräften. Wie Du vielleicht weißt, hat Clodius gesagt, er sei am Abend der Bona-Dea-Rituale in Interamna gewesen, in sicherer Entfernung von Rom. Aber, im Namen der unsterblichen Götter, unterschätze Clodius nicht«, schrieb er eindringlich. »Wenn er schuldig gesprochen wird, wird er sich gegen Cicero wenden, und seine Rache wird schrecklich sein, glaub mir. Selbst wenn man ihn verbannen sollte, wird er Mittel und Wege finden, sich zu rächen. Er hat genügend Anhänger, einschließlich seiner berüchtigten Schlägertrupps und, auch wenn ich es nur äußerst ungern zugebe, meiner Clodia. Und wenn er freigesprochen wird, schließlich ist alles möglich in unserem korrupten Rom, dann wird er die Dreckarbeit selbst machen – er wird tun, was er kann, um Cicero zu ruinieren, politisch und finanziell. Versuch Deinen Mann davon abzubringen, und wäre es nur mir zuliebe. Er darf nicht aussagen, er muß sich aus der ganzen Sache heraushalten.«

Ich versteckte seine Warnung in einem Winkel meines Geistes und schlug die Tür dahinter zu. Ich redete mir ein, daß Cicero Clodius zu Fall bringen und Clodia verletzen könne, ohne sich selbst zu schaden. Es sollte der verhängnisvollste Fehler meines Lebens werden.

Ich unternahm keinerlei Versuch, meinen Mann von seinem Vorhaben abzubringen.

Ein paar Tage nach dem Erhalt von Caelius' Brief, den ich nicht beantwortete, bekam ich plötzlich einen heftigen Fieberanfall und Gelenkschmerzen und einen quälenden Ausschlag.

Mein Mann besuchte mich am ersten Tag meiner Krankheit. Ich lag bäuchlings auf einem Sofa, während eine meiner Dienerinnen mir den Rücken mit Salbe einrieb. Durch die sanften, streichenden Bewegungen und die kühlende, prickelnde Salbe auf meinem glühenden Rücken war ich so entspannt, daß ich fast schlief. Ich hatte Cicero nicht hereinkommen hören, doch plötzlich hielt die Hand der Frau inne. Ich schaute hoch und bemerkte, wie er mich ansah.

Ich schickte die Dienerin weg, drehte mich auf den Rücken, zog hastig das dünne Hemd herunter, das die Frau hochgestreift hatte, und deckte mich zu. Aber diese Sittsamkeit wäre gar nicht nötig gewesen, Cicero hatte sich inzwischen höflich abgewandt.

Er hatte nicht das Bedürfnis, meinen halb entblößten Körper zu betrachten, interessierte sich nicht im geringsten dafür, vielleicht fand er ihn sogar abstoßend. Es war nicht Clodias Körper. Wäre es Clodia gewesen, die auf dem Bett zu seinen Füßen lag, er hätte sich heruntergebeugt und ihr das Hemd vom Leib gerissen, um seine Augen an ihrer nackten Schönheit zu weiden. Nein, er hätte keine Zeit damit vergeudet, sie nur anzuschauen, er hätte seine Tunika abgeworfen und sich neben sie fallen lassen, oder auf sie. Um mit ihr jene herrlichen Dinge zu erleben, die Liebende miteinander tun und die er mit mir nie getan hatte. Wieder überspülte mich das Gift der Eifersucht, vermischt mit einem seltsamen Gefühl in meinem Innern, das ich nicht benennen konnte, von dem ich aber wußte, daß es schändlich war.

»Was habe ich gehört – von einem Alibi, das Clodius

haben soll?« fragte ich scharf. »Man sagt, daß du vorhast, es zu entkräften.«

Er drehte sich zu mir um. »Ich wollte mich gerade erkundigen, wie es dir geht, Terentia.«

»Ich bin krank, wie du siehst, aber das geht wieder vorbei. Ich habe dich was gefragt.«

»Wie du schon sagst: Clodius hat ein Alibi, und ich kann es widerlegen, denn ich habe ihn an dem bewußten Tag in Rom gesehen.«

Der Ton seiner Stimme warnte mich: Da gab es nichts zu diskutieren.

»Wo?«

Er antwortete nicht sofort.

»Wo?« insistierte ich.

»Im Vestibulum. Er wollte mich besuchen, aber ich hatte an diesem Tag sehr viel zu tun und hatte Tiro gesagt, daß ich keinen Besuch wünschte.«

»Wieso hast du Clodius dann im Vestibulum gesehen?«

»Ich kam zufällig aus meiner Bibliothek, warum, weiß ich nicht mehr. Er stand am Häuschen des Wächters, der ihm wahrscheinlich soeben mitgeteilt hatte, daß ich niemanden empfangen würde.«

»Hat Clodius dich bemerkt oder etwas zu dir gesagt?«

»Nein, die Außentüren waren noch offen. Er schien gerade gehen zu wollen, stand mit dem Rücken zu mir. Ich begrüßte ihn nicht. Wie gesagt, ich hatte keine Zeit für Besucher.«

»Bist du sicher, daß es Clodius war?«

Ein kurzes Zögern. »Ja.«

Ich setzte mich auf. »Du mußt bestimmter sein, mehr Überzeugung in deine Stimme legen: ›Ja, ich habe ihn gesehen. Ja, es war Clodius. Irrtum ausgeschlossen.‹ Denn er ist es doch gewesen? Undenkbar, daß du ihn nicht erkannt hättest, selbst von hinten. Das lange lockige Haar ist so auffällig. Vielleicht hatte er ja wieder diesen Moschusduft aufgelegt – er ist der einzige, soweit ich mich erinnern kann, der ihn benutzt –, das Zeug stinkt drei Meilen gegen den Wind, du hättest es sogar auf der anderen Seite des Atriums gerochen. Vielleicht hast du auch etwas von seinem Profil sehen können oder den Ring, den er am Zeigefinger trägt. Clodius ist leicht zu erkennen. Was hatte er an?«

»Einen weiten Mantel, glaube ich.«

»Welche Farbe?«

»Dunkelbraun, ungefähr so wie mein Reisemantel.«

»Aber er hatte doch sicher keinen Reisemantel an, er ging schließlich nicht auf Reisen. Es war also vermutlich ein kurzer Stadtmantel. Trug er Stiefel oder Schuhe?«

»Daran kann ich mich nicht erinnern.«

»Denk nach. Es werden wahrscheinlich auch Stadtschuhe gewesen sein. Hat Tiro ihn gesehen?«

Er antwortete schnell: »Nein, Tiro nicht, der war nicht mal in der Nähe.«

»Hat der Wächter ihn erkannt?«

»Clodius hat sich vorgestellt. Ich weiß nicht, ob der Wächter ihn vom Sehen kennt.«

»Wird er deine Aussage bestätigen?«

Wieder ein leichtes Zögern: »Ja.«

»Sorg dafür, daß er es tut. Worüber könnte Clodius mit dir sprechen wollen?«

»Über alles mögliche.«

»Zum Beispiel? Er war kein häufiger Gast, oder etwa doch? Du mußt plausible Gründe für sein Kommen haben. Du darfst kein Detail dem Zufall überlassen. Du mußt …«

»Es reicht, Terentia«, unterbrach er mich, »ich weiß sehr gut, was ich zu sagen habe und wie ich es zu sagen habe, du brauchst mich nicht zu belehren.«

Ich wußte, daß ich weit genug gegangen war, daß es gefährlich wäre, noch weiter zu gehen. »Natürlich brauche ich dich nicht zu belehren«, erwiderte ich, »du wirst schließlich bloß die Wahrheit sagen, die muß man nicht einstudieren?«

Er antwortete nicht darauf, sondern sagte nur: »Ich komme morgen wieder, um zu sehen, wie es dir geht«, und verließ den Raum.

Er tat, was ich erwartet hatte, wozu ich ihn geradezu genötigt hatte. Er entkräftete Clodius' Alibi. Seine Aussage sorgte für großen Wirbel, wie er einige Monate später an Dich schrieb: »Als ich als Zeuge vorgeführt wurde – nun, Du hast wohl schon davon gehört, wie auf die abfälligen Bemerkungen von Clodius' Rechtsbeiständen hin die Geschworenen sich erhoben wie ein Mann, mich umringten und P. Clodius ganz unmißverständlich ihren Nacken für meinen Kopf boten.«

Die Richter waren bestochen worden, und Clodius wurde freigesprochen, wie Cicero im selben Brief schrieb: »... falls man das noch eine Gerichtsverhandlung nennen kann, wenn dreißig leichtfertige Halunken – römische Bürger! – um schnödes Geld alles göttliche und menschliche Recht mit Füßen treten und dann ein Thalna, Plautus oder Spongia und das übrige Gelichter dieser Sorte zu behaupten wagt, was jeder Mensch, ja jedes Tier weiß, sei überhaupt niemals passiert.«

Doch in diesem Brief berichtet er nicht genau, was er ausgesagt hat, nicht einmal Dir, Atticus, seinem einzigen wahren Vertrauten.

Den größten Teil des darauffolgenden Jahres lebten wir friedlich nebeneinanderher, erschöpft durch zu viele Emotionen. Wir sprachen nur über häusliche Bagatellen. Zeichen von Zuneigung gab es kaum, aber unsere Beziehung war zumindest wieder einigermaßen normal, und das beruhigte uns. Ich ging selten aus und empfing keine Freunde, die Scham und die Demütigung waren noch zu frisch. Wer uns besuchte, kam wegen meines Mannes. Er hatte sich verändert, schien viel von seiner Energie und Lebhaftigkeit verloren zu haben. Selbst in Tusculum war er nicht wirklich unbeschwert. In Rom hatte er sehr viel zu tun, hauptsächlich mit seiner Arbeit für das Gericht, aber er hatte keine rechte Freude mehr daran. Er vermißte Quintus, der Statthalter einer Provinz geworden war. Ich fragte mich, warum er ihn so vermißte. Sein Bruder mochte treu und liebevoll sein, er war auch eine Last. Hitzköpfig und impulsiv, wie er war, fehlte es ihm häufig an politischem Gespür, und Cicero mußte dann immer einflußreiche Leute beschwatzen, Stimmen für ihn zu werben. Aber Quintus' Abreise vergrößerte nur Ciceros Einsamkeit.

Ich wartete auf bessere Zeiten, schloß bewußt den ganzen Trubel des römischen Lebens aus, bis er mich unvermeidlich wieder einholte.

Aus Iteramna – wohin er gegangen war, um seine Wunden zu lecken, Clodia hatte ihn einmal zuviel betrogen – schrieb Caelius mir erneut und warnte mich vor der gefährlichen politischen Isolation, in die Cicero sich hineinmanövrierte.

… *Ich weiß nicht, wieviel Dir unser lieber Marcus über Staatsangelegenheiten erzählt, aber meine Intuition sagt mir, daß es nicht viel ist. Und trotzdem solltest Du es wissen. Pompeius und der designierte Konsul Caesar, die Hauptakteure, können nun über das Vermögen von Crassus verfügen, obwohl sie dafür einen hohen politischen Zins werden zahlen müssen. Sie suchen sich nicht wegen einer freundschaftlichen Partie Knöchelspiel auf, sie brauchen einander und werden die Mittel des jeweils anderen ohne jeden Skrupel nutzen. Die Götter allein wissen, was für Unheil diese drei anrichten können, falls sie sich nicht entzweien. So viel blanker Egotismus in einem Boot könnte dieses schon mal sinken lassen.*

Aber unser guter Marcus verpaßt den Anschluß. Er spricht über Pompeius, als wäre es ein teurer und dankbarer Freund. Doch in Wirklichkeit hat Marcus wenig getan, um Pompeius zu unterstützen. Und das, glaub mir, Terentia, ist ALLES, was zählt. Caesar hat seine Fühler ausgestreckt, um Marcus in seine Richtung zu locken, aber Dein Mann scheint seine Avancen zurückzuweisen. Und die sogenannten Guten, die Senatorenpartei, oder wie auch immer Du sie nennen willst, die Leute, die ihre Zeit mit dem Füttern der Fische in ihren kunstvollen Teichen vergeuden, auch die rümpfen die Nase über Marcus. Neid, Dünkel, Kurzsichtigkeit, natürlich – der mögliche Untergang der Republik bedeutet ihnen weniger als der Tod eines geliebten Karpfens. Überdies hat Marcus sie mit ein paar unklugen politischen Schachzügen verärgert, ganz zu schweigen von seiner ständigen Herumreiterei auf seiner Rolle als Retter der Republik. Was ich zu sagen versuche, ist: Marcus kann es sich nicht leisten, diese Fischliebhaber von sich zu entfremden, nicht ohne Unterstützung von anderer Seite.

Um es kurz zu machen, Marcus ist in eine politische Isolation geraten, und das ist gefährlich, Terentia. Clodius ist noch nicht von der Bildfläche verschwunden, und er sinnt auf Rache, persönliche Rache, vergiß das nie. Marcus, der Mann aus Arpinum, hat schließlich die kostbare Ehre eines Sprosses der Claudius-Familie beleidigt. Außerdem stachelt meine Clodia – nein, nicht mehr meine – ihren Bruder auf. Clodius stößt Drohungen aus, er will seinen Status als Patrizier aufgeben (was anscheinend keine Verletzung dieser berühmten Ehre eines Claudius wäre), damit er als Tribun kandidieren kann, ein Amt, das sich ganz besonders zum Chaosstiften eignet. Caesar und Konsorten können ihn bestimmt gut für ihre politischen Ziele gebrauchen und werden ihn deshalb unterstützen …

Caelius hatte mich beunruhigt. Wenn ich zurückblicke, war dies der Beginn meiner wachsenden Angst.

Doch schon bald kam mehr hinzu.

Cicero hatte mir erzählt, daß er seinen früheren Mit-Konsul Antonius verteidigen wolle. Dieser wurde, und wahrscheinlich zu Recht, der Korruption und Mißwirtschaft in seiner Provinz beschuldigt. Seit dem Brief von Caelius fragte ich Cicero nach Staatsangelegenheiten und seiner Rolle darin, und er schien mir meine Fragerei nicht zu verübeln. Was er mir nicht gesagt hatte, was ich aber von anderen erfahren hatte, war, daß er in seiner Verteidigung des Antonius »bestimmte Staatsangelegenheiten angeprangert« hatte. Er leistete »tapfer Widerstand«, wie er in seinen Briefen an Dich, Atticus, schrieb, und machte klar, daß er nicht vorhabe, ein Lippenbekenntnis zum Triumvirat abzulegen.

Als er diese Rede hielt, am frühen Abend jenes Januartags im Jahre 59, dem Jahr von Caesars Konsulat, war ich auf dem Rückweg von einem Besuch bei meiner Mutter. Um in die Via Nova zu gelangen und von dort über den Clivus Victoriae auf den Palatin, mußte ich am Forum vorbei. Meine Träger kamen nur langsam voran. Die Vorhänge meiner Sänfte waren geschlossen, doch ich konnte das grollende Gemurmel einer großen Menge hören. Neugierig zog ich den Vorhang zur Seite und lehnte mich hinaus. Auf dem Forum herrschte ein dichtes Gewühl, ausgehend vom Tempel der Dioskuren. Es war kein Durchkommen bei all den Menschen, aber ich mußte herausfinden, was da los war, und stieg aus meiner Sänfte.

Clodius stand hoch über der Menge auf einer Treppe des Tempels, die Arme erhoben. Er versuchte offensichtlich, die Massen zum Schweigen zu bringen. Das Gemurmel verstummte, und in der Stille, die eintrat, hörte ich Clodius rufen: »Es ist geschafft. Heute, vor noch nicht einmal einer Stunde, bin ich von einer plebejischen Familie adoptiert worden, in einer Zeremonie, die von Gaius Caesar, dem Pontifex Maximus, und Gnaeus Pompeius, dem Auguren, geleitet wurde. Der Weg ist frei. Ich werde als Tribun kandidieren, und ich werde gewählt werden. Ihr, das Volk, ihr werdet mich wählen, denn euren Interessen werde ich dienen.«

Es war, als stieße mir jemand ein Messer in den Leib, mir stockte der Atem. Clodius sprach noch immer, doch ich hörte nicht mehr zu. Caesar und Pompeius würden ihn also für ihre Zwecke einsetzen. Und Clodius wiederum würde die anderen beiden benutzen, um Cicero zugrunde zu richten.

Als ich gerade wieder in meine Sänfte steigen wollte, mich nach der Sicherheit meines Hauses zurücksehnend, fiel mir eine junge Frau ins Auge, die hinter Clodius hervortrat und sich neben ihn stellte. Clodia hatte sich zu ihrem Bruder gesellt, um den frenetischen Beifall der Menge entgegenzunehmen. Hochmütig stand sie da und ließ ihren Blick kühl und beherrscht über die Menschenansammlung zu ihren Füßen schweifen. Der Schleier war ihr vom Kopf gerutscht, aber sie machte keine Anstalten, ihn wieder hochzuziehen. An ihrem Hals funkelte eine Goldkette in der tiefstehenden Sonne dieses späten Winternachmittags. Sie reagierte nicht auf den Jubel der Menge, doch aus ihrer Unbeweglichkeit sprach Triumph und aus ihrer Beherrschtheit Stolz.

Ich rührte mich nicht, war wie gelähmt vor Angst und starrte die Geschwister an. Clodius hatte seine Rede an den Mob beendet und kam die Stufen des Tempels herunter, ernst und langsam, er nickte nach rechts und links, seine Schwester noch immer an seiner Seite. Die Menge wich vor ihnen auseinander, gab einen Weg frei, und dieser Weg endete genau an dem Punkt, wo meine Sänfte stand, einsam und wehrlos. Jemand ergriff Clodius' Hand und hielt ihn zurück, doch Clodia lief weiter, schaute unverwandt geradeaus und steuerte auf das Ziel zu, das sie inzwischen erkannt hatte. Mich.

Panisch flüchtete ich mich in meine Sänfte und schloß die Vorhänge.

»Los, zurück, wie wir gekommen sind. Schnell, beeilt euch«, rief ich meinen Trägern zu.

Ich fühlte, wie die Sänfte angehoben wurde und meine Träger mühsam versuchten, in dem Gedränge zu wenden. Aber es war zu spät, eine beringte Hand, weiß und schlank, zog die Vorhänge auf, und ich schaute in Clodias Gesicht. Ich hatte diese verhaßte Frau über ein Jahr nicht mehr aus der Nähe gesehen. Clodias Schönheit war zu einer kalten Härte erstarrt, die mich abstieß und mir Angst machte. Ihre Augen waren von einem Geflecht feiner Linien umgeben, doch es waren keine Lachfalten. Ihre Lippen wirkten schmaler, ein gereizter Zug lag um ihren Mund, ihre Haut war rauher, ihr blasser Teint weniger hell und durchscheinend. Giftig sagte Clodia, mit leiser Stimme: »Richte deinem werten Gatten aus, daß er auf der Hut sein soll. Wir vergessen nie eine Beleidigung, und dein Cicero hat die Ehre unserer Familie beleidigt. Unsere Zeit wird kommen, und wir werden euch teuer dafür bezahlen lassen.« Sie schwieg einen Moment, steckte dann ihren Kopf zwischen den Vorhängen hindurch und zischte: »Überbring ihm diese Nachricht, Terentia – und sieh, wie er zittert.«

Dann zog Clodia ihren Kopf zurück und schloß die Vorhänge.

Wieder in meiner Sänfte eingesperrt, den Geruch von Rosenwasser noch in der Nase, fing ich an zu schlottern, entsetzt über die Bösartigkeit dieser Frau, mein Magen krampfte sich zusammen, mein Mund war trocken wie Pergament.

Doch ich gab Clodias Nachricht nicht an meinen Mann weiter. Ich brachte es noch nicht über mich, ihren Namen auszusprechen. Und meine Angst wuchs, um so mehr, da das Netz politischer Intrigen so kompliziert war, daß ich es nicht mehr durchschaute. Pompeius hatte inzwischen Caesars Tochter Julia geheiratet, was die Bindung zwischen den beiden Männern verstärken sollte. Aber es hieß auch, daß Pompeius die »Gesellschaft, in der er sich befand«, nicht besonders mochte, und ich fragte mich, was für eine Gesellschaft er denn bevorzugen würde. Und Clodius, mal stand er in der Gunst der Machthaber, dann wieder nicht, die Gründe dafür blieben mir verschlossen. Ich wußte nicht einmal, ob an den Gerüchten etwas Wahres dran war. Die Stimmungen meines Mannes wechselten täglich oder gar stündlich, von Optimismus zu Pessimismus und wieder zurück. Sein Pessimismus machte meine Angst nicht größer, sein Optimismus beruhigte mich nicht.

Dann kam der nächste verhängnisvolle Schritt. Im Herbst 59 wurde Clodius zum Tribun für das kommende Jahr gewählt. Im Dezember sollte er Handlungsbefugnis bekommen. Die Schlinge wurde angezogen.

Wieder war ich gezwungen, tatenlos zuzusehen, wie mein Mann zwischen Hoffnung und Furcht schwebte, wie er sich bewußt heraushielt und dann wieder heftig zurückschlug, der Realität ins Auge sah oder sie einfach ignorierte. Er wurde magerer und blasser. Die blauen Ringe unter seinen Augen wurden tiefviolett. Von seinen Dienern erfuhr ich, daß er kaum mehr als zwei Stunden schlief und den Rest der Nacht in seiner Bibliothek auf und ab ging oder schrieb.

Zu dieser Zeit warst Du schon wieder in Griechenland, Atticus, aber anhand der Briefe, die er Dir schrieb, konntest Du seine Stimmungsschwankungen gut verfolgen:

Zur Zeit steht es so um mich, daß von Tag zu Tag die Sympathie der Leute für mich steigt und mein Einfluß wächst ... So bin ich ganz getrost und habe manchmal beinahe Lust, mich dem bevorstehenden Strauße nicht zu entziehen.

Clodius droht mir immer noch mit Fährlichkeiten. Pompeius versichert, es sei nichts zu befürchten, und nimmt das auf seinen Eid ... Ich befürchte, selbst das Papier könnte uns verraten.

Wie Pompeius mir versichert, wird Clodius nichts gegen mich unternehmen; aber darauf darf ich mich nicht verlassen.

An das sogenannte Komplott gegen Pompeius kann ich mich so gut wie gar nicht erinnern. Ich hatte damals Fieber und mußte ein paar Tage das Bett hüten, fühlte mich auch zu krank, um mich damit zu befassen. Das einzige, was mir noch gegenwärtig ist, sind die fatalen Folgen. Die Entdeckung der Verschwörung trieb Pompeius in die Arme von Caesar und Crassus zurück, von denen er abgeirrt war. Doch schlimmer, viel schlimmer: Unruhestifter (Clodius, Clodia?) hatten ihm erzählt, daß Cicero an dem Komplott beteiligt gewesen sei, was absolut nicht stimmte, und ihn gewarnt, er solle Ciceros Haus meiden.

Die Schlinge zog sich immer fester zu.

Wieder und wieder schrieb Cicero Dir, Atticus, und

flehte Dich an zu kommen. Doch es war bereits November, als Du endlich erschienst. Warum nicht eher? Du mußt doch verstanden haben, wie dringend er Dich brauchte. Auch ich hatte Dir ein paarmal geschrieben, Dich gebeten zu kommen, da Du indes nicht alles wußtest, konntest Du nicht beurteilen, wie verzweifelt ich war und warum ich Dich ebenfalls brauchte. Du hast uns nie erklärt, warum Du so lange gezögert hast. Und als Du endlich in Rom warst, waren wir so dankbar für Deine Anwesenheit, daß wir nicht danach fragen wollten. Aber kein Grund kann triftig genug gewesen sein, Cicero nicht sofort zu Hilfe zu eilen. Du hast mich im Stich gelassen, doch, was viel schlimmer ist, Du hast Cicero 59 ebenso im Stich gelassen wie am Tag seines Todes.

Im Dezember 59 trat Publius Clodius das Amt eines Volkstribuns an. Anfang Februar des darauffolgenden Jahres verkündete er ein Gesetz, das besagte, daß jeder, der einen römischen Bürger ohne Prozeß hinrichten ließ, verbannt werden solle. Das Gesetz war direkt gegen Marcus Cicero gerichtet, auch wenn sein Name noch nicht explizit genannt wurde.

Die Schlinge war zum Würgegriff geworden.

Cicero ging also ins Exil, freiwillig und allein. Wir durften nicht mit, sein Sohn Marcus und ich, obwohl ich ihn auf Knien bat, mein Stolz durch Kummer und Schuldgefühl gebrochen. Tullia warf sich ihm vor die Füße, hemmungslos schluchzend, flehte ihn an, sie sein Exil teilen zu lassen, doch selbst seine angebetete Tochter wies er zurück.

Es gebe keine Hoffnung, sagte er wieder und wieder, niemand würde ihn öffentlich unterstützen. Als er sich endlich aufgerafft hatte, zu Pompeius zu gehen und ihn um Beistand zu bitten, eilte der Große durch eine Hintertür davon und schickte seinen Diener, um auszurichten, daß der Herr nicht zu Hause sei. Caesar, auf dem Weg nach Gallien, sandte eine Nachricht, in der er die Konsuln, Piso und Gabinius, dringend aufforderte, das Gesetz nicht rückwirkend anzuwenden; das war alles. Aber die Konsuln schlossen sich Clodius an und äußerten ihr Mißfallen über Ciceros Konsulat. Eine Gruppe Patrizier, die Cicero zu sich bestellt hatte, um mit ihnen zu beraten, was er tun solle, versuchte, ihn zu beruhigen: Ja, es wäre tatsächlich sicherer, Rom zu verlassen, doch er könne darauf vertrauen, daß er bald zurückgerufen würde, daß die politische Lage sich bald ändern würde. Aber das einzige, was er mir später sagte, war: »Leere Versprechungen, hohle Worte. Sie sind neidisch auf mich, sie wollen mich loswerden.«

Sein Geist war gebrochen. Seine Phantasie hatte alles Übel schon heraufbeschworen, das ihm widerfahren würde, wenn er bliebe – strafrechtliche Verfolgung, Verurteilung, Schande und Verbannung. Er konnte die Augen nicht davor verschließen, er mußte dem Schlimmsten zuvorkommen, überzeugt, daß das Schlimmste geschehen würde. Ich vermochte ihn nicht zurückzuhalten, denn er hatte mich mit seiner Angst angesteckt, und außerdem machte ich mich für die Gefahr, die ihm drohte, verantwortlich. Ich durfte gar nicht daran denken, daß es meine Schuld wäre, wenn er seine Reputation und seine Ehre verlöre, falls er in Rom bleiben und es zum Schlimmsten kommen würde. Freiwilliges Exil war die sicherste und daher einzige Lösung. Andere mochten ihn der Feigheit bezichtigen, aber nicht seine Frau, sie hatte jedes Recht auf Kritik verspielt. Wenigstens blieb mir die Unsicherheit erspart – ich wußte, was er tun mußte, und wäre es nur, um meine Schuldgefühle zu beschwichtigen.

Er kam in mein Zimmer, um sich von mir zu verabschieden, sein Gesicht merkwürdig distanziert, als könne er dadurch den Schmerz lindern. Er trug seinen dunkelbraunen Reisemantel, die Kapuze hing über seinen Schultern, und in der Hand hielt er den langen Stock seines Vaters. Er warf einen riesigen, grotesken Schatten an die Wand hinter sich. Wir sahen einander schweigend an. Ich hatte keine Tränen mehr, um über die Trümmer unseres Lebens zu trauern, hatte mir schon so viele Vorwürfe gemacht, daß ich nicht einmal mehr von Schuldgefühlen gequält wurde. Mehrfach hatte ich ihn um Verzeihung gebeten, doch jedesmal hatte er mich unterbrochen. Er wollte mich nicht freisprechen, wollte nicht zugeben, daß er Grund dafür haben könnte. Was gab es noch zu sagen? Mit welchen Worten nimmt eine Frau Abschied von einem Mann, der im Begriff ist, sie zu verlassen, um auf unbestimmte Zeit ins Exil zu gehen? Auf einmal wünschte ich, ich hätte die Nacht mit ihm verbracht, wenn auch nur unschuldig schlafend oder gemeinsam wachend, und ich fragte mich, warum ich nicht einfach zu ihm ins Bett gekrochen war, ungeladen. Doch ich wußte, warum: Clodias Schatten stand immer noch zwischen uns, nicht tagsüber vielleicht, aber nachts, in seinem Schlafzimmer.

Der distanzierte Ausdruck auf seinem Gesicht verschwand. Cicero flog auf mich zu und schloß mich in die Arme. Ich drückte ihn an mich und hörte seine Worte in meinem Ohr, die sich überschlugen, eine zusammenhanglose, sanfte Litanei der Zuneigung. Ich wiegte ihn in meinen Armen und summte für ihn wie eine Mutter für ihr Kind, ein wortloses Trostlied. Und er weinte, sein Kopf auf meiner Schulter. Lange hielten wir einander so fest. Bis Du, Atticus, erschienst, diskret, auf Zehenspitzen, meinen Mann sacht aus meiner Umklammerung löstest und ihn wegführtest.

Eines blieb uns noch zu tun: das erforderliche Ritual.

Ich lief hinter ihm her zum Herd, wo ein kleines Feuer glühte, Vestas Feuer, das Herz unseres Hauses.

Schweigend starrte er in die Glut, von seiner ganzen Familie umgeben. Er preßte seinen Sohn fest an sich. Marcus blickte zu ihm hoch, wußte nicht genau, was vor sich ging, war ängstlich und weinerlich. Tullia stand auf der anderen Seite, ihr Vater hatte den Arm um ihre Schultern gelegt, die bebten vom unterdrückten Schluchzen. Ich blieb etwas abseits, ich hatte meinen Moment gehabt und war zufrieden.

Irgendwo schluchzte auch eine Sklavin. Ich fragte mich, wer es war. Vom Vestibulum, wo seine Begleiter auf ihn warteten, drangen das Gemurmel von Stimmen und das Geräusch schlurfender Füße herein. Und noch immer rührte er sich nicht.

Schließlich gab ich Tiro ein Zeichen, der die Schale mit Wein in den Händen hielt. Er ging zu seinem Herrn und überreichte ihm die Schale. Für einen Moment starrte Cicero darauf, als wisse er nicht, was er damit solle. Dann ergriff er sie und schüttete den Wein mit ausgestrecktem Arm jäh in das Feuer. Ein lautes Zischen kroch durch den Raum, die Kohlen wurden schwarz, das Feuer erlosch.

Das Haus hatte kein Herz mehr, sein Herr ging ins Exil.

Das treue, brave Weib

Sie sind fein säuberlich zu einem Päckchen zusammengebunden, die Briefe, die mir mein Mann aus der Verbannung schrieb. So habe ich sie all die Jahre aufbewahrt. Ich habe sie nie wieder gelesen. Eigentlich sind es zwei Päckchen, das zweite dicker als das erste. Es enthält Kopien meiner Briefe an ihn und an Marcus Caelius, der mir in jenen Tagen eine große Stütze war. Auch diese habe ich nie wieder gelesen.

Ich habe die Päckchen aus der Truhe geholt, in der sie sich befanden, und sie liegen nun vor mir.

Ich werde sie lesen müssen, diesen Teil meines Lebens kann ich nicht überspringen, wie gern ich es auch würde. Doch Briefe geben der Vergangenheit immer so eine lebendige Unmittelbarkeit, und ich weiß nicht, ob ich dem gewachsen bin. Nicht der Konfrontation mit meiner eigenen Handschrift, oder seiner, sondern mit seinen Worten. Werde ich seine Stimme dabei hören? Habe ich inzwischen genügend Abstand gewonnen? Nein, wie sollte ich?

Gäbe es nur jemanden, der mir die Briefe vorlesen könnte. Eine fremde Stimme würde die seine übertönen, und meine Geschichte, von einem anderen vorgetragen, würde die Geschichte einer Fremden werden. Aber ich bin allein. Sallust liegt im Bett, er zieht sich immer früh zurück, und er wäre mir ohnehin keine Hilfe. Die Sklaven sind in ihren Unterkünften. Das einzige, was ich höre, sind die knarrenden und raschelnden Geräusche eines ruhenden Hauses.

Cicero verläßt Rom und geht nach Arpinum und von dort weiter nach Brundisium.

Meine ersten Briefe kann ich überschlagen, sie sind voller Schuldbekenntnisse, Reue und Angst; ein schmerzliches Verlangen, das Geschehene irgendwie wiedergutzumachen; kindische Versprechen, daß ich in Zukunft eine vorbildliche Ehefrau sein werde, pflichttreu, zärtlich und hingebungsvoll; verzweifelte Versuche, die Selbstmordgedanken zu vertreiben, die ihn zu beschäftigen scheinen. Wenn ich die Briefe nun überfliege, erkenne ich mich selbst kaum in diesen unbeherrschten Ergüssen, und eigentlich schäme ich mich ein wenig dafür.

Aber hier ist einer, der mich nur wütend macht. Das ertrage ich.

Terentia grüßt ihren Cicero.
Ich bin so fassungslos, daß ich nicht mehr leserlich schreiben kann, meine Hand zittert, ich vermag kaum, die Feder zu halten. Sie haben es getan, Clodius hat den Mob dazu aufgestachelt. Sie haben unser Haus, auf das Du so stolz warst, das Dich soviel gekostet hat, geplündert und teilweise zerstört. Piso kam herbeigestürmt, um es mir zu erzählen, und kaum war er weg, da erschien Atticus mit noch mehr schlechten Nachrichten – auch unser Haus in Tusculum haben sie verwüstet und geplündert. Ich fühle Haß und Angst zugleich, aber der Haß ist stärker, er macht mich mutig – sie werden mich nicht ängstlich sehen, diese Schurken. Ich werde keine Träne vergießen, und ich bete, daß auch Du, mein lieber Mann, Dich mutig zeigen wirst. Verzeih mir, daß ich Dir in so aufgelöstem Zustand geschrieben habe. Vielleicht hätte ich es nicht tun sollen, aber Du mußt es doch erfahren. Antworte mir bitte schnell, laß mich wissen, was Du für Pläne hast. Ich vermisse Dich und halte Dich in meinen Gedanken hoch. Leb wohl. *Rom, den 4. April*

Cicero weiß nicht, was er tun soll, in Brundisium bleiben oder nach Griechenland gehen, auf Dein Landgut, Atticus. Er schreibt Dir einen Brief nach dem anderen, beklagt sein Schicksal und bittet Dich, ihm Gesellschaft zu leisten, weil er Dich braucht. Es kommt ihm nicht in den Sinn, daß ich Dich vielleicht noch dringender brauchen könnte, doch ich schlucke meinen Unmut herunter. Alle politischen Neuigkeiten aus Rom leite ich an Cicero weiter, ich versuche, ihm vernünftige Ratschläge zu erteilen und seine Bitterkeit zu mildern, lasse ihn meinen Kampfgeist spüren. Mein Ton ist resolut, aber freundlich.

Und was bekomme ich zurück? Zeilen voller melodramatischen Selbstmitleids, Bitterkeit, Argwohn, nicht gegen mich, zugegeben, aber gegen fast jeden anderen in Rom. Hier ist ein Beispiel aus einem Brief, datiert: Brundisium, den 29. April 58:

Ich schreibe weniger oft an Euch, als ich könnte, denn alles um mich her ist mir zuwider, und wenn ich an Euch schreibe oder Eure Briefe lese, übermannen mich die Tränen, und ich bin zu nichts fähig. … Ich armer, elender Mensch! … Mehr vermag ich davon nicht zu schreiben, der Kummer übermannt mich …

Und immer so weiter. Aber irgendwo in diesem Brief sagt er: »Besteht noch eine Spur von Hoffnung auf Begnadigung für mich, dann geh ihr nach und fördere die Sache.« Und am Ende schreibt er: »Sieh, da will ich Dich aufrichten und kann mich selbst nicht trösten!«

Na schönen Dank auch. Da sitze ich nun in Rom, voller Sorgen, Tullia mit ihrem dramatischen Getue (oh, wie sie mich aufregte), Marcus ungezogener denn je, und nur mein lieber Schwiegersohn Piso und Atticus, die mir beistehen, und ich soll mich also für ihn einsetzen und stark sein, während er sich der Schwäche hingibt! Aber inzwischen ist Cicero nach Griechenland abgereist und nicht mehr direkt in Gefahr. Damit ist meine größte Angst für den Augenblick vorbei. Ich versuche, Unterstützung für ihn zu finden, wende mich an die Tribunen, von denen ich hoffe, daß sie hinter ihm stehen werden, weise mit Nachdruck darauf hin, wie ungesetzlich Clodius' Gesetzentwurf ist – Atticus und Piso unterrichten mich gut –, und darauf, daß Catilina und seine Handlanger zu Staatsfeinden erklärt worden waren und ihre Hinrichtung daher legal war. Energisch, sachlich und gezielt gehe ich vor. Ich verkaufe einen Teil meines Grundbesitzes und meiner Immobilien, um an Geld für die Kampagne zu kommen und um meine Unkosten zu bestreiten, denn Ciceros Besitz ist beschlagnahmt worden, und ich lehne es ab, mir Geld von Atticus zu leihen. Ich klage nicht über meine Situation, ich habe meine eigene Schuld daran akzeptiert, habe dem Tier in die Augen gesehen und es gebannt. Die Zukunft ist das, was zählt, nicht die Vergangenheit.

So weit, so gut. Bravo, Terentia. Ich habe den Sprung gewagt, seine ersten Briefe gelesen, und fühle nur Unmut und gesunde Verärgerung.

Dann, im September desselben Jahres, bin ich es, die in Schwierigkeiten gerät. Es ist meine Geschichte, und ich werde meine Worte für sich sprechen lassen.

Terentia an Fabia.
Musa wird Dir diese Nachricht überbringen. Kannst Du mich bei Dir aufnehmen, jetzt, heute? Du bist meine einzige Zuflucht. Die Vestalinnen müssen mich beschützen, nur sie sind dazu noch in der Lage. Ich habe solche Angst. Clodius' Meute hat das Haus den ganzen Tag mit Steinen beworfen und gedroht, es zu stürmen und mich und die Kinder fort-

zuführen. Piso schickt Tullia und Marcus zu Atticus, aber ich will sie nicht mit meiner Anwesenheit kompromittieren, denn die Meute hat es auf mich abgesehen. Bitte nimm mich auf, liebe Schwester, auch wenn ich Zelle und Bett mit Dir teilen müßte. Ich flehe Dich an, leg bei den Vestalinnen ein gutes Wort für mich ein. Gib Musa Deine Antwort mit, und wenn Du einverstanden bist, komme ich, sobald es dunkel ist. Wenn Du mich liebst, wenn Du noch weißt, was ich einmal für Dich getan habe, dann gewähre mir Unterschlupf und Schutz. Piso wird mich begleiten, und wir werden uns als Sklaven verkleiden. In großer Eile und Not geschrieben.
22. September

Terentia grüßt Marcus Caelius.
Dein Brief aus Capua erreichte mich gestern. Du willst also genau wissen, was passiert ist. Ich bin jetzt ruhiger, fühle mich aber immer noch unwohl, ich hoffe, daß ich die Geschichte einigermaßen zusammenhängend erzählen kann. Meinem Mann habe ich keine Details geschrieben, es würde ihn nur noch mehr in Panik versetzen. Ein Gefolgsmann von Clodius, sein Name ist mir nicht genannt worden, kam zum Tempel der Vesta und wollte mich sprechen. Sein Äußeres und seine Manieren gefielen der obersten Vestalin nicht, er war arrogant und unverschämt, daher sagte sie, ich sei zu krank, um irgend jemanden zu empfangen. Aber sein Ton wurde so drohend und unangenehm, daß sie es für klüger hielt, mich rufen zu lassen. Er grüßte mich gar nicht erst, sondern packte mich kurzerhand am Arm und sagte, daß ich ihm folgen müsse. Clodius habe befohlen, daß ich vor den Tribunen in der Tabula Valeria erscheinen solle. Er hörte nicht auf meinen Protest und zerrte mich einfach weg. Ich hatte nicht einmal Gelegenheit, mir ein Umschlagtuch zu holen, und mußte unverschleiert und ohne Dienerin mit. Ich bat die Vestalin, Fabia zu rufen, damit sie mich begleiten

könne, aber der elende Schuft wartete nicht. Er stieß die Vestalin sogar zur Seite, als sie versuchte, mir zu helfen. Dennoch hatte Fabia es inzwischen erfahren und rannte uns hinterher, ohne Sänfte und mit nur einer Sklavin – den Göttern sei Dank, ich weiß nicht, was ich ohne sie gemacht hätte. Den ganzen Weg zur Tabula hielt der Mann meinen Arm so fest, daß er mir richtig weh tat, aber ich ließ mir nichts anmerken. Ich starrte geradeaus und versuchte, die Menge, die uns bald umringte, zu ignorieren. Niemand kam mir zu Hilfe. Jemand schrie: »Es ist Terentia, die Frau von Marcus Tullius!« Die Menge begann zu buhen. Sie war offensichtlich von Clodius angeheuert worden, mich zu »begleiten«. Als wir die Tabula Valeria erreichten, sah ich, daß nur Clodius und ein anderer Tribun, sein treuer Verbündeter Ligus, anwesend waren. Ich durfte mich nicht setzen, wie sehr ich auch um einen Hocker bat. Fabia stand neben mir. Clodius wollte sie wegschicken, aber sie blickte ihm direkt ins Gesicht und sagte, dann müsse er sie schon mit Gewalt hinauswerfen, und wenn er es wagen würde, eine Vestalin auch nur mit einem Finger zu berühren, würde sie dafür sorgen, daß er erneut wegen Sakrilegs angeklagt würde, und diesmal nicht vor korrupten Geschworenen. Danach ignorierte er sie. Clodius war arrogant und streng und verlangte, daß ich Rechenschaft über meine finanziellen Transaktionen ablege. Als ich fragte, was er meine, sagte er, er habe gehört, daß ich bestimmten Leuten geholfen hätte, Teile von Ciceros Besitz aufzukaufen und auf diese Weise sicherzustellen. Ich entgegnete, daß ich nichts davon wisse. Er schrie, daß ich sehr wohl davon wisse, daß ich das Gesetz übertreten habe – sein Gesetz, wohlgemerkt – und daß ich bestraft werden würde. Zu meiner Verwunderung merkte ich, daß ich keine Angst vor dem Schurken hatte. Ich fragte, welchen Beweis er für seine Behauptung vorbringen könne, und er brüllte, daß ich mit diesem Anwaltston aufhören solle. Von welchem Besitz er denn spreche, hakte ich nach, und er antwortete, daß er nicht verpflichtet sei, mir eine Liste davon zu geben, daß es aber um Verkäufe bei öffentlichen Versteigerungen gehe. Ich beharrte darauf, nichts davon zu wissen, worauf er drohte, das Haus meines Schwiegersohnes durchsuchen zu lassen, um zu sehen, ob ich dort Sachen versteckt hätte. Als ich einwandte, daß er nicht das Recht dazu habe, lachte er höhnisch und sagte, er habe alles Recht der Welt, weil mein Mann für vogelfrei erklärt und sein Besitz beschlagnahmt worden sei. Noch ehe ich etwas erwidern konnte, fing er wieder an zu schreien, diesmal alle möglichen Beleidigungen gegen Cicero. Ich ließ ihn wüten, vertraute darauf, daß meine Haltung so würdig war, wie ich hoffte. Dann erkundigte ich mich, wo die anderen Tribunen seien und ob ich formal vor dem vollzähligen Kollegium angeklagt wäre oder ob es sich hierbei nur um eine Laune von Clodius allein handele. Er brüllte, daß ich nicht unverschämt werden solle, daß es nicht meine Angelegenheit sei, ob ich vom gesamten Kollegium angehört würde oder nicht. Und er wurde nicht müde zu fragen, was ich über diese Transaktionen wisse, und ich wurde nicht müde zu antworten, daß ich nichts wisse. Irgendwann rief Fabia, die nie die Fassung verlor, ob er vielleicht ebenso taub wie schlecht sei oder einfach nur zu blöd zu begreifen, was ich sagte. Das war der einzige Moment, wo ich Angst hatte. Er war so rasend, daß er sich von seinem Stuhl erhob und auf sie zu lief. Würde er sich trotz ihrer Drohung an ihr vergreifen? Aber Fabia blieb ruhig stehen und sah ihn an, bis er die Augen abwandte und sich schließlich wieder setzte.

So ging es eine ganze Weile weiter, wie lange, weiß ich nicht genau, ich hatte jedes Zeitgefühl verloren. Mir war schwindlig, meine Beine versagten, und ich sank zu Boden. Ich muß ohnmächtig geworden sein. Als ich wieder zu mir kam, kniete Fabia neben mir und schrie Clodius an, sie werde den Pontifex Maximus über sein Verhalten gegenüber der Schwester einer Vestalin und auch ihr selbst gegenüber informieren. Worauf Clodius höhnisch sagte, daß sie das nur tun solle, Caesar würde sich sicher freuen, etwas von Catilinas Liebchen zu hören. Und das einer Vestalischen Jungfrau! Fabia half mir auf und stützte mich. Ich war immer noch schwach und schwindlig, versuchte aber, den Kopf hochzuhalten. Clodius unternahm nichts, um uns aufzuhalten, doch als wir an der Tür waren, rief er: »Das Haus deines Schwiegersohns wird durchsucht, und ich werde dafür sorgen, daß dein Besitz auch konfisziert wird. Schreib das deinem werten Gatten, Terentia.«

Wir gingen langsam zum Tempel der Vesta zurück. An der Tabula hatte sich eine Menschenmenge gebildet, aber diesmal ließen sie uns in Ruhe. Niemand schrie oder buhte. Noch nie im Leben hatte ich mich so verlassen und gedemütigt gefühlt. Atticus kam natürlich herbeigeeilt, als er es erfuhr, und nun protestiert er überall gegen das, was passiert ist. Die anderen Tribunen sagten, daß sie nicht gewußt hätten, was Clodius im Schilde führte, daß sie ihn sicher davon abgehalten hätten. Wenigstens sorgten sie dafür, daß Pisos Haus nicht durchsucht wurde, und bisher hat niemand versucht, meinen Besitz zu beschlagnahmen.

Ich habe Angst, daß Clodius' Grausamkeit gegen uns nicht aufhören wird, sogar noch zunehmen könnte, je näher das Ende seiner Amtszeit rückt, zumal Pompeius sich jetzt in der Provinz versteckt hält. Aber sobald es mir besser geht, werde ich mich wieder in den Kampf stürzen, also – kein Selbstmitleid mehr.

Wenn Du meinem Mann schreibst, erzähl ihm bitte nicht, ich flehe Dich an, was ich Dir berichtet habe, denn sonst kommt er wieder aus dem Gleichgewicht, und das ist ohnehin schon labil genug.

Rom, den 4. Oktober

An das Leid und die Demütigung entsinne ich mich, so wie ich sie Caelius beschrieben habe, doch die Erinnerung hat ihren Stachel verloren. Es ist geschehen, es war schrecklich, aber es spielt keine Rolle mehr. Als mein Mann davon erfuhr, schrieb er mir. Der Brief liegt hier vor mir, und ich weiß, was darin steht – ich habe es nie vergessen. Ich könnte ihn zerreißen, wegwerfen oder noch einmal hineinschauen. Den ersten habe ich schließlich auch ohne nachteilige Folgen gelesen, also warum nicht diesen? Die Handschrift ist krakelig und verkrampft.

Ich sehe, wie tapfer und liebreich Du alles anfaßt, und wundere mich nicht darüber … Unter heißen Tränen habe ich gelesen, wie man Dich vom Vesta-Tempel zur Tabula Valeria geschleppt hat. Ach, mein Licht und meine Sehnsucht, an die sich sonst alle wandten, wenn sie Hilfe brauchten! Daß Du, meine Terentia, jetzt so leiden mußt, … und daß ich schuld daran bin, der ich alle andern gerettet habe, um selbst ins Elend zu geraten! … Mein Herz, ich habe Dein Bild Tag und Nacht vor Augen … Meine Terentia, mein treues, braves Weib, leb wohl.

Hochmut kommt vor dem Fall. Ich hätte den Brief nicht lesen sollen, es tut zu weh. Die Flamme meiner Kerze ist verschwommen, ich weine. Es war meine Schuld, Marcus. Ich habe dich gedrängt, Clodius' Alibi zu entkräften. Und nie hast du zu mir gesprochen, wie du hier schreibst, nie hast du mich »mein Herz« oder »mein Licht« genannt, das sind die Worte eines Geliebten. Warum konntest du nur auf dem Papier lieben, und noch dazu erst, als es bereits zu spät war, warum, Marcus?

Ich trockne meine Tränen. Zurück zu den Fakten – den harten, nüchternen Fakten, die verlangen kein Gefühl, die sprechen für sich.

Das Jahr 58 nähert sich seinem Ende. Die neuen Tribunen sind gewählt, und ich schreibe an jeden einzelnen von ihnen. Die meisten antworten, daß sie für mich und Cicero tun werden, was in ihrer Macht steht. Ich wende mich an alle, die möglicherweise helfen könnten. Die Kopien meiner Briefe liegen vor mir. Ihr Ton ist ruhig und voller Zuversicht, nicht anmaßend. Ich gehe sogar zum Senat und passe Senatoren nach einer Sitzung ab. Man bewundert mich wegen meiner Entschlossenheit und Initiative, ich werde zum Inbegriff von Mut und Loyalität. Die neuen Konsuln, Lentulus und Metellus, werden ihr Amt Anfang des Jahres 57 antreten. Auch von ihnen ist vielleicht Hilfe zu erwarten. Und Quintus, wieder in Rom, ist ebenfalls in der Sache aktiv.

In meinen Briefen an Cicero bemühe ich mich noch immer, ihm Mut zuzusprechen, geduldig und verständnisvoll zu sein, doch inzwischen klingt eine gewisse Verärgerung durch. Denn, gütige Götter, wie fing ich langsam an, mich zu ärgern!

Versuch, tapfer zu sein, Marcus, ich weiß, daß es schwierig ist, ich weiß, daß Du das, was Dir widerfahren ist, als absolute Katastrophe ansiehst. Aber all dieses Selbstmitleid, dieses Herumreiten auf Fehlern aus der Vergangenheit, diese Bitterkeit gegenüber jenen, die dir helfen wollten (hättest du nur auf sie gehört!), es ist alles so deprimierend, und es kann nicht gut für Dich sein. Vergiß nicht, daß auch wir ein wenig aufgeheitert und ermutigt werden müssen. Wir brauchen nicht ständig daran erinnert zu werden, wie elend Dir zumute ist. Hilf uns, Marcus, so wie wir versuchen, Dir zu helfen.

Aber meine leisen Ermahnungen fruchteten nicht viel, wie diese Passage aus einem Brief vom 29. November beweist.

Ich verzehre mich in Gram, meine Terentia ... Tag und Nacht steht mir Euer Jammer und Euer Gram vor Augen, und nur eine ganz schwache Hoffnung auf Rettung zeigt sich mir ... Und doch, solange Ihr noch Hoffnung habt, will ich nicht aufgeben, damit es nicht so aussieht, als wäre alles durch meine Schuld verdorben worden ...

Gut, ich habe alles wieder unter Kontrolle, bin sogar in der Lage, Verachtung zu fühlen. Aber dann ist da dieser letzte Satz: »Hab' acht auf Deine Gesundheit und sei überzeugt, daß Du mir eh und je das Liebste auf der Welt bist!«

Ich kneife die Augen zusammen, keine Tränen mehr, Terentia. Doch es ist mehr, als ich ertrage. Warum konnte ich nicht sein »Herz« und das »Liebste« für ihn bleiben? War ich wirklich einmal die einzige auf der Welt, die ihm so viel bedeutete? War ich ihm je wichtiger als Tullia?

Nein, es sind nur sentimentale Worte. Er ist allein, einsam, ängstlich, gedemütigt, ein nervliches Wrack, und erschafft darum in seiner Vorstellung eine Liebe, die es nie gegeben hat. Das war mir damals auch schon bewußt, wie mein Brief vom 3. Januar zeigt: »Ich bin froh, daß ich Dir das Liebste auf der Welt bin, und ich hoffe, das ist nicht nur deshalb so, weil Du unglücklich bist, so weit weg von zu Hause.«

Also warum sollte ich es jetzt nicht zugeben?

Während er in Griechenland Trübsal bläst und jammert, geht hier das Leben weiter. Mittlerweile ist es Ende Januar 57, und es erheben sich immer mehr Stimmen, Cicero zurückzurufen. Pompeius ist auf einmal voll und ganz dafür, was sich aus seiner eigenen politischen Situation erklären läßt. Im Senat wird ein Antrag auf Rehabilitation Ciceros eingebracht, und obwohl zwei Tribunen dagegen stimmen, sind wir doch hoffnungsvoller, als wir seit langem waren. Ich wohne nach wie vor bei den Vestalinnen, das scheint sicherer zu sein. Tullia, Piso und Marcus sind bei Atticus.

Dann bekomme ich es noch einmal mit Gewalt zu tun, wenn auch diesmal nur indirekt.

Terentia an ihren Cicero.
Was ich Dir zu erzählen habe, ist entsetzlich, also mach Dich auf etwas gefaßt. Doch laß mich Dir zuerst versichern, daß Quintus, obgleich verwundet, in Sicherheit ist und ansonsten gesund. Er hat einen tiefen Schnitt am Kopf davongetragen und einen gebrochenen Arm, aber Alexis pflegt ihn und ist guter Hoffnung, daß er bald wieder der alte sein wird.

Das ist geschehen: Der 25. Januar war, wie Du weißt, der Termin, an dem der Antrag auf Deine Rehabilitation dem Volk vorgelegt werden sollte. Atticus sondierte, wo er konnte, die Meinung und war sehr zufrieden mit dem, was er hörte. Wir hofften also alle, daß der Antrag angenommen werden würde.

Fabricius sollte den Antrag unterstützen, und am Tag vor der Abstimmung hielt er in einer öffentlichen Versammlung eine Rede an das Volk. Er erzählte, daß er zwar ab und zu unterbrochen worden sei, die Stimmung sei aber ansonsten gut gewesen und die Ordnung nicht gestört worden. Doch die Stadt war unruhig in dieser Nacht, der Tumult brachte mich um den Schlaf. Ich dachte, daß es die Leute seien, die sich früh zur Abstimmung versammelten. Kurz vor Sonnenaufgang weckte Fabia mich, sehr besorgt, und berichtete, daß das Forum voller bewaffneter Männer sei. Ich stand auf und kleidete mich an, und zusammen wagten wir uns aus dem Tempel. Das Forum glich einem Heerlager, überall bewaffnete Männer mit Schwertern, Messern, Knüppeln, allem, was man sich an Waffen nur denken konnte. Die Flammen der Fackeln spiegelten sich in den Schilden und gezückten Schwertern, und in den Gesichtern der Männer. Es waren rohe Kerle, offensichtlich größtenteils Sklaven, doch ich vermute, daß auch viele Gladiatoren darunter waren, denn Sklaven sind gewöhnlich nicht so gut ausgerüstet, mit Schild und Schwert, wie es viele in dieser Meute waren. Was das Ganze noch bedrohlicher machte, war, daß die Kerle dort nicht in einem wilden Haufen standen und warteten, sondern ordentlich in Reih und Glied, wie eine Armee, jede Abteilung mit einem eigenen Führer. Dann sahen wir Clodius zwischen ihnen umherlaufen, wie ein General, der seine Truppen inspiziert, und ich wußte, daß uns ein blutiger Kampf erwartete und daß es Clodius darum ging zu beweisen, daß er noch immer in der Lage war, uns und der ganzen Republik zu schaden. Mein Herz war wie ein Stein in meiner Brust. Ich wollte zurück in den Tempel, ich hatte Angst, aber Fabia wollte unbedingt beobachten, was passieren würde. Die oberste Vestalin verbot es, doch Fabia sagte, daß es besser für uns sei, mit eigenen Augen zu sehen, was geschah, als es hinterher zu erfahren. Schließlich stimmte die Vestalin zu, schloß sich uns sogar an. Wir standen auf den Stufen des Vesta-Tempels, halb hinter einer Säule versteckt, als die Menge plötzlich in Bewegung kam, noch immer diszipliniert. Wir konnten nicht erkennen, was los war, aber später hörten wir, daß in diesem Moment Fabricius und seine Anhänger das Forum betreten hatten und daß Fabricius auf die Rostra gestiegen war. Jemand schrie etwas, einen Befehl vielleicht, und daraufhin stürmte die Meute johlend und schreiend wie ein Mann nach vorn, auf die Rostra zu. Dort müssen sie auf eine Gegenmacht getroffen sein, denn wie eine Welle, die sich auf dem Strand gebrochen hat, wichen sie zurück, nur um sich erneut zu versammeln und vorwärtszustürmen. Von diesem Moment an ist in meinem Kopf alles verschwommen. Eine einzige große Masse kämpfender, um sich schlagender, blutiger Männer, die mit Schwertern und Messern fuchtelten. Überall lagen Verwundete und Sterbende. Ein Mann mit halb abgehacktem Arm, blutüberströmt, fiel auf den Stufen des Tempels nieder. Wir konnten nichts für ihn tun, auch wenn wir es gewollt hätten, wir wagten nicht, uns offen zu zeigen. Er stöhnte lange, und dann war er still, tot. Er lag in einer Blutlache. Plötzlich hörten wir zu unserem Entsetzen die Menge laut nach Deinem Bruder rufen: »Quintus, Quintus Tullius. Da ist er.« Wir konnten nicht sehen, wo. Ich war starr vor Angst, und voller Unruhe dachte ich an unseren Sohn und unsere Tochter in Atticus' Haus, fragte mich, ob sie dort alle in Sicherheit waren. Ich hoffte, daß Piso bei Quintus war und hoffte es auch wieder nicht, beides zugleich. Und der Kampf ging immer weiter. Die Sonne stand bereits hoch am Himmel, als das Forum endlich leer war. Wir waren unterdessen schon hineingegangen, uns war ganz elend von dem, was wir erlebt hatten. Selbst die oberste Vestalin, sonst so gelassen, war sichtlich außer Fassung. Als wieder etwas Ruhe eingekehrt war, gingen wir noch einmal hinaus, und ich werde bis ans Ende meiner Tage nicht vergessen, was ich da sah. Leichen stapelten sich, eine auf der anderen, das Forum schwamm förmlich im Blut. Es herrschte Totenstille. Ich wollte Quintus suchen, fürchtete, er könne unter den Leichen sein, aber Fabia ließ es nicht zu. Erst als mir die Tränen übers Gesicht strömten, merkte ich, daß ich weinte. Die Leiche auf den Stufen des Tempels war in einer grotesken Haltung erstarrt, und etwas weiter unten blickte ich in das Gesicht eines ganz jungen, toten Mannes, ein Knabe eigentlich noch. Mir war speiübel von dieser blutigen Gewalt, die so viele Menschenleben gekostet hatte, wozu? Ein Junge erschien, von Atticus geschickt, und berichtete, daß Quintus verwundet und nach Hause gebracht worden sei. Sofort eilten Fabia und ich dorthin, doch diesmal nahmen wir vorsichtshalber eine Sänfte mit allen Insignien einer Vestalischen Jungfrau, wir wollten kein Risiko eingehen. Quintus ruhte auf seinem Bett. Er hatte Schmerzen, war aber bei Bewußtsein. Seine Sklaven hätten ihm das Leben gerettet, erzählte er, sie hätten sich auf ihn geworfen, als er am Boden lag. Pomponia war völlig außer sich, sie klagte und schluchzte, als wäre ihr Mann schon tot. Fabia setzte dem Gejammer ein Ende. Als ich sie später fragte, wie sie das geschafft habe, sagte sie, daß sie ihr einen Becher Wasser ins Gesicht geschüttet habe. Pomponias Zorn war immer noch besser als ihre Hysterie.

Ich weiß nicht, was jetzt geschehen wird, ich darf gar nicht an die Zukunft denken. Nicht daß ich den Mut verloren hätte, es ist nur, daß mir das, was ich gesehen habe, noch so erschrekkend klar vor Augen steht. Morgen reiße ich mich wieder zusammen. Wir kämpfen weiter. Ich bin zu müde, noch mehr zu schreiben, denn viel haben wir nicht geschlafen in den letzten Nächten. Gib den Mut nicht auf, Marcus, laß Dich durch das, was Du gerade gelesen hast, nicht in Verzweiflung stürzen. Weder die Kinder noch Piso oder ich sind belästigt worden. Versichere mir in Deinem nächsten Brief, daß Du noch Hoffnung hast, so wie ich, unterstütze mich durch Deine Beruhigung. Leb wohl, mein teurer Gatte.

Rom, den 27. Januar

Es kommt keinerlei Reaktion, nicht ein Brief, der auf die Geschehnisse Bezug nimmt. Schließlich beginnt mein Abscheu vor ihm alle anderen Gefühle zu ersticken. Heute, wie damals.

Terentia an ihren Cicero.
Du hast nicht auf meinen Bericht vom 27. Januar geantwortet. Das einzige, was wir von Dir gehört haben, ist ein Brief an Atticus, drei ganze Zeilen. Du sagst, daß Du völlig ruiniert bist. Du, Du, immer nur Du – nie Deine Frau oder

Deine Familie, außer Tullia, versteht sich. Ihr schreibst Du und beklagst Dich über mich, daß ich so hart zu ihrem armen verbannten Vater bin. Das ist natürlich Wasser auf ihre Mühle. Du machst Dir Gedanken um ihren guten Namen, als ob der ihre wichtiger sei als der meine. Und Du hast Angst, daß sie nicht genug Geld haben könnte, als ob Piso nicht für sie sorgen würde. Glaub mir, sie hat mehr Geld als ich, denn ich gebe einen großen Teil meines Vermögens für Deine Sache aus. Es kommt Dir offenbar nicht in den Sinn, daß wir diejenigen sind, die während dieses Gefechtes gelitten haben, und nicht Du. Wir sind es, die hier Tag und Nacht für Dich kämpfen. Du könntest uns wenigstens Deinen ewigen, krankhaften Pessimismus ersparen. Ich habe genug davon, mehr als genug. Ich bin zornig, Marcus, und das sollst Du ruhig wissen. Du kannst es wiedergutmachen, indem Du Dein Verhalten änderst, aber ich bezweifle, daß Du dazu in der Lage bist. Leb wohl.

12. Februar

Dann geschieht etwas, und der Kummer, aufrichtiger, schlichter Kummer, ist noch ebenso bitter wie damals. Aber er verdient ihn, mein sanftmütiger, liebevoller, treuer Schwiegersohn Piso.

Ich sehe ihn auf einmal wieder vor mir sitzen, in der Zeit des Prozesses, wie er den Saum seiner Tunika in enge Falten legt, sein Gesicht rot vor Verlegenheit. Ich hatte ihn gefragt, warum Tullia so bedrückt sei. Selbst ich hatte es bemerkt. Er schlug die Augen nieder und antwortete: »Sie fürchtet, daß sie vielleicht nie ein Kind bekommen wird. Hat sie nicht mit dir darüber gesprochen?«

Ich war so mit meinen eigenen Angelegenheiten beschäftigt gewesen, daß ich nie daran gedacht hatte, daß Tullia inzwischen hätte schwanger sein müssen, wenn alles in Ordnung war.

»Nein«, sagte ich langsam, »aber sie weiß, daß ich ganz andere Dinge im Kopf habe, und will mich wahrscheinlich nicht damit belästigen.«

Er antwortete nicht. Er war viel zu nett, um auszusprechen, was er dachte: daß ihre Mutter sich nicht sonderlich um Tullia kümmerte, daß sie, ehrlich gesagt, keine sehr liebvolle Mutter war.

»Es wird bestimmt gut«, sagte ich lasch, »ihr müßt euch Zeit geben.«

»Ja«, sagte er, und seine Augen waren ausdruckslos.

Terentia grüßt Cicero.
Die Götter haben uns einen letzten vernichtenden Schlag zugefügt. Unser teurer, treuer, tapferer und immer heiterer Schwiegersohn ist tot. Er ist heute nacht in Tullias Armen gestorben, und ich saß neben ihm. Er hatte sich den Finger aufgeritzt, wußte nicht, woran. Ein paar Tage später schwoll sein Arm an. Er hatte einen großen Knoten unter der Achsel und einen am Hals. Er fieberte. Alexis schnitt die Knoten ein und legte Kompressen auf, aber nichts half. Das Gift verbreitete sich überall in Pisos Körper. Er litt die ganze Woche schreckliche Qualen. Alexis rief noch andere Ärzte hinzu, die besten, die er finden konnte, doch auch diese vermochten nichts für ihn zu tun. Zum Glück gönnten die Götter ihm einen friedlichen Tod, die meiste Zeit lag er im Delirium. Er sprach noch ein paar Worte zu uns, spornte uns an, uns für Deine Sache einzusetzen, und bat mich, Dich zu grüßen, mit aller Zuneigung, die er immer für Dich empfunden habe. Seine letzten Worte an Tullia waren, daß der größte Schmerz seines Lebens sei, daß sie keine Kinder bekommen hatten. Seine Würde und sein Mut waren uns allen ein Vorbild. Es brach mir das Herz, ihn sterben zu sehen. Wir begraben ihn morgen, mit allen Ehren, die in unserer Macht stehen. Er liegt nun aufgebahrt im Atrium. Durch Sorgen

und harte Arbeit war er in letzter Zeit schnell gealtert, aber jetzt sieht er wieder aus wie ein junger Mann. Während ich das schreibe, höre ich das Wehklagen der Frauen, doch obwohl mein Kummer unerträglich weh tut, bleibe ich stumm und weine nicht. Tullia ist tapfer, weicht nicht von der Bahre und nimmt alles wie betäubt hin. Sie waren, glaube ich, wirklich glücklich miteinander. Ich hoffe, daß Tullia begreift, wieviel Glück sie mit dieser Ehe gehabt hat. Sie will sich nicht von mir trösten lassen. Es verletzt mich, aber ich denke, daß ich es verstehe. Wie wird die Zukunft ohne ihn sein? Er war zu jung, um zu sterben, zu wertvoll, um ihn entbehren zu können. Ich traure um Deinen Verlust und meinen, jetzt darfst Du zu Recht betrübt sein, genau wie ich. Laß uns, wenigstens darin, einmütig sein. Leb wohl.

Rom, den 29. Mai

Der Kurier bringt einen Brief für Tullia, von ihrem Vater, in dem er ihr Trost spendet. Sie läßt ihn mich lesen, er ist voller warmer, liebender, mitfühlender Worte. Für mich gibt es keinen Brief, und ich wundere mich, daß ich immer noch in der Lage bin, mich verletzt zu fühlen.

Ich tue, was ich kann, für Tullia, höre geduldig zu, wenn sie wieder und wieder erzählt, daß das Leben, solange es ihren Vater gebe, noch Sinn für sie habe. Dann denke ich an den armen Piso, der der Fixpunkt ihres Lebens hätte sein müssen, aber ich sage nichts.

Das Ende ist nun in Sicht. Ich bin ganze Tage mit dem Werben von Senatoren für unsere Sache beschäftigt, und jeder, mit dem ich spreche, versichert mir, daß die Volksabstimmung für Ciceros Rückkehr demnächst stattfinden wird.

Ich bin müde, ein Läufer, der sich der Ziellinie nähert, doch mich erwartet kein Lorbeerkranz.

Terentia grüßt ihren Cicero.
Tullia wird Dir diese kurze Nachricht bringen. Sie ist im Begriff, nach Brundisium aufzubrechen, um Dich zu empfangen, wenn Du ankommst. In Deinen hastigen Zeilen aus Dyrrachium hast Du mir deutlich zu verstehen gegeben, daß Du mich dort nicht haben willst. Du schreibst, daß ich zu erschöpft sei zum Reisen, daß Du nicht möchtest, daß ich mich für Dich überanstrenge, und so weiter, und so fort. Ich bin nicht erschöpft, jedenfalls nicht mehr als in den letzten Monaten, und eine Reise nach Brundisium würde mich nicht halb so sehr anstrengen wie die Arbeit, die ich im vergangenen Jahr für Dich geleistet habe. Was Du meintest, ist: Die Anwesenheit Deiner Tulliola ist alles, dessen Du bedarfst. Dein Herzenswunsch ist anscheinend nicht mehr, Deine Frau so schnell wie möglich in die Arme zu schließen. Die Frau, die getan hat, was sie konnte, um dafür zu sorgen, daß die Hoffnung sich schließlich erfüllt hat – wie unbedeutend ihre Bemühungen auch gewesen sein mögen –, diese Frau muß zu Hause bleiben. Sie darf sich aus zweiter Hand über das berichten lassen, was zweifellos eine weitere »ruhmreiche« Episode in Deinem Leben und dem Roms werden wird. Tullia hat zwar darauf gedrängt, daß ich mitkomme, aber ich weiß, wann und wo ich nicht erwünscht bin. Also wird Tiro sie begleiten. Leb wohl.

Rom, den 4. August, am Tag, als in der Volksversammlung für Deine Rehabilitation gestimmt wurde

Ich stand im Atrium von Tullias Haus und hörte den frenetischen Jubel der Menge gegen die geschlossenen Türen branden. Die ganze Nacht hatte ich mich im Bett hin und her gewälzt und mir überlegt, wie ich den warmen Empfang, der von mir als pflichttreuer Ehefrau erwartet wurde, mit dem bitteren Verdruß kombinieren konnte, den ich verspürte. Allen hatte ich gesagt, daß ich wollte, daß unser Wiedersehen etwas Privates sei und daß ich daher meinem Mann nicht bis zum Stadttor entgegengehen würde. Die meisten Hausangestellten durften hin, aber den kleinen Marcus behielt ich bei mir, zu dessen großem Ärger.

Das Atrium war verlassen, bis auf den Wächter, der gespannt auf das Zeichen zum Öffnen des Tors wartete. Marcus rannte auf und ab, ganz aufgeregt, bald lag er dem Wächter in den Ohren, daß er die Türen aufmachen solle, sofort, bald zog er an meiner Hand und verlangte, daß ich mit hinausgehe, um die Menge zu beobachten. Seine Fröhlichkeit und Erregung konnte ich nicht teilen, aber ich nahm sie ihm auch nicht übel. Ich hatte das Gefühl zu ersticken. Wie würde unsere Begegnung sein? Meine Rolle einzustudieren, hatte wenig Sinn, ich war schließlich nicht der einzige Akteur und hatte daher kaum Einfluß auf das Szenario. Das Schreien und Kreischen der Masse kam immer näher, es machte meine Einsamkeit nur noch größer.

Lautes Klopfen, der Wächter rannte zum Tor, die Angeln quietschten. Ich sah, wie der Spalt breiter wurde, und ballte die Fäuste, die Nägel schnitten in meine Handflächen.

Die Türen waren nun ganz geöffnet, und mein Mann betrat das Haus, Tullia an seiner Seite, Quintus und Tiro hinter ihm, gefolgt von einer jubelnden Menge. Marcus stürzte auf seinen Vater zu. Cicero beugte sich vor, um ihn hochzuheben, und die Arme des Kindes schlangen sich um seinen Hals. Dann schaute er hoch, und über den Kopf seines Sohnes hinweg suchten seine Augen die meinen. Einen endlosen Moment lang sahen wir einander schweigend an. Er war um viel mehr gealtert als die siebzehn Monate seiner Abwesenheit, war magerer und kahler, tiefe Furchen liefen über seine Stirn und von seiner

Nase zu den Mundwinkeln. Er war ausgelassen und hatte rote Wangen vor Aufregung. Ich stand wie angewurzelt da, brachte kein Wort heraus. Der Glanz verschwand aus seinem Gesicht und wich einem Ausdruck, den ich nur als erstaunte Traurigkeit deuten konnte, das Dämmern der Erkenntnis, daß er vor seiner Frau, zum erstenmal seit seiner Rückkehr nach Italien, kein siegreicher Held war. Nicht mich starrt er jetzt an, dachte ich, sondern seinen eigenen Mangel an Mut, den Zerfall seiner Moral, die seine Verbannung in Wirklichkeit ausgemacht hatten. Er ließ Marcus auf den Boden gleiten und trat zögernd einen Schritt nach vorn.

»Willkommen, Marcus«, sagte ich, und meine Stimme hallte in meinen Ohren wider. Die Menge hielt diskret Abstand und schwieg. Hier und da murmelte jemand, wurde aber schnell zur Stille gemahnt.

»Terentia?« Es klang, als wolle er, daß ich mich vorstelle.

Seine Unsicherheit war rührend, ich streckte die Arme nach ihm aus. Mit einem halb erstickten Schrei flog er mir um den Hals, während Marcus sich an seinen Mantel klammerte. Ich drückte meinen Mann an mich, und wir sagten beide nichts. Während ich nach Worten suchte, fühlte ich die kurze Welle der Emotion abebben, und ich blieb kalt und leer zurück, und obwohl er noch immer in meinen Armen lag, merkte ich, daß auch er sich schon wieder von mir entfernt hatte. Seine Wange ruhte an meiner, ich spürte seinen Atem warm in meinem Ohr, aber wir hätten ebensogut zwei Fremde sein können, die zufällig zusammengestoßen waren. Worte sind oft irreführend, doch unsere Körper sprachen ihre eigene Sprache, unmißverständlich. Ich betrachtete uns durch die Augen der Zuschauer, Mann und Frau zärtlich wiedervereint, und die Falschheit des Eindrucks, den wir erweckten, war mir auf einmal sehr zuwider. Ich ließ die Arme sinken. Cicero blickte mich an. Ich sah, daß er nach Worten suchte, und wußte, daß er die richtigen finden würde. Darin war er immer so gut.

Leise sagte er: »Dies ist ein neuer Anfang, Terentia, dies ist der erste Tag meines neuen Lebens.«

Unseres neuen Lebens, hätte er sagen können, sagen müssen. Würde er sich korrigieren, aber nein, er schwieg, wartete offenbar auf eine Reaktion von mir. Stumpf sagte ich: »Ja, Marcus, ein neuer Anfang.«

Über seine Schulter hinweg sah ich Tullia. Unsere Tochter starrte ihre Eltern unverwandt an, aber ihre Augen waren ausdruckslos.

Ich legte meinem Mann die Hände auf die Schultern, spielte meine Rolle für die Menge, die noch immer schweigend zuschaute, und wiederholte laut: »Ein neuer Anfang, Marcus.«

Aber ich wußte, Atticus, daß er mich von diesem Moment an nie mehr als sein »treues, braves Weib« sehen würde, als sein »Herz«, das ich in den ersten Monaten seines Exils für ihn gewesen war, sondern als die Verkörperung seines eigenen Unvermögens, die Verbannung mutig und wie ein Mann zu ertragen.

In aufgelöstem Zustand

Am Abend seiner Rückkehr aus dem Exil kam Cicero in mein Zimmer. Ich hatte ihn nicht erwartet.

Seinen Gesichtsausdruck konnte ich nicht ergründen. Förmlich und höflich fragte er, ob ich ihm erlauben würde, das Bett mit mir zu teilen. Für einen Moment verspürte ich Abscheu, und mir wurde bewußt, daß ich noch nicht ganz von Clodia geheilt war. Warum sollte er mit mir schlafen wollen? Was versuchte er zu beweisen? Daß das Teilen meines Bettes die »Wiedergeburt von Leben« einläuten würde? Aber abzulehnen hätte mehr Mut erfordert als nachzugeben, es hätte unsere Beziehung nur irreparabel zerstört. Und ich hätte für immer den Titel der Ehefrau verspielt, wenn ich mich dem, was der Konvention nach meine Pflicht war, entzogen hätte.

Also gewährte ich ihm seine Bitte. Und so lagen wir dann, Seite an Seite, und warteten beide, bis der andere den ersten Schritt tun würde.

Als er schließlich seine Rechte als Ehemann geltend machte, fügte ich mich, wie es einer Ehefrau geziemt. Der Akt war ohne Verlangen und ohne Zärtlichkeit. Wir hatten zumindest unsere ehelichen Pflichten erfüllt.

Doch ich wußte in diesem Moment auch, daß er nie mehr mit mir schlafen würde.

Am nächsten Morgen begegnete ich ihm, als er gerade das Haus verlassen wollte. Ich grüßte ihn höflich. Er schaute von der Schriftrolle auf, die er las, während er zur Tür lief, und erwiderte meinen Gruß ebenso höflich. Tiro, an seiner Seite, war wieder ganz der übereifrige, geschäftige Sekretär.

»Wo gehst du hin?« fragte ich.

»In den Senat, um die Dankesrede für meine Rehabilitation zu halten.«

»Aber wann hast du die denn vorbereitet?«

Er antwortete nicht, seine Augen waren wieder auf die Rolle gerichtet.

Ein heftiger Verdruß stieg in mir auf, ich konnte ihn beinahe schmecken, gallebitter. Die Worte platzten aus mir heraus: »Hast du vielleicht heute nacht Zeit gefunden, sie einzustudieren?«

Er blickte abrupt hoch, doch ehe er etwas entgegnen konnte, sagte ich: »Heb vor allem dein heldenhaftes Verhalten während deiner Verbannung hervor. Und vielleicht hast du ja ein paar Sätze für all die Anstrengungen übrig, die deine Frau für dich unternommen hat. Aber ich bin sicher, du hast alles schon fein säuberlich im Kopf.« Die Worte, voller grober Ironie, fielen wie Steine zwischen uns.

Er hob die Hand, wie um einen Schlag abzuwehren. In der anderen hielt er noch immer die Schriftrolle, die nun schlaff herunterhing. Tiro ergriff das Ende und reichte es Cicero, doch der reagierte nicht.

»Genieß deinen Triumph«, sagte ich mit falscher Fröhlichkeit. »Tiro wird mir bestimmt alles berichten.«

Zwei Tage später würde er auf dem Forum eine Rede an das Volk halten. Tullia erzählte es mir. Mein Mann war mir sorgfältig aus dem Weg gegangen, ich hatte ihn nicht mehr gesehen seit dieser bitteren kleinen Szene im Atrium. Tullia fragte, ob ich mitgehen würde, um ihrem Vater zuzuhören, aber ich lehnte ab. Ihre Einladung war verdächtig. Sie wollte mich bestimmt dabei haben, um triumphierend zeigen zu können, wie stolz sie auf ihren Vater war, und um zu bekunden, was sie von ihrer Mutter hielt und woraus sie nie ein Hehl gemacht hatte: daß ich ihm mit meiner Kritik an seinem Verhalten während des Exils unrecht getan hatte. Sollte er seine Geschichte doch anderen auftischen, ich brauchte sie nicht zu hören. Einer plötzlichen Anwandlung folgend, ging ich doch hin, warum, wußte ich nicht. Vielleicht weil ich vor Ärger so angespannt war, so besessen von dem Verlangen, meinen Mann auf irgendeine Weise zu strafen, so eifersüchtig auf die Aufmerksamkeit, die er genoß und die ich nicht teilen konnte, weil ich nur seine Frau war, obwohl ich sie ebenso verdient hätte, nein, mehr noch als er.

Meine Träger hielten am Rand des Forums, es war vollkommen überfüllt. Die Menschen schauten erwartungsvoll, als ob es ein Feiertag wäre. Wankelmütige Taugenichtse, dachte ich voller Haß, vor zwei Jahren habt ihr nach seinem Blut geschrien. Ich beugte mich aus der Sänfte und befahl meinen Trägern umzukehren, schloß die Vorhänge und lehnte mich zurück. Doch während die Träger noch versuchten zu wenden, zog jemand die Vorhänge wieder auf. Ich blickte in das Gesicht von Postumia.

»Wo willst du hin? Der Teil, der für uns abgesperrt ist, liegt auf der anderen Seite des Forums, bei der Rostra. Sag deinen Trägern einfach, daß sie meinen folgen sollen.«

Die Entscheidung war mir abgenommen worden. Und so saß ich in meiner Sänfte, neben der Postumias, und hörte meinen Mann zur Volksversammlung sprechen. Es war ein bewölkter, windiger Tag. Die Brise wehte eine Locke seines Haars hoch, und seine Toga flatterte.

Ich lauschte der Legende, die da gesponnen wurde, und fragte mich, wie er es wagen konnte, die Wahrheit so zu verdrehen. Glaubte er wirklich an dieses Heldenepos? Die erhabenen Worte, die eleganten Formulierungen, seine Stimme mal voller Pathos, dann wieder jubelnd emporsteigend, die Gefühle so perfekt auf die primitiven Bedürfnisse der Masse zugeschnitten – es war genau, wie ich es erwartet hatte. Die Menge hörte schweigend zu, aber ich wußte, daß sie kritiklos und ohne Sinn und Verstand in Enthusiasmus ausbrechen würde, sobald Cicero geendet hätte.

Der Kern dessen, was er sagte, ist nicht schwer wiederzugeben. In den Monaten und Jahren danach sollte ich es noch so oft hören, daß ich es auswendig konnte.

Er habe sich für die Sicherheit der Republik aufgeopfert, denn natürlich richtete sich der Zorn der Feinde der Republik gegen ihn, deren Retter. Mit seinem freiwilligen Exil habe er Blutvergießen verhindert. Nie habe er den Mut verloren, er habe erkannt, was zu tun sei, und er habe es getan. Aus tiefstem Herzen danke er dem Volk, daß es einstimmig nach seiner Rehabilitation gerufen habe, die zugleich die Wiederherstellung der Republik bedeute. Aber vor allem jenem großen, guten, edlen Römer, dem großartigsten aller Menschen in Vergangenheit und Gegenwart, Gnaeus Pompeius, habe er seine Wiedergeburt zu verdanken und alle Römer die ihrer Republik, da ihnen Cicero nun wiedergegeben worden sei.

Diese Schmeichelei widerte mich an. Pompeius, der Große, der dir ohne jede Entschuldigung die Tür gewiesen hat, der nichts getan hat, um dich im entscheidendsten Moment deines Lebens zu unterstützen. Im Gegensatz zu deiner Frau.

Meine Gedanken waren abgeschweift, aber ich hörte gerade noch, wie er dem Volk dafür dankte, daß es ihn mit seinem teuren Bruder und seinen Kindern wiedervereint habe. Er schwieg einen Moment, und ich wartete auf »und meiner liebsten Frau«. Doch er erinnerte die Menge nur daran, daß er keine adligen Verwandten gehabt habe, die sich für ihn hätten einsetzen können. Und dann sprach er die Worte, die fortan unauslöschlich in mein Gedächtnis gebrannt sein würden: »Nur die beispiellose Liebe meines Schwiegersohns Gaius Piso zu unserer Familie und seine großen Verdienste, wie auch die vielen Tränen und der traurige Anblick meines tief betrübten, teuren Bruders haben bei euch für meine Sache plädiert. Der aufgelöste Zustand meiner unglücklichen Frau, der Kummer meiner geliebten Tochter und die Kindertränen meines kleinen Sohnes, der seinen Vater vermißte, all dies blieb in der Verborgenheit unseres Hauses, war vielleicht höchstens einmal zu bemerken, wenn sie auf Reisen gehen mußten.«

Irgendwie dachte ich noch: Was für Reisen, wir haben Rom nicht verlassen? Und: Der arme Piso kommt wenigstens noch gut dabei weg.

Ich wartete nicht auf den Schluß der Rede, überlegte mir nicht einmal, was ich tun sollte. Ich war rasend vor Wut und reagierte vollkommen impulsiv. Ich stolperte so überhastet aus der Sänfte, als hätte mich jemand hinausgestoßen, verfing mich in den Vorhängen und mußte mich drehen und winden, um mich wieder zu befreien. Cicero machte gerade eine Pause, und ich schrie: »Du hast vergessen, mich zu erwähnen, Marcus Cicero, deine Frau, die so hart und für jedermann sichtbar für deine Rehabilitation gekämpft hat.« Dann wandte ich mich zu meinen Trägern um und rief laut: »Ihr könnt mich nun zurückbringen, in die Verborgenheit unseres Hauses, wo ich meinem Mann zufolge die letzten Monate verbracht habe.«

Ich hatte keine Ahnung, wie weit meine Worte tragen würden, aber ich stand nah genug bei meinem Mann, um sicher zu sein, daß er sie hören würde. Ich sah, wie er sich nach mir umschaute und wie seine Hand mitten in der Geste erstarrte, doch er faßte sich sofort wieder. Die

Menge, die weiter von der Rostra entfernt stand, würde glauben, daß die Pause in seiner Rede beabsichtigt gewesen sei, aber die Leute in meiner Nähe starrten mich mit offenem Mund an. Ich fühlte Postumias Augen auf mich gerichtet. Sie hatte es zumindest gehört, und ich konnte mich darauf verlassen, daß meine Worte noch vor Sonnenuntergang in ganz Rom herum sein würden. Noch zitternd vor Zorn kletterte ich in meine Sänfte und zog die Vorhänge zu. Ich spürte, wie die Träger die Sänfte anhoben. Die Menge hatte offenbar Platz für uns gemacht, denn wir kamen schnell und ungehindert durch.

»Du hast mich erniedrigt«, sagte er wütend. Wir aßen zusammen. Tullia, die das Gewitter schon hatte heraufziehen sehen, hatte sich wohlweislich entschuldigt.

»Du hast also gehört, was ich gesagt habe.«

»Ja, und wenn nicht, dann gäbe es genug Leute, die nur darauf brennen würden, mir zu erzählen, was meine Frau in einer offiziellen Versammlung geschrien hat, wie sie sich durch ihr unziemliches Verhalten blamiert hat, ganz zu schweigen von ihrem Mann und ihren Kindern. Tullia war entsetzt.«

»Davon bin ich überzeugt. Sie wird deinetwegen sicher ordentlich und rechtschaffen böse auf mich sein, aber ich bezweifle, ob mein ›unziemliches Verhalten‹ ihr viel ausmacht.«

»Natürlich tut es das.«

Ich zeigte auf die Diener. »Wir werden nachher darüber reden«, sagte ich ruhig.

»Nein, wir werden jetzt darüber reden.«

»Wie du willst.«

Mit kurzen Worten schickte er die Sklaven weg. »Ich finde, daß du mir zumindest eine Erklärung schuldig bist«, wandte er sich wieder an mich.

»Es wundert mich, daß du eine benötigst. Ist es dir gar nicht aufgefallen, daß du nicht ein einziges Mal über die Leistung deiner Frau gesprochen hast? Die ist nicht in der Verborgenheit unseres Hauses erbracht worden, glaub mir.«

»Wenn diese Leistung so für jedermann sichtbar war, dann brauchte ich doch nichts mehr darüber zu sagen.«

Was für eine faule Ausrede. »Selbst wenn du nicht für erwähnenswert hältst, was deine Frau für dich getan hat, war es denn wirklich nötig, mich als in ›aufgelöstem Zustand‹ zu beschreiben? Hattest du vergessen, daß du mich in deinen Briefen für meine Tapferkeit und meinen Einsatz für deine Sache gepriesen hast? Du hast sogar geschrieben, daß andere dir von meinem Mut und meiner Entschlossenheit erzählt hätten. Müssen die nun von mir hören, ich sei eine bedauernswerte, schwache Frau, die zu Hause hockte und sich grämte oder auf einer dieser angeblichen Reisen war? Deine Tochter ist dir zufolge wenigstens nicht in ›aufgelöstem Zustand‹ gewesen, nein, sie war vom Kummer gebeugt, was eine Spur würdiger ist. Und was Marcus betrifft, natürlich hat er dich vermißt, aber so viele Tränen? Unsinn, er war eher halsstarrig und ungezogen.«

Er veränderte die Sitzhaltung auf seinem Sofa, wandte den Blick ab.

»Diese Worte waren für den Effekt. Es ist ein rhetorischer Trick, die Aufmerksamkeit auf die Bedauernswerten zu richten.«

»Und die Wahrheit zu verdrehen?«

Sein Kopf schnellte wieder in meine Richtung. »Ich habe die Wahrheit nicht verdreht.«

»Ach nein? Atticus und ich, und viele mehr, könnten eine andere Geschichte erzählen. Der glorreiche Retter der Republik verlor die Nerven und geriet in Panik. Von dem Mut, der ihn nie verlassen habe, wie er so stolz behauptet, war nicht sehr viel zu spüren in den Wochen vor seiner Verbannung, oder? Du bist also ins Exil gegangen, um zu verhindern, daß Blut fließt in der Republik, du hast dich dem Gemeinwohl geopfert, ja? Du bist weggejagt worden, und du bist davongelaufen, das ist die Wahrheit. Und während deines Exils – Gejammer und Selbstmitleid, ganz zu schweigen von den Beschuldigungen nach allen Seiten. Du warst in aufgelöstem Zustand, nicht ich. Und du bist also mit deinen Kindern und deinem liebenden Bruder wiedervereint worden, nicht mit deiner Frau. Sie ist offenbar nur ein häusliches Anhängsel. Das Volk wird dir vielleicht geglaubt haben, aber denkst du wirklich, daß du die Senatoren hinters Licht führen kannst? Ich habe gehört, daß du ihnen vor ein paar Tagen schon einmal denselben Unsinn aufgetischt hast. Die meisten von ihnen kennen die Wahrheit und werden über diese Geschichte schmunzeln.«

Er wollte etwas sagen, doch ich kam ihm zuvor. »Mir ist ganz übel geworden von deinem Auftritt. Selbst Pompeius, der Schmeicheleien nur allzu gern hört, wird diese Lobhudelei angewidert haben. Du hättest ihm einfach danken können, ohne ihn gleich in den Himmel zu heben – den Mann, der uns hätte retten können, aber zu feige dazu war, zu viel auf seine eigenen Interessen bedacht.«

»Du begreifst es nicht«, sagte er, »Du begreifst nicht, daß in solchen Reden ...«

Wieder unterbrach ich ihn. »Mehr Effekt – ist es das? Zum Henker mit deinen Effekten.«

Er stand auf. »Ich werde mir dieses ungerechte Geschimpfe nicht länger anhören. Du hast mir auch während meiner Verbannung schon herzlich wenig Sympathie entgegengebracht ...«

»Warum sollte ich? Du hast keinerlei Mut oder Entschlossenheit gezeigt, keinerlei Rückgrat. Du hast nichts getan, um mir Mut zu machen, mich zu unterstützen. Sentimentale Floskeln, so leicht zu Papier gebracht. Ja, von diesen leeren Worten gibt es mehr als genug, noch mehr solche Effekte, wie du sie wahrscheinlich nennen würdest, wenn du ehrlich wärst ...«

Wir hatten uns angeschrien. Er bemühte sich, die Stimme zu senken.

»Du bist deinem Ehemann Loyalität und Respekt schuldig.«

»Und du mir Dank in der Öffentlichkeit. Du hast aller Welt gedankt, daß sie dich der Republik wiedergegeben haben, du hättest wenigstens nebenbei erwähnen können, was deine Frau geleistet hat, um das zu ermöglichen, und sei es nur durch ihre finanzielle Unterstützung. Ich habe viel von meinem Geld in deine Sache gesteckt, wie du sehr genau weißt. Wenn du nicht anerkennen willst, was ich für dich getan habe, es gibt jede Menge Leute, die es tun werden.«

Er war auf dem Weg zur Tür des Eßzimmers. Er sollte noch nicht gehen, ich war noch nicht fertig. Ich sagte: »Du kannst dich darauf verlassen, daß ich die Wahrheit nicht verdrehe. Ich bin kein Redner, also brauche ich auch keine Effekte. Die ungeschminkte Wahrheit ist mehr als genug für mich.«

Cicero an Atticus, aus einem Brief vom Oktober 57. Nach einer Aufzählung aller Sorgen um den Wiederaufbau des Hauses auf dem Palatin und der Villa in Formiae und seiner Geldsorgen im allgemeinen, schließt er:

Was mich sonst noch plagt, ist etwas delikater Natur. Bruder und Tochter bezeigen mir ihre Liebe.

Daß er den Namen seines Sohnes weggelassen hat, kann ein Versehen sein. Aber daß er meinen weggelassen hat, Atticus, das war Absicht, und Dir muß bewußt gewesen sein, warum, obwohl Du nie mit mir darüber gesprochen hast.

»Sammelt die Bruchstücke ein und baut euch ein neues Leben auf«, sagtest Du wohlmeinend.

Cicero hatte sich wieder ganz ins politische Kampfgewühl gestürzt, versuchte verzweifelt, seinen alten Status wiederzuerlangen. Doch ich war passiv, wartete ab, was mit meinem Leben geschehen würde, tat aber selbst nichts. Ich war völlig erschöpft und unglücklich, nichts machte mir Freude, und all meine Energie gebrauchte ich, um meinen Groll und meine verletzte Eitelkeit zu nähren. Ich zog mich nun wirklich in »die Verborgenheit unseres Hauses«, wie er es genannt hatte, zurück, und es bereitete mir ein perverses Vergnügen, diese Verborgenheit, die ich bewußt gewählt hatte, zu betonen.

Das Haus auf dem Palatin wurde wiederaufgebaut mit der Summe, die der Senat als Entschädigung zur Verfügung gestellt hatte und die Cicero nur knauserig fand. Mich interessierte der Bau nicht, ebensowenig wie das Haus auf dem Esquilin, das wir gemietet hatten, bis das andere fertig war.

Clodius war noch immer auf Rache aus. Seine Macht war offenbar ungezügelt, da die Drei nun ihre eigenen Ambitionen verfolgten statt des gemeinschaftlichen Interesses. Seine Banden rissen die Mauern unseres Hauses nieder, noch ehe ein Dach darauf war, steckten Quintus' Haus in Brand und griffen Cicero auf der Via Sacra an, wo sie ihn mit Steinen und Dreck bewarfen, so daß er gezwungen war, bei einem Freund Zuflucht zu suchen. Ich lauschte den Berichten von Quintus, von Bekannten, von meiner Tochter, meinem Mann, zeigte kühl und höflich Mitleid, Empörung oder Angst, achtete aber darauf, daß allen klar war, daß meine Besorgtheit und mein Interesse nur geheuchelt waren. Niemand brauchte zu sehen, daß der Panzer meiner Gleichgültigkeit eine Delle bekommen hatte.

In diesem Jahr starben sowohl meine Mutter als auch meine Schwiegermutter, doch ihr Tod änderte nichts an der unendlichen Eintönigkeit meines Daseins. Ciceros Mutter war schon seit langem nicht mehr als eine lebende Leiche gewesen und meine Mutter eine Einsiedlerin, die keinen Wert auf meine Gesellschaft legte. Was je an Zuneigung zwischen uns bestanden hatte, war längst verflogen. Seit dem Prozeß hatte sie sich vor Scham in ihrem Haus verkrochen. Sie empfing niemanden, hatte ihre Angestellten nicht im Griff und wurde von ihnen ebenso betrogen, wie sie auch von allen Händlern übervorteilt wurde. Fabia hatte es irgendwann aufgegeben, sie zu besuchen, sie konnte die verbitterten Beschuldigungen nicht mehr ertragen. Und was mich betrifft – ich schien für meine Mutter nicht mehr zu existieren. Nicht einmal die Erfüllung ihrer herrlichen Prophezeiungen für mich vermochte sie zu erfreuen oder auch nur zu interessieren. Als ich ihren Leichnam betrachtete, der in dem schäbigen, muffigen Zimmer aufgebahrt war, wo sie all ihre Tage zugebracht hatte, empfand ich keinerlei Mitgefühl.

So verging die Zeit, und ich fühlte mich unglücklich, deprimiert und freudlos. Eines Tages entdeckte ich beim Blick in den Spiegel graue Strähnen in meinem Haar und ein Netz von Falten um meine Augen. Meine Haut sah genauso ledern aus wie sie sich anfühlte, und meine Augen waren stumpf. Ich war damals erst vierzig.

Ich hatte mich in ein Land der verletzten Eitelkeit, des Grolls und der Verärgerung verbannt und fand keinen

Weg zurück. Täglich erreichten mich Berichte über die Selbstverherrlichung meines Mannes, und ich wußte, daß die Menschen hinter seinem Rücken kicherten. Ich schämte mich für ihn, brachte es aber nicht übers Herz, ihn öffentlich zu kritisieren. In meinen Gefühlen für ihn war immer noch Raum für ein gewisses Maß an Mitleid und Loyalität. Aber mein Schweigen kann nur als kühl und ablehnend ausgelegt worden sein, eine wortlose Leugnung des Cicero-Mythos.

Wenn jemand mich gefragt hätte, Atticus, warum ich in dieser selbstauferlegten Isolation verharrte, so hätte ich nicht darauf antworten können, obwohl ich den Grund tief in meinem Innern kannte. Mein Leid sollte die Wahrheit meines Mannes sein, mehr noch, seine Strafe. Aber ich wagte nicht, mir die Frage zu stellen, ob er mich noch genug mochte, um von meinem Leid betroffen zu sein? Denn wenn nicht, dann strafte ich mich nur selbst.

Gebrochener Stolz

»Warum willst du wieder heiraten?« fragte ich Tullia.

Sie antwortete nicht.

»Warum?«

Sie trat gegen einen Stein. Er rollte ein Stück abwärts. Als wir bei dem Stein ankamen, trat Tullia wieder dagegen. Wir liefen den Weg hinunter, der von unserer Villa in Formiae ans Meer bei Caieta führt. Ich war dort, um auszuruhen und mich von einem Fieberanfall zu erholen. Cicero hatte das Haus zehn Jahre zuvor gekauft, doch ich hatte es nie so geliebt wie unsere Villa in Tusculum. Die war inzwischen wiederaufgebaut worden, aber ich suchte sie nur noch auf, wenn Cicero es von mir erwartete. Tusculum war für mich kein friedlicher Hafen mehr, sondern die Erinnerung an Gewalt und Verbannung. Tullia war an diesem Tag überraschend aus Rom gekommen und wollte mich sprechen. Ich hatte vorgeschlagen, einen Spaziergang zu machen, so brauchte ich meine Tochter zumindest nicht anzusehen.

»Warum?« wiederholte ich.

Tullia trat gegen den Stein. »Weil ich ein Kind möchte.« Ihre Stimme war tonlos.

»Hast du schon jemanden im Auge?«

»Nein.«

»Hast du mit deinem Vater darüber gesprochen?«

»Natürlich.« Es klang defensiv.

»Soll ich dir bei der Suche nach einem Kandidaten helfen?«

»Wenn du willst.«

Stille. Ich schaute in den Himmel oder in das, was ich zwischen den ineinander verschlungenen Zweigen über meinem Kopf davon sehen konnte, die noch kahl waren, denn es war erst März. Der Himmel war grau, Regen hing in der Luft.

»Nach was für einem Kandidaten sollen wir suchen?«

Tullia zuckte mit den Schultern. Ihre Gleichgültigkeit ärgerte mich.

»Wünschst du dir so sehr ein Kind, daß die Identität des Vaters zweitrangig ist?«

»Ich möchte nicht kinderlos sterben.«

»Natürlich nicht. Wir müssen die Tradition in Ehren halten, wie es von uns erwartet wird.«

Tullia blieb plötzlich stehen. »Ist das alles, was Kinder zu bekommen für dich bedeutet?«

Die Bitterkeit in ihrer Stimme erschreckte mich. »Nein, selbstverständlich nicht.«

»Selbstverständlich nicht«, äffte mich Tullia bissig nach. Ihre Unverschämtheit kam unerwartet und beunruhigte mich.

»Glaubst du mir nicht?«

Sie antwortete nicht. Schweigend liefen wir weiter. Ich suchte nach Worten, um sie milder zu stimmen.

»Ich weiß, daß es sehr schlimm für dich ist, daß du keine Kinder von Piso bekommen hast.«

»Ach ja? Das hast du dir aber nicht anmerken lassen.«

»Selbst wenn ich mir nichts habe anmerken lassen, wie du meinst ...«

Tullia platzte mit den Worten heraus, als ob sie sich schon lange in ihr aufgestaut hätten: »Du hast nie etwas gesagt. Ich wollte von dir beruhigt werden, wollte, daß du mir praktische Hinweise gibst, wie man schwanger wird, wie es die meisten Mütter tun. Die ganze Zeit wartete ich darauf, daß du merktest, wie besorgt ich war. Ich wußte, daß Piso mit dir darüber gesprochen hatte. Aber du gingst mir aus dem Weg, du hast nie versucht, mir zu helfen, also mußte ich zu der Überzeugung kommen, daß du mich nicht liebst. Daher beschloß ich, dich auch nicht zu lieben.« Sie schwieg einen Moment und fügte dann kühl und sachlich hinzu: »Ich gebe zu, daß es weniger weh tat, als ich gedacht hätte. Es war sogar eine Erleichterung, ich brauchte mir nichts mehr vorzumachen.«

»Wie kannst du ...«

»Warum es leugnen? Du weißt, daß es wahr ist.«

»Gar nichts weiß ich.«

Tullia blieb stehen und sah mich an. »O doch, und du weißt auch, warum.«

Ihr Gesichtsausdruck entsetzte mich: Meine eigene Tochter haßt mich, dachte ich. Aber so schlimm würde es schon nicht sein.

Mit scharfer Stimme erwiderte ich: »Nein, ich weiß nicht, warum, und außerdem ist es lächerlich.« Ich zögerte, wollte sagen: Natürlich mag ich dich. Doch tat ich das wirklich? Ich war mir nicht mehr sicher, ob ich etwas für meine Tochter empfand, außer einem vagen Anerkennen meiner Mutterschaft, was mehr das Akzeptieren einer Tatsache war als ein Gefühl. Es wäre leicht gewesen zu lügen, aber Tullia hätte mir nicht geglaubt, sie hätte auch wenig Grund dazu gehabt. Auf Trost brauchte sie ebensowenig zu hoffen, es war ihre Schuld, daß ich sie nicht so gern haben konnte, wie es sich für eine Mutter gehört.

»Du liebst mich nicht, weil du eifersüchtig auf mich bist«, sagte Tullia, jedes Wort sorgfältig abwägend. »Denn du weißt, daß ich im Leben meines Vaters an erster Stelle stehe und er in meinem. Du haßt es, daß er zu mir kommt, wenn er Probleme hat, daß er Dinge mit mir bespricht, sogar politische Angelegenheiten, was er mit dir nie tut. Ich nörgle wenigstens nicht an ihm herum, und er findet meine Meinung anhörenswert.«

Die Wahrheit war heraus, wir konnten sie nicht mehr ignorieren. Nichts von dem, was Tullia gesagt hatte, ließ sich leugnen.

Ich fühlte kalte, nasse Spritzer auf meinem Gesicht, es fing an zu regnen.

Tullia kehrte um und lief den Weg wieder hinauf.

Ich blieb stehen. Selbstmitleid wich Verärgerung. Ich war wütend auf Tullia, auf Tullias Vater, aber nicht auf mich.

Die Wolken brachen auf, und es goß in Strömen, als ob tausend Eimer gleichzeitig umgestoßen würden. Noch immer rührte ich mich nicht. Zuerst lagen dicke Tropfen auf meinem Mantel, dann wurden sie von der Wolle aufgesogen. Die Nässe drang durch meine Tunika und schließlich durch mein Hemd. Ich hob das Gesicht, ließ den Regen darauf niederprasseln. Das Haar klebte mir an der Stirn, und der Knoten in meinem Nacken löste sich durch das Gewicht des Wassers.

Reglos stand ich da. Ich zitterte und hatte das Gefühl, daß mir das Mark in den Knochen gefror.

Wenn ich lange genug so ausharrte, würde ich mich sicher erkälten, krank werden und sterben. Und es wäre Tullias Schuld.

Es wurde ein Kandidat gefunden, von Cicero. Er hatte sich sehr höflich mit mir beraten und mir verschiedene Namen genannt. Und ich hatte gesagt, daß ich mit allem einverstanden sei, wie er sich auch entscheiden würde. Die Wahl fiel schließlich auf Furius Crassipes, aus gutem Hause, aber unerträglich langweilig. Doch Tullia schien es egal zu sein, wen sie heiratete, wenn er nur Patrizier war und ein Kind mit ihr zeugte.

Im Jahre 56 änderte sich plötzlich die politische Lage. Caesar, Pompeius und Crassus begruben ihre Meinungsverschiedenheiten und festigten in Lucca ihr Bündnis, zum gegenseitigen Vorteil.

Pompeius warnte Cicero streng, keine Kritik an der Politik der Triumvirn zu üben, weder an der früheren noch an der gegenwärtigen. Und Cicero, der bis zu jenem Moment versucht hatte, einen unabhängigen Kurs zu verfolgen, senkte den Kopf und gehorchte.

Was er genau getan hatte, wußte ich damals noch nicht, denn er redete nie mehr mit mir über die politische Situation im allgemeinen oder die seine im besonderen. Unsere Leben berührten einander nur, wo häusliche Belange uns zwangen zu kommunizieren, und keiner von uns schien die Isolation gegenüber dem anderen durchbrechen zu können oder zu wollen. Es war Pomponia, die es mir erzählte, Tage später, und sie hatte es wiederum von Quintus. Oder wie Pomponia sagte: aus berufenem Munde, und der Mund war Pompeius, der über Quintus sprach.

Ich hörte mir Pomponias Geschichte an, nahm ihr herablassendes Mitgefühl in Kauf und schickte sie weg. Was sollte ich davon halten? Es war klar, daß mit dieser Konzentration der Macht in den Händen der Drei für Cicero nicht mehr viel zu holen war. Und daß seine Ambitionen, den Umhang von 63 wieder zu übernehmen, eine Illusion waren, wußte ich schon lange. Es hatte mich ziemlich geärgert, daß er so daran festhielt. Also hätte ich erfreut sein müssen, daß er sie endlich fahrenließ. Aber seine Position hatte auch Auswirkung auf meine. Ich hatte den Ruhm genossen, der auf mich ausstrahlte, nun würde ich auch seine Erniedrigung teilen. Ich würde die Frau des Retters der Republik sein, der schließlich zum Laufburschen degradiert worden war.

Ich mußte herausfinden, warum Cicero tat, was Pomponia so krude als »den Mächtigen die Stiefel lecken« umschrieb, um mich zu wappnen gegen die kaum verhohlene Verachtung der Welt – das heißt: der Ehefrauen der Welt –, die mir gewiß sein würde.

Mein Mann kam in mein Zimmer. Ich bot ihm einen Schemel an. Er setzte sich ungeschickt und hörte schweigend zu, während ich ihm berichtete, was Pomponia gesagt hatte.

»Ist das wahr?«

»Ja.«

»Und das läßt du dir einfach so gefallen?«

»Ja.«

»Ohne jeden Protest?«

»Ja.«

»So tief sind wir also gesunken, kriecherische Sklaverei. Ich bin gespannt, was für Entschuldigungen du vorbringen kannst.«

Er sah mich nicht an, starrte auf seine Hände, die gefaltet in seinem Schoß lagen. Seine Apathie erstaunte mich.

Mit einem leisen Lächeln, doch noch immer ohne mich anzusehen, sagte er: »Ich werde dir ein paar nennen. Dankbarkeit gegenüber Pompeius. Ich bin ihm etwas schuldig, das muß jeder zugeben. Gut, es hat eine Verbannung gegeben, aber auch eine Rehabilitation. Und ich kann mit einigem Recht behaupten, daß er ein brillanter Mann ist, daß der Staat nicht kompletten Schurken in die Hände gefallen ist, daß Loyalität gegenüber Pompeius ein gutes Verhältnis zumindest zu Caesar voraussetzt, und leider auch zu Crassus – wie ich diesen Mann verabscheue! Und dann sind da die Konservativen im Senat, die Patrizier, die mich nicht mögen und eifersüchtig auf mich sind. Sie sehen mich nach wie vor als den Emporkömmling aus Arpinum, und es bereitet ihnen Vergnügen, mich zu provozieren, indem sie sich bei Clodius anbiedern, weil er zufällig von ihrem Stand ist. Und ich fürchte Clodius noch immer, daraus mache ich kein Hehl, dafür gibt es Gründe zuhauf. Hinzu kommt, daß ich keine Waffen habe – bildlich gesprochen –, um gegen den Machtblock von Caesar, Crassus und Pompeius zu kämpfen, das weiß jeder. Und schließlich die Tatsache, daß Atticus in seiner Weisheit mir dringend geraten hat, in stürmischer See vor dem Wind zu segeln – auch das ist allgemein bekannt. Willst du noch mehr hören? Zum Beispiel das: Ich habe die Situation falsch eingeschätzt, wenn ein Fehler als Entschuldigung gelten kann. Seit meiner Rückkehr aus dem Exil habe ich geglaubt, daß ich frei handeln könnte, daß ich meine Position als Leiter des Senats vollständig wiedergewonnen hätte und meine führende Rolle in der Politik behalten würde. Bis zu einem gewissen Grade ist mir das auch gelungen, das läßt sich nicht leugnen. Ich habe meine Meinung öffentlich geäußert, auch wenn es den Mächtigen zu mißfallen drohte. Man hat auf mich gehört, ich habe wichtige Gesetze auf den Weg gebracht. Ich habe gedacht, daß ich die Gefahren von der Republik abwenden könnte, aber ich habe mich getäuscht. Nie habe ich die volle Unterstützung derer bekommen, die sie mir hätten geben müssen.«

Noch immer lag dieses merkwürdige Lächeln auf seinem Gesicht. Es beunruhigte mich und hielt mich auf irgendeine Weise davon ab, ihn anzugreifen. Plötzlich blickte er mir direkt in die Augen.

»Du denkst: was für eine feige Selbstrechtfertigung. Was für einen verachtenswerten Mann habe ich doch, der stets überzeugende Entschuldigungen für sein Verhalten parat hat.« Er hob die Stimme. »Habe ich recht oder nicht? Ein Ehemann, der auf dem Forum machtlos ist und im Bett unbrauchbar, und wäre es auch nur, weil er das seiner

Frau nicht mehr teilt« – ich schnappte nach Luft –, »entmannt in jeder Hinsicht. Na los, du brauchst es nur offen zu sagen.«

Aber ich brachte kein Wort heraus, und er muß gesehen haben, wie erschrocken ich war. Zum erstenmal seit vielen Monaten hatte ich ihm gegenüber Gefühle gezeigt.

Sanfter fuhr er fort: »Du brauchst mich nicht zu verachten, Terentia, das kann ich selbst. Ich werde dir sagen, was ich Atticus geschrieben habe, ich weiß es auswendig: ›Diese Palinodie scheint mir eine recht schmähliche Angelegenheit zu sein; aber ade ihr geraden, ehrlichen, anständigen Entschlüsse! Wo die, die nichts vermögen, mich nicht lieben wollen, will ich mich um die Gunst derer, die etwas vermögen, bemühen.‹« Er lächelte gequält. »Caelius wäre meiner Meinung. Tatsache ist, Terentia, daß ich Angst habe. Du kannst darüber spotten, aber ich bin wenigstens ehrlich zu dir. Pompeius hat mir klar und unmißverständlich zu verstehen gegeben: Unterstützung, sonst ... Mir bleibt nicht einmal die Wahl, mich aus dem politischen Leben zurückzuziehen. Nein, sie wollen mehr von mir, aktive Unterstützung. Wenn ich dazu nicht bereit bin, dann – der unausgesprochene Teil der Warnung ist: dann lassen sie Clodius erneut auf mich los, und glaub mir, Clodius ist noch längst nicht am Ende.«

Mein Herz krampfte sich zusammen.

»Ich will nicht wieder fortgehen müssen, Terentia«, brach es aus ihm heraus, »ich will nicht wieder ins Exil. Diesmal wäre die Erniedrigung mein Tod. Ich hätte nicht einmal den Trost zu wissen, daß ich die Republik gerettet hätte. Ich würde nur weggejagt werden, weil ich ihnen lästig wäre. Und ich kann den Gedanken nicht ertragen, was ich dir, meiner Familie, damit antun würde. Ich bin fünfzig, ich bin müde. Ich habe gerade noch genug Energie, meinen Kopf über Wasser zu halten.«

Er hatte recht. Es war sinnlos, einen Kampf zu führen, der schon verloren war, bevor er überhaupt begonnen hatte. Opposition gegen das Triumvirat wäre ebenso gefährlich wie sinnlos.

Er hatte kaum genug Kraft gehabt, ein Exil zu überstehen, für ein zweites würde sie nicht reichen. Und auch um meiner selbst willen fürchtete ich die Vorstellung, daß er wieder verbannt werden könnte. Ich würde sein Exil teilen müssen und für den Rest meines Lebens in einem fremden Land an einen gebrochenen Mann gebunden sein, oder ich müßte abermals zurückbleiben. Und auch ich hatte nicht mehr so viel Kraft, auch ich war älter und müde geworden. Und schließlich mußte ich an die Zukunft meines Sohnes denken.

Cicero war gedemütigt, sein Stolz gebrochen. Mit gesenktem Kopf saß er vor mir, hilflos wie ein Kind, und ein Kind konnte ich nicht strafen. Einst war ich die Stärkere gewesen – ich war es noch. Ihm blieb nichts anderes übrig als zu tun, was von ihm erwartet wurde, soviel stand fest, und ich hatte ihn davor zu bewahren, sinnlose und gefährliche Dinge zu unternehmen, wenn – falls – er seinen Mut zurückfinden würde, für wie kurze Zeit auch immer, denn ich wußte nur allzu gut, wie unbeständig sein Charakter war. Und dazu mußte ich die Mauer zwischen uns einreißen.

Ich beugte mich vor und strich ihm über den Kopf. Sein Haar fühlte sich etwas fettig an.

Er ergriff mein Handgelenk und zog meinen Arm herunter. Meine Hand lag nun schlaff in seinem Schoß, von seiner umschlossen.

Wie schon einmal zuvor war diese Geste auch jetzt mehr das Besiegeln eines Abkommens als ein Zeichen von Zärtlichkeit. Ich würde ihn unterstützen. Worin seine Seite der Übereinkunft bestand, war mir weniger klar.

In den Jahren, die folgten, als er nicht mehr gegen jeden vom Leder zog und tat, was seine Herren verlangten, stand ich voll hinter ihm. Zu Hause konnte ich ihm die Ruhe und den Frieden bieten, nach denen er sich so sehnte. Es lebte sich leichter mit ihm, er war sanfter und freundlicher. Er zog sich aus dem öffentlichen Leben zurück und zeigte sich nur, wenn die Drei etwas von ihm wollten, einen ihrer Günstlinge verteidigen oder Stimmen für sie werben. Ansonsten verbrachte er viel Zeit in Tusculum, las, schrieb, diskutierte mit Freunden. In meinem Mitleid mit ihm lag keine Geringschätzung mehr. Sein Kummer war aufrichtig und selbstlos, der Sache würdig. Es war so, wie er schrieb:

Ach, mein lieber Pomponius, nicht nur allen Saft und alle Kraft haben wir verloren, selbst die Farbe und das frühere Gesicht des Staates ist dahin! Es gibt kein Gemeinwesen mehr, an dem ich mich freuen, mit dem ich mich trösten könnte.

Aus einem Brief an Atticus vom November 54

Chaos, Verwirrung, Gewalt. Bandenkriege – Clodius gegen Milo, Milo gegen Clodius. Das Ziel: Ehrgeiz und Macht, für sich selbst und für ihre Herren. Milo kämpfte für Pompeius, Clodius für Caesar, wenn er denn überhaupt einen Herrn anerkannte. Bei Wahlen brachen Unruhen aus, Kandidaten bestachen die Menge und verfolgten einander wegen Verbrechen, die sie selbst begingen, in Prozessen, die wenig mit Rechtsprechung zu tun hatten, aber alles mit Politik. An vieles kann ich mich nicht mehr erinnern – die Intrigen und Machenschaften jener Jahre überstiegen meinen Horizont, damals, und erst recht heute. Das einzige, was ich weiß, ist, daß die Drei, was immer sie anstrebten, nicht in der Lage waren, dem römischen politischen Leben auch nur die geringste Anstandsnorm aufzuerlegen. Weder Pompeius in Rom, noch Caesar in Gallien oder Crassus, der gerade nach Parthien ziehen wollte, um Krieg zu führen, schienen fähig – oder bereit – zu sein, die Ordnung wiederherzustellen.

Die Gewalt spitzte sich im Jahre 52 zu, mit einem Ausbruch von mörderischem Haß und Anarchie.

Lange vor Sonnenaufgang wurde ich von meinem Mann geweckt. Er schüttelte mich an den Schultern. Ich setzte mich auf, verwirrt und ängstlich.

»Was ist los? Was ist passiert?«

»Clodius ist tot. Caelius hat es mir gerade erzählt.«

»Clodius tot ... Wie?«

»Es hat einen Kampf zwischen Clodius und Milo und ihren Banden gegeben, auf der Via Appia, in der Nähe von Bovillae. Es ist noch nicht ganz klar, was genau passiert ist – es gibt zwei Versionen, eine von Clodius' Anhängern und eine von Milos. Welche auch stimmen mag, Clodius ist verwundet worden und wie tot liegengeblieben. Ein Senator, der auf dem Weg nach Rom war, hat ihn gefunden und in eine Herberge geschafft. Dort ist er gestorben. Sie bringen ihn jetzt nach Rom zurück und werden ihn, sozusagen, vor seinem Haus ausstellen. Der Himmel mag wissen, was nun kommen wird. Clodius' Frau Fulvia, die sowieso schon immer so hysterisch ist, wird sicher ihr Bestes geben, um Unruhe zu stiften.«

Ich schaute ihn schläfrig an, noch nicht fähig, das Geschehene zu erfassen. Ich spürte seine Erregung, die Lampe in seiner Hand zitterte.

»Wirst du dir ... den Leichnam ansehen?«

Er schüttelte den Kopf. »Clodius und ich waren erbitterte Feinde. Er ist tot, und ich würde lügen, wenn ich sagen würde, daß ich darüber nicht erfreut wäre, aber ich habe nicht das Bedürfnis, mich am Anblick seiner Leiche zu ergötzen.«

Ich schwang meine Beine über die Bettkante. »Du magst dich nicht am Anblick seiner Leiche ergötzen wollen, ich schon.«

»Nein«, schrie er, »tausendmal nein! Ich verbiete es dir, Terentia, es wäre viel zu gefährlich. Wenn jemand dich erkennen würde, die Frau von Cicero, Clodius' Feind. Niemand kann sagen, was sie dir antun würden.«

Gehorsam legte ich mich wieder ins Bett. Offenbar so fügsam, daß er mißtrauisch wurde, denn als er sich umdrehte, um zu gehen, sagte er noch einmal streng: »Ich verbiete es dir, ein für allemal, und ich erwarte, daß du dich daran hältst.«

Ich nahm eine Sklavin mit. Wir gingen zu Fuß, schlichen uns durch eine Hintertür aus dem Haus. Ich war gekleidet wie die Sklavin, hatte mein Haar am Hinterkopf zu einem wirren Büschel zusammengebunden und mir Gesicht und Hände mit Schmutz eingeschmiert. Ich hatte keine Angst und auch nicht das Gefühl, einem Abenteuer entgegenzugehen. Dies mußte einfach sein.

Clodius' Haus war nicht weit von unserem entfernt, ebenfalls auf dem Palatin. Es waren viele Leute unterwegs. Anscheinend hatte sich schon herumgesprochen, daß sich Clodius' Leichnam dort befand. Ich schloß mich dem Strom an, die Sklavin folgte mir ängstlich. Der Tag war angebrochen, ein kalter, frostiger Wintertag. Die aufgehende Sonne streute ein kühles, hartes Licht über die bunte Menschenmenge. Überall roch man Schweiß und Knoblauch, schalen Wein und schmutzige Kleidung, doch es widerte mich nicht an, ich hatte keine Zeit für solche Details. Die meisten Männer waren mit Stöcken, Knüppeln oder Ziegelsteinen bewaffnet, manche trugen qualmende Fackeln. Viele Frauen waren dabei, wehklagend und jammernd. Um nicht aufzufallen, machte ich mit, schrill vernahm ich meine eigene Stimme – und genoß es. Es war ein Lied der Dankbarkeit.

In einiger Entfernung von Clodius' Haus hielt mein Teil des langen Zuges an. Einen Moment zögerte ich, im Gewühl feststeckend, aber ich würde mich nicht um meinen Triumph bringen lassen, o nein. Noch immer laut klagend, zog ich die Sklavin mit. Schiebend, drängelnd und stoßend, wo nötig, bahnte ich mir einen Weg zum Haus. Wenn ich mich später daran erinnerte, fragte ich mich, wie mir das gelungen war. Haß hatte mich angetrieben. Als ich die Spitze des Zuges erreichte, hörte ich ein Geräusch aus allen anderen heraus, einen wilden, lang anhaltenden hohen Schrei, einen Klagegesang unbändigen Kummers. Ich brach durch die vordersten Reihen hindurch, schoß nach vorn wie ein Korken, der aus einer Flasche gezogen wird.

Clodius' Leichnam lag auf einer improvisierten Bahre im Vestibulum seines Hauses. Fulvia hing über ihm, ihr offenes Haar bedeckte das Gesicht des toten Mannes. Hinter der Bahre stand Clodia, reglos, schweigend, die Augen auf die Leiche ihres Bruders gerichtet, die Arme fest über der Brust verschränkt. Ihr Haar, unverschleiert, war ordentlich frisiert, ihre Stola makellos. Ihrem Gesicht, das ebenso weiß war wie die Stola, war nichts anzusehen. Sie hätte eine Statue sein können. Hinter Clodia drängte sich eine Schar von Frauen vor dem Eingang des Hauses. Sie wiegten sich hin und her wie ein geübter Chor, die Hände über dem Kopf erhoben, den Mund weit geöffnet, aber die Geräusche, die sie hervorbrachten, wurden von Fulvias Schreien übertönt.

Die Menge schob sich unruhig hin und her. Ein tiefes Knurren erhob sich, wie von einem bösen Hund. Es war, als ob auf ein Kommando gewartet würde.

Fulvia hob den Kopf und warf ihr Haar zurück. Einen Moment blieb sie noch neben dem Leichnam ihres Mannes hocken. Dann stand sie auf, wand sich in einer schnellen Bewegung hoch, wie eine Schlange. Sie streckte die Hände aus, und die Menschenansammlung vor ihr verstummte.

Mit lauter Stimme rief sie: »Schaut auf meinen toten Mann, schaut auf seine Wunden, berührt sie – man hat ihn umgebracht, Milos Leute haben ihn umgebracht, Clodius, der für euch eingetreten ist. Kommt, berührt ihn, seht, was die Schufte meinem Mann angetan haben ...«

Die Menge drängte nach vorn. Ich mußte mit, gegen meinen Willen, denn wenn ich zu nahe käme, würde Fulvia mich vielleicht erkennen, und Clodia ganz bestimmt. Ich machte mich steif und ließ mich von den Menschen um mich herum einschließen. Hinter einem stämmigen Kerl versteckt, bewegte ich mich ein paar Schritte vorwärts. An seinem breiten Rücken vorbei spähte ich auf den Leichnam.

Clodius war in einen blutdurchtränkten Mantel gehüllt. Von seinem Kinn bis zu seiner Schläfe klaffte ein Schnitt, so tief, daß man die Knochen an Wange und Stirn erkennen konnte. Das Haar klebte ihm in zottigen Büscheln voller Blutklumpen am Schädel. Sein Kinn war heruntergefallen, und der Mund stand auf. Die oberen Zähne waren ausgeschlagen. Sein Nacken war ein gähnendes rotes Loch. Ein Arm, blutverschmiert, hing von der Bahre herab. Ein Fuß war nackt, der andere steckte noch in einem derben Stiefel. Ein Auge war geschlossen, das andere leicht geöffnet, ein weißer Halbmond war zu sehen.

Fulvia beugte sich vor und zog den Mantel weg. Mit beiden Händen ergriff sie die Tunika ihres Mannes und riß sie auf. Das Geräusch durchschnitt die Luft. Der Leichnam lag nun nackt da, bis auf ein Lendentuch. Ein schmaler schwarzer Haarstreifen lief vom Nabel nach unten, und auf der weißen Haut zeichneten sich die Stichwunden als tiefviolette runde Flecken ab.

Fulvia schrie: »Berührt seine Wunden. Kommt, berührt sie. Seht, was die Schufte ihm angetan haben.«

Und sie hob die Hände und raufte sich die Haare, und wieder ertönte ihr hohes Wehklagen.

Die Menge hielt sich noch zurück.

Plötzlich hörte Fulvia auf zu jammern und rief erneut: »Rächt ihn, rächt euren Helden. Tötet seine Mörder, steckt ihre Häuser in Brand. Rächt Publius Clodius.«

Irgendwo in der Meute brüllte jemand: »Wir werden Publius Clodius rächen, bei allen Göttern schwören wir: Wir werden ihn rächen.« Das war das Kommando.

Die Menge drängte nach vorn, und ich mußte wohl oder übel mit, noch immer hinter der massigen Gestalt des Mannes vor mir versteckt.

Endlich löste sich eine Gruppe von Männern und Frauen aus dem Pulk und stürmte auf den Leichnam zu, Racheworte wie Schlachtrufe ausstoßend. Sie berührten den Körper, manche ließen ihre Hände darüber gleiten, als ob sie ihn streicheln würden. Die Meute drängte weiter vorwärts, um an die Bahre zu kommen. In dem Durcheinander fand ich eine Lücke, durch die ich entschlüpfen konnte. Mit gesenktem Kopf schlängelte ich mich zwischen den Menschen und Häusern hindurch, den Hügel hinab. In dem Gedränge hatte ich die Sklavin verloren, aber es wäre unmöglich gewesen zurückzugehen und sie zu suchen. Niemand beachtete mich. Anfangs war wenig Bewegung in der Menge. Dann, wie auf ein Zeichen, wandte sie sich um und strömte den Hügel herunter. Von allen Seiten wurde ich mit Ellenbogen und Armen gestoßen, und einmal blieb mein Haar an einer Art Stock hängen. Ich mußte es losreißen, der Schmerz trieb mir die Tränen in die Augen. Ich fürchtete, überrannt zu werden. In meiner Angst vergaß ich, warum ich eigentlich dort war, ich sehnte mich nur noch nach der Sicherheit meines Hauses. Schließlich war aus dem Menschenstrom ein Rinnsal geworden. Ich schaute mich um, und im selben Moment wurde mir klar, daß dies nur eine Atempause war. Eine neue Welle wälzte sich die Straße herunter, an der Spitze eine Gruppe von Männern mit Clodius' Leichnam auf der Bahre.

Sein Kopf rollte von einer Seite auf die andere. Mit jeder Bewegung wurde die klaffende Wunde in seinem Nacken größer und breiter und schloß sich dann wieder, wie ein Mund, der obszön lächelte. Es war, als ob sein Hals nur noch an einem einzigen Hautfetzen hinge.

Ich erblickte den Saum einer Stola, Frauen folgten der Bahre. Ich schlug mir die Hände vors Gesicht, und zwischen meinen Fingern hindurch sah ich Clodia vorbeischreiten, noch immer mit dieser Maske der Gleichgültigkeit, der Leere, die Augen unverwandt auf den Leichnam ihres Bruders gerichtet. Sie trug nun einen Schleier, mit den Händen hielt sie ihn unter ihrem Kinn fest, die langen Finger umschlossen locker und elegant die Ränder des Stoffes. Neben ihr stolperte die Witwe, von zwei Frauen gestützt, den Kopf gesenkt, das Gesicht hinter dem Vorhang ihrer zerzausten Haare verborgen.

Hinter den Frauen und ihren Dienerinnen wand sich der lange Zug den Hügel hinab zum Forum, nur langsamer jetzt, dem Tempo der trauernden Familie angepaßt.

Als sich die Menge gelichtet hatte, wankte ich zu unserem Haus zurück. Ebenso heimlich, wie ich es verlassen hatte, schlich ich mich wieder hinein, und ich hatte Glück, niemand sah mich.

In meinem Zimmer fiel ich in einen Sessel, schmutzig und erschöpft. Meine Dienerin hatte in meinen Gemächern zu tun. Ich konnte gerade noch genug Energie aufbringen, um die erstaunte Frau zu ermahnen, kein Sterbenswörtchen darüber zu verlieren, zu niemandem. Dann schickte ich sie weg.

Ich begann zu würgen, beugte mich vor und erbrach mich auf den Fußboden. Zitternd zog ich mich hoch, der kalte Schweiß trat mir aus den Poren. Eine Welle der Übelkeit nach der anderen, und immer wieder mußte ich mich übergeben, bis ich den bitteren Geschmack von Galle im Mund spürte. Und auf der Innenseite meiner Lider oder in der Lache von Erbrochenem, wenn ich die Augen öffnete, sah ich Clodius' Kopf, der an dem, was von seinem Hals noch übrig war, baumelte. Ich haßte Clodius nicht mehr. Es wäre zu einfach zu sagen, daß ich meinen Abscheu vor ihm mit meinem Mageninhalt ausgespien hätte, er hatte für Gewalt und Grausamkeit gestanden. Doch die Gewalt, die ich an diesem Tag erlebt hatte, und die Ereignisse der folgenden Tage überschatteten in meinem Geist das Bild von Clodius.

Vom Garten meines Hauses aus sah ich den Funkenregen und die Rauchschwaden über der Kurie. Clodius' Anhänger hatten sie in Brand gesteckt, ein Scheiterhaufen für ihren ermordeten Helden. Und auch von den Häusern von Milo und seinen Leuten stieg Rauch auf. Ich hörte Geschichten über Vergewaltigung, Plünderung und Mord, und ich zweifelte nicht daran. Die anhaltenden tierischen Schreie der Menge machten sie nur allzu glaubhaft.

Schnell begriff ich, daß dies alles den Zerfall des Staates bedeutete und die definitive Zerstörung dessen, was von den Grundpfeilern unserer Existenz noch übrig war. Bis zu dem Tag, da ich physisch Teil einer blindwütigen Meute gewesen war, war Ciceros Pessimismus für mich nur theoretischer Natur gewesen. Die entsetzliche Realität hatte mir meine Unschuld und Unwissenheit genommen. Vor dem Hintergrund dieser Realität war mein Haß auf Clodius irrelevant geworden.

Fünfzigtausend Sesterze

»Komm mit ins Theater«, sagte ich spontan zu Tullia, »das bringt vielleicht ein wenig Zerstreuung.«

»Warum?« fragte sie träge. »Du gehst doch sonst nie ins Theater, und ich brauche keine Zerstreuung.«

»Aber das neue Theater von Pompeius, es soll riesig sein, das erste Theater aus Stein hier in Rom, das wirst du bestimmt sehen wollen. Ich habe weiter niemanden, der mich begleiten könnte, und du mußt unbedingt mal raus.«

Tullia drehte sich eine Locke um den Finger, antwortete jedoch nicht. Sie war blaß und lustlos. Eines Tages war sie aufgekreuzt und hatte angekündigt, daß sie sich von Crassipes trennen würde und daß sie ihren Vater gebeten habe, die Scheidung abzuwickeln. Sie hatte gefragt, ob sie bei mir einziehen dürfe. Es ist mir nie klargeworden, ob Crassipes die Scheidung wollte oder Tullia, es spielte auch keine Rolle. Crassipes hatte nicht getan, was von ihm erwartet worden war, er hatte kein Kind mit ihr gezeugt. Und sofort verlangte Tullia einen dritten Ehemann, eine neue Chance zu beweisen, daß sie Kinder bekommen konnte. Sie war fast achtundzwanzig und der Verzweiflung nahe. Aber diesmal waren wir auf uns allein gestellt, Mutter und Tochter. Quintus war mit Caesar in Gallien. Cicero war zum Statthalter in Kilikien ernannt worden und hatte seinen Posten nur sehr widerstrebend angetreten. Es war immer furchtbar für ihn, wenn er nicht auf dem Forum war. Sein Neffe Quintus und unser Sohn begleiteten ihn, und auch Tiro, auf den ich gern verzichtete. Ich hatte nicht gewollt, daß Marcus mitging, weil ich ihn so vermissen würde, auch wenn er faul und unordentlich war, sein Benehmen zu lässig für einen vierzehnjährigen Jungen, er lieber mit seinen Freunden Krieg spielte, als zu lernen, und seinen Lehrer triezte. Manchmal war er auch unartig zu mir, allerdings nicht mehr als zu seinem Vater. Doch er war fröhlich und gutmütig, und seine aufrichtige Zuneigung war der einzige feste Punkt in meinem Gefühlsleben. Er war mein Sohn, wie Tullia Ciceros Tochter war. Aber Cicero schob meine Einwände zur Seite. Es würde gut für den Jungen sein, sein Vater könne ihn in Kilikien besser im Auge behalten als in Rom. Marcus würde etwas von der Welt sehen, vielleicht sogar auf kleinere Feldzüge mitdürfen. Und er müsse unbedingt härter werden, ich würde ihn zu sehr verhätscheln. Im Grunde meines Herzens wußte ich, daß er recht hatte. Und Marcus war begeistert, ich wollte ihm die Freude nicht verderben, also verabschiedete ich mich ohne Tränen von ihm.

Bei der Suche nach einem Ehemann für Tullia ließ ihr Vater uns freie Hand. Er sei, so sagte er, zu weit weg und vertraue darauf, daß ich im Interesse unserer Tochter handeln würde. Wahrscheinlich ging er aber eher davon aus, daß Tullia selbst ihre Wahl treffen und ihn von ihrer Entscheidung unterrichten würde. Außerdem war da auch immer noch Atticus, den er gebeten hatte, die Sache im Blick zu behalten.

Einige Kandidaten kamen ernsthaft in Betracht, und die Verhandlungen begannen. Tullia fand an einem Sohn von Sulpicius Rufus und Postumia Gefallen, doch wie zuvor kümmerte es sie offenbar nicht sonderlich, wen sie heiratete. Wenn er ihr nur ein Kind schenkte und sie vor der Schande der Unfruchtbarkeit bewahrte, und wenn er aus einer patrizischen Familie kam, natürlich. Sie beteiligte sich nicht an den Verhandlungen über die Bedingungen des Ehevertrags und die Höhe der Mitgift. Es schien, als ließe sie das Leben über sich hinwegfluten und sich von den Wellen hin und her rollen wie ein Kieselstein am Strand.

Leicht verärgert wiederholte ich meine Frage, ob sie mitkommen würde ins Theater. Es war schlimm genug, meine Tochter wieder auf dem Hals zu haben, aber noch schlimmer war, daß sie tagaus, tagein Trübsal blies. Sie seufzte zweimal, dramatisch: »Na gut, wenn's sein muß.«

Ich hatte Pompeius' Geschenk für die Stadt Rom natürlich oft genug von außen gesehen: ein gewaltiges freistehendes Gebäude, eine bombastische Machtdemonstration des Großen, an der man nicht einfach so vorbeigehen konnte. Wir liefen einen der Gänge hinunter, die den Zuschauerraum in Abschnitte unterteilten, und fanden unsere Plätze bei den Sitzen, die für angesehene Bürger reserviert waren. Das Theater war überfüllt. Das Publikum war ausgelassen, schwatzte, rief Freunde, aß Käse oder Wurst. Der Knoblauchgeruch war betäubend. In unserem Teil benahm man sich deutlich gesitteter. Ich nickte hier und da einem Bekannten zu, aber niemand sprach uns an.

Wir setzten uns, und ich schaute mich mit zögernder Bewunderung um. Tatsächlich, Pompeius hatte der Stadt Ehre erwiesen, sein Theater war großartig. All diese Sitzreihen, nicht aus Holz, sondern aus Marmor, und ganz oben eine Säulengalerie. Und der Bühnenbau, meist eine einfache, mitunter wacklige Holzkonstruktion, war hier ein kunstvoll gemauertes Gebäude, mit Marmor verkleidet, reich verziert mit Nischen voller Statuen und Springbrunnen, aus denen echtes Wasser in geschwungene Bekken floß. Er war ebenso groß wie der Zuschauerraum und ragte hoch über den Halbkreis der vorderen Sitzreihen hinaus. Zu beiden Seiten der fünf Türen, durch die die

Schauspieler auftreten würden, standen Säulen in Gold und Karmesinrot. Das Dach, das sich wie eine Schallmuschel über die Bühne wölbte, war aus einem exotischen Holz gefertigt, sehr dunkel und glänzend.

Es war ein heißer Sommertag, und um die Zuschauer vor der Sonne zu schützen, hatte man Planen gespannt. Wo die Ränder des Segeltuchs nicht ganz aneinander anschlossen, fielen schmale Lichtstreifen auf das Publikum, die kleine Wellenbewegungen machten, wenn jemand seine Position veränderte, um der sengenden Sonne auszuweichen.

Ich kann mich nicht erinnern, was wir gesehen haben, aber es muß eine Komödie gewesen sein, denn ich höre Tullia noch laut und spontan lachen, was sie sehr lange nicht mehr getan hatte. Während sie in das Stück vertieft war, strahlte ihr Gesicht, und plötzlich fühlte ich Mitleid mit ihr. Tullia ließ ihre Jugend in Unzufriedenheit verstreichen. Einmal, als sie meinen Blick spürte, wandte sie sich mir zu, und sofort erstarrten ihr Gesicht und ihr Körper. Doch als ich ein paar Minuten später erneut zu ihr hinsah, hatte sie mich vergessen und war wieder eine glückliche, sorglose junge Frau.

Das Stück endete unter ohrenbetäubendem Applaus und Getrampel. Wir standen auf, und als ich mich gerade bückte, um das Kissen aufzuheben, das ich mitgenommen hatte – ich saß nicht gern lange auf hartem Marmor –, grüßte mich eine Männerstimme. Ich richtete mich auf und drehte mich um. Der junge Mann, der vor mir stand, war mir nicht bekannt, ich hatte nicht die geringste Ahnung, wer er sein könnte. Er muß mein Zögern gespürt haben, denn leicht amüsiert sagte er: »Natürlich erinnert Ihr Euch nicht an mich, wir sind uns nur einmal begegnet, ganz kurz, und das ist lange her. Ich will Euch helfen: Ich bin Publius Dolabella.«

Ich war verblüfft. Ich konnte mich nicht entsinnen, diesen Dolabella jemals persönlich kennengelernt zu haben, doch sein Name und sein Ruf waren mir nur allzu vertraut. Er gehörte zu einer Gruppe von jungen Adligen, dem Kreis, zu dem auch Clodius gehört hatte, diesen Lebemännern, die mit Geld um sich warfen und ihre sehr wohl vorhandenen Talente auf unverantwortliche Weise vergeudeten. Das hatte ich alles gehört, aber über diesen speziellen Mann wußte ich nichts.

Neugierig musterte ich ihn. Er war elegant gekleidet, seine Toga war aus feinster Wolle und sorgfältig um ihn herum drapiert, das Haar reichlich pomadisiert und gelockt. Er war mittelgroß, wirkte aber durch seine Haltung größer. Sein Körper war muskulös, und sein leicht gebräuntes Gesicht hatte eine frische Farbe. Voller Respekt blickte er mich aus großen braunen Augen an, die so dunkel waren, daß sie fast schwarz erschienen, wie sein Haar. Er war erst dreiundzwanzig, so erfuhr ich später, kam mir jedoch älter vor, wie er dort vor uns stand, stolz, aber nicht arrogant, ganz ungezwungen, wie ein Mann von Welt. Was mir sofort auffiel und mich beunruhigte, war seine Männlichkeit, obwohl ich nicht schockiert darüber war wie bei Catilina. Dieser Dolabella hatte nichts Wollüstiges, nichts dekadent Sinnliches, auch nichts Bedrohliches. Es ging nur eine starke, primitive Anziehungskraft von ihm aus. Selbst ich, unerfahren wie ich war, spürte das sofort.

Er wandte sich Tullia zu. »Das ist also Marcus Ciceros Tochter – und Eure, natürlich ...«, sagte er mit einer höflichen Verbeugung zu mir.

»Das ist Tullia.«

Er lächelte sie an, und dieses Lächeln war nur für sie bestimmt, irgendwie gelang es ihm sofort, mich auszuschließen.

Tullia stand wie angewurzelt da und starrte ihn an. Es hatte ihr offenbar die Sprache verschlagen. Sie nahm die Hand, die ihr entgegengestreckt wurde, und ließ zu, daß er die ihre viel länger festhielt, als es sich ziemte. Da er keine Anstalten machte, sie wieder freizugeben, und Tullia mit einer Aufmerksamkeit musterte, als müsse er ihr Porträt malen, sah ich, wie sich ihre Wangen mit einer tiefen Röte überzogen. Durch die Hitze unter der Plane klebten ein paar Locken kindlich an ihrer Stirn. Im Schatten des Sonnensegels wirkte das Reinweiß ihrer Baumwollstola cremefarben, so daß der Ton mit dem ihrer Haut verschmolz, ihn ergänzte und verstärkte. Tullia war in diesem Moment schöner denn je.

Ich fühlte mich unbehaglich und trat einen Schritt zurück. Dolabella ließ ihre Hand sofort los, und halb zu mir gewandt, sagte er zu Tullia: »Mit der Erlaubnis Eurer Mutter werde ich Euch bald besuchen, wenn Ihr es mir gestattet.«

Als geschiedene Matrone bedurfte sie meiner Erlaubnis nicht. Plötzlich wurde mir klar, daß Dolabella alles über sie wußte, daß seine Worte dazu bestimmt waren, mir zu schmeicheln, mich für sich einzunehmen, und daß seine Begegnung mit Tullia zwar in diesem Moment zufällig, aber dennoch geplant war. Ich berührte Tullias Arm und sagte: »Wir müssen jetzt gehen.«

Überall um uns herum drängten die Leute zu den Gängen, und die in unserer Reihe warteten ungeduldig, daß wir uns endlich in Bewegung setzten. Meine unmittelbaren Nachbarn stubsten mich höflich an, doch Tullia und Dolabella regten sich nicht.

»Laßt uns bitte durch«, sagte ich in scharfem Ton zu dem jungen Mann. Nach kurzem Zögern ging er zur Seite, und ich gab Tullia einen Stoß in den Rücken. Sie machte einen Schritt vorwärts, sah sich nach ihm um und ließ sich dann zum Ausgang führen, verträumt, wie eine Schlafwandlerin.

Auf dem Heimweg starrte sie mit leerem Blick vor sich hin.

Keine zwei Tage nach diesem kleinen Vorfall im Theater stattete uns Dolabella seinen ersten Besuch ab, und noch ehe er seinen Heiratsantrag machte, wußte ich, daß er um die Hand meiner Tochter warb.

»Die Damen jedenfalls sind, wie ich sehe, ganz erbaut von der Gefälligkeit und Artigkeit des jungen Mannes«, schrieb Cicero an Atticus, als die Verlobung stattgefunden hatte. Wie hätten wir auch anders gekonnt? Dolabellas Schmeicheleien waren unwiderstehlich. Er flirtete mit mir, behandelte mich mehr als Frau denn als Mutter seiner zukünftigen Braut, aber immer respektvoll. Er war zuvorkommend und wohlerzogen, wie nicht anders zu erwarten war von einem jungen Mann von so makellos edler Herkunft. Nie war er herablassend, doch wenn er einmal eine Meinung nicht teilte – meine, denn Tullia würde ihm noch beipflichten, wenn er behaupten würde, daß die Sonne mitten in der Nacht schien –, dann gab er das sehr umsichtig zu erkennen. Wenn er Tullia in meinem Beisein besuchte, hingen seine Augen an ihr, und wenn ihr Blick den seinen traf und festhielt, knisterte die Luft so vor erotischer Spannung, daß ich mich unbehaglich fühlte.

Ob er schon ihr Liebhaber war, wußte ich nicht. Ihre Zimmer lagen ein Stück von meinen entfernt, und ich konnte schwerlich ihre Sklavinnen aushorchen. Aber auch wenn sie noch kein Liebespaar waren, so war doch offensichtlich, daß Dolabella eine Leidenschaft in ihr geweckt hatte, wie es nicht einmal Piso getan hatte. Sie würde nicht ruhen, bis er ihr Ehemann war.

Anfangs hatte ich keine Einwände. Wenn sie unbedingt wieder heiraten wollte, warum dann nicht Dolabella?

Nach und nach erreichten mich indes allerlei Gerüchte über recht beunruhigende und dunkle Seiten seines Charakters. Er mochte talentiert und ehrgeizig sein – er war ein großer Günstling Caesars –, aber es hieß, daß er auch grausam und berechnend sei, ein Lebemann und Schürzenjäger, ein Trunkenbold und permanent verschuldet. Seine Frau habe sich von ihm scheiden lassen (uns hatte er gesagt, er habe sich von ihr scheiden lassen), und außerdem sei er einige Zeit der Liebhaber einer verheirateten Frau gewesen, Metella. Postumia konnte es kaum erwarten, mir diese Neuigkeiten zu berichten. Hinzu kam, daß seine Position als zukünftiger Schwiegersohn durchaus heikel wäre, da er, wie Atticus mir erzählte, Appius Claudius wegen Mißwirtschaft in dessen Provinz angeklagt hatte, und Appius' Freundschaft bedeutete Cicero viel. Mein Mann würde sich in der mißlichen Lage befinden, der Verlobung seiner Tochter mit einem Mann zustimmen zu müssen, der ein Mitglied einer der einflußreichsten Familien Roms vor den Richter zerrte.

Ich weiß nicht, wann mir die Idee zum erstenmal kam, bestimmt kurz nachdem Atticus mich über Dolabellas Anklage gegen Appius informiert hatte. Was ich von Postumia gehört hatte, ignorierte ich einfach, denn sie war natürlich wütend, daß ihr eigener Sohn übergangen worden war, und würde gewiß alles tun, um Dolabella anzuschwärzen. Ich redete mir ein, daß mein Plan eine harmlose kleine Intrige sei, nur dazu bestimmt, Tullia in die Schranken zu weisen und Cicero zu zeigen, was sie wirklich war, ein verwöhntes Ding, eine Manipulatorin, die glaubte, ihren Vater um den kleinen Finger wickeln zu können.

Tullias Verliebtheit mußte angefacht werden. Ihr Vater mußte davon überzeugt werden, daß Tullia die Wahl selbst getroffen hatte. Ich würde lediglich einer wünschenswerten und gewünschten Verbindung zustimmen. Cicero würde sehr verärgert sein, weil Tullia ihn Appius gegenüber in eine unmögliche Lage brachte, aber er konnte mir nicht die Schuld an etwas geben, das sich seine heißgeliebte Tochter in den Kopf gesetzt hatte. Diesmal würde er gezwungen sein, sie zurechtzuweisen, und die Reformande würde ihr guttun. Alles würde also mit den besten Absichten geschehen.

Ohne es zu wissen, spielte Tullia das Spiel mit. Es war, als ob Dolabella sie verzaubert hätte. Sie war nicht mehr nur von der Angst besessen, nie ein Kind zu empfangen, sie war von dem Mann selbst besessen. Sie sehnte sich nach Leidenschaft, so wie ich früher. Aber anders als für mich hatte diese Leidenschaft für sie eine Personifikation gefunden. Tullia war nicht auf der Suche nach einer theoretischen Definition von etwas, das sie nie würde haben können, sondern sie war dabei, die Vertragsbedingungen für eine römische Ehe neu zu schreiben, und fest entschlossen, ihre Unterschrift darunterzusetzen.

Tullia hörte die Gerüchte zuerst, irgendwann im Mai. Dolabella habe ein Auge auf eine andere Partie geworfen, eine Tochter von Gaius Aemilius Lepidus, von adliger Herkunft, viel reicher (was den Ausschlag gegeben haben dürfte, denn Dolabella war hoffnungslos verschuldet) und politisch nützlicher als die arme Tullia, denn der Vater des Mädchens war ein prominenter Anhänger Caesars. Und sie stand plötzlich zur Verfügung, da sie frisch geschieden war und ebenso laut nach einem neuen Ehemann rief wie Tullia.

Die Gerüchte erwiesen sich als begründet, Dolabellas Besuche wurden seltener, und bald erschien er überhaupt nicht mehr. Er machte Aemilia nun ernsthaft den Hof, und es war ein offenes Geheimnis, daß er noch immer ein Verhältnis mit Metella hatte, wenn auch jetzt etwas diskreter. Tullia war verzweifelt. Sie hatte in Dolabellas Höflichkeiten nichts Berechnendes gesehen, es war ihr nicht in den Sinn gekommen, daß er sie aus einem anderen Grund als ihrer Attraktivität hätte zur Frau haben wollen. Daher konnte sie seine Treulosigkeit nicht verstehen und schrieb diese nur ihren eigenen Unzulänglichkeiten zu, ihrer schwindenden Schönheit, ihrem Unvermögen, ihn zu amüsieren und, was noch schlimmer war, seine Sinnlichkeit zu erregen, wie Metella es vermochte. Tullia war nun einmal nicht aus dem Holz, aus dem man Kurtisanen macht, und das wußte sie. Sie selbst konnte natürlich wenig tun, um Dolabella zurückzuerobern. Sie war finanziell und rechtlich ganz von ihrem Vater abhängig, von keiner Frau wurde erwartet, daß sie selbst über einen Ehemann verhandelte, und für eine tugendhafte Matrone war es gesellschaftlich inakzeptabel, hinter einem Mann herzulaufen. Ihr blieb nur, ihr Schicksal zu beklagen, und zu meiner großen Verärgerung tat sie nichts anderes.

Durch ihre Machtlosigkeit und die Abwesenheit ihres Vaters war sie vollkommen auf mich angewiesen, zum erstenmal in ihrem Leben, und das wird ihre Frustration nur noch verstärkt haben.

Keine von uns hatte Cicero bis dahin etwas über Dolabella geschrieben.

Ich hatte meinem Verwalter, Philotimus, immer vertraut. Er war mein Tiro, stets präsent, treu, fleißig, und er verwaltete meine Finanzen gut. Ich hatte ihn über jeden Schritt bei der Suche nach einem dritten Ehemann für Tullia informiert. Doch als er das erstemal mit seinem »Vorschlag« zu mir kam, war ich überrascht und leicht beunruhigt. Irgend etwas im Verhalten des Mannes warnte mich. Er war ungewöhnlich nervös, fingerte ständig an ein paar Rollen herum, die auf seinem Schoß lagen, sah mich nicht an, und obwohl ihn normalerweise nichts erschüttern konnte, verhaspelte er sich ständig.

Sein »Vorschlag« war, in Kurzfassung, daß ich Dolabella Geld leihen, oder genauer gesagt, ihn mit Barem lokken solle.

»Aber Dolabella bekommt eine reiche Mitgift von meinem Mann, wenn ... falls ... er unsere Tochter heiratet, da bin ich mir sicher. Du ...«

Er unterbrach mich, sprach schnell: »Dolabella braucht jetzt Geld, dringend, sein Kredit ist so gut wie aufgebraucht.«

»Das mag schon sein, aber warum sollte ich den jungen Mann finanzieren, wenn er das Geld aus der Mitgift erhält, sobald er meine Tochter heiratet?«

»Das ist genau der Punkt, nicht wenn, sondern falls er Eure Tochter heiratet. Und selbst wenn das in den nächsten Monaten geschehen sollte, wäre es zu spät. Er braucht jetzt Geld. Ich habe darüber nachgedacht. Ihr wißt, daß ich alles tun würde, um Eure Wünsche zu erfüllen, daß Eure Interessen mir ebenso am Herzen liegen wie meine eigenen.«

»Das weiß ich, Philotimus.«

Er lehnte sich vor und blickte mir direkt in die Augen, so eindringlich, daß ich mich unbehaglich fühlte und meinen Stuhl unwillkürlich etwas zurückschob. »Euer Mann hat vor seiner Abreise Geld bei mir deponiert, für Notfälle, wie er sagte.«

»Das wußte ich nicht, davon hat er mir nichts erzählt«, erwiderte ich erstaunt.

»Er hat erst im allerletzten Moment daran gedacht. In der ganzen Eile des Packens und der anderen Dinge, die noch schnell erledigt werden mußten, wird er es vergessen haben.«

»Trotzdem finde ich es merkwürdig, daß er es nicht erwähnt hat vor seiner Abreise oder es mir aus Kilikien geschrieben hat.«

Philotimus blieb dabei. »Ich versichere Euch, daß es so ist. Es ist eine beträchtliche Summe, fast fünfzigtausend Sesterze.«

Wo hatte Cicero, der nie Bargeld hatte, so einen Betrag für »Notfälle« hergenommen?

»Das ist vielleicht nicht die Art von Notfall, die mein Mann gemeint hat.«

»Wenn Ihr nichts tut, wird Dolabella noch vor dem Winter mit Lepidus' Tochter verheiratet sein, das garantiere ich Euch.«

Er sprach mit Nachdruck, und ich glaubte ihm.

Nach kurzem Zögern sagte ich: »Na gut, geh zu Dolabella und biete ihm das Darlehen an, doch mach ihm klar, daß er es nur unter der Bedingung bekommt, daß er meine Tochter vor Ende des Sommers heiratet. Biete ihm, wenn nötig, die ganze Summe an, aber nur als Ultima ratio.«

Er blieb sitzen, fingerte weiter an den Rollen auf seinem Schoß herum.

»Gibt es noch etwas, das du mit mir besprechen willst?«

»Niemand braucht etwas davon zu erfahren. Ich muß freie Hand haben, diese Dinge sind heikel«, antwortete er, die Augen gesenkt.

»Ich nehme an, du meinst Atticus?«

»Zum Beispiel.«

»Aber mein Mann hat Atticus gebeten, uns zu helfen.«

»Und habt Ihr ihn wegen dieser Verlobung um Rat gefragt?«

Ich antwortete nicht, es ging Philotimus nichts an. Mit einem Blick, den ich nicht ergründen konnte, sah er mich an. »Wenn es mir gelingt, werdet Ihr Euch dann daran erinnern, Herrin, daß ich Euch geholfen habe? Werdet Ihr mir, Eurem treuen Diener, zur Seite stehen, wenn es nötig ist?«

Seine Frage beunruhigte mich. »Natürlich, du handelst in meinem Auftrag und mit meiner Genehmigung.«

Wir sprachen nicht dieselbe Sprache, und ich merkte es nicht. Bewußt verschloß ich mich allem Mißtrauen, denn es gab keinen direkten Anlaß dafür, Philotimus hatte mich noch nie angelogen. Dolabella zu fangen, war das einzige, was zählte. Es wäre vielleicht nur klüger gewesen, meinen Mann um Erlaubnis zu bitten, bevor wir den »Notfonds« benutzten, aber es war keine Zeit zu verlieren. Der Zweck mußte die Mittel heiligen, und der Zweck war Tullias Glück.

Ich bereitete meine Verteidigung vor, doch ich hätte nie gedacht, daß ich sie jemals brauchen würde.

Philotimus tat, was er versprochen hatte. Er bestach Dolabella mit den fünfzigtausend Sesterzen. Der Freier wider Willen gab sich nicht mit weniger zufrieden und bestand auf sofortiger Bezahlung, in klingender Münze. Es wurde vereinbart, daß er Tullia vor Ende des Sommers heiraten solle. Länger zu warten, wäre unklug gewesen, Dolabella hätte uns wieder entwischen können. Also informierte ich meinen Mann über die bevorstehende Hochzeit seiner Tochter. Cicero stimmte zu, obwohl er das Recht gehabt hätte, es zu verbieten. Mir schrieb er, daß er mir keinen Vorwurf mache, er habe mir schließlich alle Vollmacht erteilt. Kein Wort über Tullias Glück oder seine Hoffnung darauf, und auch Appius erwähnte er nicht.

Ich las den Brief wieder und wieder, versuchte, das Nichtgesagte aus dem explizit Gesagten herauszudestillieren, aber es stand nichts zwischen den Zeilen.

Daher bildete ich mir meine eigene Lesart: sein Mangel an Begeisterung bedeutete, daß er über Tullias Eigensinn enttäuscht war und über die Tatsache, daß sie sich einfach darüber hinwegsetzte, daß sie ihn in eine peinliche Lage brachte, er wagte jedoch nicht, ihr Vorwürfe zu machen. Und Appius konnte er nicht namentlich nennen, weil der Brief in die falschen Hände gelangen könnte.

Cicero hat mir nie gesagt, warum er so leicht nachgegeben hat, und es ist sinnlos, noch weiter darüber zu spekulieren. Doch im nachhinein denke ich, daß politische Erwägungen eine große Rolle gespielt haben. Dolabella war ein wertvolles Bindeglied zu Caesar.

Wie auch immer, an dem, was dann geschah, war er genauso schuld wie ich, und Du, Atticus. Ihr müßt beide gewußt haben, wie Dolabella war. Die Gerüchte in Rom sprachen eine deutliche Sprache, und aus Ciceros Briefen geht hervor, daß sie sogar bis nach Kilikien drangen. Du hast mich zweimal gewarnt, mich aber nicht zurückgehalten. Vielleicht hast Du befürchtet, daß es schon zu spät sei. Du hättest Dir mehr Mühe geben können.

Und wieder erschien Dolabella auf der Bildfläche und bezauberte uns, verlor jedoch kein Wort über so häßliche Dinge wie Darlehen.

Ich hatte Tullia nichts von Philotimus' Rolle bei Dolabellas Rückkehr erzählt, das hätte ich unnötig grausam gefunden. Sie strahlte, und in ihrem jubelnden Glück fragte sie sich nicht, warum Dolabella auf einmal wieder um ihre Hand anhielt. Oder falls sie es sich doch fragte, war sie klug genug, nicht darauf einzugehen. Im Juni, nicht lange nach dem, was er als seinen »erfolgreichen Handel« beschrieb, war Philotimus nach Kilikien gefahren, denn sein Herr hatte ihn zu sich bestellt, um einige

Abrechnungen durchzugehen, wie er sagte. Als ich ihn bat, mir zu erklären, was denn so wichtig sei, daß er eine solch weite Reise machen müsse, bekam ich eine zusammenhanglose Geschichte zu hören, die im wesentlichen auf folgendes hinauslief: Cicero habe ihn gebeten, bei einer Auktion einiges aus dem Besitz von Milo zu ersteigern. Nach Clodius' Tod sei dieser nämlich gezwungen gewesen, ins Exil zu gehen, und wolle nun verhindern, daß das Vermögen seiner Frau beschlagnahmt würde. Philotimus blieb so vage und stellte sich so dumm, daß ich doch wieder mißtrauisch wurde. Aber ich verdrängte meine Zweifel, da Cicero Philotimus' Besuch nicht in seinen Briefen erwähnte.

Cicero an Atticus.
... Im übrigen möchte ich Dir unter Benutzung von Decknamen folgende Angelegenheit unterbreiten; nimm all Deinen Scharfsinn zusammen und spüre ihr nach: Der Freigelassene meiner Frau – Du weißt, wen ich meine – hat anscheinend kürzlich, wie ich aus unbedachten Äußerungen von ihm entnehme, die Abrechnung gefälscht ...
Anfang Juni 50

Es steht alles hier, in diesen schrecklichen Briefen an Dich. Ich mußte mich wirklich zwingen, sie zu lesen, Atticus. Die Verdächtigungen meines Mannes gegen Philotimus, und damit auch gegen mich. Seine Besorgnis und sein Kummer, die sich nur auf mich beziehen können. Und Deine Verdächtigungen.. Aber keiner von Euch hat offen mit mir darüber gesprochen oder mich um eine Erklärung gebeten. Ich war mir nicht einmal bewußt, daß eine Erklärung nötig war.

Ich war unschuldig, Atticus, jedenfalls was den Betrug betrifft. Ich hatte keine Ahnung – ich schwöre es Dir, und

Du mußt mir glauben –, daß Philotimus die Bücher gefälscht hatte, daß er Geld gestohlen hatte, um Dolabella zu bestechen, doch in Wirklichkeit, um meine Unterstützung zu erkaufen für den Fall, daß seine Schummeleien ans Licht kommen sollten. Hätte ich Dir nur von dem Darlehen an Dolabella und dem sogenannten »Notfonds« erzählt, dann hättest Du mich warnen können und alles wäre gut gewesen. Hätte ich es nur Cicero erzählt. Hätte ich nur – die am tragischsten sinnlosen Worte der Sprache.

Du hast mich schäbig behandelt, Atticus. Du hast ohne weiteres geglaubt, daß ich mit Philotimus gemeinsame Sache gemacht habe oder daß ich zumindest von seinem Betrug gewußt und ihn gedeckt habe. Wie konntest Du nur, der Du mich so gut kanntest? Wenn ich bedenke, wie wenig Dir unsere Freundschaft offenbar bedeutet hat, tut es mir heute noch weh. Ich will nicht, daß es mir weh tut, Du verdienst meinen Schmerz nicht, aber ich kann es nicht ändern. Und was Cicero angeht – ich erinnere mich, daß es damals nur noch wenig Zärtlichkeit zwischen uns gab. Doch jetzt, nachdem ich diese Briefe gelesen habe, verstehe ich, daß der Mangel an Zuneigung in Mißtrauen umgeschlagen war.

Als Philotimus aus Kilikien zurückkehrte, hatte sich sein Verhalten mir gegenüber grundlegend verändert. Er benahm sich familiär und mitunter auch offen unverschämt oder beunruhigend geheimnisvoll. Irgendwie hatte er mich in seiner Gewalt. Mir war klar, daß ich ihm nicht mehr vertrauen konnte, aber einen genauen Grund dafür vermochte ich nicht zu benennen. Ich fühlte mich unbehaglich, manchmal sogar ängstlich, und obwohl ich nichts von Ciceros Verdächtigungen wußte, ahnte ich nichts Gutes.

Ende September heiratete Tullia Dolabella, so wie es Philotimus und er in ihrem geheimen Abkommen vereinbart hatten.

Im Oktober schrieb Cicero mir aus Athen: »Komm mir doch bitte, falls es ohne Schaden für Deine Gesundheit geschehen kann, so weit wie möglich entgegen!«

Bei seiner Rückkehr aus dem Exil war ich ihm nicht entgegengereist, doch nun war ich entschlossen, dazusein, wenn er in Brundisium an Land ging. Es gab keinen Grund, nicht dort zu sein. Ich war gesund, das Wetter war gut, die Straßen waren passierbar, und mein Mann verdiente es, nach einer anstrengenden Dienstreise ins Ausland von einer pflichttreuen Ehefrau empfangen zu werden. Tullia wollte bei Dolabella bleiben, ich würde meinen Mann also für mich allein haben. In Wirklichkeit fuhr ich, weil ich unruhig war. Ich fühlte mich schuldig, auch wenn ich inzwischen Land verkauft und den »Notfonds« wieder aufgefüllt hatte.

Unser Wiedersehen war nicht sonderlich herzlich, ich spürte einen frostigen Unterton. Mein Mann erkundigte sich beiläufig nach meinem Befinden, erwartete aber offenbar keinen ausführlichen Bericht über mein Wohlergehen während seiner Abwesenheit.

Doch unser Sohn – plötzlich so erwachsen, seine Stimme tiefer und ein zarter dunkler Flaum auf seiner Oberlippe – nahm meine ganze Aufmerksamkeit in Anspruch, und seine liebevolle Begrüßung erwärmte mir das Herz. Den ganzen Abend saß er neben mir, meine Hand in seiner, und erzählte stolz von seinen Abenteuern, wiederholte die etwas schlüpfrigen Witze, die er von den Soldaten im Heerlager gelernt hatte, und beschrieb mir das Land und seine seltsamen Sitten und Gebräuche. Und er fragte, wie es mir gehe, ob ich krank gewesen sei und ob ich ihn vermißt habe.

Am Abend seiner Rückkehr teilten mein Mann und ich nicht das Zimmer. Ich redete mir ein, daß dies an der Haushaltsorganisation unseres Gastgebers in Brundisium läge. Ich ging früh zu Bett und wartete auf ihn. Er würde doch kommen? Er war mehr als ein Jahr weggewesen, er würde bestimmt mit seiner Frau schlafen wollen. Würde er das wirklich? Er war schon so lange nicht mehr wie ein Ehemann mit mir zusammen gewesen. Ich hatte auch nicht den Wunsch danach gehabt. Doch nun hatte ich das Bedürfnis nach Beruhigung, danach sehnte ich mich mehr, als ich mich je nach körperlicher Liebe gesehnt hatte.

Ich ließ eine Lampe brennen und lag steif ausgestreckt in meinem Bett, lauschte den Geräuschen des Hauses. Ich hörte meinen Sohn und seinen Cousin Quintus in ihre Zimmer gehen, laut lachend. Der Wächter verriegelte die Türen für die Nacht. Irgendwo bellte ein Hund, war dann wieder still. Im Peristyl, direkt vor meinem Fenster, flüsterten und kicherten zwei Frauen, offenbar Sklavinnen, denn kurz darauf hörte ich, wie eine laute Männerstimme sie in ihre Unterkünfte schickte. Einmal hörte ich Schritte, die sich meinem Zimmer näherten, und kniff die Hände unter der Decke zusammen, doch sie gingen vorbei. Das Haus verstummte. Vielleicht würde er jetzt kommen, vielleicht hatte er diskret gewartet, bis alle sich zurückgezogen hatten, weil er nicht wollte, daß ihn jemand in mein Zimmer gehen sah. Die Zeit verging, die Flamme meiner Lampe begann zu flackern. Schließlich erlosch sie, und ich wußte, daß Cicero nicht mehr kommen würde. Verletzt und ängstlich drehte ich mich auf den Bauch und vergrub den Kopf in meinen Armen. So blieb ich liegen, schlaflos, für den Rest der Nacht.

Am nächsten Tag reisten wir nach Rom ab. Stunde um Stunde holperten wir in der Kutsche voran, und ich lauschte dem Geplauder meines Mannes und meines Sohnes, während ich überlegte, wie ich das Thema von Tullias Ehe anschneiden könnte. Cicero hatte Dolabella ein paarmal erwähnt, ganz beiläufig, aber kein Wort über Tullia.

Schließlich sagte ich, vollkommen aus dem Nichts: »Ich hoffe, daß Tullia glücklich wird.« Ob er den besorgten Ton in meiner Stimme bemerkte? Schon seit einiger Zeit fragte ich mich, ob Tullia auch wirklich glücklich war. Die erste Glut der Erfüllung schien mir zu schnell erloschen zu sein. Außerdem wurde immer noch über Dolabella und Metella getratscht. Aber das Beunruhigendste waren die blauen Flecke, die ich einmal auf Tullias Armen gesehen hatte und für die sie keine zufriedenstellende Erklärung geben konnte.

Er antwortete nur: »Das hoffe ich auch.«

Ich wußte nicht gleich, wie ich fortfahren sollte, also lauschte ich dem Knirschen der Räder, dem Stampfen der Pferdehufe, dem unmelodischen Summen des Kutschers. Ich wickelte mir mein Umschlagtuch fest ums Gesicht, bedeckte meinen Mund. Dann murmelte ich durch die Falten hindurch: »Du weißt, daß es ihre Wahl war, ganz allein ihre, von Anfang an wollte sie ihn und keinen anderen, ich habe nur getan, was sie wünschte.«

»Was hast du denn getan?« fragte er freundlich.

Mir stockte das Herz. Heimlich musterte ich ihn aus den Augenwinkeln. Er schaute vor sich hin, seinem Gesicht war nichts Besonderes anzumerken.

»Nun ja, eigentlich nichts, ich meine, ich habe ihr nicht abgeraten. Wie sollte ich auch? Sie hatte sich nun mal in den Kopf gesetzt, ihn zu heiraten, und wäre sehr unglücklich gewesen, wenn man es ihr verboten hätte. Ich habe nicht gewußt, daß sie so – eigensinnig ist.« Leidenschaftlich, hatte ich sagen wollen.

»Du brauchst dir keine Vorwürfe zu machen.«

»Und du hast schließlich vorbehaltlos zugestimmt.«

»Ich habe zugestimmt.«

»Ich denke …«

Aber er unterbrach mich: »Meine liebe Terentia, es gibt schwerwiegendere Dinge, über die wir uns Gedanken machen müssen, wenn wir zurück sind. Wir stehen am Rande eines Bürgerkriegs, und meine Position wird schwierig sein, ja geradezu riskant. Wir werden der Situation gemeinsam ins Auge sehen müssen.«

Ich antwortete nicht.

Und so, die Straße nach Rom entlangholpernd, begannen wir die letzten drei Jahre unserer Ehe.

Sie würde in bitterem Haß und Streit untergehen. Ein privater Bürgerkrieg, der nicht weniger verheerend war als der, welcher die Republik zugrunde richtete.

Eine entkräftete Verteidigung

Was geschehen mußte, geschah, das Schicksal wollte es so.

Du warst nicht meiner Meinung, Atticus. Du glaubtest nicht, daß dieser Titanenkampf der Wille der Götter sei, Du glaubst nicht, daß diese in unser Leben eingreifen. Deine epikureischen Götter halten sich abseits, sind nicht am Schicksal von uns Menschen interessiert.

Du, wie auch Cicero, warst lange davon überzeugt, daß der gesunde Menschenverstand den Wahnsinn besiegen könne, daß Frieden nach wie vor möglich sei, mit etwas gutem Willen auf beiden Seiten.

In den Wochen nach seiner Rückkehr setzte sich Cicero dafür ein, und er kämpfte weiter, als der Bürgerkrieg ausbrach und selbst noch einige Zeit danach. »Frieden um jeden Preis ist besser als die Schrecken eines Bürgerkriegs«, sagte er immer wieder. Worte, aus denen die Verzweiflung sprach. Ihm war vollkommen bewußt, welches der Preis sein würde.

Doch es gab zu viele, die sich einen bewaffneten Konflikt wünschten, und zu wenige, die guten Willens waren. Und dann gab es auch noch jene, die auf Frieden hofften, ohne etwas dafür zu unternehmen.

Ich hatte indes keine Hoffnung, Atticus. Ich mag vielleicht eine ungebildete Frau sein, aber ich begriff, daß der Kampf unabwendbar war. Ich hatte große Angst, doch ich sah der Realität ins Auge. Der Tag war gekommen. Die beiden Protagonisten – es waren nur noch zwei, seit

Crassus im Kampf gegen die Parther gefallen war –, Caesar in Gallien und Pompeius in Rom, erkannten es auch, wie sehr sie diese Einsicht auch mit frommen Worten wie Würde, Gesetzlichkeit, Verfassungsmäßigkeit, die Republik usw. zu bemänteln suchten. Sie wußten, daß in einem Staat nicht Platz für zwei Herrscher war, daß ihre Ambitionen, unterstützt durch ihre Armeen, nur auf blutige Gewalt hinauslaufen konnten. Und im Grunde seines Herzens wußte Cicero es auch.

Am 7. Januar 49 überquerte Caesar den Rubikon und zog in Italien ein. Es gab kein Zurück mehr.

Wir brachen zusammen in einen der Vororte auf, meine Tochter und ich, jede verborgen hinter den Vorhängen ihrer eigenen Sänfte. Tullia war schwanger, und wir waren auf dem Weg zu ihrem Vater, um es ihm zu berichten. Er hielt sich außerhalb der Stadtmauern auf, denn nach altem Brauch durfte ein General die Stadt erst betreten, nachdem der Senat ihn von seinem Kommando entbunden hatte. Weil er in Kilikien einen feindlichen Volksstamm geschlagen hatte, wurde Cicero als General angesehen, was ihn genauso amüsierte wie uns.

Tullia hätte im siebten Himmel sein müssen, daß sie bald Mutter werden würde, doch sie war träge und lustlos. Dolabella war, wie erwartet, zu Caesar abgereist, und auf ihre Bitte hin war ich bei ihr eingezogen. Sie hatte nicht ein einziges Mal über ihren Mann gesprochen, und das beunruhigte mich.

Eine unheimliche Stille hatte sich über die Stadt gelegt. Das Forum war verlassen. Hier und da hastete eine einsame Gestalt eine Straße entlang, dicht an die Hauswände gedrückt. Die Läden und Tavernen, in denen sonst ein geschäftiges Treiben herrschte, waren geschlossen, manche sogar mit Brettern vernagelt. Der Schatten von Gaius

Caesar zeichnete sich bereits bedrohlich über der Stadt ab. Rom hielt den Atem an.

Die Sonne war schon aufgegangen, doch ihre Strahlen drangen noch nicht in die schmalen Gassen. Ich wünschte, ich könnte fliegen wie ein Vogel und mich an ihr wärmen. Mir war eiskalt, und ich wußte nicht, ob ich vor Angst oder vor Kälte zitterte. Unsere Träger waren offenbar auch von der Atmosphäre der Unsicherheit angesteckt, die über der Stadt hing, denn sie liefen doppelt so schnell wie gewöhnlich. Ihre Schritte hallten auf dem Kopfsteinpflaster, und ihr Atem trieb in schmalen Dunststreifen hinter ihnen her.

Ciceros Gastgeber, Minucius Thermus, empfing uns im Atrium seines Hauses und führte uns zu meinem Mann. Cicero war nicht allein. Caelius war bei ihm, er trug einen Waffenrock und schwere Stiefel, sein Mantel lag auf einem Hocker. Ich streckte die Arme nach ihm aus und spürte, wie sich mein Gesicht unwillkürlich zu einem breiten Lächeln verzog, dem Lächeln, das Caelius' Anwesenheit stets hervorrief.

Er kam auf mich zu und küßte mich mit kalten Lippen leicht auf beide Wangen. Meine Hände noch auf seinen Schultern, schaute ich ihn an. Zum erstenmal nahm ich ihn als erwachsenen Mann wahr – alle Spuren des fröhlichen, respektlosen Jünglings, der er bis weit in die Zwanzig gewesen war, auch noch bei unserer letzten Begegnung, waren verflogen. Sein Gesicht hatte diesen ungesunden grünlichen Ton, den Rothaarige haben, wenn sie blaß sind. Seine Augen waren blutunterlaufen, mit tiefen violetten Furchen umgeben. Er sah aus, als hätte er nächtelang nicht geschlafen. Er erwiderte meinen Blick ohne Scham, sagte aber nichts.

Ich drehte mich zu meinem Mann um, wollte ihn umarmen, doch er hielt Tullia an sich gedrückt. Ich hörte seine geflüsterte Begrüßung und erkannte die Zärtlichkeit in seiner Stimme, die immer das Vorrecht meiner Tochter gewesen war.

»Tullia hat gute Nachrichten«, sagte ich spitz, »sie ist schwanger.«

Tullia befreite sich aus den Armen ihres Vaters und sagte: »Das wollte ich ihm selbst erzählen.«

Cicero holte tief Luft vor Freude und schlang die Arme wieder um Tullia. Caelius blickte mich mißbilligend an. Er weiß, daß ich eifersüchtig auf meine Tochter bin, dachte ich, und verurteilt es. Mit bewußt sanfter Stimme entschuldigte ich mich: »Es tut mir leid, ich war so erfüllt von der Neuigkeit, daß ich sie nicht für mich behalten konnte.«

Niemand reagierte. Cicero hatte seinen Kopf über Tullias gebeugt und sagte: »Ich bin so froh, meine Tulliola wird endlich Mutter. Wie glücklich du sein mußt!«

»Wir freuen uns beide sehr, unser Herzenswunsch ist in Erfüllung gegangen.«

Ihre Worte klangen wie auswendig gelernt, aber ihr Vater schien den Mangel an Spontaneität nicht zu bemerken. Caelius ging nun zu Tullia, um ihr zu gratulieren, und so konnte ich meinen Mann begrüßen. Ich küßte ihn auf die Wange und er mich auch, höflich, als wären wir entfernte Verwandte.

Unvermittelt sagte Caelius: »Ich reise heute ab, um mich Caesar anzuschließen.«

Ich hatte mich manchmal gefragt, auf welche Seite sich Caelius stellen würde. Die Antwort lag nicht unbedingt auf der Hand, ich hätte allerdings eher vermutet, daß er Pompeius unterstützen würde.

»Warum Caesar?« fragte ich.

Er lief ein paar Schritte weg und warf, halb abgewandt, die Hände in die Luft, eine ungeduldige Gebärde, die ich ihn oft hatte machen sehen.

»Ich will dir mal was sagen: ›Wenn in einem Gemeinwesen Parteien aufeinanderstoßen, ist es die Pflicht eines Mannes, die anständigere Seite zu wählen, solange die Auseinandersetzung auf politischer Ebene ausgetragen wird und nicht mit Waffengewalt. Aber wenn es wirklich zum Kampf kommt, sollte er die Seite des Stärkeren wählen und den sicheren Weg für den besseren halten.‹ Klingt gut, findest du nicht, liebe Terentia? Das habe ich deinem Gatten einmal geschrieben, ein Rezept für den klugen Mann.«

Ehe ich etwas sagen konnte, fragte Tullia: »Aber warum setzt du dich nicht für den Frieden ein wie mein Vater?«

»Weil Frieden eine Schimäre ist, ein frommer Wunsch, und Neutralität eine törichte Illusion. Nur ein endgültiger Sieg der einen Seite oder der anderen kann Frieden schaffen, die Folgen sind Unterdrückung und Grausamkeit. So weit ist es mit uns gekommen. Das ist es, was wir verdienen.«

»Aber warum Caesar?« beharrte Tullia. »Warum nicht Pompeius? Warum ...«

Er unterbrach sie heftig, als ob er nur noch in gewaltsamem Ton sprechen könne, als ob die Zeit für Humor und Ironie für immer vorbei sei. »Denkst du vielleicht, daß ich nicht nächtelang wachgelegen und mich gefragt habe, welche Position ich einnehmen soll? Und ich habe es gehaßt, mich entscheiden zu müssen, die Angst, den falschen Mann zu wählen, der Gedanke, gegen meine eigenen Landsleute kämpfen oder sie töten zu müssen, auf wessen Seite ich mich auch stelle. Das, meine liebe Tullia, ist die Qual, die alle friedliebenden, integren Bürger erfahren, wenn sie mit einem blutigen Bürgerkrieg konfrontiert werden. Aber für mich ist es noch schlimmer – ich kann mich nicht auf der Grundlage einer klaren Überzeugung, was richtig ist und was falsch, entscheiden, ich habe keine Ideale, für die ich kämpfen könnte. Man mag von meiner Wahl halten, was man will: Ich bin Caesar verpflichtet und freundschaftlich verbunden. Und was Pompeius' Seite betrifft, so unterstütze ich ihre Sache, aber ich hasse diese Kerle, diese reichen, ehrbaren, kurzsichtigen Fanatiker, die glauben, daß sie die Republik retten können, durch ihre Unnachgiebigkeit jedoch gerade deren Untergang herbeiführen werden. Also stelle ich mich dorthin, wo meiner Meinung nach die Macht ist und bleiben wird. Und die Macht liegt bei Caesar – der jetzt, in diesem Augenblick, durch Nordostitalien zieht. Begreifst du denn nicht, wie uns das alles zerreißt?« rief er verzweifelt aus. »Denkst du vielleicht, daß mir die Wahl leichtgefallen ist? Sag es ihr, Marcus, sag deiner Tochter, und deiner Frau, daß auch du in einem quälenden Zwiespalt bist – welchen Weg soll man einschlagen, für wen soll man sich entscheiden? Sag es ihnen.«

»Ich habe die Hoffnung auf Frieden noch nicht aufgegeben«, sagte Cicero ruhig, »ich glaube nach wie vor, daß der gesunde Menschenverstand siegen wird.«

»Aber wenn es keinen Frieden gibt, was dann? Auf wessen Seite wirst du dich schlagen? Wenn Pompeius ruft, antwortest du dann: ›Hier!‹? Du wirst gezwungen sein, dich, wie auch immer, zu entscheiden, glaub mir, und eine erzwungene Wahl ist per definitionem keine Wahl.«

Ich blickte zu meinem Mann. Das Schwanken, die Ängste, das fieberhafte Abwägen des Für und Wider, die Verschiebung des Gleichgewichts von einer Seite zur anderen, kurzum, die Qualen der Unentschlossenheit, ich kannte sie nur allzu gut, wir waren diesen Weg schon einmal gegangen.

Caelius kam zu mir und nahm meine Hand, die seine war kalt und trocken. »Was würdest du tun, Terentia, wenn du dich entscheiden müßtest?«

In den vergangenen Wochen, seit unserer Rückkehr aus Brundisium, hatte ich mich wie in einem Nebel befunden, Zuflucht in Haushaltspflichten gesucht, von Tag zu Tag gelebt, doch nun wurde mir auf einmal bewußt, daß ich meine Wahl schon längst getroffen hatte.

»Mich Caesar anschließen.« Nicht einmal mir selbst war klar, ob das Kritik an meinem Mann war oder die Bestimmung meines eigenen Standpunkts.

»Warum?«

Ich antwortete Caelius nicht, sondern sagte zu Cicero: »Pompeius ist nie unser Freund gewesen. Er hat dich weggeschickt, als du ihn dringend gebraucht hättest. Und du bedauerst, daß er nicht vorausschauend ist, daß er sich dreht und windet. Außerdem hast du hart dafür gearbeitet, Caesars Freundschaft zu gewinnen, und es ist dir gelungen. Caesar wird höchstwahrscheinlich als Sieger aus dem Kampf hervorgehen, also warum solltest du dich auf die Seite des Verlierers stellen?«

Er reagierte nicht sofort. Er hatte sich auf den Hocker gesetzt, auf dem Caelius' Mantel lag, und als er endlich hochschaute, sah ich, daß er verärgert war.

»Das ist dummes Weibergeschwätz. Wer garantiert, daß Caesars Freundschaft noch etwas wert ist, wenn er erst einmal gesiegt hat, wie du und Caelius so fröhlich annehmt. Und will ich überhaupt die Freundschaft eines Mannes, der Italien überrennt wie ein zweiter Hannibal? Eines Mannes, der diesen Konflikt skrupellos und leichtfertig provoziert hat und ihm nicht einmal einen verfassungsmäßigen Anstrich geben kann? Und das alles um der Ehre willen, der seinen, wohlgemerkt!«

»Ist dieses Ungeheuer, das du hier beschreibst, der Caesar, den du tausendmal gerühmt hast. Dem du schmeichelnde Briefe geschrieben hast, dessen Freundschaft die Krone deines Lebenswerks ist, wie du sagtest?« konterte ich.

»Ich bin Pompeius zu Dank verpflichtet«, erwiderte er stumpf. »Seine Sache hat zumindest noch den Schein der Legalität, seine Anhänger kämpfen für den Erhalt der Republik.«

»In dem ganzen Haufen gibt es höchstens einen oder zwei, die einen Gedanken an die Republik verschwenden«, mischte sich Caelius in das Gespräch ein, »der Rest ist auf Macht, Privilegien, Posten aus, wie immer, und das weißt du.«

»Und Caesars Leute?« entgegnete Cicero scharf. »diese Bande von schuldengeplagten Lebemännern, heruntergekommenen Abenteurern, zwielichtigen Spaniern und anderen Provinzialen – worauf sind die aus? Oder werden die vielleicht alle von purem Idealismus getrieben?«

Tullia hatte sich neben ihren Vater gestellt, legte eine Hand auf seine Schulter und sagte: »Bleib neutral, Vater, ich bin sicher, sie werden es dir erlauben. Ich darf gar nicht daran denken, daß du dein Leben im Kampf riskierst.«

Ich hörte das unterdrückte Schluchzen in ihrer Stimme und sagte kühl: »Mach dich nicht lächerlich, Tullia, dein Vater hat doch nicht vor, an der Spitze einer Legion in die Schlacht zu ziehen. Im übrigen stehst du auf Caesars Seite, das solltest du jedenfalls aufgrund deiner Ehe.«

»Was sich irgendwann als großer Vorteil herausstellen könnte«, warf Caelius ein.

Tullia ging nicht darauf ein. »Ich stehe auf niemandes Seite, ich denke an meinen Vater.«

»Nun, du solltest auch an deinen Ehemann denken, dem du Treue, wenn nicht Zuneigung, schuldest. Und was deinen Vater betrifft, überleg doch mal. Wenn er beschließt, neutral zu bleiben – das heißt, falls sie ihm diese Wahlmöglichkeit überhaupt lassen –, ist seine Karriere vorbei, wie der Krieg auch verläuft.«

Cicero stand auf. »Ich werde mich weiterhin für den Frieden einsetzen, bis sich zeigt, daß meine Bemühungen vergeblich sind«, kündigte er in bestimmtem Ton an. »Bis dahin werde ich mich nicht kompromittieren.«

Caelius seufzte, seine Augen waren feucht. Er bückte sich, um seinen Mantel aufzuheben.

Ich wünschte, er würde bleiben, um irgendeine Art von Entscheidung zu forcieren.

»Geh noch nicht«, flehte ich.

»Ich muß.«

Schweigend umarmte er Cicero, dann Tullia und zum Schluß mich. Er umfaßte meine Handgelenke, sein Griff war schmerzhaft. »Hilf ihm, sich zu entscheiden, ganz unparteiisch, wenn es geht.« Er ließ meine Handgelenke los. »Und unterstütz ihn, wie auch immer er sich entscheidet.«

Dann war er fort. Das Zimmer wirkte leer ohne ihn.

Ich räusperte mich. »Und unser Sohn und Quintus' Sohn, bleiben die hier bei dir?«

»Das ist im Moment das beste für sie, später schicke ich sie vielleicht zu ihrer eigenen Sicherheit nach Griechenland. Sie sind zu jung und gleichzeitig zu alt, Marcus fünfzehn, Quintus gerade sechzehn, ich habe Angst, daß sie Dummheiten machen könnten.«

Er saß zusammengesunken auf seinem Stuhl. Sein Mund war leicht geöffnet, und es sah aus, als ob das Fleisch von seinen Wangen herunterhinge. Er hatte wieder dieses Apathische, das ihn so oft befiel, wenn er unentschlossen war, und auf einmal tat er mir leid. Ich ging zu ihm, legte meine Hand auf seinen Kopf und erinnerte mich an dieselbe Geste vor sieben Jahren. Damals mußte ich ihn in seiner Ergebenheit stärken, jetzt würde ich ihm bei der Entscheidungsfindung helfen müssen. Er schien meine Hand auf seinem Kopf nicht zu spüren, und ich strich ihm nicht übers Haar.

»Aber du, meine liebe Tochter, hast uns heute Grund zur Freude gegeben. Was das kommende Jahr auch bringen mag, es wird zumindest die Geburt meines Enkelkinds verkünden«, sagte er und gab sich alle Mühe, froh zu klingen.

Ich nahm meine Hand von seinem Kopf. Sie fiel schlaff herunter.

Tullia und ich kehrten in die Stadt zurück. Keine von uns sprach während dieser kurzen Fahrt ein Wort.

Mitten in der Nacht wurde ich wach, das Zimmer war vollkommen dunkel, erdrückend dunkel. Ich hatte keine Orientierung mehr. Mein Bett hätte ebensogut verkehrt herum an der Decke hängen können. Es gab keinerlei Bezugspunkte in diesem lichtlosen Raum, und die Stille hatte etwas schaurig Geladenes. Ich setzte mich auf und streckte die Arme vor mir aus, als würde ich versuchen, aus der Dunkelheit herauszuschwimmen, zurück ins Licht.

Dann hörte ich es. Der Lärm raste auf mich zu wie eine Flutwelle. Rattern von Wagenrädern, Klappern von Pferdehufen, Rufe und Geschrei, dumpfe, unerklärliche Schläge. Geräusche, die man nachts oft wahrnahm, mal das eine, mal das andere, aber immer vage und gedämpft durch die dicken Mauern unseres Hauses. Nun waren all diese Geräusche vervielfacht und konzentriert in einer gewaltigen Kakophonie, die von Eile und Durcheinander zeugte.

Ich tastete nach der Lampe, konnte sie jedoch nicht finden. Panik überfiel mich, ich warf die Decke ab und stellte meine Füße auf den Boden. Die Berührung des kalten Steins beruhigte mich und verankerte mich wieder im Raum. Durch einen Spalt zwischen den schweren Vorhängen vor dem Eingang meines Zimmers flackerte ein schwaches Licht, das näher kam.

Tullia zog die Vorhänge auf und stand vor mir, eine Kerze in der Hand. Sie hatte einen Umhang über ihre Tunika geschlagen, das Haar hing ihr in wirren Strähnen vorm Gesicht, mit der freien Hand schob sie es zur Seite. Ihre Augen waren weit aufgerissen vor Angst, und ihr Mund zitterte. »Was ist los? Was geht da vor sich?«

Durch ihre Panik faßte ich mich sofort wieder. »Ich weiß es nicht, aber das finden wir schon heraus.«

Hastig kleidete ich mich an, warf mir ein Umschlagtuch um Kopf und Schultern und zündete meine Lampe an Tullias Kerze an.

Wir liefen durch das Peristyl. Es nieselte, mehr eine Art feuchter Nebel als Regen. Ich fröstelte und bedauerte, keinen warmen Mantel umgelegt zu haben. Die Fackeln im Atrium brannten, aber außer dem Wächter in seinem Häuschen war kein Diener zu entdecken. Das war ein schlechtes Zeichen.

»Mach die Türen auf«, befahl ich.

Der Wächter zögerte einen Moment, dann gehorchte er. Knarrend öffneten sich die schweren Türen, und sogleich verwandelte sich der Lärm in ein sichtbares Pandämonium.

Dolabellas Haus lag am Fuß des Palatins, am Kreuzungspunkt zweier Straßen, der Via Sacra und der Straße, die durch die Senke zwischen Palatin und Caelius verläuft und schließlich in die Via Appia mündet, die nach Süden führt. Beide Straßen waren mit Kutschen, Karren und Sänften verstopft, die meisten gehörten ganz offensichtlich Leuten von Rang. Dies waren keine Proletarier auf der Flucht. Jedes Beförderungsmittel wurde von einem Pulk von Sklaven umringt, die ihren Herrn und seine Familie begleiteten. Die Equipagen versuchten verzweifelt, aneinander vorbeizukommen, was unmöglich war, selbst auf verhältnismäßig breiten Straßen wie diesen. Kutscher schrien ihre Tiere an und knallten mit den Peitschen, Sänftenträger riefen einander zu, daß sie zur Seite gehen sollten, Sklaven schlugen andere Sklaven. Vergeblich, der Zug bestimmte sein eigenes Tempo. Über all dem loderten und rauchten Fackeln, und im Nieselregen wehten die Flammen wie feurige Banner hinter denen, die sie trugen, her. Schwer hing der strenge Geruch von feuchter Pferdehaut, Mist und Rauch in der Luft.

Eine ganze Weile standen Tullia und ich in der Tür und schauten auf den Flüchtlingsstrom, der zwischen der dichten Menge, die die Straße auf beiden Seiten säumte und gleichsam menschliche Ufer bildete, hindurchfloß. Wir bahnten uns einen Weg durch das Gedränge, um näher heranzukommen. An der Stelle, wo wir standen, hatte sich die lange Reihe von Fahrzeugen und Sänften und ihrem ganzen Gefolge etwas verlangsamt, da die beiden Straßen sich dort kreuzten. Eine leichte Kutsche, von einem Maulesel gezogen, hielt an, direkt vor uns. Ich fühlte ein Augenpaar auf mich gerichtet und erkannte Ciceros alten Freund Sulpicius Rufus.

»Was machst du hier draußen auf der Straße?« rief er. »Geh schnell nach Hause und bereite dich vor, die Stadt zu verlassen.«

Ich ging zu seiner Kutsche. Er stieg aus, und wir blickten einander an. Seine freundlichen, weisen Augen hielten die meinen fest, es war keine Angst darin zu lesen, nur müde Traurigkeit.

»Warum? Was ist los?«

»Pompeius zieht sich aus Rom zurück und nimmt die Senatoren und Magistrate mit.« Er lächelte gequält. »Sogar Ex-Konsuln und Juristen wie mich.«

Ich schnappte nach Luft. »Hat er die Hoffnung aufgegeben? Steht Caesar schon vor den Toren Roms?«

»Nein, Caesar ist noch mindestens hundertfünfzig

Kilometer entfernt, doch er kommt schnell näher. Aber du brauchst keine Angst zu haben, Terentia, noch nicht, das ist Strategie – Pompeius zieht sich zurück, um seine Truppen in Apulien zu versammeln.«

»Aber die Stadt zu verlassen ... uns ohne Senat zurückzulassen, ohne Magistrate. Das hat es noch nie gegeben. Es ist unerhört, unmenschlich ...«

»Du hast recht, das hat es noch nie gegeben.« Er schwieg einen Moment, suchte sichtlich nach einer weiteren Erklärung, nach einer vernünftigen Entschuldigung. Schließlich sagte er: »Wir müssen Pompeius vertrauen und davon ausgehen, daß er weiß, was er tut.«

»Vertraust du ihm?« fragte ich.

Er antwortete nicht.

»Auf wessen Seite stehst du?« fragte ich, an meinen Ehemann denkend.

Er fuhr sich mit der Hand übers Gesicht. »Auf keiner. Genau wie Marcus Cicero werde ich alles tun, um diesem Wahnsinn Einhalt zu gebieten. Es gibt noch Verhandlungsspielraum.«

»Warum reist du dann ab, wenn du kein Anhänger von Pompeius bist?«

»Vielleicht hast du mich mißverstanden. Meine Loyalität gilt der Republik, schon immer. Ich hoffe auf Frieden und werde tun, was ich kann, um ihn herbeizuführen. Ich reise ab, weil Pompeius von allen, die die Gesetze achten, erwartet, daß sie mit ihm die Stadt verlassen.«

»Welche Gesetze, wessen Gesetze?«

Auch darauf antwortete er nicht. Sein Kutscher drängte ihn, wieder einzusteigen, das Gefährt setzte sich in Bewegung und ging im Verkehrsstrom auf. »Was sollen wir tun?« rief ich ihm nach.

Meine Frage war ein Ausdruck allgemeiner Verzweiflung gewesen, doch er faßte sie wörtlich auf.

Er drehte sich in seiner Kutsche um und rief zurück: »Begib dich zu deinem Mann, so schnell wie möglich.«

Der Kutscher knallte mit der Peitsche, im Schneckentempo ging es voran.

»Komm mit rein«, sagte ich zu Tullia. Ich wollte ins Haus zurück, doch die Menge war noch dichter geworden, und wir waren vom Eingang abgeschnitten. Ein Stück entfernt, die Via Sacra hinunter in Richtung Forum, stieg ein tiefes knurrendes Murmeln aus der Menschenmasse auf.

Pompeius' Kutsche, prächtig bemalt und reich verziert, von zwei Pferden gezogen, befand sich auf unserer Höhe, ehe ich mich's versah. Er saß allein darin, aufrecht und reglos. Er trug eine Toga, aber keinen Mantel. Zwei Reihen Leibwächter, mit Schwertern bewaffnet, schritten zu beiden Seiten der Kutsche. Im Licht ihrer Fackeln war sein Gesicht deutlich zu sehen. Er starrte geradeaus, schien die Menge nicht zu bemerken oder ignorierte sie bewußt. Auf einmal kam das Bild von Lentulus wieder hoch, auf dem Weg zu seiner Hinrichtung, Hand in Hand mit Cicero, und ich zuckte bei dieser Erinnerung zusammen. Das Tempo der Kutsche wurde vom Zug der flüchtenden Senatoren und Magistrate bestimmt. Pompeius ließ sich mit dem Strom treiben.

Es war der 18. Januar des Jahres 49. Gnaeus Pompeius Magnus verließ Rom, um nie mehr zurückzukehren.

In derselben Nacht brach Cicero zu seiner Villa in Formiae auf, begleitet von Marcus, Quintus, Pomponia und deren Sohn. Ich blieb mit Tullia in Rom. Mein Mann hatte mich bisher nicht gebeten oder aufgefordert, zu ihm zu kommen, also brauchte ich meinen Entschluß auszuharren noch nicht zu revidieren, auch wenn es eher ein passives Hinnehmen meiner körperlichen Anwesenheit in Rom war als eine bewußte Entscheidung.

Cicero seiner Terentia einen herzlichen Gruß.

... Jetzt müßt Ihr, und nicht nur ich, eine Entscheidung treffen, was Ihr tun wollt. Mäßigt ER sich bei seinem Einzuge in Rom, dann könnt Ihr fürs erste ungeniert daheim bleiben; gibt er aber in seiner Wut die Stadt der Plünderung preis, dann, fürchte ich, kann selbst Dolabella uns nicht viel nützen. Auch fürchte ich, daß wir demnächst abgeschnitten werden und es Euch dann nicht mehr freisteht, wenn Ihr herauskommen wollt ... Wie es augenblicklich steht, könnt Ihr, vorausgesetzt, daß wir diese Gegend hier halten, ganz gut bei mir oder auf unsern Gütern weilen. Auch steht zu befürchten, daß in der Stadt sehr bald Hungersnot eintritt ...

Minturnae, den 23. Januar 49

Ich verließ Rom nicht. Tullia wollte nicht weg, und ich gebrauchte ihre Schwangerschaft als Entschuldigung für mein Zögern. Doch in Wirklichkeit hatte ich mich endlich entschieden, für Caesar und nicht für Pompeius. Meine Weigerung zu gehen, war demonstrativ gemeint.

Caesar setzte seinen Zug durch Italien fort. Am ersten Februar war er in der Gegend von Corfinium, etwa hundert Kilometer nordöstlich von Rom. In der Stadt schlug die Apathie in nervöse Spannung um. Die Belieferung mit frischen Lebensmitteln aus der Provinz stockte, Flüchtlinge aus den Gebieten, die auf Caesars Weg lagen, strömten nach Rom, während gleichzeitig Scharen seiner Anhänger, die meisten arm und unzufrieden, die Stadt verließen, um sich Caesars Armee anzuschließen. Es war, als würde mit einem riesigen Stock in einem riesigen Ameisenhaufen gestochert. In unserem verbarrikadierten Haus wurde auch ich von dieser merkwürdigen Unruhe angesteckt. Die Sklaven waren mürrisch und widerspenstig, selbst meine eigenen Dienerinnen waren langsam in ihrer Arbeit und standen die meiste Zeit in irgendeiner Ecke herum und tuschelten. Hinzu kam, daß es Tullia nicht gut ging. Sie war lethargisch und schwach und rührte ihr Essen kaum an. Und obwohl ihre Schwangerschaft inzwischen so weit fortgeschritten war, daß es ihr morgens nicht mehr übel sein müßte, übergab sie sich mehrmals am Tag. Ich konnte mir nicht mehr einreden, daß sie nur unglücklich sei. Es war offensichtlich, daß ihr wirklich etwas fehlte.

Atticus grüßt Terentia.
Caesar hat Pompeius' letzten Vorschlag abgelehnt. Ich denke nun, daß Krieg, wenn wir das, was jetzt geschieht, lediglich eine »Uneinigkeit« nennen wollen, unvermeidlich ist. Du mußt sofort abreisen, Terentia, ich bitte Dich inständig, Du könntest sonst abgeschnitten werden. Die Situation wird wahrscheinlich vollkommen außer Kontrolle geraten. Geh zu Deinem Mann nach Formiae. Denk an Deine Tochter und ihr ungeborenes Kind, und an die Lage Deines Mannes …
15. Februar

Ich konnte nicht länger auf meinem Standpunkt beharren, es war Zeit aufzubrechen.

Und es war auch Zeit, meinen Mann davon zu überzeugen, welchen Kurs er fahren solle.

Es war keine glückliche Familie in Formiae.

Cicero war zerstreut und reserviert, und meine Versuche, mit ihm zu reden, ihn zu einer Entscheidung zu drängen, am liebsten der meinen, natürlich, führten zu nichts. Oft war er tagelang weg, und ich wußte nicht immer, wo er war. Pomponia und Quintus hatten ständig Streit. Die Jungen, die hier keinen Lehrer hatten, waren faul und unfolgsam, und Tullia ging es zwar körperlich besser, aber sie war nach wie vor lustlos und unglücklich, kam kaum aus ihrem Zimmer heraus und sprach nie über das Kind oder dessen Geburt. Das Wetter spielte auch nicht mit, es regnete den ganzen Monat. Das Haus war feucht, die Wege waren schlammig, die Gärten standen unter Wasser, das Meer, wenn man es denn durch den Nebel und peitschenden Regen überhaupt sehen konnte, war schwarz wie Tinte oder, wenn der Sturm darüber hinwegtoste, wie Tinte mit weißen Schaumflecken. Und langsam wuchs meine Wut. Meine Zukunft stand auf dem Spiel. Ich fühlte mich mißbraucht, wie eine Leibeigene, gezwungen, in einem Strom mitzuschwimmen, in den andere mich geworfen hatten.

Am 23. Februar eroberte Caesar Corfinium. Pompeius, der keinen Versuch unternommen hatte, seinen Truppen und ihrem Befehlshaber in Corfinium zu Hilfe zu kommen, zog sich zurück, oder floh, nach Brundisium, von wo aus er zweifellos früher oder später, vermutlich eher früher, mit seiner Armee nach Griechenland übersetzen würde.

Dieses Ereignis löste die Spannung in unserem Haushalt.

Cicero und ich waren in meinem Zimmer, zusammen mit unserem Sohn, der still zuhörte und ab und zu etwas einwarf. Tullia war nicht dabei, und ihr Vater ließ sie auch nicht holen. Mein Mann wollte tatsächlich den Rat seiner Frau. Ich fühlte mich geschmeichelt und mühte mich, besonnen und hilfreich zu sein.

Er fragte mich, warum ich so darauf drängte, daß er sich Caesar anschloß. Ruhig zählte ich meine Argumente noch einmal auf, und diesmal hörte er aufmerksam zu.

Als ich ausgeredet hatte, sagte er: »Aber ich kann es nicht, ich kann mich Caesar nicht anschließen, obwohl er mich mit offenen Armen empfangen würde, das hat er mir mehrfach geschrieben. Eine Zeitlang habe ich gedacht, wenn es jemanden gäbe, der zwischen den beiden vermitteln kann, so wäre ich es. Doch jetzt habe ich mich entschieden, Pompeius zu folgen, wenn er nach Griechenland aufbricht, was er mit Sicherheit tun wird. Er wird den Krieg von dort aus fortsetzen müssen. Ich habe keine Wahl, es ist eine Frage der Ehre. Ich muß gehen, welche Konsequenzen es auch haben wird, für mich, für dich und für die Kinder.«

Es war ein stürmischer Abend. Der Wind hatte schon den ganzen Tag stark geweht, doch mit Einbruch der Dämmerung hatte er beunruhigend zugenommen. Bösartig pfiff er zwischen den Säulen des Peristyls hindurch, schlängelte sich über den Fußboden des Zimmers und griff nach meinen Knöcheln. Die Flammen der Lampen flackerten.

»Du kannst im Winter nicht übers Meer«, sagte ich.

Er lächelte. »Auch im Winter gibt es auf See passables Wetter.«

»Aber dem Tyrrhenischen Meer darf man im Winter nicht trauen.«

»Dann reise ich über das Adriatische, wie Pompeius. Von Brundisium aus.«

»Caesar hat die Verbindung nach Brundisium bis dahin bestimmt abgeschnitten.«

»Es wird einen Weg geben.«

Ich fragte, noch immer ruhig: »Warum stellst du dich hinter Pompeius?«

Eine Weile sagte er nichts. Irgendwo im Haus schlug unregelmäßig ein Fensterladen. Schließlich antwortete Cicero traurig und widerstrebend: »Weil ich tun muß, was die sogenannten rechtschaffenen Leute tun werden, jene, die behaupten, daß das Schicksal der Republik ihre einzige Sorge sei. Denn wenn ich es nicht täte, würden sie mich in der Luft zerreißen.« Er lächelte gequält. »Ich habe offenbar immer noch Angst vor ihrer Meinung, wie sehr ich sie auch verachte. Aber letztlich zählt für mich nur Pompeius, aufgrund dessen, was er für mich getan hat, und nicht, weil ich mehr an seine Sache glauben würde als an Caesars.«

Zum erstenmal sprach unser Sohn: »Bewunderst du Pompeius im Moment, Vater?«

»Bewundern? Nein, Marcus. Pompeius hat die Sache gründlich vermasselt – er hat nicht auf Frieden hingearbeitet, auch nicht auf Krieg, und daß er Rom verlassen hat, ist schlichtweg skandalös. Wahrscheinlich wird er sogar Italien verlassen. Und sollte er doch gewinnen, wer weiß, wie er sich als Sieger verhalten wird?«

»Warum dann, Vater, warum?«

»Wie ich schon sagte, es ist das einzig Ehrenhafte, was man tun kann.«

»Aber du wirst Italien ebenfalls verlassen müssen, du wirst uns verlassen müssen. Wieder, genau wie damals, als du so unglücklich warst. Das hast du selbst gesagt.«

»Du meinst, ich müßte fortgehen.« Er seufzte matt. »Ja, du hast recht, und ich bin älter geworden, schwächer, müde. Ich liebe mein eigenes Bett, meinen häuslichen Komfort – ich bin nicht aus dem Holz, aus dem Soldaten und Abenteurer gemacht sind.«

»Dann bleib und erklär deine Neutralität«, drängte ich, »Sie werden es respektieren. Sie müssen.«

»Nein, keiner von beiden wird es respektieren. Und sollten Caesar und Pompeius sich einigen und diesen irrsinnigen Streit beilegen, dann werden sie mich den Löwen zum Fraß vorwerfen. Ich muß mit Pompeius abreisen, oder ihm folgen.«

Marcus stand neben mir. Ich nahm seine Hand, entsann mich, wie sie sich weich und warm in meine geschmiegt hatte, als er klein war. Sie war nun auch warm, aber sein Griff war stark.

Mein Mann sah mich voller Mitleid an. »Meine arme Terentia, du hättest mich nie heiraten dürfen. Schließlich bereite ich dir mehr Kummer und Sorgen, als du verdienst.«

Es war lange her, daß er so etwas Liebevolles zu mir gesagt hatte. Mein Mund zitterte, und dankbar für diese Erinnerung an die Zärtlichkeit, nach der ich mich einst so gesehnt hatte, beschloß ich, es ihm nicht noch schwerer zu machen, indem ich wütend wurde.

»Wenn das deine endgültige Entscheidung ist, werde ich mich damit abfinden. Mögen die Götter uns beistehen und uns beschützen.«

Er erhob sich, nahm Marcus und mich in den Arm, und lange standen wir so umschlungen da.

Zwei Tage hatten unsere Eintracht und sein Entschluß Bestand.

Durch Tullia wurde das eine zunichte gemacht, durch mein Verhalten das andere.

Ich wollte gerade schlafen gehen, als Tullias Dienerin in mein Zimmer stürmte.

»Kommt schnell, Herrin, Eure Tochter hat Wehen, kommt schnell.«

Tullia lag in ihrem Bett, mit angezogenen Knien. Die Decke war heruntergerutscht. Ihr dünnes Nachthemd hatte sich um ihren Leib gewickelt, ihr Gesicht war schmerzverzerrt und schweißnaß, doch ihre Stimme klang ruhig: »Ich bekomme eine Fehlgeburt.«

Ich beugte mich über sie. Sie blutete nicht.

»Wo tut es weh?« fragte ich.

Tullia griff sich an den Bauch, es war noch kaum zu sehen, daß sie schwanger war.

»Bist du sicher, daß es nicht einfach Bauchschmerzen sind?«

»Nein, es kommt in Wellen, krampfartig.«

»Aber das ist bei Bauchschmerzen auch so.«

»Ich bekomme eine Fehlgeburt«, weinte sie. »Ich weiß es.«

Ich sah sie an und dachte schnell nach. Soweit ich wußte, war kein Arzt in der Nähe. Plötzlich fiel mir ein, daß es im Haushalt unserer Nachbarn eine Sklavin gab, die ab und zu als Hebamme auftrat.

Ich wandte mich an Tullias Dienerin, die am Kopfende des Bettes stand: »Geh zu Mamurras Haus und sag der Sklavin, die Hebamme ist, daß sie sofort kommen soll.«

Als die Sklavin weg war, schluchzte Tullia: »Es ist zu spät.«

»Vielleicht auch nicht, du hast keine Blutungen. Es gibt Kräuter und Kompressen – die Hebamme wird wissen, was zu tun ist.«

»Ich will keine Hebamme, ich will in Ruhe gelassen werden.«

»Sei nicht albern, wir müssen alles versuchen.«

Tullia krümmte sich, als wieder ein Krampf begann. Sie murmelte etwas Unhörbares, das Gesicht abgekehrt.

Ich beugte mich über das Bett: »Ich habe dich nicht verstanden.«

»Ich will, daß das Kind stirbt, ich will es nicht haben.«

Ich packte sie an den Schultern und drehte sie auf den Rücken. Ihre Augen waren geschlossen.

»Was sagst du?«

»Du hast es doch gehört, ich will Dolabellas Kind nicht.«

»Das ist nicht dein Ernst.«

Tullia öffnete die Augen und starrte mit leerem Blick in den Raum.

»Es ist mein Ernst.«

»Aber warum, Tullia? Du hast dir immer ein Kind gewünscht, du warst ganz verzweifelt.«

Der Krampf war vorbei, und Tullia lag still da, wartete angespannt auf den nächsten. Laut und deutlich sagte sie: »Weil mein Mann mich betrogen hat, nicht nur einmal, sondern die ganze Zeit, vom ersten Tag unserer Ehe an. Mit dieser Hure Metella und noch vielen anderen. Er hat sich sogar damit gebrüstet. Dieses Kind hat er gezeugt, als er betrunken war. Er konnte nur mit mir schlafen, wenn er betrunken war, aber nicht betrunken genug, um impotent zu sein, obwohl das auch vorkam. Er ist immer grob gewesen, hat mir weh getan und es genossen. Es hat ihn erregt. Selbst Crassipes ist sanft zu mir gewesen. Und Piso ...« Ihr Mund verzog sich, als erneut ein Krampf durch ihren Körper zuckte. »Ich vermisse Piso«, jammerte sie, »er hat mich geliebt, er hat sich stets bemüht, es mir zu zeigen, er hat mir nie weh getan, ist immer gut zu mir gewesen ...«

Zaghaft versuchte ich, ihre Worte in Zweifel zu ziehen. »Das glaube ich nicht, kein Ehemann würde so etwas tun. Das bildest du dir nur ein, vielleicht warst du bloß nicht an diese Art von Liebe gewöhnt ...«

Mit zusammengebissenen Zähnen sagte Tullia: »Du wußtest, wie er ist, oder etwa nicht? Du warst gewarnt, aber du hast nicht darauf gehört und ihn mich heiraten lassen.«

Ich wartete, daß sie sagen würde: Du hast ihn bestochen. Doch sie wand sich vor Schmerzen, und als diese verebbten, sagte sie: »Ich mache dir keine Vorwürfe, Mutter. Ich wollte ihn unbedingt haben. Ich wußte, daß die Leute hinter meinem Rücken tratschten, aber ich habe die Ohren davor verschlossen. Es ist auch meine Schuld – ich habe dich unter Druck gesetzt, um ihn zu kriegen. Ich habe bekommen, was ich wollte, und jetzt will ich es nicht mehr, ihn nicht, sein Kind nicht.«

Ihr Schmerz und ihr Kummer trafen mich bis ins Mark.

Nie hatte ich echte Muttergefühle für meine Tochter gehegt, doch jetzt war ich wirklich eine Mutter, die sich um ihr Kind sorgt. Ich kniete neben dem Bett und wiegte Tullias Kopf in meinen Armen, spürte, wie sich ihr Körper zusammenzog, als wieder ein Krampf kam. Leise summend streichelte ich ihr feuchtes Gesicht, und ein intensives Glücksgefühl durchströmte mich, weil ich ihren Schmerz nun teilte. Diesmal brauchte ich die Rolle der liebenden Mutter nicht zu spielen, und der Himmel weiß, daß ich sie nicht oft und auch nicht sehr überzeugend gespielt habe.

Lange kniete ich neben dem Bett, meine Tochter in den Armen. Die wenigen Male, da ich in der Lage gewesen war, das zu empfinden, was von mir erwartet wurde, war ich meist äußerst selbstzufrieden gewesen. Jetzt war das nicht so. Da waren nur Sorge und Schuldgefühle. Ich hatte diese Ehe aus reinem Eigennutz gewollt.

Tullia hatte sich wieder beruhigt, sie lag still da und atmete schwer, aber regelmäßig. Die Krämpfe hatten offenbar etwas nachgelassen.

Die Hebamme kam, und ich mußte mit ansehen, wie sie auf Tullias Bauch drückte. Tullia schrie auf. Die Hebamme spreizte Tullias Beine und beugte sich über sie.

»Sie hat keine Blutungen«, sagte sie, während ihre Hände geschäftig den Körper meiner Tochter untersuchten. Tullia schrie wieder.

»Ist es unbedingt erforderlich, ihr weh zu tun?« herrschte ich die Sklavin an.

Sie schaute hoch. »Es ist besser, wenn Ihr uns allein laßt. Ich werde tun, was nötig ist.«

Plötzlich richtete sich Tullia auf und erbrach sich über den Rand des Bettes.

»Laßt uns allein«, drängte die Frau. »Ich werde Euch rufen, wenn ich Euch brauche. Die Dienerin kann mir helfen.«

An der Tür drehte ich mich um. Tullias Kopf hing noch

über der Bettkante, ihr Haar fiel feucht und wirr herunter. Wieder bäumte sie sich auf, und noch mehr Galle ergoß sich über den Boden.

Ich floh aus dem Zimmer.

Cicero saß in seiner Bibliothek und schrieb, als ich hereinstürmte.

»Was ist los?«

»Tullia, sie hat eine Fehlgeburt.«

Er warf die Hände in die Luft. »Meine arme Tulliola! Kann das Kind nicht gerettet werden?«

»Sie will es nicht – sie will Dolabellas Kind nicht, Marcus.«

Er starrte mich fassungslos an. Die Worte flossen mir aus dem Mund.

»Sie will das Kind ihres Mannes nicht zur Welt bringen. Sie ist von der ersten Woche ihrer Ehe an nicht glücklich mit ihm gewesen. Ich habe gesehen, daß sie unglücklich war, aber sie hat nichts gesagt, und ich dachte, daß es vorbeigehen würde. Doch daß er ihr von Anfang an untreu gewesen ist, das habe ich nicht gewußt. Sie wird sich von ihm scheiden lassen müssen, sofort.«

Er schob mich zur Seite.

»Wo willst du hin?«

»Zu ihr.«

»Das geht nicht, die Hebamme ist bei ihr. Marcus …«

Doch er war schon weg, rannte zu Tullias Zimmer, seine Sandalen klapperten über den Boden. Binnen weniger Minuten war er zurück.

»Hast du mit ihr gesprochen?«

»Nein, ich habe ihr nur einen Kuß gegeben und ihr kurz die Hand gehalten. Die Hebamme hat mich weggeschickt. Tullia hat schreckliche Schmerzen, Terentia.« Er hatte Tränen in den Augen.

»Natürlich. Und es ist mehr als nur der physische Schmerz. Sie ist furchtbar unglücklich. Ist dir nicht aufgefallen, daß sie in letzter Zeit nicht mehr sie selbst ist?«

Er ließ sich auf einen Hocker fallen. »Nein, das heißt, ich dachte, daß sie sich wegen ihrer Schwangerschaft nicht gut fühlte, aber ich hatte den Kopf so voll, daß ich nicht wirklich auf sie geachtet habe.« Er schlug sich mit geballten Fäusten auf die Knie. »Diese verfluchten Zeiten.«

»Er hat sie mißhandelt, Marcus, ich weiß es. Wahrscheinlich schlägt er sie, ich habe die blauen Flecke gesehen.«

»Du mußt dich irren. Er ist ein beunruhigender junger Mann, das gebe ich zu, aber seine Ehefrau schlagen und mißhandeln …«

»Sie muß sich von ihm scheiden lassen. Jetzt.«

»Dies ist nicht der Zeitpunkt, sich Dolabella zum Feind zu machen, wir werden seinen Schutz vielleicht noch brauchen.«

»Wie kannst du das sagen? Wie kannst du den Schutz eines Mannes wollen, dem nicht einmal etwas an seiner Frau liegt?«

»Wir brauchen ihn. Wenn ich Pompeius folge, wie ich, wie wir beschlossen haben, dann werden Dolabellas Ansehen und die Tatsache, daß er in der Gunst Caesars steht, für unsere Sicherheit garantieren, und die unseres Besitzes.«

»Ich habe geglaubt, daß du deine Tulliola heiß und innig liebst, doch nun könnte man meinen, daß du sie für Sicherheit – und Besitz – opfern willst.« Ich dachte an die Schmerzen meiner Tochter. »Wir haben ihr erlaubt, ihn zu heiraten.«

»Ihr habt darauf bestanden. Ich habe meine Zustimmung gegeben, ja, aber es war deine Initiative.«

»Du wußtest, wie er ist.«

»Nicht mehr als du wußtest oder hättest wissen können. Du mußt dieselben Gerüchte gehört haben, du warst vor Ort, du kanntest seinen Ruf.«

»Du hättest die Ehe verbieten können.«

»Dafür war es viel zu spät.«

Ich wartete einen Augenblick, bevor ich bewußt nachdrücklich sagte: »Du bist ein Feigling, wie gewöhnlich. Ich kann wenigstens meine Schuld gestehen und die Verantwortung auf mich nehmen. Ich fürchte mich nicht davor.«

Er senkte den Kopf. Wie ich ihn verachtete! Wie immer ging er der Diskussion aus dem Weg, ließ sich von den Ereignissen leiten. Selbst sein jüngster Beschluß, Pompeius zu unterstützen, war nur aus der Not geboren, zwischen zwei Übeln wählen zu müssen, weil nicht zu wählen noch viel gefährlicher gewesen wäre.

Ich würde ihm zeigen, daß ich den Tatsachen ins Auge sehen konnte, würde ihm beweisen, daß ich die Stärkere war.

Kühl und deutlich sagte ich: »Ich habe deinen teuren Schwiegersohn gekauft. Der Preis waren fünfzigtausend Sesterze. Er brauchte das Geld so dringend, daß er die Tochter von Lepidus, der er damals gerade den Hof machte, sofort sitzenließ und einwilligte, Tullia unverzüglich zu heiraten. Das war die Bedingung.«

Eine dumpfe, drückende Stille entstand zwischen uns. Unsere Blicke trafen sich. Ich sah Verständnislosigkeit in seinem.

»Wo hattest du das Geld her? War es dein Geld?«

»Nein, es kam aus dem Notfonds, den du bei Philotimus hinterlegt hattest.«

Er starrte mich immer noch fassungslos an, aber ich sah in seinen Augen, daß ihm einiges klarwurde, und dann die kalte Wut. »Das hat er dir erzählt, nehme ich an.«

»Ja.«

»Und du hast ihm geglaubt?«

Ich hätte ebensogut ein Zeuge der Gegenpartei sein können. Ich bekam Angst. Mit Cicero, dem Ankläger, würde ich es nicht aufnehmen können.

»Natürlich habe ich ihm geglaubt.« Meine Stimme, unnatürlich hoch, hallte in meinen Ohren wider.

Er stand auf und lief weg vom Tisch, weg von mir, und fing an, auf und ab zu gehen. »Aber ich glaube dir nicht. Ich denke, daß du ganz genau gewußt hast, daß Philotimus mich betrogen hat, wie ich vor einigen Monaten erfahren habe, und daß du ihm geholfen und ihn dazu angestiftet hast. Obwohl mir unklar ist, wieso. Du hättest mich doch um Geld bitten können, wenn du es so dringend brauchtest.«

»Es war nicht für mich, es war für Tullia. Und ich habe das Geld zurückgezahlt.«

»An Philotimus, der es tatsächlich zurückgegeben hat. Aber darum geht es nicht. Der Punkt ist, daß du seine Unehrlichkeit zugelassen hast. Und warum wolltest du unbedingt, daß Tullia Dolabella heiratet? Ich verstehe es nicht.«

Ich zitterte am ganzen Leib. Mein Mund war so trokken, daß ich meine Zunge und meine Lippen nicht bewegen konnte, kein Wort herausbrachte.

Er schritt immer noch auf und ab wie im Gerichtssaal und fuhr fort: »Du wußtest doch, daß ich nie einen sogenannten Notfonds anlegen würde, ohne es dir zu sagen. Ich habe dich immer über meine finanziellen Vorkehrungen informiert. Wie konntest du nur Philotimus aufs Wort glauben, ohne mich zu fragen.«

Ich mußte etwas sagen, mich verteidigen. »Dich fragen? Ein Brief nach Kilikien braucht einen Monat oder noch länger. Es war keine Zeit – wenn ich nicht schnell gewesen wäre, hätte Dolabella Aemilia geheiratet.«

»Unsinn, weniger als einen Monat, selbst unter schlechtesten Bedingungen. Du hättest Philotimus einen Brief mitgeben können, als er sich auf den Weg zu mir gemacht hat, oder es mir wenigstens sagen können, als ich zurück war. Wessen Idee war es, Dolabella dieses Darlehen, diese Schenkung – wie immer du es nennen willst – zu geben?«

»Seine. Meine. Nein, das ist nicht wahr, es war seine Idee. Er hat versucht zu helfen.«

»Und du hast dich keine Sekunde gefragt, warum? Oder dachtest du vielleicht, daß Philotimus dir so treu ergeben sei, daß er ohne meine Genehmigung handeln würde und mein Geld ausgeben würde, ohne mich zu konsultieren? Die Wahrheit ist ganz einfach: Philotimus hat Geld unterschlagen, das ich Milo schuldete, und einen Teil davon benutzt, um nicht Dolabella zu kaufen, sondern dich.«

»Nein!« rief ich. »Das stimmt überhaupt nicht.«

Aber es stimmte.

Ich fühlte mich in die Enge getrieben wie ein gefangenes Tier, und meine Angst schlug in Aggression um. »Ich habe dir doch gesagt: Ich hatte keine Ahnung, daß Philotimus dich betrogen hat, und du hast mich nie gewarnt, obwohl du es offenbar schon Monate wußtest. Warum hast du mich nicht informiert? Weil du mich in die Falle gehen lassen wolltest? Ist es so weit mit uns gekommen, daß du versuchst, mich als Dieb zu brandmarken? Aber ich habe nichts Unredliches getan, und du hast nichts gegen mich in der Hand. Ich habe die Summe zurückgezahlt. Beweis genug, wenn es dessen schon bedarf. Und warum, wenn wir einmal dabei sind, nimmst du Philotimus' Dienste immer noch in Anspruch?«

»Um wiederzubekommen, was er mir schuldet, und um der ganzen Sache auf den Grund zu gehen. Ich habe nicht vor, durch diese Betrügerei finanzielle Einbußen zu erleiden. Und daß du das Geld zurückgegeben hast, beweist gar nichts. Vielleicht hast du ja viel mehr gestohlen. Wenn das so ist, dann finde ich es heraus, und ich brauche Philotimus, um alles ans Licht zu bringen.«

Seine Kälte machte mir Angst. »Marcus, bin ich jemals unehrlich gewesen?« fragte ich sanft, ruhiger jetzt. »Hast du vergessen, daß ich meinen eigenen Besitz verkauft habe, um deine Sache mitzufinanzieren, als du im Exil warst? Hast du vergessen, was ich damals für dich getan habe, was ich erlitten habe, weil ich deine Frau bin?«

»Nein.« Es klang, als ob es unter Schmerzen herausgezogen würde, wie ein fauler Zahn.

»Wie kannst du dann denken, daß ich dich jetzt betrüge?«

Er stand mit dem Rücken zu mir und schwieg. Aber ich mußte sein Gesicht sehen. Ich ging zu ihm, faßte ihn an den Schultern und drehte ihn um. Er machte einen Schritt zurück. Ich versuchte nicht noch einmal, ihn zu berühren.

»Glaub mir, glaub mir bitte, Marcus, das bist du mir zumindest schuldig. Ich habe getan, was mir für unsere Tochter das Beste erschien. Ich will sie nicht leiden sehen, es zerreißt mir das Herz.«

Sein Gesicht wurde milder, und er sagte erstaunt: »So habe ich dich noch nie über unsere Tochter reden hören.«

Ich witterte meine Chance und ergriff sie. »Ich habe mich so für sie bemüht, weil ich sie liebe. Sie wollte Dolabella, sie verzehrte sich nach ihm. Ich hätte es dir erzählen sollen, das gebe ich zu – aber ich schämte mich, daß ich gezwungen war, deine Tochter zu verkaufen. Denn Fakt ist, daß ich Dolabella bezahlen mußte, um ihn dazu zu bringen, sie zu heiraten, und dieses Wissen wollte ich dir ersparen.«

Ich war in Tränen aufgelöst.

Cicero kam auf mich zu und stellte sich vor mich. Er berührte mich nicht, sondern blickte mich prüfend an.

Ich sah alles durch einen Schleier, aber ich trocknete meine Augen nicht.

»Wir werden diesen Vorfall vergessen, Terentia«, sagte er. »Wir werden für unsere Tochter tun, was in unserer Macht steht, doch wir müssen praktisch denken. Tullia kann sich jetzt nicht scheiden lassen, es wäre zu gefährlich. Außerdem verbiete ich dir, Philotimus weiter mit Geldangelegenheiten zu betrauen. Wenn du etwas kaufen oder verkaufen möchtest, dir Geld borgen oder welches verleihen, dann über mich. Mit deinem Besitz darfst du laut Gesetz tun und lassen, was du willst, aber von nun an bin ich dein Verwalter.«

Ich holte erleichtert Luft. Er war bereit, es zu vergessen, unter seinen Bedingungen. An diese würde ich mich halten müssen, zumindest vorläufig. Ich nickte.

Ich ging in Tullias Zimmer zurück. Sie lag zusammengerollt auf der Seite und schlief. Ihr Gesicht war blaß, aber nicht mehr vom Schmerz verzerrt. Die Hebamme saß auf einem Hocker am Fußende des Bettes, das frisch bezogen war. In einer Ecke lag ein Haufen schmutziger Bettwäsche, und ein übler Geruch hing im Raum.

Die Hebamme zeigte auf die Wäsche.

»Sie ist regelrecht ausgelaufen, kein Blut, sondern Durchfall. Es ist eine schwere Darmverstimmung, keine Fehlgeburt. Sie wird sich bald besser fühlen, ich habe ihr einen Trank gegeben. Sie wird das Kind nicht verlieren.«

Er ist Pompeius nicht nach Griechenland gefolgt. Keine zwei Wochen zuvor hatte er uns gesagt, daß der einzig ehrbare Weg für ihn sei, sich Pompeius anzuschließen. Kurz darauf schrieb er an Dich: »Zudem habe ich noch einen besonderen Grund zu bleiben: Ach, könnte ich doch einmal mit Dir persönlich darüber sprechen!« Dieser Grund war: Er mußte mich und Philotimus im Auge behalten.

Was ich jetzt über mich denke, Atticus? An meinem Tisch sitzend, zusehend, wie die Flammen der Lampen im zunehmenden Tageslicht verblaßten, habe ich die Terentia von damals untersucht, als ob mein früheres Ich der Patient sei und mein heutiges Ich der Arzt. Ich war unschuldig, aber nicht nur. Schuldig, aber nicht nur.

Doch mir ist klargeworden, daß das vorherrschende Gefühl zu dieser Zeit verletzte Eitelkeit war. Ich war so stolz auf das, was ich für meine Reputation hielt. In den Augen der Welt war ich zumindest noch die rechtschaffene, tugendhafte Matrone, die treue und tapfere Ehefrau des Ex-Konsuls Cicero. Das redete ich mir jedenfalls ein. Ich durfte nicht zulassen, daß dieses Bild zerstört wurde. Und ich hatte Angst vor meinem Mann, denn er konnte meinen Ruf ruinieren.

Ein bitteres Wiedersehen

Caesar hatte Brundisium erreicht und belagerte Pompeius, und noch immer konnte Cicero sich nicht entscheiden.

Beim Lesen der Briefe fand ich das Folgende:

Soll man im Vaterlande bleiben, wenn es von einem Tyrannen beherrscht wird? Soll man mit allen Mitteln auf die Beseitigung der Tyrannis hinarbeiten, auch wenn dabei wahrscheinlich die Existenz des Staates auf dem Spiele steht? ... Ist es politisch klug, sich irgendwo zu verkriechen und sich ruhig zu verhalten, wenn das Vaterland von einem Tyrannen beherrscht wird, oder um der Freiheit willen jede Gefahr auf sich zu nehmen? ... Soll jemand, der sich große Verdienste um den Staat erworben und sich dadurch endloses Leid zugezogen und sich mißliebig gemacht hat, sich freiwillig für das Vaterland in Gefahr begeben, oder soll man ihm gestatten, auch einmal an sich und seine nächsten Angehörigen zu denken unter Verzicht auf die Reibereien mit den Machthabern?

Wenn er mir sein Dilemma mit diesen Worten erklärt hätte, die so wahr klingen und es so treffend beschreiben, dann hätte ich es verstanden und respektiert. Doch das hat er nie getan. Also verschloß ich mich der Möglichkeit, daß sein Schwanken einen würdigeren, allgemeineren Grund haben könnte als nur die Sorge um sich selbst. Ich redete mir ein, daß er Angst habe, einen Schritt zu machen, in welche Richtung auch immer, denn Angst war verachtenswerter als wohlerwogenes Zögern. Und ich wollte ihn verachten können. In der Zeit seines Exils hatte ich Mitleid mit ihm gehabt, aber diesmal nicht. Er hatte mich mit seinen Verdächtigungen verletzt und verdiente mein Mitleid nicht.

Noch bevor Cicero uns die Neuigkeit überbrachte, schwirrte bereits das ganze Haus von Gerüchten. Caesar war im Anzug. Er würde am 28. März in Formiae sein, auf dem Rückweg von Brundisium, von wo aus Pompeius und seine Armee am siebzehnten des Monats nach Griechenland entkommen waren. Er wolle Cicero sprechen und werde unser Gast sein, für wie lange wußte niemand.

Als mein Mann die Gerüchte endlich bestätigte und mir Instruktionen gab – ich mußte am Tag von Caesars Ankunft ein Essen für eine große Gesellschaft ausrichten –, war ich schon vollkommen mit den Nerven fertig. Ich hatte Ausschlag, und nicht nur auf Brust und Rücken wie sonst, sondern auch im Gesicht und am Hals. Doch ich hörte mir seine Anweisungen ruhig an, und sollte er meine Nervosität trotzdem gespürt haben, so ließ er es sich nicht anmerken. Vielleicht dachte er, daß mich die üblichen Sorgen einer Gastgeberin quälten, die nicht weiß, wie viele Gäste sie zu erwarten hat und für wie lange, vielleicht dachte er sogar, daß ich mich vor den möglichen politischen Folgen dieses Besuchs fürchtete. Auf den wahren Grund wäre er nie gekommen. Und auch niemand anders.

Ich könnte die Wahrheit verschleiern, Atticus. Ich könnte schreiben: Ich war aufgeregt, weil dies möglicherweise die Wende bringen würde. Nach all dieser Zeit der Unentschlossenheit würde mein Mann endlich eine Entscheidung treffen. Caesar würde ihn dazu überreden, seine

Meinung offen zu vertreten, und wir würden endlich dieses trostlose Niemandsland falscher Neutralität verlassen und dorthin gehen können, »wo die Macht ist«, wie Caelius es ausgedrückt hatte.

Aber ich bin zu stolz, um zu lügen. Die Wahrheit ist: nicht der General, nicht der Tyrann, war die Ursache meiner Erregung. Es war der Mann: Gaius Caesar, der zum erstenmal in meinem Hause sein würde, den ich sehen und sprechen würde. Denn weißt Du, Atticus, ich hatte diesen Tag, da ich während des Prozesses zu ihm gegangen war, nie vergessen. Ich erinnere mich noch lebhaft, was ich damals fühlte, zum ersten und einzigen Mal: sinnliche Anziehung. Ich hatte Caesar in den dazwischenliegenden Jahren kaum gesehen, doch lange hatten mich Tagträume von ihm verfolgt, bis sie mit der Zeit nachgelassen hatten. Ich schämte mich dafür und tue es noch. Konnte ich nicht vermeiden, daran zu denken, rechtfertigte ich mich: Wenn ich schon nicht auf Leidenschaft zu hoffen brauchte, so durfte ich sie mir doch vorstellen. Töricht, aber unschuldig. Und nun loderte auf einmal die Flamme der Betörung wieder auf, unerwartet und beängstigend.

Ich stürzte mich in die Vorbereitungen. Das ganze Haus wurde auf den Kopf gestellt. Alle Sklaven wurden eingesetzt, und von morgens bis abends hörte man überall das Geräusch von Schrubbern und Besen. Gärtner harkten die Wege, bis nicht ein einziges Blättchen mehr zu sehen war, und pflückten Grün, um das Haus zu schmücken. Die prächtigsten silbernen Karaffen und Schalen wurden poliert und auf Anrichtetische gestellt, das schönste Geschirr wurde auf Sprünge überprüft und sorgfältig abgewaschen. Verschiedene Menüs wurden erwogen, das opulenteste ausgewählt, und ich brachte Stunden damit zu, die Köche zu instruieren und die Ingredienzien zu inspizieren. Die Diener, die bei Tisch servieren würden, bekamen saubere oder neue Tuniken. Die Kissen und Decken der Liegen im Speisesaal wurden ausgeklopft und gelüftet.

Quintus war teils amüsiert, teils verärgert: »Caesar hat den Kopf viel zu voll, um diese ganzen Haushaltskinkerlitzchen zu bemerken.«

Mein Sohn Marcus, sehr gegen Caesar eingestellt, machte aus seiner Verachtung für den ganzen Trubel kein Geheimnis und verkroch sich in seinem Zimmer. Sei's drum, am Ende würde Marcus doch tun müssen, was sein Vater ihm befahl.

Tullia verbrachte viel Zeit in ihrem Zimmer und ebensoviel bei ihrem Vater. Sie sprach nur selten mit mir und beteiligte sich nicht an den Vorbereitungen. Und wenn ihr der Gedanke gekommen war, daß sich Dolabella vielleicht in Caesars Gefolge befinden könnte, so sagte sie es niemandem, außer vielleicht ihrem Vater. Und auch der kümmerte sich nicht um die Haushaltsdinge.

»Er macht sich große Sorgen«, erzählte mir Quintus. »Er muß sich entscheiden, wie er mit Caesar umgehen soll.«

Aber ich hatte keine Zeit, mich mit dem Dilemma meines Mannes zu beschäftigen. Die ganze Nacht vor Caesars Ankunft lag ich wach. Ich streifte glücklich durch einen Phantasiegarten und redete mit Caesar. Ich erklärte ihm meine Motive, hörte mir seine Pläne für die Zukunft Roms an, gab kluge Kommentare, erntete Komplimente für meine Einsicht in die Situation, unterhielt ihn mit meinen geistreichen Bemerkungen, genau wie seine Geliebte Servilia. Ich war kühl und unnahbar wie Clodia, und er war fasziniert von meinem gespielten Hochmut. Ich strahlte und flirtete, und er schaute mich an wie seinerzeit Clodia, denn ich war ebenso schön.

Aber mitten in der Nacht richtete ich mich auf, tastete nach der Lampe und zündete sie an. Es dauerte eine Weile, bis ich in der Realität angekommen war. Meine Phantasiewelt verblaßte, als ich auf die vertrauten Wände meines Zimmers blickte. Ich stieg aus dem Bett, suchte meinen Handspiegel und nahm ihn mit ins Licht der Lampe.

Selbst die warme Glut der kleinen Flamme konnte mich nicht schöner machen. Ein verwelkter Hals, darüber ein leichtes Doppelkinn, rote Flecke auf der Stirn. Ich versuchte, sie mit Haarsträhnen zu kaschieren, doch nun sah ich genauso lächerlich aus wie Pomponia, und mein Haar war ohnehin zu dünn, um meine Stirn zu bedecken. Ich nahm einen Topf weiße Bleifarbe, den ich Pomponia entwendet hatte, ich selbst benutzte das Zeug nur selten, und strich mir das Gesicht damit ein. Es schimmerten noch feurig rote Stellen durch das Weiß hindurch, also trug ich immer mehr auf und spürte, wie mein Gesicht unter der Farbe erstarrte. Meine Augen, beängstigend nackt in dieser weißen Maske, blickten mich an. Ich rieb mir übers Gesicht, versuchte, die Masse abzuwischen, aber es blieb ebensoviel kleben, wie auf meine Hände gelangte. Mit einem Tuch schrubbte ich, bis sich meine Haut anfühlte, als ob sie verbrannt sei. Dann nahm ich erneut den Spiegel, hielt ihn lange in den Händen und legte ihn wieder weg. Ich zitterte vor Kälte. Ich blies die Lampe aus, kroch wieder ins Bett und zog mir die Decke über den Kopf.

In der erstickenden Dunkelheit ließ ich meine Hände über meinen Leib wandern, und ich sah, was ihre Berührung mir erzählte. Brüste wie leere Säcke, ein runder Bauch, der einen Schoß verbarg, der ebenso leer und nutzlos war wie meine Brüste. Ein Frauenkörper, der alle Attribute fruchtbarer Weiblichkeit verloren hatte, selbst meine Periode hatte aufgehört.

Ich rollte mich fest zusammen.

Ich hatte den Mut aufgebracht, meine eigene Phantasiewelt zu zerstören, weil ich wußte, daß ich Gefahr lief, meine Identität zu verlieren, wenn ich jeglichen Realitätssinn über Bord warf.

Aber ich weinte um die Frau, die ich kurzzeitig geglaubt hatte zu sein.

Cicero bestimmte die Regeln für den Tag. Frauen würden nicht bei dem Essen anwesend sein, nur die Mitglieder von Caesars Stab würden mit ihrem Befehlshaber und dessen Gastgeber speisen. Für den Rest von Caesars Gefolge würden im Atrium Tische aufgestellt werden und nicht draußen, wie es anfangs geplant gewesen war. Das Wetter hatte sich in den letzten Tagen zu sehr verschlechtert, es wehte unablässig ein rauher Nordwind. Wer von der Familie Caesar begrüßen wolle, könne dies bei dessen Ankunft oder Abreise tun.

Ich machte keine Einwände, ließ mich vom Strom der Ereignisse treiben.

Caesars Ankunft war turbulent. Von meinem Zimmer aus hörte ich das Wiehern von Pferden, das Knirschen von Wagenrädern, das Stampfen marschierender Füße. Es war, als ob eine ganze Legion in die Villa einfallen würde. Als die Türen aufgingen, wurden die Geräusche deutlicher, und das Haus füllte sich mit Stimmen, lauten kommandierenden Männerstimmen, die sich zu einem dumpfen Gemurmel abschwächten, als Caesar und sein Stab den großen Empfangssaal betraten, wo sie bis zum Diner bleiben würden.

Pomponia kam hereingestürmt. Sie sah lächerlich aus. Ihr Haar war zu einem hohen Kegel aufgetürmt, mit leuchtend bunten Bändern verziert, eine Frisur, die schon seit Jahren aus der Mode war. Sie hatte sich Gesicht und

Hals weiß angemalt, auf die Wangen ungeschickt einen Klecks Rot aufgetragen und die Augen mit Antimon umrandet. Sie trug eine Stola mit grünen und goldenen Stikkereien an Dekolleté und Saum. Ein Stück fahle Haut stach kränklich gegen die weiße Schminke und die Farben der Stola ab. Pomponias Arme waren mit Schmuck beladen, und viel zu auffällige Ohrringe hingen ihr bis fast auf die Schultern. Sie hatte offene rote Sandalen an, die Riemen sorgfältig angeordnet, so daß sie nicht auf die deutlich vorstehenden Ballen drückten. Das Ganze wirkte wie ein Pferd, das für irgendein festliches Ereignis prächtig herausgeputzt war.

»Warum versteckst du dich hier in deinem Zimmer?« rief sie. »Du bist doch die Frau des Hauses. Was ist, kommst du heute noch? Du solltest die Vorbereitungen beaufsichtigen. Wer weiß, was deine Diener alles treiben – manche von ihnen sind wirklich schlecht ausgebildet, das habe ich dir schon so oft gesagt. Sie sind jetzt alle zusammen, Caesar, Marcus, Quintus, dein Schwiegersohn Dolabella, flott wie eh und je, und die meisten von Caesars Stab. Ich habe ihn schon begrüßt – er fand es bestimmt sehr merkwürdig, daß du nicht da warst. Er sieht noch genauso aus, ein bißchen älter natürlich, aber nicht müde. Wie er das macht, ist mir ein Rätsel. Er war galant, ausgesprochen höflich. Na los, komm ...«

Ich ließ mich von Pomponia hochziehen.

Im Atrium wimmelte es von Männern, sie liefen umher oder saßen auf Bänken an den Tischen und sogar auf dem Rand des Impluviums. Es waren größtenteils Soldaten, schmutzig, verschwitzt, roh und sichtlich müde. Vermutlich waren sie nicht an Caesars berüchtigte Gewaltmärsche gewöhnt. Manche waren in Tunika, andere hatten ihren Mantel noch an. Ihr Äußeres und ihr Verhalten gefielen mir nicht sonderlich, sie machten auf mich eher den

Eindruck einer Räuberbande als einer Gruppe zivilisierter, treuer Anhänger. Sie schrien nach Essen, fragten nach dem Weg zur Latrine oder rannten, wenn das zuviel Mühe war, hinaus, um gegen den nächsten Baum zu urinieren. Ich erkannte keinen von ihnen, und niemand grüßte mich. Alle trugen schwere, schlammige Stiefel. Der Fußboden war völlig verdreckt, wie würden wir den wieder sauber bekommen? Wenn das Mosaik nur nicht zu sehr unter den vielen Stiefeln litt. Die Außentüren standen noch auf, ich fühlte die kalte Luft im Gesicht. Die Vorhänge am Eingang des Empfangssaals waren geschlossen. Zwei Soldaten standen davor und starrten mit leerem Blick vor sich hin.

Ich fragte mich, ob Dolabella bei Cicero und seinen Gästen war oder bei Tullia. Aber für Gedanken an meine Tochter war nun keine Zeit.

Diener waren dabei, Teller und Becher auf die Tische zu stellen, Kannen mit Wein und Krüge mit Wasser, andere folgten mit Schalen und Schüsseln voll Essen. Ich roch gebratenes Fleisch, schaute auf die dampfenden Schalen, konnte mich jedoch nicht erinnern, was ich angeordnet hatte – Geflügel, Wild, Fisch? Einen Gang, zwei? Bänke schrammten über den Boden, als die Männer an die Tische rückten. Sie waren bestimmt hungrig. Ob Caesar hungrig war?

Ich lief zum Empfangssaal. Die Soldaten rührten sich nicht. Ich versuchte, die Geräusche um mich herum in den Hintergrund zu drängen. Jetzt konnte ich die Stimmen drinnen hören. Mein Mann redete gerade. Ich verstand nicht, was er sagte. Eine leichte, angenehme Stimme antwortete ihm, kam näher. Caesar sprach: »Wie du vorschlägst: Wir werden diese Diskussion bei Tisch fortsetzen.«

Sie gingen ins Eßzimmer. Ich floh in meine Gemächer.

Dort setzte ich mich hin und wartete. Worauf, wußte ich nicht.

Ich hörte schwere Schritte im Flur. Dolabella stand auf der Schwelle. Auch er war schmutzig, sein Waffenrock war fleckig und stellenweise zerrissen. Er wirkte genauso müde wie seine Mitstreiter, doch er trug seine Erschöpfung wie ein Ehrenzeichen. Er stand aufrecht da, Caesars stolzer Soldat, und aus seiner Haltung sprach deutlich: Hier siehst du die Sieger.

»Ich grüße Euch, Terentia«, sagte er.

Ich nickte.

Er wartete, daß ich etwas erwidern würde, und als ich schwieg, sagte er: »Wenn Ihr gestattet, würde ich gern mit Tullia in ihrem Zimmer essen.«

Ich nickte noch einmal, er machte kehrt und verschwand.

Ich saß da, redete mir ein, daß ich gut in meinem Zimmer bleiben könne. Unser Maior domus sei durchaus in der Lage, meine Anweisungen zu befolgen. Mich beschäftigte nur eins: Wann und wo würde ich Caesar begrüßen?

Mußte ich ihn begrüßen? Natürlich, ich war die Frau des Hauses, es wäre ungehörig, einen so illustren Gast zu ignorieren. Aber was würde ich sagen, wenn wir einander gegenüberstanden? Und warum sollte ich ihn überhaupt begrüßen, er war viel zu beschäftigt, um sich mit solchen Höflichkeiten aufzuhalten. Wenn ich nicht zu ihm ginge, würde er mich dann rufen lassen? Ich zermarterte mir den Kopf. Stunden vergingen. Es war inzwischen dunkel geworden, und das Haus war nun ruhiger. Die Soldaten waren nach einem reichlichen Mahl gewiß vom Schlaf übermannt worden. Meine Dienerin kam, um die Lampen anzuzünden, und ich bat sie, mir noch ein weiteres Kohlebecken zu bringen. Mir war kalt. Mein Geist arbeitete ununterbrochen, aber mein Körper war wie erstarrt.

Caesar ließ mich nicht rufen und mein Mann auch nicht. Nach langer Zeit hörte ich Lärm aus ihrer Richtung. Sie brachen auf. Caesar durfte nicht gehen, bevor ich ihn gesehen, wenigstens ein paar Worte mit ihm gesprochen hatte. Eilig lief ich zum Eßzimmer. Es war verlassen. Ich blickte auf das Chaos, die besudelten Tische, die schmutzigen Teller, die leeren Karaffen und umgestoßenen Becher, die zerknitterten Decken und Kissen, es stank nach kaltem Fett und abgestandenem Wein.

Ich rannte ins Atrium.

Ich konnte weder Caesar noch meinen Mann entdekken, es waren zu viele Leute dort. Dann sah ich sie im Vestibulum, die Außentüren waren bereits geöffnet. Ich bahnte mir einen Weg durch die Menge und lief auf sie zu. Als ich eine Hand auf den Arm meines Mannes legte, drehte er sich um. »Terentia«, sein Ton war schroff und kalt. Er wandte sich an Caesar: »Meine Frau möchte dich gern begrüßen.«

Ich schaute zu Caesar hoch, wie er im Licht der Fackel an der Wand stand. Sein Gesicht war magerer geworden, die feine Knochenstruktur zeichnete sich deutlich ab.

»Ich grüße Euch, Terentia«, sagte er, aber es klang nicht herzlich, und sein Gesicht war ausdruckslos.

Ich antwortete und traute meiner Stimme kaum: »Ich hoffe, es geht Euch gut.«

»Sehr gut, danke.«

»Ich hoffe, Ihr habt eine angenehme Zeit gehabt.«

Ich sah, wie er zu meinem Mann blickte. »Nein.«

»Ich hoffe, es war genug zu essen da und meine Köche haben ihr Bestes gegeben. Es ist schwierig, das Mahl warm zu servieren, wenn so viele Gäste da sind, und Eure Soldaten verdienen das Beste.« Ich haßte mich dafür, daß ich wie ein Dummchen dastand und drauflosplapperte.

»Es war alles zu unserer vollsten Zufriedenheit, danke.«

Er schob sich in Richtung Tür.

»Ich hoffe, Ihr habt meinen Mann überreden können, sich Euch anzuschließen«, hörte ich mich auf einmal sagen.

»Warum?«

»Weil Ihr immer sein Freund gewesen seid, das hat er so oft betont, und ich weiß, wie sehr er Euch bewundert. Und auch ich respektiere und bewundere Euch. Ich habe nie vergessen, wie freundlich Ihr wart, als ich Euch um Hilfe gebeten habe – vielleicht erinnert Ihr Euch: meine Schwester Fabia ...«

Ich war mir Ciceros Anwesenheit gar nicht mehr bewußt. Da war nur Caesar, der auf mich herabsah, sein Gesicht noch immer ausdruckslos.

Die Worte purzelten heraus. »Mein Mann sollte sich hinter Euch stellen, das ist das einzig Richtige, was er tun kann, ich habe es ihm wieder und wieder gesagt. Ich wünschte, ich könnte ihn überzeugen ...«

Er unterbrach mich kühl: »Schade, daß es Euch nicht gelungen ist.«

Jemand kam auf uns zu, Dolabella. »Eure Kutsche steht bereit, wir müssen aufbrechen.«

»Sorg dafür, daß mein Sekretär in meiner Kutsche mitfährt«, antwortete Caesar, »mit einer guten Lampe, ich möchte Briefe diktieren.«

Dolabella nickte und wandte sich dann an mich: »Ich habe Tullia in guter Gesundheit vorgefunden. Ich erwarte nicht, daß ich rechtzeitig zur Geburt des Kindes zurück sein werde. Wie Ihr vielleicht wißt, ziehen wir nach Spanien, sobald in Rom alles geklärt ist. Aber bis wir abreisen, will ich meine Frau in Rom bei mir haben.«

Ich reagierte nicht.

Caesar stieg in seine Kutsche. Ich lief zu ihm. Ich hatte mir nicht überlegt, was ich sagen würde. Es war dunkel, und ich sprach zu einer Gestalt, von der ich nur die Silhouette sah. »Was habt Ihr mit meinem Mann besprochen? Was hat er zu Euch gesagt?«

Sein Sekretär kam mit einer Laterne und Schreibutensilien. Er schob mich einfach zur Seite und kletterte in die Kutsche. Jetzt konnte ich Caesars Gesicht sehen. Er blickte über meinen Kopf hinweg.

»Das müßt Ihr Euren Gatten fragen«, sagte er. Und zu Dolabella: »Wir fahren direkt nach Rom. Sorg dafür, daß die Männer so schnell wie möglich folgen.« Und zum Kutscher: »Abfahrt.«

Er hatte mich stehenlassen, ohne jeglichen Abschied.

Jemand packte mich fest am Arm und zog mich ins Haus, durch das inzwischen verwaiste Atrium, in die Bibliothek.

Cicero warf mich auf einen Hocker.

Ich schnappte nach Luft, noch nie hatte ich solche kalte Wut in seinen Augen gesehen. Barsch, jedes Wort scharf betonend, sagte er: »Es hat keinen Zweck, dir Mangel an Loyalität vorzuwerfen, du weißt nicht einmal, was dieses Wort bedeutet. Aber vielleicht begreifst du ja das: Du hast dich benommen wie ein dummes Klatschweib, das keine Ahnung hat, wovon es spricht. Du hast dich komplett lächerlich gemacht. Das ist alles, was ich dir zu sagen habe.«

Ich stand auf und schaute ihm ins Gesicht. »Hast du Caesar abgewiesen?« fragte ich mit fester Stimme.

»Ja.«

»Gut so.«

Er starrte mich befremdet an. »Was sagst du?«

»Du hast schon richtig verstanden, ich sagte: Gut so. Jetzt kannst du dich Pompeius anschließen. Was hat Caesar mit dir besprochen?«

Erstaunen über meine plötzliche Bekehrung hatte für den Augenblick seinen Zorn besiegt. »Er hat mich aufgefordert, meine Kritik an ihm künftig für mich zu behalten, weil sie andere davon abbringen könnte, ihm zu folgen. Und ich habe ihm zu verstehen gegeben, daß der Senat diesen Feldzug nach Spanien oder den Transport von Truppen nach Griechenland nie billigen würde und daß ich dagegen stimmen würde. Da ist er wütend geworden. Wenn ich ihm keinen Rat geben wolle, würde er ihn sich woanders holen und vor nichts zurückschrecken. Und jetzt erzähl mir mal, woher dein plötzlicher Sinneswandel kommt. Gerade eben ...«

»Gerade eben ist lange her.«

»Warum ...?«

Aber ich lief an ihm vorbei und verließ das Zimmer ohne weitere Erklärung. Ich war rasend vor Empörung. Über Caesar.

Schnell durchquerte ich das Atrium, wo ein paar Sklaven den Boden fegten und andere die Tische und Bänke wegtrugen. »Den Boden mit Wasser schrubben«, rief ich den Fegern zu, »nur mit Fegen bekommt man diesen elenden Dreck nicht ab, und holt Acastus, ich möchte ihn sofort sprechen.«

Auf den Maior domus wartend, ging ich auf und ab, als würde ich an einem Marsch teilnehmen, wendete scharf in den Ecken, hob die Füße bei jedem Schritt. Als der Mann erschien, sagte ich, noch immer rasch ausschreitend, so daß er gezwungen war, hinter mir herzulaufen: »Ich wünsche, daß das Eßzimmer sofort aufgeräumt und gründlich saubergemacht wird und daß die Decken und Kissen gewechselt werden. Sorg dafür, daß die Latrinen ausgespült werden, die sind bestimmt furchtbar verdreckt. Und laß die Gärten inspizieren, es würde mich nicht wundern, wenn einige von dieser Gesellschaft ihre Notdurft zwischen den Büschen verrichtet haben. Morgen früh will ich keine Spur mehr von dieser Invasion sehen.«

Ich ging hinaus, drehte ein paar Runden um das Peristyl. Ich mußte mich bewegen, um dieses unruhige Gefühl loszuwerden. Ich trat fest auf, aber die weichen Sohlen meiner Pantoffeln machten kein Geräusch. Hätte ich einen Stock gehabt, so hätte ich damit gegen jede Säule gehauen. Ich hatte das Bedürfnis nach Lärm, der meine Gedanken begleitete, Trommelschlägen, die meinen Entschluß bekräftigten. Caesar hatte mich ignoriert und gedemütigt. Die Phantasie, die wieder angefacht worden war, mußte ausgelöscht werden, selbst die vage Erinnerung an jene Anziehungskraft mußte verbannt werden. Ich verachtete mich, ein verrücktes junges Ding im Körper einer alten Frau.

Einer plötzlichen Regung folgend, ging ich zu Tullias Zimmer. Sie hatte sich den ganzen Tag nicht gezeigt. Ihre Dienerin kämmte ihr gerade das Haar. Tullia hatte nur ein Hemd an, das Bett war zerwühlt. Ich schnupperte, das Zimmer roch nach Mann. Schweigend wartete ich, bis die Sklavin fertig war, und als sie weg war, fragte ich meine Tochter: »Und, hast du den Besuch deines Mannes genossen?«

Tullia blieb mit dem Rücken zu mir sitzen und antwortete nicht.

»Nun?«

Sie drehte sich um. Ihr Gesicht war rosig, und ihre Augen glänzten im Licht der Lampe. Ihr Körper strahlte Sanftheit und Wärme aus. Sie lächelte. Sie brauchte nichts zu sagen.

Heftiger Ärger stieg in mir auf.

»Du hast ihn also mit dir schlafen lassen?«

»Ja.«

»Nach allem, was zwischen euch vorgefallen ist? Und du schwanger.«

»Es war sein Recht. Es wird dem Kind nicht geschadet haben.«

»Wenn er dich auf die Weise geliebt hat, wie du es mir einmal beschrieben hast, war es schon gefährlich für das Kind. Wie konntest du nur so dumm sein?«

»Er war sehr zärtlich und sagte, daß er von nun an immer sanft und lieb zu mir sein wird. Daß ich die Vergangenheit vergessen soll, daß nur unsere gemeinsame Zukunft zählt.«

Harsch erwiderte ich: »Natürlich sagt er das. Er braucht dich, um deinen Vater zu beeinflussen, in Caesars Sinne. Und du hast ihm direkt in die Hände gearbeitet. Wie konntest du so naiv sein!«

Tullia sagte leise: »Es war die Sache wert. Ich war seine Frau, seine Geliebte. Voll und ganz. Wie in den ersten Tagen unserer Ehe. Er wird diese anderen ... Frauen ... nun bestimmt vergessen.«

»Du Dummchen. Er geht schnurstracks zu ihnen zurück, sobald er dich nicht mehr braucht. Und du bist seine Ehefrau – nicht seine Geliebte.«

Aber meine Worte berührten sie nicht. Sie lächelte vor sich hin wie ein verliebtes Mädchen.

In diesem Moment hätte ich sie schlagen können. »Beklag dich nicht bei mir, wenn dein Mann wieder anfängt, dich zu mißhandeln. Denn das wird er. Merk dir meine Worte.«

Tullia lachte. »Was auch immer geschieht, es war die Sache wert. Du kannst nicht wissen, wie sehr.«

Dummes, naives Ding, leichtsinniges Kind.

Ich sah meine Tochter an und haßte sie. Aber ich wußte auch, daß sie mich einfach provozieren wollte. In dem unaufhörlichen Kampf zwischen uns, der nur unterbrochen wurde, wenn wir einander brauchten, hatte sie einen Sieg errungen.

Kummer und Sorge

Am frühen Morgen des 17. Mai setzten bei Tullia die Wehen ein.

Ihre Dienerin verständigte mich, als ich gerade meinen täglichen Spaziergang an den Klippen entlang machte – mehr um dem Haus zu entfliehen, als um mich zu bewegen.

Es war einer jener strahlenden Tage, wie sie in dieser Gegend im Mai häufig vorkommen. Scharfe Schatten, der Himmel leuchtend blau. Das Meer blinzelt, wenn die Sonne darauf tanzt, und wirft einen Regen von Diamanten in die Höhe. Die Luft sprudelt wie gärender Wein. Ein Tag, an dem ein Kind geboren werden sollte, dachte ich, während ich schnell nach Hause lief.

Diesmal hatte ich dafür gesorgt, daß eine Hebamme da war. Ich hatte sie in einem nahegelegenen Dorf gefunden, eine alte Frau, die, wie es hieß, unzähligen Kindern auf die Welt geholfen hatte. Sie hatte die vergangenen Tage in den Sklavenunterkünften verbracht.

Tullia lag auf dem Bett. Sie war ruhig, obwohl die Wehen bereits in regelmäßigen und kurzen Abständen kamen. Die Wiege stand in einer Ecke des Zimmers bereit. Tullias Augen waren darauf gerichtet. In eine andere Ecke hatte die Hebamme den Gebärhocker gestellt. Tullia sah ihn nicht an.

»Alles in Ordnung«, sagte die Hebamme. »Sie hatte heute nacht schon Wehen, aber die waren noch zu unregelmäßig. Ich hielt es für verfrüht, Euch zu rufen, doch jetzt ist gerade die Fruchtblase geplatzt.« Sie machte einen gefaßten und kompetenten Eindruck, und ich vertraute ihr.

Ich holte mir einen Hocker und setzte mich neben das Bett. Tullia drehte mir den Kopf zu und blickte mich an.

»Es tut weh«, sagte sie. »Ich hätte nicht gedacht, daß es so weh tun würde.«

Ich nahm ihre Hand. »In ein paar Stunden bist du Mutter. Nur ein paar Stunden, Tullia. Ich weiß, daß es weh tut, aber wenn es vorbei ist und du dein Kind in den Armen hältst, hast du alles vergessen.« Sie zog die Knie an, als wieder eine Wehe kam. Ich tauchte ein Tuch in eine Schüssel mit Essigwasser und tupfte ihr die Stirn ab. Sie versuchte mich anzulächeln, das Gesicht noch schmerzverzerrt.

»Nur ein paar Stunden«, wiederholte ich.

Aber der Tag verging, und die Wehen, obwohl nach wie vor regelmäßig, schienen nichts zu bewirken. Von Zeit zu Zeit untersuchte die Hebamme Tullia, und ich sah, daß sie immer besorgter wurde. Ich nahm sie in einer Ecke des Zimmer zur Seite. »Wie steht es?«

»Der Muttermund öffnet sich nicht, wie er sollte«, flüsterte die Frau, »wir müssen warten.«

»Und wenn nichts passiert?«

»Dann muß ich die Zange nehmen.«

Mich schauderte. Nur wenige Kinder, die auf diese Weise geboren wurden, überlebten. Und wenige Mütter.

Ich ging zum Bett zurück, strich mir die Beunruhigung aus dem Gesicht. Aber Tullia nahm mich oder ihre Umgebung ohnehin nicht mehr wahr. Sie wartete angespannt auf jede Wehe, und wenn diese verebbt war, wartete sie auf die nächste.

Die Hebamme rieb ihr über den Bauch und drückte darauf. Tullias Schreie wurden lauter. Ich wischte ihr das Gesicht noch einmal ab und ließ sie in meine Hand kneifen. Sie griff so fest zu, daß ich das Gefühl hatte, mir würden die Knochen brechen.

Wir drei waren nun nicht mehr Mutter, Tochter und Hebamme. Wir waren einfach nur Frauen, die denselben Kampf führten und auf zuviel hofften: die sichere Geburt eines Kindes und das Leben der Mutter.

Bisher hatte ich mich kaum mit diesem Kind und dem Moment seiner Geburt beschäftigt, und wenn ich es tat, wurde ich unangenehm an seinen Vater erinnert. Dies war Dolabellas Kind, und ich verabscheute Dolabella. Das Kind hätte nie gezeugt werden dürfen. Doch jetzt zählte nur noch, daß es schnell und sicher zur Welt kam.

Gegen Sonnenuntergang erhob ich mich von meinem Hocker. Mein Rücken schmerzte, und ich mußte mir die Beine vertreten. Ich zog die Vorhänge zum Innenhof auf. Das Licht war nun milder, die Schatten wurden länger. Wasser klimperte fröhlich von der Fontäne in das Becken. Eine Taube gurrte, eine verträumte Begleitung der gebieterischen Klänge des Lieds einer Amsel. Die Szene war unwirklich, ich gehörte nicht hinein. Wir drei Frauen waren in einer eigenen Welt eingeschlossen.

Tullia stöhnte unablässig. Ich schloß die Vorhänge und ging zum Bett zurück. Ich kniete mich daneben und legte meine Wange an ihre. Die klebte vom Schweiß.

»Nur Mut, mein Schatz, nur Mut«, flüsterte ich immer wieder. Wie damals, als sie glaubte, eine Fehlgeburt zu bekommen, vergaß ich meine Eifersucht auf meine Tochter, meinen Ärger. Sie war mein Kind, und sie hatte Schmerzen.

Es wurde Abend, Lampen wurden angezündet. Dienerinnen kamen und gingen, brachten Schüsseln mit warmem Wasser, Tücher, Kräuteraufgüsse. Ein paarmal war Cicero an der Tür, wartete draußen vor den Vorhängen. Ich ging nicht zu ihm. Die Hebamme beruhigte ihn und schickte ihn weg. Aber an seiner Stimme hörte ich, daß er besorgt war.

Tullia wurde schwächer. Ihr Stöhnen war nur noch ein dünnes Wimmern. Zwischen den Wehen schlief sie ein oder verlor das Bewußtsein, ich vermochte es nicht zu sagen. Ich hatte inzwischen wirklich Angst. Tullias Leben war das einzige, was für mich zählte. Was auch mit dem Kind geschah, meine Tochter durfte nicht sterben.

Gerade als ich der Hebamme ein Zeichen gab, daß wir uns beraten sollten, stieß Tullia einen spitzen Schrei aus. Die Hebamme eilte zum Bett. Sie schaute unter die Decke und sagte: »Es ist soweit, den Göttern sei Dank, es ist soweit. Das Kind kommt. Ich sehe schon das Köpfchen.«

Nun herrschte große Geschäftigkeit – und Erleichterung. Zusammen halfen wir Tullia auf den Gebärhocker Die Hebamme kniete sich davor hin, und ich hielt Tullia an den Schultern fest. Viermal zog sich ihr Leib heftig zusammen, dann fiel das Kind in die Hände der Hebamme.

Als diese die Nabelschnur durchschnitt, schaute ich auf das Neugeborene. Es war blauviolett mit roten Äderchen und so mager wie ein gehäutetes Kaninchen. Es war ein Junge. Die Hebamme hielt es an den Fersen in die Luft und gab ihm mehrfach einen Klaps. Ich hielt den Atem an, wartete auf den ersten Schrei. Noch immer gab das Kind keinen Laut von sich. Es war, als würde es unter einer Haube aus Stille erstickt. Die Sekunden schleppten sich dahin. Die Hebamme legte den Jungen in die Wiege. Er war tot. Er hatte nicht gelebt.

Zusammen trugen wir Tullia ins Bett zurück. Während die Hebamme mit dem Kind beschäftigt war, kniete ich bei Tullia und drückte sie fest an mich. Ihre Augen waren geschlossen, und ihr Gesicht war bläulich vor Erschöpfung und Schmerzen. Sie sagte nichts. Ich flößte ihr einen Kräutertrank ein. Ein wenig tropfte ihr von den Lippen, doch das meiste schluckte sie herunter. Es schien ihr gutzutun. Ohne die Augen zu öffnen, flüsterte sie: »Ein Sohn?«

»Ja.« Wie sollte ich es ihr beibringen? »Du mußt jetzt ganz tapfer sein, Tullia. Das Kind ...«

»... ist tot«, unterbrach sie mich schwach. »Ich wußte, daß es so sein würde.«

Es war die Feststellung einer Tatsache. Ich antwortete nicht, hielt sie nur in den Armen. Schließlich kam die Hebamme ans Bett, mit dem toten Kind, in Windeln gewickelt. Sie legte es neben seine Mutter. Tullia schien es nicht zu merken.

Ich stand auf und betrachtete das Kind. Sein Köpfchen, mit schwarzem Haar bedeckt, schaute aus den Leinentüchern hervor. Sein Leichenhemd, dachte ich. Sein Gesicht, ein wenig zerdrückt, hatte die kalte Unbeweglichkeit des Todes.

Plötzlich war das Kind nichts Abstraktes mehr. Dies war mein Enkel, Fleisch von meinem Fleisch, das Kind meines Kindes. Es spielte keine Rolle, wer der Vater war. Es hätte leben müssen. Ich hätte die Gelegenheit bekommen müssen, es zu lieben, wie ich seine Mutter nie hatte lieben können. Es hätte meine Erlösung sein müssen. Ich bückte mich und hob das Bündel vom Bett auf. Ein Päckchen, gepackt, um begraben zu werden. Tullias Augen gingen auf, ihre Hände flatterten nervös hoch. Ich legte den kleinen Leichnam zurück, neben sie. Sie berührte ihn nicht sofort. Dann drehte sie sich auf die Seite und drückte ihn fest an sich. Leise begann sie zu summen. Ihr Körper bewegte sich, als ob sie das Kleine wiegen würde.

Ich kniete mich wieder neben das Bett und strich Tullia übers Gesicht. Es war trocken. Ich betastete meines, die Tränen rannen mir zwischen den Fingern hindurch. Ich beugte mich vor und ließ meinen Kopf auf dem kleinen kalten Wesen in seinem Leichenhemd ruhen, spürte die rhythmische Bewegung von Tullias Körper. Und so, von meiner Tochter gewiegt, ihr leises Summen im Ohr, weinte ich um sie und um meinen Enkelsohn.

In den ersten Tagen, als sie sehr schwach war und noch nicht außer Gefahr, wich ich Tullia nicht von der Seite. Ich sorgte Tag und Nacht für sie. Schneller, als ich es für möglich gehalten hatte, kam sie wieder zu Kräften, aber sie war still und in sich gekehrt. Sie wollte nicht reden, nicht über ihren toten Sohn, nicht über seinen Vater. Nach dem ersten Aufwallen des Kummers zeigte sie keinerlei Emotionen mehr, wenn ich über das Kind sprach. Es war am Tag seiner Geburt begraben worden, an einer sonnigen Stelle im Garten. Als ich Tullia gefragt hatte, ob sie mit dem Platz einverstanden sei, hatte sie nur mit den Schultern gezuckt. Allein trug ich den kleinen Leichnam zu Grabe. Cicero weigerte sich mitzugehen. Der Tod seines Enkels schien ihn weniger zu treffen als das Leiden seiner Tochter. Das Kind hatte keinen Namen bekommen, doch als ich das Bündel in das eilig ausgehobene Grab legte, gab ich ihm einen: Marcus, nicht nach seinem Großvater, sondern nach meinem Sohn. Dolabellas Vorname war Publius, sein Sohn sollte nicht so heißen. Ich beanspruchte mein Enkelkind für mich. Und ich weinte, als die Gärtner die Grube mit Erde zuwarfen.

Ich versuchte Tullia zu trösten, versprach ihr, daß sie eines Tages Mutter werden würde. Insgeheim hoffte ich, daß der Vater nicht Dolabella sein würde. Aber das einzige, was sie sagte, war: »Ich werde nie mehr ein Kind bekommen.« Trotz meiner beruhigenden Worte wiederholte sie es immer und immer wieder. Ihr Selbstmitleid und ihre Weigerung, auf die Vernunft zu hören, fingen an, mich zu ermüden. Während ihrer schweren Prüfung hatte ich meine Tochter aufrichtig und selbstlos geliebt. Ich mußte sie auch weiterhin lieben. Es machte das Leben soviel leichter und angenehmer. Keine Schuldgefühle, keine Spannungen, nur die warme Glut der Zufriedenheit.

Nach der Geburt wollte Tullia drei Tage lang niemanden sehen, nicht einmal ihren Vater. Am vierten Tag durfte er kommen. Als er das Zimmer betrat, stand ich auf. Er nahm mich gar nicht wahr, hatte nur Augen für seine Tochter. Ohne etwas zu sagen, ging ich zur Tür, so dicht an ihm vorbei, daß mein Arm seinen Körper streifte, aber er schaute mich nicht an. Auf der Schwelle hörte ich sein zärtliches Flüstern. Und Tullias lauten Kummerschrei. Meine Hoffnung, daß die Liebe zu meiner Tochter, die ich in all diesen bangen Stunden so heftig empfunden hatte, stark genug sein würde, um in Zukunft Eifersucht und Mißgunst zu überwinden, löste sich in Rauch auf.

Am 28. Mai rief Cicero seine Familie zusammen und teilte uns mit, daß er seine Pläne geändert habe. Er würde nach Griechenland gehen, zu Pompeius, je schneller, desto besser. Er wollte uns nicht sagen, was seine Entschlossenheit letztendlich bestärkt hatte. Genau wie Quintus, der tat nur unerträglich wichtig und gab uns zu verstehen, daß sein Bruder keinerlei Geheimnisse vor ihm habe. Pomponia war offenbar auch nicht eingeweiht gewesen, ihr endloses Gejammer war Beweis genug. Ihr Sohn Quintus würde seinen Vater begleiten, und mein Sohn Marcus, frohlockend, weil Cicero endlich tat, worauf er die ganze Zeit gedrängt hatte, ebenfalls.

Ich wußte, daß Ciceros Entschluß diesmal definitiv war und daß er uns bald verlassen würde. Ich zeigte keine Regung, denn ich empfand nichts außer der Erleichterung, daß das Warten ein Ende hatte.

Seit dem Tag von Caesars Besuch war unser Leben eine einzige Heimlichtuerei gewesen, von seiner Seite, nicht von meiner. Ich stellte wenig Fragen, weil mir klar war, daß er mir nicht mehr vertraute, daß er meiner politischen Loyalität ebenso mißtraute wie meinen finanziellen Transaktionen. Hin und wieder rückte er mit ein paar Informationshäppchen heraus, widersprüchlichen zumeist, in der Absicht, mich auf eine falsche Fährte zu locken. Ein Schiff würde auf ihn warten, das ihn nach Malta bringen würde. Ein paar Tage später war es Sizilien. Als ich mich erdreistete zu fragen, ob er vorhabe, sich von einem dieser Ziele aus Pompeius anzuschließen, antwortete er: »Ich muß die Ereignisse abwarten.« Doch was für Ereignisse das sein sollten, wollte er nicht näher erläutern. Und als ich, von seiner Unaufrichtigkeit angestachelt, weiterbohrte, fügte er schroff hinzu: »Den Ausgang von Caesars Feldzug in Spanien.« Oft kamen spätabends Besucher, die sich bis zum Morgengrauen hinter den verschlossenen Türen der Bibliothek mit Cicero berieten und sich dann ebenso heimlich wieder davonstahlen, wie sie gekommen waren. Einmal suchte er mich auf – das war schon verdächtig, denn er kam nur noch selten von sich aus zu mir – und sprach über die Möglichkeit, von Sizilien aus Widerstand zu organisieren. Aber als ich mit spontaner Begeisterung reagierte, seinen Mut lobte, ihn für einen Moment nicht als müden, alten, unentschlossenen Mann sah, sondern als Kämpfer, dem mein Herz entgegenschlug, unterbrach er mich. Er hatte mir die Informationen gegeben, die er mir aus bestimmten Gründen geben wollte, meine Reaktion interessierte ihn nicht, und es war ihm gleichgültig, ob er mich mit seiner demütigenden Zurückweisung meines Enthusiasmus kränkte. In der Catilina-Affäre waren wir Verschworene gewesen, in den Tagen vor seinem Exil hatten wir Gefahr und Angst geteilt, jetzt schloß er mich aus. Verletzt zog ich mich noch weiter in mein Schneckenhaus der Einsamkeit zurück. Unsere Ehe war ausgehöhlt, reduziert auf das Leben unter einem Dach, und ich wußte nicht einmal mehr, wer schuld daran war.

Sobald Cicero seinen Entschluß verkündet hatte, begann er mit den Reisevorbereitungen und gab Anweisungen für seinen Haushalt, und ich machte mit, ebenso praktisch veranlagt wie er. Wenn wir miteinander redeten, dann über das Packen, über Briefe und Kuriere, über Stiefel und Mäntel, Tuniken und Togen – ob er die in Griechenland brauchen würde? Ja, das würde er, selbst in einem Feldlager habe er nicht vor, etwas anderes zu sein, als er war: ein Senator. Wir sprachen in neutralem Ton und sahen einander nicht an. Als alles bereit war und nur noch Lebewohl gesagt werden mußte, ließ ihn der Wind im Stich. Er wehte tagelang aus der falschen Richtung und legte sich dann ganz.

Cicero wartete, und ich wartete mit ihm, geduldig.

Am sechsten Juni kam Wind auf und drehte nach Norden. Es war soweit.

Wir versammelten uns am frühen Abend in Ciceros Bibliothek, Quintus, Pomponia, die Jungen und ich. Im letzten Moment erschien auch Tullia. Ich sagte, daß sie in ihr Zimmer zurückgehen solle, daß sie noch zu schwach sei, um aufzustehen, doch sie hörte nicht auf mich. Sie setzte sich neben ihren Vater, und er berührte ihre Hand und lächelte. Sie war blaß und müde, aber ruhig.

Eine Zeitlang sagte niemand etwas. Es war ein stürmischer, kühler Abend. Fast den ganzen Tag war es bewölkt gewesen, und nun hatte das Dämmerlicht dieses kalte, unheimliche Leuchten, das es haben kann, wenn sich die Sonne, kurz bevor sie untergeht, noch einmal zeigt.

Tullia unterbrach die drückende Stille. Sie legte eine Hand auf Ciceros Arm und fragte leise: »Mußt du wirklich fort?«

Geduldig wiederholte er seine Gründe.

Als sein Vater endlich schwieg, sagte Marcus begeistert: »Wir werden siegen. Pompeius' Flotte beherrscht das Meer. Die östlichen Provinzen sind reich. Wir werden Italien vom Osten aus zurückerobern.«

Ich starrte ihn an, aber sah nicht ihn, wie er dort saß. Ich sah die Zukunft. Er lag blutend und halbtot auf der nackten Erde, zwischen schroffen Felsen und anderen Leichen, aufgehäuft wie damals auf dem Forum, an dem Tag, als Quintus verwundet worden war. Sein Bauch war von einem Schwert aufgeschlitzt, er rief nach mir, und ich war weit weg. Dann wurde seine Leiche auf einer Bahre einen Hügel heruntergetragen. Sein Kopf war fast vom Rumpf getrennt, rollte hin und her, wie der von Clodius, die klaffende Wunde, die sich öffnete und wieder schloß. Das war der Krieg, blutig, schmutzig, einsam, beängstigend. Es hatte nichts mit der Ehre Roms zu tun oder der Guten Sache oder was für Euphemismen auch immer. Es war nicht der begehrte Beweis rechtschaffener und edler Staatsbürgerschaft oder heroischen Mutes. Mein Sohn war es, der Qualen erleiden und sterben würde. Mein Schmerz schloß nicht ganz Rom ein, sondern galt nur meinem Sohn, und er brannte in mir, so heftig, daß ich ihn fast körperlich spüren konnte.

Ich hätte meine Angst herausgeschrien, wenn mein Mann mir nicht zuvorgekommen wäre. Er hatte für jeden von uns ein persönliches Wort: »Ich weiß, daß ich euer aller Unterstützung und Zustimmung habe für das, was ich tun muß. Du, Terentia, hast dich nicht beklagt, obwohl ich dich in Unkenntnis gelassen hatte.« Aber er sah mich nicht dabei an. »Du, mein Sohn, bist schon immer mein Gewissen gewesen, und du, Quintus, hast stets gesagt, daß du mir getreu folgen würdest, wohin ich auch gehe, wie es einem Bruder geziemt ... Und schließlich du, meine liebe Tullia, du hast nicht versucht, mich davon abzubringen, obwohl du dir Sorgen um mich machst.«

Ich war aufgestanden, jetzt nahm ich wieder Platz. Er hatte nichts Unfreundliches über mich gesagt, mehr konnte ich nicht erhoffen.

Wir saßen lange zusammen und warteten auf den Einbruch der Nacht. Sie mußten heimlich abreisen, im Dunkeln. Ich saß in einiger Entfernung zu meinem Mann. Er bat mich nicht, näher zu kommen. Ab und zu nahm er Tullias Hand, und ich sah, wie sein Daumen sie langsam und regelmäßig streichelte. Marcus war unruhig und lief immer wieder aus dem Zimmer, auf Erkundung, wie er es nannte. Quintus junior saß neben seinem Vater. Sie redeten nicht miteinander. Selbst Pomponia war still. Dann und wann schaute sie zu ihrem Sohn, und ich bemerkte, daß ihre Augen feucht waren. Für dieses eine Mal waren wir Verbündete in ängstlicher Spannung.

Sklaven kamen, um die Lampen anzuzünden, doch Cicero schickte sie weg. Unsere Gestalten verschwanden in der zunehmenden Dunkelheit, und schließlich verrieten nur mehr unsere weißen Tuniken, wo wir waren.

Dies ist eine Totenwache, dachte ich, aber wir haben noch keinen Leichnam.

Cicero ergriff nur einmal das Wort, er legte Tullia und mir ans Herz, nichts in unseren Briefen zu schreiben, das belastend sein könnte. Die Stille war nicht drückend und nicht tröstlich. Es wurde lediglich nicht gesprochen, weil bereits alles gesagt worden war. Das Fehlen von Geräuschen paßte zu der Leere in meinem Innern. Es war, als ob nur meine Hülle dort säße. Inzwischen war es ganz dunkel geworden.

Ich hörte Schritte näher kommen, und Orpheus, ein treuer Diener, der meinen Mann begleiten würde, betrat den Raum. »Alles ist bereit, Herr«, sagte er.

Cicero stand auf und ging zur Tür. Wir folgten, Tullia an seiner Seite.

Es brauchte kein Ritual ausgeführt zu werden. Das Herdfeuer würde diesmal nicht gelöscht werden. Der Herr des Hauses ging nicht ins Exil, er zog in den Kampf.

Im Atrium warfen sich die Männer ihre Mäntel um, verbargen die Gesichter unter den Kapuzen. Cicero nahm seinen Stock. Er drehte sich zu mir um, doch ich sagte schnell: »Ich komme noch ein Stück mit.«

Ich lief auf die Haustür zu.

Orpheus, der in der Nähe stand, warnte: »Nicht diese Tür, Herrin. Die Hintertür, das ist sicherer.«

Ohne mich umzusehen, ging ich zu dem Flur, wo sich die Hintertür befand. Ich war nicht Zeuge des Abschieds zwischen meinem Mann und seiner Tochter. Ich öffnete die Pforte und wartete draußen. Es wehte noch immer ein böiger Wind. Am Himmel funkelte hier und da ein Stern zwischen Wolkenfetzen. Der Mond war nicht zu sehen.

Endlich kamen sie. Orpheus schloß sorgfältig die Pforte hinter ihnen.

Wir liefen im Gänsemarsch den schmalen Weg an den Mauern unseres Hauses entlang. Ich ging direkt hinter Cicero. Dunkel zeichnete sich seine Gestalt vor mir ab. Der Mantel und die Kapuze gaben ihm etwas Unheimliches, als ob ein Mann ohne Gesicht rückwärts liefe. An der Stelle, wo der Weg sich mit einem größeren Weg vereinte, der wiederum in die Straße mündete, die nach Caieta und ans Meer führte, hielt Cicero an.

»Das ist weit genug«, sagte er.

Ich machte einen Schritt nach vorn.

Er schlug die Kapuze zurück, sein Gesicht war nicht mehr als ein bleicher Fleck. Einen Moment standen wir uns so gegenüber, eine Armlänge voneinander entfernt.

»Marcus«, unterbrach ich die Stille, die uns den ganzen

Abend getrennt hatte, was mir nun wie eine Ewigkeit erschien.

Er legte mir die Hände auf die Schultern und zog mich ein Stück zu sich heran. Die Kluft zwischen unseren Körpern blieb, wie eine große dunkle Höhle.

»Bist du sicher, daß du das Richtige tust? Keine Reue?« fragte ich. Ich wollte meine Wange an seine legen, doch als ich meinen Kopf zu ihm hin neigte, zuckte er zurück. Unsere Körper berührten sich auch jetzt nicht.

»Ich bin nicht immer ehrlich zu dir gewesen«, hörte ich ihn sagen. »Aber du bist nicht verantwortlich für das, was möglicherweise geschehen wird. Es ist meine Entscheidung, obwohl du vielleicht mit den Folgen wirst leben müssen. Sorg für unsere Tochter, sie wird dich brauchen. Ich wünsche dir alles Gute.«

Er trat einen Schritt zurück.

»Ich dir auch. Ich werde für unsere Tochter sorgen, und ich bitte dich, gut auf unseren Sohn achtzugeben. Und auf dich«, antwortete ich.

Er kam wieder auf mich zu und küßte mich auf beide Wangen, seine Lippen streiften nur leicht meine Haut.

Dann drehte er sich um und lief den Weg hinunter. Ich schaute der gebeugten Gestalt meines Mannes hinterher, und in plötzlicher Panik rief ich: »Marcus, bist du dir sicher – wirklich sicher?«

Ohne innezuhalten oder sich umzusehen, rief er zurück: »Gütige Götter, wie könnte ich mir sicher sein? Ich weiß, vor wem ich zu fliehen habe, aber nicht, wem ich folgen soll. So ist es immer gewesen, und jetzt ist es nicht anders.«

Hörte ich Verzweiflung in seiner Stimme oder Verärgerung?

Nun schloß ich meinen Sohn in die Arme. Wir weinten beide, und ich ließ ihn erst gehen, als Quintus ihn losriß.

Ich blieb stehen, bis das Rascheln ihrer Schritte in der Nacht verklungen war.

Ich erkannte diese letzten Worte von ihm, Atticus, als ich sie später in einem Brief an Dich las. Du warst in Rom. Du hättest nach Formiae kommen können, darauf drängen können, daß er an einen sicheren Ort ging. Auf Dich hätte er gehört. Warum hast Du es nicht getan? Weil es Dich in Schwierigkeiten hätte bringen können? Du warst immer so ein kluger Mann, Atticus, immer so berechnend vernünftig.

Cicero seiner Terentia einen herzlichen Gruß.
Alle Beschwerden und Aufregungen, mit denen ich Dich so unglücklich gemacht habe, was mir besonders leid tut, und nicht weniger unsre Tullia, die mir lieber als mein Leben ist, habe ich von mir getan und abgeworfen. Was der Anlaß gewesen ist, habe ich tags nach meinem Weggange von Euch gemerkt. In der Nacht habe ich reine Galle gespien, und gleich fühlte ich mich erleichtert. Ein Gott scheint mich geheilt zu haben; diesem Gotte wirst Du also, wie es Deine Art ist, gottesfürchtig und fromm, Genüge tun …

Ich glaube, ich habe ein sehr gutes Schiff. Diese Zeilen schreibe ich, nachdem ich eben an Bord gegangen bin. Hernach will ich noch eine Reihe Briefe an unsre Freunde schreiben und ihnen Dich und unsre Tullia warm ans Herz legen.

Ich würde Euch gute Ratschläge erteilen, damit Ihr um so tapferer seiet, wenn ich nicht wüßte, daß Ihr tapferer als mancher Mann seid. Jedoch ist alles hoffentlich so geordnet, daß es Euch dort an nichts fehlt und ich endlich mit meinen Gesinnungsgenossen den Staat verteidigen kann.

Hab Du in erster Linie acht auf Deine Gesundheit; sodann bediene Dich, wenn Du es für nötig hältst, der Land-

häuser, die am weitesten von den Soldaten entfernt sind. In Arpinum könntest Du mit der Dienerschaft aus der Stadt gut unterkommen, falls die Lebensmittel knapp werden.

Unser süßer Cicero läßt Dich herzlich grüßen.

Leb herzlich wohl!

7. Juni

Ich las den Brief wieder und wieder, verstand ihn anfangs nicht. Nicht ein einziges Mal in diesen ermüdenden Monaten der Unentschlossenheit hatte er meine Tapferkeit gepriesen. Ich hatte allerdings auch keine gezeigt, denn ich hatte nicht die Gelegenheit dazu bekommen. Nie hatte er auch nur im geringsten zu erkennen gegeben, daß ihm klar war, daß seine Heimlichtuerei mich verletzen, ja, unglücklich machen könnte, obwohl er gewußt haben mußte, daß ich seine Ausflüchte durchschaute und ganz genau merkte, daß er mir nicht vertraute.

Endlich verstand ich es. Auf dem Weg in die Gefahr und den möglichen Tod, in den Sieg oder die Niederlage brauchte er eine reine Weste, um seiner selbst willen, nicht meinetwegen. Er versuchte mit süßen Worten, alles wiedergutzumachen. Was sich hinter den »Beschwerden und Aufregungen« verbarg, war Schuldgefühl, und davon mußte er sich befreien, das mußte er buchstäblich ausspeien.

Ich verstand es, aber Verständnis führte noch nicht zu Mitleid. Jedesmal, wenn ich sie las, wurden die süßen Worte bitterer.

Ein schändlicher Weg

Fünfzehn Tage nach Ciceros Abreise verließen Tullia und ich Formiae, um nach Rom zu gehen. Tullia in ihr eigenes Haus, wo sie, nun da ihr Ehemann in sicherer Entfernung in Spanien war, hoffentlich etwas Ruhe finden würde, und ich in den einsamen, sinnlosen Luxus unserer Villa auf dem Palatin.

Rom war eine fremde Stadt geworden. Das Leben hatte zwar wieder seinen normalen Gang genommen, Läden und Tavernen waren geöffnet, die Straßen belebt, aber die Menschen waren apathisch. Es gab keine öffentlichen Versammlungen, keine Straßenkrawalle, keine feurigen Reden von der einen Partei oder der anderen. Niemand freute sich über diesen Krieg. Was die Leute wollten, waren Lebensmittel, Sicherheit, Schuldenerlaß, und das alles erhofften sie sich von Caesar. Doch vor dessen Rückkehr aus Spanien, wo er gegen die Truppen von Pompeius' Sohn kämpfte, bestand keine Aussicht darauf. Die Kurie war verlassen. Die meisten Senatoren waren Pompeius gefolgt, und diejenigen, die in Rom geblieben waren, konnten nichts tun. Caesar mochte Rom zwar in seiner Gewalt haben, seine Abwesenheit indes legte alles lahm.

Ich verbrachte die tristen Tage in selbstgewählter Einsamkeit, steigerte mich in die Gründe hinein, warum ich so unglücklich war. Ich hatte wenig Kontakt zu meiner Tochter, abgesehen von einigen kurzen, förmlichen Briefen, meist als Antwort auf einen von mir. Die Liebe und das Mitleid, die ich für sie bei ihrer Entbindung und der Geburt ihres toten Sohnes empfunden hatte, waren

Unmut gewichen. Daß Tullia mich nicht besuchte, obwohl ich zu Fuß zu erreichen war, war für mich der Beweis, daß sie mich lediglich ein paar Stunden lang verzweifelt gebraucht hatte, daß es ihre Liebe zu mir aber nicht vergrößert hatte.

Von meinen Dienern hörte ich, daß Dolabella überraschend eine Stippvisite in Rom gemacht hatte, auf dem Weg an die Adria, wohin er von Caesar geschickt worden war, um eine Flotte gegen Pompeius zu versammeln. Ich fragte Tullia nicht, was sich bei dieser Gelegenheit zwischen ihr und ihrem Mann abgespielt hatte, und sie erzählte mir auch nichts. Anfang Dezember war Dolabella wieder in Rom, nachdem Pompeius ihn auf See vernichtend geschlagen hatte. Tiro berichtete mir, stockend und ohne Ausschmückungen, daß Dolabella in seiner Wut über die Niederlage seine Frau mißhandelt und schamlos das ungesetzliche Verhältnis zu seiner Geliebten Metella wiederaufgenommen habe. Von Tullia selbst erfuhr ich nichts. Ich wartete ein paar Tage, bis die Stille mich zu bedrücken begann. Vielleicht brauchte sie Hilfe. Ich wollte mir auch nicht den Zorn meines Mannes zuziehen, weil ich seine Tochter vernachlässigte. Ich schrieb ihr einen kurzen Brief und fragte, ob sie mich empfangen würde.

Tullia an ihre Mutter Terentia.
Danke für Deinen Brief. Du kannst nichts für mich tun, es hat also keinen Zweck zu kommen. Du wirst sicher schon gehört haben, daß mein Mann mich schändlich behandelt hat und nun seine Affäre mit dieser Hure Metella zur Schau stellt. Ich habe Atticus gefragt, ob ich vorübergehend bei ihm wohnen kann, und er hat zugestimmt. Ich bitte Dich nur, Dich nicht einzumischen, und damit meine ich: daß Du nicht wieder von Scheidung anfängst. Ich werde den Rat meines Vaters abwarten und mich seiner Entscheidung fü-

gen. Ich könnte es nicht ertragen, von Dir zu hören: Das habe ich dir doch gesagt. Er ist mein Mann, ich habe immer noch Gefühle, gegen die ich nichts machen kann, er hat mir bittere Schmach zugefügt, aber er scheint der einzige Mann zu sein …

Die letzten Sätze waren wirr. Ich war erschrocken darüber. Ich redete mir ein, daß ich sie nicht verstand. Aber ich ging nicht zu ihr, aus Angst, daß ich sie, wenn ich es täte, nur allzu gut verstehen würde und daß mein Besuch wie gewöhnlich in frustrierter Verärgerung enden würde.

Gegen Mitte Dezember hielt Caesar, siegreich in Spanien, Herrscher über Italien, wieder in Rom Einzug. Elf Tage lang sollte die Stadt die harte Hand ihres Herrn fühlen, der, während er noch in Spanien war, zum Diktator ausgerufen worden war. Von der Festung meines Hauses aus konnte ich das Gebrüll der Menge hören, es war offensichtlich, daß die Volksseele wieder gärte. Aber ich war fest entschlossen, das Haus diesmal nicht zu verlassen. Ich hatte nicht das Bedürfnis, mitanzusehen, wie die Stadt auf Caesars Rückkehr reagierte. Der Mann hinter der Macht war nicht mehr zu erkennen. Genau wie Sulla war er eine unnahbare, finstere Gestalt geworden, wenn auch weniger bedrohlich, als dieser gewesen war. Ich hatte daher wenig direkte Informationen darüber, was sich in diesen elf Tagen abspielte.

Als Caesar schließlich nach Brundisium aufbrach, um sich mit seinen Truppen nach Griechenland einzuschiffen, kam das politische Leben wieder etwas in Schwung. Magistrate wurden gewählt, das Gericht tagte, das Priesterkollegium erfüllte seine Aufgaben, und es schien, als ob es nie anders gewesen wäre.

Kurze Zeit später erhielt ich einen Brief von Caelius,

einen so bitteren, daß ich kaum glauben konnte, daß er ihn geschrieben hatte. Es stand jedoch klar und deutlich da: »Marcus Caelius an Terentia«, und ich erkannte seine Handschrift. Er war inzwischen Prätor. In früheren Tagen wäre mit diesem Amt ein großer Wunsch für ihn in Erfüllung gegangen – »aber jetzt haben wir einen Herrn, dessen Wort Gesetz ist und der nicht vorhat, unseren Ambitionen freien Lauf zu lassen«. Er schrieb wütend und desillusioniert über den heruntergekommenen Haufen Caesarianer, mit dem er sich abgeben müsse, »nicht mit hehren Idealen angeworben, sondern einfach bestochen – verführt von der Sirene Sesterz«, und er machte beunruhigende Andeutungen über Gewalt. Der Brief endet: »Ich habe gehört, daß Cicero sich in Griechenland unmöglich macht mit seinem Gemurre und seiner ständigen Kritik an Pompeius. Warne ihn, Terentia, daß er dabei ist zu verspielen, was er möglicherweise gewonnen hat, als er sich Pompeius tatsächlich anschloß.«

Erst einige Stunden später, als sich meine Beunruhigung über seine Zeilen etwas gelegt hatte, wurde mir bewußt, was er über Cicero geschrieben hatte. Mein Mann hatte mir nur jenen kurzen Brief vom Schiff aus geschickt, mehr nicht. Wenn Atticus oder Pomponia etwas von ihm gehört hatten, direkt oder über Quintus, dann hatten sie es mir nicht erzählt. Ich zweifelte nicht an Caelius' Bericht – der war kein Lügner oder jemand, der unbegründeten Tratsch verbreitete –, und ich erkannte, daß er es nicht auf die leichte Schulter nahm. Statt seine Treue zu Pompeius auszunutzen, schmollte Cicero und reagierte seine Frustrationen an anderen ab. Damit verspielte er seine Chancen auf Reichtum und Ruhm, sollte Pompeius gewinnen, und riskierte Ächtung, Verbannung oder noch Schlimmeres, sollte die andere Seite als Sieger hervorgehen. Er war vom Regen in die Traufe gekommen. Aber ich hatte nicht vor, ihn zu warnen. Sein Verhalten widerte mich an.

Eines Morgens Anfang Januar 48, ich war gerade dabei, mich anzukleiden, wurde mir eine nicht unterzeichnete Nachricht auf einer arg mitgenommenen Schreibtafel übergeben. Ich las: »Ein alter Diener möchte Euch in einer dringenden Angelegenheit sprechen. Ich bin in den Sklavenunterkünften Eures Hauses.«

Die Dienerin, die mir die Nachricht brachte, vermochte nicht zu sagen, wer der Schreiber war. Sie hatte ihn nicht erkannt. Ich zog mich in aller Ruhe an. Wer es auch war, er konnte warten.

Philotimus stand am Eingang der Sklavenunterkünfte und schaute gespannt in Richtung Haupthaus. Ich traute meinen Augen nicht. Er war der letzte, den ich erwartet hätte. Ich war so verblüfft darüber, daß er mich sprechen wollte, daß er die Stirn hatte, mich überhaupt zu besuchen, daß meine Zunge wie gelähmt war. Ich wußte, daß er nach Ciceros Abreise verschwunden war, das hatte sein Stellvertreter, jetzt Ciceros Verwalter, mir erzählt. Aber noch Monate nach jener schmerzlichen Szene mit meinem Mann hatte ich nicht über Philotimus zu sprechen gewagt.

Philotimus sah heruntergekommen, schmutzig und hinterhältig aus. Er ergriff als erster das Wort und grüßte mich unterwürfig, wie ein Sklave.

»Warum bist du hier? Und warum in den Sklavenunterkünften? Warum hast du dich nicht melden lassen, wie es sich gehört?« unterbrach ich sein endloses Geschwafel über den ruhmreichen Namen meines Gatten, meine Tugendhaftigkeit und seine langen und treuen Dienste.

»Ich bin mitten in der Nacht gekommen. Ich durfte nicht riskieren, daß man mich sieht. Die Stadt ist nicht sicher.«

»Und worüber mußt du so dringend mit mir sprechen?«

Sein Blick huschte von links nach rechts und wieder zurück. »Das kann ich Euch nur unter vier Augen sagen«, flüsterte er.

Für einen Moment dachte ich daran, ihn fortzujagen. Sein Kommen verhieß nichts Gutes. Er sah mein Zögern und fügte hinzu, noch immer flüsternd: »Es wäre klug, sich anzuhören, was ich zu sagen habe. Sehr klug.«

Ich spürte die Drohung in seinen Worten, und mir wurde klar, daß ich keine Wahl hatte. Widerwillig ging ich ihm voraus in mein Zimmer. Sobald wir dort waren, gab er seine übertrieben sklavische Haltung auf. Er lehnte frech und selbstsicher an der Wand.

»Sag, was du zu sagen hast, und verschwinde«, begann ich kühl.

»Ich brauche Geld.«

»Wofür?«

»Um aus Rom wegzukommen.«

»Warum? Und was habe ich damit zu tun?«

»Ich habe meine Gründe, und die brauche ich nicht mit Euch zu besprechen. Und was Ihr damit zu tun habt – nun, Ihr werdet mir die Mittel dafür verschaffen müssen.«

Ich versuchte, verächtlich zu lachen. Es klang wie ein heiseres Krächzen. »Ich dir? Was für eine Unverschämtheit! Selbst wenn ich bereit wäre, dir zu helfen, hätte ich trotzdem kein Geld, um es dir zu geben. Und schon gar nicht, ohne zu wissen, warum du so dringend aus Rom weg mußt. Hast du wieder betrogen?«

Er rieb sich die Schultern an der Wand und lächelte unangenehm. »Sagen wir so: Ich muß Rom verlassen und aufs Land ziehen. Wegen meiner Gesundheit. Oder der meiner Familie. Und ich brauche Geld für die Reise und für ein Haus.«

»Das ist deine Sache, nicht meine. Nochmals: Ich werde

dir kein Geld geben. Ich bin dir nichts schuldig. Du hast uns schon genug Ärger gemacht.«

Er richtete sich auf, kam auf mich zu und schaute auf mich herab.

Ich spürte seine Macht und hatte Angst.

»Ihr mögt vielleicht kein Geld haben – obwohl ich das bezweifle, Ihr scheint zu vergessen, daß ich genau weiß, was Ihr besitzt –, aber Euer Mann hat welches. Wenn kein Bargeld, so doch zumindest Kreditwürdigkeit.«

»Ich werde das Geld meines Mannes nicht anrühren und mir auch nichts auf seinen Kredit für dich leihen.« Ich versuchte, die Stimme nicht zu heben.

»Ihr werdet mir geben, was ich will. Um Eure Haut zu retten.«

Mein Mund und meine Kehle waren so trocken, daß ich kein Wort herausbrachte.

Unverschämt fuhr er fort: »Laßt es mich erklären, es ist nicht schwer. Wenn Ihr Euch weigert, mir zu geben, was ich verlange, werde ich Eurem Mann den Beweis für Eure Betrügereien liefern. Ich werde belegen, daß Ihr und ich Konspiratoren waren. Auch wenn ich mich damit selbst belaste. Das stört mich nicht.«

Ich fühlte, wie sich die Schlinge zuzog. »Du hast keinen Beweis. Wie solltest du auch, ich habe nichts getan.« Ich war so angespannt, daß meine Stimme ganz piepsig war.

»Was nicht ist, kann ja noch werden.« Er fand sichtlich Gefallen an dieser rätselhaften Äußerung und wiederholte sie zufrieden.

Mein Magen krampfte sich zusammen. »Was – was meinst du?« stammelte ich.

Fast stolz erläuterte er: »Ich bin ein guter Fälscher, nicht gerade ein Ruhmesblatt, aber nützlich. Ich bin in der Lage, Eure Unterschrift mit verbundenen Augen nachzumachen. Und ich habe noch eine Kopie Eures Siegels.

Nicht einmal Euer Mann würde die Fälschungen erkennen. Ich könnte zum Beispiel Eure Unterschrift unter ein paar Rechnungen setzen, die mit den Transaktionen im Zusammenhang mit dem Verkauf von Milos Besitz zu tun haben.«

Ich rief aus: »Du Schuft, das würdest du nicht wagen!«

Er beugte sich so weit zu mir herunter, daß sich unsere Gesichter beinahe berührten. Sein Atem stank. »Ich denke schon, verehrte Herrin. Da bin ich mir sogar ganz sicher.«

Ich verlor die Kontrolle. »Das ist Erpressung!« schrie ich.

Er wischte das Wort geringschätzig weg. »Erpressung? Was für eine häßliche Umschreibung für eine simple geschäftliche Übereinkunft.«

Ich nahm all meinen Mut zusammen. »Nur zu. Tu, was du nicht lassen kannst. Ich habe keine Angst vor den Konsequenzen, denn es wird keine geben. Ich werde meinem Mann erzählen, was du im Schilde führst.«

»Wahrlich tapfere Worte. Doch mir scheint, ich hätte irgendwo gehört, daß Euer Gatte Euch in letzter Zeit nicht sonderlich vertraut hat. Und was die Konsequenzen betrifft: Euer Mann wird sich von Euch scheiden lassen, Eure Kinder werden Euch verabscheuen, Eure Umgebung wird Euch verachten.«

Ich schlug mir mit geballten Fäusten auf die Knie. »Ich rühre das Geld meines Mannes nicht an.«

»Dann verkauft Euren eigenen Besitz. Das wird genug einbringen, selbst in Zeiten wie diesen. Hunderttausend Sesterze würden mir schon reichen. Ich bin nicht habgierig.«

Ich würgte vor Entsetzen. Der Betrag war noch höher, als ich befürchtet hatte, mehr als unverschämt. Er wartete, seinen Blick kalt auf mich gerichtet, und schätzte meine Reaktion auf seine Forderung ab.

Ich wollte aufstehen und aus dem Zimmer rennen. Ich wollte um Hilfe rufen, ihn hinauswerfen lassen. Seine Augen nagelten mich an meinem Stuhl fest.

»Ich gebe Euch einen Tag und eine Nacht, um Euch zu entscheiden«, sagte er. »Morgen um dieselbe Zeit komme ich wieder. Ich rate Euch, gut nachzudenken. Das ist kein Spiel.«

Ich sah ihn nicht gehen, denn ich hatte die Augen geschlossen.

Nie in meinem ganzen Leben habe ich eine schrecklichere Nacht verbracht, Atticus. Im Morgengrauen hatte ich meine Entscheidung getroffen. Nein, Philotimus hatte sie für mich getroffen, von seinem ersten Wort an. Ich mußte tun, was er verlangte, aus den Gründen, die er so kurz und bündig umrissen hatte.

Ich schaue auf das, was ich gerade geschrieben habe, und sehe, daß mein Bericht über dieses furchtbare Gespräch kaum lesbar ist. Von der bloßen Erinnerung daran wird mir ganz übel. Das Zittern meiner Hand ist über das ganze Blatt zu erkennen. Noch übler wird mir jedoch von meiner eigenen Dummheit. Ich hätte nicht nachgeben dürfen. Ich hätte tun sollen, womit ich gedroht hatte: meinen Mann über Philotimus' Erpressung verständigen, oder Dich. Aber ich war vollkommen in Panik. Ich stürzte mich hinein, und als ich einmal den ersten Schritt gemacht hatte, wußte ich, daß er andere nach sich ziehen würde. Ich hätte meine Immobilien und meine letzten Ländereien bei Antium verkaufen können. Doch das wollte ich erst, wenn ich dazu gezwungen wäre. Vielleicht würde ich ja das, was mir von meinem Besitz geblieben war, in Zukunft noch brauchen. Und so, angestachelt von Philotimus' unablässigen Drohungen, machte ich den ersten Schritt auf dem falschen Weg: Ich lieh mir Geld auf

Ciceros Kredit. Weitere Schritte folgten, unvermeidlich: Zuerst verkaufte ich meine Juwelen, dann das Silber und das Mobiliar, die eigentlich Cicero gehörten, und schließlich stahl ich, es gibt kein anderes Wort dafür, sechzigtausend Sesterze von dem Geld, das Cicero für die Bezahlung der zweiten Rate von Tullias Mitgift zurückgelegt hatte.

Ich war nun die Gefangene der logischen Konsequenzen meiner Taten. Tullia mußte sich von Dolabella scheiden lassen, denn andernfalls würde mein Betrug ans Licht kommen. Ich versuchte es mit Mitleid, ich versuchte es mit Drohungen, abwechselnd variiert mit Spott und Hohn, stets per Brief, nie von Angesicht zu Angesicht. Doch Tullia weigerte sich standhaft, und Du, Atticus, schriebst mir kühl, daß die Zeit für eine Scheidung noch nicht reif sei. Vielleicht würde man irgendwann auf Dolabellas Unterstützung angewiesen sein. Und mein Insistieren würde meiner Tochter nur Kummer bereiten. Du warst mißtrauisch geworden, denn Tiro, der immer überall herumschnüffelte, hatte kaum entdeckt gehabt, was ich trieb, als er schon zu Dir gerannt war. Aber Du sprachst die Anschuldigungen mir gegenüber nicht aus. Du konntest nicht wissen, warum ich mir Geld lieh, und Tiro auch nicht. In der ersten Januarwoche schreibt Cicero:

… All meine Hoffnung bezüglich meines guten Namens und meines Vermögens setze ich auf Deine mir so oft bewährte Güte … In Asien habe ich etwa 2 200 000 Sestertien in Zistophoren stehen. Wenn Du mir diese Summe bevorschußt, kannst Du damit meinen Kredit leicht stützen; hätte ich ihn nicht für ungefährdet gehalten, im Vertrauen auf die Person, der ich, wie Du weißt, schon seit langem allzusehr traue, so wäre ich noch eine Weile geblieben und hätte meine Vermögensverhältnisse nicht ungeordnet hinter mir gelassen. Ich

schreibe deshalb erst jetzt an Dich davon, weil ich erst jetzt sehe, was zu befürchten steht.

Die »Person«, der er allzusehr getraut hatte, war natürlich ich. Harte Worte. Doch er wußte ebensowenig wie Du, warum ich mir Geld lieh.

Vielleicht wäre Deine Verachtung ein wenig durch Mitleid abgeschwächt worden, wenn Du damals über alles informiert gewesen wärst. Vielleicht aber auch nicht. Die Indizien sprachen gegen mich. Für schuldig befunden ohne Prozeß, hatte ich keine Aussicht auf Berufung.

Ich schrieb meinem Mann nicht. Ich wagte es nicht, aus Angst, daß mir versehentlich etwas über meine Machenschaften entschlüpfen könnte. Ich bildete mir ein, daß er nichts wüßte, daß Du ihm nur vage Andeutungen gemacht hättest. Du hattest die Verdächtigungen mir gegenüber nie offen ausgesprochen, und ich hatte noch immer nichts von Cicero gehört. Wie hielt ich mich doch selbst zum Narren! Denn die ganze Zeit hattest Du ihn auf dem laufenden gehalten. Seine Antworten auf Deine Briefe beweisen es.

Den kalten, regnerischen Frühling hindurch zappelte ich wie ein Fisch im Netz, schlug wild um mich, borgte hier, um dort eine Schuld zu begleichen, verkaufte noch mehr Silber und noch mehr Schmuck. Selbst mit dem Geld der Mitgift war nicht genug da, um Philotimus' Forderungen zu erfüllen, denn ich hatte nur fünfundachtzigtausend Sesterze zusammenbekommen.

Dann zogst Du, Atticus, das Netz zu und fischtest mich an Land, hilflos und Dir ausgeliefert. In einem Brief vom 10. Mai teiltest Du mir mit, Dir sei bekannt, daß ich Gelder von der Mitgift entwendet habe, mein Mann sei informiert. Und Du fordertest mich auf, den Betrag unverzüglich zurückzuzahlen. Es komme nicht in Frage, daß Tullia sich von ihrem Mann scheiden lasse, und die Mitgift sei im Juli dieses Jahres fällig.

Der Ton des Briefes, streng und sachlich, wie man einem säumigen Schuldner schreiben würde, verletzte mich nicht. Darüber war ich hinaus. Trotz meiner Angst wußte ich, was ich zu tun hatte. Es war nicht nötig, eine Vorgehensweise zu planen, ich hatte keine Wahl und keine Alternative. Ich mußte meine Haut retten. Ich mußte meine Spuren verwischen, Besitz verkaufen, meinen Mann belügen und das Geld zurückzahlen.

Innerhalb weniger Stunden nach dem Erhalt des Briefes schickte ich eine Summe an Tullia, das letzte Bargeld, das ich hatte, mit ein paar lieben Zeilen, in denen ich meine Sorge um sie zum Ausdruck brachte, schrieb, daß ich gehört hätte, daß Dolabella sie mittellos zurückgelassen habe – was stimmte. Tiro hatte mir von ihrer Notlage berichtet, aber ich war so verärgert gewesen, daß sie sich nicht scheiden lassen wollte, daß ich beschlossen hatte, sie eine Weile schmoren zu lassen. Sie dankte mir folgendermaßen:

Tullia an ihre Mutter Terentia.
Wie überraschend, diese Freigebigkeit. Um Dein Gewissen zu beruhigen, vermute ich. Ich bin zu Tränen gerührt über Deine Besorgnis um mich. Ich nehme das Geld an, weil ich es brauche, obwohl Atticus mich großzügig unterstützt. Aber ich hasse es, mich ihm verpflichtet zu fühlen. Ist in naher Zukunft mehr dergleichen von Dir zu erwarten? Ohne Bedingungen – keine Drohungen, kein Hohn, kein Beharren auf Scheidung? Ich frage mich, warum. Leb wohl.

Dann setzte ich mich hin, um meinem Mann zu schreiben. Ich überlegte mir nicht genau, was ich ihm mitteilen sollte, ich brachte einfach aufs Papier, was mir in den Sinn kam, instinktiv ausholend, aus Selbstverteidigung.

Terentia grüßt ihren Mann Cicero.
Ich habe Dir seit Deiner Abreise nicht geschrieben, weil Du mir auch nicht geschrieben hast. Dir ist anscheinend nie der Gedanke gekommen, daß ich mir große Sorgen um Dich und unseren Sohn mache, daß ich mich vielleicht nach Nachrichten von Euch sehne, daß ich mich einsam und verlassen fühle in einer Stadt, in der das Leben stets schwieriger wird. Die spärlichen Nachrichten, die ich erhalten habe, erreichten mich über andere.

Atticus hat mich beschuldigt – ja, mich beschuldigt! –, unerlaubt sechzigtausend Sesterze von dem Geld genommen zu haben, das für die zweite Rate von Tullias Mitgift vorgesehen war. Er hat recht, ich habe diese Summe genommen, ohne Dich zu fragen, weil Tullia Hilfe brauchte. Dieser Schuft Dolabella hat sie völlig mittellos sitzen lassen. Ich hätte mein eigenes Geld verwendet, wenn ich es nicht benötigen würde, um für mich und unseren Haushalt aufzukommen. Alles wird immer teurer, die Lebensmittelpreise steigen täglich. Ich war davon ausgegangen, daß Du Dolabella inzwischen einen Scheidungsbrief geschickt haben würdest. Und ich muß sagen, ich bin erstaunt, daß Du es nicht getan hast. Dir ist doch klar, wie er unsere Tochter behandelt hat? Sie hat es Dir bestimmt geschrieben, und wenn nicht sie, dann Atticus. Bist Du wirklich noch davon überzeugt, daß Du die Unterstützung dieses Halunken brauchst? Die würde er Dir wahrscheinlich ohnehin verweigern, wenn es ihm gerade nicht paßte. Aber sei unbesorgt, ich werde das Geld vor Juli zurückzahlen, selbst wenn ich dafür Besitz verkaufen müßte, meinen natürlich.

Ich hoffe, Du verstehst, daß ich keine andere Wahl hatte, als mir Geld zu holen, wo es nur möglich war. Ich hoffe, das

Leben in Pompeius' Feldlager ist einigermaßen erträglich für Dich. Ich habe gehört, daß es in Griechenland eine Pattsituation gibt, daß Caesar der Seeweg abgeschnitten ist, so daß er keine Verstärkung bekommen kann, und daß Pompeius eine abwartende Haltung einnimmt. Das bedeutet jedenfalls, daß ich mir für den Augenblick keine Sorgen um die Sicherheit unseres Sohnes machen muß. Grüß ihn herzlich von mir und sag ihm, daß seine Mutter sich sehr über einen Brief von ihm freuen würde.

Hab acht auf Deine Gesundheit.

Leb wohl!

Ich bestellte Philotimus zu mir. Wiederum hatte ich keine Wahl. Als er erschien, empfing ich ihn im Atrium und hielt mich so weit wie möglich von ihm entfernt. Ich trug ihm auf, meine Häuser in Rom zu verkaufen. Ich sprach schnell und so autoritär ich konnte. Als ich ausgeredet hatte, sagte er: »Häuser verkaufen, jetzt? Niemand hat Bargeld, der Immobilienmarkt ist vollkommen zusammengebrochen.«

»Ich muß Käufer finden. Sofort.«

Er lächelte unangenehm: »Da könnt Ihr ebensogut nach dem Mond greifen.«

»Wenn du den Rest deines Erpressungsgeldes haben willst, dann sorg für einen Markt.«

Er machte eine übertrieben untertänige Verbeugung. »In diesem Fall ist Euer Wunsch mir Befehl, gnädige Frau.«

Ich drehte mich auf dem Absatz um und verließ das Atrium. Es schüttelte mich vor Ekel.

Doch Philotimus hatte recht. Es gab keinen Markt. Niemand war bereit, Besitz zu kaufen, zu welchem Preis auch immer. Tagelang wartete ich, in wachsender Verzweiflung. Ich schlief nicht mehr, ging nicht einmal mehr ins Bett, sondern blieb in meinem Zimmer sitzen, nickte ab und zu ein, schrak jäh wieder hoch, verlangte nach mehr Lampen, weil die Dunkelheit mich erstickte, meine Gelenke waren steif und schmerzten vom Rheuma, mein Rücken glühte vom Ausschlag. Von Selbstmitleid verzehrt, versuchte ich zu weinen, in der Hoffnung, daß Tränen mir Erleichterung verschaffen würden, aber selbst das war mir nicht vergönnt, meine Augen blieben trocken. In einer dieser Nächte schrieb ich den zweiten der beiden einzigen Briefe, die ich Cicero während seiner Abwesenheit schickte. Diesmal verwendete ich viel Zeit und Überlegung auf die Formulierung. Das Ergebnis war eine Mischung aus Selbstrechtfertigung und Selbstmitleid, verstandesmäßigem Akzeptieren der Situation (Tullia durfte sich noch nicht von Dolabella scheiden lassen) und Verwunderung darüber, daß er meine Motive absichtlich mißverstanden habe. Der Brief klingt nicht sehr aufrichtig, nun, da ich ihn wiederlese, und er wird auf Cicero damals vermutlich genauso unehrlich gewirkt haben. Doch seine Antwort gab mir keinen Hinweis darauf, was er dachte oder fühlte.

Cicero grüßt die Seinigen.
Nur selten finde ich jemanden, dem ich einen Brief mitgeben könnte; aber es gibt auch nichts, was ich gern schreiben möchte.

Aus Deinem kürzlich erhaltenen Briefe ersehe ich, daß keins unsrer Landgüter verkäuflich gewesen ist. Seht also bitte zu, wie der Mann [Dolabella] befriedigt werden kann, den ich, wie Ihr wißt, befriedigt sehen möchte.

Daß unsre Tullia sich bei Dir bedankt – nun, daß es Dein Verdienst ist, wenn sie sich verdientermaßen bei Dir bedanken kann, wundert mich gar nicht.

…

Halt Dich munter!
Pompeius' Feldlager, den 15. Juli

Auch diesmal hatte ich keine Alternative. Ich schluckte meinen Stolz herunter und schrieb einen mutlosen Brief an Dich, Atticus, in dem ich Dich bat, mir das Geld für die zweite Rate von Tullias Mitgift vorzuschießen, weil es mir nicht gelungen sei, die Summe zusammenzubekommen. Deine Antwort bestand aus einer Zeile: »Ich werde Dir das Geld vorschießen, ohne Zinsen, aber ich erwarte von Dir, daß Du es mir möglichst bald zurückzahlst.«

Ich saß auf einer Bank im Garten, unter einem Feigenbaum, der keinen Schatten warf, weil an diesem frühen Augusttag die Sonne nicht schien und ein Gewitter in der Luft lag. Seit Stunden grollte es in der Ferne, aber es kam nicht näher. Die bleierne Atmosphäre lastete auf mir. Mein Kopf schmerzte, meine Augen brannten, und der Stoff meiner dünnen Tunika klebte mir an den Schultern. Mit leerem Blick starrte ich auf meine Füße, die Hände müßig in meinem Schoß, und ließ die Zeit verstreichen.

Ich hörte Flügelschläge und schaute hoch. Eine Krähe flog aus dem linken oberen Himmelsviertel in den Garten. Ich brauchte keinen Wahrsager, um dieses Omen zu deuten: dies konnte nur ein Vorbote nahenden Unheils sein. Der Vogel landete vor mir auf dem Weg. Er ließ sich durch meine Anwesenheit nicht stören – er war zu mir und meinetwegen gekommen. Ich betrachtete ihn, wie er reglos dastand, zwei Schritte von mir entfernt. Sein Gefieder glänzte blauschwarz. Ein Auge fixierte mich. Es war ein böser Vogel, und ich wich vor ihm zurück, drückte mich an den Stamm des Feigenbaums. Die Blätter raschelten. Die Krähe bewegte sich nicht. Vorsichtig streckte ich einen Fuß nach ihr aus. Sie blieb sitzen, ungerührt. Ich zog meinen Fuß zurück. Ich starrte in das Auge des Vogels, bis es war, als ob ich in den Kreis dieses feindseligen, unverwandten Blicks hineingesogen würde.

Ich hob die Hände und machte eine hilflose abweisende Gebärde. Die Krähe reagierte nicht.

Auf einmal hörte ich mich schreien: »Geh weg, ich weiß, wer du bist, du bist der Vorbote des Todes. Geh, geh!«

Der Vogel drehte mir den Kopf zu. Die Bewegung löste den Zauber. Ich stand auf und machte einen Schritt auf die Krähe zu. Sie blieb störrisch stehen. Ich machte noch einen Schritt und war nun so nah, daß ich mich hätte bücken können, um sie zu berühren. Sie hüpfte ein kleines Stück weg. Ich trat nach ihr. Sie zögerte einen winzigen Moment und flog dann auf. Ich spürte einen Windhauch im Gesicht und hörte das schnelle Schlagen von Flügeln. Ich schloß die Augen.

Ich setzte mich wieder auf die Bank. Die Krähe hatte ihre Botschaft überbracht. Ich hätte nicht darüber erschrecken dürfen, denn ich war darauf gefaßt. Seit langem schon war der Tod keine Vorahnung mehr, sondern eine Erwartung. Die Toten brauchten nur noch genannt zu werden.

Fabia schrieb es mir. Ich hatte sie nur selten besucht, und sie respektierte meinen Wunsch nach Zurückgezogenheit. Aber sie schickte mir regelmäßig fröhliche, unterhaltsame Briefe, für die ich ihr dankbar war, auch wenn sie wenig dazu beitrugen, meine Stimmung zu heben. Dieser Brief war nicht fröhlich.

Meine liebe Schwester,
was ich Dir zu sagen habe, ist schrecklich. Wir haben die Nachricht gerade bekommen: am 9. August wurde bei Pharsalus gekämpft, und Pompeius wurde geschlagen. Es war ein wahres Gemetzel. Schätzungsweise fünfzehntausend Tote liegen auf dem Schlachtfeld, sechstausend von ihnen waren römische Bürger. Den Berichten zufolge weinte Caesar, als

er die Toten sah und sagte: »Sie haben es so gewollt ...« Nun, das ist Ansichtssache. Es war unklug von Pompeius, einen Kampf zu forcieren. Es gab viel Uneinigkeit und Unzufriedenheit in seinem Lager, aber er hat sich von diesen Eseln überzeugen lassen, die glaubten, daß Caesar bereits besiegt sein würde, ehe es zu einem Gefecht käme. Die meisten Senatoren an seiner Seite waren schon zu sehr damit beschäftigt, die Kriegsbeute aufzuteilen. Sie wollten eine rasche, entscheidende Schlacht und anschließend Pompeius loswerden, der sie, wie sie sich beklagten, wie Sklaven behandele. Dummköpfe, kurzsichtige Dummköpfe. Pompeius ist geflohen, niemand scheint genau zu wissen, wohin. Dein Mann und Dein Sohn sind in Sicherheit. Cicero war nicht in Pharsalus, er war krank und war nach Dyrrhachium zurückgekehrt. Quintus, sein Sohn und der junge Marcus haben mit Pompeius gekämpft und sich wacker geschlagen. Du kannst stolz auf sie sein.

Und dann ist da eine Nachricht, aus sehr zuverlässiger Quelle, die mich äußerst beunruhigt. Cato hat noch immer eine ansehnliche Flotte und Armee bei Dyrrhachium, und er hat Deinen Mann gebeten, den Befehl zu übernehmen, wegen seines hohen Ranges als ehemaliger Konsul. Anscheinend hat Cicero abgelehnt, mit der Bemerkung, daß er jeden Glauben an die Sache des Senats verloren habe. Pompeius' Sohn Gnaeus hat ihn daraufhin mit dem Schwert angegriffen und hätte ihn wohl durchbohrt, wenn Cato nicht dazwischengegangen wäre. Ciceros Tat oder, besser gesagt, Mangel an Tatkraft, überrascht mich. Die Sache braucht nicht verloren zu sein. Die Besiegten können sich erneut sammeln und scheinen das auch fest vorzuhaben, in Afrika wahrscheinlich. Jetzt ist Cicero vollkommen in Mißkredit geraten, auf beiden Seiten. Ich hätte nicht erwartet, daß er so dumm sein würde. Er muß völlig demoralisiert gewesen sein. Meine arme Schwester, Du tust mir leid, obwohl ich weiß, daß Du Mitleid haßt. Besuch mich mal, es kann nicht gut für Dich sein, Dich ständig in Deinem Haus zu verkriechen. Leb wohl!

Rom, den 30. August

Dann schriebst Du mir, Atticus, aus Kummer und vielleicht auch Mitgefühl:

Unser teurer Freund Marcus Caelius ist tot. Nach seinen eigensinnigen und unklugen Schritten, alle Schulden zu erlassen, entgegen Caesars Wunsch, wurde er seines Amtes als Prätor enthoben. Aber er ließ sich dadurch nicht aufhalten, stürzte sich blindlings ins Verderben. Er versuchte, einen bewaffneten Aufstand gegen Caesar zu entfesseln, und kam in Thurii um, wo er spanische Hilfstruppen bestechen wollte, zu ihm überzulaufen. Enttäuschung und Ernüchterung haben ihn in den Tod getrieben. Die Sinnlosigkeit seines Endes entsetzt mich …

Im Oktober erreichte Rom die Nachricht, daß Pompeius tot sei. Ermordet an einem Strand in Ägypten, wo er nach seiner Niederlage Zuflucht zu finden gehofft hatte, welche ihm vom ägyptischen König jedoch verweigert wurde. Seine Frau Cornelia schaute von dem Schiff aus zu, das sie aus Griechenland gebracht hatte, wie Ptolemäus' Meuchelmörder ihrem Mann den Kopf abhackten und seinen nackten Leichnam ins Meer warfen. Sein treuer Diener Philippus fischte ihn heraus, sammelte Treibholz und verbrannte den Leib seines Herrn. Während das Schiff wegfuhr, sah Cornelia die Flammen in die Höhe schießen.

Ich habe nicht um Caelius geweint. Sein Tod war nur ein weiterer Einschnitt auf dem Kerbholz sinnloser Vernichtung, die so allgegenwärtig war, daß ich nicht mehr die Energie hatte, um einen einzelnen zu trauern, nicht einmal um jemanden, den ich so gern gehabt hatte. Sein Brief hatte mich gewarnt, daß er Gewalt mit Gewalt beantworten würde. In dieser neuen Welt, wo der Wille und der Ehrgeiz eines einzigen Mannes regierten, konnte es keinen Platz für seinesgleichen geben.

Aber als ich von dem Mord an Pompeius erfuhr, mußte ich auf einmal weinen, von einem Kummer überwältigt, der ebenso unerwartet war wie beängstigend. Ich weinte nicht um den Mann, den ich nie gemocht oder respektiert hatte. Ich trauerte um das Ende einer Epoche, in der Pompeius ein Faktor in unserem gemeinsamen Leben gewesen war, meinem und Ciceros, von unentrinnbarem Einfluß, in guten wie in schlechten Zeiten. Auf merkwürdige und irrationale Weise stand Pompeius' Tod für den Tod unserer Ehe, das Untergraben von Vertrauen und Zuneigung, das langsame Wachsen von Argwohn und Verbitterung, die definitive Einsamkeit. Meine Tränen galten mir und dem Bauwerk meines Lebens, das nun in Trümmern um mich herum lag.

Lebewohl aus Brundisium

Cicero hatte Pompeius und dessen Sache den Rücken gekehrt, war aus dem Lager in Griechenland abgereist und inzwischen in Brundisium an Land gegangen. Dort würde er abwarten, was Caesar mit ihm vorhatte. Das erfuhr ich von Tiro. Nur das, weiter nichts.

Mein Mann hatte es nicht für nötig erachtet, mir zu schreiben. Seit Pharsalus hatte ich nichts mehr von ihm gehört. Wenn er gewünscht hätte, daß ich nach Brundisium komme, hätte er es mich wissen lassen.

Er wollte mich nicht sehen.

Ich hatte das Bedürfnis nach frischer Luft, das Bedürfnis, der Einsamkeit meines Hauses für einen Moment zu entfliehen. Ich rief meine Träger, aber als ich in der Sänfte saß, hatte ich keine Ahnung, wohin es gehen sollte. Die Träger warteten geduldig auf meine Befehle.

Schließlich wies ich an: »Zu den Gärten auf der anderen Seite des Flusses.« Warum dorthin? Was spielte das schon für eine Rolle?

Wir machten uns auf den Weg. Es war ein klarer, etwas windiger Tag, wie man sie manchmal im November erleben kann, so ein frisches Wetter, das die Stimmung hebt. Wir überquerten die Brücke. Ich öffnete die Vorhänge meiner Sänfte, lehnte mich hinaus und schaute hinunter. Der Fluß strudelte schlammbraun unter mir hindurch, riß allen möglichen Abfall mit nach Ostia und ins Meer. Ein kleines Ruderboot trieb stromabwärts, die beiden Männer darin ruhten ein wenig aus. Ich hob den Kopf und atmete tief ein. Die Luft war hier sauberer, weniger von dem Gestank verunreinigt, der derzeit über den schmalen Straßen der Stadt hing. Es gab niemanden mehr, der den Müll und Unflat abholte – alle Männer, die alt genug waren, um Waffen zu tragen, hatten sich den Armeen von Pompeius oder Caesar angeschlossen.

Am anderen Ende der Brücke hielten meine Träger an und fragten, in welche Richtung sie gehen sollten. Vor uns erstreckten sich zu beiden Seiten die Gärten derjenigen, die Villen oder Pavillons in den Vororten besaßen. Spontan zeigte ich nach rechts. Meine Träger liefen weiter, einen breiten Weg entlang, den Platanen säumten, deren Zweige bereits kahl waren. Als er sich gabelte, zeigte ich wieder nach rechts, in Richtung des Flusses und eines kleinen achteckigen Pavillons, ein paar Schritte vom Ufer entfernt. Clodias Pavillon.

Ich ließ meine Träger anhalten und stieg aus. Ich ging zu dem Pavillon, drei niedrige Stufen hinauf und setzte mich auf eine Bank mit Aussicht auf den Fluß. Der Pavillon war offenbar lange nicht genutzt worden, denn es roch muffig, und überall lagen unordentliche Haufen hereingewehter Blätter, dürr und halb zerfallen. Ein flacher weißer Marmortisch voller brauner Flecken vom Regenwasser, das durchs Dach gesickert war, war mit vertrockneten, toten Fliegen übersät. Das Gras um den Pavillon herum war viele Sommer nicht mehr gemäht worden. Hier und da wiegte sich ein unbeschnittener Rosenstrauch, der ins Kraut geschossen war und trotzdem noch ein paar vergilbte Blättchen und verwelkte Blüten trug, schwach im Wind.

Hier hatte Clodia also gesessen und die jungen Männer beim Baden beobachtet, um sich den schönsten als Liebhaber auszusuchen, wenn man den Tratschereien glauben durfte. Doch seit dem Tod von Caelius war sie verschwunden, wohin wußte man nicht, und es interessierte auch niemanden. Die Mehrzahl dieser jungen Leute würde wohl nicht mehr am Leben sein. So viel unnötiges Blutvergießen. Und das alles für die mörderischen Ambitionen von zwei Männern.

Ein kühler, strenger Wassergeruch stieg vom Fluß auf. Er erinnerte mich an Arpinum. Ich dachte an meinen Mann, der schmollend in Brundisium saß und auf den Moment wartete, da er den Sieger um Gnade anflehen konnte, ohne im übrigen die Gewißheit zu haben, daß sich das Blatt in diesem Bürgerkrieg nicht doch noch einmal wenden würde. Caesar war in Ägypten, in obskure politische Angelegenheiten verwickelt und ganz im Banne von Kleopatra, der Königin des Landes. Und die Pompeianer waren schon wieder dabei, ihre Kräfte zu sammeln. Mein Mann hatte zwar die Besiegten im Stich gelassen, aber damit vielleicht auch die endgültigen Sieger verraten.

Ich hatte kein Mitleid mit ihm. Er hatte es sich selbst zuzuschreiben.

Lange blieb ich auf der harten Bank sitzen und schaute auf den Fluß. Eine Tür war hinter der Vergangenheit zugefallen, die Gegenwart war eine trostlose Leere, die Zukunft nicht vorstellbar. Die Sonne stand tief am Himmel, als ich mich schließlich erhob, durchgefroren und steif.

Ich stieg in meine Sänfte, zog die Vorhänge zu und öffnete sie erst wieder, als ich zu Hause war.

Tagelang zögerte ich. Sollte ich meinem Mann schreiben oder nicht. Ich wollte ihn dafür bestrafen, daß er mich vernachlässigt hatte, wollte ihm weh tun. Aber ich war zu niedergeschlagen, zu lustlos für Rache. Ich hatte nicht viel zu berichten, was er nicht schon in Brundisium gehört hätte. Und meine Gefühle gingen ihn nichts an, sofern sie ihn überhaupt interessierten.

Nach ein paar Tagen schickte ich ihm eine kurze Nachricht, in der ich ihm zu seiner wohlbehaltenen Rückkehr nach Italien gratulierte. Ich hoffte, daß er meine Verachtung zwischen den Zeilen lesen würde.

Er antwortete:

Du freust Dich, daß ich heil nach Italien zurückgekommen bin; hoffentlich bleibt es dabei! Aber Gram und schwere Unbill stören mich auf und lassen mich befürchten, daß ich einen Entschluß gefaßt habe, aus dessen Folgen ich mich nur schwer herauswinden kann …

Brundisium, den 4. November

Den ganzen Morgen hörte ich es schon, Rufen, Schreien, Rennen, dann und wann ein Sprechchor, leicht zu erkennen am skandierten Rhythmus des Gebrülls. Die Geräusche brandeten ebenso unbarmherzig gegen die Mauern des Hauses wie die Wellen des Meeres auf einen Strand.

Erneut erhitzte Massen und Straßenkrawalle. Und vermutlich Blutvergießen. Es war mir nur allzu vertraut. Ich brauchte nicht zu wissen, worum es bei diesem Tumult nun wieder ging. Ich versuchte ihn zu ignorieren. Ich saß auf einem Hocker in der Sonne und kontrollierte einen Ballen frisch gewebten Wollstoffs auf Fehler. Ich hielt ihn gegen das Licht, und auf einmal sah ich den Schemen einer Gestalt dahinter. Ich ließ den Stoff sinken.

Tiro stand vor mir.

»Warum mußt du dich immer so anschleichen?« fragte ich verärgert.

Er antwortete nicht. Ich betrachtete ihn genauer. Er war bleich und schwitzte heftig. Und er war außer Atem.

»Was ist los?« fragte ich.

Er schluckte. Ich sah, wie sich der Knoten in seiner Kehle auf und ab bewegte.

»Dolabella«, sagte er.

Mich überkam jenes unwillkürliche Ekelgefühl, das ich immer verspürte, wenn ich den Namen dieses Mannes hörte.

»Was ist mit ihm?«

»Er hat eine sehr aufrührerische Rede gehalten. Auf den Stufen des Tempels der Dioskuren. Gerade eben.«

»Na und? Er hat schon genug Chaos angerichtet, seit er Tribun ist. Warum bist du so aufgeregt?«

»Er hat ein Standbild enthüllt.«

»Was für ein Standbild?«

Keine Reaktion. Ich mußte meine Frage wiederholen.

»Ein Standbild von Clodius«, sagte er schließlich, ohne mich anzusehen.

Ich setzte mich gerader hin. Der Stoff glitt mir vom Schoß. Tiro bückte sich, um ihn aufzuheben, und noch im Bücken sagte er: »Clodius ist sein Vorbild. Ein Volksheld, Beschützer der Unterdrückten – Schuldenerlaß und solche Sachen.«

Er kam hoch, den Stoff unbeholfen in den Händen, wußte nicht, was er damit machen sollte. Ich nahm ihm den Ballen ab und legte ihn wieder auf meinen Schoß.

»Das ist bekannt. Er ist schon seit Tagen dabei, das Volk zu bearbeiten und Unruhe zu stiften. Caesar wird dem bald ein Ende bereiten, und sei es nur durch einen Bevollmächtigten.«

Er erwiderte nichts. Ich rückte meinen Hocker in den Schatten des Portikus. Tiro kam hinterher. Seine Arme hingen schlaff herunter, sein Kopf war gesenkt. Er sah aus wie ein Kind, das im Begriff ist, etwas Unartiges zu beichten.

»Hast du mir sonst noch etwas zu berichten?« ermutigte ich ihn.

»Es gab Leute in der Menge, nur ein paar, aber die waren

laut genug, die ihn beschimpften«, murmelte er. Dann schwieg er wieder. Als er weitersprach, war seine Stimme kaum hörbar.

»Lauter, Tiro, ich verstehe kein Wort von dem, was du sagst.«

Er schaute hoch, und die Sätze purzelten heraus. »Sie warfen ihm vor, ein doppeltes Spiel zu treiben. So zu tun, als ob er zu den Popularen gehören würde, und währenddessen den Optimaten die Stiefel zu lecken. Der Name Metella ertönte. Dann der Eures Mannes. Sie schrien, Dolabella sei mit der Tochter von Marcus Cicero verheiratet, der zu Pompeius übergelaufen sei.«

»Laß sie schreien«, sagte ich ruhig, »es ist eine Tatsache, mehr nicht.«

»Aber das ist noch nicht alles, Herrin. Noch längst nicht alles. Dolabella sagte, daß Marcus Cicero ausgedient habe, daß er ein trauriger Versager sei. Daß er, Dolabella, nur Verachtung für ihn habe. Dann zeigte er auf das Standbild und verkündete: ›Hier ist der Beweis. Ich habe dieses Standbild von Clodius errichten lassen, und der war ein geschworener Feind Ciceros. Wollt ihr noch mehr Beweise?‹«

Ich war stumm vor Entsetzen. Dann wurde mir das Ausmaß dessen, was er mir soeben erzählt hatte, bewußt. Blinde Wut übermannte mich.

Ich stand auf und schob Tiro zur Seite.

Er taumelte ein paar Schritte zurück. »Wo geht Ihr hin, Herrin?«

Während ich davoneilte, antwortete ich über meine Schulter hinweg: »Zu meiner Tochter, der Frau dieses Schurken. Sie muß erfahren, was er getan hat ...«

Ich blieb nicht stehen, um zu hören, was er mir nachrief.

Ruhe war in die Stadt zurückgekehrt, eine unbehagliche, verdächtige Ruhe. Hier und da hatten sich Grüppchen von Menschen versammelt, sie waren angespannt, abwartend, unsicher. Auf einem kleinen Platz hatten ein paar Frauen Wasser aus dem Springbrunnen geschöpft und wuschen die Wunden von drei Männern, die ausgestreckt auf dem Pflaster lagen. Blut, mit Wasser vermischt, lief in rosa Rinnsalen von ihren Körpern. Einer der Männer hatte eine tiefe Schnittwunde am Oberschenkel. Ich wandte den Blick ab.

Tullia, sagte der Türhüter, sei in ihrem Zimmer. Der Herr, fügte er überflüssigerweise hinzu, sei nicht zu Hause.

Tullia lag auf ihrem Bett. Sie drehte sich um, als ich hereinkam, und ihre Augen weiteten sich vor Überraschung. Keine freudige Überraschung.

»Ich nehme an, du weißt, was dein Mann jetzt vorhat«, sagte ich ohne Einleitung.

Tullia setzte sich auf. Ihr Gesicht war bleich und eingefallen. »Was willst du?« fragte sie aggressiv. »Ich habe dich nicht gebeten zu kommen.«

»Nein, allerdings nicht. Ich bin hier, weil ich dir erzählen muß, was ich gerade von Tiro erfahren habe.« Und ich berichtete ihr, daß ihr sauberer Ehemann sich als Nachfolger von Clodius betrachtete. »Wußtest du das?«

»Nein.«

»Wirklich nicht oder lügst du?«

Aber das hätte ich nicht zu fragen brauchen. Tullias Hand krallte sich krampfhaft in eine Falte der Decke. In ihren Augen lag ein Ausdruck erstaunten Kummers. Das war nicht gespielt.

»Ich lüge nicht«, sagte sie matt.

»Und – was wirst du tun?«

»Was meinst du? Was soll ich tun?«

»Ich meine: Gedenkst du, auch nur noch eine Nacht im Haus dieses Schuftes zu bleiben? Der deinen Vater beleidigt. Und außerdem ein gefährlicher Volksverhetzer ist. Er sieht sich als einen zweiten Catilina.«

»Das ist nur Politik.«

»Verteidigst du Dolabella?«

Tullia senkte den Kopf. »Nein.«

»Dann komm mit mir mit. Oder wenn du nicht bei mir sein willst, dann laß mich dich zu Atticus bringen. Und sorg dafür, daß dein Vater Dolabella einen Scheidungsbrief schickt. Sofort.«

»Nein.«

»Du kannst nicht zulassen, daß dein Mann deinen Vater so beleidigt und durch den Dreck zieht. Und auch mich beleidigt, wenn auch nur indirekt.«

Tullia schwieg.

»Was ist denn los mit dir?«

Tullia platzte heraus, ihre Stimme ein erstickter Schrei: »Laß mich in Ruhe! Es geht dich nichts an.«

»Dann erklär es mir wenigstens.«

»Was kümmert es dich? Macht es dir wirklich etwas aus, daß mein Vater beleidigt worden ist? Du hast ihm selbst schon genug Schaden zugefügt. Ich weiß alles über deine Unterschlagungen und Betrügereien. Du hast mich hintergangen, genau wie meinen Vater, du hast meine Mitgift gestohlen. Das ist der Grund, warum du die ganze Zeit willst, daß ich mich von Dolabella scheiden lasse. Nicht weil du dir Sorgen um mich machst, sondern einzig und allein weil du das Geld nicht zurückzahlen konntest, daher hofftest du, daß es nicht nötig sein würde. Oh, ich weiß natürlich, daß du es inzwischen zurückgezahlt hast, aber nur weil Atticus dir das Geld geborgt hat. Und jetzt willst du, daß ich mich von meinem Mann scheiden lasse, weil er deine kostbare Würde beleidigt hat?«

Ich war empört und wütend, fand keine Worte. Tullia legte sich wieder hin und drehte sich auf die Seite, das Gesicht zur Wand. Für einen Moment sah ich dort meine Mutter liegen, die in Apathie versank, wenn ihr das Leben zu schwer wurde.

»Tullia, warum weigerst du dich, meinen Rat anzunehmen?« Diesmal sprach ich freundlicher. »Ich weiß, daß du deinen Vater zu sehr liebst, um die Beleidigungen deines Mannes ungerächt zu lassen. Ich weiß, daß dein Mann dich in jeder Hinsicht mißhandelt. Warum dann, um Himmels willen, warum?«

Tullia murmelte etwas Unverständliches.

»Was sagst du?« Ich beugte mich über sie.

Noch immer zur Wand gedreht, sagte Tullia: »Ich habe Angst.«

»Vor Dolabella?«

»Ja. Er ist noch gewalttätiger als früher. Ich muß warten, bis sich alles etwas gelegt hat. Er geht mir in letzter Zeit aus dem Weg, schläft nicht mehr mit mir, schon lange nicht mehr. Er ist jede Nacht weg, bei Metella, obwohl die einen anderen Liebhaber hat. Das macht ihn rasend. Und eine Scheidung – wieder ohne Ehemann, keine Chance auf Kinder? Wer würde mich denn noch nehmen? Die Zeiten sind so unsicher, die Männer denken nicht ans Heiraten. Und wer will jetzt Ciceros Tochter?«

Ich unterbrach diesen tonlosen Monolog: »Tu, was ich sage, Tullia. Du mußt eine Entscheidung treffen. Hast du denn gar keine Courage, keinen Stolz? Genau wie dein Vater, der sich völlig demoralisieren läßt, wenn das Unheil zuschlägt …«

Tullia drehte sich abrupt auf den Rücken, das Bett bebte. »Halt meinen Vater da raus«, rief sie. »Du hast jedes Recht verloren, ihn zu kritisieren. Und laß mich in Ruhe. Du liebst mich nicht. Du willst nur wegen dieses Standbilds für Clodius, daß ich Dolabella jetzt verlasse, du haßt Clodius, weil seine Schwester meinen Vater verführt hat. Ich weiß alles darüber. Mein Mann hat es mir erzählt. Er hat gesagt, du seist so eifersüchtig gewesen, daß du meinen Vater gezwungen hast, törichte Dinge zu tun, wodurch er sich Clodius zum Feind gemacht hat und von ihm verbannt worden ist. Du hast nie den Mut gehabt, es zu erklären, und mein Vater ist zu loyal zu dir gewesen. Armer Mann. Dolabella hat gesagt, daß er sehr gut verstehen könne, daß Cicero in Versuchung kam, mit einer Xantippe wie dir als Frau ...«

Tullia geiferte immer noch, als ich die geschlossenen Türvorhänge aufriß und aus dem Zimmer flüchtete.

Wieder zu Hause, schritt ich in meinem Zimmer auf und ab und dachte mit eiskalter Präzision nach.

Ich wollte meine Tochter nicht mehr als Tochter anerkennen. Nur noch formal.

Es wäre unklug, Cicero von diesem definitiven Bruch in Kenntnis zu setzen. Ich konnte seine Tochter nicht offen verleugnen. Es gab nur einen Weg, um mein Ziel zu erreichen. Ich würde ein Testament aufsetzen und Tullia darin nicht erwähnen, sie also enterben.

Die Details ließ ich von einem neuen Verwalter ausarbeiten. Tiro, der wie gewöhnlich herumgeschnüffelt hatte, kam dahinter und informierte Dich, Atticus, und über Dich meinen Mann.

Meine Einsamkeit war chronisch, aber es gab Momente, wo ich fast daran zugrunde ging, so zum Beispiel, als ich einen der wenigen Briefe erhielt, die Cicero mir zwischen Dezember 48 und Juni 47 schrieb.

Cicero grüßt seine Terentia.
Hoffentlich bist Du wohlauf! Ich bin gut zuwege.

Wenn ich wüßte, was ich Dir schreiben soll, würde ich es tun, ausführlicher und öfter. Du siehst, was Du jetzt zu tun hast; wie mir zumute ist, kannst Du von Lepta und Trebatius erfahren.

Hab acht auf Deine und Tullias Gesundheit! Leb wohl!

Brundisium, Dezember 48

Weder Lepta noch Trebatius erschienen. Ich redete mir ein, daß es mir gleichgültig sei. Beide waren glühende Bewunderer von Cicero und glaubten natürlich alles, was er an Abfälligem über mich sagte. Die ganze Welt würde wahrscheinlich ihm glauben und nicht mir. Sei's drum. Ich würde der ganzen Welt die Stirn bieten.

Aber in der Nacht, nachdem ich diesen Brief empfangen hatte, erwachte ich mit Tränen auf den Wangen. Ich hatte geträumt, konnte mich jedoch nicht genau erinnern, was. Da war nur noch ein Gefühl von Zärtlichkeit, Sinnlichkeit und Intimität. Wach erkannte ich klar, daß jegliche Regung in mir abgestorben und nichts als eine kalte Leere geblieben war. Lange lag ich steif ausgestreckt auf dem Rücken, die Hände auf der Brust verschränkt, die Augen weit geöffnet, und starrte auf die kleinen Erhöhungen in der Bettdecke, wo meine Füße waren. Ich hätte ebensogut ein Leichnam sein können, der darauf wartet, begraben zu werden. Wer von meinen nächsten Angehörigen würde an meiner Bahre stehen und um mich trauern? Fabia – aber eine Vestalische Jungfrau durfte nicht in ein Totenhaus. Damit blieb bloß mein Sohn Marcus, der mich noch liebte, dessen war ich mir sicher. Und mein Mann, und sei es auch nur um der Konvention willen und nur, falls wir bis dahin nicht geschieden sein würden. Ich weinte wieder. Doch nun aus Selbstmitleid, dem einzigen Gefühl, zu dem ich noch fähig zu sein schien.

Einige Tage später wurde mir ein Brief gebracht.

Marcus Tullius grüßt seine Mutter Terentia.
Mein Vater hat mir von all Deinen schlechten Taten und Deinen Betrügereien erzählt und daß Du ein Testament aufgesetzt hast, in dem Du meine Schwester Tullia enterbst.

Ich möchte nichts von dem, was Du mir hinterlassen willst. Kein Geld, keinen Besitz. Wenn Du meinen Namen in Dein Testament geschrieben hast, kannst Du ihn wieder streichen. Obwohl ich weiß, daß ich Dich als meine Mutter respektieren sollte, fühle ich nur Verachtung und Wut. Ich will Dich nie mehr sehen und auch nichts mehr von Dir hören. Leb wohl.

Brundisium, Anfang Juni 47

Als ich diese Worte las, schrie ich so laut auf, daß mir meine Stimme in den Ohren dröhnte. Ich griff mir an den Kopf und raufte mir die Haare, ich jammerte und schlug mir an die Brust. Ich wollte meine Tunika zerreißen, aber wie ich auch zerrte, das Material war zu fest. Ich schaute auf meine Hände, die sich in die Falten des Stoffs krallten, und jener kleine Teil meines Geistes, der immer von Raserei und Emotion unberührt bleibt, als ob ich ihn unbewußt für meine Selbstverteidigung reservieren würde, beschwor die Erinnerung an meine Mutter herauf, an ihr Weinen und Wehklagen während des Prozesses, als wäre Fabia tatsächlich tot, und auf einmal ekelte ich mich vor mir selbst. Der Ausbruch meines Kummers klang ab. Doch an seine Stelle trat ein so intensiver Schmerz, daß ich wie gelähmt war. »Mein Sohn, mein einziger Sohn«, sprach ich vor mich hin, aber ganz leise, als ob er schliefe und ich ihn nicht wecken wollte. Ich hatte meinen letzten Hafen der Zuneigung verloren. Jetzt war ich wirklich allein. Es galt nicht: die ganze Welt gegen Terentia, mit der ganzen Welt wäre ich fertig geworden und hätte den Kampf sogar genossen; es galt: die drei, die mir am nächsten standen, gegen die Ehefrau und Mutter, und in diesem Kampf waren alle Waffen machtlos. Es war nichts mehr übrig. Nichts, wofür es sich zu leben lohnte. Ich dachte daran, mich umzubringen. Um sie zu bestrafen. Um mich von diesem unerträglichen Schmerz zu erlösen. Um den Frieden des Nichts zu erlangen.

Ich stand auf und holte das kleine Messer, mit dem ich mir immer die Nägel schnitt. Eine ganze Weile starrte ich darauf. Wie man Selbstmord beging, wußte ich. Wie in Trance lief ich ins Badezimmer. Ein langsamer, aber leichter Tod, schmerzlos. Was zu tun war, mußte schnell geschehen. Ich schaute auf die leere Wanne. Die Diener würden sie für mich mit warmem Wasser füllen müssen.

Und das rettete mich. Nicht die Angst vor dem Tod, nicht die Befürchtung, meinen Kindern und meinem Mann Kummer zu bereiten, die trotz allem vielleicht um mich trauern würden. Es war der Anblick dieser leeren Wanne, die Diener rufen zu müssen, ihre Verwunderung über meine ungewöhnliche Bitte, ihre neugierigen Blicke. So banal war es. Und durch dieses Zögern ging der Moment vorbei. Ich hatte sie mit meinem Tod strafen wollen, nun beschloß ich, sie mit meinem Weiterleben zu strafen. Es war, als ob sich das eine logisch aus dem anderen ergeben würde, als ob Selbstmitleid nahtlos in Rachsucht übergehen würde. Ein Teil von mir war sich der Niederträchtigkeit meiner Gedanken bewußt, meines Mangels an geistigem Adel und Hochherzigkeit, meiner Feigheit vielleicht, aber der andere Teil rief laut: Verflucht seid ihr alle, weil ihr mir weh getan habt. Ich werde euch lehren, mich so zu behandeln. Ich werde zurückschlagen und euch allen weh tun, einem nach dem anderen.

Ich schaute auf das Messer in meiner Hand und schleuderte es weg. Es schlug mit einem hohlen Geräusch gegen die Seite der Wanne.

Mit festem Schritt lief ich in mein Zimmer zurück.

Ich nahm eine Schreibtafel und schrieb eine kurze Nachricht an meinen Verwalter.

»Was mein Testament betrifft, bitte ich Euch, das Legat meines Sohnes Marcus auf ein Zehntel des ursprünglich Vorgesehenen herabzusetzen. Und in einem Kodizill deutlich zu erklären, daß dies mein Wille sei.«

Und so enterbte ich praktisch meinen einzigen Sohn.

Ich war nicht auf die Idee gekommen, daß Cicero mich vor Marcus verleumden würde, daß er so gemein sein würde, und selbst wenn, so hätte ich nie gedacht, daß es ihm gelingen würde, die Beziehung meines Sohnes zu mir zu zerstören. Mein Sohn liebte mich, hatte mich immer geliebt, seine Zuneigung war ein Eckpfeiler meines Lebens gewesen. Wie konnte er nur glauben, daß seine Mutter eine Diebin und Lügnerin war? Marcus hatte keinen starken Charakter, und mir hätte klarsein müssen, wie schwierig es für ihn sein würde, in der ständigen Nähe seines Vaters, Ciceros Beschuldigungen gegen mich zu widerstehen. Mein Mann konnte so gut überzeugen, man mußte schon sehr klug und gefestigt sein, um sich nicht von ihm beeinflussen zu lassen. Und trotzdem hätte ich von meinem Sohn erwartet, daß er für mich eintreten würde. Ich war immer eine liebende Mutter gewesen, zumindest für ihn. Er wußte, daß ich seine Schwester nicht liebte, hatte mir das aber nie vorgeworfen. Er verstand sich nicht gut mit Tullia, und ich hatte, aus purem Egoismus, keinen Versuch unternommen, sie näher zusammenzubringen. Der Junge hatte natürlich die Spannungen zwischen seinen Eltern gespürt, und auf kindliche, ungeschickte Weise hatte er manchmal versucht, mich zu trösten. Aber nie hatte ich Cicero im Beisein seines Sohnes offen kritisiert. Nun kehrte sich mein Edelmut in dieser Frage gegen mich.

Ich habe es meinem Sohn nicht verziehen. Der Schmerz, den er mir damals zugefügt hat, ist nie vergangen und wird auch nie vergehen. Alles, was bleibt, ist das Echo der Liebe. Nein, das ist nicht wahr, es ist viel mehr als ein Echo. Es ist die unerfüllte Sehnsucht nach der einzigen wahren Mutterliebe, die ich je empfunden habe, eine Sehnsucht, die Zeit und Verrat nicht mildern zu können scheinen. Es ist die Sorge um ein Kind, welche die schmerzliche Folge dieser Liebe ist. Und die Trostlosigkeit des Verlusts, die um so schlimmer ist, da der Verlorene noch lebt, unerreichbar für mich, weil er es so will. Ich bin die Geisel meines Sohnes.

Eine Woche später schickte mir Tullia über ihre Dienerin eine mündliche Botschaft. Sie würde zu ihrem Vater nach Brundisium gehen. Keine Angabe von Gründen, keine Erklärung. Ich ließ sie ziehen, ohne auch nur ein Wort des Abschieds.

Das Jahr schleppte sich dahin. Ein Tag schien länger als der andere. Der Sommer war ebenso kalt und regnerisch, wie der vorige trocken und unerträglich heiß gewesen war. Im Juli und August blieb ich in Rom. Wohin hätte ich auch gehen sollen? Die Last meiner traurigen Isolation konnte ich genausogut in Rom tragen wie in Tusculum oder Arpinum.

Die Lage in der Stadt war unbeständig. Manchmal war alles unheimlich ruhig, dann flammten die Unruhen durch Dolabellas aufrührerische Reden wieder auf. Niemand besuchte mich, und ich ging auch nirgendwohin. Ich hörte nichts von meinem Mann, was mich nicht überraschte. Ich sagte mir, daß der nächste Brief, den ich von ihm erhalten würde, wahrscheinlich ein Scheidungsbrief sein würde. Aber in den beiden kurzen, kühlen Nachrichten, die er mir in dieser Zeit schrieb, war davon keine Rede.

Und dann lag auf einmal doch eine Scheidung in der Luft. Nicht meine, sondern die von Tullia und Dolabella. Zuerst erfuhr ich davon aus einem Brief:

Cicero grüßt seine Terentia.

Was ich getan wissen möchte, habe ich – später, als es eigentlich hätte geschehen müssen – an Atticus geschrieben. Wenn Du ihn gesprochen hast, wirst Du wissen, was mein Wille ist. Da ich an ihn geschrieben habe, brauche ich mich nicht deutlicher auszudrücken. Gib mir bitte hierüber und über alles, was es sonst noch gibt, möglichst bald Nachricht!

Sorge gewissenhaft für Deine Gesundheit! Leb wohl!

Brundisium, den 9. Juli

Wir trafen uns, Atticus. Tullia und Dolabella würden sich endlich scheiden lassen.

Erinnerst Du Dich an dieses letzte, steife Gespräch? Du warst kurz angebunden, sachlich: Dolabella drohe mit Scheidung, den Grund nanntest Du mir nicht, vielleicht sei es besser, ihm zuvorzukommen. Es würde Geld sparen, die letzte Rate der Mitgift würde nicht bezahlt werden müssen. Sein Schutz sei nicht länger erwünscht, könne sogar ein Hindernis darstellen. Dolabellas Vergehen wurden berührt, emotionslos, als ob sie nichts mit dem Kummer und der Demütigung meiner Tochter zu tun hätten. Ich antwortete ebenso kurz angebunden: Wenn eine Scheidung notwendig und wünschenswert sei, so hätte ich nichts einzuwenden. Du nicktest, erklärtest, daß Du meinen Mann informieren würdest, standst auf und sagtest mir kühl und höflich Lebewohl.

Unsere Freundschaft lag endgültig zertrümmert zu meinen Füßen. Ich weinte nicht, aber ich fühlte die Tränen hinter meinen Lidern brennen. Ich würde Dir nicht die Genugtuung gönnen, Deine Härte mit meinen Tränen zu belohnen.

Und doch fand in jenem Jahr keine Scheidung statt. Die Vernunft siegte. Dolabellas politische Position war unklar. Niemand wußte, ob er nur auf seine eigene Macht aus war oder ob Caesar ihn noch immer als treuen Anhänger betrachtete. Dies war nicht der Zeitpunkt, wie Cicero schrieb, sich Dolabella zum Feind zu machen.

Mir war es egal, ob nun so oder so. Ich machte niemandem gegenüber ein Hehl daraus, daß sie sich, was mich betraf, ruhig ins Verderben stürzen konnten, jeder auf seine Weise.

Im August kam die Nachricht, daß Caesar auf dem Rückweg nach Italien sei, nachdem er Pharnaces in fünf Tagen geschlagen habe. *Veni, vidi, vici.* Der knappste und arroganteste Bericht, der je nach Rom gesandt worden war.

Kurz danach schrieb Cicero einen der letzten Briefe, die ich noch von ihm erhalten sollte:

Cicero grüßt seine Terentia.
Hoffentlich bist Du wohlauf! Ich bin gut zuwege.

Endlich habe ich von Caesar einen recht freundlichen Brief erhalten, und wie es heißt, wird er über Erwarten schnell hier sein. Sobald ich mir klar bin, ob ich ihm entgegengehe oder ihn hier erwarte, gebe ich Dir Nachricht. Schick mir die Kuriere möglichst bald zurück!

Hab sorgsam acht auf Deine Gesundheit! Leb wohl!
Brundisium, 12. August

Er würde nach Rom zurückkehren, und zwar bald. Ich war davon überzeugt, daß er Caesar um Verzeihung bitten würde und daß diese ihm gewährt würde. Aber er hat mir nie etwas über seine Pläne geschrieben.

Auch hat er mir nicht erzählt, was passiert ist, als er Caesar endlich traf. Denn in dem einzigen Gespräch, das wir nach seiner Rückkehr hatten, redeten wir nicht über Politik.

Doch ich erfuhr es, einige Zeit später, von Messala, der dabei gewesen war.

Es muß eine äußerst angenehme Begegnung gewesen sein. So schmeichelhaft für den abtrünnigen Ex-Konsul. Der Diktator stieg von seinem Pferd, begrüßte Cicero, der ihm natürlich entgegengegangen war, lief ein ganzes Stück neben ihm her und sprach sehr freundlich mit ihm. Ich lachte höhnisch, als Messala es mir erzählte.

»Soviel zu unserem tapferen Retter der Republik«, sagte ich, »in die Knie gegangen vor dem Herrn.«

Sein Blick verriet deutlich, was er dachte: Armer Cicero, dessen herzlose Frau sich weigert zu begreifen, daß ihr Mann keinerlei Rolle mehr spielt, daß er keine Wahl hatte.

Aber ich wußte es nur allzu gut. Der Redner und Politiker war in den Ruhestand geschickt worden. Der müde Exilant hatte das Bedürfnis nach seinem eigenen Bett, seinem eigenen Haus, dem heimatlichen Boden. Und ich konnte es ihm nicht einmal verübeln, ich hätte dasselbe getan. Auch mir war nicht mehr viel Mut geblieben. Auch ich war alt und müde.

Doch mich erwartete eine noch bitterere Verbannung.

Scheidung, Tod, Stille

Der Lärm schwoll an, füllte meine Ohren, war indes noch diffus und weit entfernt, als ob mein Schädel mit dickem Stoff gepolstert wäre.

Ich stand auf den Stufen der Regia. Von dort aus konnte ich die Menge sehen, die sich auf dem Forum versammelt hatte. Rechts ergoß sich der Menschenstrom in die Via Sacra und spülte gegen die Gebäude auf beiden Seiten der Straße. Die Leute waren erregt, laut, aber nicht aufrührerisch. Sie warteten voller Vorfreude auf den Triumphzug von Gaius Julius Caesar. Doch jener ferne, diffuse Lärm kam vom Kapitol, wo Caesar im Tempel des Jupiter Capitolinus ein Dankopfer darbrachte, unter dem frenetischen Jubel derer, denen es gelungen war, sich dort einen Platz zu erobern.

Die Sonne brannte an diesem Julitag des Jahres 46 unbarmherzig auf Rom hernieder. Die Vestalischen Jungfrauen standen feierlich vor dem Eingang der Regia, der Residenz des Pontifex Maximus. Caesar war der Pontifex Maximus und daher ihr Gebieter. Sie würden sein Lob singen.

»Lob wofür?« hatte ich Fabia gefragt, die mich am Tag zuvor durch einen Boten zu sich bestellt hatte. »Für den Frieden? Der Krieg ist noch nicht vorbei. Caesar mag zwar die Pompeianer in Afrika geschlagen haben, aber Pompeius' Söhne werden in Spanien weiterkämpfen. Oder für die Tausenden Toten, die uns seine Ambitionen gekostet haben? Für die Zerrüttung unseres Lebens, das Elend, die Ängste, das Leid?«

Fabia hatte meine Bitterkeit nicht beachtet, sie war inzwischen daran gewöhnt. »Es wird der prächtigste Triumphzug aller Zeiten. Das mußt du sehen. Du kannst mein Gast sein – unauffällig natürlich.«

Also war ich gekommen, um mir das Spektakel anzuschauen, es würde mir zumindest ein wenig Zerstreuung bieten.

Ein Trupp Soldaten bahnte sich roh einen Weg durch die Menge auf dem Forum. Die Menschen standen nun noch dichter zusammengedrängt, aber es erhob sich kein Protest. Jeder Winkel, jede Ritze, jeder Portikus und jede Ladenfront waren zum Bersten voll. Männer waren auf die Rostra geklettert, und selbst die Stufen der Basilica Aemilia hatten sie eingenommen. Die Sonne fiel auf die großen Bronzeschilde, die das Gebäude schmückten. Wie Spiegel reflektierten sie das Licht, als hätte ein Bühnenbildner für zusätzliche Beleuchtung sorgen wollen. Menschen hingen an Säulen, waren einander auf die Schultern geklettert, saßen auf Dachvorsprüngen.

Plötzlich, wie ein Kornfeld, über das ein Windstoß hinwegfegt, drehten sich alle Köpfe in eine Richtung. Der Lärm wälzte sich auf das Forum zu. Caesar nahte.

Seine Lieblingslegion führte den Zug an, im Marschschritt. Die Männer sangen im Takt ihrer stampfenden Stiefel alte Weisen, neue Worte. Ich konnte sie deutlich hören.

»Römer, hütet eure Frauen, den kahlen Buhler bringen wir.« Und, immer abwechselnd: »Hier kommt er, Nicodemus' Lustknabe.«

Derbe Sprache, das althergebrachte Privileg triumphierender Soldaten. Die Menge antwortete mit lauten, nicht minder zotigen Rufen. Der Gesang erstarb, als sie in die Via Sacra einmarschierten.

Und dann war er da, nur ein paar Schritte von der Regia

entfernt, fuhr er vorbei. Er stand in einem goldenen Triumphwagen, der von vier prächtigen schwarzen Pferden gezogen wurde. Sein Purpurmantel umwallte ihn, und sein Haupt war mit einem goldenen Lorbeerkranz gekrönt. Weder mit Blicken noch mit Gesten reagierte er auf den Jubel der Massen, sondern starrte vor sich hin, über die Rücken der Pferde hinweg. Doch auf der Höhe der Regia schaute er zur Seite, und mit einer leichten Verbeugung honorierte er die Anwesenheit von Vestas Dienerinnen und den Priestern hinter ihnen.

So konnte ich ihn aus der Nähe betrachten. Sein Gesicht war schmaler geworden, hatte aber noch immer eine frische Farbe. Seine halb geschlossenen Augen waren ausdruckslos. Aus seiner Haltung sprach ein Stolz, der etwas Unnahbares und, auf beunruhigende Weise, Unmenschliches hatte. In der Vergangenheit hatte mich die Lebendigkeit seines Gesichts fasziniert, sein freundliches, höfliches Benehmen. Aber dies war nicht der Caesar, den ich gekannt hatte, der Caesar aus meinen Tagträumen. Dies war kein Mann, sondern die Personifikation des Sieges. Und als solche spottete er der kritischen Bemerkung, daß der Sieg unvollständig sei und nicht ohne Makel. Direkt hinter dem Triumphwagen marschierte selbstbewußt Caesars militärischer Stab, darunter Dolabella. Ich wandte den Blick ab, aus Angst, daß er hochschauen und mich erkennen könnte. Doch er war nur von seiner eigenen Wichtigkeit erfüllt, sonnte sich im auf ihn ausstrahlenden Ruhm seines Generals. Nach dem Stab folgten die führenden Magistrate in ihren purpurgesäumten Togen. Viele von ihnen schauten ein wenig betreten drein, als ob sie lieber woanders wären. Manche schritten stolz voran, geradezu rührend ihre Unabhängigkeit betonend, die indes nur Schein sein konnte. Andere stellten eine Gleichgültigkeit zur Schau, die ebenso unaufrichtig war.

Dann defilierten die Früchte der Siege vorbei, Anlaß für diesen mannigfachen Triumph. Geschlagene Gallier, Ägypter, die Untertanen von König Pharnaces und Prinz Juba. Aber der Sieg bei Pharsalus wurde unterschlagen. Große, offene Truhen mit Bergen von Gold und Edelsteinen, ganze Ladungen Tafelsilber, Bronzestatuen, Teppiche und noch vieles mehr rollten auf flachen Karren, die von Mauleseln gezogen wurden, vorüber. Sklaven schleppten Säcke voll Kriegsbeute auf ihren Rücken. Nach der Beute kamen die Gefangenen. Der Zug wurde von einem seltsamen Trupp angeführt, an der Spitze ein riesiger, bärtiger Mann mit einer langen Wollhose, die Brust entblößt. Seine Augen starrten ins Leere, und seine Hände waren auf dem Rücken gefesselt, die Fäuste geballt. Dicht hinter ihm folgte eine lebhafte junge Frau, in ein edles Gewand gekleidet, das in der Sonne glänzte. Ihre Augen waren schwarz umrandet und ihre Lippen leuchtend rot geschminkt. Sie schien nicht im geringsten bedrückt zu sein, sie lächelte, winkte der Menge zu und lief mit schnellen, tänzelnden Schritten. Sie wurde von einem großen Gefolge begleitet – Männer mit hellbrauner Haut, die lange, in Falten gelegte Lendentücher bis zu den Füßen trugen, und ebenso viele Frauen in weißen Tuniken, die ihre Arme unbedeckt ließen. Dahinter stolperte weinend ein kleines Kind in winzigen Stiefeln heran, höchstens fünf Jahre alt und von sehr dunkler Hautfarbe. Ein Purpurmantel hing ihm von den Schultern, viel zu voluminös für seinen schmächtigen Körper, und auf seinen schwarzen Locken ruhte ein schmales Diadem. Zu ihm gehörte eine große Gruppe ebenso dunkelhäutiger Männer, von denen einige in Felle gekleidet waren. Allen waren die Hände auf dem Rücken gebunden, mit Ausnahme des einen, der neben dem Knaben lief und offenbar sein Leibdiener war.

Die Vestalinnen und die Priester konnten wieder Luft holen. Sie hatten Caesar ihren Respekt erwiesen, nun durften sie das Schauspiel genießen.

Ich rückte etwas näher an Fabia heran. »Wer sind diese Leute?« fragte ich und zeigte auf die seltsame Schar, die vorüberzog.

»Der Große mit dem Bart ist Vercingetorix, der rebellische Gallier. Das Kind ist Prinz Juba, der Sohn des von Caesar geschlagenen Königs Pharnaces. Und die junge Frau ist Kleopatras Schwester Arsinoë. Die braucht zumindest keine Angst zu haben, sie läuft nur symbolisch mit, anstelle ihrer Schwester. Caesar kann ja wohl kaum seine Mätresse, die Mutter seines Sohnes, hinter dem Triumphwagen hermarschieren lassen. Er hat Kleopatra und den kleinen Caesarion gerade erst prunkvoll in Rom eingeführt.« Fabia lachte. »Ich habe schon gehört, daß diese Schöne eine sehr anstrengende Dame sein soll. Ich bin wirklich gespannt, wie sie auf die römische Gesellschaft reagieren wird und diese auf sie.

Der Zug der Besiegten nahm kein Ende, manche gefesselt, manche in Ketten, dunkel, blond, jung, alt, Männer, Frauen, die alle als Sklaven verkauft werden würden. Das Johlen der Meute, die Sticheleien und Beschimpfungen ließen nicht nach. Die beherzteren unter den Gefangenen höhnten zurück, manche spuckten in die Menge oder schrien in unverständlichen Sprachen. Aber die meisten waren erschöpft, niedergeschlagen und gedemütigt.

Die Sonne ging unter, die Schatten wurden länger.

Caesars Triumphwagen war schon geraume Zeit vorbei, doch seine Anwesenheit war noch überall spürbar. Caesar, der Siegreiche. Oder wie seine Soldaten sardonisch skandiert hatten: »Caesar Rex.«

Warum beginne ich das letzte traurige Kapitel meiner Geschichte mit diesem Ereignis, Atticus? Es war nicht meine Absicht gewesen. Ich schrieb es auf, ohne zu wissen, warum, getrieben von einem Drang, den ich nicht verstand. Doch in dem Moment, da ich die Feder niederlegte, wußte ich es.

Als ich Caesar betrachtet hatte, wie er in seinem Triumphwagen vorbeifuhr, diese prächtig inszenierte Glorie, da hatte ich heftiges Mitleid gespürt. Mit Cicero. Mit dem Mann, der so desillusioniert war, uneins mit sich selbst, seine Karriere ruiniert, seine Republik in Trümmern, seine Talente als Staatsmann zum Brachliegen verurteilt in den Jahren, die ihm noch blieben, die demütigende Vergebung, für die er auch noch dankbar sein mußte. Dem Mann, dem ich zum letzten Mal an jenem kalten Tag Ende Oktober in Tusculum begegnet war.

Die Zukunft konnte ich nicht vorhersehen, Caesars blutigen Leichnam am Fuße des Standbilds von Pompeius. Ich konnte nicht ahnen, daß Ciceros Name noch einmal mit Bewunderung und Hoffnung ausgesprochen werden würde, als er endlich seinen Mut wiedergefunden hatte und Caesars Erben herausforderte.

Mein Mann war auf dem Rückweg nach Rom, und ich flüchtete aus der Stadt. Nach Tusculum. Ich hätte auch weiter weg gehen können, nach Formiae vielleicht oder Arpinum. Doch nein, nicht Arpinum, das war zu sehr seine Heimat. Die Villa in Tusculum war unser Werk gewesen, einst unser gemeinsamer friedlicher Zufluchtsort. Einer Begegnung mit Cicero würde ich nicht gewachsen sein, ich wagte nicht, ihm unter die Augen zu treten. Eigentlich wußte ich nicht einmal, ob ich ihn jemals wiedersehen wollte. Ich hatte erwartet, daß er direkt nach Rom reisen würde, aber das erwies sich als Fehleinschätzung.

Zwei Tage nach meiner Ankunft in Tusculum kam ein Kurier mit einem Brief, der mir aus Rom nachgesandt worden war. Der letzte Brief, den Cicero mir schreiben sollte.

Cicero grüßt seine Terentia.
Wahrscheinlich treffe ich am 7. oder tags darauf in Tusculum ein. Daß dort dann alles bereit ist! Vielleicht kommen nämlich ein paar Leute mit, und wahrscheinlich bleibe ich länger dort. Wenn im Bad keine Wanne ist, laß eine beschaffen, ebenso alles andre, was zum Leben und Wohlbefinden erforderlich ist!

Leb wohl!

Bei Venusia, 1. Oktober 47

Der Brief fiel mir aus der Hand. Mir war eiskalt, ich konnte nicht denken, mein Geist war ebenso erstarrt wie mein Körper. Wie lange ich dort saß, auf einer Bank an dem langen Wasserbecken im Peristyl, weiß ich nicht mehr.

Ich beobachtete die Goldfische, die direkt unter der Oberfläche hin und her schnellten. Eine Taube saß auf dem Marmorrand des Beckens und pickte mit ihrem Schnabel ins Wasser. Ein Hund bellte, und die Taube flatterte auf. Frauenstimmen wehten von irgendwo im Haus herüber. Eine Fliege ließ sich auf meiner Hand nieder, sie krabbelte auf meine Finger zu, dann flog sie wieder weg. Ein stechender Geruch – Rauch von den Küchenfeuern – drang in meine Nasenlöcher, als ein kleiner Windstoß durch das Peristyl wirbelte.

Sehen, Hören, Fühlen, Riechen hatten keine Bedeutung mehr. Ich konnte sie benennen, aber sie gehörten zu einer Welt, in der ich nicht mehr lebte. Ich war ein Geist, mein Ich war nirgends zu Hause, weil es von niemandem beansprucht wurde.

Der Tag verging, doch ich merkte es kaum. Ich aß nicht, ich trank nicht, ich nahm kein Bad. Meine besorgten Dienerinnen mühten sich, mich zum Essen zu bewegen, ich lehnte alles ab. Die Dunkelheit brach herein, ich wollte nicht, daß Lampen angezündet wurden. Ich ging zu Bett, schlief aber nicht, steif lag ich unter der Decke, mit geballten Fäusten, und versuchte, nicht zu denken. Doch dieser Brief war immer da, ein Schmerz, der durch nichts zu lindern war.

Gegen Morgen erwachten meine Lebensgeister langsam wieder. Mein Körper rebellierte. Mir war flau vor Hunger, ich aß ein wenig Obst und Käse, und mir wurde etwas wohler.

Mit der Empfindung, so dumpf sie war, waren auch meine alten Gefährten zurückgekehrt: Bitterkeit, ein Gefühl von Verletztheit und erlittenem Unrecht, Verärgerung und Wut. Ich bündelte all diese Emotionen und konzentrierte sie auf seinen letzten Brief. Der hätte ebensogut an einen Sklaven gerichtet sein können, und selbst als Tiro noch ein Sklave gewesen war, hätte sein Herr ihm nicht so einen kurzen, herablassenden Brief geschrieben. Es war eine regelrechte Beleidigung, die in keiner Beziehung zu dem stand, was vorausgegangen war. Und so simpel die Ursache war, so simpel war auch die Wirkung. Der Brief holte mich ins Leben zurück und erweckte meinen Kampfgeist: Ich würde Cicero und dem Unvermeidlichen ins Auge sehen, aber nicht vor ihm kriechen. Ich würde es ihm mit gleicher Münze heimzahlen und stolz zugrunde gehen.

Ich hatte also noch zwei Tage, bis er kam. Wie eine Besessene machte ich mich an die Arbeit. Worüber er sich auch beklagen mochte, an meinem Haushalt würde es nichts zu bemängeln geben. Ich hielt die Sklaven in Trab, gab Anweisungen, widerrief sie, gab neue Anweisungen.

Eine Wanne wurde ins Badezimmer gestellt. Die Schlafzimmer wurden gereinigt, Kissen und Decken ausgelüftet, Latrinen geschrubbt. Die Wege wurden gefegt, die Blumenbeete gejätet, die Gärtner ernteten, was der Gemüsegarten noch zu bieten hatte, Obst wurde aus dem Vorratskeller geholt, Amphoren wurden geöffnet und Wein dekantiert.

Am zweiten Tag blieb nichts mehr zu tun, außer dem Haus Lebewohl zu sagen, in dem ich mit Sicherheit nie mehr wohnen würde.

Ich war entschlossen, den Abschied dramatisch zu gestalten. Eine letzte Runde durch die Villa und die Gärten, bei der ich meinen Emotionen freien Lauf lassen würde, darin schwelgen würde. Unrömisches, verachtenswertes Verhalten, einer strengen Matrone unwürdig, und gerade deshalb so herrlich.

Ich ging durch jedes Zimmer, strich bewußt über Stühle, Tische, Lampen und Truhen, stolz, wie sauber und ordentlich alles war. Ich fütterte die Fische im Becken und fragte mich, ob genug Futter für sie da sei, hielt die Hand kurz ins Wasser und sah zu, wie die Tropfen an meinen Fingern herunterrannen – und ich dachte an Fabia und den Prozeß. Ich lief den Säulengang entlang, durch die Gärten, an kleinen Lichtungen und schattigen Plätzen vorbei, und wünschte, dieser Spaziergang würde nicht so lange dauern und die Sonne würde nicht so hell strahlen, der Himmel sollte weinen, ein Sturm sollte toben. Ich inspizierte den neuen Zuber im Bad und erinnerte mich an das hohle Geräusch, als mein Messer gegen eine andere Wanne in einem anderen Haus schlug. Zum Schluß ging ich zu den kleinen Altären für die Laren und Penaten und legte frisches Grün darauf.

Doch die Emotionen wollten sich nicht einstellen. Ein Teil von mir hatte verzweifelt versucht, sie heraufzubeschwören, aber ein anderer hatte sie nicht zugelassen, der Teil, der immer zuschaute, um mich zu retten, mein Selbstschutz. Und ich sah mich schließlich mit den Augen eines Fremden – eine alternde Frau, die sich von leblosen Objekten verabschiedete, der es gleichgültig war, ob sie lebte oder starb, kam oder ging. Und ich verachtete mich. Nicht von einem Haus mußte ich Abschied nehmen, sondern von meiner Ehe.

Am dritten Tag, gegen Abend, traf Cicero ein.

Ich hörte den Tumult, eilige Schritte, Stimmen von Fremden, aber ich blieb in meinem Zimmer. Sollte er mich doch aufsuchen. Die Diener würden ihm inzwischen gesagt haben, daß ich da war.

Er kam nach dem Essen. Ich war nicht zu Tisch gebeten worden und hatte die Mahlzeit in meinem Zimmer eingenommen. Alle Lampen brannten, ich würde mich nicht im Dunkeln verstecken. Ich saß in meinem Matronensessel, flankiert von zwei großen Kandelabern mit jeweils sechs Kerzen. Cicero blieb in der Tür stehen.

Lange schauten wir einander an. Er war gealtert und hatte abgenommen, seine Wangen waren schlaff, seine Augen lagen tiefer in den Höhlen, und er war kahler geworden. Ich entdeckte Altersflecke auf seinen Händen, die er früher nicht gehabt hatte.

»Wie geht es dir, Marcus?« fragte ich ruhig.

»Das siehst du ja.«

Ich zeigte auf einen Stuhl, aber er wollte sich nicht setzen. Ich nahm sämtliche Reserven an Kraft und Entschlossenheit zusammen: »Was haben wir einander zu sagen?« Er schwieg.

»Ich habe für alles gesorgt, wie du es verlangt hast, die Wanne im Badezimmer, Essen, alles, was zum Leben und Wohlbefinden erforderlich ist.«

Falls er bemerkte, daß ich seine Worte ironisch zitierte, ließ er es sich nicht anmerken. »Warst du überrascht, mich hier in Tusculum anzutreffen, während du mich in Rom vermutetest, meilenweit entfernt von dir? Weit genug, um dir nicht lästig zu sein, weit genug, um mich schriftlich darüber zu informieren, was du vorhast. Denn du hast etwas vor, nicht wahr? Und schriftlich wäre es soviel leichter. Eine eventuelle Antwort von mir könntest du immer noch zerreißen oder einfach nicht beantworten, wie du keinen meiner Briefe beantwortet hast, in denen ich versucht habe zu erklären, was ich getan habe und warum.«

Er reagierte nicht. Ich wußte nicht, wie ich damit umgehen sollte. Ich hatte eine Szene voller Vorwürfe von beiden Seiten einstudiert, aber es war mir nicht in den Sinn gekommen, daß mein Gegenpart seine eigene Rolle schreiben und spielen könnte. Ich schaute nicht zu ihm, sondern auf seinen Schatten an der Wand. Er bewegte sich nicht. Mir war der Wind aus den Segeln genommen worden.

»Wer ist bei dir?«

Er zuckte mit den Schultern. »Du kennst sie nicht.«

»Quintus und sein Sohn?«

Er schüttelte den Kopf.

Frag ihn, sagte ich zu mir, und schreck nicht vor der Antwort zurück. »Ist unser Sohn hier?«

»Ja.«

»Er will mich nicht sehen.«

»Er will dich nicht sehen.« Die Feststellung einer Tatsache und ihre Bestätigung, ich war nicht davor zurückgeschreckt.

»Ich reise morgen ab«, sagte ich und schaute ihm ins Gesicht.

»Wie du willst.« Es war ausdruckslos.

»Wo soll ich hingehen?«

»Wohin du möchtest, all meine Häuser stehen dir offen.«

»Solange du nicht da bist, natürlich.«

»Solange ich nicht da bin.«

Plötzlich entspannte ich mich, ich spürte, wie sich meine Gesichtsmuskeln lockerten, und mir wurde bewußt, daß ich meine Kiefer und Zähne fest zusammengepreßt hatte. Es war vorbei, er hatte es ausgesprochen. Unsere vereinten Leben waren endgültig getrennt. Ich lächelte: »Das ist ein absurdes Gespräch, Marcus. Darf ich dem, was du gerade gesagt hast, entnehmen, daß du dich von mir scheiden lassen willst?«

»Ja.«

Ich nickte, als ob es nur seiner Bestätigung bedurft hätte, um die Sache auf die für beide Seiten zufriedenstellendste Weise beenden zu können.

»Oder soll ich mich von dir scheiden lassen?«

»Das bleibt sich gleich, ich werde mich in jeder Hinsicht an unseren Ehevertrag halten, als ob ich der Kläger wäre, auch wenn du das Gesicht wahren willst und verbreitest, daß du die Scheidung eingereicht hättest.«

Ich verbeugte mich gnädig. »Danke. Was sind die Scheidungsgründe?«

»Unehrlichkeit und Untreue, Unterschlagung von Geldern, Betrug, Lügen. Die persönlicheren Vorwürfe erwähne ich gar nicht erst.«

»Zum Beispiel?«

Wieder zuckte er mit den Schultern. Seine Kälte war mehr als nur ein Panzer. Er verabscheute mich und brauchte deshalb keinen Schutz gegen ungewollte Gefühle. Er schwieg so lange, daß ich dachte, daß er meine Frage nicht beantworten würde. Aber schließlich sagte er ruhig: »Vernachlässigung meiner Tochter, zum Beispiel.«

»Vernachlässigung?«

»Du hast sie nach Brundisium abreisen lassen, ohne dich auch nur von ihr zu verabschieden.«

Erstaunt schaute ich ihn an, was für ein fadenscheiniges Argument. Wo er mir doch, was seine Tochter betraf, soviel mehr vorwerfen konnte, und zu Recht. Jetzt zuckte ich mit den Schultern. Ich überging seine letzten Worte und fragte: »Darf ich mich gegen diese Beschuldigungen verteidigen?«

»Selbstverständlich.«

»Danke, aber das möchte ich nicht. Ich bin einverstanden, du kannst dich von mir scheiden lassen, je schneller, desto besser.«

»Wie du willst. In ein paar Tagen werde ich dir den offiziellen Scheidungsbrief schicken. Alle weiteren Dinge werden über deinen Verwalter und über Atticus geregelt.«

»Marcus, wie lange sind wir verheiratet gewesen?« fragte ich nach einer kurzen Pause.

»Etwa dreißig Jahre«, sagte er kühl.

»Und in weniger als dreißig Minuten wird es beendet.«

Sein Gesicht verzog sich, nicht vor Kummer, sondern vor Zorn. »Dieses Ende hat ein paar Jahre gedauert, und in letzter Zeit hast du dein möglichstes getan, um den Prozeß zu beschleunigen. Mit großem Erfolg.«

»Dich trifft wohl keine Schuld?«

»Nein.«

»Dann gibt es nichts mehr zu sagen. Morgen bei Tagesanbruch verlasse ich das Haus. Wenn es dir recht ist, gehe ich nach Formiae, bis ich mich entschieden habe, wo ich wohnen möchte. Was noch an Sachen von mir hier ist, kannst du nach Rom schicken.«

»Wie gesagt, du darfst in all meinen Häusern wohnen, wenn ich nicht da bin.«

Ich lächelte, diesmal wirklich amüsiert. »Was für ein

Leben wäre das, von einem Haus zum anderen zu ziehen, ganz wie es dir beliebt. Nein, ich werde meine eigenen Dispositionen treffen.«

»Wie du wünschst.«

»Nehmen wir Abschied, Marcus? Ich will dich nie mehr sehen, und du mich vermutlich auch nicht. Wir haben einander nichts mehr zu sagen. Jedes weitere Wort wäre verschwendet.«

Er reagierte nicht.

»Für einen redegewandten Mann, Marcus Tullius, bist du bemerkenswert schweigsam. Keine hübschen Metaphern? Keine grimmige *peroratio*?« höhnte ich.

Noch immer schwieg er, sein Gesicht noch genauso ausdruckslos wie von Anfang an, von jener kleinen Entgleisung abgesehen.

Ich stand auf und ging auf ihn zu. »Nun – dann leb wohl, Marcus Tullius.«

Er machte einen Schritt zurück.

»Keine Angst, ich werde dich nicht umarmen. Das wäre zu heuchlerisch«, sagte ich lächelnd.

Ich hielt ihm meine Hand hin. Er nahm sie nicht.

»Komm, sag mir Lebewohl.«

»Leb wohl, Terentia.«

Aber er rührte sich nicht.

»Was für ein zärtlicher Abschied von deinem einst ›treuen, braven Weib‹«, sagte ich spöttisch.

Er gab einen seltsamen erstickten Laut von sich und streckte die Hand aus, um sie sofort wieder zurückzuziehen.

Ich hatte ihn getroffen, ihn verletzt, und es tat mir gut. Als ob ein Damm gebrochen wäre, überfiel mich die Wut, und meine harten Worte wurden von den Wänden zurückgeworfen: »Geh jetzt! Geh zu deinen Freunden, die auf dich warten! Zu unserem Sohn, den du gegen mich aufgehetzt hast. Und zu deiner lieben, angebeteten Tochter, die so einen erbärmlichen Vater vergöttert! Vergiß mich, vergiß, was ich je für dich getan habe, du feiger, elender Versager, du ...«

Aber der Schatten an der Wand war verschwunden.

Ich wartete den Morgen nicht ab. Ins Bett zu gehen hatte keinen Sinn, ich würde doch nicht schlafen können. Ich packte ein paar Habseligkeiten ein, rief meine Sklaven, befahl ihnen, alles für die Abreise vorzubereiten, und bei Tagesanbruch war ich mit meinem Gefolge unterwegs. Ich schaute nicht zurück, als meine Kutsche die Allee unserer Villa in Tusculum hinunterfuhr. Ich bin nie mehr dort gewesen.

Gegen Ende des Jahres 47 zog Caesar nach Afrika, um den Überlebenden von Pompeius' Armee eine Schlacht zu liefern. Dolabella ging mit ihm.

In der Abgeschiedenheit der Villa in Formiae kämpfte ich gegen die Einsamkeit. Ich sah fast niemanden, denn zu meiner Verärgerung schämte ich mich als verstoßene Frau doch. All meine Energie brauchte ich, um jeden Gedanken an meinen Mann und meinen Sohn zu verbannen. Je länger sich die Tage aneinanderreihten, nur durch das jeweilige Wetter unterschieden, desto leichter wurde es. Gelegentlich dachte ich an Tullia. Sie lebte jetzt wieder in Dolabellas Haus. Sie schrieb mir nicht und schickte mir auch keine mündlichen Nachrichten, aber es kümmerte mich nicht mehr, wie es ihr ging.

Im April 46 schlug Caesar die Pompeianer bei Thapsus, und kehrte im Juli nach Rom zurück. Dolabella war ihm vorausgereist. Am 12. Juni war er wieder mit seiner Frau vereint.

In diesem Sommer empfing ich zwei Briefe.

Atticus grüßt Terentia.
Cicero hat mich gebeten, Dich zu informieren, daß ein offizieller Scheidungsbrief an Publius Cornelius Dolabella gesandt worden ist.

Die Situation ist für Tullia unhaltbar geworden. Seit seiner Rückkehr aus Afrika läßt das Verhalten ihres Mannes ihr gegenüber viel zu wünschen übrig. Es bedarf keiner weiteren Erklärungen. Leb wohl!

Rom , den 12. Juli

Fabia grüßt Terentia.
Obwohl Tullia mir erst verboten hatte, Dir zu schreiben, ist es ihr nun recht, daß Du es erfährst: Sie ist schwanger, schon mindestens zwei Monate. Ja, ich weiß, das ist eine bizarre Wendung der Ereignisse, seit Juli von ihrem Mann geschieden, erwartet sie nun sein Kind. Jetzt wirst Du sicher wie eine Verrückte anfangen zu rechnen, genau wie ich es getan habe – es muß im Juni gezeugt worden sein, Dolabella muß seine Armeestiefel sozusagen noch angehabt haben. Tullia ist beunruhigt und ängstlich. Ich finde, Du solltest zu ihr gehen, es ist höchste Zeit, daß Ihr Euch aussöhnt. Sie ist in den letzten Wochen oft bei mir gewesen, ich bin schließlich ihre einzige nahe Verwandte in Rom. Ich kannte sie nicht gut, doch inzwischen habe ich sie sehr liebgewonnen. Sie vertraut mir und schüttet mir ihr Herz aus. Sie braucht die Sorge einer Mutter. Du bist zwar nicht für Sentimentalitäten zu haben, aber Du könntest ihr wenigstens praktische Hilfe leisten. Ich bitte Dich dringend, nach Rom zu kommen, sonst verbreite ich überall, daß Du eine grausame, rachsüchtige, unnormale Mutter bist, und Du weißt, daß Vestalinnen sehr gut sind im Schüren von Gerüchten. Doch Scherz beiseite, komm einfach, Schwester, und wäre es nur mir zuliebe. Auf Tullias Wunsch hin trefft Ihr Euch bei mir. Leb wohl!

Rom, den 25. August

Eine junge, ehrerbietig zurückhaltende Vestalin begleitete mich zu Fabias Zelle.

Fabia saß auf dem einzigen Stuhl, Tullia auf dem Bett. Sie waren ins Gespräch vertieft. Die Zelle, die kein Fenster hatte und auf einen dunklen Gang führte, wurde nur von einer Hängelampe erleuchtet. Sie brannte gleichmäßig.

Ich stand in der Tür, sie bemerkten mich nicht sofort.

Dann hob Tullia den Kopf, erblickte mich, sagte aber nichts. Fabia stand auf und umarmte mich. »Ich freue mich, daß du da bist, Terentia.« Sie hielt mich eine Armlänge auf Abstand. »Laß dich mal anschauen. Du siehst wesentlich besser aus als beim letzten Mal, beim Triumphzug. Ganz braun bist du geworden, das macht sicher die viele Sonne in Formiae. Paß bloß auf, sonst hält man dich noch für eine Frau vom Lande. Bleibst du eine Weile in Rom, oder fährst du schon bald wieder zurück?« Fabia gab sich sichtlich Mühe, mit ihrem Geplapper Tullias Mürrischkeit zu kompensieren. Ich setzte mich auf einen Hocker. Es war drückend und feucht in der engen Zelle, die Luft war zum Ersticken. Fabias Redefluß versiegte. Nun mußte ich etwas zu Tullia sagen. Ich betrachtete sie und stellte fest, daß das Mädchen ziemlich gut aussah. Ihr Gesicht war schmaler geworden, aber ihr Teint war frisch, und ihre Augen waren klar. Tullia erwiderte meinen Blick mit kühler Gelassenheit.

»Da bist du ja schön in die Klemme geraten«, sagte ich.

Sie antwortete nicht.

Fabia hob die Hand. »Nein, Terentia, nicht so. Bevor du urteilst, kannst du dir wenigstens anhören, was deine Tochter zu sagen hat.«

»Sie hat noch kein Wort mit mir gesprochen.«

»Gib ihr die Chance, es dir zu erklären.«

Ich zuckte mit den Schultern. »Warum hast du ihn mit dir schlafen lassen?«

»Weil ich es wollte.«

»Aber wie kannst du mit einem Ehemann schlafen wollen, der dich mindestens einmal geschlagen und vergewaltigt hat, jedenfalls soviel ich weiß, und dem dein Vater ein paar Wochen später einen Scheidungsbrief schicken sollte. Was war nur in dich gefahren?«

»Ich wollte es eben.«

»Ist dir nicht in den Sinn gekommen, daß du wieder schwanger werden könntest?«

»Doch, natürlich, aber das Risiko habe ich in Kauf genommen.«

»Warum hast du dann deinen Vater um diesen Scheidungsbrief gebeten?«

Tullia biß sich auf die Lippen. Ihr Gesicht verzerrte sich vor Schmerz. »Weil Dolabella es wünschte. Und ich auch, glaube ich. Weil es nicht anhielt.«

»Was?«

Sie antwortete nicht.

»Und, bist du froh, daß du, eine geschiedene Frau, ein Kind zur Welt bringen wirst? Sein Kind?«

»Es wird auch mein Kind sein.«

Ungewollt schlich sich ein triumphierender Ton in meine Stimme ein. »Es wird viel mehr sein Kind sein als deins. Das Kind geschiedener Eltern gehört dem Vater.« Diese Worte waren schon einmal gefallen, vor langer Zeit, und ich dachte an meine Freundin Aemilia im Garten ihres Stiefvaters Sulla zurück. Wehmütig bei dieser Erinnerung, fuhr ich sanfter fort: »Das weißt du doch, Tullia, du weißt, daß der Vater dir sein Kind wegnehmen kann, wenn es älter ist, vielleicht sogar wenn es noch sehr klein ist.«

Tullia senkte den Kopf und schlang die Arme um ihren Leib. »Es wird auch mein Kind sein«, wiederholte sie.

»Nicht, Terentia«, griff Fabia erneut ein, »sie weiß es. Warum willst du ihr weh tun?«

»Sie ist ein dummes Ding«, antwortete ich heftig. »Sieh sie dir an – schwanger von einem Mann, der sie geschlagen, mißhandelt und betrogen hat. Nicht ich bin es, die ihr weh tut. Kannst du dir vorstellen, mit so einem Mann zu schlafen? Kannst du das?«

Ganz ruhig sagte Fabia: »Ja.«

Wie ein Stein fiel die Stille zwischen uns, sie schien ewig zu dauern. Dann wandte sich Tullia an ihre Tante: »Er kam zurück und war stolz und glücklich, daß sie gewonnen hatten, ich meine, daß Caesar die Pompeianer besiegt hatte. Er hatte gut gekämpft, und das machte ihn noch stolzer, und er freute sich, wieder zu Hause zu sein, als Sieger. Er wolle die Vergangenheit vergessen, sagte er, und er entschuldigte sich sogar dafür, daß er meinen Vater beleidigt hatte mit diesem Standbild für Clodius. Er sagte, es habe nichts zu bedeuten, es sei nur Politik, er habe Respekt vor meinem Vater und würde es ihm erklären. Und ich glaubte ihm. In der Nacht kam er in mein Bett. Ich hatte es mir gewünscht, auch wenn ich es ihm nicht gesagt hatte. Doch er wußte es. Und diesmal war er sehr zärtlich und weckte eine Leidenschaft in mir, einen Schauder – für dieses Gefühl war ich bereit zu vergessen. Ich machte alles, was er wollte, und er blieb die ganze Nacht bei mir. Das hatte er schon lange nicht mehr getan. Er ...«

Ich hob die Hand, genug jetzt, und mit strenger, kalter Stimme sagte ich: »Über solche Dinge spricht man nicht in Anwesenheit einer Vestalischen Jungfrau, das schickt sich nicht. Solche Dinge behält man für sich.«

»Tu nicht so prüde, Terentia«, entgegnete Fabia, »wir sind Frauen unter uns, und noch dazu nahe Verwandte. Ich bin nicht naiv, ich weiß, wovon sie redet.«

»Wie kannst du das sagen – du, eine Vestalin.«

Fabia starrte auf die Lampe über unseren Köpfen. »Ich weiß, was es heißt, einen Mann zu wollen, von dem man weiß, daß er ein Schurke ist. Begehren braucht keine Empfehlung eines guten Charakters, es fegt alle Konventionen beiseite. Begehren braucht nur eines, unverzüglich und dringend, die Leidenschaft eines Mannes, seinen Körper. O ja, Tullia, ich weiß es – wie keine andere. Du hattest das Glück, dich nach einem Mann zu verzehren, der wenigstens dein Ehemann war. Mein Unglück war, daß es mir durch alle heiligen Gesetze verboten war, einen Mann auch nur zu berühren. Und dann hatte ich auch noch das Pech, daß mein Geliebter ein noch größerer Schurke war als Dolabella.«

»Nicht, Fabia, red nicht weiter.« Ich legte eine Hand auf ihren Arm, wie um sie zurückzuhalten.

Sie achtete nicht darauf. »Mein Verlangen war so groß, ich war so verliebt, daß ich die furchtbarste Strafe dafür riskierte, ich war blind für das Risiko. Und ich hätte auch fast bekommen, was ich natürlich verdiente. Durch raffinierte juristische Tricks wurde ich freigesprochen, Catilina ebenfalls, doch wir waren beide schuldig. Für Catilina war ich nicht viel mehr als ein Nervenkitzel, ein Spiel mit dem Schicksal. Aber ich glaubte ihn zu lieben. Ja, ich habe körperliche Leidenschaft gekannt, obwohl ich eine Vestalin bin und Keuschheit gelobt habe. Und ich habe es nie vergessen.«

Tullia hatte sich aufmerksam vorgebeugt, gierig saugte sie jedes Wort in sich auf.

Ich schwieg, fühlte mich schrecklich einsam. Von den drei Frauen in dieser Zelle war ich der Fremdkörper. Die anderen beiden sprachen und verstanden die Sprache der Leidenschaft.

»Ich war eine tugendhafte Ehefrau«, sagte ich schroff, »ich brauchte mich nicht für derartige Gefühle zu schämen, und ich bin stolz darauf.«

»Aber deine Tochter ist nicht weniger tugendhaft«, erwiderte Fabia leise, »sie begehrte ihren eigenen Ehemann.«

»Ist sie deshalb eine weniger große Närrin? Sie hat sich wie eine Hure benommen – was spielt es für eine Rolle, daß es ihr eigener Mann war? Und was dich betrifft, Fabia, was hat diese Leidenschaft dir gebracht? Du hast andere in Angst versetzt, mich zum Beispiel. Und du hast gelitten, so gelitten! Sag nicht, daß es nicht stimmt. Ich bin dabeigewesen, habe gesehen, wie du dich zusammengekrümmt und gewimmert hast. Ich mag vielleicht diese sogenannten Wonnen verpaßt haben, aber mir ist auch viel erspart geblieben. Tugendhaftigkeit kennt ihre eigenen Belohnungen, sie währen länger, bereiten mehr Freude. Sie ...«

»... sind langweilig und grau und haben dich nie wirklich befriedigt, nicht wahr? Vielleicht wäre es leichter gewesen, mit dir zu leben, wenn du weniger tugendhaft gewesen wärst. Du warst eifersüchtig auf mich, und du bist es noch.« Tullia sprach mit kalter Gehässigkeit.

Ich stand auf, warf meinen Hocker um. Die Lampe schwang an ihrem Haken hin und her. Tullias Kopf, abwechselnd im Licht und im Schatten, schien mitzuschwingen.

Ich machte einen Schritt nach vorn, hob die Hand, um meine Tochter zu schlagen, und hörte Fabias Protestschrei. Tullia starrte mich herausfordernd an.

Ich drehte mich um und stolperte aus dem Zimmer.

Ich habe meine Tochter nie mehr lebend gesehen.

Anfang Dezember des Jahres 46 erreichte mich die Nachricht, daß Cicero Publilia heiraten wolle, ein Waisenmädchen, das unter seiner Vormundschaft stand, achtzehn Jahre alt, von ziemlich guter Herkunft und reich. Merkwürdigerweise war ich nicht schockiert über diese Neuigkeit, die Fabia mir behutsam mitgeteilt hatte, die einzige, die mir noch gelegentlich schrieb. Ich war so mit mir selbst beschäftigt, so verbittert und einsam, daß die Gegenwart mir nicht viel bedeutete. An Cicero konnte ich nur im Zusammenhang mit unserer gescheiterten Ehe denken. Was für ein Leben er jetzt führte, wußte ich kaum, außer daß er öfter in Rom war als in Tusculum, und mehr wollte ich auch nicht wissen.

Gegen Mitte Dezember wurde das Wetter schlechter, die Küste Kampaniens wurde von Stürmen heimgesucht. Der Wind raste um das Haus, pfiff durch die geschlossenen Fensterläden, kroch über die Fußböden, wirbelte die toten Blätter auf den Wegen auf und peitschte die Zypressen in einem wilden, orgiastischen Tanz hin und her. Die Kälte und der Regen verschlimmerten mein Rheuma. Durch den anhaltenden Sturm waren meine Nerven so angespannt, daß ich mir vorstellte, es wären die Saiten einer Lyra, auf denen der Wind ein jammerndes Klagelied spielt. An einem dieser rauhen Tage wurde mir ein Brief gebracht. Er hätte eine willkommene Ablenkung sein können, aber ich empfand ihn als Belästigung. Desinteressiert öffnete ich ihn. Er war von einer Freundin aus früheren Tagen, ein langer, im Plauderton geschriebener Brief, in dem sie mich zu einer Abendgesellschaft bei sich zu Hause einlud, nur für Frauen. Es sei höchste Zeit, schrieb sie, mich mal wieder in Rom blicken zu lassen.

Ich starrte den Brief an. Warum sollte Cornelia mich auf einmal zum Essen einladen wollen? Offizielle Gastmahle in Rom waren für mich inzwischen ebenso unvorstellbar wie für eine Frau vom Lande.

Und doch, je mehr Tage vergingen, desto größer wurde die Versuchung, die Einladung anzunehmen. Eigentlich hatte Cornelia recht – es wurde Zeit, daß ich der Welt wieder die Stirn bot. Sich in Formiae zu verkriechen, war etwas für Feiglinge, arbeitete dem Feind in die Hand. Cicero hatte erreicht, was er wollte, ich war genauso elend wie jeder beliebige Kriegsgefangene in Caesars Triumphzug. Außerdem war ich neugierig. Es wäre gewiß amüsant zu hören, wie der römische Tratsch mit einer köstlichen Geschichte wie der von Ciceros zweiter Ehe umging, und wo konnte man dies besser erfahren als bei einer Abendgesellschaft? Welches naive Ding war so verrückt, einen sechzigjährigen Mann zu heiraten, dessen Karriere ruiniert war, der nicht reich war, zwei erwachsene Kinder hatte und demnächst Großvater werden würde? Ich schrieb Cornelia, daß ich die Einladung gern annehmen würde, und fühlte, wie ich wieder zu leben begann.

Ich war spät, die meisten Gäste waren bereits im Empfangssaal von Cornelias Haus versammelt.

Unsicher und zaghaft, wie jemand, der erst einen Zeh ins Wasser hält, bevor er es wagt hineinzuspringen, stand ich am Eingang und lauschte dem Stimmengewirr. Ich hatte mir alle Mühe gegeben, vorzeigbar zu erscheinen. Zum erstenmal seit Monaten hatte ich mich kritisch im Spiegel betrachtet und versucht, die Folgen der Vernachlässigung zu beseitigen. Elegant frisiert, mit dem einzigen Schmuck, den ich noch besaß, einem schweren goldenen Halsring, der das Hochzeitsgeschenk meiner Mutter gewesen war, und einer Stola aus tiefblauer Seide mit Silberstickerei am Hals brauchte ich mich meines Aussehens nicht zu schämen.

Ich ließ meinen Blick über die Frauen schweifen. Postumia, älter, dicker, aber immer noch attraktiv. Metella, Dolabellas Geliebte, die selbstbewußt und sprühend konversierte, gestikulierte, lächelte, mit den Augen zwinkerte, deren Lider nicht mehr aus schläfriger Laszivität, sondern aus Altersschwäche herunterhingen. Keinen Moment war sie still, ihre Stimme übertönte alle anderen. Pompeia, in ihrem Gesicht und ihrer Figur noch immer dieses kindlich Naive, das den verderbten Clodius einst so angezogen hatte. Servilia, Caesars Geliebte, hochgewachsen und streng, mit ihrem Habichtsprofil. Und, mich unverhohlen neugierig anstarrend, meine frühere Schwägerin Pomponia. Mucia konnte ich nirgends entdecken, wie ich auch umherspähte, und auch Clodia fehlte.

Während ich dort stand, mußte ich an all die toten Liebhaber und Ehemänner denken, Pompeius, Clodius, Cato, Caelius und so viele andere, und ich wunderte mich, daß in Rom noch gelacht werden konnte. Cornelia kam auf mich zu, begrüßte mich überschwenglich und zog mich mit in die Menge. Ich sollte wieder eine von ihnen werden, mir meinen Platz zurückerobern, auch wenn mir nicht mehr klar war, welcher das war. Und so nickte und lächelte ich allen zu, ließ mich umarmen, von kritischen Augen betrachten, wohl wissend, daß hinter meinem Rücken getuschelt wurde und daß vielsagende Blicke gewechselt wurden.

Postumia schob sich zu mir heran. »Da bist du ja endlich, Terentia, höchste Zeit, daß du aus deinem Versteck hervorkommst. Warum hast du dich denn in Formiae verkrochen wie eine Verbannte?«

»Ich hatte keine Lust auf Rom.«

»Wegen der Scheidung?«

»Auch, und aus vielen anderen Gründen.«

Postumia ließ ihr übliches gackerndes Lachen ertönen. »Wenn jede geschiedene Frau die Welt meiden würde, dann würden sich unsere Kreise in Rom mächtig dezimieren. Dein verflossener Mann scheint sich jedenfalls eines regen gesellschaftlichen Lebens zu erfreuen, neben anderen Vergnügungen.«

Ich sagte nichts.

Postumia fuhr fort: »Jeden zweiten Abend ißt er bei einem anderen Caesarianer. Ich traf ihn kürzlich bei einem Gastmahl, das von Caesars Faktotum Hirtius gegeben wurde, und er erzählte, daß er sich ins Lager seines alten Feindes, des Philosophen Epikur, gestürzt habe. Als ich ihn damit aufzog, sagte er von oben herab, daß er nach Verfeinerung strebe, nicht nach Ausschweifung, und daß er, auch wenn er häufig Einladungen folge, den größten Teil des Tages mit Lesen und Schreiben verbringe. Das wollte ich gern glauben, denn er sah blaß aus, und seine Augen waren gerötet. Aber ansonsten wirkte er ziemlich heiter. Heiterer als du«, fügte sie ein klein wenig boshaft hinzu.

»Er ist gar nicht so heiter, sagt mein Mann«, sprach eine leise Stimme hinter uns.

Ich drehte mich um und sah eine ältere, weißhaarige Frau, die ich nicht erkannte.

»Ich lese oft seine Briefe an meinen Mann, weil ich sie amüsant finde«, fuhr sie fort. »Sie sind noch immer geistreich, wenn auch etwas bemüht. Und ein Satz aus einem seiner letzten Briefe ist mir im Gedächtnis geblieben: ›Um das Vaterland habe ich ausgetrauert, tiefer und länger als eine Mutter um ihren einzigen Sohn.‹«

Sie lächelte. »Ich weiß, daß du Terentia bist, seine geschiedene Frau. Verzeih mir, daß ich mit dir über ihn spreche, aber ich habe immer Achtung vor Marcus Cicero gehabt, und seine Traurigkeit schmerzt mich. Ich möchte nicht, daß du den Eindruck bekommst, daß er sich nur noch bei Festmahlen vergnügt oder sein Fähnlein leichtfertig in den Wind hängt.«

Sie lächelte noch einmal und ging weiter.

»Wer war das?«

»Erinnerst du dich nicht an sie – die Frau von Papirius Paetus?« Postumias Augen suchten die Gesellschaft nach spannenderer Unterhaltung ab. Sie stieß einen Schrei aus. »Ah, da ist sie – du mußt sie kennenlernen. Das wirst du sowieso früher oder später. Es macht dir doch nichts aus?«

Ich folgte Postumias Blick. Bei einem Grüppchen von Frauen stand ein junges Mädchen in der Stola einer Matrone. Obwohl die Frauen ganz offensichtlich versucht hatten, sie ins Gespräch einzubeziehen, nahm sie nicht aktiv daran teil. Sie schien verlegen zu sein und sich unbehaglich zu fühlen. Nervös fingerte sie an ihrer Stola herum, und ihre Augen huschten hin und her, als ob sie ein Ballspiel verfolgen würden. Sie war nicht hübsch und auch nicht häßlich, einfach durchschnittlich, ein Gesicht und eine Figur, die man sofort wieder vergaß.

»Publilia«, sagte Postumia, »die neue Frau deines Mannes. Seine sehr reiche neue Frau.«

»Was macht die hier?« hörte ich mich ruhig fragen.

»Cornelia dachte, daß es eine nette Geste wäre, sie in die Gesellschaft einzuführen. Es hat so einen Aufschrei wegen dieser lächerlichen Ehe gegeben, sie wollte der Kleinen zeigen, daß wir ihr nichts vorwerfen. Warum ihre Familie sie mit deinem ehemaligen Mann verheiratet hat, wissen die Götter.«

»Und ich bin, nehme ich an, eingeladen, um ihr zu begegnen und euch allen ein unterhaltsames Schauspiel zu bieten.«

»Nein, natürlich nicht, ich meine, natürlich hat Cornelia dich nicht deshalb eingeladen.«

»Du klingst nicht sehr überzeugend. Ist das einer von Cornelias berühmten Streichen? Wenn ja, ist er wenig taktvoll.«

»Nun sei nicht so empfindlich. Wir laufen uns doch alle über den Weg, Ex-Frauen und neue Frauen, und wir finden nichts dabei.«

Damit hatte ich nicht gerechnet. Statt über Publilia tratschen zu können, sollte ich nun mit ihr zusammentreffen. Aber ich würde mir nichts anmerken lassen. Beiläufig erwiderte ich: »Na, dann mach uns mal miteinander bekannt. Denn, wie du schon sagst, wir werden uns sowieso irgendwann einmal kennenlernen, also warum nicht jetzt?« Ich lief hinter Postumia her, bis ich dem »naiven Ding« gegenüberstand, hörte, wie Postumia mich vorstellte, und sah, wie sich die Augen des Mädchens vor Schreck weiteten. Publilia stammelte eine Art Begrüßung, neigte ruckartig den Kopf. Ihre langen Ohrgehänge schwangen dabei hin und her, schöne Ohrgehänge, Ringe aus grünen und gelben Steinen mit einem großen grünen Stein in der Mitte. Sie hatten einst mir gehört.

»Wer hat dir diese Ohrringe gegeben?« fragte ich laut.

Das Mädchen schaute hoch, erstaunt über die Frage. »Mein Mann«, flüsterte sie.

»Wo hat er sie her?«

»Er hat sie gekauft.«

»Wo?«

»Im Laden von Eutrapus.«

Eutrapus, mein Juwelier, bei dem Cicero in ferner Vergangenheit oft Schmuckstücke für mich gekauft hatte, als er mir noch gern eine Freude machte, und dem ich sie wieder verkauft hatte, um Philotimus zu bezahlen.

»Wann?«

»Vor ein paar Wochen.«

»Warum?«

Ich feuerte meine Fragen auf die arme Kleine ab. Verängstigt zupfte sie an einem der Ohrringe und sagte flüsternd: »Es war ein Geschenk, ein Verlobungsgeschenk.«

Ich langte nach vorn und zog ihre Hand herunter. Dann ergriff ich den Ohrring und betrachtete ihn, als ob ich seinen Wert feststellen wollte. Ich zerrte daran, bis Publilias Ohrläppchen ganz ausgedehnt war. Ich wußte, daß ich ihr weh tat. Sie schrie auf und versuchte, sich zu befreien. Unsere Hände berührten sich.

Ich ließ den Ohrring los und sagte rachsüchtig: »Was für ein schönes Geschenk von einem alten Mann an seine junge Braut. Aber nun ja, alte Männer müssen junge Frauen mit Geschenken ködern, sie müssen wiedergutmachen, daß sie sie anderen, jüngeren Heiratskandidaten weggeschnappt haben.«

Zu den übrigen Frauen, die inzwischen schweigend und verlegen um uns herumstanden, sagte ich: »Wir weisen alten Matronen wissen das, nicht wahr, und wir lachen darüber.«

Und wieder zu Publilia: »Doch es gibt natürlich auch Mädchen, die keine jungen, kräftigen Verehrer haben, und die sind womöglich leicht zu verführen.«

Mit erhobener Stimme, so daß der ganze Raum mich hören konnte, fragte ich das versteinerte Mädchen: »Weißt du, wer ich bin?«

Publilia nickte, brachte aber kein Wort heraus.

»Sieh mich gut an. Ich bin zehn Jahre jünger als der Mann, der einmal mein Gatte war und jetzt deiner ist. Ich bin eine alte Frau, er ist noch älter. Du bist mit einem kahlen, alten, storchbeinigen Mann verheiratet. Glaubst du, daß er noch in der Lage ist, Kinder zu zeugen? Ist dir jemals in den Sinn gekommen, daß du eine unfruchtbare Frau sein wirst, eine ...«

Cornelia war herbeigeeilt und zog mich am Arm zurück, nicht gerade sanft.

»Genug, Terentia«, sagte sie, »du machst dich lächerlich.«

Giftig antwortete ich: »Es gibt ohnehin nichts mehr zu sagen. Ich habe Publilia gerade mein Beileid ausgesprochen, daß sie mit einem alten Mann verheiratet ist und damit viele Freuden der Ehe verspielt hat.«

Pomponia lachte schallend, sie stand direkt hinter mir.

Laut sagte sie: »Recht hat sie. Ich wollte dem armen Kind auch noch kondolieren, daß es einen Cicero geheiratet hat. Glaubt mir, ich weiß, wie die sind. Ich denke, Terentia ist jetzt besser dran.«

Erneut lachte sie schallend. »Weißt du, was dieser alte Narr, ihr« – sie wies mit dem Zeigefinger auf Publilia – »Ehemann, antwortete, als ihm jemand am Abend vor seiner Hochzeit sagte, daß er ein Dummkopf sei, eine achtzehnjährige Jungfrau zu heiraten?« Sie machte eine Kunstpause. Niemand sprach oder bewegte sich. »Er sagte: ›Morgen wird sie eine Frau sein.‹ Das hoffe ich natürlich für sie, aber ich bezweifle es.«

Sie zeigte wieder auf Publilia, die feuerrot geworden war. »Doch wer von uns würde es wagen, sie danach zu fragen?« Sie stieß mich in den Rücken und rief: »Du wüßtest es bestimmt nur allzu gern, nicht wahr, Terentia?«

Eigentlich hätte ich beleidigt sein müssen durch Pomponias grobe Taktlosigkeit, aber ihr Beistand tat mir gut. Als ich gerade reagieren wollte, zog Cornelia mich weg. Ich ließ mich zu den anderen Gästen zurückführen, auf den Lippen ein, wie ich hoffte, amüsiertes Lächeln, das jedoch nur ein häßliches Grinsen sein konnte.

Ich hatte es noch im Gesicht, als wir zu Tisch gingen.

Mir ist noch jeder Bissen der Mahlzeit gegenwärtig. Soleier, gedünstete Seebarbe mit einer scharfen Sauce, geschmortes Kalbfleisch, gebackene Eiercreme, Datteln in Blätterteigkörbchen, Süßigkeiten aus silbernen Schalen in Form eines Schwans.

Zum Essen hatten wir uns auf Liegen ausgestreckt, ich lag zwischen Paetus' Frau und einer gewissen Junia, die ich nicht kannte. Mit jedem Happen wurde mir übler. Doch ich kann mich an kein Wort erinnern, das an diesem Abend gesprochen wurde. Ich werde sicher etwas gesagt haben, dafür war ich zu gut erzogen.

Aber ich konnte nur an diese Ohrringe denken, die einst mir gehört hatten.

Aus Rache verbreitete ich das Gerücht, daß Cicero an seniler Verliebtheit leide, in ein Kind vernarrt sei, das viele Jahre jünger sei als seine eigene Tochter. Aber Tiro kam mit einem Gegengift – Cicero habe sie nur wegen ihres Vermögens geheiratet, er sei hoch verschuldet und brauche Geld, um meine Mitgift zurückzuzahlen.

Cicero selbst gab einen anderen Grund an. Er nannte ihn in einem Brief an Plancius, einen seiner alten Klienten, dessen Frau fand, daß ich wissen solle, was darin über mich gesagt wurde. Die entsprechenden Zeilen schrieb ich mir ab. Ich kann mich nicht erinnern, warum, vielleicht um einen Beweis für Ciceros Rachsucht in der Hand zu haben: »... doch hätte ich in diesen elenden Zeiten keinen so einschneidenden Entschluß gefaßt, wenn ich nicht bei meiner Heimkehr meine häuslichen Verhältnisse um nichts besser als die öffentlichen angetroffen hätte. Weil ich infolge der Tücken derer, denen wegen meiner unvergänglichen Wohltaten mein Leben und mein Hab und Gut besonders lieb und wert sein mußte, kein Fleckchen in meinen vier Wänden sicher sah und überall eine Falle vermuten mußte, glaubte ich mich durch die Zuverlässigkeit neuer Bindungen gegen die Unredlichkeit der alten sichern zu sollen.«

Wußtest Du, worauf er anspielte, Atticus? Ich brauchte eine Weile, um die Bedeutung der Worte zu entschlüsseln. Publilias Bruder, eine der »neuen Bindungen«, war ein Anhänger Caesars. Die Tücken und die Unredlichkeit, von denen er spricht, bezogen sich natürlich auf mich. Aber was meinte er genau? Ich hatte nichts getan, um ihn zu verunglimpfen, ich hatte keine Lügengeschichten über ihn verbreitet, im Gegensatz zu anderen.

Haßte er mich so sehr?

Doch all dieses Gerede spielte bald keine Rolle mehr.

Tullia starb.

Tullias Sohn, Dolabellas Sohn, wurde Ende Januar 45 geboren, in der Villa ihres Vaters in Tusculum. Seine Geburt war ihr Tod. Dolabella war ihr Tod. Nein, falsch, Tullias Verlangen nach körperlicher Leidenschaft war ihr zum Verhängnis geworden.

Ich schrieb meiner Tochter einen kurzen Brief, um ihr zu gratulieren. Sie schien sich nicht so schnell von der Geburt zu erholen, wie es hätte sein sollen, aber ich wußte nicht, wie krank sie war.

An einem sonnenüberfluteten Tag Anfang Februar wurde mir die Nachricht von ihrem Tod überbracht. Ein Tag mit strahlend blauem Himmel und hartem, grellem Licht.

Tiro an Terentia.
Marcus Tullius hat mich gebeten, Euch mitzuteilen, daß seine Tochter Tullia gestern abend gestorben ist. Wir hatten gedacht, daß sie auf dem Wege der Besserung sei, doch wir hatten uns geirrt. Ihr Tod war unerwartet, aber friedlich. Sie ist in den Armen ihres Vaters gestorben. Es tut mir leid, daß ich Euch eine solch betrübliche Nachricht überbringen muß.

Ihr Vater läßt Euch ausrichten, daß Ihr Eure Tochter sehen könnt, wann immer Ihr wollt, im Haus auf dem Palatin, wohin wir ihren Leichnam im Laufe des Tages bringen werden. Und daß er davon ausgeht, daß Ihr bei der Beerdigung anwesend sein werdet. Lebt wohl!

Tusculum, den 12. Februar 45

Ich stand an der Bahre meiner Tochter, allein, bis auf die übliche Gruppe wehklagender Frauen. Kerzen brannten, und der widerwärtige Geruch von Orangenblüten hing in der Luft. Die Frauen hatten ihr Blütenzweige um die

Hände gewunden, die gefaltet auf ihrer Brust ruhten, und ihr einen Kranz auf die Stirn gelegt.

Der Tod hatte sie nicht schöner gemacht – es ist eine sentimentale Konvention, daß die Toten schön seien. Ihr Gesicht war talgfarben, ihre Lippen waren bläulich, die Wangen eingefallen, die Nase vorspringend. Ihr Kinn war mit einem Streifen Leinen hochgebunden. Der Blütenkranz war der reinste Hohn, sie sah damit aus wie ein altes Weib, herausgeputzt wie eine Braut. Und merkwürdigerweise ähnelte sie im Tod ihrer Großmutter Memmia, was im Leben nicht der Fall gewesen war. Das freute mich. Sie glich in nichts mehr ihrem Vater.

Ich berührte sie nicht, ich wußte, wie sich ihr Fleisch anfühlen würde, genau wie das des toten Fabius.

Die Frauen, die um die Bahre herum standen, starrten mich an, unterbrachen aber ihr Wehklagen nicht.

Ich spürte nichts. Ich registrierte Bild, Ton, Geruch wie sonst, doch es wollte sich keinerlei Regung einstellen, nicht einmal so etwas wie die Traurigkeit, die man über den Tod eines Bekannten empfindet. Das brachte mich aus der Fassung. Es war nicht normal, ich war ein gleichgültiges Ungeheuer. Verzweifelt dachte ich an das Kind Tullia zurück, an das junge Mädchen, die Ehefrau. Ich dachte an Tullia mit irgendeiner Kinderkrankheit; Tullia über ihre Rechenaufgaben gebeugt, die Haare vor den Augen herunterhängend; Tullia weinend neben dem Leichnam ihres Mannes Piso; Tullia, sich über die Bettkante erbrechend, in der Hoffnung auf eine Fehlgeburt. Vielleicht würde es helfen, etwas festzuhalten, das sie benutzt hatte, oder einen Brief zu lesen, den sie geschrieben hatte. Irgend etwas, um den Kummer heraufzubeschwören.

Ich fühlte absolut nichts. Sie war die Tochter ihres Vaters gewesen.

Ich fragte mich, wo Cicero war und wie er mit dem Tod

seiner innig geliebten Tochter fertig werden würde? Aber es kam mir nicht in den Sinn, ihn aufzusuchen.

Ich drehte mich um und verließ das Haus. Ich hatte keine einzige Träne vergossen. Dies war also meine Strafe, dieser widernatürliche Gleichmut, der echt war, nicht nur Schein. Der letzte Trost des Mutterseins, um ein totes Kind vorbehaltlos trauern zu können, ihm diesen letzten Liebesbeweis zu geben, dieser Trost blieb mir versagt.

Und Du wirst meinen, Atticus, daß ich es nicht anders verdient habe.

Die letzte Stunde habe ich ohne Pause durchgeschrieben.

Ich lege die Feder nieder und warte. In all diesen Monaten des Schreibens habe ich gedacht: Es wird kommen, es kann mir nicht auf ewig versagt bleiben. Endlich werde ich um meine Tochter trauern dürfen, und ich werde geläutert sein.

Aber es kommt nicht. Und es wird nie kommen.

Es ist meine Schuld. Ich habe zugelassen, daß Eifersucht die Liebe tötete. Ich kann mir nichts vormachen, genausowenig wie ich damals Kummer vortäuschen konnte.

Meine arme Tullia. Sie hat meine Zuneigung nicht gesucht. Die Liebe ihres Vaters genügte ihr. Die meine hat sie nie vermißt.

Ich empfinde Schuld, und dafür bin ich zumindest dankbar, auch wenn es eine bittere Frucht ist.

Cicero schrieb Dir kurz nach Tullias Tod: »Glaub mir, mein Atticus, es ist aus mit mir, schon seit langem, aber jetzt erst gestehe ich es ein, wo ich den einzigen Halt verloren habe.«

So ging es auch mir. Der Halt war derselbe: Tullia. Sie war das geteilte Objekt heftiger Emotionen ganz gegensätzlicher Natur gewesen, die uns aber dennoch aneinandergeschmiedet hatten. Sie hatte uns getrennt und verbunden. Tullia lebte nicht mehr, meine Ehe war endgültig für tot erklärt worden.

Das war offenbar das einzige, was der Tod meiner Tochter mir bedeutete.

Ich bin nicht zu ihrer Beerdigung gegangen.

Meinen Enkel habe ich nie gesehen, er ist ein paar Monate nach seiner Geburt gestorben.

Von Cicero habe ich nie mehr etwas gehört. Nicht einmal ein paar Zeilen, um mir zum Tod unserer Tochter zu kondolieren. Doch einige Monate später erreichte mich die Nachricht, daß er sich von Publilia hatte scheiden lassen. Als Grund hatte er angegeben, daß seine zweite Frau nicht genug Kummer über den Tod ihrer Stieftochter gezeigt habe. Selbst tot hatte Tullia ihrem Vater mehr bedeutet als seine Frau. Aber ich konnte kein Mitleid mit Publilia haben.

Dolabella habe ich nie mehr gesprochen. Er hat mir nur noch einen kühlen, höflichen Beileidsbrief geschrieben. Ich weiß, daß er Caesar bei dessen Tod verleugnet und sich auf die Seite der Mörder geschlagen hat. Von Sallust habe ich kürzlich erfahren, daß Dolabella danach noch einmal zum Verräter geworden ist. Aus den Händen von Caesars Erben hat er das Amt des Statthalters in Syrien angenommen und in dieser Eigenschaft gegen Cassius gekämpft. Nachdem er besiegt worden war, hat er vor einem Jahr Selbstmord begangen. Nicht viele werden um ihn trauern.

Quintus und seinen Sohn habe ich nie mehr gesehen. Pomponia, die 45 von Quintus geschieden wurde, hat mich noch hin und wieder besucht, aber ihre Besuche waren sterbenslangweilig. Sie hatte nur ein Gesprächsthema: wie froh sie sei, ihren Ehemann endlich los zu sein.

Auch meinen Sohn Marcus werde ich wohl nie mehr wiedersehen.

Wie ein Echo aus einer verlorenen Welt kam Monate nach Tullias Tod Dein Brief, Atticus, der letzte, den Du mir schreiben würdest:

Atticus an Terentia.
Ich kann nur hoffen, daß Du meinen Brief nicht zerreißt, ohne ihn gelesen zu haben. Obwohl Du allen Grund dazu hättest.

Ich habe etwas erfahren, das mich sehr beunruhigt hat, mehr, als Du Dir vorstellen kannst, mehr, als ich ertragen kann ohne ein Gefühl von Kummer und Schuld. Wie Du vielleicht weißt – oder vielleicht auch nicht –, ist Dein ehemaliger Verwalter Philotimus unlängst verstorben, irgendwo im Osten. Seine Habe ist an seine Frau und seine Söhne zurückgeschickt worden, die noch in Rom leben. Es waren Kopien von Briefen dabei – manche an Dich – und von Rechnungen. Er scheint über all seine Diebstähle akribisch Buch geführt zu haben. Die Söhne, anständige Kerle, die sich für ihren Vater schämen, haben die Kopien an mich weitergeleitet.

Daraus habe ich rekonstruiert, was zwischen Dir und Philotimus vorgefallen ist. Ich weiß von seinen Unterschlagungen, weiß, daß er Dich erpreßt hat, und ich kann einigermaßen nachvollziehen, wie Du zum Betrug und dem ganzen Elend, das daraus folgte, gezwungen worden bist. Deine Motive kann ich nur raten.

Ich flehe Dich an, mich zu empfangen, damit Du es mir erklären und mir die fehlenden Informationen liefern kannst. Gib mir die Chance, wenigstens einiges wiedergutzumachen.

Für vieles ist es zu spät, aber vielleicht ist es nicht zu spät, um unsere Freundschaft wiederherzustellen.

Mit Spannung erwarte ich Deine Antwort. Enttäusch mich nicht. Leb wohl.

Rom, den 10. November 45

Terentia an Atticus.

Ich will Dich nie mehr sehen und auch nichts mehr von Dir hören. Ich hoffe, daß Du an Deinen Schuldgefühlen und Deinem Kummer erstickst. Du hast es nicht anders verdient.

Rom, den 12. November 45

Und dann – Stille.

Epilog

Ich bin leer, Atticus. Als ob ich beim Schreiben meiner Geschichte ein ganzes Leben weggeschüttet hätte.

Auf diese Leere war ich nicht gefaßt. Ich dachte, daß ich meine Arbeit mit einer vernünftigen Beurteilung meiner Fehler und Tugenden abschließen könnte, einer bilanzierenden Gegenüberstellung des Soll und Haben. Daß ich die Schuld, meine und die anderer, verteilen könnte, ruhig und distanziert. Daß ich endlich imstande sein würde zu definieren, welcherart meine Ehe mit Cicero gewesen ist. Und natürlich erwartete ich, mich vor mir selbst zu rechtfertigen, und vor Dir, Atticus, und hoffte, meinen Sohn mit der Wahrheit seiner Mutter zu beschämen. Ich wollte meine Verteidigung übernehmen, nachdem ich mich selbst angeklagt hatte, wollte Richter sein und Geschworenenkollegium, und ich wollte ein *A* auf meine Tafel schreiben für *absolvo*, unschuldig.

Und nun – nichts scheint mehr von Bedeutung zu sein. In mir ist nur noch Leere.

Ich habe Feder und Papier weggelegt, meinen Tisch aufgeräumt. Die Rollen habe ich ordentlich verstaut. Möglicherweise schicke ich sie Dir irgendwann einmal, Atticus, aber nicht jetzt.

Noch immer sitze ich an meinem Tisch.

Es ist spät am Abend. Sallust ist nicht da, ich weiß nicht, wo er ist. Er sagt mir nie, wohin er geht, nur, wann er ungefähr zurück sein wird, und ich stelle ihm keine Fragen.

Das Haus ist ruhig. Die Sklaven sind schon in ihren Unterkünften. Die Stille ist nicht friedlich oder tröstend. Es ist eine hörbare Leere.

Ich brauche Luft. Draußen wird die Stille vielleicht unterbrochen werden. Durch Vogelgesang? Nein, es ist zu spät, die Vögel sitzen längst zusammengeduckt in den Zweigen. Aber vielleicht gibt es andere Geräusche, Hauptsache irgendein Geräusch.

Es ist Juli und noch nicht ganz dunkel, als ich das Haus verlasse. Das schwindende Licht saugt alle Farbe aus der Welt. Die Bäume sind nur mehr Schemen, die Zypressen dunkle Pfeile, die in den Himmel zielen. Nebelschwaden treiben in den Senken zwischen den Hängen, an denen sich die Gärten erstrecken. Langsam gehe ich die Wege entlang und lausche. Irgendwo links schreit, kurz und schrill, eine Gans aus Sallusts Gänseherde – meine Wächter, nennt er sie. Bin ich für sie auch so ein Eindringling, wie ich mir selbst vorkomme? Ich gehöre hier nicht her, die Götter mögen wissen, wo mein Platz ist. Ein vages, fernes Raunen ist zu vernehmen, die Stimme der Stadt. Auch dort gehöre ich nicht hin. Das Elend Roms hat nichts mit mir zu tun. Die Republik ist tot, es wird nicht mehr lange dauern, bis das Triumvirat, Octavianus, Lepidus und Antonius, ihren Leichnam zu Grabe tragen werden, aber nicht ehe sie ihn wie Krähen in Stücke gerissen haben. Unser verdienter Lohn, denke ich. Habgier, Ehrgeiz, mangelnder Weitblick, Korruption haben die Republik zugrunde gerichtet. Sallusts Worte. Selbst meine Gedanken sind Ableitungen.

Ich erreiche die Birke, unter deren langen, tiefhängenden Zweigen die Marmorbank steht, wo ich so gern für mich allein sitze, vor neugierigen Blicken verborgen. Ich schiebe die Zweige auseinander und setze mich, rieche feuchte Erde und moderndes Laub.

Monatelang bin ich mit dem Schreiben meiner Geschichte beschäftigt gewesen. Ich habe die Erinnerung herausgefordert und ihr die Stirn geboten, und auch wenn ich blutend und verwundet aus dem Kampf hervorgegangen bin, so habe ich es doch nicht zugelassen, daß sie mich besiegt. Ich habe gelernt, ehrlich zu sein und mich selbst zu beurteilen, habe gelernt, mit Bedauern und Reue zu leben, und bin von Erinnerungen an Zärtlichkeit und Liebe gequält worden.

Wozu? Was hat es mir gebracht?

Das leise Rufen einer Eule durchzittert die Luft, und eine sanfte Brise, die nirgendwoher kommt und nirgendwohin geht, spielt in dem Blättervorhang um mich herum. Auf einmal – ich weiß nicht, wieso – muß ich an den Fluß in Arpinum denken, der mit unerschütterlicher Ruhe hinter den Gärten des Hauses entlangströmte. So ist er seit Menschengedenken geströmt, und so wird er noch lange strömen, wenn ich nicht mehr bin. Vor meinem geistigen Auge sehe ich seinen Verlauf. Am Gemüsegarten vorbei schlängelt er sich friedlich durch die Felder und Wälder, bis er sich in einem wilden Wasserfall aus Schaum und Dunst von der Felsspitze stürzt, um von dort aus weiterzuströmen, nirgends in seinem Lauf gehemmt, gelassen und reinigend.

Ich sitze still, meine Hände locker im Schoß gefaltet, sehe das Wasser und warte.

Rom zu Terentias Zeiten

Als Terentia geboren wurde, wahrscheinlich um 93 v. Chr., war Rom kein unbedeutender Stadtstaat mehr, sondern eine Großmacht im Mittelmeerraum. Die Herrschaft hatte sich von den Ufern des Tiber über ganz Italien ausgedehnt. Und in dem Jahr, als Terentia von Cicero geschieden wurde, 46 v. Chr., reichte Roms Einfluß von Spanien und Gallien bis zum heutigen Kleinasien. Rom selbst war eine für diese Zeit riesige, kosmopolitische Stadt, die sich über sieben Hügel und die dazwischenliegenden Täler erstreckte; eine Stadt mit vielen prächtigen öffentlichen Gebäuden, einem hoch entwickelten System von Abwasserkanälen und Aquädukten, traurigen Armenvierteln gegenüber luxuriösen Villen. Und für die Verbindung Roms mit dem Rest Italiens und den Provinzen in der unmittelbaren Umgebung gab es ein gut funktionierendes Straßennetz.

Doch die Regierung, die offiziell »Senatus Populusque Romanus« hieß, war für den kleinen ursprünglichen Stadtstaat eingerichtet worden. Sie konnte mit den raschen Entwicklungen nicht Schritt halten. Statt ein vernünftiges neues System einzuführen, um das wachsende Reich zu verwalten, paßte man die existierenden Strukturen an.

Zu Terentias Zeiten bestand der Senat aus dreihundert Mann, meist aus der Klasse der Grundbesitzer, die automatisch Mitglied des Senats wurden, wenn sie ihr erstes öffentliches Amt antraten. Man war Senator auf Lebenszeit. Innerhalb dieses Ganzen gab es einen kleinen Kreis von Adligen aus den angesehensten Familien, der unverhältnismäßig viel Einfluß hatte. Die Befugnisse des Senats, häufig angefochten, waren weitreichend, obwohl sie nie verfassungsmäßig festgelegt, sondern durch die Macht der Gewohnheit und durch Eigeninitiativen gewachsen waren. Der Senat übernahm die Führung in finanziellen Angelegenheiten und in der Außenpolitik.

Die meisten Römer patrizischer Herkunft, wie Terentias Vater Terentius, wurden erzogen, um dem Staat zu dienen. Es war ein Recht und, genau besehen, eine Pflicht. Ambitionen und Ehre waren im allgemeinen die direkten Triebfedern. Wer wegen vermeintlicher Faulheit oder Inkompetenz vom öffentlichen Leben ausgeschlossen wurde, wie Terentias Stiefvater Fabius, wurde häufig mit Geringschätzung, mitunter gemildert durch ein gewisses Mitleid, behandelt. Andere, wie Ciceros Vater, genossen viel Ansehen wegen ihrer geistigen Qualitäten oder ihrer Arbeit.

Dem Volk (Plebs), das heißt theoretisch allen Männern, die Anspruch auf die römische Staatsbürgerschaft hatten, war im 3. Jahrhundert v. Chr. souveräne Macht verliehen worden, und seine Beschlüsse waren für rechtsgültig erklärt worden. Doch in der Praxis war es mit dieser Machtposition nicht weit her, weil eigentlich nur die Stadtbewohner abstimmten, da es für Bürger von weit außerhalb Roms schlichtweg unmöglich war, an den Volksversammlungen teilzunehmen. Außerdem konnte das Volk in diesen Versammlungen nur über Gesetze abstimmen, die vom Senat entworfen worden waren und von Magistraten eingebracht wurden – Magistraten, die ausnahmslos zur herrschenden Klasse zählten.

Die Familie von Terentias Mutter Memmia gehörte einer Klasse an, die sehr einflußreich war: den Rittern oder Equites, die ursprünglich aus plebejischen Familien stammten und reich genug waren, um der römischen Kavallerie ein Pferd zu liefern. Damals war es bereits so, daß Bürger, deren Besitz auf eine bestimmte Summe geschätzt wurde, automatisch für den Ritterstand in Betracht kamen. Sie durften Handel treiben (was einem Senator theoretisch verboten war), sie waren Bankiers, Geldgeber und, in Ermangelung einer entsprechenden staatlichen Einrichtung, Steuereintreiber. Zu Ciceros Zeiten gehörten diese Ritter zur selben sozialen Schicht wie die Senatoren, wenn sie auch das Handeltreiben dem Regieren vorgezogen hatten. Die zunehmende Macht dieser Gruppierung stellte einen zersetzenden Faktor dar.

Titus Pomponius Atticus war ein Mitglied dieses Standes. Er kombinierte das Leben eines Epikureers mit einem erfolgreichen Geschäftsleben, erwarb bedeutenden Reichtum und hatte großen Einfluß hinter den Kulissen.

In den frühen Jahren des ersten Jahrhunderts v. Chr. vollzog sich eine wichtige Entwicklung. Das römische Heer, das ursprünglich aus kleinen Grundbesitzern rekrutiert worden war, wurde zu einer Berufsarmee. Und daher zu einem gefährlichen Instrument in den Händen jener, die nach absoluter Macht strebten. Jeder Soldat war in erster Linie seinem General zur Treue verpflichtet, nicht so sehr dem Staat. Ohne diese persönliche militärische Loyalität hätten weder Caesar noch Pompeius operieren können, wie sie es taten. Der Kampf zwischen zwei Armeen, angeführt von Männern, die auf eigenen Gewinn aus waren, richtete die Republik letztlich zugrunde. Als Terentia Cicero heiratete, war der Fäulnisprozeß, der die Republik vernichten sollte, bereits in vollem Gange. Die herrschende Klasse, korrumpiert durch die enormen Erträge aus den Provinzverwaltungen und die Kriegsbeute, wurde immer maßloser. Die Zahl der Sklaven, die in Kriegen gefangengenommen worden waren, stieg dramatisch. Die ungelernten unter ihnen wurden für die Landarbeit eingesetzt und dort oft rüde behandelt. Die gebildeteren

Sklaven konnten als Lehrer, Sekretäre oder Ärzte dienen und hatten im allgemeinen ein leichteres und angenehmeres Leben. Zu Terentias Zeiten hatte die zweite Generation, geboren im Haus ihres Herrn, mitunter von diesem eine Ausbildung erhalten. Ciceros Sekretär Tiro war einer von ihnen. Viele Sklaven bekamen von ihren Besitzern die Freiheit zurück, und so entstand unter der Bevölkerung Roms eine große Gruppe von Freigelassenen ausländischer Herkunft.

Die Reichen kauften den Grund und Boden auf, um ihre riesigen Landgüter anzulegen, und enteigneten damit die kleinen Bauern, die das Rückgrat der Republik bildeten. Handwerker sahen ihren Broterwerb bedroht, da nun viele gut ausgebildete Sklaven zur Verfügung standen. Römische Bürger, die zuvor als Ungelernte auf den Märkten oder in den Häfen beschäftigt gewesen waren, wurden arbeitslos. Viele von ihnen waren permanent verschuldet. Kurz gesagt: es entstand eine explosive soziale Situation, die von jemandem wie Catilina für seine Zwecke ausgenutzt werden konnte.

Noch viel verheerender war schließlich die Tatsache, daß die herrschende Klasse immer selbstsüchtiger und kurzsichtiger geworden war, nur den eigenen Gewinn suchte und nichts für das Gemeinwohl tat. In diesem Prozeß wurde das Volk zur Spielfigur, die von ehrgeizigen Politikern benutzt und mißbraucht wurde. Der Mangel an Magistraten, die bereit waren, soziale, politische und ökonomische Probleme uneigennützig und mit Verstand anzupacken, erwies sich als verhängnisvoll.

Cicero und Terentia wurden in Entwicklungen hineingezogen, deren Ausgang sie nicht vorhersehen konnten. Ihre Ängste, ihre Unsicherheit und ihre Sorgen werden für all jene erkennbar sein, die das Unglück hatten – oder haben –, eine Zeit mitzuerleben, in der ein System untergeht, um von einem anderen abgelöst zu werden, zumal dies meist mit Gewalt einhergeht. Als die Ehe von Cicero und Terentia sich ihrem Ende näherte, wurde Rom von Bürgerkriegen zerrissen, die erst aufhörten, als Octavianus, später Augustus genannt, Frieden und Stabilität brachte.

Aber Cicero und Terentia konnten nicht in die Zukunft blicken. Cicero klammerte sich an eine idealisierte Vergangenheit. In seiner unrealistischen Sicht war Rom einmal ein freier Staat gewesen, von Vernunft und Überzeugung regiert. Er beschloß sein Leben mit einem letzten Versuch, die Republik zurückzugewinnen, die nicht mehr zu retten war. Seine Tragödie war, daß er am Ende eingesehen haben muß, daß er gescheitert war. Sein Tod war der Beweis dicses Scheiterns.

Personenverzeichnis

AEMILIA (? – 80 v. Chr.)
Stieftochter von *Sulla. Jugendfreundin von *Terentia. Von ihrem ersten Mann geschieden. Heirat mit *Pompeius 80 v. Chr., im selben Jahr gestorben.

Marcus ANTONIUS (um 82–30 v. Chr.)
Parteigänger von *Caesar und dessen Heerführer im Gallischen Krieg und im Bürgerkrieg. 44 v. Chr. gemeinsam mit Caesar Konsul. Führer von Caesars Anhängern und Feind *Ciceros und des Senats. Auftraggeber für den Mord an Cicero (43 v. Chr.) und Sieger über Caesars Mörder. Zusammen mit Kleopatra von *Octavianus bei Aktium geschlagen (30 v. Chr.); Selbstmord. Verheiratet u. a. mit *Fulvia, Witwe des *Clodius.

Titus Pomponius ATTICUS (110–32 v. Chr.)
Bester Freund und Briefpartner *Ciceros. Führte als Anhänger Epikurs ein luxuriöses Leben, fernab von politischen Reibereien. Hatte großes Interesse für Geschichte und Literatur und war Herausgeber u. a. der Werke Ciceros.

Marcus CAELIUS Rufus (82–48 v. Chr.)
Junger, ungestümer Redner, Schüler von *Cicero, Liebhaber von *Clodia. Zeitweilig Anhänger *Caesars, doch nach einer aufständischen Aktion hingerichtet.

Gaius Julius CAESAR (100–44 v. Chr.)
Genialer Staatsmann und Feldherr. War maßgeblich am Zerfall der Republik beteiligt und legte als Diktator den Grundstein für das Kaiserreich. Seinem Charme erlagen Anhänger und Gegner, u. a. *Cicero. Eroberte Gallien (58–51 v. Chr.) und

schlug *Pompeius bei Pharsalus (48 v. Chr.). Ermordet an den Iden des März 44 v. Chr. Verheiratet mit 1) Cornelia, 2) *Pompeia, 3) Calpurnia. Vater von *Julia.

Lucius Sergius CATILINA (um 108–63 v. Chr.)
Umstürzlerischer Politiker, der dreimal versuchte, zum Konsul gewählt zu werden. Plante danach eine Verschwörung gegen die Senatsregierung, wurde jedoch von *Cicero (63 v. Chr.) entlarvt. Der Unkeuschheit mit der Vestalin *Fabia, Halbschwester von *Terentia, angeklagt; freigesprochen. Fiel 62 v. Chr. an der Spitze seiner Truppen. Beschrieben von *Sallust in dessen *Coniuratio Catilinae.*

Gaius Valerius CATULL(US) (87–54 v. Chr.)
Lyriker. Liebhaber von *Clodia, die er in seinen Versen als Lesbia besang, in denen er zwischen 59 und 55 v. Chr. seine Leidenschaft, sein Glück und seine Verbitterung zum Ausdruck brachte.

Marcus Tullius CICERO (106–43 V. CHR.)
Größter römischer Redner. Brachte es 63 v. Chr. zum Konsul. Überzeugter Republikaner, auf Befehl von *Octavianus und *Antonius ermordet. Publizierte einflußreiche Werke auf dem Gebiet der Rechtswissenschaft, Rhetorik und Philosophie. Spielte eine wichtige Rolle bei der Verbreitung des griechischen kulturellen Erbes in Rom. Heiratete 80 v. Chr. *Terentia, von der er sich 46 v. Chr. scheiden ließ. 45 v. Chr. Wiederverheiratung mit *Publilia.

CLODIA (85 –? v. Chr.)
Schwester von *Clodius. Ehefrau des Metellus. Geliebte von *Caelius, *Catullus und vielen anderen.

Publius CLODIUS Pulcher (um 92–52 v. Chr.)
Wurde nach der Adoption durch eine plebejische Familie 58 v. Chr. Volkstribun. Veranlaßte die Verbannung *Ciceros. 52 v. Chr. von seinem Gegner Milo getötet. Verheiratet mit *Fulvia.

Furius CRASSIPES (Daten unbekannt)
Zweiter Ehemann von *Tullia. 51 v. Chr. von ihr geschieden.

Publius Cornelius DOLABELLA (80–43 v. Chr.)
Dritter Ehemann von *Tullia. 46 v. Chr. geschieden. Seit 50 v. Chr. Anhänger *Caesars. 47 v. Chr. Volkstribun. Mit Caesar nach Nordafrika. 44 v. Chr. Konsul. Selbstmord in Syrien während der Belagerung durch Cassius.

FABIA (Daten unbekannt)
Halbschwester von *Terentia. Vestalische Jungfrau. Der Unkeuschheit mit *Catilina angeklagt; freigesprochen.

FABIUS (Daten unbekannt)
Stiefvater von *Terentia.

FULVIA (Daten unbekannt)
Ehefrau von 1) *Clodius bis zu dessen Tod, 2) Curio bis zu dessen Tod, 3) *Antonius.

FULVIA (Daten unbekannt)
Informantin von Cicero.

JULIA (83–54 v. Chr.)
Tochter von *Caesar und Cornelia. Ehefrau von *Pompeius bis zu ihrem Tod.

Marcus Tullius Cicero (65 v. Chr. – 2 n. Chr.)
Sohn von *Cicero und *Terentia. Schlug sich bei Pharsalus tapfer in der Armee des *Pompeius. Entkam der Proskription 43 v. Chr. Überlebte die Niederlage bei Philippi. Wurde von *Octavianus, den Gewissensbisse wegen des Mordes an Cicero quälten, rehabilitiert. 30 v. Chr. Konsul.

MEMMIA
Fiktive Mutter von *Terentia.

MUCIA (Daten unbekannt)
Dritte Ehefrau von *Pompeius, von ihm geschieden, Mutter seiner drei Söhne.

Gaius Julius OCTAVIANUS (63 v. Chr. – 14 n. Chr.)
Adoptivsohn von *Caesar. Arbeitete zunächst mit dem Senat zusammen, schloß sich dann seinem Rivalen *Antonius an. Schlug diesen 31 v. Chr. in einem neuen Bürgerkrieg. Wurde 27 v. Chr. der erste römische Kaiser, Augustus.

PHILOTIMUS (Daten unbekannt)
Freigelassener von *Cicero. Treuhänder von *Terentia.

Gaius Calpurnius PISO (? – 57 v. Chr.)
Erster Ehemann von *Tullia. Treuer Verteidiger *Ciceros während dessen Verbannung.

POMPEIA (Daten unbekannt)
Zweite Ehefrau von *Caesar. Nach dem Bona-Dea-Skandal von ihm geschieden.

Gnaeus POMPEIUS Magnus (106–48 v. Chr.)
Neben seinem Rivalen *Caesar Protagonist des Bürgerkriegs. Berühmt-berüchtigt wegen seiner unorthodoxen Karriere. Fügte dem Römischen Reich große Teile des Ostens hinzu. Bildete mit *Caesar und Crassus das Erste Triumvirat. Nach Crassus' Tod kollidierten seine Ambitionen mit denen Caesars. 48 v. Chr. von Caesar bei Pharsalus geschlagen. In Ägypten ermordet. Verheiratet mit 1) Anstitia, 2) *Aemilia, 3) *Mucia, 4) *Julia, 5) Cornelia.

POMPONIA (Daten unbekannt)
Schwester von *Atticus. Ehefrau von *Quintus. 45 v. Chr. geschieden.

POSTUMIA (Daten unbekannt)
Ehefrau von Sulpicius Rufus. Wahrscheinlich Geliebte von *Caesar.

PUBLILIA
Zweite Ehefrau von *Cicero, den sie 45 v. Chr. heiratete. Im selben Jahr geschieden.

QUINTUS Tullius Cicero (um 102–43 v. Chr.)
Bruder von *Cicero. 62 v. Chr. Prätor, 61–58 v. Chr. Statthalter der Provinz Asia, Legat von *Pompeius 57–56 v. Chr. und von *Caesar in Gallien 54–52 v. Chr. Wurde wie sein Bruder Opfer der Proskriptionen. Verheiratet mit *Pomponia, 45 v. Chr. geschieden.

QUINTUS Tullius Cicero (66–43 v. Chr.)
Sohn des *Quintus. Kämpfte 45 v. Chr. für Caesar in Spanien. 43 v. Chr. Opfer der Proskriptionen.

Sextus ROSCIUS (Daten unbekannt)
Sohn eines angesehenen Bürgers aus Ameria. Nach der Ermordung seines Vaters (durch zwei Handlanger eines Freigelassenen von *Sulla) wurde sein Besitz beschlagnahmt, und er wurde des Mordes angeklagt. Von Cicero verteidigt und freigesprochen.

Gaius SALLUST(IUS) Crispus (86–35 v. Chr.)
49–48 v. Chr. Legat von *Caesar. 46 v. Chr. Prätor. 46 bis 41 v. Chr. Statthalter der Provinz Africa Nova. Geschichtsschreiber. Schrieb u. a. *Coniuratio Catilinae* über die Verschwörung des *Catilina. Zweiter Ehemann von *Terentia, bis zu seinem Tod.

Lucius Cornelius SULLA (138–78 v. Chr.)
88 v. Chr. Konsul. Entfesselte Bürgerkrieg gegen die Anhänger von Marius (die Popularen). Gnadenlos als Diktator (82 bis 79 v. Chr.). Unter ihm erlebte die Optimatenregierung einen Aufschwung.

TERENTIA (Daten unbekannt)
Heirat mit *Cicero um 80 v. Chr. Mutter von *Tullia und *Marcus. Scheidung 46 v. Chr. Danach mit *Sallust verheiratet. Soll 105 Jahre alt geworden sein.

Marcus Tullius TIRO (Daten unbekannt)
Freigelassener, Sekretär und Vertrauter von *Cicero.

TULLIA (79–45 v. Chr.)
Tochter von *Terentia und *Cicero. Verheiratet mit 1) *Piso, 2) *Crassipes, 3) *Dolabella. Starb kurz nach der Geburt von Dolabellas Sohn, ihrem einzigen Kind, das sie nicht lange überlebte.

Gaius VERRES (Daten unbekannt)
73–70 v. Chr. Statthalter von Sizilien. Berüchtigt wegen Mißwirtschaft in dieser Provinz. Wurde deswegen erfolgreich von Cicero angeklagt.

Quellen

Eine der wenigen und darüber hinaus sehr knappen Darstellungen von Terentia stammt von Plutarch in seiner *Lebensbeschreibung des Cicero*. Diese habe ich stets vor Augen gehabt.

Ab 68 v. Chr., dem Jahr, in dem die Korrespondenz beginnt, basiert die Geschichte hauptsächlich auf Ciceros Briefen. Alle weiteren Briefe in *Terentia* sind fiktiv.

Es wurde eine »moderne« Datierung der Briefe gewählt, statt der römischen Methode, die von der Gründung Roms ausgeht. Auch die Tage des Monats werden nach der heute üblichen Datierung angegeben und nicht nach der römischen, die auf Iden und Kalenden beruht.

Ich danke Prof. Dr. A. D. Leeman für seine unschätzbare Hilfe beim Korrigieren meiner historischen Schnitzer und für seine Hinweise und Ermutigungen.

Mein besonderer Dank gilt Frau Jan Michael. Ohne ihre Freundschaft, ihren Enthusiasmus und ihre Unterstützung wäre dieses Buch nicht geschrieben worden.

Adelheid van Beuningen
Cothen, 1999

Die Briefe Ciceros in der deutschen Übersetzung von Helmut Kasten sind den Bänden *Atticus-Briefe* und *An seine Freunde* entnommen, letzterer enthält auch Ciceros Briefe an Terentia (Patmos Verlag GmbH & Co KG/Artemis & Winkler Verlag, Düsseldorf und Zürich, 4. Aufl. 1989/1990).

Die deutsche Fassung der Passage aus Sophokles' *Antigone* im sechsten Kapitel stammt von Rudolf Schottlaender (*Sophokles. Werke in einem Band*, Berlin und Weimar: Aufbau-Verlag 1966).

Die Verse Catulls in Kapitel neun sind in der Übersetzung von Wolfgang Tilgner zitiert (*Catull. Sämtliche Gedichte*, Leipzig: Dieterich'sche Verlagsbuchhandlung 1967).